奇幻中国史

生死的格式与众神的审判

王武侃 著

起笔于上海黄浦江畔，灵感之地，见一江春水写时间简史果壳宇宙
止笔于杭州西子湖边，一池情谊，听柳浪闻莺说人间冷暖是是非非

中国发展出版社
CHINA DEVELOPMENT PRESS

图书在版编目（CIP）数据

奇幻中国史/王武侃著．—北京：中国发展出版社，2018.3
ISBN 978－7－5177－0813－1

Ⅰ.①奇…　Ⅱ.①王…　Ⅲ.①历史故事—作品集—中国—当代
Ⅳ.①I247.81

中国版本图书馆 CIP 数据核字（2017）第 296241 号

书　　名：奇幻中国史
著作责任者：王武侃
出 版 发 行：中国发展出版社
（北京市西城区百万庄大街 16 号 8 层　100037）
标 准 书 号：ISBN 978－7－5177－0813－1
经　销　者：各地新华书店
印　刷　者：北京明恒达印务有限公司
开　　本：700mm×1000mm　1/16
印　　张：45
字　　数：800 千字
版　　次：2018 年 3 月第 1 版
印　　次：2018 年 3 月第 1 次印刷
定　　价：119.00 元
联 系 电 话：（010）68990535　68990692
购 书 热 线：（010）68990682　68990686
网 络 订 购：http：//zgfzcbs.tmall.com
网 购 电 话：（010）68990639　88333349
本 社 网 址：http：//www.develpress.com.cn
电 子 邮 件：10561295@qq.com

目 录

上·卷

古代史

第一章 人之初

>>

一、引 子

2000年年底，媒体报道了一组瑞典科学家对53个人的线粒体DNA所作的研究，他们认为所有现代人类都是在过去10万年间来自非洲，并且来自于一个不超过1万人的种群，他们的科研成果意味着——全球人类“本是同根生”。

达尔文认为人类是由低等动物进化来的，这对人类的自尊心是个巨大的打击，但是科学结论并不考虑人类感受，最终人类不得不接受自己的祖宗缺少“尊贵”血统的事实。

同样，科学家们得出全球人类本是同根生的结论，也不得不使我们崇尚遥远的非洲。

根据科学家们这个结论，我们中国人源自非洲。经过很多很多年的迁徙，最先到达中国的人类一定是历经了千辛万苦，徒步进入中国的极少数人，这就像神话一样。

二、神话中国

公孙轩辕和他的妻子嫘祖最先踏上了东方中国的土地。

这是块神奇的土地。一天，公孙轩辕和嫘祖刚从一个山坳里走出来，这时一头牦牛举着两个大牛角，就冲着他们冲了过来。见来不及躲避了，公孙轩辕便将妻子推开，两眼一闭，心里喊了一声："我的天啊！"就等着不详之事发生了。过了一会，依然没动静，公孙轩辕慢慢睁开眼睛，那头牦牛就停在他面前，两只眼睛也专注地看着他。牦牛慢慢后退了，又过了一会，那头牦牛扭头跑了。公孙轩辕将妻子嫘祖扶起，大大喘了一口气。心神定下来后，他们这才发现，眼前的景象太美了，湛蓝蓝的天，绿盈盈的地。

不一会，一群牦牛朝这边奔来，带头的就是刚才的那头牦牛，个头大，角似镰刀，身上的毛又长又黑又亮。公孙轩辕和妻子又紧张起来。那群牦牛来到他们面前，不过公孙轩辕和妻子很快就发现，这群牦牛并没有伤害他们的意思。那头带头的牦牛，冲着他们轻轻叫了两声，然后转过身去，和另外一头牦牛卧了下来，其他牦牛分列两旁。公孙轩辕明白了，急忙将嫘祖扶到一头牦牛背上坐好，自己骑上那个带头的牦牛。在牦牛群的护送下，他们向这片湛蓝蓝的天、绿盈盈的地的深处走去。

这个地方太美了，抬头看天上的白云，白云就像花朵；低头看地上的菜蔬，菜蔬就像刚洗过一样，因为这里的空气中没有尘埃。

公孙轩辕和妻子嫘祖非常兴奋。一会儿，一群藏羚羊跑来，在公孙轩辕和妻子周围跑来跳去。一会儿一群藏獒跑来，欢快地在前面引路开道。再一会儿，雄鹰、黑颈鹤和许多鸟儿飞到了公孙轩辕和妻子的上空，鱼儿在河里跳跃，连草儿也都伸长了脖子，要一睹公孙轩辕和嫘祖的尊容。

"啊！在这里安家吧，这里太美了。"公孙轩辕对妻子说，妻子也这样认为。

兴奋中的公孙轩辕和妻子突然听到有人在说话："你们要继续向东走，从这里往东，一直到海洋，我要把这宏大之地赐给你们和你们的后裔，直到永远。"

公孙轩辕有些莫名其妙，谁在说话呢？他向四周望去，没有其他人啊。嫘祖先是反应过来，用手指指天，说声音是从天上传来的。天上来的声音一定是神的声音，因为天上住的是神——雷神、电神、风神、雨神，天上的神太多了，但是那些神都不说话啊。第一次听到天会说话，公孙轩辕和嫘祖感到新奇，同时也有些害怕。

这时天上又传来声音："这里将是一块'物华天宝之地'。我要使你们的后裔如同天上的星、海边的沙那样多，人若能数清天上的星、海边的沙，才能数清你们的后裔。这是我与你们和你们的后裔立的永约。"

公孙轩辕冲着天胆怯地问了一句："海洋在哪里？"

天答道："太阳升起的地方。"天又说："我与你们所立的永约是有记号的。这里，大地将要隆起，这里将是地上最高的高原，耸立着地上最高的山。"天又吩咐公孙轩辕说："你去取一只3年的公牦牛，一只3年的母牦牛；一只3年的公藏羚羊，一只3年的母藏羚羊，黑颈鹤、藏雪鸡、赤麻鸭各1只，设坛，做燔祭。"

三、公孙轩辕祭天

燔祭就是将所献上的整只祭牲完全烧在祭坛上，全部经火烧成灰，象征敬拜与祷告随着馨香上达到天上。

公孙轩辕照天的吩咐做了。

当火熊熊燃起的时候，那头带头的牦牛首先跳了进去。不一会儿，它变成了红色，接着又变成了金色，一个影子从牛身上脱离出来，发出一道闪光，直冲云霄，那头牛的灵魂升入了天堂。依次是一只3年的母牦牛，一只3年的公藏羚羊，一只3年的母藏羚羊，黑颈鹤、藏雪鸡、赤麻鸭各1只，他们的灵魂都升入了天堂。这是第一批到达天堂的东方动物灵魂。

日落天黑，公孙轩辕和妻子嫘祖睡下了。突然，一阵隆隆的声响将他们惊醒，隆隆声响了一夜。第二天，他们所在的大地已经隆起，形成了青藏高原、喜马拉雅山、珠穆朗玛峰。此时雪岭横空，蓝湖静谧，群群牛羊移动于草原。一片白云尤如旗帜一般挂在珠峰顶，那片白云经常变化，时而像汹涌的海浪，时而像袅袅的炊烟，刚刚似奔腾的骏马，一会儿又仿佛仙女的面纱。高山上流下来的雪水组成一条河，宛如一条银色的哈达，由西向东漂浮在高原，祝福这里的一切幸福安康。公孙轩辕看到这一切，震惊不已，感叹天的力量之伟大。

四、黄　帝

按照天的吩咐，公孙轩辕和嫘祖离开青藏高原继续往东走。

一日，他们走到一处水边。公孙轩辕举头远望，一望无际的水面上，烟波浩淼，碧波连天，万鸟翱翔。鱼群游向附近河流产卵，河口被密密麻麻的鱼群铺盖，鱼儿游动有声，翻腾跳跃，使水面呈现黄色，异常壮观。

公孙轩辕对妻子嫘祖说："这就是海洋，我们走到头了。"

嫘祖是个细心的人，她走到水边，用手捧了点水尝了尝，是咸的。她也同意公孙轩辕的看法，他们来到了海洋。

他们向“大海”边瞭望，此时天高气爽，景色十分绮丽。“大海”边辽阔起伏的草原就像是铺上一层厚厚的绿色的毡毯，那五彩缤纷的野花，把绿色的毡毯点缀得异常靓丽，数不尽的牛羊和膘肥体壮的骢马犹如五彩斑驳的珍珠洒满草原。

他们对天的安排很是满意，决定在这里安家立身。

这时天又说话了：“这是个咸水湖，你们还要往东走。”

“哦！这么大的湖啊！”公孙轩辕和嫘祖很惊讶。

公孙轩辕和嫘祖按照天的吩咐继续往东走，只是不时回头留恋地看一下这里的湖光山色。再往东走，公孙轩辕就很难再看到绿色的草原了。

公孙轩辕走到由黄土堆积而成的黄土高原和黄土丘陵沟壑之地，这片山地上生长着茂密的森林，树木既有松柏等针叶树，也有多种阔叶大乔木；在沟谷中生长着的主要是阔叶树和成片连丛的灌木。在这样的生态环境中，栖息着多种草食动物，有成群的野鹿、野羊，数不清的野兔，还有虎、豹、熊等大型食肉动物。有许多清清的河流，因湖泊很多，白天鹅、野鸭等飞禽在湖沼中栖息。

在天上，天看公孙轩辕在向东方行走。天想，再往东去就是平原了，那里是将来的战场，就把都城安在黄土高原吧。

天又发话了，对公孙轩辕说：“我是天，是全能的神，是你的神，你在我面前作义人，我与你立约。”公孙轩辕俯伏在地，嫘祖也俯伏在地。

天说：“你要做从喜马拉雅山到东边海洋的国之祖，这个国名叫中国，简称华。你的名字也不要再叫公孙轩辕，要叫黄帝，纪念你在黄土地立的国。你的妻子嫘祖是国之母。你，你的妻，你的后裔的皮肤要成为黄色，头发、眼睛为黑色，这是我认你们的记号。国度从你而立，你的国将是地上人口最多的国，并且地上万国必因你的后裔得富。”

五、华山立国

黄帝在聆听天的旨意的地方筑了一座坛。坛的周围，百兽云集，鸟儿遮空蔽日。祭坛上，各种动物的灵魂如璀璨礼花，从大地直升天空，馨香绕着上升的灵光，飘入上天。

天和天上众神在天庭看着这一切，心中愉悦。一位神将一块石头交给天，天接过来看了看，便从天上扔了下来。

夜间，一声巨大的震动，将黄帝和嫘祖颠起又落下，他们都被摔疼了。第二天早上一看，在离昨日筑坛的不远地方，一座大山自天而降，其高五千仞，其广十里。这是天从天庭投石为山，黄帝心里暗暗称颂："天真伟大！"

因为此山为立国之山，黄帝想起天赋予的国名简称为华，便称此山为华山。

黄帝和嫘祖对自天而降的立国之石华山，行了拜谒礼，然后拾级而上。

一路上奇岩危崖，峭壁峰岭，幽谷险道，灵泉古洞，趣石秀木。更有鸟啼、鹿鸣、猴嘶、虎啸。

登上峰顶，黄帝更是感慨华山的雄伟壮观，巡视天下"惟有天在上，更无山与齐"。一阵凉风吹来，有感虎踞龙盘，气象森森，身伟目炯的黄帝仰天大吼，王者之气油然而生。

黄帝向上观望，没有看到天有什么变化，但是感觉呼吸之气与天庭相通。他相信，天此时正在天上微笑着看着他。

华山有东、西、南、北四峰，黄帝浏览众峰，感到身在一朵莲花中。黄帝醒悟，这是天庭之花，是天的注入印记。华、花谐音，这是天在呵护中国。

峰顶有一池，池水青绿澄澈，黄帝和嫘祖饮之，甘甜如蜜，一身的疲劳随之解除，这是天的关爱。黄帝仰天大声说："天啊，我的主，黄帝永远做您的义人。"

以后，黄帝的后裔便称这个池为"仰天池"。

黄帝走向北峰，北峰山势峥嵘，三面绝壁，上冠景云，下通地脉。黄帝向北望去，远处是他熟悉的绿绿的草原，再远处黄沙滚滚，时有沙尘暴向草原袭来。

黄帝走向南峰，南峰南侧是千丈绝壁，直立如削，下临一断层深壑。黄帝向南望去，各种植物覆盖原野，生机盎然。再向南，烟雨蒙蒙，有瘴气游丝其中。

黄帝走向西峰，西峰西北绝崖千丈，似刀削锯截，其陡峭巍峨突展阳刚挺拔之势。黄帝向西望去，西北高原千沟万壑，在绿色压迫下挣脱出来黄色土壤，粗犷豪迈。再向西，崇山峻岭步步高，莽莽苍苍。

黄帝最后走向东峰，东峰峰顶生满巨桧乔松，环境非常清幽。黄帝和嫘祖自松林间穿行，上有团团绿荫，如伞如盖，耳畔阵阵松涛，如吟如咏，黄帝顿觉心旷神怡，超然物外。黄帝在东峰顶向东望去，黄河如带，平原沃野，千重翠浪尽收眼底。再向东，虎啸蛇游，飘来丝丝杀气。

巡视完天下，黄帝对中国西高东低、北黄南绿的大势了然于胸。这时黄帝也明白了天对他的安排：背靠高原，俯瞰中原，统领中国。

黄帝和嫘祖信步走到一个平台，此时，朝日磅礴，霞光普照，山岭、松林无不染上金黄的色彩。沐浴在阳光里的黄帝、嫘祖的皮肤在不知不觉中慢慢地变成黄色，头发、眼睛慢慢变成了黑色，黄帝的后裔也都成了这个样子。后人将这一地点称为朝阳台，东峰亦称为朝阳峰。

六、中国序曲

天对黄帝和中国进行了安排，后来天又将从一到七的几位数字作为音符挥洒向天空和大地，从此产生了音乐，凡有灵性者都陶醉在音乐之间。音乐在天上称天籁，在人间称音乐，在冥界称地籁。

伴随着华山立国，天庭举行了一场音乐会，祝贺一个新的国家诞生，天亲自出席。

天庭爱乐乐团的天籁家们，演奏了新近完成的《中国序曲》。

《中国序曲》响起，一群仙女伴随着天籁翩翩起舞，天上诸神也都鼓掌庆贺天创造了一个伟大的国家。

甜美委婉的天籁从天庭传出，透过云层洒下东方大地。

一声春雷隆隆响起，黄帝说，这是天在祝福中国。

一道闪电照亮大地，黄帝说，这是天给大地开光。

一阵春风吹过大地，黄帝说，这是天送来的温暖。

一阵春雨洒向大地，黄帝说，这是天在滋润万物。

小草从地下钻出，伸出稚嫩的小手，高兴地向天空挥舞。

泉水从地下钻出，在山涧欢悦，发出叮咚声，和声着中国序曲。

一只青蛙从溪里跳到岸边，冲着天空叫道："醒了！醒了！"

天微笑着看着东方大地，东方大地初显生机。

七、方块字

黄帝立国后，便开始驯养和管理动物。驯养和管理动物中一个重要事情就是要记录它们的数量。因为动物们的蹄印是不一样的，用不同的蹄印表示不同的动物，是准确无误的。更重要的是，动物的蹄印比较容易画，简单的几笔就可标明不同的动物和它们的数量。黄帝开始画动物的蹄印，后来又开始画动物的外形，这样就能将动物区分得更细，更能记录它们的生活状态。

后来，各种动物的特征黄帝画得都很像了，再后来黄帝还能画许多天地间的事物。他为了画得更快些，所用线条也越来越简洁。

有一天，黄帝高兴地对嫘祖说：“我的画不就是文字吗，我们有文字了。”

黄帝从画鸟兽的蹄印开始，创造出了图画文字。以后又经过多年的研究，黄帝终于发明了方块字，也叫象形文字或表意文字。

黄帝所发明的方块字的特点是，字就是画，画就是字，象形、表意、形声。

象形，比如“”字就是山的象形，常用的象形方块字有日、月、龟、鸟、上、下、木、森、从、众、火、田等。

表意，比如“”字就是表示一个人靠在树桩歇着，就是休息。“”字就是日月带来的亮光的表意。

形声字是最多产的造字形式，如左形右声的字：杆、材、清；右形左声的字：故、功、战；上形下声的字：字、花、笠；下形上声的字：忘、盒、架；外形内声：固、病、园；内形外声：闻、闷、问等。

象形的“”字是这样产生的。有次嫘祖侧身站在不远处，黄帝看上去，随手拿个棍在地上创造出了“”字，而且只用了一撇一竖两划。嫘祖过来看：“嗯，像个侧面站立的人。”后来黄帝又将一竖改成一捺，这样更美观了。

黄帝发明的方块字寓意深刻，达到了将天、人、地统一的境界。

文字被创造出来了，黄帝很高兴。一日，他在嫘祖的陪同下，在大地上书写方块字。当写到国字时，突然“天雨粟，大地动”，天上传来声音说：“我要赋予这种文字两种神奇的力量：一是赋予这种文字凝聚力，国家因有它而永远不会被分裂；二是凡是入侵你们国家的人都要被这种文字同化。”

黄帝大惊。他明白，他所创造的方块文字被天赋予神奇的力量，就变成了护国符。黄帝便立即筑坛，纳百兽、百鸟，献在坛上为燔祭。此时西边喜马拉雅山点头，北边沙漠吹起沙尘暴，东边大海卷起狂涛，南面热浪滚滚，初显华国疆域与国威。

夜里，伴随着隆隆声，在筑坛的四周形成了一座城，有城墙、城门、箭楼。这是天的赐予，是对黄帝及后裔的呵护。城内有一座塔，塔尖直指苍天，这是告知人要敬畏天，后来人们在各地仿照天赐予的样子开始建城造塔了。

一日，黄帝在他创造的方块文字中选了一个“天”字，献给天，感谢他对大地的关怀，并用巨大的石块组成字体摆放在大地上。天在天上看见了，点头应允，一阵狂风袭来，将这些巨石卷入天空。从此黄帝和黄帝后裔心里便有了上天、苍天、天意、天命、天下、老天爷等敬尊天为最高之上的意念。

黄帝发明的方块字一直使用至今，成为当今世界上唯一的一种有着日渐严密体系的古老文字。在此以后，中国的历史也证明，天赋予这种方块字的神奇力量，也是中华文明绵延不断的根本所在。

黄帝创造了东方语言，奠定了东方文化的基石。除了“国之祖”外，黄帝还被后人称为“人文初祖”。

八、嫘　祖

嫘祖陪同黄帝万里迢迢来到东方立国安家，很是辛苦。现在，国立了，以后嫘祖考虑更多的是安家。

一日有大星从天空划过，留下一道彩虹，嫘祖怀孕了，十月怀胎生下一个男孩。

嫘祖坐在绿盈盈的草地上，婴儿在妈妈的怀里，贪心地捧着妈妈的乳房吸着，那双肥肥的小手抚摸着妈妈丰满的乳房。母亲温柔地低头，流露出万分沉醉的柔情蜜意，映照着婴儿恬适的小脸，女人造化——一个民族由此诞生。

在绿盈盈的草地上，男童在爬行，不时想站起来，但是站立不稳，又跌倒下来。不远处，嫘祖甜蜜蜜地看着儿子在学步。当孩子再次跌倒并无力再次站起来时，嫘祖才过去将他扶起，轻声说：“噢！孩子，慢慢来，慢慢来。”

孩子整个身体趴在母亲怀里，头靠在母亲的胸上，舒服、满足、安静地感觉母亲的心跳与温软。此时嫘祖也躺在大地上，舒服、满足、安静地感觉中国大地的心跳与温馨。

嫘祖贤惠聪颖。一次嫘祖野外采食，发现一种虫子在吐“羊毛”，并将自己包裹其中，甚是惊奇。这使嫘祖联想到了衣裳，于是便对这种虫子进行细心观察。后来嫘祖又将这种虫子拿到家里来饲养，并称这种虫为“天虫”。以后的人将“天”字与“虫”字上下合成一个字，将这种虫称作“蚕”。栽桑、养蚕、缫丝、织帛就是嫘祖发明的。丝织品着色后特别鲜艳，嫘祖让男性穿着冷色的衣服，冷色可体现男性的阳刚之气，让女性穿着暖色的衣服，暖色能展现女性的温柔之美。

人口多了，嫘祖便开创了男耕女织的家庭分工，男子在外狩猎耕作，女子负责家庭成员的吃穿。为了纪念国之母的贡献，后人敬称嫘祖为“先蚕”。

天看嫘祖发明了栽桑、养蚕、缫丝、织帛，创造了新式衣服，很是高兴，便赐福与她，让她怀孕，于是嫘祖丰乳肥臀，生养众多。

九、黄帝陵

黄帝老了。

一天夜里，黄帝在梦里听天说："我思念你，你到天上来吧。"

第二天，黄帝醒来，看到一条龙卧在家门口。黄帝推醒妻子嫘祖，将昨天夜里做的梦告知了嫘祖。嫘祖明白，这是黄帝完成了天安排的工作，是天要让黄帝休息。嫘祖说："我们一起走吧。"黄帝自然也不愿意和嫘祖分开，他们决定一起升天。

出了房门，黄帝想扶嫘祖先上龙背，但是龙身躁动，嫘祖上不去。黄帝说："我先上去，再拉你。"

黄帝刚上了龙背，龙就腾身而起，嫘祖匆忙间抓住了龙须，结果龙须断了，嫘祖又跌落到地上。担心嫘祖跌伤，黄帝在龙背上急抛下一只靴子垫在嫘祖身下。很快，龙驮着黄帝腾云驾雾而去。

龙须草便是那些龙须变的，这是黄帝驭龙的纪念。

黄帝的后代厚葬了那只靴子，这就是"黄帝陵"。黄帝乘龙升天的地方，被后人称为"桥山"，是为天地之桥也。

从那以后，女人活得比男人长。

十、黄帝的后代

黄帝共有 25 个儿子，其中 14 人得到 12 个姓，它们是：姬、酉、祁、己、滕、蒇、任、荀、僖、姞、儇、衣。

黄帝到老年后，制定了"禅让制"，"天下为公，选贤任能"，在他的后代中挑选贤能来管理大地。

黄帝升天后，他的孙子颛顼即位。

颛顼逝世后，由重孙子帝喾即位。

帝喾有两个儿子，一个叫挚，一个叫放勋。帝喾逝世后，由挚接受帝位。

帝挚即位后，发现自己管理国家的能力不如弟弟放勋，就把帝位让给了弟弟，这就是尧帝。

在尧帝的带领下，中国开启了新的千秋基业。

第二章 天人地

>>

一、天

尧帝20岁即位。尧帝外表英俊，身高十尺，眉分八彩，为人宽厚，温文尔雅。尧帝喜着黄色的帽子，黑色的衣服，用红色的车并驾以白马，远望他如云霞一样灿烂。尧帝是个义人，天在天庭俯身看这个小伙子，甚是喜爱。

东方是一个季节丰富且气候变化很快的地方。黄帝一族远迁来此，复杂多变的气候对他们的生存带来了很大麻烦，时常因为掌握不准气候，而使寒霜侵杀禾苗，严冬夺去牲畜、走兽的性命。尧帝很是头疼。

一天夜晚，尧帝躺在草地上对天长叹。面对璀璨的夜空，他似乎突然感悟到了什么："为什么不求助于天呢？"尧帝心想。于是尧帝站起来，冲着天空呼喊："天啊，万能的神啊，黄帝的神，也是我的神，请帮帮我们吧！"过了一会儿，没有动静，尧帝继续冲着天空呼喊："天啊，万能的神啊，黄帝的神，也是我的神，请帮帮我们吧！"

这样尧帝喊了三遍，天空有了回音："我是黄帝的神，也是你尧帝的神，你们的困难我知道。"尧帝凝神静听，天说："我要为你出考题，你要作答。你要夜观天象777个夜晚，考题就写在天空，答案就是解救世上万物的生存法则。"

啊！天显灵了，天下万物要得解救了，尧帝激动地跳了起来。

第二天，尧帝设坛，纳百兽百鸟献在坛上为燔祭。夜晚立坛的地方流星飞驰，夜空星光闪烁。根据天的指示，尧帝开始夜观天象。

尧帝夜观天象，先是眩晕，没过多久，就陶醉在午夜星河。

尧帝的思维在果壳中的宇宙里随着大爆炸的涟漪畅游，趟银河，穿黑洞，拜织女，访牛郎，所过之处红紫交错，在寂寞的宇宙里形成了一道彩练，引得不少星球喜爱赞叹。

尧帝在太空遇到了嫦娥，嫦娥问："尧帝到太空来做什么?"

尧帝急忙将上帝出考题之事告知，并请求说："请嫦娥姐姐指点迷津。"

嫦娥笑说："我送你一个'月'字吧。"

联想到月有阴晴圆缺，尧帝明白了"月"字的含义。

尧帝在太空遇到了太阳神，太阳神问："尧帝到太空来做什么?"

尧帝急忙将上帝出考题之事告知，并请求说："请太阳神指点迷津。"

太阳神笑说："我送你一个'年'字吧。"

联想到冬去春来，夏走秋至，尧帝明白了"年"字的含义。

又联想起太阳的晨起夕落，尧帝又把握出了一个"日"字。

就这样，整整过了777个夜晚，尧帝在诸天神的帮助下，从三垣四象二十八星宿的位置，星体的位移，星光的辉度中看懂了天空，破解了上天的考题——天象密码。

尧帝以太阳的晨起夕落为一日，以月亮的月圆月缺为一月，以春夏秋冬的一个轮回为一年，一年定为360天。一年中设定了24节气，制定出了世上万物的生存法则——历法。

尧帝观察日出的情况，以昼夜平分的那天作为春分，并参考鸟星的位置来校正。在春分，南宫朱雀七宿黄昏时出现在天的正南方，这个时候春江水暖，尧帝唤醒众生芸芸，万物并作。此时鸟兽生儿育女，花儿斗鲜争艳，人们开始春耕。尧帝任命羲仲，让羲仲住在东方海滨叫旸谷的地方，在那里恭敬地迎接日出，并在那里详细布置春季的耕作。此时太空仙女星座似醉似醒，星光妩媚。

尧帝观察太阳由北向南移动的情况，以白昼时间最长的那天为夏至，并参考火星的位置来校正。在夏至，东宫苍龙七宿中的火星黄昏时出现在天的正南方，这个时候骄阳似火，尧帝提醒芸芸众生，劳逸防暑。此时鸟兽稀毛减衣，树大遮阴，人们锄禾日当午。尧帝任命羲叔，让羲叔住在南方叫明都的地方，在那里详细安排夏季的农活。此时太空天鹅星座耀明靓丽，飘逸妖娆。

尧帝观察日落的情况，以昼夜平分的那天作为秋分，并参考虚星的位置来校正。在秋分，北宫玄武七宿中的虚星黄昏时出现在天的正南方，这个时候天高气爽，尧帝告知大众苍生收获成果。此时鸟兽增肥，植物结籽，人们奋力收割。尧帝任命和仲，让和仲住在西方叫昧谷的地方，恭敬地送太阳下山，并在那里有步骤地指挥秋天储藏。此时太空麒麟星座银光闪闪，辉映玉月。

尧帝观察太阳由南向北移动的情况，以白昼最短的那天作为冬至，并参考昴星的位置来校正。在冬至，西宫白虎七宿中的昴星黄昏时出现在天的正南方，这个时候天寒地冻，尧帝严令苍生大众，保暖御寒。此时鸟兽絮窝进洞，花草舍叶保根，人们躲进屋子里居住。尧帝任命和叔，让和叔住在北方叫幽都的地方，在那里认真排练越冬的娱乐活动。此时太空大熊星座昏光摇曳，天寂地静。

后来尧帝又决定每三年置一闰月，用闰月调整四季，使每年的农时更正确，不出差误。

有了历法，植物霜后脱叶，进入冬眠，冬眠动物惊蛰醒来。鸟儿除了更换羽毛，还要随秋凉春暖南北候迁，从此世上万物按照历法进入了有序生存。

历法的制定带来了生机盎然的农耕时代，历法也被人们恭称为“天时”。

有了历法，尧帝还不满足。在尧帝夜观天象时，风、云、雨、雪、雷、雹等经常干扰尧帝的工作，并且影响人们的生活和万物的生长。一开始尧帝很是不耐烦，久而久之，尧帝发现风、云、雨、雪、雷、雹等的出现和消失也有着一定的规律。于是在完成历法的制订后，尧帝又开始了昼观气象。

没用太久，尧帝便了解了大气中的气象变化规律。

日出太阳黄，午后风必狂。

日落黄澄澄，明日刮大风。

风大夜无露，阴天夜无霜。

久晴大雾阴，久雨大雾晴。

……

尧帝将这些规律告知天下。人们雨水插禾，晴日收获；动物雷雨入洞，晴日远行；鸟儿风前絮窝，雨后打食。从此天下万物的生存更加有序，人们的生活质量有了更大的提高。

后人歌颂尧帝“其仁如天，其知如神，就之如日，望之如云”。接近他如接近光辉的太阳，远望他如云霞一样灿烂。

一日夜里，天空突然出现了一颗新星，瞬间光照大地。其光芒白天与太阳同辉，夜晚与月亮并煌。人们对这种天象感到惊恐，因为这颗星比其他星亮得太多，人们称这颗星为超新星。不久这颗星黯淡下来，但是很快人们就发现，尧帝不见了。人们明白了，那颗超新星就是尧帝，是尧帝升天之时将生命的光辉洒向了大地。为了纪念尧帝，不少地方为他建造了陵墓。直到今天，人们都说自己家乡的陵墓是真正的尧帝陵。

尧帝奠定了中国的农耕时代。尧走后，举国悲痛，“百姓悲哀，如丧父母。三年，四方莫举乐，以思尧”。人们对他的怀念之情甚为深挚。

尧帝在位70年，尧年老的时候，没有把首领之位传给自己的儿子丹朱，而是传位于舜。尧曰：“终不以天下之病而利一人。”意思是说，自己的儿子丹朱少德缺能，不能把管理天下的权力交给他，应该把帝位交给德才兼备的舜。因为交给舜，天下人都可以得到好处，只有丹朱会受到损害，可是如果交给丹朱，天下人都会受到损害，只有丹朱会得到好处。尧不愿损害天下人，来使自己的儿子得利，所以把管理天下的大权交给了舜。

如此无私，如此博大，后代赞颂尧帝：“大哉！尧之为君也，巍巍乎唯天为大。”

“天下为公”的精神是尧帝开创的，尧帝的“天下为公”精神，确保了历法的实行，确保了农耕时代的繁荣昌盛。

二、人

舜出身卑微，家境清贫，历经坎坷。舜从事过各种体力劳动，在历山耕过地，在雷泽捕过鱼，在黄河边做过瓦器，在寿丘制作过各种家用器具。舜曾为生计颠沛流离，为养家糊口而到处奔波。

舜的德行很好，人们均受他的感召。他在历山耕种，历山的农人都互相让田；在雷泽捕鱼，雷泽的渔人都互相让居处；在黄河边做瓦器，黄河边出产的瓦器都没有出现过粗制滥造。他到了哪里，人们都愿意追随他，因而一年所居成村，两年所居成邑，三年所居成都。今观之，舜具有极强的凝聚力，是个领袖人才。

舜20岁时，因孝敬而出名。舜30岁时，尧帝询问有没有可以做帝的人，四方诸侯都推荐舜。尧把两个女儿娥皇和女英嫁给舜，来观察舜内在的德行，还派9个男人和他相处，来观察舜的外部表现。

舜的修养很深，处世严谨，而且有威严。尧的两个女儿初嫁到舜家还自视清高，舜便给她们每人一把揪，让她们下地干活，并规定劳动量，干不完不得进食。过了没几天，娥皇和女英就和舜一样成为勤劳的人了，而且和舜一样孝顺父母，尊敬弟妹。那9个男人侍奉舜，也都忠实恭敬。

尧帝在女儿回娘家时，得知舜的情况，安慰了女儿，对舜的做法给予充分的肯定，并赐给舜细布衣服，替舜建造粮仓，还赐给他一些牛羊。

舜的父亲瞽叟（意为看不见的老人）糊涂惧内。舜的生母罩衣早已去世，瞽叟再娶，又生一个儿子，起名叫象。象贪图享乐，待人很傲慢。舜的后母平时对舜就很苛刻，看舜娶了帝的女儿，有9个男人侍奉，心生嫉妒，就想杀舜。

无所不知的天看人作恶很是生气，就派天使来保护舜。

有一天，舜一人在田里干活，突然眼前一亮，一个发着光辉的人影出现在田埂上，似乎这个人影的脖子上还系有一条红色的围巾。舜甚是惊奇，还没等舜开口，那个人影便对他说话了，他说："我是天的使者。"

听说是天使，舜急忙要行礼。天使用手势制止住他，并继续说："你后母和你弟弟要加害于你，你有灭顶之灾，但是你不用怕，天让我来帮助你。"说完天使消失了。

舜听后震惊。此时田边的树上，有一只母斑鸠和一只小斑鸠，那母斑鸠不时飞起捕捉飞虫来喂小斑鸠。舜见后很是感动，不禁仰天长叹，长期的压抑使他脱口而歌："涉彼历山兮崔嵬，有鸟翔兮高飞。日与月兮往如驰。父母远兮吾将安归?"意思是，登上那崔嵬的历山，见有鸟在空中飞翔。日与月啊往来如梭，思念父母啊有家难归！歌罢，悲从中来，放声大哭。天上的鸟儿纷纷从天上降下，落在树上和地上，流下同情的眼泪。特别是雌鸟，为人类中有如此的后母而感到悲哀。它们流泪哽咽，时间长了，这些雌鸟嗓子都哑了，特别是母鸡，也只是在生儿育女时才能"咯咯哒"叫几声。

虽有风险，孝敬的舜还是回家了。

后母和象开始动手了。

一次修粮仓时，舜的后母先是让舜爬到粮仓上去修粮仓，然后抽掉梯子，并在下面放火烧粮仓。就在舜着急时，天使出现在舜身旁。天使给了舜两顶斗笠，舜抓住斗笠便跳下粮仓，逃离火海，幸免于难。后母见舜没死，很是惊讶，认为这是偶然，是无意将斗笠忘在粮仓顶上了，舜才得以逃生。

又有一次，后母说，原来的井水不好喝，要舜再挖一口新井。待舜把井挖得很深后，后母和象就往井里填土，想把舜埋在里面。待井里的土填满后，象和后母以为舜死了，便要分割舜的家室财物。

娥皇、女英性情纯良，更兼婀娜灵秀，很是美貌。象对两个嫂嫂早已垂涎，见机会来了，对母亲说："最先出这个主意的是我，所以舜的妻，也就是尧的两个女儿都是我的，牛羊粮仓分给父母。"母亲同意了象的要求。

象高兴地跑到舜的屋子，发现舜正和娥皇、女英在屋里谈笑风生，象大吃一惊。原来天使与舜同在，天使在井旁挖开了个洞，舜顺利逃了出来。

象不好意思地对舜说："我很想哥哥，前来看看。"

经此磨难，舜的心胸更加广阔。事后，舜像什么事情都没发生一样，仍然孝敬地侍奉父亲、后母，善待弟弟，而且越来越恭敬，一点也不懈怠。后母和象大受感动，终于良心发现，同时也觉得此事蹊跷，猜想一定有神在保护舜，从此以后就不再加害舜了。

舜的行为感动了人们，起到了表率的作用。东方人以后大多以舜为楷模，以"孝"为规范。人们认为"孝"既然能够"通于神明"，自然应该是"天之经也，地之义也，人之行也"。

舜由此开启了东方的道德教育，"教之所由生也"。

孝由此也成为了德之本。百善孝为先，就连以后的历代王朝也无不标榜"以孝治天下"。

舜第一个统一了东方人的道德观。

尧帝归天，舜很是伤心，带领全家为尧守孝。尧走后三年，舜守孝三年。三年完毕，舜将帝位让给丹朱，自己躲到一个叫九嶷的地方。可是，朝拜的民众不到丹朱的住地，反而来找舜；要打官司的人也不去找丹朱，也来找舜；歌颂政绩的人也不歌颂丹朱，反而歌颂舜。人心所向，天意所归，舜说："这是上天的旨意啊！"

天上传来声音，天对舜说："我是黄帝的神，尧帝的神，也是你的神，我眷顾你，你要继续创立清明的德政，用美德教化东方人。"

舜帝为天筑了一座坛，纳百兽百鸟献在坛上为燔祭。

舜帝一边献祭，一边歌唱道："奉行天命，施行德政，顺应天时，谨微慎行。"又唱道："股肱大臣喜尽忠啊，帝王治国要有功啊，百官事业也兴盛啊！"

立坛的地方慢慢升起，这就是九嶷山，德重九嶷之意。

舜即位后，命契担任"司徒"，教导人遵守伦理道德；命皋陶担任"士"，也就是狱官之长，执行各种刑罚；命垂担任“共工”，统领工匠事务；命益担任“虞”，管理山林百兽；命伯夷担任“秩宗”，协助自己掌管天、地、人三事的礼仪；命夔为“乐官”，用诗歌舞蹈教导人；命隆担任“纳言”，负责搜集意见，发布命令。还规定三年考察一次政绩，由考察三次的结果决定留用或罢免。通过这样的整顿，各项工作都出现了新面貌。

在过去，有一些缺乏道德祸害民众的家族，即帝鸿氏的不才子浑敦、少皞氏的不才子穷奇、颛顼氏的不才子梼杌、缙云氏的不才子饕餮。舜即位后，就把这些家族流放到边远之地。这样做了以后，社会平安多了。

有一年，舜帝告别了困苦的冬天，走出室外。此时春天和煦的南风吹来，舜帝感到浑身温暖，再看大地，春草破土，树芽吐绿，人们陆续走向田野开始耕作。舜帝动情，亲自造乐教人之感油然而生。

舜帝认为原来的琴不够好，音律不够，难以熏陶心灵，于是决定再制作一把琴。舜帝制作的琴由音板、弦钉、弦柱、琴弦和共鸣箱等构成。上部的音板，多使用质地软硬适度的松、杉木制作。在距音板两端处，一端钉有五个竹钉作为系弦的弦钉，另一端置有五个木制小棍作为拴弦的弦柱，弦钉与弦柱之间，张以五条琴弦，弦下不设柱马，琴弦采用麻丝捻合而成。

一天，舜帝在一棵梧桐树下制作琴，突然一只凤凰落在了梧桐树上，并冲着舜帝鸣叫三声，然后便飞走了。

舜帝起身离开梧桐树，看看远去的凤凰，转身又端详那棵梧桐树。舜帝明白了，他让人将梧桐树伐倒，用整个树干制作成琴的共鸣箱，粗头为主共鸣箱，其余为尾共鸣箱，并用夫人娥皇、女英的长发捻合成琴弦。头发本来很脆弱，但是捻合成琴弦的娥皇、女英的长发却很刚强。因共鸣箱设有尾部，这部琴显得特别长。人们称这部琴为舜帝五弦琴，也称凤凰梧桐琴。

舜帝五弦琴低音如春雷滚滚，高音如百鸟鸣凤，轻拨琴弦如山泉叮咚，加持力度便如虎啸山林。

琴制作好了，舜帝又亲自做了一首歌《南风》。歌里唱到：“南风之熏兮，可以解吾民之愠兮；南风之时兮，可以阜吾民之财兮。唯修此化，故其兴也勃焉，德如泉流。”意思是，南方来的和煦风呀，吹散人民的愁苦啊；南风及时吹来呀，增长人民的财富啊。只有培养这种（像南风一样和煦、及时的）风化，才能使国家生机盎然，美德如泉流不绝。

一次，九嶷山一带发生动乱。舜不想硬性平息，决定用礼乐去教化。舜把这个想法告诉娥皇、女英，两位夫人想到舜年事已高，很是不放心，就要和舜一块去。舜考虑到路途遥远，且民心不稳，难保安全，于是只带了少数随从，悄悄离去。

舜帝走向九嶷山。在九嶷山山顶，舜帝席地而坐，弹起五弦琴，唱起《南风》歌。此时天空出现了五彩虹，当琴弦颤动时，彩虹在天上起舞，大地风吹柳摆，天、人、地缓歌曼舞凝丝竹。此时莽莽群山，绵延起伏，如千帆竞发，奔腾而来，“万里江山朝九嶷”。

人们沐浴在舜帝的琴声里、歌声里，就像和煦的南风拂面。图谋不轨的人在琴声里软化，心有恶念的人在南风里净化，一场风波在“南风”里风平浪静。

在九嶷山，琴声和着歌声，歌声和着琴声，彩虹徐徐从天空降下，围在舜帝周围，形成彩云。彩云将舜帝慢慢托起，舜帝在彩云里弹琴唱歌，琴声、歌声在天地间回荡，在人们的心灵里回荡。彩云越升越高，舜帝乘彩云升入上天。

娥皇和女英在舜帝离家走后，决定随后也去九嶷山。

娥皇喜欢骑马，便跨了一匹高头大马前进，而女英喜欢乘车，便乘车赶路，并选由骡子驾车。在行进中，不料给女英驾车的母骡，突然要临盆生驹，只能将车停了下来。女英生气，斥责骡子今后不准生驹，由此传说骡子不受孕、不生驹，都是女英定下的。娥皇和女英于是同乘一马前行，因此前进缓慢，当她们走到湘江时，得知舜帝已乘云升天。娥皇和女英因没能和夫君见面，更没能和舜帝一起升天，感到万分悲痛。

二女在湘江边上，遥望九嶷山痛苦流涕。她们的眼泪，挥洒在竹子上，竹子便挂上斑斑泪痕，变成了现在的“斑竹”。“斑竹”也称湘妃竹，有诗曰“斑竹一枝千滴泪”。

舜升天了，娥皇、女英痛不欲生，便跳入波涛滚滚的湘江，化为湘江女神，人称娥皇为湘君，称女英为湘妃或湘夫人。后人感叹：雨潇潇兮洞庭，烟霏霏兮黄陵，望夫君兮不来，波渺渺兮而难升。

曾经谋害过舜的弟弟象，在舜的德行感化下，在舜升天后真的变成了一头象，守护着人们为舜建造的陵墓。从此，人们也都要在墓地放置一头雕塑的石象。

礼乐教化是从舜帝开始的。后人盛赞舜帝，奏五弦之琴，唱《南风》之歌，天下大治。

普天下清明仁和的德政是从舜帝时代开始的，舜帝被后人称为“民师帝范”和“人伦楷模”。

三、地

青藏高原隆起后，原在青藏高原湖泊的水向东倾泄，浩浩荡荡的洪水浊浪滔天，包围了山岗，淹没了田野。

舜帝执政时，曾设想设立一位“水工”，也就是水利大臣，专职消除水患。让谁担任这一要职呢？很多人都推荐一个名叫鲧的人。鲧行不行呢？舜帝要听听天下人的意见。

来自东方的人说：“鲧有德，孝敬父母。”

来自西方的人说：“鲧有才，精通算术。”

来自南方的人说：“鲧广游历，通晓地理。”

来自北方的人说：“鲧善纳言，与人和睦。”

舜帝接受了大家的意见，任命鲧为水工。

鲧上任后，勘察东西，丈量南北，查水情，画河图，经过数年的奔波，对于如何根治天下的水患心中逐步有了数，但也暗暗惊叹工程之巨大，不是一代两代人所能完成的。如何向舜帝汇报哪？鲧心里发愁。他坐在一个小山坡上，面对滚滚洪水，不知如何是好。此时一条蛇慢慢游近鲧，开口说话了：“鲧!”

正在沉思中的鲧吓了一跳，急忙站起来。

那条蛇又说话了：“我是你祖先黄帝的朋友，我们都是来自远方，你有什么困难，我可以帮助你。”

这条蛇是来自非洲，还是本土出生，没人说得清楚，但这条蛇成精了确实是事实，因为它有着超凡本领。现在看鲧正在为治水发愁，这条蛇决定显现蛇威。

鲧知道自己的始祖黄帝，也听长辈说过非洲，但是黄帝怎么能和蛇交朋友呢？鲧在思考的时候，蛇又说话了：“我知道你在思考治水，但是靠人的能力治水太难了。”

“还有什么好办法吗?”听到说治水，鲧不自觉地和蛇攀谈了起来。

“天国里有一种土，叫息壤，就是能平息水患的土壤，拿来一点点就够了。”蛇说。

“怎么能拿得到啊？怎么能上天啊?”鲧问。

“这好办，你骑在我背上，我可以驼你去，你闭上眼睛就行了。”蛇说。

看鲧有些犹豫，蛇又说：“看在老朋友黄帝的份上，我帮你一回，以后我就不会再向你提供帮助了。”

鲧被蛇忽悠地听从了安排，骑上了蛇背，只听耳旁一阵风声，他们来到天国。蛇悄悄用嘴含了一点天国之土，正准备返回下界，不料被正在天国游玩的黄帝和嫘祖看到了。因蛇偷吃蚕，嫘祖见蛇就格外气愤。嫘祖看到了这条蛇，赶过来，毫不犹豫地照着蛇头一脚踩下去，蛇痛得吐出了嘴里的土。息壤从天而降，落在大海里，形成了大大小小的岛屿。一些息壤掉在东方大陆上，堵塞了河道，使涝灾更加严重。

蛇驮着鲧连滚带爬地从天上掉落下来，鲧睁开眼睛时已经跌躺在地上。一道道闪电从天上打下来，蛇逃得无影无踪。

被嫘祖狠狠地踩了一脚后，蛇的头从此变成了扁三角形。

天对鲧也给予了惩罚：“你既听从了蛇的话，你犯了偷窃罪，你必须含冤受屈，你要帮助你儿子治水，功劳要记在你儿子身上。”

鲧治水没有成功，无奈地向舜帝汇报，并请求处分。舜帝根据问责制要惩罚鲧。鲧没做任何辩解，就认罪了。鲧被免职，并被流放羽山。

如何治水？舜帝思索再三，决定请求天的帮助。舜帝为天筑了一座坛，求告上天。

天托梦给舜帝，指示他找一个叫鱼的人，并赐名为禹，让禹领导治水。舜醒来急命众人寻访，果然找到叫鱼的人，舜把他请来。当舜帝得知鱼是鲧之子时，顿时明白了天的子承父业的用意，也明白鲧给儿子起名叫鱼是为表示根治水患的决心。舜帝根据天的旨意，赐鱼改名叫禹，把治水的使命赋予了他，并改判鲧流放在近处的嵩山。

禹请求见父，舜帝答应。

在嵩山，禹见父后痛哭，鲧安慰禹。鲧脱去内衣，将其铺在地上。内衣上画有一张河图，图上密密麻麻，圈圈点点，中国天南地北的水情都在此图中，哪里水深，哪里水浅；哪里好冲堤，哪里易决口；哪里该挖，哪里该堵；哪里能断水，哪里可排洪，都画得一清二楚。禹看后大惊，说：“父亲啊，世人说你只知筑坝修堰，不知修渠疏导，所以没成功，从河图上看，你什么都知道，那你为什么不修渠疏导呢?”鲧摇头无语。

禹见舜帝，将河图之事向舜帝回报，并将工程巨大之情说明。看到河图，舜帝很高兴。有了河图，治河就有了良好的开端，舜和禹决心动员全体民众共同治水。舜帝又免鲧之罪责，赏赐大批生活物资，让鲧在嵩山安享晚年。

禹接受天的旨意，在舜帝的领导下，带领民众奋力治水。

禹带领治水民众，走遍各地，根据规划，逢山开山，遇洼筑堤，疏通水道，引洪水入海。

禹为了治水，费尽脑筋，不怕劳苦，从不懈怠。他与妻子涂山氏新婚不久，就离开妻子，重又踏上治水的道路。后来，他路过家门口，正当妻子生产，听到婴儿啼哭的声音，都没有进家门；第二次经过家门的时候，妻子抱着儿子迎到家门外，禹轻轻亲了亲儿子的脸蛋，安慰了妻子，继续赶路；第三次禹经过家门，妻子头戴斗笠，手上拿着制水工具锸，正在家门口等候禹。妻子说孩子已经大了，并交给了婆婆照顾，要和禹一起上治河工地。禹深情地看了妻子一眼，接过妻子的锸，拉起妻子的手融入到治水的队伍中。世人把这三进家门而不入、夫妻共同治水看作典范，于是万众一心，协力治水。

在生活上，禹从不讲究起居饮食，而把所有财力和物力都用在治水上。在陆地行进时，他坐着车；在水里行进时，他驾着船；在泥滩上行进时，他乘着橇。在这艰辛的岁月里，大禹的脸晒黑了，人累瘦了，手掌和脚掌结了厚厚的老茧。史书有记载："卑宫室而尽力乎沟洫""身执耒锸以为民先"。

当时人们已经发明了造酒术，有个叫仪秋的人将自己酿造的美酒献给禹，以表敬意。禹品尝过后感到醇香甘美，不觉感叹，说："啊，人间居然有如此美酿!"

禹曾看到有人酒后癫狂误事，便预言说："后世必有以酒而亡国者。"禹宣布戒酒，并要求同僚诸臣也不得贪杯酗酒，天下臣民心悦诚服。

虽然禹奋力领导治水，但是在治水的过程中，仍然难免出错。有次在疏导一条河时，前面被一座大山挡住了水路。禹思索是往西绕，还是往东绕，看看地势往东高，往西低，便决定往西开河。在施工的时候，禹观察天上的鸟儿都往东飞，猜想这一定是气势的原因，而气势往往和地势有关，所以禹带领有关人员往东登高而视，发现向东不远处有个天然的河道。如果突破向东的一时高度，下一步的工程就容易多了，于是禹又决定向东开河，后人将这交岔处起名为"错开河"。

向东打开河道，犹如举起开山巨斧，把山劈成两半。中间形成的百丈悬崖峭壁的大豁口，就像一个大门，巨流便从这大门之间奔腾而下。据说，每年的秋天，江河中的大鲤鱼，都来这里开运动会，比赛逆流向上跳，谁跃过湍急的水流，跳入上游的河道便成功了。也有人形容这是"鲤鱼跳龙门"，以后人们便将这个大豁口称作"龙门"，将那座山称作龙门山。

在禹领导治水的过程中，除了留下众多感人的事迹，相传他还发明了原始测量工具准绳和规、矩。为了表达对禹的敬意，民众称呼禹为大禹。

大禹时常去看望父亲鲧，除了照顾父亲的生活，还时常就治水中碰到的问题请教父亲。

舜帝在位时，已决定由禹接班。舜帝升天，三年丧礼结束，禹把帝位让给舜的儿子商均，自己住在阳城。天下的民众都不愿意接受商均为帝，而去朝拜禹，禹说：“这是上天的旨意啊！”

禹登基，并继续领导民众治水。

四、《夏禹书》

一日，天拨开云雾查看人间的治水情况，看到人们万众一心地在治水，非常满意。天唤来鱼神和鸟神，命令它们到人间，帮助人们治水。二神得令。

鸟神令所有鸟儿上天衔息壤到地上筑堤护坝，大多数鸟儿都比较给力，唯有燕子不时将衔来的息壤修筑自己的巢窝，鸟神很生气，就告知人们可以吃燕窝。从此，燕子费力气筑窝，人们则多了一道美食。

鱼神命海里的鱼儿翻滚向上，并将鱼卵产在河的上游，来年的幼鱼再翻滚向下，以疏通河道。

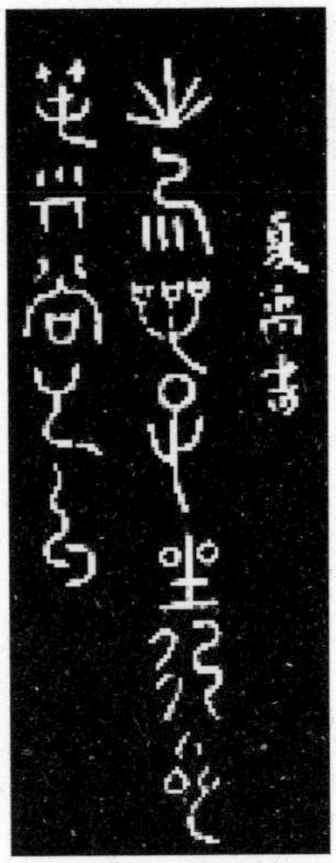

经过几年人神的共同努力，治水终于获得成功。当天再次拨开云雾查看人间时，大地上有了高山，有了丘陵，有了平原；有了长江、黄河等众多河流；有了洞庭湖、鄱阳湖等众多湖泊。天上所有的鸟，都往这里飞，地上所有的兽都往这里跑，海里的鱼顺着河流，游进湖泊。天高兴，随即又派谷神将五谷撒遍田野，派果神将百果撒遍山冈。从此“物华天宝之地”得以显现，成了地上最富庶的地方。

一天，天上飘下一副条幅，贴在大山的石壁上，形成石壁篆文，这就是著名的《夏禹书》。《夏禹书》共有 12 个字，其中 5 个是古彝文，7 个是甲骨文，两种文字混合使用。奇怪的是《夏禹书》至今无人能够破译。大家认为这是天书，是天对大禹治水功劳的表彰，大禹的功劳属于天功，因此，有人将《夏禹书》也称为《夏禹颂》。

也有人指出，《夏禹书》也可能是天的密码，上天期望我们像破解“天象密码”一样再去破解这个“地象密码”。这个新的密码破解之日，也可能是东方人类又一次进步之时。当然，还有人说《夏禹书》是《警示录》，它告知人类，要敬畏天，否则天有力量采用诸如改变地貌发洪水这样的方法来惩罚人类。

五、天　旨

天、人、地三事完成了，东方大地呈现一片祥和景象：人们忙忙碌碌地生活，不停地开荒、狩猎、织帛，生儿育女；大海挑起巨大的波涛，鱼儿在波涛中跳舞；狂风嬉弄森林草原，野兽和百鸟欢歌笑语；日月星辰不断更替，高山流水叮咚有声。

天上传来声音，天说：“我是你们始祖黄帝的神，尧帝的神，舜帝的神，也是你禹帝的神，是所有黄帝后裔的神。这里物华天宝之地是我赐予你们所有黄帝后裔的，你们要爱护这大好山河，任何人都不允许以山河作交易。”

天又说：“你们要人人平等，共同享受这物华天宝之地。”

天最后说：“我的这两项要求是我与所有黄帝后裔立的约，黄帝所有后裔都必须世世代代遵守我的约，我一定惩罚不守约的人。”

禹帝为天筑坛，坛的周围，又是百兽云集，鸟儿遮空蔽日；祭坛上，各种动物的灵魂如璀璨礼花，从大地直升天空，馨香绕着上升的灵光，飘入天堂。像是在回应，天空中降下流星雨，洒满人间。

立坛的地方慢慢隆起，这就是泰山，有国泰民安之意。登泰山一览众山小时，贤者能够看到，远处的山河隐约组成了八个字：爱护山河，人人平等。人们称这是天的旨意，于是经常礼拜。

六、鲧禹之死

治水获得成功后，大禹便想回去看望父亲。大禹曾多次想把父亲接到家里来住，但是父亲不肯，说是更愿意继续在嵩山居住，站在山顶瞭望天下河流奔腾向东，他有一种发自内心的愉悦。大禹只得尊重父亲的意见。

这次大禹来看望父亲，父亲迎到大门口。一见躯体干枯、脸庞黝黑、一身疲惫的大禹，年近古稀的父亲不禁老泪纵横。

父子俩携手进屋，席地而坐。父子俩有说不完的话，谈的自然多是水利，从长江大河的源头，到海纳百川；从北国的千里冰封，到南国的潺潺溪流。他们还设想，将来有一天，还应该开一条运河，将南北贯通起来，不光南北物资可以大流动，冬天人们还可以到南方过冬。说到高兴处，大禹说：“父亲啊，那时冬天我可以搀您到珠江散步，夏天咱们到黄河去钓鱼。”说的父亲哈哈大笑。聊着聊着，不知怎的，大禹睡着了。父亲见状，轻轻地说：“他太累了。”说着父亲也闭上了眼睛。

屋外天慢慢黑了下来，一场倾盆大雨从天而降，闪电撕开天空，雷声在大地上滚动。有人看见，鲧和禹父子俩牵着手，走出屋门，慢慢升入天空。河里、湖里、海里，鱼儿翻腾跳跃，有些鱼儿顺着雨水跳到了他们的身边。在鱼儿的簇拥下，鲧、禹父子在空中俯瞰大地，并越升越高。

人们走出屋门，在雨中默默地目送着鲧和禹；动物们从洞里出来，默默地看着天空；鸟儿也从窝里站起来，默默地看着天空。整个大地都在默默地为鲧和禹送行。

天空中传来音乐，雷声似乎变成了鼓声，雨声里裹有琴声，风儿也随着音乐舞动。透过闪电的光亮，人们看到有仙鹤在云层上飞舞，这是天派仙鹤来接鲧和禹，鲧、禹乘鹤归去。

嵩山曾称“崇高”山，鲧长期居住在此，鲧被尊称为“崇伯鲧”。后来人们为了纪念鲧和禹，也称嵩山中的太室山为鲧山，称少室山为禹山。

第三章　妃子泪

>>

一、幸福演变

当年，大禹的妻子涂山氏为和大禹一起上治河工地，将他们的孩子启交给了婆婆照看。受大人们的影响，启从小就爱玩水，村前庄后、河里沟里，他都游过泳。玩具便是治河工具锸，为此奶奶还专门为他做了一个小锸。小启玩得可高兴了，时常呼唤小伙伴们，学着大人的样子挖河筑堤，把家里院子弄得乱七八糟。奶奶问小启，长大后干什么？小启总是说，长大后和爸爸妈妈一样挖河治水。

据说小孩爱玩水的习性是从启开始的。

启从小就是个聪明懂事的孩子，长大后爸爸妈妈把他带到身边，加入了治水大军。在爸爸妈妈的耳濡目染下，启严于律己、吃苦耐劳、谦虚好学、礼貌贤达，很快便成长为一个受人爱戴的小伙子。

禹帝在位时曾征询过各部落首领的意见，有意挑选皋陶做他的继承人，可惜皋陶遗憾地死在禹的前头。禹帝又举荐伯益当接班人。禹帝升天，三年丧礼结束，仿照尧舜传位的惯例，伯益把帝位让给禹的儿子启，自己避居于阳城，启此时亦避居于夏邑。但是天下诸侯和百姓却不依照旧例，不到阳城去拥戴伯益，而到夏邑来拥戴启。众人说道：“启是禹的儿子，我们应该奉他为帝的。”

启与尧的儿子丹朱、舜的儿子商均不一样，启的德才超过了伯益，得到了众人的认可。

有违旧例的变革，并不是所有人都认可。一次众臣和部族长在开会，有扈部族发来一道檄文，意思是说，尧舜以来，都是传贤，现在禹帝早举荐伯益做接班人，而启竟敢违背传统，攘夺帝位，大家应该群起声讨。檄文又盛赞伯益的功德，劝众诸侯拥戴伯益。启看过檄文，又将檄文给大家传阅。

启说："本人本来是避居于夏邑，让伯益做帝的，不过大家殷殷推戴，迫不得已，自己才坐到这个位子上来的。既然有人不同意，我就离开这个位子。"说着启就离开了原位。

大家见状，急忙劝住，说："个别的反对，不足为凭。"

启走到伯益身旁施礼，说："请您即位。"

伯益急忙起身还礼，说："服从多数，请您回原位。"

经再三谦让，启登帝位。

启刚登帝位时过着俭朴生活，他每顿饭菜只吃一碗普通的蔬菜，睡觉只铺一床粗糙的旧褥子；他尊敬老人，爱护小孩，重用贤能。但是随着地位的巩固和时间的延长，启也慢慢发生了改变。

一次那个叫仪秋的人将自己酿造的美酒又献给了启，以表敬意。

启品尝过后感到醇香甘美，不觉感叹，说："啊！人间居然有如此美酿，应该改善民生啊！"启不觉多饮了几杯，当然，此时启的问题无伤大雅。

不久，有大臣因饮酒，开会时迟到了一会。

不久，听说有民众因饮酒，酒后放肆，引起了民事纠纷。

启帝观天下人民幸福安康，歌舞升平，不觉中提高了对歌舞的鉴赏水平。

臣效仿启帝，不觉中饮美酒观歌舞。

民观帝、臣，不觉中献美酒、献美女。

启晚年时喜欢饮酒、打猎、观歌舞。据说，他还曾亲自编排过大型歌舞。在山坡旷野之上，晚间千万支火把把夜空照得通明，千余名婀娜少女飘舞在火光摇曳中，她们似蝶、似柳、似烟。在美女的环绕下，启渐渐骨酥气短。

美女们唱道：

蝶飞捻花乱，
牵云扯烟束腰纤，
风摆垂柳月明光残，
靓影绕帝环。

含笑裹眸粲，

长发飘絮裙摆颤，

五音酿酒粉堕花眠，

良宵杯满盏。

歌声娇嗲，似喃喃自语，靡靡软气颤音，启如痴如醉，两眼迷离，不知本尊是否还在人间？

可能启觉得自己从小缺乏父母之爱，因此对自己的孩子疼爱有加，有时观看歌舞时，还把孩子们带在身边。

启的儿子太康经常坐在父亲的阴影里，痴痴地看着那些美女。

帝王在享受着“物华天宝之地”的馈赠，社会也在幸福中演变。

一天，一轮明月挂在天空，明月将如银月光洒向大地。银色月光足踏山野葱茏绿色，反射后又投向妖娆舞女。舞女们跳着笑着，喜盈盈的眼睛里多了一丝银色寒光。万缕银丝围着启帝飘忽，启心中突然感到冰封般寒冷。

篝火在跳，舞女在笑，群臣在欢，百姓在闹，欢乐中秋，启灵魂出窍。

启的日子过得太幸福了，他纵欢过度，“幸福”致死。历史记载，启是中国历史上由“禅让制”变为“世袭制”的第一人，在位九年。

启死前，没有再另选接班人，而是把帝位直接给了儿子太康。

臣接受——他们熟悉太康，这样大臣们更容易保住自己的地位；

民接受——做谁的民不是民，此时他们还没有民权意识。

有些部族不接受，发檄文，起兵造反，指责太康少德、缺才、无建树。但是太康二话没说即刻派兵镇压。抵抗不住中央政权的压力，造反者们不久便烟消云散。

黄帝“天下为公，选贤任能”的传统，在世袭社会里被摒弃，在“家天下”社会形态里，敌对、仇恨、战争，恶事横行。“无制令而民从，不施赏罚而民不为非”的时代结束了，从此中国社会进入了长达数千年的君主世袭时期。

天说：“叫他们作恶吧，我给他们几千年时间。人类是由低等动物进化来的，低等动物的原生态还没完全泯灭，人就要作恶。恶作尽，脏东西蒸发出来，人类才能进入和谐社会。”

山美水美，最美的是人。天没有无限制地宽待新生的王朝，终结王朝的是美女。

二、战场静悄悄——妺喜与夏桀

启建立的第一个“家天下”的夏朝，传到后代桀时，终结。

桀，夏桀，又名癸、履癸。桀（凶猛的意思，是贬义）是谥号（谥号是后来掌权者对前任的评价）。

在夏朝时，有个有施氏部落，一天，有施氏部落召开重要会议，讨论如何应对中央政府派人来催贡的问题。

有施氏部落位于夏朝统治的东部边缘地区。这些年，有施氏部落风调雨顺，五谷丰登，加上管理有方，逐步强大起来。有施氏部落原本是臣服于夏王朝的，对夏王朝是“年年进贡，岁岁来朝”。但是随着有施氏部落的强大，其反叛之心开始增长，对夏王朝的进贡越来越少，并以次充好。中央政府也开始对有施氏部落逐渐不满，于是向有施氏部落派出“钦差”。钦差大臣是个将军，负责来有施氏部落催贡、验贡。有施氏部落长不得不召开紧急会议，商量对策。

武将甲首先发言，说：“我们现在兵强马壮，粮草充足，不用再向夏称臣了。”

武将乙支持武将甲的意见，说：“我们地处丘陵地带，易守难攻，不交贡，夏奈何我不得。”

部落长又征求文臣们的意见。

文臣甲说：“我们是比以前强大了，但是现在和夏闹翻，夏必将打过来，输赢暂且不说，到时我们必将有大量的人员伤亡，那时我们就得不偿失了。”

文臣乙支持文臣甲的意见，说：“干戈动不得，劳民伤财，不打为上。”

武将甲有些急躁，说：“臣服于别人，何时是个头?”

武将乙又支持武将甲，说：“我们已有这个实力，为何不独立?”

文臣甲气定神闲，反驳说：“弊大于利，不可贸然行事。”

文臣乙继续支持文臣甲，说：“是不是先联络其他部落，工作再做充分些。”

部落长看文臣武将意见不一，各说各理，也不知如何是好，只得叫停。会议到此结束，部落长还要再考量考量。

作为中央政府，希望纳贡多些，作为进贡者，希望少交些，这是自然矛盾。作为进贡者，如果觉得自己有能力和中央政府抗衡，便少进贡、不进贡，这也是“独立”的开始。但是闹“独立”可不是闹着玩的，如果力量不够，或者时机不成熟，到时中央政府派兵讨伐，弄不好就会导致整个部落的覆灭，所以有施氏部落长不得不慎重考量。

话说夏王朝的钦差大臣一行不日来到有施氏部落，带人策马直奔有施氏部落长官驻地。到了长官处，警卫人员将其拦住，钦差大臣举鞭便打，傲慢吆喝着要部落长出来相见。此时早有等候的相关人员将他们请入宾舍，好饭好酒招待着。

对夏王朝是闹“独立”还是服从，有施氏部落长经过权衡再三，认为自己的力量还不足以与夏抗衡，且师出无名，契机不对，所以决定暂时还是服从夏，并同意近期进贡，且补齐原来所欠贡奉，接受以次充好带来的处罚。有施氏部落长将这个决定告知钦差大臣，钦差大臣欣然同意。

按说此事此时该结束了，但是节外生枝，那个钦差大臣惹出了另外一个更大的麻烦。

部落长有个宝贝女儿叫妹喜，妹喜公主长得特别漂亮，有诗赞曰：有施妹喜，眉目清兮，妆霓彩衣，袅娜飞兮，晶莹雨露，人之怜兮。

男大当婚女大当嫁，妹喜长大了，婚姻大事自然要提到议事日程，但是妹喜的婚姻大事不好解决。“皇帝的女儿不愁嫁”，从文臣武将，到平民百姓，凡是适龄男子都想摘得这朵鲜花。公主就是公主，妹喜不光人长得漂亮，自然还有公主的傲气，她提出了一个择夫标准，即文治武功与人才品德都要在部族中第一。这个第一可难坏了老部落长，令他寝食难安。部落那么多人，如何挑选？好在老部落长手下有能臣，有人给他出主意，举行海选加文考武试，就是在全族先进行海选，层层淘汰，然后进行文考，而武试就是比武，将那些武功高强者选出，最后综合评比选出前 10 名，交妹喜公主定夺。

钦差大臣本来工作已经完成了，他们不辱使命，将带回去更多的贡奉。那位钦差大臣，也是有说有笑，乐呵呵地骑马走在队伍中间。走到一个地方，锣鼓喧天，人声鼎沸，那位钦差大臣询问是怎么回事，陪同人员将妹喜公主招驸马的事如实告知。钦差大臣感到好奇，决定前去看看。

来到招驸马处，此地人山人海，热闹非常。钦差大臣将马交与下人，自己挤进人群朝主席台上观看，此时妹喜公主正坐在主席台上观看下面的比赛。钦差大臣看到公主，大感惊讶，他从没看到过如此漂亮的美女。当钦差大臣得知场上正在比武时，决定一试身手。此时比武场上正在比试射箭，蛮横的钦差大臣挤到前面，举箭便射，可别说，这位出身将军的钦差大臣的箭法可真准，几轮下来，便夺得头名。这下其他比武的选手可不干了。人家不知道这位将军是干什么的，便一起起哄，责骂这位小子乱了秩序。当然这位傲慢的钦差大臣不吃这一套，说着便打了起来，但就算是个英雄也难敌众手，何况这些来参加比武的也都身手不凡。不一会儿这位钦差大臣就不得不落荒而逃，那些钦差大臣的随行人员也好汉不吃眼前亏，跟着逃之夭夭了。

颜面丢尽，那些贡品当然顾不上了。

钦差大臣一行脱离险境后，钦差大臣发话了："今天的事回去不许说，我们说众人抗贡、造反。"他又威胁众人说："夏王对我是十分信任的，这你们也知道，如果你们谁走漏风声，别怪我不客气，听清楚了吗?"下面的人唯唯诺诺。

钦差大臣逃回夏朝首都，见到夏桀有声有色地描述说有施氏部落抗贡，已经造反独立，有施氏部落的公主正在操练兵马，准备抗击夏军。适当时机钦差又说公主妹喜是如何的美貌，说的夏桀有些心动。

钦差大臣走后，有施氏部落也炸开了锅。以这种方式将钦差大臣驱赶出境，没有人认为中央不会来报复。这时文臣武将和解了，领导和百姓认识统一了，有施氏部落长也没什么好犹豫的了，就一句话，准备抗击中央军的进犯。有施氏部落的军队日夜操练，排兵布阵，老百姓全民皆兵，村自为战，人自为战。山战，林战，水战，火战，能想到的都想到了，能准备的都准备停当了，就等着中央军的进犯了。

再说夏桀，听了钦差大臣的汇报，夏桀十分恼火。有施氏部落胆敢造反，这还得了，如果不处置有施氏部落，其他部落就会效仿。不行！不能开此先例，夏桀下定决心，要剿灭有施氏部落。夏桀调兵遣将，亲自挂帅，指挥十万大军开始武力征伐有施氏部落。

有施氏部落以逸待劳，并占据天时、地利、人和之便，再加上物产丰富、农业发达，有施氏部落具有一定实力。但是夏军更胜一筹，黑压压的十万人马向有施氏部落冲来，所过之处血流成河，火光冲天。面对夏军的攻击，有施氏部落奋力抵抗，先是采用阵地战，后又采用运动战，最后采取敌进我退、敌驻我扰、敌退我追、敌疲我打的游击战术，但是面对夏军强大的攻击，浴血抵抗了几个月之后，有施氏部落还是坚持不下去了。

深夜，有施氏部落召开紧急会议。老部落长沉痛地说："部落在危亡之中，我们面临着覆灭的危险，怎么办？请大家商议。"

怎么办？还能怎么办，失败的结局只有两个，一是灭亡，二是投降，签订"不平等条约"。为了部落的生存，最后大家统一了意见——"投降"。但是现在夏桀及所率军队已经杀红了眼，恐怕想投降也不容易。

在沉默了许久后，黑暗中一个大臣怯生生地说话了：“事情是由那位钦差大臣引起的，是不是向他行贿，请他在夏王面前说说好话，接受我们的投降。”别无良策，只有这样。于是有施氏部落连夜安排人化妆成夏军，携带金银珠宝，潜入夏军，见到了那位钦差大臣。那位钦差大臣见到如此多的钱财，不禁喜上眉梢，答应帮助在夏桀面前求情，但是他又增加了一个条件：“要妹喜。”

行贿人连夜返回，将那位钦差大臣的要求告知老部落长。老部落长听到后当即瘫坐下来，如何是好？于是又举行会议商议此事。

武将甲说：“我去见夏王，将事情的前因后果，说清楚，就是死，我们也要死个明白。”

文臣甲说：“我也愿前去见夏王，唇枪舌剑，我不怕他。”

第二天，两军阵前，武将甲和文臣甲让人将自己捆绑，走向敌营。

“有什么话说吧，说完就去死。”夏王阴着脸坐在大帐中，掷地有声。

有施氏部落的武将甲和文臣甲将这场战争的前因后果从头道来，夏王听后一愣，大声说：“你们说的若有一句假话，我就剥了你们的皮。”

随后，夏王传那位钦差大臣一行到场。在这种场合，那些钦差大臣的随员们不敢不说实话了。夏王询问那位钦差大臣，那位自认受宠的钦差大臣此时已瘫坐在地上，不得不如实招供。夏王听后大怒，喝令刀斧手：“给我推出去，斩！”

夏桀让人给有施氏部落的武将甲和文臣甲松绑，说：“我什么都不要了，把妹喜送来吧。”

武将甲和文臣甲回去，将此行的情况向老部落长如实汇报后，大臣们松了一口气，军队松了一口气，民众也松了一口气。只有老部落长感到痛苦、无奈，但也只得顾全大局。

从小娇生惯养的妹喜要被当作战利品送给敌方，这对妹喜的打击也是太大了。妹喜整天哭泣，老母亲更是卧床不起，老部落长唉声叹气，但是又有什么办法呢？

有施氏部落献出了自己的公主，全族最美丽的姑娘——妹喜。

妹喜被放置在一辆白色的战车上，战车由四匹白色的马拉着，战车上飘着一面白色的旗帜，妹喜身着一袭白色衣裙。这是妹喜要求的，她认为，她是在走向死亡。

当载着她的战车走到两军阵前，护送她的人停住了。当战车走到尸横遍野的战场中央，驾车人从车上跳下，连滚带爬地跑回自己的一方。妹喜往回望去，山岗上站满了她的乡亲，但是他们无奈地抛弃了她。妺喜浑身发抖，恐惧笼罩着她的全身。妺喜转过身来向前望去，战旗猎猎，刀光闪闪。来此之前父亲已将部落的危难情况向她做了说明，当然也说到了嫁给帝王也可能是好的结局。在妺喜听来，“也可能是好的结局”是安慰她的话。她将赴汤蹈火，以一人的生命换取全部落的生存。妺喜擦干眼泪，捡起缰绳，马儿拉着战车向前走去，趟过血水，碾过尸体。时间在一分一秒地向前走，妺喜在分分秒秒中蜕变，到达敌方阵营时，她已不再是个柔弱女子了。

战场静悄悄，只有乌鸦在不远的树杈上叫着，远处的密林里，狼的眼睛闪着绿光，它们着急地等待着打扫战场。

带着血与火的记忆，妺喜进入敌方阵营。

夏军像退潮的海水，渐渐离去，只是海水里裹卷着一朵白色小花。然而令这朵白色小花想不到是，可能当时谁也不会想到，不久这朵白色小花将会影响中国历史上一个朝代的变迁。

夏桀得到妺喜后，爱不释手。

夏桀身材魁梧，臂力过人，功夫超强，赤手空拳可以格杀虎豹。但是夏桀在妺喜面前却是满面堆笑，像宽厚的兄长。夏桀让人拿来华丽的衣服，亲自披在妺喜的身上。妺喜一把扯下，夏桀再次将衣服披上。妺喜又扯下衣服，并将它撕破。夏桀并不生气，让人拿来更多的衣服，让妺喜随便扯，随便撕。

饭食自然丰盛，妺喜借酒浇愁。夏桀见妺喜善酒，便叫人修筑酒池，人能在酒池中泛舟。

夏桀怕妺喜思念家乡，就按照有施氏部落的房屋样式，建造一些新民舍与妺喜参观欣赏，以消除妺喜思乡之苦。

和繁华的夏都相比，有施氏部落只是简朴的农村，和豪华的夏王宫相比，喜妹以前的住处只能称之为“经济适用房”。

豪华奢侈的生活，加上夏桀体贴入微的呵护，久而久之打动了妺喜的芳心。

一天，当夏桀再次将衣服披在妺喜身上时，妺喜没再拒绝。夏桀将妺喜拥在怀里，妺喜被征服。

妺喜转过头来，看着夏桀，眼睛里包含着太多的期待。

五尺高的汉子也有柔情的一面，夏桀知道如何满足妺喜的期待。

春天到了，夏桀领妺喜踏春看柳，莺歌燕舞。

夏天到了，夏桀带妺喜溪边嬉水，鸳鸯芙蓉。

秋天到了，夏桀伴妹喜庭前赏月，菊展蚰情。

冬天到了，夏桀携妹喜童趣雪仗，喜鹊枝鸣。

妹喜感觉因祸得福，她在夏桀身边过得很愉快。

然而好景不长，不久她就不能独享夏桀之爱了。

一天，下级报告，说有一个岷山部落抗贡造反。这种事情没有商量的余地，夏桀立即整装带兵剿杀。

追逐漂亮女人是君主的嗜好，夏桀在这次战争中又得到了两个美女。

夏王讨伐岷山部落，岷山部落招架不住，不得已效仿有施氏部落，赶紧献出了两个美女：琬与琰。琬和琰生的如两颗马奶子葡萄，晶莹水灵——捧在手里都怕掉在地上碎了，另有一番风味的美丽。夏桀又是一番惜香怜玉，至于妹喜，只好在倾宫瑶台里独守青灯了。

当一棵参天大树呼风唤雨时，在不远处的一棵小树正在等待着这棵大树的轰然倒下。

夏桀统治下的另一部落商发达起来了。商部落见夏桀东征西伐，穷兵黩武，便预感到了夏必灭亡，于是趁机积聚力量，准备发起灭夏的战争。

一天，宫女觐见妹喜，说有一位厨子，能做一手妹喜家乡的好菜，愿意为妹喜效劳。妹喜此时百无聊赖，也就随口答应了。吃饭时，妹喜果然品尝到了几样难得的家乡菜，这几个菜比平时吃的大鱼大肉好吃多了，这多少给妹喜解了一点闷。

几天过后，妹喜一时兴起，要召见那个厨子。那个厨子来了，妹喜见其气度非凡，便有几分喜欢。

妹喜问，哪里人士？厨子回答说不是妹喜家乡人。妹喜感到奇怪，又问怎么学的我的家乡菜。那厨子说：“道听途说而来。”

厨子的回答更让妹喜感到好奇。

厨子又说：“菜味虽说分天南地北，但是，所说家乡菜也不过是习惯而已，菜做好了，哪里的人都喜欢吃。”

妹喜说：“你就说说，做菜都有什么名堂？”

厨子继续说：“烹调美味，首先要认识原料的自然性质：‘夫三群之虫，水居者腥，肉玃者臊，草食者膻。臭恶犹美，皆有所以。’美味的烹调‘凡味之本，水最为始’。”

听到这里，作为公主出身的妹喜已完全听不懂了，不过她乐意听，她也不知道为什么。

厨子说的不完全对，因为那几样妺喜喜欢的家乡菜，是这位厨子专门跑到妺喜的家乡学的，只是这位厨子现在还不愿暴露自己的身份罢了。

从此这个厨子便经常来给妺喜讲解厨艺。有一次厨子烹调了一份鹄鸟之羹（天鹅羹），更受妺喜赞赏。厨子说："烹饪的用火要适度，不得违背用火的道理：五味三材，九沸九变，火为之纪，时疾时徐。灭腥去臊除膻，必以其胜，无失其理。"

来者何人？他的厨艺竟是如此精湛？他就是日后被中国烹饪界尊为"烹调之圣""烹饪始祖"和"厨圣"的伊尹，他创立的"五味调和说"与"火候论"，至今仍是中国烹饪的不变之规。

不过他此次来到妺喜身边，却另有目的。

一天伊尹对妺喜说："我云游过四海，采过百家之长，虽说我没到过公主的家乡，但是我根据有施氏部落的地理方位，能猜出有施部落人的口味。有施氏部落的菜，盐重，醋轻，甜缺，油大，再多增加点大葱大蒜而已。"伊尹的话开始拐弯了，说："喜味重的人也特别重情感，有施氏部落的人不会忘记自己的公主。"

妺喜被打动了，想起自己年迈的父母，想起自己的乡亲，不禁热泪盈眶。抬望眼，妺喜透过窗棂向家乡方向望去，但是首先映入妺喜眼帘的是巍峨的夏宫，像是一个提醒。妺喜心中不禁微微一颤。妺喜转眼看那位厨子，那位厨子潇洒地站在不远处，很有礼貌地冲着妺喜微笑。妺喜感到此人非同一般，重新上下打量了一会儿这位"厨子"，轻声问道："你不单是个厨子吧？"

厨子并不惊慌，淡淡一笑说："公主不该忘记自己战利品的身份，更不该回避独守青灯的苦楚。"

妺喜脸露怒容，厉声问道："你是何人？来此何事？"

厨子从容下跪，说："我乃商部落之相伊尹，奉商部落汤王之命，特来请求公主相助，推翻现今夏王的统治。"伊尹又说："夏王东征西讨，不恤其众，众志不堪，上下相疾，民心积怨，夏命其卒。我们的造反是顺乎天而应乎人，如果公主忘记与夏的旧仇，就请公主发落我吧。"

厨子连珠炮似的回答，惊的妺喜跌坐下来。告别家乡时战场血淋淋的场面，和父母沧桑的面容又浮现在妺喜面前。妺喜痛苦地掩面而泣。伊尹见状，默默地退出。

一连三天在伊尹的循循诱导下，妺喜答应与他合作。

几天后，妺喜病了，夏桀前来探视。妺喜拖着病体接驾，柔弱的身体不由自主地倒在夏桀怀里。夏桀将妺喜安放在自己的腿上，端详着妺喜消瘦的脸庞不禁心生怜悯，歉意地说："以前我来少了，以后要多来关心你。"

妺喜心生一计，说："大王武功盖世，就为我演习一下剑吧，这样借大王的力量，我的身体也可能康复得快一些。"

见妺喜高兴，夏桀真的拔剑演习了一番。以后妺喜又要求夏桀讲些打仗的故事，夏桀也都答应了。

说者无意，听者有心。有机会妺喜又将夏桀所讲的事情，都讲给了伊尹听。

一天夏桀似乎有些察觉，问妺喜为什么对男人的事情感兴趣。妺喜说，你看我的身体不是好多了，我现在不光喜欢听大王讲，我还要练武，如果大王需要，我也可以上阵杀敌。夏桀听了哈哈大笑。果不然，妺喜给自己做了一副盔甲，穿戴起来，英姿飒爽，另有一番美丽。她还将一些宫女武装起来，请夏桀训练，夏桀时常被妺喜逗得乐不可支。

伊尹给妺喜做了一年的厨子，便对夏王的军事状况有了较为详实的了解。

伊尹一天向妺喜辞行，说还会再来看她，妺喜有些失落。

伊尹可以说是中国历史上的第一位间谍，而妺喜则染指了情报门。

在间谍伊尹千方百计利用妺喜，掌握夏军情报好助商灭夏之时，妺喜面对一个帝王有时也想，男人们为争夺天下而打仗，也是可以理解的事，何况那次战争之后，夏桀对有施氏部落还是很优惠的。但是夏桀一打胜仗就要带回几个新欢，让妺喜越来越多地独守青灯，妺喜可接受不了。

虽然夏桀渐渐地忽略了妺喜，但是妺喜却渐渐地爱上了这个男人，只是过去的柔情现在只剩下清冷的落寞，那个曾经对自己百般疼爱的人现在却在别的女人面前甜言蜜语。想起这些，妺喜对夏桀又充满恨。

对夏桀的爱和恨纠缠在一起，妺喜有时也不知如何是好。

女人的本能使她产生幻想：若夏桀丢掉帝王宝座后，能再回到自己身边，与她重温旧日柔情也好。

伊尹回到商部落，向商部落长汤王做了详细汇报，并制作出了灭夏的战略部署。首先商部落对夏不朝不贡，静观夏的反应。夏桀像过去一样，对边远部落对中央政府的不朝不贡，是绝对不会容忍的，结果是夏桀"起九夷之师"攻商。

山雨欲来风满楼，夏都传令车马飞奔城门，华夏大地顿时人喊马嘶，一场大战又将拉开大幕。

商汤王见状，听从了伊尹的“缓称王”建议，并立即修书信一封，派能言之士给夏桀送去。信中说，自己近期身体欠佳，所以没能上朝，贡品也只是想选更上等次，所以耽误时日。造成如此大的误会，责任在下臣，商部落愿奉送两倍的贡品，另加绝色美女送给上，请夏王息怒。伊尹另安排人员，携带大量金银珠宝绫罗绸缎行贿夏桀身边人员，请帮助讲情。见商部落服软，并有众人讲情，已坠落在美女群中、体力日渐不支的夏桀，就坡下驴，鸣锣收兵。漫天乌云干打雷没下雨，一场兵灾人祸暂缓。

看到夏桀还如此强大，天下军队还听夏桀的指挥，伊尹又献计给商汤王，商汤王照准。

伊尹又以厨子身份来到妹喜处，此次妹喜对伊尹并不客气。

妹喜：“你们不是认输了吗，你又来干什么?”

“回禀公主，我们尚未开始，不能算输。”伊尹不称妹喜为娘娘，仍称妹喜为公主。

“你此次又来做什么?”妹喜问。

伊尹将下一步的战略告知妹喜，并请妹喜配合。妹喜对伊尹有点腻烦，说：“你们能行吗?”

伊尹没有回答，只是从怀里掏出一封信，交给妹喜。这是妹喜年迈的老父亲写给妹喜的亲笔信，是伊尹亲自赶到有施氏部落，见到老部落长费了好大劲做出的成就。

妹喜看完信后泪流满面，不能自已。伊尹见状悄悄退出，不一会儿一碗热汤送到妹喜面前。

夏桀有一段时间没来了，妹喜对穿盔甲、训宫女的游戏也早已玩够了。空荡荡的宫室，空荡荡的心灵，妹喜生活得很乏味。妹喜的生活需要充实，妹喜决定和伊尹合作，让夏王回到自己身边。几天后，妹喜召见伊尹，告知可以合作。

第二年，商部落按时进贡，贡品又多又好，当然还有美女奉上，夏王很是满意。

商部落在向夏进贡的同时，也做好了战争准备。在夏桀接到贡品的同时，商部落便开始了对夏桀的党羽部落中的韦部落展开了疯狂地进攻。那是一场闪电战，商部落倾其所有兵马，向毫无准备的韦部落猛扑。韦部落一片大乱，韦部落长一边指挥抵抗，一边派人向夏桀紧急求救。

此时，妹喜已按计划将夏桀再次请入内宫，观看妹喜新的阵法。

妹喜亲自打着鼓，敲着锣，挥动着指挥旗，指挥着宫女兵有进有退，展现出不同的阵形，看得夏桀直点头，大声说："哇！我的爱妃，真没想到，你还有如此才能，将来你可以和我一起上战场杀敌。"说完冲天大笑。

此时有值班军官前来报告，说商部落突然向韦部落进攻，韦部落向中央求救。妹喜此时插了话："两个部落闹点摩擦还不是常事，派人去看看，让他们不要打就是了。"

妹喜由于运动，两腮微红，人面桃花，加之香汗溢出，也像雨后蜜桃，看的夏王不仅心动神摇，便随口安排值班将军："火速派人前去，叫商部落立即停止进攻，否则我将亲自带兵进剿商部落。"说完便将妹喜拥入宫室，自然是巫山云雨一番。

对中央的使者，商部落热情招待，但前方的战事仍然是日夜马不停蹄。不久闪电战成功，韦部落被商部落兼并。当中央使者回京汇报时，另一场针对夏王的另一党羽部落顾部落的闪电战又开始了。此时夏桀已经完全明白了当前的局势和商部落的图谋。但是，当夏桀将军队集中起来时，顾部落已被商部落收入囊中了。

夏桀起兵了。

在重镇鸣条，夏的军队和商的军队摆开了决战的架势。这天，电闪雷鸣，暴雨如注，商的军队意欲偷袭。夏桀久经沙场，对此早有准备，双方在雨里、水里、血里、泥里杀成一团，直至雨停，风住，阳光穿透云层。此后双方都筋疲力尽，战争成胶着状态。

妹喜在宫里，听到前方的战报，不知是喜是忧。在她坐立不安中，伊尹又出现在她面前。妹喜冷冷地看着他，说："你说吧，还要我办什么事。"

伊尹说："我这次来，是问公主有什么要求？"

"我有什么要求？"妹喜不理解其意。

"是这样，"伊尹说，"战局已定，不日夏王就要战败。"此时伊尹对"夏王"两字语音提高，显得格外尊重，而"战败"二字又说得很轻，但很肯定。

妹喜明白了，说："你要你的天下，我要我的男人。"

伊尹从怀里掏出一面旗帜，双手举起交给妹喜，说："第三天下午，打着这面旗帜到战场上去。"

妹喜默默地接过旗帜。

伊尹退出，临走扭头看了妹喜一眼。那一眼是满含深情，妹喜读懂了，心中也不禁微颤，但是她立即止住了，她只属于一个男人。

伊尹此次来，带来了许多老弱妇残，凡有点力气的人都上战场了，伊尹也只有这点战备力量了。而夏都，除了王宫的部分守备外，凡是能打仗的也都叫夏桀带到战场上去了，夏都实际也是一座空城。伊尹让那些老弱妇残在这座城市里遍插代表商部落的旗帜，散布舆论："商汤胜，夏王败!"很快，这座城市便充满了悲哀气氛，而这种悲哀气氛随即传到了前线，影响了夏王军队的士气，胜利的天平开始向商军倾斜。

第三天下午，战场上空乌云密布，战场中央死尸遍地，夏桀的军队不是被歼灭了，就是被击溃了，只有夏桀一人持剑站在死人堆上。此时夏王浑身是血，双眼藐视地看着包围着他的商军。他的英雄气概震慑了敌人，没人敢再往前靠近一步。就这样，夏桀与数万敌军对峙着。

乌云不动，风儿不走，战场静悄悄。

天边一团火焰向战场飘来，慢慢靠近战场。人们看清楚了，四匹红色的战马，拉着一辆红色的战车，战车上飘扬着一面红色的旗帜，驾车的战士身着红色的盔甲，身后飘着红色的飘带。战车向战场冲来，商军纷纷后退，让出了一条通道，战车直向战场中央冲去，到了夏桀面前，战车停住了。红色战士跳下车，一边呼喊着，一边向夏桀扑去。夏桀反应过来，这辆红色的战车和这些红色的战马，是夏桀送给妺喜的，还有这红色的盔甲也是夏桀特意给妺喜定做的。夏桀说，红色象征胜利。当然，那时夏桀只是哄着妺喜玩。

在战场上，在夏桀战斗到只有他一人时，妺喜的出现不禁让夏桀浑身一颤："你来做什么？走开!"夏桀推开妺喜，满眼的怒火撒向敌军——至今他仍然是不可一世，他不愿意接受任何的怜悯。

"夏王！夏王！我们上战车，我们去开辟新的战场。"妺喜请求道。夏桀扭头看妺喜，将信将疑。妺喜坚定地说："我是你的战士！我们一定会胜利。"

妺喜搀扶着夏桀走下死人堆，上了战车。不远处。伊尹驾着另一辆战车停在不远处，见夏桀上了战车，伊尹扬鞭策马驾车向战场外驶去，妺喜驾车随后也冲出战场。

此时漫天红霞。

战车停在一个湖边，湖边停着一艘小船。夏桀和妺喜下了战车，走向小船。不远处伊尹默默地看着他们。

上了小船，妺喜向岸边的伊尹投去一瞥复杂的目光，但是这瞥目光却被夏桀察觉到了。

商灭夏之后没有杀掉夏王，而是将其流放。

妺喜与夏桀同舟浮江，奔南巢山而去。

在南巢山顶，风和日丽，妺喜已换上一身白纱裙，坐在草地上，依偎在他的男人怀里。“夏王！”妺喜仍然这样称呼他的男人。虽然那个男人已不许她再这样称呼他，可是妺喜说：“有一个兵，你也是王。”

妺喜轻轻地说：“我临摹了一首诗，题目叫《战场静悄悄》，愿为夏王吟诵。”

夏桀问：“诗也可以临摹？”

妺喜温柔地反问道：“为什么不可以呢？”没等夏桀再回答，妺喜便开始轻轻吟诵她自称为临摹的诗：

“战场静悄悄，我走了，
正如我静悄悄地来。
来时我是一朵小花，
帝王将我轻轻掐下，
连同我的纯洁无暇。

战场静悄悄，我走了，
正如我静悄悄地来。
走时我是一片红霞，
我将帝王无声笑纳，
连同他的战剑天下。”

吟诵完毕，妺喜随手拈来一棵小草，放在嘴边摆弄，轻声漫语：“夏王，你有什么话就问吧。”

夏桀一怔，一时双方无语。

过了一会，夏桀问：“你和伊尹是何关系，如实招来。”

妺喜并不惊慌，又是轻声慢语：“夏王，这是一个长篇故事，你可别急，听我慢慢道来。”妺喜将她第一次如何与伊尹相识，到最后又是如何协商将夏桀流放到这个小岛上，全部如实招供。

妺喜说得风和雨细，夏桀听得五雷轰顶。

说完了，妺喜站起来，整理了一下衣裙，然后躺到了草地上，说：“我说完了，你可以杀我了。”

“你怎么知道我要杀你。”夏桀开始暴怒了。

“你不是把战剑也带来了吗？只需轻轻一挥——杀了那么多人，不差我一个。”妹喜冲夏桀莞尔一笑，又说道：“死在你的战剑下，做鬼也英雄。”

夏桀忍无可忍，大吼道：“是你毁了我的天下！”

夏桀跳起来，拔剑出鞘，一道寒光向妹喜刺去——剑尖停在了白色的纱裙上，妹喜没有动，夏王僵住了。风在轻轻地吹，不远树上的鸟儿在轻轻地唱，绿盈盈的山坡上，夏桀和妹喜组合成了一座雕像。

不知过了多少时间，夏桀想：“杀一个手无寸铁的女子，将失天下的责任推给她，不应该是大丈夫所为。”夏桀慢慢把战剑收回。

夏桀还是有些不能自制，他举剑刺向苍天，挥剑劈向大地，狂呼大叫——不知又过了多少时间，他停住了，淡淡地说了一句：“都是我的作为！”

又是一段时间的凝固。

最后，夏桀慢慢举起战剑，向自己的脖子抹去。说时迟，那时快，妹喜从地上爬起，倾其全力向夏桀扑去，夏桀的战剑被妹喜打掉。

夏桀呆呆地看着妹喜，妹喜怔怔地看着夏桀——突然两人紧紧抱在了一起。

苍天伸出一只大手，将他们握住，并将他们和伊尹一起放进了历史。

冷酷的历史对妹喜、夏桀和伊尹只是淡淡地说了一句话：“昔夏桀伐有施，有施人以妹喜女焉，妹喜有宠，于是乎与伊尹比而亡夏。”

三、别欺人太甚——苏妲己与商纣王

夏桀终结了夏朝，商汤创立了商朝。

商朝传到后代纣时，纣结束了商朝。

商纣王也叫子辛，“纣”是后人加在他头上的恶谥，意思是“残义损善”。

在商纣王执政时，商纣王身边也出现了一个美女，名叫苏妲己。苏妲己的出现同样导致了一个朝代的灭亡，当然这也是苏妲己自己无法想到的。

苏妲己的出身有点离奇。

一天，晴空万里，半空中一只山鹰在盘旋，在山鹰的爪子上悬挂着一个红色的东西非常醒目，惹得不少动物抬头观望。当山鹰选中一个山坡后，便徐徐降落下来。山鹰将那个红色的东西放在地上时，那个红色的东西里发出了婴儿的“呀呀”声，原来是个襁褓，里面是个婴儿。这是山鹰刚打来的“食”，它有一窝嗷嗷待哺的雏鹰，只是这个食物太大，它才将它先放在山坡上，想是欲将食物撕碎后再叼进窝里。当山鹰要向这个婴儿下嘴击杀时，这个婴儿不知怎的竟冲着山鹰咯咯笑起来，山鹰不禁一愣。这一切被一个正在寻食的狐狸看到了，说时迟，那时快，在山鹰一愣的工夫，狐狸忽的一声向山鹰扑去。它要夺取这份食物，它也有一窝嗷嗷待哺的幼狐。见狐狸突然扑来，山鹰急忙跃起，猛扇羽翅落在一旁的一棵树上。狐狸赶走了山鹰，扭头回到襁褓前，用嘴将襁褓的系带扯开。此时婴儿突然大声哭起来，响亮的哭声吓得狐狸后退几步。这时一头山鹿大步走来，狐狸见状急忙躲开，因为狐狸害怕山鹿的蹄子。那头山鹿走近襁褓，见是个婴儿，便围着婴儿转了几圈，然后卧下来，将奶头放在婴儿的嘴里。婴儿不哭了，贪婪地吸允着鹿奶。狐狸在一旁看呆了，山鹰在树上也呆呆地看着。

过了一会儿，婴儿吃饱了，山鹿站了起来，看了看不远处的狐狸和树上的山鹰，然后俯下身来，用嘴将婴儿衔起来，离开了。走到一个山洞里，山鹿将婴儿放下，转身走开了。此时那只狐狸尾随而来，也钻进了那个山洞。那只狐狸进了山洞，围着婴儿转了几圈，卧下来，学着山鹿的样子，将奶头放在婴儿的嘴里。过了一会儿，狐狸离开了。那只山鹰也飞进山洞里，它给婴儿衔来一些羽毛和干草，盖在婴儿身上。

婴儿在三个动物的呵护下，活了下来。

这个婴儿就是后来的苏妲己。

待苏妲己慢慢长大，山鹿妈妈便驮着她，在山间林旁出没。当然还有那只狐狸，它总是不离左右；还有那只山鹰，它也经常在它们上方盘旋。

山里有猎人，一天一个猎人发现了这头山鹿，甚是兴奋，悄悄躲在树后，拿出弓箭，搭箭上弦，欲举箭射杀。可是当他将箭瞄准那头山鹿时，却发现山鹿背上坐着一个小孩，猎人惊住了，放下箭，揉揉眼睛再看，没错，鹿背上是坐着一个小孩。在猎人还在惊奇之时，突然一只狐狸向他扑来，猎人急忙躲过。此时又有一只山鹰从天而降，向猎人伸出利爪，吓得猎人连滚带爬急忙逃走。

此事不久在猎人中传开了，有胆大的猎人跟踪了那头山鹿，发现了骑山鹿孩子所住的那个山洞。山里有猎户，山边有村庄，不久山里山外的人们都知道了这件奇事，也都想看看苏妲己，但是鹿、狐、鹰甚是警觉，人们很难靠近。后来人们想了个办法，将食物放在苏妲己住的山洞附近或者它们经常出没的路上，并同时给鹿、狐、鹰也准备了食物。后来鹿、狐、鹰感觉人们并无恶意，便开始接受了人们的亲近，有时路过村庄，还放下苏妲己，让她和村里的孩子一起玩耍。有一苏户人家，经常邀请苏妲己到他家去，久而久之便认了苏妲己为自己的女儿，并给她起名叫苏妲己，苏妲己有了自己的家。鹿、狐、鹰也常到苏家去，苏家也给它们准备食物。鹿、狐、鹰和苏家和睦相处，苏妲己得以健康成长。

苏家非常疼爱苏妲己，除了生活上的百般照顾，还请来教师，教苏妲己识文认字，唱歌跳舞。在苏家，苏妲己是个有教养的千金小姐，可是当苏妲己一离开苏家，骑在山鹿妈妈背上，带着狐狸、山鹰腾跃在山间林里时，她又是另外一个人。她能听懂鸟语，能和猛兽交谈。在山头，她的一声大叫，能唤来丛山峻岭中各种猛兽的齐声响应；在森林中，她的一个呼哨，也能让百鸟齐声鸣叫。苏妲己像是这里的山林之魂一般。

一天，王母娘娘乘云巡游，看到苏妲己带着一只山鹰和一只狐狸，乘山鹿在山间林里嬉戏。她原以为是哪路神仙在此逍遥，但是掐指一算，原来是一位凡间女子。王母娘娘甚感惊奇，不觉按下云头，来到苏妲己面前。此时苏妲己正玩得高兴，突然面前出现一个衣着华丽、神态高贵的老太太，也是一惊。

王母娘娘首先开口：“姑娘名何？家在何处？为何只身在此玩耍，不害怕山林间野兽出没？”

苏妲己听后咯咯地笑起来，心想此处谁不晓得我，问这样的话，一定是远路客。但转念又一想，此人面目和善，气度不凡，一定是个大家的老奶奶，便将自己的身世告诉了来者。王母娘娘听后更是惊奇，也将自己的身份告诉了苏妲己。知书达理的苏妲己听后，向王母娘娘道了个万福，没有多言。

王母娘娘问：“妲己姑娘，你是否愿意随我上天，到天上做个神仙？”

苏妲己答曰：“谢王母娘娘厚爱，我在凡间生活得很好，不想上天做神仙。”

王母娘娘又掐指一算，说：“你近期将有大富大贵降至，不去就算了，不过，你有一劫，实难躲过。”说着王母娘娘伸出手来，手里出现了一炷香，说：“如遇到什么困难，点上香，我就会帮你。”

苏妲己接过那炷香，谢过王母娘娘，王母娘娘随后便驾云而去。

再来说说商纣王。

商纣王是位英俊男儿。商纣王体格健壮，据说有一次，支撑屋子的一根柱子倒了，商纣王一人就把柱子给托住，让工匠赶快换上了新柱子。大家一看，这位神君这么有力量，甚是佩服。传说商纣王除了勇猛无比，能徒手与猛兽搏斗外，还能倒拽九牛，也就是说，他能拽着九头牛倒着走。典籍记载他“长巨姣美，天下之杰也；筋力超劲，百人之敌也”。

商纣王有两大爱好：打仗和打猎。

打仗是为了开疆拓土，他觉得，在他执政时，应该有所建树，只有国家强大了，他才不旷任一世帝王。

而商纣王去打猎，一则是排遣闲日，二则是换个思考的环境，重新审视自己的作战决定。

一天商纣王带人进山打猎，见到一头山鹿。此山鹿全身金黄色，头顶一簇长缨，甚是稀奇可爱。商纣王不忍心伤害此山鹿，便叫部下围捕活捉。山鹿甚是灵巧，不一会便跳出了包围圈，向深山跑去。商纣王不忍放弃，策马追去。商纣王的座骑健壮灵巧，不久便将部下落下。当商纣王停下等部下时，那头山鹿也停在不远处，像是在故意逗引商纣王，商纣王自信不怕危险，策马再追。几个回合下来，商纣王不自觉只身进入了深山老林。突然一阵山风刮来，商纣王连人带马被刮到山崖边，但是，商纣王没有返回之意，而是迎风而上。

前行不远，突然有一阵云雾飘来，将商纣王裹在其中，商纣王迷失了方向。正在商纣王着急时，突然听到一位女子的歌声，歌里唱到：

天蓝蓝，草青青，云雾锁山中，鹿儿欢跳云雾中。
天蓝蓝，草青青，风戏密林动，狐儿闪烁舞山风。
天蓝蓝，草青青，彩云飘半空，鹰儿俯瞰猎人行。
天蓝蓝，草青青，女儿怀春情，何日能待郎君请。

在这深山老林居然有女子唱歌，商纣王甚是惊奇，不觉随声寻去。在山涧的小溪旁，坐着一位少女，身边放着一只采药背篓。少女一边悠闲地唱着山歌，一边在溪水里和一只狐狸戏耍。狐狸一会爬到少女的背上，一会又扑到少女的怀里，而少女时不时地将狐狸放在水里，帮它洗澡；在它们附近，还有一只山鹰，正落座在一棵树上，警惕地注视着商纣王；那只山鹿则在溪边吃着青草，并不时抬起头来，朝商纣王关切地看上几眼。

商纣王见状，认为自己遇到了神仙，急忙下马，紧走几步，来到苏妲己面前，行礼道："商纣见过仙姑娘娘。"

苏妲己已经看到商纣王，但只是把他当作一位猎人。苏妲己见过不少猎人，不过眼前的这个猎人，相貌堂堂，身躯伟岸，举止文雅，而且猎具精良，特别是那匹马浑身红色，四个蹄子则是白色，听人说过，这种马叫雪里红，是马中极品。商纣王得到了姑娘第一眼的喜爱。苏妲己心想王母娘娘说我近期将有大富大贵降至，难道就应验到他身上？不过看商纣王向她行礼，并称她为仙姑娘娘，苏妲己不自觉地咯咯笑起来，说：“我乃一平凡女子，岂敢让你称仙姑娘娘。”说着又咯咯笑起来。

商纣王觉得有点不好意思，这才抬起头来细细打量苏妲己。这一看不要紧，商纣王更是吃惊，苏妲己太漂亮了，真是天上有，人间无。商纣王急忙低下头，说：“仙姑娘娘取笑本王，是本王的不是，请仙姑娘娘惩处。”

听来人自称“王”，苏妲己不觉慎重起来，问道：“你是谁，怎么自称王。”

商纣王急忙将自己的身份如实告知，苏妲己这才理解了王母娘娘说的大富大贵。苏妲己急忙从溪中走出，来到岸边，向商纣王道个万福，说：“民女苏妲己向我王请安。”

商纣王见状还是有点惶恐，急问：“你，你不是仙姑娘娘?”话语有点结巴。

苏妲己静下神来，将自己的身世也如实告诉了商纣王。人间还有如此奇事，商纣王听得入迷，呆呆地看着苏妲己，脱口道：“我向苏姑娘求婚!”作为帝王，商纣王破例下尊。

因为苏妲己早有心理准备，倒不惊慌，说：“唯父母之命是从。”

商纣王反应很快，急忙转身向早已围过来的鹿、狐、鹰作揖施礼，鹿、狐、鹰点头。

商纣王又说：“如苏姑娘不反对，三天后我到苏家，请苏家父母开恩应准，迎娶姑娘入宫。”

苏妲己答曰：“愿听我王安排。”

最后商纣王说自己迷了路，烦请苏姑娘送自己出山，苏妲己欣然答应。

商纣王骑上他的雪里红，苏妲己背上药篓，骑上鹿，怀里抱着狐狸，山鹰在前面引路，一行向山外走去。

出了深山，部下见到商纣王一片欢呼，但是又看到纣王身后骑着山鹿，怀抱狐狸的苏妲己，以及盘旋在妲己周围的山鹰，深感惊奇。特别是苏妲己的美貌，更是让他们瞬间忘记了商纣王，直到商纣王大喝一声，他们才回过神来。商纣王向他们简单地述说了刚才的过程，并命令立即班师回朝。

商纣王和苏妲己依依惜别。

商纣王的部下有人说，那位怀抱狐狸的苏妲己是仙姑娘娘，也有人说苏妲己是妖狐，但是苏妲己的美貌“桃花难写温柔态，芍药堪如窈窕妍”，很快传遍了全国。

告别商纣王，苏妲己一行向苏家奔去。行走不远，突然一人骑马拦在路中。

见苏姑娘走到近前，那人向苏姑娘抱拳行礼，说："我是西伯侯姬昌之长子伯邑考，商纣王喜欢征战，如果苏姑娘嫁给商纣王难免独守空房，如果您能随我到周氏部落，您将有享受不完的荣华富贵，请姑娘定夺。"

苏妲已想，怎么又跑出来一个，王母娘娘怎么回事啊？苏妲已一时有点发懵。但在此时，山鹰俯冲下来，照着伯邑考抓去，一时人慌马惊，弄的伯邑考从马上跌下。那头山鹿趁机驮着怀抱狐狸的苏妲已奔腾而去。

到了苏家，苏家父母听苏妲已述说商纣王求亲之事，万分高兴。

且说三天之后商纣王如约来到苏家求亲。求亲队伍浩浩荡荡，彩礼堆积如山，苏家所在的村庄，家家获得馈赠，苏妲已儿时的朋友，人人获得礼物。商纣王还宣布，附近的山林为特别保护山林，外地人不得到此伐木打猎。一时山林里的鸟儿飞上天空，遮云蔽日，齐声欢唱，山林里的猛兽小虫，也都一起快乐呐喊，如滚滚春雷，在大地回荡。

进得宫后，商纣王和苏妲已如胶似漆，恩恩爱爱。在宫里，苏妲已过不惯饭来张口、衣来伸手的生活，仍保留着原生态的生活习惯，自己做饭，自己穿衣，有时还上树捉虫，下塘捕鱼。苏妲已没有贵族的架子，因此和宫女下人也都相处甚欢。

商纣王不喜欢安逸的生活，统兵打仗是他的兴趣，开疆拓土是他的责任。和苏妲已的蜜月过后，商纣王就又开始了他的战争生活。

在商纣王作战室的墙壁上，挂着一幅巨幅地图，清楚地标着商朝统治和影响的区域。现在商纣王的战略进攻方向是淮河流域，他的人生目标是打到长江入海口，他称那里的部落为东夷。他听人说过，那里可是富庶之地，如若将它纳入中央政府的直接统治区域，将会大大加强中央政府的实力。如若能完成这个目标，将来入土后，他对列祖列宗就有一个完美的交待。想到此，商纣王踌躇满志。

对于淮河流域，商纣王已经讨伐过几次，大部区域已经被征服，这一次去，是要彻底打败抵抗者，收取整个淮河流域。

商纣王传令下去，集合十万人马，分左中右三军，向淮河流域未被征服区域做最后一击，并且自己亲任中路军总指挥。

在后宫，商纣王告别苏妲已。

苏妲已说："大王，能不打仗吗？难道我命中注定要独守空房？"苏妲已想起了伯邑考的话。

商纣王安慰苏妲已："爱妃，我会尽快回来。"又说："作为帝王应该有所作为，我怎么能整天守着你呢？若是那样，我可是个昏君了。我要开疆拓土，我要国强民富，这样老百姓才能拥护我，这样我们的天下才能坐的稳当，你说是吗?”

这些道理苏妲己也懂，但是女人也难耐独守空房，她想了想说：“你走后，我回娘家好吗?”

商纣王知道苏妲己说的娘家指的绝不单单是苏家，还包括深山老林，这成何体统，自然不能答应。商纣王想了想说：“这样吧，你多次提出改造后宫，为了节省费用，我没同意，现在我同意了，不过还是要尽量节省费用，因为打仗更需要钱。”

苏妲己无奈只得设宴为丈夫饯行。

商纣王深深爱着苏妲己，也是难分难舍。商纣王的战争生涯和苏妲己的原生态生活，造就出的性格有不少共同之处，最终使他们取得了相互理解，两颗心贴得更紧了。另外苏妲己还让商纣王将山鹰带去，说：“它可以帮你的忙，好让战争快些结束，你也可以快些回到我的身边。”

商纣王走后，苏妲己开始改造后宫。她让人挖出一个小湖，挖出的土堆成一个小山，然后再在山上种满各种树木，这样，一个“深山老林”被苏妲己搬进后宫。这个深山老林虽然比不上原来的深山老林，但也让苏妲己和她的鹿、狐玩得分外高兴。

感到高兴的还有一人，他就是西伯侯姬昌之长子伯邑考。

苏妲己的美貌没有使商纣王昏昏然，却使伯邑考失去了理智。伯邑考从小生活在部落王族之中，颐指气使，野心勃勃。现在臣居在商纣王之下，心中很是不甘，他也多次向他的父亲周部落长西伯侯提出开疆拓土，但是得到的是西伯侯的训斥，说这样做会招来杀身之祸。他们害怕商纣王，所以不敢有半点越过雷池的举动。

自从上次跟着商纣王打猎见到苏妲己后，伯邑考便神魂颠倒，夜不寐，食不香。虽然上次山鹰教训了伯邑考，但是伯邑考的非分之想并没有收敛。商纣王与苏妲己大婚后，伯邑考还是没有就此打住。就像人们常说的，越是得不到的，越是想得到的，伯邑考在这条路上越走越远。

伯邑考利用他在商纣王身边工作的方便，也曾多次偷偷窥视苏妲己的芳容，久而久之，伯邑考更是不能自持。这次远征，伯邑考编了很多理由没有跟去。后来听说苏妲己在后宫建造深山老林，苏妲己有时就露宿室外，在山坡树林里歇息，特别是知道那只鹰也跟商纣王走了，伯邑考就感到自己的机会来了。

伯邑考并非等闲之辈，一身武功施展开来，也令人叹服。一天夜里，伯邑考身着夜行衣，展轻功越宫墙而过，飘然落地。

伯邑考知道自己这种行为，不管是成功，还是失败，都将产生巨大的后果，但此时他什么都顾不得了。伯邑考在心里给自己打气："为得到苏妲己，死而无憾!"

在躲过多道警卫岗哨后，伯邑考悄悄来到苏妲己身边。他带来了蒙汗药，原打算将苏妲己熏昏后，挟持逃走。当他看到苏妲己身着羽衣，躺在一张虎皮之上熟睡的样子，不禁被苏妲己的美丽吸引，"啊！这就是传说中的睡美人吧?"伯邑考呆呆地多看了一会儿。

在伯邑考还没走近苏妲己之前，就有四只眼睛已经盯住了伯邑考，那就是鹿和狐。鹿睡眼朦胧，好像并不把他当回事，而那只狐狸，此时已运足了力量，做好了战斗准备。在伯邑考俯身想动手的一刹那，狐狸猛扑上去，死死地咬住了伯邑考的喉咙。

响声惊动了警卫，"抓刺客!"后宫顿时大乱，伯邑考束手就擒。

值班军官看是伯邑考，知道事关重大，立即书信一封，命令有关人员连夜赶往前线，告知商纣王，并将伯邑考打入死牢。

再说商纣王在前线指挥战斗，非常辛苦，人都瘦了一圈。战斗打得非常惨烈，敌人在做殊死搏斗，力图保住淮河流域的最后地盘。商纣王也发誓，歼灭不了这些敌人誓不罢休。

在几次战斗最紧张的时候，商纣王想请山鹰参战，但是山鹰头一昂，理也不理。商纣王很是无奈。

这天清晨，商纣王刚刚起床，后方送信的赶到，交给商纣王一封信。商纣王打开信一看，大惊失色。山鹰好像也感到有点不对，直愣愣地看着商纣王。商纣王明白过来，将信念给了山鹰听。山鹰听后大叫两声，冲向天空。

山鹰一边在天空中狂舞，一边嘶声鸣叫。不一会儿天空中从四面八方飞来了很多鸟，有鹰、雁、鹊、鹭、隼、鹫等，就连蜜蜂也都"嗡嗡"飞来了。一时天空变黑，如乌云蔽日。商纣王见状急忙大喊："山鹰神助阵了！我们要胜利了!"

商纣王的将士看到这种景象，无不激动，立即向敌人攻去。

山鹰扑向敌方主帅，轻轻两下，就将敌方主帅的两个眼睛啄瞎了，敌方阵营顿时大乱。上方有百鸟的攻击，下面商纣王的军队发疯似的杀来，敌方阵营迅速溃败，不到两个时辰，战斗就结束了。

商纣王将后续工作交给副手，自己带领部分人马立时奔回京城。商纣王的雪里红像跳跃的火焰，在大地上画出了一道亮光，山鹰飞在商纣王的上方，警惕地护卫着这队人马。

关口的大门，京城的大门，王宫的大门，见到这队人马，立时开放，商纣王直奔后宫。见到苏妲己，商纣王一把将她拥在怀里，喃喃地说："爱妃，让你受惊了。"说着竟掉下泪来。这位在战场上杀人如麻的帝王还是位多情的男子。

苏妲己并不是娇贵之人，她说："谢谢大王的关爱，我在猛兽嘴里死里逃生不知多少回，这点小事不算什么，只要大王能安全回到我身边，比什么都好。"

商纣王收住眼泪，仔细地打量着苏妲己，不由得心里又升腾出一份敬意。

商纣王走出室外，立即令人赶往周部落，着令西伯侯姬昌火速来见本王。传令兵刚走，商纣王又命令有关人员，待姬昌一到立即将其打入死牢，说着又令人将伯邑考押来。

伯邑考被五花大绑押来。伯邑考的喉咙已被狐狸咬坏不能说话，但是他知道自己必死，也没服软，这就给大怒中的商纣王火上浇油。商纣王抽出剑来，用力挥去，伯邑考的头滚到一旁。商纣王还不解气，举剑又劈下去，伯邑考被腰斩。最后，商纣王又命令士兵，将其拖出去，剁成肉泥。

晚上苏妲己设宴，为商纣王接风，祝商纣王凯旋而归，而出席晚宴的只有商纣王一人。

两个人有说不完的话。商纣王说淮河流域已属大商天下，又说山鹰妈妈神勇，胜利是托苏妲己的福。苏妲己则说后宫安详，"深山老林"好玩，很多活都是她带领后宫做的，因此也没多花多少钱。

天上的星星眨着眼睛，从窗户里笑看他们水乳交融。

西伯侯姬昌被打入死牢后，商纣王下令将其处死。可是很多大臣替西伯侯求情，说西伯侯教子无方，有罪，但是罪不至死。更有大臣说，处死西伯侯姬昌恐引起周部落造反，得不偿失。死罪可免，活罪难饶，商纣王将西伯侯姬昌长期囚禁在国家监狱羑里。

周部落在中国的西部，原是夏朝贵族的后裔，对于商取代夏，心中早有不满，这是可以理解的，这也必然是商朝不稳定的因素之一。

这些年周部落在西伯侯姬昌的带领下，重视农桑，生产发展，民心安定，部族强盛。对于商朝的统治，西伯侯承认这是历史造成的现实，不主张造反。他的观点是，谁统治并不重要，只有老百姓能安居乐业，才是最重要的。因此周部落每年按时按量交贡，西伯侯是准时上朝，商纣王甚是满意。西伯侯姬昌和朝中大臣、各部落领袖关系融洽，所以才能在“伯邑考事件”中捡条性命。

伯邑考被剁成肉泥，西伯侯姬昌被囚禁在国家监狱，此事不可避免地在周部落引起了轩然大波，并时有造反的声浪响起。姬昌还有个儿子非常优秀，这就是二公子姬发。姬发明白事理，作为接班人他立令全部落保持镇静，并向商纣王修书一封，说：“大哥伯邑考其罪当诛，父亲负有连带责任，受罚获刑也在情理之中。”这样他既稳住了本部落，也稳住了商纣王，防止了事态的进一步恶化。

姬发执政，继续坚持其父的路线，发展生产，广施仁德，保持了周部落经济的持续发展和社会的安定团结。

姬发之所以这样做，因为其父还在商纣王手里，他现在只有忍辱负重，父亲才安全，而在内心深处，姬发对商朝已有反叛之心。

如何解救父亲，是姬发日思夜想的事。随着冬去春来，姬发的思路逐步成熟，那就是将商纣王的注意力和他的军队都吸引到长江口去，这样解救父亲才有希望。于是姬发秘密派出说客到长江口一带的东夷部族去，挑拨他们向商朝进攻。

这种游说其实并不难，因为淮河流域已被商朝占领，下一步自然会轮到长江口一带的部族。但是他们不敢主动向商朝进攻，也没实力和商朝抗衡。当他们听说地处西方的周部落能和他们配合共同灭商时，他们自然是求之不得。

经过几年的准备，长江口一带的部族开始向商朝寻衅进攻了。边关军情传到商纣王这里，商纣王反而很高兴，因为又有仗可打了。

占领淮河流域后，经过几年的修养生息，商朝的国力、军力又都有了很大的提高。占领长江口，是商纣王的既定方针，现在长江口一带的东夷部族主动寻衅进攻，正给了商纣王“自卫反击”的口实，所以商纣王甚是高兴。

这些年，商纣王没有穷兵黩武，而是修养生息，这和苏妲己的“吸引力”是分不开的。

苏妲己太美了，苏妲己的“野性美”也太符合商纣王的口味了，两人最愉快的时候，是商纣王陪同苏妲己回“娘家”。

商纣王将随从卫队留在山外，自己和苏妲己两人进入深山老林，当然还有鹿、狐、鹰。

在深山老林里，苏妲己和商纣王毫无顾忌地追逐打闹。有时苏妲己还利用熟悉的地形，将商纣王绊倒，然后骑在商纣王身上一阵猛捶，让商纣王讨饶，而后，飞奔而去，又让商纣王一阵苦找。有时两人躺在草地上，看着天上的流云，苏妲己说："当帝王多不自由，处处有人监视，还不如生活在这深山老林。"

商纣王说："等我收服了长江口，我就放弃帝位，和你一起来这深山老林里生活。"

苏妲己说："为什么一定要收服人家呢，各过各的日子不好吗？"

商纣王说："有时我也这么想，但是处在帝王的位子，我也是身不由己啊。"

有时苏妲己也向商纣王述说自己以前的生活，告诉商纣王如何采野果充饥，如何度严寒过冬，白天如何看天气，夜晚如何判方向，若生病了，又是如何采用草药。这些对商纣王的军旅生活非常有用，商纣王听得津津有味。

商纣王在休假时，也没有忘记他的朝政事宜，山鹰此时又成了他的信使。

现在长江口一带的东夷部族主动寻衅进攻，商纣王就又回到了他的"作战室"。

听说商纣王又回到了他的"作战室"，姬发立即派人带着大量金银珠宝开始行贿商纣王身边的大臣。

大臣甲问："出征前如何处置西伯侯姬昌？"

大臣乙说："继续羁押西伯侯姬昌，恐怕大军东征后周部落有变。"

大臣丙说："杀了西伯侯姬昌，大军东征后周部落必然有变。"

商纣王考虑再三，决定放了姬昌。

商纣王叫来姬昌，问："反省如何？"

姬昌答曰："伯邑考其罪当诛，父亲负有连带责任，受罚获刑也合情合理合法，我服。"

商纣王问："放你回去，你又当如何？"

姬昌答曰："蒙大王开恩，我若回去，将领周部落世代忠于大王，若再有不孝子孙，我当自己将他剁成肉泥，再自裁，并请大王灭我九族。"

姬昌说的可能是真心话，但是当他回到周部落后，他就身不由己了。

西伯侯姬昌坐牢七年，儿子姬发执掌西周大舵七年。当西伯侯姬昌回归原位时，此时的西周已非彼时的西周。

表面看来周部落一切照旧，但是在山里的一只军队已经秘密训练出来。更让西伯侯姬昌惊讶的是，如何和长江口的东夷部族配合灭商的整体战略，已经详细制定出来。姬昌知道详情后倒抽一口冷气，这要让商纣王知道了，绝不是灭九族的问题，而是剿杀全部落的事。

姬昌来回踱步，姬发则带领众臣苦口婆心地劝其造反。

姬昌动摇了。

姬昌重新审视了姬发他们制定的整体战略，肯定地指出，如若执行这个战略，必败无疑。周部落虽是诸侯中实力最强盛的，却与煌煌大商相差甚远，周部落的军队加上长江口东夷部族的军队，也绝不是商朝大军的对手。怎么办？姬昌进退两难。就在此时，一位能经天纬地的人物出现了，此人便是姜子牙。

一次姬昌为散胸中郁闷，到一河边散步，发现一老者在垂钓。令人惊奇的是，当老者起杆后，姬昌发现老者的鱼钩竟是直的。姬昌大惑不解，向前施礼询问，老者的回答很诡异：“愿者上钩。”

姬昌知道碰到高人了。

姜子牙确实是个高人。

姜子牙曾在昆仑山师从元始天尊学道。

在昆仑山，姜子牙仰吸天气，俯饮地泉，铸就了博大的胸怀。元始天尊辅导姜子牙博学勤思，使他上通天文，下通地理，中通古今。

一天姜子牙问师父：“我是独善其身，还是兼利天下？”

师父没有回答姜子牙，反问道：“朝代易之理在何？”

姜子牙本以为自己已修炼成果，不想师父的一句话就问倒了他，姜子牙感到羞愧。

姜子牙重返山崖打坐，再习师父教过的知识。又过了不少时日，姜子牙终于明白了，他来到师父面前答曰：“朝代易之理在女人。”

元始天尊看他明白了，说：“你命该兼利天下，去吧。”

姜子牙告别师父，走下昆仑山。

姜子牙从夏朝的灭亡和商朝的确立中，发现了女人在其中的关键作用，而现在商纣王身边又出现了绝色女子，所以他确信，商朝的气数已尽，即将灭亡，新的朝代将要建立。

商朝现在国力雄厚，商纣王勤政善治，国家还在扩疆拓土，说商朝即将灭亡，这就等于晴天说霹雳，但是姜子牙胸有成竹。

姜子牙下得山来，走遍各地，尽访诸侯。他几度出入周部落、殷都、岐阳、丰邑、孟津、朝歌、牧野等地，更多次回顾商汤、夏桀的成败得失。对于如何顺应历史的潮流，改朝换代，姜子牙于心中画出了路线图。

西伯侯姬昌将姜子牙请入府中。

姬昌、姬发父子和身边大臣向姜子牙介绍天下大势，请教如何用兵，如何才能推翻商朝时，姜子牙捋髯慢语，文绉绉地说："改变天下大势，用文为上，用武为下。周之兵少，已经够用。"姜子牙又说："民心易蛊惑，谣言可杀人。"

大家听后，一时摸不着头脑。

当听说商纣王已带兵出城，前往长江口前线时，姜子牙安排说："到山里捉一百只狐狸，放入商朝京城朝歌。"

大家更是摸不着头脑，但是照办。

山里的狐狸被放入城中，饿极了，自然吃鸡，从此狐狸也就有了爱吃鸡的习惯。与人抢嘴，自然招到人的反感，因此直到今天狐狸也很难成为人的宠物。

七天以后，一期谣言培训班结束，姜子牙又将一百名能说会道的长舌妇送入城中，任务是散布谣言。谣言说："商纣王在深山老林中得到的美女苏妲己是一只狐狸精，商纣王已经鬼魂附体，难于自已。商纣王不但投苏妲己所好，作新淫之声、北鄙之舞、靡靡之乐，还为苏妲己修建高大宏丽的鹿台，里面置满奇珍宝物。同时积糟为邱，流酒为池，悬肉为林，使人裸形相逐其间，彻夜长饮，欢嬉达旦。"

果然不久，人们开始对着王宫冷眼相看，指指点点。

此时姬昌、姬发父子和身边大臣才明白了姜子牙的用意，并立即拜姜子牙为军师。

第二期谣言培训班又举行，谣言工作者们学讲一个编出来的故事："说有一回苏妲己与商纣王打赌，说自己能看清孕妇腹中胎儿的性别，于是商纣王命人找来十多个快临盆的孕妇让苏妲己一一辨别，而后剖开每个孕妇的肚子验证。"不久京城里的孕妇吓得不敢再出门。

实效明显，培训班再次举行。

这次培训的内容是："有一年严冬，商纣王在城头看到一老人背着一年轻人过河。商纣王说，应该是年轻人背着老人，怎么会是老人背着年轻人呢？苏妲己说，老人是他妈年轻力壮时生的，所以老人到老骨髓还充实，耐冷；年轻人是他妈年老力衰时生的，所以，年轻人先天骨髓不足，特别怕冷，所以才有老背少。商纣王为了验证苏妲己的话，让人将那两人叫来，并令兵士将他两人的双脚砍下来，验证其理。"结果"故事"一传出去，城里的老弱再也不敢出门。

培训班继续举行。

这次的内容是说："商纣王最常用的刑罚是炮烙之刑，是苏妲己发明的。说是要犯人怀抱空心铜柱，将两手绑住，然后在铜柱内燃火，铜柱被逐步加热，犯人被煎烤，疼痛难忍，撕心裂肺地喊叫，最后被活活的煎烤至死。说苏妲己听犯人这时的惨叫声，笑得前仰后合。"

谣言还说："商纣王的叔叔比干实在看不下去，就向商纣王进谏说：'不修先王之典法，而用妇言，祸至无日。'这话戳到商纣王的痛处，商纣王非常生气，觉得他这是妖言惑众，给他难堪。这时，苏妲己又在一旁添油加醋，樱桃小口一开，吐出一句血淋淋的话来：'我听说圣人心有七窍……'为了验证此言，比干的心便被挖了出来。"

谣言使人听后毛骨悚然，谣言使商朝民怨四起，军心涣散。

此时前方传来情报，说商纣王的军队已与长江口部落的军队开始战斗。姜子牙马上建议，请姬昌称王（周文王），并将周人的首都由边远地带向内地迁移，向商施加更大的影响和压力。

周文王带领军队，浩浩荡荡向商朝的中心地带开来，并立令三军不得扰民。

姜子牙的培训班更加繁忙，一面展开对商纣王的宣传攻势，重点放在污蔑苏妲己与丑化商纣王。同时歌颂周文王广施仁德、礼贤下士、发展生产、深受群众拥戴……周部落人民生活富足，夜不闭户，路不拾遗等，用尽天下好词好语。更重要的是，从天象到地势，举出许多"实证"，说明商朝将灭亡，周朝将取而代之。

大商天下，人心惶惶。

商纣王在前方听到后方出现如此之事，大为恼火："小儿姬昌，我饶他不死，他竟敢造反。"商纣王将军事指挥大权交给副手，自己带领少数人马，星夜赶回京城。

商纣王回到京城，立即下令征召全国适龄青年到首都集中，打开军械库，一支新的军队被武装起来。接着商纣王又将监狱的犯人放出，要他们组成敢死队，将功赎过。商纣王亲自训练军队，没多久，一支杀气腾腾的军队便开始向周部落开去。

周文王姬昌已年老力衰，加上七年的牢狱之灾，身体有些难以支撑，现在听说自己曾经誓死效忠的商纣王领军杀来，心理压力之大可想而知，不久便一命呜呼。

周文王姬昌的儿子姬发随后成为周武王。周武王毫无顾忌地和商纣王在牧野摆开了决战的架势。

周武王有兵四万五千，面对的是商纣王十七万大军。周武王兵士看商家军，金戈铁马，战旗飘舞，不觉怯阵三分。此时周武王站在兵车上，大声“牧誓”，声讨商纣王听信宠姬谗言，不祭祀祖宗，招诱四方的罪人和逃亡的奴隶，暴虐的残害百姓等诸多罪行，从而激发起从征将士的同仇敌忾心理与斗志，并大声说，如果我们战败，我们将要受到炮烙之刑。受到统帅的鼓舞和恐吓，周家军士气倍增。

周武王之所以有底气，是因为，在之前他们已做好了牧野大战的充分准备。根据姜子牙的建议，他们成立了一支政治部队，均由有一定蛊惑能力的适龄青年组成，把过去几期培训班所讲的内容，让他们重新学习，然后让他们加入到商纣王新组建的政府军。

两军开战，商纣王骑在他的雪里红上，藐视地看着周武王的部队，心里默默地说：“小儿，抓住你，我剥了你的皮！”

商纣王命令，两翼出动，先对周武王形成夹击之势。商纣王打起仗来驾轻就熟。

周军静止不动，待敌军从两翼夹击过来，周武王举起了一面蓝旗，周家军于是有节奏地喊道：“废除炮烙！废除炮烙！”

混进政府军的周家政治部队，也跟着喊：“废除炮烙！废除炮烙！”

刚组建的政府军因为被混入过来的周家政治部队施加过影响，也都对炮烙之刑不寒而栗，因此不自觉地也跟着喊起：“废除炮烙！废除炮烙！”

商纣王的军队开始出现动乱，监狱的犯人见状趁机溜号。他们才不愿意为谁卖命，加之周家那些政治人员的工作和鼓动，商纣王的敢死队还没开战，便逃得无影无踪。

周武王见状又举起黄旗，此时周武王的军队开始正面向商纣王的军队出击，并且每前进七步，就要停止取齐，以保持队形；每击刺五次，也要停止取齐，以稳住阵脚。前面的战士倒了，后面的战士向前补齐。这是一场心理战，周家军视死如归的劲头，使商纣王的新军士气受挫，开始向后退去。

周武王见状又举起红旗，此时周家军大喊：“周军必胜！商军必败！”向商纣王的指挥中心冲去。那些混进商军的政治战士，跟着喊叫：“周军必胜！商军必败！”一时商军大乱。

兵败如山倒，商家军跑的跑，降的降，更有不少临阵倒戈。不多时商纣王和他从长江口带回的少数人马便被周家军围得水泄不通。

商纣王打了一辈子仗，从没遇到过这种情况，他无法理解这是为什么？但是时间不能让他多想，要么死，要么降。他的忠诚将士发誓要杀出一条血路，保他出去。但是他摇摇头，他知道，太晚了。但是他是条硬汉，他不能叫那位小儿侮辱。他让人将一些木材堆积起来，然后爬了上去。

商纣王拔剑指向青天，大喊：“苍天啊！我做错了什么，你为什么置我于死地？”

商纣王从长江口回来后，苏妲己将隐隐约约听来的流言蜚语告诉过商纣王，并委屈地哭道：“我做错什么了，他们为什么这样说我？”

商纣王当然知道，这一切都是姬昌老儿所为。商纣王认为，枪杆子最能解决问题，只要抓住姬昌老儿，将他碎尸万段，什么问题也都解决了。但是他低估了舆论的能量，低估了谣言的杀伤力。

在后宫，山鹰突然惊叫起来。苏妲己不解，问山鹰：“难道大王有难？”在苏妲己看来，大王无往而不胜，但是山鹰用劲地点头。

“那你就快去吧。”苏妲己催促，山鹰腾空而起。

苏妲己有些慌乱，这时她突然想起王母娘娘的话：“如遇到什么困难，点上香，我就会帮你。”苏妲己拿出那炷香，将它点上。

此时在战场上，商纣王已命自己的将士在下面点火，他要自焚，但是将士们不忍心这么做。周武王在远处看到了，命令周家军向里面射火箭，不久柴垛便燃烧起来。

山鹰赶到了，它从空中俯冲向烈火，它要救起商纣王，但是猛烈的火焰燃着了山鹰的羽毛，山鹰也变成了一团火，跌落在火堆里。

战场的双方都看着这堆火，商纣王在燃烧，山鹰在燃烧。

火慢慢小了，火慢慢灭了，战场中央只剩一堆灰烬。突然，有金光从灰里射出，那只山鹰身披金光，抖着翅膀从火灰里站起，接着商纣王也身披金光从火灰里站起。商纣王骑上山鹰，山鹰嘶鸣着冲向天空，飞向远方。

苏妲己的后宫被周家军围住了，进来一位当官模样的人，向苏妲己宣读周武王，即当今帝王的圣旨。

可怜的苏妲己被胜利者重新“分配”，安排为周公的侍姬。周公是谁？此人便是伯邑考另外的一个弟弟。

花园里，宫殿下，物是人非。苏妲己换上来时穿的衣服，背上她的药篓，骑上那头鹿，怀抱狐狸，冲出宫门，冲出城门，人拦踢人，马拦踏马，越过原野，一骑绝尘，回到她的深山老林。跟在她身后的是一片指责和骂声。

在山上，苏妲己遥望她的来处，雾蒙蒙，灰沉沉。苏妲己伤心地唱起了歌：

一年四季风呀雨呀霜呀雪呀，
鹿儿狐儿山上林间蹦呀跳呀。
你说宫殿上面金灿灿的瓦呀，
山涧溪水鱼儿欢快游进城呀。
我看见山鹰乌云翻腾云中飞，
白玉池塘鱼儿难咽苦涩的水。
月朦胧大地宁静酒酣万物睡，
人们在欢庆风儿轻撒山鹰灰。

一首《万物睡》苏妲己唱得泪水涟涟，她太委屈了。眼泪滴到石头上，石头就碎了，眼泪滴在土壤里，唤醒了泉水。泉水同情苏妲己，便驮着苏妲己的泪水朝着山下流去。众溪成河，河水裹着泥石，形成泥石流，朝着苏妲己来时的方向冲去，冲向田野，冲进城里，冲向宫殿。那些宫女和下人明白，这是苏妲己在喊冤，山河明白，只要苏妲己不正名，人间的泥石流就不会停止。

苏妲己正在伤心，突然听到山鹰的叫声。苏妲己抬头一望，远处山鹰驮着商纣王正朝这边飞来。来到近前，商纣王从山鹰身上下来，苏妲己喊了一声大王，便扑进商纣王的怀里。商纣王感慨地说："以后我们就生活在深山老林，与动物为伴，不再回到人间了。"

商纣王和苏妲己逃回深山老林，世上的人们并没有因此饶过他们。有人将那些谣言当真编成了一部书，更有甚的是有人要举斧砍伐森林。他们说，这样不光让商纣王与苏妲己无处藏身，就连鹿、狐、鹰那三个妖孽也要消灭掉。

可怜的商纣王和苏妲己相对无言，鹿、狐、鹰也都瘦了。但是他们没有屈服，树被砍得越多，泥石流就越大。后来人们发现，砍树对人们的生存环境不好，于是不得不停止砍树，但是人们仍然将那些谣言故事用各种手段继续传播。

商纣王有时看着自己曾经拥有的山河，内心不平，大喊："我是有作为的帝王，历史不公！"

苏妲己冷眼对天下，说："别欺人太甚！"

四、伊娥的微笑——褒姒与周幽王

夏桀终结了夏朝。

商纣结束了商朝。

周文王又创立了周朝。周朝传到周幽王时，周幽王将西周王朝过渡到了东周王朝。

周幽王姓姬，名宫涅。“幽”也是后人加在他头上的恶谥，幽的含义为动祭乱常、暴民残义、淫德灭国等。

在周幽王执政时，周幽王身边又出现了一个绝色美女，名叫褒姒。褒姒的出现和妹喜、苏妲己的出现一样，同样影响了一个朝代的灭亡。但是和妹喜、苏妲己不同的是，对于周幽王执政的西周王朝的覆灭，褒姒事前却是知道的。

事情还得从一个发生在西方的故事说起。

在西方有一个希腊国，希腊国的公主长得特别漂亮，而且脸上经常带着灿烂的微笑。希腊公主的微笑有一种特殊的魅力，谁见到她的笑容，谁心头的愁云便会自动散去，于是人们经常聚集在宫墙下，等候着她的出现。公主也不辜负大家的期望，经常来到宫墙上展现她的微笑，大家都喜欢叫她伊娥。

天上的神也有自己的烦恼，也喜欢看伊娥的微笑，只要伊娥走上宫墙，诸神就会拨开云彩，注视着她，久久不愿离开。

大神宙斯也十分爱她，宙斯想，如果拥有伊娥，一生就没有忧愁烦恼，多好啊！于是宙斯扮作凡人的模样，下凡追求伊娥。宙斯说：“啊！美丽的姑娘，能够和你在一起是多么的幸福啊。但是任何凡人都配不上你，你应该成为神的妻子。”见伊娥无动于衷，宙斯又说：“我就是大神宙斯，我愿意保护你。”

伊娥非常害怕，她逃走了。但是，宙斯滥用神力，将伊娥的周围变得一团黑，伊娥没能逃脱宙斯的追求。

宙斯有一个弱项，就是惧内，在妻子赫拉面前威风不起来。看到宙斯要将伊娥据为己有，嫉妒的众神将宙斯的行为告诉了赫拉。

赫拉听说自己的丈夫宙斯，现在醉心于对凡间女子的追求，很是生气。一天，赫拉发现，一块地方大白天被黑色浓雾遮蔽，很是奇怪。赫拉驾一朵祥云飘去，命令黑色浓雾散开。宙斯正在黑色浓雾里向伊娥求爱，妻子的到来，让宙斯产生了慌乱。为了让心爱的姑娘逃脱妻子的报复，他把伊娥瞬间变成了一头雪白的小母牛。

即使成了这副模样，俊秀的伊娥仍然很美丽。赫拉立即识破了丈夫的诡计，假意称赞这头美丽的小母牛，并询问这是谁家的小母牛？是什么品种？宙斯在窘困中，不得不撒谎说这头小母牛他也是刚碰到，觉得稀罕才在这儿多待了一会，谁家的？是什么品种？他也说不清楚，于是请夫人判断。赫拉假装也要研究一下这头小母牛的品种，围着它转了一圈，然后请求丈夫把这头美丽的小母牛作为礼物送给自己，她好带回去认真研究，一有结果就会告诉他，并不由分说将一条带子系在牛的脖子上。宙斯很是为难，如果答应她将小母牛带走，他就失去了可爱的姑娘；假如拒绝她的要求，势必引起她的猜疑和嫉妒，结果会使这位不幸的姑娘遭到恶毒的报复。想来想去，宙斯决定暂时放弃姑娘，把这头可爱的小母牛让妻子牵走。

赫拉得意扬扬地牵着这位遭劫的姑娘走了。

赫拉虽说骗得了小母牛，心里却仍然不放心。她知道要是找不到一块安置她的情敌的可靠地方，她的心里总是不得安宁。于是，她找到阿耳戈斯。阿耳戈斯好像特别适合于看守的差事，他有 100 只眼睛，在睡眠时只需闭上一双眼睛，其余的都睁着，如同天上的星星一样发着光，明亮有神。

阿耳戈斯接受了赫拉安排的任务——看守小母牛。小母牛在吃草，阿耳戈斯就在不远处用 100 只眼睛死死地盯着它。阿耳戈斯知道，如果让小母牛跑掉，赫拉对他的惩罚那是相当严厉的，起码也要抠掉他几只眼，因此他不敢不尽心尽责。

伊娥吃着苦草和树叶，睡在坚硬冰凉的地上，饮着污浊的池水。伊娥时常忘记自己现在已经不再是人类了，她想伸出可怜的双手，乞求阿耳戈斯的怜悯和同情，可是她已没有手臂了；她想以感人的语言向他哀求，但是她一张口，只能发出哞哞的叫声，连她自己听了都感到惊怕。

阿耳戈斯不是总在一个固定的牧场看守她，因为赫拉吩咐他要不断地变换伊娥的居处，使宙斯难以寻找到她。

阿耳戈斯牵着小母牛各地游牧。一天伊娥发觉她来到了自己的故乡，来到了她幼时常嬉游的河边，伊娥非常兴奋。但是，河水的倒影显示伊娥现在已经不是人了，她有两只角，四条腿，还有浑身的毛，她现在是头牛。她看到了她的伙伴们，姐妹们，还有他的父亲也在草地上，她还是向他们跑去。

“快来看哪，一头雪白的小母牛，多么好看哪！”他们彼此招呼，围拢过来。父亲抚摸着这头小母牛，又从附近的灌木上捋了一把嫩树叶送到小母牛的嘴边。

当这小母牛感恩地舐他的手，用亲吻和眼泪爱抚着他的手时，这位老人猜不出他所抚慰的是谁，也无法知道谁在向他感恩。

伊娥冥思苦想，终于想出了一个拯救自己的主意。虽然她现在变成了一头小母牛，可是她的思维却没有受损，这时她开始用脚在地上画出一行字。这个举动引起了父亲的注意，父亲很快从地面上的文字中知道站在面前的这头小母牛竟然是自己失踪的亲生女儿。

“天哪，我可怜的女儿!”老人惊叫一声，伸出双臂，紧紧地抱住落难女儿的脖颈，“我走遍千山万水到处找你，想不到你成了这个样子！我以前一心想给你挑选一个般配的夫婿，想着给你置办新娘的火炬，准备你未来的婚事，现在，你却变成了一头牛……你能告诉我这是谁做的孽吗？我要为你报仇，我要还你原形!”

伊娥不能告诉父亲，因为她知道人斗不过神，她只能默默地掉泪，伊娥的姐妹们也都抚摸着变成小母牛的伊娥掉泪。

粗暴的阿耳戈斯看到这个情况，急忙赶过来，强行牵走了小母牛，飘忽到了另外的牧场。

此刻，宙斯对于自己给伊娥带来的不幸也感到内疚。他召唤他的爱子赫耳墨斯，命令他诱骗可恨的阿耳戈斯闭上他所有的眼睛，救出伊娥。

赫耳墨斯飞降到地上，手持荆树木棍，看起来好像一个执鞭的牧童。他诱使一群野羊跟随着他，来到伊娥在阿耳戈斯监视下的寂寞草原。赫耳墨斯从腰里抽出一支牧笛，开始吹奏比人间的牧人所吹奏的更婉转美妙的乐曲。

阿耳戈斯很喜欢这迷人的笛音，他从高处站起来向下喊道：“吹笛子的朋友，我不知道你是谁，不过我非常欢迎你。来吧，上来坐一坐，我们一起休息一会儿，瞧，这儿的树荫多舒服!”

赫耳墨斯说了声谢谢，便爬上山坡，坐在他身边。赫耳墨斯又吹起牧笛，笛声有催眠作用，阿耳戈斯打了几个哈欠，100 只眼睛睡意朦胧。可是阿耳戈斯不敢松懈自己的职责，他让一部分眼睛先睡，而让另一部分眼睛睁着，紧紧盯住小母牛，提防它趁机逃走。赫耳墨斯看笛声不能使阿耳戈斯的眼睛全闭上，就又将手中的荆树木棍举起，装着要赶羊的样子，其实那根荆树木棍是支神杖，具有更强的催眠作用。很快阿耳戈斯的眼睛一只只地依次闭上，最后，他的 100 只眼睛全闭上了，沉沉昏睡了过去，赫耳墨斯趁机放跑了小母牛。

表面看来，赫拉是在犯一般女人嫉妒的毛病，是宙斯追求伊娥，伊娥何错之有？但是不知为什么，做妻子的可以宽恕自己的丈夫，可是对于同是受害者的女性，却是不依不饶，古今中外无不如此。

然而，赫拉不是一般的女人，赫拉和伊娥过不去，虽有着嫉妒的成分，但还有更深刻的原因，那就是伊娥的微笑。赫拉认为不管是人还是神，都应该有忧愁烦恼，没有忧愁烦恼的人生必然索然无味，平淡无奇，这是不可思议的，赫拉绝不接受这种对世界的改变，所以她要消灭伊娥的微笑。

赫拉的神眼发现下界所发生的一切，伊娥无法逃脱赫拉的魔掌。赫拉继续寻找另外一种东西来折磨伊娥，她要伊娥永远不能再微笑。

赫拉唤来牛虻，让牛虻叮咬可爱的小母牛，直到小母牛忍受不住，发疯为止，只要发疯了那种微笑也就没有了。

牛虻本来就是以吸食牛血为生，牛虻接受赫拉之令，向小母牛展开了疯狂攻击。小母牛惊恐万分，拼命逃走。小母牛被牛虻追来赶去，逃遍了世界的无数地方，它逃到高加索，逃到斯库提亚，逃到亚马逊人那里，也到了基米里人的博斯普鲁斯海峡和俄罗斯的阿瑟夫海，它穿过海洋到了亚细亚。最后，经过长途奔逃，它来到了中国的边境，雄伟的喜马拉雅山挡住了她的去路，牛虻又从后边追来，它感到了绝望，前脚跪下，昂着头，向天祈祷："天哪，救救我吧！"

此时在天上正在发生着一件事，恰好能将伊娥解脱出来。

在天上有三个天神在辩论，一个是权力之神叫牢狱斯，一个是金钱之神潦倒斯，还有一个是美女之神维纳斯，他们在辩论权力、金钱、美女谁的诱惑力最大。

权力之神牢狱斯说："是权力，有了权力，就有了金钱，就有了美女，所以权力的诱惑力最大。自古以来的打打杀杀，不就是为了得到权力吗？有了权力就有了一切，就有了三宫六院。就连姑娘们的理想情侣也是白马王子，白马王子是个什么角色？是王储，候补帝王。"

金钱之神潦倒斯急忙打断权力之神的话，说："不对，姑娘们对白马王子的理解是英俊潇洒。"

权力之神牢狱斯说："只是不明说而已，嫁入皇族，何等荣耀，何等高贵，不是挥金如土，起码也是衣食无虞，白马王子是最大的大款。"

金钱之神潦倒斯急忙把话茬接过来："哎，你已经说出了大款，关键还是金钱，权力要转化为金钱才有价值。金钱可以买到一切，有钱可使鬼推磨嘛，所以金钱的诱惑力最大，就是没有权力，有了金钱，还是可以过神仙般的生活，就有美女来到身边，你看自古以来官员的腐败，不就是为的金钱吗？所以还是金钱的诱惑力最大。”

权力之神牢狱斯急了，大声说：“金钱不是万能的！”

金钱之神潦倒斯也急了，大声说：“权力也不是万能的！”

权力之神牢狱斯和金钱之神潦倒斯争得面红耳赤，互不相让。

美女之神维纳斯打断他们的话，说：“看到那头雪白的小母牛了吗？”维纳斯用手指着被喜马拉雅山挡住了去路的小母牛说：“那头小母牛是希腊国的公主伊娥，我们请她来，让她嫁到中国去，我要证明美女的诱惑力最大。”

权力之神牢狱斯和金钱之神潦倒斯，透过天空看到了那头雪白的小母牛。他们神眼凝聚，也看出了那是希腊国的美女公主伊娥变的，但是他们不知道美女之神维纳斯葫芦里到底装的是什么药，他们经过商量，决定难为一下维纳斯，说：“我们有两个要求，一是要伊娥诱惑中国帝王。”他们知道，帝王身边美女如云，要诱惑帝王并非易事。维纳斯点头答应。他们继续说：“二是要叫中国帝王见到伊娥的笑容。”权力之神牢狱斯和金钱之神潦倒斯相视坏笑。美女之神维纳斯估计他们不怀好意，但是权力之神牢狱斯和金钱之神潦倒斯坚持他们的要求，美女之神维纳斯迟疑了一下，也答应了。

美女之神维纳斯用手指了指那头小母牛，随之那头小母牛蒸发了，一缕青烟飘上天空。

在天上，伊娥还在发怔。刚才她还是牛的形状，并被牛虻叮咬得满世界乱逃，因高山挡住去路，正处于绝望中，现在突然来到天上，现出了自己的原形，并见到几位天神站在自己面前，自然是一阵迷惘。美女之神维纳斯说话了，先是介绍了自己和其他两位天神，伊娥向几位天神施礼，感谢他们使自己脱离苦难。

美女之神维纳斯将刚才几位天神辩论的事情向伊娥做了介绍，最后维纳斯要伊娥再返人间，嫁给一个中国帝王。维纳斯说：“那位帝王是个性情中人，他将用帝位和一个朝代来换取你的爱情。”

伊娥表示愿意接受安排，但是请求各位天神，将它脱离苦难和嫁给中国帝王之事尽快告知自己的父母，请他们不要再为自己担心，美女之神维纳斯答应了。

伊娥又变成了一缕青烟飘下凡去。

到了中国大地，伊娥成了一个婴儿，躺在路边的草丛中，重新开始了神所安排的别样人生。

一天，一对做小买卖的夫妻赶路，听到路边有婴儿的啼哭，不觉惊奇，随声寻去，果然在路边草丛中发现一个婴儿。夫妻俩将襁褓打开，看是一个健康女婴。谁会将婴儿丢在路边？夫妻俩呼唤周围无人答应，此时天色已晚，夫妻俩只得将这名弃婴抱走。

说是巧合，这对做小买卖的夫妻还确实无后，捡到女婴他们甚是高兴，他们认为这是上天赐予他们的幸福。这名女婴在这对夫妻百般疼爱中成长，这名弃婴就是日后成名的褒姒。

褒姒也算是有个愉快的童年，但是不知是这对夫妻实在是太穷，褒姒营养不够，还是褒姒身体不正常，吸收太少，褒姒到十几岁时仍然是面黄肌瘦。

一次战乱，褒姒和父母一起逃兵灾，但是战马嘶鸣，兵士如虎狼，褒姒和父母被冲散，褒姒被掳走了。可能因为褒姒的长相没有吸引力，所以褒姒得以保持了纯洁。

鬼使神差，褒姒被送入后宫，当了个杂役宫女。

刚入宫时，褒姒思念父母，经常啼哭，也逃跑过几次，但都被抓回，打得遍体鳞伤。有次，褒姒逃跑又被抓回，自然又是挨打，褒姒实在忍不住，放声大哭，而且越是挨打，哭得越是厉害。那时管理后宫的多是老女人，女人都有爱哭的毛病，这些老女人可能也有自身的委屈，见褒姒哭得那么厉害，不自觉地也跟着哭起来。但是奇怪的是，在之后的挨打和啼哭中，褒姒慢慢变得好看起来，这引起了大家的关注。女大十八变，越变越好看，但是褒姒变得太好看了。大家窃窃私语，一致认为是爱哭的原因使褒姒变得如此漂亮，于是后宫女人模仿褒姒，一有机会就痛哭，一时后宫哭声震天。

一天，周幽王在宫女太监的陪同下，在宫廷院里闲游。在远处，周幽王看到一个宫女在打扫庭院，这个宫女挥动扫帚行进时步履轻盈，仿佛那脚步就没有踩在地上，而是在虚空之中，形态之美让他联想到一个成语："飘若游云。"啊，周幽王呆呆地看着。此时有认识扫地宫女的人急忙呼唤了那宫女一声，扫地宫女"哎"的一声答应，又让周幽王联想到另一个词："音如百灵。"待那扫地宫女走近前来，众人见她眉清目秀，唇红齿白，发挽乌云，指排削玉，有如花似月之容，流盼之际，光艳照人。有好事者急忙向周幽王汇报，后宫多哭，因她而起，周幽王更觉奇妙。

在天上权力之神牢狱斯、金钱之神潦倒斯、美女之神维纳斯拨开云彩看到这一切。美女之神维纳斯说："怎么样，一个回合就把中国帝王拿下了，美女诱惑力最大吧。"

权力之神牢狱斯和金钱之神潦倒斯急忙说："下结论还太早，中国帝王还没见过这个美女的笑容，不算。”

维纳斯说：“好吧，我们继续看戏，你们早晚得认输。”

周幽王得了褒姒，高兴得不得了，周幽王再也离不开褒姒，下朝回来，就往褒姒那里跑，这样时间长了皇后娘娘就坐不住了。皇后姓申，是申诸侯的女儿。一日皇后来到褒姒的住处，想展示一下自己母仪天下的威风，但是褒姒并不认识皇后，自然礼仪不周，皇后心里不满。

事后周幽王向皇后解释，说待褒姒有了名分后，自然会去拜访皇后。

原本，这件事可以就此化解，但是皇后自恃是诸侯之女，心高气傲，没有将此事打住，加之平时无事，闲谈中便将此事告诉了自己的儿子，当时的太子宜臼。儿子得护着母亲的面子，宜臼立即向母亲保证，必要叫那小妖精好看。第二天，宜臼在得知父亲上朝后，便带领一群人跑到褒姒的住处，象征性地乱打了褒姒一顿，也算是给母亲争面子了。

过去常挨打，现在有了帝王的保护还要挨打，褒姒当然不干。哭是褒姒的强项，待周幽王下朝回来，褒姒自然是声泪俱下地哭诉。你可别说，一般人的哭相大多难看，俩眼一闭，大嘴一咧，但是褒姒哭也好看，另有一番美感，“梨花一枝春带雨”，周幽王见后，反而乐起来，说：“都说后宫学你哭，没想到你的哭相确实好看。”

说归说，事情还得处理，幽王听完褒姒的哭诉后认为，这只是太子敷衍他母亲所做的蠢事，不必太在意。但他也谴责儿子不懂礼貌，让儿子去他外公申诸侯那里学习礼仪。

太子宜臼遵照父命，告别母后，离开京城去了外公申诸侯处。

褒姒被升为妃子，褒姒的养父母自然也得到了帝王的特别关照。

一般男人有个毛病，就是喜欢新鲜，说难听点就是喜新厌旧，但是周幽王不同，也不知怎么回事，他和褒姒在一起的时间越长，越是疼爱褒姒，除了必要的朝政，他的一颗心几乎都放在了褒姒身上。

褒姒也有个毛病，就是在不哭时，也不笑。对于褒姒的冷艳，周幽王能够接受。周幽王知道褒姒是个弃儿，又是在兵灾中被掳进后宫，并在后宫受尽虐待，所以对褒姒充满怜悯。

周幽王改革后宫，不许再出现打骂虐待事件，获得后宫下人的拥护。周幽王还用和谐原则调整对内对外政策，对内安抚，对外友好，这样就消除了刀兵之灾。政策的成功，使整个国家处在欢乐状态。周幽王将此事告诉褒姒，可是褒姒依然以冷艳相对。

在生活上，周幽王对褒姒给予了无微不至的关怀，三天一小宴，五天一大宴，但是褒姒并不高兴。后来又经常举行歌舞表演，调动全国精华进京汇报演出，但是仍然没能让褒姒高兴。再后来，周幽王下令，修筑天台，在上面再建摘星亭，向褒姒表示，你要星星我也可以给你摘来。但是这一切都无用，褒姒无动于衷，还是那个冷艳面孔。

周幽王坚持不懈地寻找各种办法，想叫褒姒高兴。周幽王认为，人应该高兴，应该快乐，高兴、快乐就要在笑上表现出来，人若不笑，一定是内心痛苦。

周幽王孜孜不倦地追求，最终有了结果，但是这个结果却是让周幽王吃惊不小。一天夜里，褒姒又从梦中惊醒，掩面而泣，周幽王关怀询问，以前褒姒都是说梦见兵灾或后宫之事，但是这一回褒姒认真地向周幽王说了实话，并要求周幽王要相信她的话。

褒姒说："我不是褒姒，我是遥远的西方一个叫希腊国的公主，我叫伊娥。"

周幽王说："哦，我相信你的话，天太晚了，睡吧，明天我再听你讲故事好吗?"褒姒看周幽王睡眼朦胧，也就不再说下去了。

第二天，周幽王下朝，褒姒说："请大王继续听我讲故事好吗?"

"什么故事?"昨晚之事周幽王已忘得干干净净，他不相信那是真的。

"我要给大王讲个故事，请大王相信这个故事是真的。如果大王相信这个故事是真的，我就讲，如果大王不相信这个故事是真的，我就不讲了。"

"相信，相信。"周幽王急忙说，只要能使褒姒高兴，周幽王什么都答应。

"那就请大王发誓。"褒姒说。发誓在希腊国是一种非常严肃的事，背叛誓言要招到神的严厉惩罚。

因为爱着褒姒，周幽王也就真的认真起来。

周幽王发完誓，褒姒说："我不是褒姒，我是遥远的西方一个叫希腊国的公主，我叫伊娥。"周幽王不置可否地点点头。褒姒开始就自己如何被宙斯神追求，如何被变成了一只雪白的小母牛，又如何被有着100只眼睛的阿耳戈斯看管，又是如何被赫拉安排的牛虻叮咬得满世界乱逃，后来又是如何来到中国边境，被美女之神维纳斯救出，将这些一五一十地讲给了周幽王听。周幽王听得发呆，内心却说，我这位美女讲故事的本领真强。

褒姒继续讲，说那三位天神辩论权力、金钱和美女，谁的诱惑力最大。伊娥被美女之神维纳斯解脱苦难，可是她又背负着这样一个使命来到了中国。

“这些事你是怎么知道的?”周幽王开始反问。

“没见到大王之前，这些事情我是不知道的，我只知道我是褒姒，我只知道褒姒的经历，但是见到大王后，我便经常在夜里做梦，开始梦见我是伊娥，梦见伊娥痛苦的经历。一开始我也不相信，但是权力之神牢狱斯和金钱之神潦倒斯在我梦中显现，他们说，在我的屁股上有印记，那是希腊文字‘伊娥’。每年五月四日，显示中国文字‘伊娥’，今天就是五月四日，你可以看看。”褒姒脱下衣服，周幽王果然看到中文“伊娥”字样。以前，周幽王也见到过，但是只认为是胎记，没太在意，现在见到，不觉脑中一片茫然。

褒姒继续说：“印记是金钱之神潦倒斯做的，他偷偷一指，我感觉后面一痒就有了。在梦里我问他们，我和大王的结合不是已经证明美女的诱惑力是最大的吗，为什么你们还要告诉我伊娥那些痛苦的事情来折磨我。他们说，伊娥的微笑最具诱惑力，我们就是不想让中国皇帝看到你的微笑，我们不能让美女之神维纳斯赢。”听到这里，周幽王似乎明白了。

褒姒最后说：“白天一有高兴的事，他们夜里就用伊娥痛苦的经历折磨我，加上我也思念年迈的父母，所以再高兴的事我也笑不起来。”

周幽王恍然大悟，一切都明白了。

周幽王休朝三天，但三天三夜没合眼，他在思索着这一切。思来想去，周幽王拿不出什么办法解除褒姒——也就是伊娥的痛苦。三天后，周幽王无意中踱步来到了皇后的寝宫。“啊，怎么来到这里?”周幽王心里想，可能还是老夫老妻能够相互理解吧。周幽王见到了皇后，将褒姒的情况一五一十地讲给了皇后听，皇后听后也是大感惊讶。怎么办哪，两人合计起来，一是要帮助褒姒尽快脱离苦难，二是要尽快派出使节到希腊国。派使节的事好办，因为褒姒已恢复了对希腊文的记忆，让她书信一封，派人启程即可，但是如何帮助褒姒尽快脱离苦难，却不是易事。

两人相对静默无语。待了一会儿，皇后说：“我有一个建议，请大王恩准。”

“快说。”周幽王问，“什么建议?”

“如果我将皇后的位子让给褒姒，不知是否可以用大喜来冲走她梦中的不幸，人家也曾经是一国的公主嘛。”皇后说。

皇后的位子是女人最高的荣誉，让皇后之位？周幽王不知是否是自己听错了。

皇后说：“我过去言行不慎，曾增加过她的痛苦，如果我将皇后的位子让给她，她可能会高兴，再调理些中药，让她夜里睡得更好些，也许能压住她梦中的不幸。”

这回周幽王听清楚了，但是他不知怎么回答。

“后宫让她管，忙起来，不想那些烦心的事，也可能好些。只是别让她管我，不降低我的待遇就行。”皇后笑着说。

周幽王说：“皇后啊，你可真大度！”周幽王又说：“你父亲一直对我不满，让你当皇后的目的之一也是为了免动干戈，为了黎民百姓不招致生灵涂炭。如果这样你父亲申诸侯借口说我无端废皇后，起兵造反就麻烦了。”

皇后说：“自从我进宫后，看到大王仁慈宽厚，社会安定，人民幸福，国家治理得井井有条，现在大王关心褒姒，也是大王仁慈的表现，我理当替大王分忧。再说，大王待我不薄，待我父也不薄，我修书一封给父亲，向他说明，他不会造反。”

周幽王又说：“我让太子宜臼到他那里去，也是向他示好，我想他也应该明白。”

事情就这样定了。

皇后亲自到了褒姒那里，将她的意思告诉了褒姒，并说大王已经恩准，接着便向褒姒行了大礼。褒姒稀里糊涂当上了皇后，但是仍没能从痛苦中摆脱出来，脸上仍难现一笑。

周幽王实在无奈，将几位身边大臣召集起来，将褒姒皇后的秘密告诉他们，征求他们的意见。大臣们听后，自然先是惊讶，然后表示此事确实难办。皇后之位尚不能使她高兴，天下还能有什么事能使她高兴呢？最后大臣们说，人斗不过神，此事无法解决。周幽王最后发火，限令30天，让他们想出办法，一定要从苦难中救出褒姒，并说，谁要是能够让褒姒一笑，赏银5000两。接着周幽王派出大使，按着褒姒指示的方向赶往希腊国。

30天后，周幽王将几位身边大臣再次召集起来，其中一位大臣说，他搜集了一些希腊国的资料，发现那里的人特别崇拜“火”，称火为“圣火”。这是因为在他们的传说中，天上的大神宙斯拒绝给予人类火，为了完成人类文明所需要的火，一个叫普罗米修斯的神想到了一个办法，用一根长长的茴香枝，在烈焰熊熊的太阳车经过时，偷到了火种并带给了人类，从此人间才有了火。普罗米修斯盗火的事触怒了大神宙斯，宙斯将普罗米修斯锁在高加索山的悬崖上，每天派一只鹰去吃他的肝，又让他的肝每天重新长上，然后再让鹰去吃，以此来惩罚普罗米修斯，后来普罗米修斯被其他的神救下。人类为了感谢和纪念普罗米修斯，在人间设立了一个火炬节，在这个日子里，人们持火炬接力跑遍全国各地。如果火炬所到之处正在发生战争，那里的战争也必须无条件地停止，因此火炬在希腊国象征有和平、光明、团结和友谊等意义。

那位大臣又说，现在我们中国也有了火，我们能不能通过火，请天神救救褒姒皇后。

普罗米修斯的故事使在场的人们沉思下来。后来大臣们经过长时间的讨论，话题逐步集中在了中国式的火炬接力烽火台上。听说要动用烽火台，周幽王当即否决，事关国家安危，儿戏不得，并宣布十天后再议。

十天之后，周幽王和身边大臣再次集合，但是仍没有新的好法子，话题又都集中在烽火台上，大臣们说，只有如此壮观的火炬接力，才有可能感动上天。但是周幽王又否决了，并宣布三天后再议。

三天之后，周幽王将大臣们再次召集起来，但是大臣们都不说话了，因为他们已无计可施了。周幽王叹了一口气，让步了，说："那就寻找个两全的办法吧。"

大臣们经过深入商议，最后达成了共识。让传令兵通知全国诸侯和有关方面，就说进行烽火台演习，叫各路人马到后即刻返回。这样即可练兵，又达到了与神沟通的目的。

没有别的办法，这个计策表面看来还算周全，周幽王同意了，不过周幽王另做了最坏的打算。

烽火台就是在国家的边境设立高台，一旦发现敌情，白天燃烟，夜间点火，临近的烽火台看到后，也跟着燃烟或点火，以此传递敌人入侵的信息，以便迅速调集兵马，予以反击。在当时的年代，烽火接力是一个关系国家安危的信息传递方式，所以周幽王不得不慎重。

周朝建立后，和周边的部族关系融洽，烽火接力这一方法极少使用，因此军民敌情观念也都很淡薄。但是眼下不同，由于连年干旱，关外牧场草生不旺，以游牧为生的关外犬戎族大批牛羊因饥饿死亡，现在生活很困难。他们的首领现在正在召开紧急会议，议题是如何解决部族的生存？多数人的意见是向周朝进攻，掠夺周朝的财富，以保民族的生存。犬戎族族长犹豫，无端进攻掠夺，以后周朝来犯，也是民族生存问题，再说周朝对犬戎族是年年扶贫，也说得过去。

正在这时，有人密报，申诸侯派密使前来求见。

对周幽王，对西周王朝，这是个不详的预兆。

一个晚上，周幽王在边境的最高点骊山下令点火。高高的骊山上耸立着高高的烽火台，熊熊的大火腾空而起，临近的烽火台见状，也燃起大火，不多时，一条火的项链向天空耀示。

褒姒皇后站在周幽王的身边，一边向美女之神维纳斯祈祷，求美女之神维纳斯帮助自己再次脱离苦海，还自己笑容，一边和周幽王一起，向天空查看，向远方查看，寻找神显现的迹象。

刚才天空还漂浮着不少云彩，不知什么时候，渐渐退去，皓月当空，皎白月光从天上洒下。

突然，天空一亮，一个流星横空而过，一条耀眼的光线指向天边。

褒姒眼尖，很快发现在天边出现的星星之火。“是火炬，是希腊的火炬!”褒姒喃喃地说，不，是伊娥喃喃地说。过了一会，伊娥肯定地大声说：“是火炬，是希腊的火炬!”

周幽王也看到了，同时他也看到褒姒的脸上出现了笑容。再过一会，所有人都看到了希腊的火炬，大家在欢呼。但是伊娥的眼里开始落泪了，她太激动了，她知道这是美女之神维纳斯在天上显灵，更知道是美女之神维纳斯告知了父母，是父亲派出的火炬寻找她来了。

再近些，周幽王看到在希腊火炬队里，他派出的使节也随之回来了。

这一切都是美女之神维纳斯的安排，她在天上见东方烽火升起，便指引希腊圣火迅速东来，与东方烽火进行了对接。普罗米修斯盗火给予人间，美女之神维纳斯使东方的烽火与西方的圣火走在一起，她还要东方人类也见识伊娥的微笑。

褒姒笑了，在烽火的映衬下褒姒显得更加美丽。伊娥微笑的魅力出现在了中国，看见褒姒笑的人都忘却了自己心头的忧愁与烦恼，周幽王笑了，大臣们笑了，士兵们也笑了，烽火台上充满了欢声笑语。

突然护卫将军来报，有奸细打开关门，关外犬戎族兵士已冲进关来并到处抢劫。大臣们听后一片惊慌，嚷着要调兵来保护大王。周幽王并不慌，下令说：“让他们去抢，抢得背不动了，他们就会自动退回去。他们后退时也不要去追，谁家的东西被抢，由国家补偿。尽量不要动刀枪，尽量不要伤人。”将军得令去了，大臣们赞赏周幽王仁慈大度。

过了一会，护卫将军又来报，说申诸侯带兵已包围京城。大臣们听后更是慌乱，周幽王问：“太子可在他们军中?”

护卫将军回答说：“是太子在叫开城门，但是没大王的命令，城门没开。”

周幽王说：“传我的命令，打开城门，欢迎申诸侯兵马和太子进城。”

护卫将军得令而去。大臣们不解，周幽王说：“申诸侯早有篡逆之心，我估计他有可能和关外犬戎族勾结，利用此次烽火事情造反，让犬戎族在动乱中杀死我们，唆使太子进城接班，然后杀死太子进而篡位夺权。现在他们得知我没死便不敢加害太子，天下仍是周的天下，大家辅佐新王去吧。”

周幽王又说：“太子得知我没死，一定来寻找我，告诉太子，不必寻找我了，以后国家的事情就归他管了。”

最后周幽王笑着说：“对不起大家，赏银5000两我就无法兑现了。”

大臣们明白过来了，他们说，一朝天子一朝臣，我们回去也将告老还乡。大臣们又关心周幽王的去处，周幽王说：“我自有安排。”

在烽火台上，周幽王和伊娥相拥在一起，他们很孤寂。周幽王说：“你父亲派人来了，你跟他们走吗？”

伊娥说：“是你的爱情救了我，我现在是中国人，我是褒姒，我永远和你在一起。”

周幽王说：“我们中国人崇拜强权，我把权力丢了，我要受世世代代人的讥笑、唾骂。”

褒姒说：“你是因我丢的天下，我陪你受世人的谴责。”

烽火台上的火光映照着他们，他们感到无比的轻松幸福。

后来他们不见了，有人说，他们逍遥在人间，如果见到一对恩爱无比的夫妻，那就是他们。

也有人说，如果你有忧愁烦恼，你也可以登上骊山烽火台，你会在天空中看到伊娥的微笑，当然，那也是褒姒的微笑，那个时候任何的忧愁烦恼都会离你而去。

为了一生的快乐，你不妨去试试，这一天是农历七月七日。

第四章 春秋战国 >>

一、分封天下

灭了妹喜的夏朝，商朝“接茬”；灭了苏妲己的商朝，“接茬”的周朝建立后，办了件惊天大事，那就是“分封”天下，将夺得的天下分封给了子弟亲属，有功之臣和相关人士——这就是史称的“封建社会”。

周武王之弟周公旦封得东方的土地，这块土地称之为“鲁”；臣姜子牙封的是更东方的土地，这块土地称之为“齐”；黄帝的后人，尧的后人，舜的后人，禹的后人等，都得到了封地。周朝还封给被灭掉的纣的儿子一处土地，并将周武王另外的三个弟弟分封在他的周围，以示监视。

分封制是一种社会管理体制，这中间也包含有论功行赏的分赃行为。

褒姒微笑着陪同周幽王离开了王位，那位接班的周平王没能再保住“王”的权威，封地诸侯不买中央政府的账了，于是天下大乱，各自为王，中国分崩离析了。这也不能怪周平王，天下分完了，中央政府迟早是多余的。

分崩离析的仅仅是行政领导，中国人的文化观念没有“分裂”，生产方式没有“分裂”，地理环境没有“分裂”，这也决定着那时中国的“分裂”只是浅度的、暂时的——“分久必合”。

中国的下一个历史阶段——春秋战国时代，就做了一件事，那就是“合”，将分裂的国家再合起来。

“分”是靠商议和圣旨，“合”则取决于战争。

在天上，天的使者倚在天庭的窗台上，饶有兴趣地观看着下界一个光屁股的顽童，他想弄明白，是什么事情在吸引着这个孩子。

那个顽童蹲在地上，聚精会神地看着地面，地面上一场蚂蚁大战正在进行。他想弄明白，他们谁是最后的胜利者。

一只红蚂蚁和一只黑蚂蚁，同时发现了那个顽童有意丢下的饭团，红蚂蚁和黑蚂蚁各自返回，不一会分别带来一队红蚂蚁和一队黑蚂蚁。为了争夺这个饭团，两队蚂蚁没有进行论战或谈判，一见面就群殴。

不一会，双方参战的部队越来越多，一场蚂蚁大战在顽童面前展开。

蚂蚁世界的战争和人类的战争不一样，蚂蚁要比人类实在得多，无需多言，见面就打。而且也不需要什么三十六计，更不需要现代化武器，就是赤手空拳，再加上那对大牙就够了。蚂蚁间的战争一旦打起来，士兵们个个英勇，战场上绝没有人当汉奸，也不会有人当俘虏。事情很简单，死者为“食”，胜者“果腹”。因此，无需战鼓，无需呐喊，所有参战者个个勇猛坚强，争战犹酣。

看到兴奋处，小孩子高兴地跳起来，大喊大叫，似乎在给双方加油助威。

战场上一个蚂蚁胜利了，它张开大嘴，将它的手下败将，连胳膊带腿的往自己嘴里塞，吃得津津有味。

小孩子看到了，他只是喜欢看他们打架，不喜欢看他们将对方当作食物吃掉。小孩子烦了，站起来大声吼道：“不许吃人！”

小孩子似乎忘记了，那些不是人，是蚂蚁。

小孩子不喜欢这场战争了，他要制止这场战争，他站起来举起“小鸡鸡”，一泡大尿向战场浇去，交战双方的勇士们顿时被淹没在“汪洋大海”之中。

因淘气经常受父母打骂的孩子此时感到自己非常伟大，不禁仰天哈哈大笑起来。

不远处，人间的战争也如火如荼地进行着，千军万马呼啸着向前奔驰，马蹄所踏之处尘土飞扬。顽童正在得意地大笑着，却不知祸从天降，一队骑兵朝他这个方向冲来，即刻他将被战马撞倒，躺卧在他所创造的“汪洋大海”之中。天使在天庭看到这一切，伸出援手，顽童立刻被一种无形的力量提升到一棵树上。战马嘶鸣着从树下穿过，孩子惊讶之中担心地向军队冲去的方向望去——那里是他居住的村庄，那里有他的爹娘。

诸侯国间大鱼吃小鱼，弱肉强食的战争在中国大地上狼烟四起。

战斗的歌词是这样的：

雄壮的狮子啊，要保卫自己的领地，
当有入侵者来犯啊，毫不留情地将它赶出去。
雄壮的狮子啊，要进攻别人的领地，
占领别人的领地啊，那里的一切都是你的。
冲！冲！杀呀！

二、商 鞅

在春秋战国这台历史剧中，一个诸侯国“秦”日渐崛起，并最终统一了中国。而使秦踏上统一中国之路的是一位有作为的秦国国君秦孝公和他的铁血相国商鞅。

先介绍一下秦国。

周幽王和褒姒走向逍遥，周平王宜臼号召全国联军共驱犬戎，当时秦的先祖秦襄公表现积极，建功立业，事后周平王封秦为诸侯，秦国正式建国。

秦襄公之后，秦国进一步强大，至秦穆公时，独霸西戎，称雄一方。

秦国虽强，却不及邻国晋，晋文公、晋襄公、晋悼公以及权臣赵盾、栾书等一直压制秦国，晋国长达百年的称霸使远在西部的秦国无法涉足中原。

秦穆公之后，秦国又历经了十几代国君。近两百多年，秦国君主更换频繁，君臣之间关系不协调，民生困难，士无斗志，国势日衰。几乎同时，中原的超级大国——晋国被卿大夫韩氏、赵氏、魏氏三家所瓜分，韩、赵、魏合称“三晋”。三晋经常进行军事联合，共同进退，势力极其强盛，三晋中的魏国趁机夺去了秦国河西的土地。面对三晋咄咄逼人的气势，秦国更显颓废萎靡。

秦孝公21岁继位，受任于秦国兴衰的关键历史时刻，承担起振兴秦国的重任。

秦孝公在他的就职演说中说：“秦僻在雍州，不与中国诸侯会盟，夷翟遇之。”意思是说，我们秦国地处偏僻的雍州，很难参加中原各国诸侯的盟会，加之贫困积弱，国势多艰，天下诸侯都把我们看成是野蛮落后的少数民族。

秦孝公说：“六国卑秦，不与之盟（六国都看不起我们，不与我们秦国结盟）。”

秦孝公愤然喊道：“诸侯卑秦，丑莫大焉（诸侯都看不起秦国，还有比这更大的耻辱吗）。”

如何振兴秦国？秦孝公征求文臣武将们的意见，但是文臣不语，武将不言，秦孝公甚是恼火，伤心之至。

秦孝公拔剑向天，大声说：“不管前途多么艰险，不管前面是刀山火海还是万丈深渊，为振兴秦国，我都将勇往直前！”

大殿内，鸦雀无声，秦孝公独自垂泪呜咽。

秦孝公决定在全天下招揽人才。

秦孝公慷慨激昂地向天下宣布：“宾客和群臣中有谁能献出高明的计策，使秦国强盛起来，我将委以高爵，‘与之分土’。”

时势造就英雄，一个名叫商鞅的人应运而生。

商鞅原在魏国的相国公孙痤的门下做中庶子（家臣），但商鞅在魏国一直没有得到重用，后来商鞅听说秦招募治国人才，便前去投奔。

在秦孝公对商鞅进行的第一次面试中，商鞅给秦孝公讲“帝道”。

商鞅说：“黄帝到老年后，制定了天下为公，选贤任能的人事组织原则。”

商鞅开始侃侃而谈：“天下为公的精神是尧帝开创的，尧帝的天下为公的精神，确保了历法的实行，确保了农耕初期的繁荣昌盛。舜的德行很好，他到了哪里，人们都愿意追随他，因而一年所居成村，二年所居成邑，三年所居成都。”

商鞅观察秦孝公，秦孝公听得漫不经心。

商鞅调整语气，抑扬顿挫：“礼乐教化是从舜帝开始的。后人盛赞舜帝，奏五弦之琴，歌南风之诗，天下大治。普天下清明仁和的德政是从舜帝时代开始的，舜帝被后人称为民师帝范、人伦楷模。”

商鞅再观察秦孝公，秦孝公在打瞌睡。

商鞅开始心虚，语气变得柔和，娓娓道来：“大禹三进家门而不入，夫妻共同治水被世人看作典范，万众一心，协力治水。卑宫室而尽力乎沟洫，身执耒锸以为民先……师法造化，无为而治。”

秦孝公睡着了，商鞅蹑手蹑脚地退了出来。

第一次面试，商鞅失败了。

秦孝公对商鞅的印象是，此人有点文化。

秦孝公对商鞅进行了第二次面试，商鞅给秦孝公讲“王道”。

王道是孟子提出的，是一种比较高的思想境界，在当时也是一种新的时髦观念，秦孝公听得有点滋味。

商鞅说：“所谓王道就是仁政，让百姓‘近悦远来’（使近处的人受到好处而高兴，远方的人闻风就会前来投奔），这就叫做王道。”

商鞅说：“王道是以理服人，得民心者得天下，得了民心天下也就容易治理了。”

商鞅说：“要使百姓有一定的产业，一定使他们上能赡养父母，下能养活妻子儿女；年成好时能丰衣足食，年成不好也不致于饿死。足以饱身养家，然后再对他们施以礼义道德的教育，这样老百姓跟随国君走就容易了，这就是王道仁政模式。”

秦孝王又开始瞌睡了，商鞅有点慌神。

商鞅继续说：“行王道的人多半有极强的涵养，很多事情都会交给手下人去做，不显山露水，却极得人心，而且看人很准，这种做法往往事半功倍。”

秦孝王朦胧中听出商鞅的话好像有弦外之音，心里想，阿谀之人不可用。

到此，应该说，商鞅的面试没通过。但是，峰回路转，商鞅最后几句话又给自己带来了生机。

商鞅继续说：“其实打天下光靠王道是不够的。”说到此，商鞅看了看秦孝王的脸色，轻轻地抛出了一句话：“有时还需要一点霸道。”

考场安静下来，秦孝公又睡着了。

完了！商鞅心灰意冷，慢慢退出。

几天过后，商鞅又得到通知，要进行第三次面试。

出乎意外！但是商鞅不会放过机会。

这次谈什么，谈“霸道”？在当时“仁政”当道时，谈霸道可有身败名裂的危险啊。商鞅食不香，觉不着，反复考虑，最后他决定豁出去了。

秦孝公本来已决定不用商鞅了，但是，朦胧中他记住了商鞅说的一个词“霸道”，于是决定再给商鞅一次机会。

秦孝公对商鞅进行第三次面试，商鞅跟秦孝公谈“霸道”。

商鞅向秦孝公跪拜，首先请秦孝公答应“言者无罪”方可开讲，秦孝公应允。

商鞅说："所说霸道就是要以力服人，靠武力征伐，吞并弱小，称霸天下。当今天下，群雄逐鹿，要想使自己立于不败之地，继而能战胜他国，唯一的办法就是实行霸道。"

说到此，商鞅打住，观察一下秦孝公。只见秦孝公"不自知膝之前于席也（坐在席上，不自觉地挪膝靠近了商鞅）"，于是商鞅放开胆子推心置腹，将自己在秦国变法的计划，全盘托出，这也是商鞅真正想讲的，是商鞅来秦国的目的所在。当然这也是秦孝公想听的，秦孝公就是想听一扫秦国阴霾的奇计，他要将秦国振兴起来。

此时秦孝公 22 岁，商鞅 29 岁。两个年轻人越谈越投机，"语数日不厌"。

秦孝公决定让商鞅在朝廷上，向王公大臣们介绍自己变法的想法。

面对满朝文武，一个年轻人，一个外来户，不能说不紧张，如果这一关能过去，商鞅即可能在秦国政坛上施展自己的抱负，若失败，那就难说了。

商鞅说："关于变法的必要性，大王已经多次讲过，是要强国，是要强秦，是要让'诸侯卑秦'永远成为过去。"

商鞅一开讲首先将大王抬出，拉大旗做虎皮，披在自己身上，去吓唬那些大臣们。

然而效果适得其反，那些大臣们根本就没把商鞅看在眼里，大臣甘龙首先出阵，淡淡一句："圣人不易民而教，智者不变法而治（真正有能力的领导者不管是什么样的民众都可以教导，智慧的人不改变祖宗传下来的那些法制，也可以把天下治好）。"

甘龙抬出圣人、智者的虎皮给予反击，大厅内一阵哄笑，商鞅处于下风。

大臣杜挚毫不留情，再给一击："法古无过，循礼无邪（按照古人的办法去做，无过，照着古礼去做，无邪）。"

商鞅稳住阵脚，也淡淡地说："治世不一道，便国不法古（治世的法则不是死板的，使国家安适不必效法古人）。"

商鞅继续说："三代不同礼而王，五霸不同法而治（夏、商、周制度是不一样的，但是他们都取得了成功。春秋五霸的施政方略也是不一样的，但是他们同样也都成了霸主）。"

商鞅继续反击，讽刺两位大臣说："聪明的人创造法度，而愚昧的人受法度的制裁；贤德的人因时而变，无能的人才死守成法，抱残守缺，不知变通。"

说完，商鞅垂下眼，紧张地抓住自己的衣襟。话说得太狠了，他等着对方的回击。

两位大臣一阵脸红，大厅内鸦雀无声。

秦孝公虽不做声，但是大臣们看得出来，秦孝公倾向于商鞅，否则怎么会让一个魏国来的家臣在此大放厥词呢？

甘龙、杜挚等不再发言，商鞅辩论取得胜利。但是大厅内阴风习习，商鞅脊背流下冷汗。

秦孝公感到变法阻力甚大，商鞅感到生命有威胁。但是，为了秦国的强大，秦孝公决定接受商鞅的变法，并向商鞅许诺说："300 年来，变法功臣皆死于非命，此乃国君之罪也。你我君臣相知，终我一世，绝不负君！"

商鞅得知遇之恩，万分感动，说："论至德者不合于俗，成大功者不谋于众（有高尚品德的人，有自己的原则，不会随波逐流，能成就大事业的人是不会屈从于多数人的看法）。我至死效忠大王，将变法进行到底，将秦国强大起来。"

商鞅的变法首先从立信开始。

商鞅让人在国都城南门立下一根木柱，并下令说，谁能将它扛到北门赏 10 金。完成这事太容易了，人们有些怀疑，没人敢去一试，商鞅见状又把赏金提至 50 金，有一憨人完成了此事，憨人立即得到 50 赏金。

此事作为罕事立即传遍全国，商鞅取得了社会对他的初步信任。

第一步取得成功，商鞅立即着手制定和推行新的法律。但是旧贵族继续抵制商鞅的变法，太子驷的师傅公子虔和公孙贾教唆年幼的太子驷在公开场合辱骂"新法"，挑衅商鞅，企图打开一个缺口，破坏整个变法事业。

商鞅毫不动摇，要依法处理此事。

说按照商鞅的法律，太子驷的行为该斩。

要斩杀太子，举国震动。

商鞅见秦孝公说："法之不行，自上犯之（要是上头的人不遵法，下面的人就更不会遵守了，国家的法律就无法实行了）。"

秦孝公也内心忐忑，问："按照法律，该如何处置？"

商鞅说："太子年幼，不负法律责任，应由教唆者承担一切法律后果。"

公子虔和公孙贾被带到大庭广众之中，公子虔和公孙贾一个被割了鼻子，一个脸上被刺了字。可谓杀鸡给猴看，从此，再也没有人敢公开反对变法了。

事后秦孝公赞叹商鞅"极忠无二虑，尽公不顾私"。背水一战，商鞅没给自己留后路。

铁鞭驯马，严刑峻法，执法如山，此后商鞅更是“胆大妄为”。

商鞅接连制定出一系列严酷的法律，增加肉刑，大辟、凿顶、抽肋、镬烹之刑。就连将垃圾倒在道路上都要获刑，曾经一天之内，判决700多人，全部斩首。

变法日久，国家权威日增，人民日渐胆小，秦国道不拾遗，山无盗贼。

商鞅对内建立刀锯一样的刑法，压服了国内反对变法的人，驯服了广大的人民大众。

商鞅决定提升国力，为此变法废除原来的井田制，将土地私有化，允许土地的买卖，并制定出了一系列重农抑商，奖励耕织政策。人民被牢牢地束缚在了土地上，国家粮食产量节节上升。

商鞅的变法给国家带来了益处，得到秦孝公的认可。接着商鞅抛出了他变法的核心，那就是军国制，让秦国能“战”，让秦国成为一个能战之国，善战之国。春秋战国时代的主题是战，商鞅抓住了那个时代的主题。

为了在秦国推行军国制，将秦国变成一个战争机器，商鞅首先在国内推行连坐法。也就是将国人组织起来，五家称之为伍，十家称之为什。即一家有罪，伍、什相连，若不揭发，则多家连坐。如一人犯了腰斩之罪，十家没有揭发，结果是十家都要被腰斩。

在秦国，亲人，邻居，整个国家的人民，都成了国家的人质，共同承担着对国家不利的一切后果。不用警察，在秦国每个人都是警察，所有的人都在国家的监控之下。同时商鞅在秦国又推行郡县制，统一了度量衡，这样国家就成为了更为坚实的整体。

奖励军功，又是商鞅军国制的核心。

商鞅建立了二十等爵位。杀敌一人奖励五十石粮食，并授予初级爵位“功士”，杀敌两人一百石，以此类推，并要求以人头为证。如果家人有罪，也可用敌军的人头抵罪。还规定，如果投降，则连坐，妻子儿女，九族，或一伍、一什，按法该罚的罚，该杀的杀。

战争机器被制造出来了，商鞅要开始对外打仗了。

得到秦孝公的批准，商鞅首先率兵攻打魏国，他要夺回原来属于秦国的河西土地。

魏国带兵主帅是公子昂，公子昂原是商鞅在魏国时的朋友，当年也曾向魏王推荐过商鞅。魏王不用商鞅，商鞅在魏国郁郁不得志，又是公子昂建议商鞅投奔秦国，临行公子昂还赠商鞅百金，并将商鞅引荐秦给孝公的贴身太监景监，景监又极力向秦孝公推荐商鞅，商鞅才得以见到秦孝公。商鞅之所以有今天，应该说是得力于公子昂的帮助。

在前线商鞅邀请公子昂和谈，魏国的众将向公子昂谏曰：“秦乃夷狄，素无信义，毋行。”建议公子昂不要相信秦国，不要去见商鞅。但是，公子昂怀着“鞅既受大恩，安肯被欺于吾”的心态，也为了两国能息兵罢战，到了商鞅处。

听说公子昂到了军营，商鞅急忙起身迎接，两个老朋友见面格外亲热。商鞅将公子昂迎进大帐，设宴款待，并命令诸将军，不必陪坐，各忙其事，两位老友要拉拉家常，各位将军得到暗令，迅速离去。

商鞅首先举杯，说：“感谢公子当年的帮助，没有公子的帮助，就没有我商鞅的今天，商鞅没齿不忘。”

公子昂谦让，说：“祝贺商君在秦国获得一人之下，万人之上的地位。”并说：“商君将秦国治理得如此之好，确实是当今天下第一人才。”

商鞅说：“当今天下魏国本应该是第一强国。”

公子昂听出弦外音，急忙说：“来前魏王要我代表他向您致歉，魏王说当年没有重用您是他犯过的最大错误，为此魏王经常扼腕叹息，后悔不已。”

事情还有一个插曲，商鞅在魏国相国公叔痤的门下做家臣时，一有大事，公孙痤总要与商鞅一起谋划，并总是成功，公孙痤很器重他。公孙痤病重时，魏王前往探望他，问：“相国百年之后，谁可以继任？”

公孙痤说：“商鞅！”

魏惠王听了，说：“商鞅这样年轻，怎么能当相国呢。”

见魏王不同意，公孙痤说：“商鞅乃经天纬地之才，陛下如果不用此人，就杀了他，免得他到其他的国家去，到时对我国不利。”商鞅毕竟是公孙痤的家臣，他觉得建议杀商鞅，也对不起商鞅，事后他又将商鞅叫来说：“我要惠王重用你，他不听，为了国家利益，我又建议杀你，你快逃吧。”

对于当年所发生事情的细节，公子昂不知，话说到这里，公子昂问：“那你当时为什么不逃呢？”

商鞅哈哈大笑说：“既然魏王不听公孙痤的话用我，魏王为什么要听公孙痤的话杀我呢？”

公子昂明白过来说：“您确实是个奇才，佩服。”

商鞅又说：“如果我早逃走了，也就得不到你后来的相助了，我的成功也是天意啊。”

两人开怀大饮，商鞅借机抒发情怀，一吐当年的恶气。

大帐内，两军主帅把酒言欢，感恩叙怀，大帐外秦军已按商鞅事前制定好的作战方案向魏军发起进攻。

魏军没有主帅，满心想的是议和后能够尽快回家的魏军，对秦军的进攻自然是毫无准备，所以一开战便被秦军打得落花流水。

在战场上，秦军个个似虎如狼，在他们眼里，魏军不是敌军，而是猎物，是“狼眼中的羊，虎眼中的鹿”。一声军令，秦军扑向魏军，秦军将士奋勇杀敌，一个敌人倒下，头颅马上被人砍下，不多时，秦军将士腰间挂满了魏军的头颅。

在战场的一隅，三个魏军士兵围住了一个秦军士兵，魏军士兵命令秦军士兵投降，缴枪不杀。秦军士兵喊叫着说：“我若投降，你们不杀我，我的孩子就要被我们的国家杀掉，我的老婆就要被充作官奴，我没法投降!”

那个秦军士兵越战越勇，一个魏军士兵不小心被那个秦军士兵砍倒，那个秦军士兵马上将那个魏军士兵的头砍下，利索地挂在腰间提前备好的环扣上。那两个魏军士兵见状，吓得拔腿就跑，秦军士兵在后穷追不舍，更大喊：“再留下一个人头，我爹犯了死罪，两个人头可救我爹，你们就行行好吧。”

魏军士兵见秦军如见到魔鬼，吓得四处逃散。

商鞅将秦军士兵变成了野兽，同时为了成功，商鞅也将自己变成了一个无信无义，毫无人情，只知追求成功的“小人”。

魏军大败，结果是魏国交还了过去夺走的秦国河西的土地。

为了躲避秦的进攻，魏国将国都东迁大梁。

秦国获胜，秦将自己的国都东移咸阳，走近东方。

秦国河西的土地被收回，完成了两百多年来十几个国君心中的夙愿。各国都对迅速崛起的秦国刮目相看，“诸侯卑秦，丑莫大焉”成为了过去。

秦孝公心情激动，他践行了“与之分土”诺言，将十五座城池分封给了商鞅，商鞅号称商君。

秦孝公在支持商鞅的变法事业达到辉煌后，英年归西，而商鞅的变法事业也走到了顶点。

秦孝公之后，太子驷继位称秦惠文王，秦惠文王不是秦孝公，商鞅当年对他不敬，羞辱他的老师公子虔和公孙贾之事，秦惠文王没有忘记。

当年，太子驷的师傅公子虔和公孙贾在大庭广众之中受刑，对于他们处在如此高地位的人，可以说是奇耻大辱！受刑以后，两人一直深居内宫，整整忍受了十年！

公子虔和公孙贾向秦惠文王齐奏，说："左右重则身危，大臣重则国危。商鞅立法治秦，秦国虽治，但国中老少男女都只说商君之法，而不说秦国之法。如今又加封采邑十五，权位已极，势必谋反，望君上立刻明断，切莫养虎贻患！"接着又编出了商鞅谋反的证据。

两人刚说完，朝堂上群臣激情响应，喊杀声一片。

秦惠文王立即下令缉拿商鞅。

商鞅被迫出逃。

逃亡中商鞅想住旅店，店主说根据商君之法，没有出发地的官方证明，旅馆不能收留，否则会连坐受罚。

商鞅逃到邻国魏国，当年商鞅假意与魏军议和，将魏军主帅公子昂骗到自己一方，然后举兵将魏国大军击败，现在商鞅有难，魏国自然不会收留。

商鞅只好逃回自己的封地，组织兵丁与秦王对抗，结果商鞅兵败被俘。

商鞅被带到城外空旷之地，头和四肢被五条绳索拴住，并被扯在五匹马上，商鞅将要被五马分尸。

一位先哲曰：平庸者为生活而生活，聪明者为发财而生活，智者为理想而生活，睿智者为成就而献身。

天空乌云密布，报复者声嘶力竭喊叫着。

国家抛弃了他，民众抛弃了他，秦帝国变法的总设计师走到了生命的尽头。

五马嘶鸣，一声炸雷，烟雾弥漫……商鞅不见了，现场一片哗然。

烟雾慢慢上升，烟雾上面是一部书。烟雾托着那部书，慢慢升上天空，并向城里飘去，向王宫飘去。

晚上秦惠文王睡觉，发现枕边有部书，打开一看，赫然印着三个大字"商君书"，秦惠文王一惊，急忙翻身下床，挑灯夜读。

《商君书》字字如血如泪，看得秦惠文王心惊肉跳。

《商君书》提出"一民"理论，就是国家只需要一种人——耕战之人，平时为国家生产粮食，战时为国家打仗。

《商君书》提出"胜民"理论，就是国家一定要战胜人民，国家一定要压服人民，要让人民服服帖帖，国家要强，人民就要弱。

《商君书》提出"一教"理论，就是要统一人民的思想，不给人民说话的机会，毁掉一切非政府思想言论书籍。

秦惠文王看懂了！《商君书》是一部治国宝典，是帝王的教科书。激动的秦惠文王站起来，喊道："国家要想强大，就要弱民，愚民，就要专制，国家应该是个生产的机器，是个战争的机器，国家应该是人民的监狱"。

秦惠文王慢慢跪了下来，将《商君书》举过头顶，说："商君啊，我代表所有帝王谢谢您！"

商鞅死了，《商君书》活了。

秦惠文王以后又以商鞅谋反查无证据，以公子虔和公孙贾纯属陷害为由，除掉了二人及其党羽，为商鞅平了反。秦惠文王下令，继续执行商鞅之法。秦惠文王临死时交待太子，一定要将《商君书》放在枕边——中国几千年的君主专制制度有了它坚实的理论核心。

三、纵横天下

秦孝公死了，商鞅死了，但是秦孝公和商鞅开创的变法成功了，秦国强大了。此时中国这台历史剧已演出到了七雄争霸时期，秦国的强大给其他六国很大的刺激，于是各国国君都想方设法寻找能人来帮助强大自己的国家。

春秋战国时代一个显著的特点，就是教育的空前成功，涌现出一大批学问家，如老子、孔子、荀子、庄子、墨子、鬼谷子、孙子等，这些大师们又都开门讲学，在他们的门下又都培养出了一大批杰出的学生。这些学生们的水平确实也很高，仅鬼谷子的两个学生就可以"纵横天下"。

面对秦国的强大，当时中国社会流行着两种战略，"连横"和"合纵"。

秦国一国称雄，韩、赵、燕、魏、齐、楚为"金砖六国"。苟且偷安，依靠强国，"事一强以攻众弱"，随从强秦进攻其他弱国，叫"连横"；为自保六国联合起来，"合众弱以攻一强"，共同对付秦国，叫"合纵"。

鬼谷子的一个学生叫张仪，张仪学的专业是"连横"。

张仪毕业，告别老师鬼谷子，步出云梦山，临别老师嘱托："要先受得起挫折！"

张仪先是到楚国游说，接着楚国就发生了一件大事情——"和氏璧"丢了。

和氏璧是块美玉。在那个年代各国交往，往往以玉为使臣信物，而作为玉中极品的和氏璧更是楚国的国宝。楚国吞灭越国后，楚威王因为相国昭阳在消灭越国的过程中立下了赫赫战功，于是将和氏璧赐给了昭阳。昭阳某日请客时，应客人的请求，将和氏璧拿出让各位宾客观赏。华彩熠熠的和氏璧让客人们惊叹不已，大家互相传送观赏。不知怎的席散时和氏璧竟然不翼而飞，虽多方查找也毫无下落。国宝的丢失震惊了朝廷内外，楚王下令在全国范围内搜寻，但是最终也没有结果。人们把怀疑的目光投向了张仪，昭阳请客时张仪在场，当时他刚“毕业”不久，甚是寒酸，人们认为是他偷了和氏璧。张仪被打得遍体鳞伤，但拒不承认。后来因证据不足，张仪被驱赶出了楚国。

拖着伤体的张仪回到家，妻子见状急忙扶他上床。当妻子得知张仪为什么挨打后，脸朝上扬，翻着白眼珠，揶揄张仪说：“那些学问真伟大，是教人如何挨打的吧?”

张仪沉默不语。

妻子继续说：“如果不读那些没用的书，不四处游说，怎会受如此大辱?”

张仪说话了：“你看我的舌头还在吗?”

妻子说：“那是幸亏长在嘴里面，否则的话，也可能不全了。”

张仪说：“只要舌头在就够了。”

张仪回想起鬼谷子老师送别时的那句“要先受得起挫折!”的话，不禁感叹老师的先见之明。

鬼谷子给他们这些学生上的第一堂课就是“心理素质”课，说成大功者要经得起磨难，并借用孟子的一句话：“天将降大任于斯人也，必先苦其心志，劳其筋骨，饿其体肤，空乏其身……”

那个年代，虽然学派林立，百家争鸣，但是百家也相互借鉴，兼蓄并纳。

此时，秦惠文王得到《商君书》后，接受了商鞅的治国之术，并模仿秦孝公继续在天下广纳能人奇才。

张仪的伤好后，又跑到了秦国。

有了秦孝公用商鞅的经验，秦惠文王做得更好。当张仪到来时，秦惠文王下阶而迎曰：“久仰先生高名，无由以会，今幸得光临，大教秦国，实为万幸。”

其实张仪此时谈不上高名，秦惠文王只是故作姿态，但也反映了秦惠文王立志继承秦孝公强国的意志和求贤若渴的姿态。

张仪也确实有水平，他在“面试”时的一席话，也让秦惠文王感到，他刚才做的姿态值得。

张仪首先历数秦国的过失，也就是批评秦国，批评秦惠文王。比如曾经发生过的秦楚战争，秦攻占了楚国的郢城、洞庭湖、五都、江南，若再打下去，楚国就不存在了，可是秦国没有乘胜追击，给了楚国喘气机会，否则，今天天下的局面就会更有利于秦国。

张仪说得句句在理，这让秦惠文王感到震动，越发看重张仪，并很快留用了张仪，且拜张仪为客卿。

张仪第一步游说秦惠文王获得成功，得以在秦立足，第二步张仪将在秦国实践他的连横之术。

张仪对秦惠文王说："当今天下，秦之外，齐楚最强，秦要统一天下，就要先破坏齐楚二国联盟，而要想破坏齐楚二国联盟，进而破坏六国的合纵，就要先连横魏国。"

秦惠文王不解，张仪接着说："魏国是一个弱国，但是魏国夹在秦、楚、齐三强国的中间，地处中原，若我们秦国得到魏国，就可直接威胁齐、楚的联盟，如此魏国就是我们秦国进攻齐、楚和其他国家的跳板，因此，连横魏国，方能制约天下。"

张仪的确能说会道，但是秦惠文王还要看看张仪的真本事。于是根据张仪的建议，秦惠文王派张仪与公子华带兵攻打魏国。

在商鞅时代，魏国领教过秦国军队的厉害，所以魏军未战先怯，没用太长时间秦军就拿下了魏国的蒲阳城。

秦军班师回国，张仪向秦惠文王建议，把刚得来的蒲阳归还魏国。这可是秦军将士用血肉换来的战绩啊，怎能说还就还。但是秦惠文王已从商鞅身上看到奇才的能量，所以他也寄希望于张仪办出奇事，就答应了张仪的建议。

秦惠文王派公子繇和张仪一起去魏国。

到了魏国，见了魏王，张仪说："秦国对待魏国可是真心实意的好啊！现在秦惠文王派公子繇和我前来，是将蒲阳归还贵国。"

魏王想，秦国葫芦里装的是什么药？有了上次商鞅坑骗公子昂的教训，魏王这次不得不防，何况两国又刚交过战。

张仪见魏王不做声，又说："秦王派遣我来归还蒲阳，用土地换和平，是想将秦魏结成联盟，共同对付其他国家。"

张仪说："魏国土地纵横不到千里，且四周地势平坦，各国从四面八方都可以进攻魏国。如果魏国向南亲附楚国而不亲附齐国，那么齐国就会来攻打它的东面；若向东亲附齐国而不亲附赵国，那么赵国就会来攻打它的北面；若不和韩国合作，那么韩国就会来攻打它的西面；若不和楚国亲近，那么楚国就会攻打它的南面。魏国危矣！”

对于这些情况魏王自己也清楚，若不是当年商鞅把他逼到了如此境地，情况就不至于如此。因此魏王更恨秦人。对于张仪此次来魏的目的，张仪虽然还没说清楚，但是魏王的看法是“黄鼠狼给鸡拜年”，不会有好心的。

魏王请公子繇和张仪到宾馆休息。

张仪见魏王这个态度，便密信一封送回秦国。几日后，秦军大兵压境。魏王不得不再次会见公子繇和张仪。

魏王直言：“请问秦王派你来的目的是什么？”

张仪也直言：“秦国保护魏国。”

魏王：“代价？”

张仪：“上郡十五县和河西重镇少梁献给秦国。”

魏王怒了：“敲诈！”

张仪笑了，道：“不能这样说，秦魏结盟，合兵讨伐其他诸侯国，魏国将来从别的国家取得的土地肯定会比送给秦国的土地多得多。再说秦惠文王将公子繇作为人质送到贵国，就说明秦国是有诚意的。”

在张仪软硬兼施、打拉结合的策略下，魏王终于背弃与其他国家的合约，转与秦国结盟。

其实张仪与公子华带兵攻打魏国，拿下魏国的蒲阳城，后又建议秦王把蒲阳归还魏国，并且派公子繇到魏国去做人质，这都是张仪外交活动的幌子，他的真实目的是要利用护送公子繇入魏的机会与魏王接近，游说魏王投靠秦国。

张仪成功了，张仪使秦国获得魏国黄河以西的大片土地，从此也使秦国在地理位置上处于退可依据黄河天险、进可威逼天下的有利战略地位。

连横魏国，制约天下，张仪的“连横”获得初步成功，秦惠文王将张仪提升为相国。不到两年，张仪就在秦国获得一人之下、万人之上的地位。

不久张仪从来自楚国的情报中得知，一直被楚怀王重用的、齐楚联盟抗秦的倡导者楚国大臣屈原，被楚怀王疏远了。张仪立即晋见秦惠文王，说是拆散齐楚联盟的机会来了，他向秦惠文王陈述献策，并立马到楚国游说。

张仪到了楚国，先以重金行贿楚王宠臣上官大夫靳尚等人。

张仪曾在楚国受辱，现以秦国相国身份到楚，楚王不敢怠慢，亲自迎之于郊，并安排最好的宾舍。

楚王设宴欢迎张仪，满朝文武皆出席。

君臣共乐，觥觥交错，歌舞助兴。

楚王借着酒劲说："当年楚国对您不恭，实属无知小臣所为，请您不要挂在心上。"

张仪说："当年我刚从鬼谷子老师那里'毕业'，就选择来楚国'就业'，是我喜欢楚国，当年的误会使我无法为楚国效劳，甚是遗憾。"

楚王说："这次张仪先生来楚，楚国将尽力接待，并希望张仪先生多多指教。"

张仪说："自从离开楚国后，我一直怀念楚国，实在是想为楚国做一些事情。也是楚王的大福，我这次来楚，是受秦王派遣，特来与楚国缔结永久之好。"

在这之前，楚国的外交政策是楚齐联合，共同对付秦国，现在张仪前来说要秦楚和好，在座的楚国君臣不自觉地相互交换眼色，表示疑虑，不知秦国是何用意。

张仪又说："当今天下应该和平相处，你们看，我们和弱小的魏国不是相处得很好吗？但是齐国不安分，总是给天下添乱，前不久，他们还发动战争，给魏国带来了不少麻烦，要不是我们秦国的保护，齐国还不知道要闹出什么乱子来。"

楚国君臣听出点味道来，原来张仪小子是来离间齐楚联盟，大家不由会心一笑。

张仪装着没看见，继续说："秦王特地派我来跟贵国交好，要是大王下决心跟齐国断交，秦王不但愿意跟贵国永远交好，还愿意把商於一带六百里的土地献给贵国。"

这可是一大块土地啊？楚国君臣怕似乎听错了，都面面相觑。

张仪继续说："若楚国能与秦国和好，秦国还建议开放秦楚边境，让秦楚的老百姓自由往来，娶妇嫁女，秦楚两国永做好邻居，好兄弟，好亲戚。"

这个条件太优惠了。"得到六百里土地，又解除了来自秦国的国防压力，何乐而不为？"楚王一合计，心动了，大臣们也开始骚动起来。

张仪趁势而上，说："讲真的，秦国开出的这些条件，也不完全是为楚国，如果削弱了齐国，对秦国也有更大的好处。"张仪这样说显得很坦诚。

对秦国有什么好处，楚国君臣似乎不太关心，就那六百里土地已经打动了他们。宠臣靳尚首先发话，说是秦国的意见可以考虑，其他的大臣见风使舵，也纷纷表态愿接纳秦国的意见，更有甚者开始向楚王表示祝贺，好像那六百里土地已经到了楚国手里。当然也有理智的大臣建议，先拿到六百里土地后，再与齐国绝交。如此大事，起码也应该签个协议，但是这样做有碍情面，于是楚王便豪爽地答应了张仪的要求，这也算是赔了张仪上次的受辱之情。

但是张仪进一步落实，说："我签个字有什么价值呢？请楚王派大臣和我一起去秦国，由我们秦王当面把土地交给你们不是更好吗？"

如此，张仪与楚王达成意见一致。

楚国一面跟齐国绝交，一面派大将逢侯丑作为使者跟张仪到秦国去接受六百里土地。一路上张仪和逢侯丑有说有笑，当快到秦都时，张仪多喝了些酒，佯装从车子上摔下来，受伤了。

张仪休病假，三个月没上朝。逢侯丑登门探访，张仪却闭门谢客。逢侯丑不得已写信给秦惠文王，要求得到六百里土地。秦惠文王回信，大意说，六百里土地？你们为秦国做了什么？待张仪伤好后，由张仪办理吧。

这是一封误导信，逢侯丑将秦国情况转告楚国国内，楚王得土心切，误以为是秦国怀疑他的诚意，于是派出勇士，到齐国辱骂齐王。齐王听说楚国与他断交，又派人来辱骂他，羞辱难耐，马上派使者去见秦惠文王，约他一起进攻楚国。张仪看时机成熟，接待楚国使者，耍赖说："没那回事，大概是你们大王听错了吧，秦国的土地哪能随便送人哪？是六里，不是六百里，而且是我自己的封地。"

楚国使者回来一汇报，楚王气得哇哇大叫，马上发兵十万攻打秦国。秦惠文王也发兵十万迎战，同时齐国也向楚国进攻，楚军大败。楚军七十多员战将被俘，士卒八万多人丧生，还丢失了六百里土地。

这种"戏诈"大概只有无赖、流氓之类才做得出，然而张仪将它搬到国家政治舞台上，在秦惠文王的支持和配合下，竟演绎得如此成功。

两年后，齐楚又有和好的迹象，为了阻止齐楚再次联盟，秦国便对楚国进行安抚拉拢，说将夺取的楚国土地还回楚国一半，以求结盟。楚王痛恨张仪，不要土地，宁要张仪，并要亲自诛之。

为了破坏齐楚的再次结盟，张仪决定二次出使楚国。秦惠文王担心张仪的安全，不想让张仪去，张仪说："请大王放心，我自有办法，就是我被楚王杀掉，那也是我对秦国的忠诚。"

秦惠文王大受感动，说："你去吧，我会想办法保护你，楚王敢动你一根毫毛，我就灭了楚国。"

张仪再次坦然来到楚国。

楚王将张仪打入牢狱，并准备杀他，但是张仪事前又用重金贿赂了楚王的宠臣靳尚。

朝堂上，楚王大声宣布："那个无赖、流氓张仪已被抓到了，如何处置？听听各位爱卿的意见。"张仪是自己送上门来的，楚王这里说是抓到了，自然是炫耀。

张仪已被打入大狱，如何处死张仪，楚王要听听大臣们的意见，他要为自己，为大臣们，为楚国出一口被耍的恶气。

"杀！"大臣们一片欢呼，也有大臣喊："五马分尸！"楚王心中欢喜。

宠臣靳尚此时走出来说："请问大王，不知张仪现在的身份还是不是秦国相国，若不是，怎么杀都可以，若张仪现在还是秦国相国，杀了张仪，也就给了秦国入侵我楚国的口实。"

靳尚的几句话像一盆冷水泼下，楚王和大臣们都愣了。

楚王问靳尚："你说怎么办？"

靳尚说："还是先弄清楚张仪的身份再说吧。"

楚王立即命一大臣赶往牢狱，询问张仪身份。其实这都是多余的，张仪来时，车马随从已说明了他的秦国相国身份。

不多时，又有探军来报，说是秦国军队正在秦楚边界集结，立时满朝骚动。

不得已，楚王释放了张仪，并按接待国宾相国身份，将张仪请入朝堂。

张仪走进大殿，望着楚王嘲笑说："贵国的国宾馆怎么像个监狱，太破了，要不要秦国拨点经费，重新给贵国盖所新宾馆。"

楚王满肚子窝火，还想发作，说："秦相国上次……"

张仪知道楚王想说什么，急忙打断楚王的话说："再说上次还有意思吗？"

楚王被问得张口结舌。

张仪此来的目的不是要得到楚王的谅解，而是继续完成他的连横大业。他对楚王说，以现在的秦国之强，就是秦周围的四国加起来也不是对手，如果秦驱使楚国的邻国韩国和魏国攻击楚国，楚国就危险了。所以楚国要想安宁，只能与齐国断交，与秦国结盟。

楚王无奈，只得重新与秦修好。

为防止出于义愤的楚国人伤害张仪，在靳尚的建议下，楚王还不得不派兵护送张仪安全返回。

张仪又到了韩国，说是要想不让秦国欺负韩国，韩国必须与楚国为敌，无奈韩国只得答应。随后张仪又到了齐国，说齐国虽然不怕秦国，但是秦国驱使齐国的邻国韩国、赵国、魏国攻击齐国，齐国恐怕就吃不消了，不得已齐国也只得与秦国修好。后来张仪又唬住了赵国、燕国。

“一怒而诸侯惧，安居而天下熄”，张仪长袖善舞，六国难得安宁。

张仪将军事威慑和外交手段交叉使用，使得秦国“东拔三川之地，西并巴、蜀，北收上郡，南取汉中”，成为更为强大的霸主诸侯，这为秦将来的一统中国起了促进作用。

秦惠文王死后，因为即位的秦武王在当太子的时候就不喜欢张仪，张仪接受商鞅的教训，使用了“金蝉脱壳”之计。

张仪对秦武王说：“秦国要想进一步发展，就要诱使其他国家彼此打斗，让他们的力量内耗，到他们两败俱伤时，我们秦国就可以坐收渔利了。”

秦武王问：“如何才能让他们彼此打斗呢?”

张仪说：“由于我离间了齐楚的关系，楚国已被我国制伏，但是齐国很是恨我，若让我出使魏国，齐国肯定要攻打魏国，待他们两败俱伤时，秦国就可收利了。”

秦武王听张仪说得有道理，就派张仪到了魏国。两年后，张仪善终在魏国，结束了他传奇的一生。

鬼谷子的另一学生叫苏秦，苏秦是鬼谷子调教出的、继张仪之后的另一位杰出的社会活动家，他学的“专业”是“合纵”。

苏秦毕业，告别老师鬼谷子，步出云梦山。他临别时老师说道：“大事业大起大落，大人物大喜大悲。”

苏秦毕业后回到家乡。当时，苏秦家中有一老母，两位弟弟，兄长已先亡，寡嫂在家，苏秦回来，家人自然欢喜。苏秦回家，一则探望，二则筹集经费，他要出游各国，从事他所学的“专业”。但是他的想法一说出口，便招到家人的一致反对，一则家里并不富裕，二则希望他能像常人一样，务农经商，负起养家糊口的责任。特别是对他所学的专业，他们认为那是耍嘴皮子，不是正经人干的事情，勤劳吃苦才是正经人的生存标准。后来两个弟弟折中，对他提个建议说：“哥哥如擅长游说之术，可以去游说周显王，能在本乡本土出名，何必远去他乡呢?”

受到全家人阻挡，苏秦无奈，只好求见近在洛阳的周显王，向周显王宣讲强国之术。周显王还算客气，留他住下，可是周显王的臣属都知苏秦出身寒门，且是农贾之家，很是瞧不起他。苏秦住了一年多，见进取无望，不得不离开回家。

苏秦回家后，不听家人劝阻，变卖了家产，筹集资金做了美衣、备了车马，去遨游列国，考察世情，以求出人头地。

苏秦首先来到了秦国，见到了秦王。

苏秦见到秦王，先是对秦国赞扬一番，说："（秦国）田肥，民富，战车万乘，强军百万，且地大物博，已有能力兼并诸侯，统一天下。"

秦王打断苏秦的话："秦不过小康而已，岂敢称霸。"此时秦王认为自己羽翼未满，还不愿暴露一统天下的野心。

苏秦的第一次公关没成功，以后数年也没有起色，壮志未酬，但是钱却花完了，不得已只好卖掉车马，当掉美衣，辞掉仆人，挑个破担子重回故里。

苏秦的第一次闯荡江湖以失败告终。

"败家子"回家，当苏秦敲开家门，母亲一看他的狼狈样，没说什么就走开了；妻子正在织布，看到他，连织布机都不肯下，懒得理他。苏秦放下行李，他肚饿难忍，只好求嫂嫂给自己做饭，嫂嫂不热不冷地说家中没柴烧，也不肯给他做饭。苏秦不觉叹息说："贫贱如此，全家人都不认我，全是我的过错呀！"

苏秦没有死心，回家后他取出师父临下山时赠送给他的姜子牙的秘笈《太公阴符》，昼夜攻读起来。有句成语"悬梁刺股"，其中"刺股"说的就是苏秦这时学习的情景。苏秦把自己的头发用绳扎起来，悬在梁上，自己一打盹，头发就把自己揪醒；夜深太困了，苏秦拿锥子刺自己的腿以求清醒。凭着这股精神，苏秦学业大进。原来听老师讲课，似乎明白了，今日反思，有了更深刻的理解。他这样边读书边揣摩列国形势，一年后，对天下大势便了然于胸。他给两个弟弟做工作，给他们讲解了天下形势和自己再图外出游说的打算，两个弟弟被打动，就合出资金，帮苏秦再次遨游列国。

机会来了，此时北方的燕国向天下招贤纳士，苏秦北上燕国。

与秦、齐、楚相比，燕国本来是北方的一个弱国。燕国前国王姬哙想效仿尧禅让给舜的事迹，将他的王位禅让给他的国相"子之"，但是姬哙看错了人，子之实则是个阴谋家。子之上台后，为保王位，就要杀掉原来的太子姬平，于是引起燕国的"子之祸乱"。邻国齐国见有机可乘，以帮助燕国平息内乱为名出兵燕国，在杀死了子之之后，齐兵又在燕国进行掠夺，并占领了燕国十座城池。

在乱世中太子姬平即位，称燕昭王。为强燕，燕昭王向天下招贤纳士。

会见中，苏秦双眼直视燕昭王，单刀直入地说："如果大王能用我，我的主要任务就是对付齐国，收复失地。"

齐强燕弱，燕昭王不能公开讲对付齐国，收复失地，何况是齐国杀死子之，帮他上了台。但是保护国家是君主的职责，苏秦也说出了燕昭王的心里话。听苏秦的话语后，燕昭王不露声色，但是苏秦被燕昭王留用了。

一段时间过后，燕昭王单独召见苏秦。燕昭王十分客气地对苏秦说："请先生指教，愿听其详。"

苏秦说："请大王派我到齐国去，我愿将十座城池要回。"

没有过多的道白，苏秦语气坚定。燕昭王看了看苏秦，感到其人不凡。不到一炷香的工夫，苏秦从燕昭王处退出，除燕昭王，没人注意苏秦。

到了齐国，燕国使节苏秦见到齐王也是短短几句道白。

苏秦："祝贺齐国得到燕国十座城池。"

齐王："那是我帮忙所得。"

苏秦："有所得就不算帮忙，是生意，因此燕国不欠齐国人情，"

齐王无语。

苏秦："燕国因失去十座城池，燕人感到齐国有趁人之危之嫌。"

齐国强大，齐王语气傲慢："那又怎么样?"

苏秦："燕国历来与齐国友好，也与秦国友好，但是燕国与秦国有亲戚关系，而齐国与秦国历来不合，若齐国因十座城池而将燕国推向秦国，对齐国就不合算了，请齐王三思?"

齐王默默无语。

外交家未必是口若悬河，苏秦简明扼要的谈吐，创立了苏氏外交风格。

苏秦从齐国回来，同时带回了十座城池。燕国人知道了苏秦，燕昭王开始倚重苏秦，苏秦在燕国站住了脚。

又一次，苏秦对燕昭王说："大王您有伐齐的打算吧?"

言语又不多，燕昭王听后心中一惊，虽然苏秦要回十座城池，但是齐国还是要比燕国强大得多，因此燕昭王出口谨慎："我们是小国，岂敢对强国无礼。"

苏秦说："臣进取之臣也，不事无为之主。"字字落地有声，而且有落子将军之意。

燕昭王有些被动，说："你的意思?"

苏秦说："齐国现在虽然强大，但是如果让它经常与它西面的宋国搏击，与它南面的楚国战争，那么，齐国不久就可能衰败下来，到时燕可坐收渔翁之利。"

燕昭王有强燕之心，有推倒强齐之心，苦于无良策，又不敢公开议论。现在苏秦的一席话让燕昭王内心惊喜，最后燕昭王和苏秦二人达成共识，并秘密制定出弱齐强燕的战略。

不久，苏秦被任命为上卿，并以友好大使身份再次被派往齐国。

此时齐国有一个势大力沉的人物孟尝君，他的联盟赵国的主张，影响着齐国君王，苏秦难有作为，五年后，苏秦悻悻地离开齐国返回燕国。

后来齐国国内发生变动，孟尝君被齐王罢免，历史又给苏秦提供了一个机会，苏秦再次来到齐国。此时齐王正有一事犯愁，是秦国国君邀齐国国君一起称"帝王"。若齐国同意秦国的意见，便得罪天下，若不同意，便得罪秦国，齐王两难。恰好苏秦到来，齐王便求教于苏秦，苏秦说："此事不难，同意秦王的意见，先不得罪秦，待秦王称帝王，看天下大势，若天下反对强烈，就顺应天下不称帝王，若天下接受秦王称帝王，齐王再称帝王不迟。"

苏秦的主张深得齐王欢心，齐王顺便又求教苏秦，齐国现在应该如何处理和其他国家的关系？苏秦毫不犹豫地说："攻打宋国!"

齐王说："为什么?"

苏秦说："宋王暴政，他不光杀有罪的人，为了让他们国家的人怕他，没有罪的人他也杀，就连他的相国也无端被他杀了。如果齐王您攻打宋国，这是除暴安良，宋国人民肯定欢迎您，您发动的是解救宋国人的正义之战，其他各国也说不出什么。"当然，这不是真话，苏秦真正的目的是将齐国拖入战争的泥潭。

齐王听了很高兴，这也是他心中所想的。在苏秦的鼓动下，后来燕国也派来两万军队支援，于是齐国的军队向宋国进攻了。但是秦国不干了，秦国要保护宋国。齐王又和苏秦商量，苏秦说："英雄难敌众人，猛虎也怕群狼，如果将燕国、赵国、魏国、韩国和齐国五国联合起来对付秦国，就能打败秦国。"苏秦说得很有底气。

齐王心想，若是打败秦国，齐国便可称霸天下了。

齐王对苏秦说"是个好主意，就请苏秦先生到各国联络吧。"齐王还想，即使扳不倒秦，我还可以借机占领宋。

苏秦所学的"合纵"，就此拉开序幕。

苏秦先到燕国，向燕昭王汇报，当然得到燕昭王大力支持，因为这符合他和苏秦的合谋战略。能打败秦国，齐国也就是强弩之末，那时燕国就可坐收更大的渔利。

苏秦到了魏国，此时在魏国当相国的是孟尝君。孟尝君在当齐国相国之前，也曾当过秦国的相国，后来在秦失宠逃跑，跑到边关天还不亮，城门不开，是手下的人学鸡叫，骗得边关将士提前打开城门，孟尝君一行才得以逃命。虽然孟尝君和齐王也有过节，但是孟尝君更恨秦王，所以说服孟尝君，并通过孟尝君鼓动魏国君王参加五国合纵，对苏秦来说并非难事。

待魏国同意攻秦后，苏秦下一个目标是赵国，此时在赵国当相国的是李兑。李兑过去和苏秦关系不好，为此苏秦先派人去见李兑，并对李兑说，现在苏秦在燕国主政，如果您和苏秦不和就意味着赵、燕不和，赵、燕都是小国，小国之间需要互相帮助，以和为贵。李兑是一国之相，他明白其间的要害关系，随即邀请苏秦访赵。经过苏秦的一番说辞，赵国也加入了五国合纵。

韩国比较弱小，见魏国、赵国加入了五国合纵，韩国也就随大流加入了五国合纵。

然而事情并非一帆风顺，苏秦分析，五国之中，最不铁杆的是赵国，为使赵国铁血抗秦，苏秦与齐王密谋，诱使秦国挤压赵国，以激起赵国的反秦情绪。

然而保密工作没做好，此事让赵国知道了。

一次苏秦到赵国，赵王下令缉拿苏秦，苏秦锒铛入狱。赵国以损害国家罪起诉苏秦，依法当斩。苏秦在铁证面前，有口难辩，眼看性命呜呼。只是此时苏秦已是名人，苏秦在赵国入狱的消息迅速传到燕昭王和齐王那里，两个国君考虑，合纵大计还离不开苏秦，于是由两个国君担保，苏秦才逃过此劫。

“福无双至，祸不单行。”不久苏秦的性命又挂在刀尖上。事情是这样，齐王吞并宋国心切，但是又怕支持宋国的秦国反对，苏秦就又给齐王出了个主意，说是齐应该和秦国做交易，让秦国打魏国，齐国不干预；而齐国打宋国，让秦国也不干预，这样，既能得到宋国，又能激起魏国合纵抗秦的决心，一举两得，何乐而不为呢？齐王接受了苏秦的意见。然而没想到的是，魏国的情报系统也极其有效，齐王、苏秦的保密工作又没做好，这个事情还没启动，苏秦在魏国就被捕入狱。而此时，齐王也在魏国的指责之中，齐王很难再为苏秦说话，燕国比魏国要弱，也不敢惹祸，苏秦性命危矣。

合纵之事还没办完，也是苏秦命不该死，苏秦的弟弟苏历来救苏秦了。

当年苏秦在两个弟弟的资助下，再次离家出走，当苏秦在燕国站住脚跟后，便将两个弟弟带出来，现在两个弟弟也都成了纵横捭阖的关键人物。

弟弟苏历听说哥哥有难，日夜兼驰，赶来面见魏王。

苏历见到魏王第一句话就说："魏国危矣!"

魏王一听就火，说："你不要玩诈，你不就是来救你哥哥吗？有话就直说。"

苏历说："你所知道的那些关于我哥哥损害魏国的罪，不是真的，你的情报有误；就算是真的，那也可能是为合纵而设的计中计，应该从更长远的目标看问题，只要合纵成功，就对魏国有好处。"

魏王淡淡地说："我情报无误，你也无需绕圈子，还有什么话，说吧。"

苏历说："就算是齐王和我哥哥要损害魏国，让秦国打魏国，可是秦国并没有真的打魏国，为什么，因为秦国相信那是传说，是假的。现在有齐国做后盾，秦国不敢对魏国动武。如果魏国将苏秦杀掉，秦国就确信无疑齐国和魏国不和了，魏国处在秦国和齐国之间，因为齐、魏和好，早有计划进攻魏国的秦国才不敢轻举妄动，一旦齐、魏破裂，魏国难道不就危矣吗?"

苏历双眼不温不火地看着魏王。

魏王心情沉重起来。

不久，苏秦获释，并又成为座上宾。

有评论家说"眼神"也是苏式外交的特色。

经过苏秦反复的工作，齐、燕、魏、赵、韩五国，在合纵的前提下又走到了一起，后来楚国也加入了合纵国。

一日，在赵国洹水之上，六国国君云集。方圆几十里，锦旗招展，车水马龙。苏秦先是向站在高台上的六位国君，行君臣大礼，然后，六位国君宣布封苏秦为"合纵长"，佩六国相印，总辖六国臣民。而后，六国国君歃血为盟，宣誓共同抗秦，并祭祀天地。

苏秦得势后曾路过家乡，诸侯都派使节送他，仪仗旌旗，前遮后拥达二十里长，威风超过君王。苏秦曾经效忠过的周显王听说苏秦路过，专门派人清扫了道路，设供帐迎于郊外。苏秦的嫂子恭恭敬敬伏在地上迎侯，不敢仰视。

苏秦在车上问嫂子："嫂子以前不为我做饭，现在为什么这样谦恭呢?"

嫂子回答说："您现在是地位高、金子多。"敬畏之情溢于言表。

整整十五年，在合纵势力的抵抗下，秦国对各诸侯国不得不有所收敛。

在秦国受到遏制的情况下，齐国终于有机会吞并了宋国。

兔死狐悲，相对弱小的韩、赵、魏、燕见齐国灭掉了宋国，不约而同地把敌对的矛头又对准了齐国，而这一切都是苏秦和燕昭王多年前所谋划的战略。

苏秦的合纵之所以能成功，首先是针对秦国，因为秦国对其他六国的威胁最大，但是，“合众弱以攻一强”的思想一旦确立，任何一个诸侯国一旦威胁到其他国家，也都有可能成为各国的共同敌人。

合纵也是一种平衡制约战略，平衡一旦被打破，制约战端必起。

燕昭王调动全国之师，兵甲数十万、车七百乘、骑六千匹，命乐毅为大将攻齐，赵、韩、魏三国军队，先后与燕国大军汇合，并公推燕国大将乐毅统帅全军。多国联军以燕军为主力，其他国军为羽翼，军威盛大，号称百万。

秦国见状也派兵参加攻齐。

南方的楚国原本未参加合纵攻齐，但此时见齐国必亡之势已成，遂诈称援齐，遣军至莒城劫杀齐王，收复原本是楚国的淮北之地。

富贵终有时。在燕国伙同其他国家向齐国进攻时，没有人通知苏秦及时撤退，这也可能是为了保证进攻的突然性，然而苏秦合纵的真实目的弱齐强燕，便在齐王君臣面前暴露无疑，苏秦被齐王下令车裂而死。

苏秦躺在地上，仰望苍天，他的使命完成了，他也该走了，鬼谷子的那句话，成了苏秦一生的写照：“大事业大起大落，大人物大喜大悲。”

四、和氏璧

前面说到，有条不知来历的蛇曾驮着鲧到天上偷息壤，被嫘祖狠狠踩了一脚，并受到闪电的打击后逃跑了。但是那条蛇不思悔改，现在它又来到东方，看到东方的人类斗得正热闹，于是决定再显现蛇威，凑凑这里的热闹。

一个叫卞和的采玉人在楚国荆山采玉，可能很久没有采到玉了，显得无精打采，蛇决定拿他开玩笑。

卞和实在是走累了，便坐在一块石头上休息。过了一会儿，他解开包袱，从中拿出一炷香点上，然后十分虔诚地跪下，默默祈祷。这种事过去他也办过，只是这次祈祷和往常不一样，他心里发狠说：“老天要可怜我，就从天上掉下来一块玉给我吧。”

卞和心里的话刚说完，突然天空出现一片乌云，立时电闪雷鸣，狂风肆虐，大雨如注，一团天火从天而降，直朝卞和砸来。卞和见状，吓得拔腿就跑，天火砸在卞和身后，卞和摔倒昏了过去。不知过了多少时候，卞和醒来，此时已是云走风停，一切如初，只是卞和发现身边放着一块璞玉，璞玉发出耀眼的光芒。卞和惊喜，伸出手去想拿起那块璞玉，突然发现璞玉上面盘着一条蛇，急忙将手缩回。此时那条蛇说话了："我就是你想要的从天上掉下来的玉，而且是一块绝世玉璧，你就把我献给楚厉王吧。"

说完蛇就慢慢缩进璞玉里，璞玉也慢慢消失了光芒，一切归于平静。这块璞玉就是后人所说的荆山之玉、灵蛇之珠。

卞和伸出手指，轻触璞玉，璞玉无反应，卞和又用手掌抚摸璞玉，璞玉也无反应。卞和胆大起来，将璞玉拿起，仔细看了看，然后轻轻地将璞玉放入包袱中，包好包袱，背在背上。突然卞和感到浑身一震，着魔了，他站起来，口里嘟囔着："绝世玉璧，献给楚厉王；绝世玉璧，献给楚厉王……"痴痴地朝国都走去，朝王宫走去。

楚厉王上朝，有人报告，说是有一个叫卞和的采玉人要向大王献宝，说是块绝世玉璧，要献给大王。楚厉王将卞和招上朝来，并找来相玉家进行鉴定。璞玉原本是一种天然玉料，如果不经锯割，外表看来和普通的石块没什么区别。相玉家左看看，右看看，没能辨识出来，认为它是一块普通的石头。没有什么价值。于是楚厉王大怒，认为卞和在戏弄自己，命人砍掉了卞和的左足。

楚厉王死后，楚武王继位，那条蛇又说话了，让卞和再去献宝。楚武王和楚厉王一样，找来新的相玉家进行鉴定，新的相玉家同样左看看，右看看，翻来覆去，还是没能辨识出来，认为它就是一块普通的石头，楚武王又以欺君之罪砍掉了卞和的右足。

又过了些年，楚武王之子楚文王继位。这时那条蛇又命令卞和去献宝，此时卞和已是风烛残年，又被砍掉了双脚，行动很不方便。卞和怀抱璞玉在楚山下痛哭三天三夜不止，眼泪都流尽了，眼睛直往外滴血。楚文王听说了这件事，派人接来卞和询问，卞和痴痴地看着楚文王，口里反复重复着一句话："绝世玉璧，献给楚厉王，绝世玉璧，献给楚厉王……"

楚文王听后，让玉工进行打磨，果然得到一块宝玉，玉工山呼万岁，恭喜大王得绝世玉璧。

楚文王接过玉璧一看，正而视之色白，侧而视之色碧，在表面上沿一定方向看，有时可见到蓝绿、紫红、金黄等色彩。

楚文王又将玉璧让大臣们传看，大臣们捧在手中都感到玉璧温润而泽，光彩照人，确实令人惊奇。

因为玉璧是卞和所献，楚文王便给这块玉取名“和氏璧”，并厚待卞和，卞和从此也不再“玉痴”了。

楚文王得此美玉，十分爱惜，就奉为宝物珍藏起来。又过了很多年，到了楚威王时代，楚威王为表彰有功之臣，特将和氏璧赐予相国昭阳。

前面说到张仪被怀疑偷盗和氏璧，因此被打得遍体鳞伤，并被驱除出楚国。这是那条蛇和张仪开的玩笑，因为楚王将如此宝玉赏赐下臣，引起蛇的不满，是蛇自己离开了那位臣子。张仪寒酸，被怀疑挨打就是自然的了。

和氏璧就这样销声匿迹了五十年后，有一天突然在赵国出现，一个名叫缪贤的宦官在集市上用五百金，从一名外人手中购买到这块玉。令人始料未及的是，经名家鉴定，此玉就是失踪多年的和氏璧。缪贤聪明，知道这是大王才配拥有的宝物，于是将和氏璧进献给了赵惠文王。

赵惠文王听说过关于和氏璧的传说，今日得手，倍感惊奇。晚上，赵惠文王一人在月光下欣赏和氏璧。借着月光，赵惠文王仿佛看到一个美女在玉璧里跳舞，美女的腰身之软如蛇。赵惠文王心想，这大概就是所谓的美女蛇吧。美女蛇扭动的舞姿所产生的性感是后宫女子们无法比拟的，赵惠文王看得发呆。

赵国得到和氏璧的消息很快传遍各国，也传到了秦国秦昭王的耳中。秦昭王对这件稀世之宝产生了觊觎之心，于是派人送信给赵惠文王，希望用十五座城池换取和氏璧。

赵惠文王每天夜观和氏璧，白天便神情恍惚。一天上朝，赵惠文王神情恍惚地听大臣们汇报工作，大臣们说的什么，他完全没听进去，可是当有一大臣说当今的秦昭王要用十五座城池来换取和氏璧时，他一下清醒过来，马上说：“这就叫巧取豪夺，如果把和氏璧送给秦国，恐怕秦国不会真用十五座城池来交换，我们将会受到欺骗，但如果不给，秦强赵弱，秦国必然以此为借口出兵攻打赵国。”

大臣们发言，都认为赵惠文王分析的完全对，但是如何应对，大家又拿不出好主意。

散朝后，赵惠文王闷闷不乐地回到后宫。在后宫赵惠文王见到宦官头目缪贤，赵惠文王便将此事告诉他，问他有什么主意。缪贤思索一会，说这是左右为难之事，确实不好办，不过缪贤又建议，说他有个家臣叫蔺相如，此人智勇双全，是不是叫他过来，看看他是否有什么好办法。满朝文武都无良策，一个家臣能有什么本事，赵惠文王不以为然。不过赵惠文王看在缪贤献宝有功的份上，还是让缪贤介绍了他的那位家臣。

缪贤说："我想大王可能还记得，我以前曾经冒犯过大王，后来我赤裸上身，伏在腰斩人的斧子上，向大王您认罪，请大王处罚，大王您宽厚仁慈，宽恕了我。我之所以这样做，就是蔺相如出的主意。"

赵惠文王微露惊讶之色。

缪贤继续说："冒犯了大王后，害怕大王的处置，我原打算逃到燕国，蔺相如知道后问我：'你怎么知道燕王会收留你呢？'我说，我随大王出访时见过燕王，燕王握住我的手表示愿意和我交朋友，所以我想投奔燕王。蔺相如听后说：'赵强燕弱，那时赵惠文王喜欢你，所以燕王才对你客气。现在你得罪了赵惠文王，是赵惠文王的罪犯，燕王害怕赵国，绝不敢收留你，为了两国关系还有可能把你捆绑起来送回赵国。'我问蔺相如该如何办，蔺相如给我出了向您认罪的主意，所以我想，如何对付秦国，蔺相如也许有办法。"

赵惠文王听后马上传旨让蔺相如进宫。

蔺相如进宫时，缪贤已将有关情况向蔺相如介绍清楚，见到赵惠文王后，蔺相如直接说："大王您分析得对，如果不将和氏璧送给秦国，秦国必然以此为借口出兵攻打赵国，如果将和氏璧送给秦国，秦国不会真用十五座城池来交换。但是我建议还是将和氏璧送往秦国为上，这样可以先免去赵国的刀兵之灾。另外选一大臣护送和氏璧，如若秦国不给十五座城池，就设法再将和氏璧带回，到时秦国无话可说。另外，在将和氏璧送走前先向大臣们展示，让赵国人认识自己的国宝，如若被强秦掠去或秦军来犯，可激起全国愤慨，共同御敌。"

赵惠文王听蔺相如说得有理，第二天就将和氏璧当朝展示。

和氏璧名震列侯，大臣们也都听说过，今日一见，果然名不虚传。那天好像和氏璧也特别给力，徐徐发光，辉映大厅，大臣们都说，是个宝物，国之祥瑞啊！

大臣们都看后，赵惠文王又作了一番爱国演讲，然后问大臣，谁愿护送国宝赴秦，并提出要求，若秦国不给十五座城池，要将国宝带回。

大臣你看看我，我看看你，无人敢应。此时蔺相如走进殿堂，说："我愿意出使秦国，假如秦国真的把十五座城池交给赵国，我就把和氏璧留在秦国；如果秦国不交城池，我一定完璧归赵，璧在人在，璧亡人亡。"

赵惠文王当场任命蔺相如为特使，护送和氏璧赴秦。

秦昭王在王宫接见蔺相如。

秦王宫巍峨气派，金碧辉煌，侍卫锦衣亮甲。听说赵国来献和氏璧，秦昭王的妃嫔、文武大臣和侍从们一早就在大殿等候，要一睹天下奇珍。

蔺相如双手捧璧，步入大殿，司仪官高喊：“赵国赵惠文王特使蔺相如向秦国大王献宝！”

蔺相如听了，心中一震，心想秦国果然是在诈骗。还没等蔺相如看清秦昭王的模样，早有人接过蔺相如手中捧的和氏璧，献在秦昭王面前的案台上。秦昭王摆摆手，要妃嫔、文武大臣和侍从们先看，一则显得大度，二则也是先给蔺相如点“冷遇”。众人看后都啧啧称奇，欢呼万岁，向秦昭王表示祝贺。

秦昭王不是好玩昏庸之辈，以城换和氏璧，也不过想试试赵国的胆量，看看赵国大臣的能量，并非真的要以城换璧。不过听说和氏璧是一罕见之物，既然送来了，秦昭王也想开开眼界。最后秦昭王接过和氏璧，展开锦袱观看，果然见和氏璧晶莹纯洁，流光溢彩，真不愧是稀世之宝。秦昭王不自觉中又将和氏璧举到眼前，他想细细观赏，突然他看到和氏璧里面有条蛇向他点头。秦昭王一惊，待他细细看时，蛇的画面又转换成几个字——“魏国范雎”，秦昭王不仅发怔。

蔺相如知道秦王绝对不会以城换璧，在秦昭王发怔之时，蔺相如心生一计，对秦昭王说：“这块宝玉好是好，就是有点小瑕疵，让我指给大王看。”

秦昭王听后，不自觉地就把和氏璧还给了蔺相如。

蔺相如接过璧，迅速后退到一个柱子前，大声对秦昭王问道：“大王，十五座城池在哪里？我看你毫无诚意。”

在场的秦国大臣和所有的秦国人大惊，蔺相如大胆，竟敢如此对秦王说话，不想活了，卫士拔剑直逼蔺相如。

蔺相如举起和氏璧朝向身边的柱子，说：“大王把这么贵重的宝玉，随便递给宫女侍从们观看，分明是在戏弄赵国。大王态度傲慢，根本没有用城换璧的诚意，我现在把和氏璧要了回来，如果大王一定要逼迫我，我情愿把自己的脑袋和这块宝玉一起在柱子上撞个粉碎。”说罢，举起和氏璧，作出向柱子砸去之势，双眼死死盯住秦昭王。

秦昭王急忙站起，举手指向蔺相如，做制止状，蔺相如没动，卫士们没敢动，大殿无声，空气一时凝固，秦昭王眼睛直盯着和氏璧。此时一位大臣走向前去，在秦昭王耳边悄悄说了一句，退了下来。好一会秦昭王才挥挥手，卫士退下，蔺相如怀抱和氏璧也退出大殿。

回到了住处，蔺相如想到秦昭王在端详和氏璧时脸色突变，以后的表现也让蔺相如琢磨不透。蔺相如安排警卫，闭上屋门，又将和氏璧拿出，仔细观看，除了是一块罕见的玉外，没有看出其他特别之处。那位秦国大臣在秦昭王耳边嘀咕几句，估计是将赵国为防秦国进攻而作了军事部署一事，向秦昭王作了紧急汇报，但那是在秦昭王脸色改变之后，秦昭王为什么会在端详了和氏璧时，脸色突变呢，蔺相如百思不得其解。但是完璧归赵为上，于是蔺相如选了一名精干的随从，让他穿上粗布衣服，打扮成普通老百姓，揣着和氏璧，悄悄地从小路连夜赶回赵国去了。

与此同时，一哨人马根据秦昭王的密旨，日夜兼程从秦国向魏国驰去，去寻找一位叫范雎的人。

五、范　雎

范雎何许人也？范雎，魏国人也，出身穷苦，因家贫无法得见魏王，投在魏国中大夫须贾门下，是须贾的一位家臣。

一次须贾出使齐国，范雎作为须贾的随从见到了齐王。齐强魏弱，在交谈中，齐襄王盛气凌人，须贾则唯唯诺诺，范雎见状，关键时候插言几句，一则软中含硬地阻击齐王的咄咄逼人，维护魏国的尊严；二则也是给主人个下台的台阶。齐襄王感到须贾平庸，而须贾的家臣范雎却思维敏捷，吐谈不俗，认定范雎是位人才，当晚便派人劝说范雎留在齐国，以客卿相处，但是范雎谢绝了。范雎说："我与使者同出，而不与同入，不信无义，何以为人？"

齐襄王闻知，心中更为敬重，特赐予范雎黄金十斤以及牛肉、酒诸物，但是范雎又辞谢了。

须贾身为正使，遭遇冷落，而随从却备受优惠，须贾心中很不是滋味。须贾怀疑范雎私通齐国，出卖了魏国的利益。

回国后，须贾把自己受到冷遇，没有很好地完成外交使命的责任推到范雎身上，并把齐襄王厚待范雎和自己的怀疑，告诉了魏国的相国魏齐，魏齐派人把范雎抓了起来。无论范雎如何为自己辩解，魏齐和须贾都认定范雎有罪，并严刑逼供，把范雎打得皮开肉绽，骨折齿落，惨不忍睹。范雎不堪忍受，便装死。魏齐以为范雎死了，就叫人将范雎用席子卷起来，扔进厕所，并让所有进厕所的人都向范雎身上撒尿，以示羞辱。

此时秦国那一哨人马赶到，了解到了范雎的处境后，秘密贿赂监守人员。监守人员便禀告魏齐，请求把范雎搬出厕所，扔到荒野。刚好魏齐酒后有醉，就答应了，秦国人员在荒野救下范雎。

那些救他的人帮他擦洗，疗伤，并无微不至地照顾他的生活，范雎感谢他们。但是，他们说救他的不是他们，别的他们也不多说。

经过一段时间的调养恢复，秦国那一哨人马看他能上路了，就说要带他走，范雎问去哪里？他们说去见救他的人，保护范雎又秘密返回秦国。

到了秦国，范雎被安排住在一个豪华住处，有专门人员照顾范雎的起居，范雎似乎明白了点什么。一天照顾他的人告诉他，救他的人要来看望他。不多时，范雎的住处岗哨林立，所有在场的人都严肃起来。不一会儿，一个气宇轩昂的人走进来，所有人都低下头，诚惶诚恐，那位人摆摆手，所有人都退了出去。那人走近范雎，跪下来说："让先生受惊了，我是嬴稷，请先生赐教寡人。"

范雎虽然有些"明白"，感到是位贵人救了自己，但是他怎么也想不到，秦王此时此刻能在他面前出现，当知道眼前给自己下跪的人竟是秦昭王时，范雎大吃一惊。范雎急忙要给秦昭王行君臣大礼，秦昭王制止住，说："寡人自觉昏昧愚钝，治国无方，还请先生多多开导，如何治国，还请先生赐教寡人。"

事情如此突然，范雎有点发懵。

秦昭王再次给范雎下跪，范雎也急忙跪下，秦昭王说："当今天下诸侯纷争，寡人如何生存？秦国如何生存？请先生赐教。"

范雎又"呵呵"答之。

秦昭王第三次给范雎下跪，并长跪不起，说："是先生不肯赐教寡人吗？"

秦昭王三次给范雎下跪，看似秦昭王求贤若渴，但也让人感到有点操之过急。其实秦昭王是在表现给和氏璧中的蛇神看。秦昭王确信，和氏璧里的那条蛇是蛇神，蛇神的显灵是天意，按照天意去做绝对无错，所以秦昭王把范雎看成是"天"派来帮助他的，所以他要诚心诚意对待。另外尊重人才也是秦国的传统，是秦国的立国之本，秦孝公至死信任他的铁血相国商鞅，当张仪到来时，秦惠文王下阶而迎之，这些前辈的事迹如烙印一般留在秦昭王心中，秦昭王决心比前辈做得更好，所以他一见范雎就连跪三次。

男儿膝下有黄金，帝王膝下是江山。

范雎说话了，他说："大王是我的救命恩人，大王如此厚待一个普通人，我就是死也报答不了大王的恩情！"

秦昭王："不是我救了你，是天意如此，也是天意请您来帮助寡人。"

范雎可不知道和氏璧之事，不可能知道自己被救的真实原因，但是那时流行国君"求贤"，范雎也知道秦国有重用人才的传统，知道商鞅、张仪之事，所以范雎此时也多少明白了自己的“处境”。范雎迅速镇静下来，调整思路。范雎说：“我听说当初周文王遇到姜子牙的时候，姜子牙在渭水北岸垂钓，姜子牙那时也只是个渔翁罢了，可以说那时周文王和姜子牙关系是生疏的。但是经过交谈，周文王便邀请姜子牙与他同车一起回去，后来又任他做太师。这是因为他们交谈得深刻，取得了共识。假如周文王因为跟姜子牙生疏而不跟他深谈，这样周就没有天子的德行，文王、武王也就不能成为王了。”

范雎继续说：“现在我只是个客处他乡的人，与大王刚认识，而所想要面陈的，又都是纠正国君偏差错失的事。我愿意献上一片浅陋的忠诚，却又怕有伤大王，所以大王连问三次而我没回答，就是这个原因，失礼之处还清大王海涵。”

范雎言辞有点不太顺畅，但是在如此突然的情况下，已经是很不错了。秦昭王也在暗暗体察这位蛇神派来的人，初次见面，秦昭王也是满意的。

秦昭王说：“我是在向先生求教，请先生直讲无妨，”

范雎说：“当年伍子胥藏在袋子里混出昭关，夜间赶路，白天隐蔽，到了菱水，没东西吃，坐着走，爬着行，在吴市讨饭，最后振兴了吴国，吴王阖闾成为霸主。假如我进献谋略能像伍子胥那样，臣子死了而秦国能够治理好，比活着更有意义。”

范雎向秦昭王表达了忠诚之心。

吴王阖闾死后，伍子胥最终被吴王阖闾之子吴王夫差赐剑自杀，秦昭王知道这段历史，秦昭王也听出了范雎说的忠臣难有好下场的话，急忙又跪下说：“秦国远离中原，僻处西方，寡人又笨拙而不贤明，先生竟能光临此地，这是上天要寡人来烦劳先生，从而使先王的宗庙得以保存啊。寡人能够受到先生的教诲，这是上天赐恩于先王而不抛弃他的儿子啊。以后事不论大小，上到太后，下到大臣，希望先生全都教导寡人，不要怀疑寡人啊。”

事情发展到这个地步，范雎不好再说什么了。

范雎向秦昭王拜了两拜，秦昭王也向范雎拜了两拜，君臣和谐了。最后范雎向秦昭王请求给他半年时间了解秦国情况，请求撤去现在的豪华招待，让他过一个普通秦国人的生活，秦昭王应允。

半年后，君臣再见面。这次范雎主动请秦昭王上座，范雎向秦昭王行君臣大礼。行完大礼后，范雎说：“在这半年里，我走访民间，感到不少秦人只知有太后、穰侯，不知有秦王。”

范雎看了看秦昭王说：“赵国的李兑控制了赵国的大权，把赵武灵王围困在沙丘宫里，不给他送吃的，一百天以后赵武灵王被饿死了。”

范雎又说：“现在太后、穰侯控制秦国内外的大权，再有像高陵君、泾阳君这样的人帮助他们，我担心以后的秦国，也未必是您子孙后代的天下。”

说到此范雎停顿了下来，这些话触及了秦昭王有苦难言的心病。秦王示意请范雎讲下去。范雎离座下跪，对秦昭王说：“当一棵树树干强于树枝，树势则旺盛；当一棵树树枝强于树干，树则危矣。攘外必先安内，为安内必须固干削枝。”

范雎的一席话，使秦昭王下决心安内削枝。

不久秦昭王采取行动，舅舅穰侯的相印被收回，令其回封地养老。接着又把华阳君、泾阳君、高陵君驱逐到关外，宣太后被安置于深宫，不准再干预朝政。通过这些变革，秦国消除了内部隐患，使权力集中于以秦昭王为首的朝廷手中，政权更加巩固，也为范雎更重要计策的出台做好了铺垫。

范雎从后台走向前厅，被秦昭王正式拜为秦国的相国。

范雎从阶下囚，走到一人之下的相位，并没有立即施展自已的权力，而是向秦昭王申请用两年的时间周游列国。范雎向秦昭王说：“知己知彼，方能百战不殆，秦国面对六国的竞争，需要深入地了解自己的对手，才能取得不败的地位，此行是需要的。”秦昭王应准。

范雎用两年时间，骑马坐车，日行夜宿，走遍天下高山河川，肥田沃野，更对坚城战场作了一番考察，对天下之情了然于胸。

两年时间里，范雎了解了各国的风土人情，人心向背，与各国的君王、臣相、将帅等各种人物进行了广泛的接触，对这些对手们的能力也做到了胸中有数。

两年后，范雎返回秦国，秦昭王亲率文武百官迎之城外。

早朝后，秦昭王将范雎请进后宫，他要听听范雎六国之行的收获。范雎说：“大王洪福齐天，我给大王带来了收取六国的钥匙。”

秦昭王高兴，催范雎快说，范雎说事关江山社稷，建议秦昭王素食七天，然后再沐浴更衣，祭祀宗庙，方可取得苍天赋予的收取天下的钥匙。秦昭王感到如此慎重之事，也该隆重办理，因此同意范雎的意见。

经过素食七天，秦昭王沐浴更衣，举行了隆重的祭祀宗庙仪式。当仪式进行到最后，祭祀案台上呈现出了一个精致的盒子，秦昭王缓步向前，轻轻地打开盒子，只见盒子里面还有盒子，而且在里面的盒子上面覆盖着一幅黄色锦缎，上面有四个字“秘不宣人”，秦昭王急忙将外盒盖上。

夜晚，在后宫，秦昭王屏退左右，又轻轻打开盒盖，将上面覆盖有“秘不宣人”的小盒子取出，然后又将小盒子轻轻打开，突然一阵风刮来，小盒子里面一幅白色锦缎随风飘起，飘向院子。秦昭王急忙追上去，在院子中央那幅白色锦缎飘落在秦昭王的双手里，上面四个红色的字闪闪发光——“远交近攻”。

远交近攻！远交近攻！秦昭王心里喃喃地念着，突然秦昭王明白了，是的，是收取天下的钥匙。此时秦昭王明白了那条蛇向他显灵，并让他请来范雎的真正意图。秦昭王此时不再认为是他要统一天下，也不是秦国要统一天下，而是他，是秦国要完成“苍天的意愿”。

秦昭王托举着写有“远交近攻”四字的白色锦缎跪了下来，向蛇神，向苍天说：“蛇神啊！苍天啊！我一定完成你们的意愿!”

一会他将白色锦缎拿到眼前，只见那四个字已变成了四团血，正在向白色锦缎四周浸润。又过一会儿，红色的血突然起火，秦昭王本能地撒手，跌坐在地上，一团火焰冲天而起，飘向天空。

六、远交近攻

远在东方的齐国是仅次于秦国的二号强国，秦国和齐国多有过节，冲突不断。范雎周游列国回来之前，秦国正准备派兵跨越韩、魏去进攻齐国。根据远交近攻的原则，秦昭王立时取消了原来进攻齐国的计划。

秦昭王和范雎依据远交近攻的原则，开始制定他们的新战略。

为达到兼并六国、统一天下的目标，他们制定的新战略主要是：对齐、燕等距秦较远的国家先行交好，稳住他们不干预秦攻打邻近诸国之事。魏、韩两国地处中原，有如天下之枢纽，离秦又近，应首先攻打，以除心腹之患。魏、韩臣服，则北可慑赵，南可伐楚，最后再攻燕、齐。这样由近及远，得一城是一城，得一地是一地，逐步向外扩张，好比蚕食桑叶一样，依次兼并六国，统一天下。

范雎又向秦昭王具体建议，向齐、燕派出友好使团，向魏、韩、赵派出间谍。最后范雎笑着对秦昭王说：“如果后宫有暂闲的宝物，是不是请大王也拿出一些来。”

秦昭王说：“千金散尽。”

范雎答道：“还复来!”

君臣二人相视大笑。

秦昭王根据范雎的建议，首先发兵攻伐魏国，不久就攻克魏国的怀城。两年后，又举兵攻占邢丘，魏国国内人心惶惶。

魏王召开御前会议，商量如何对付秦国的进攻。相国魏齐认为秦强魏弱，主张遣使求和。其他大臣也都认为魏国难是秦国对手，也都主张求和。于是，魏王派中大夫须贾赴秦议和。

须贾直奔秦都咸阳。

听说须贾来求和，范雎对秦昭王说出如何对付须贾的想法，并说无须再劳累兵马，魏国已是秦国附属。

范雎回到相府，脱去相服，换上便装。

范雎装做寒酸落魄之状，来到馆驿寻找须贾，须贾一见范雎大惊，须贾只知范雎早已死亡，怎么会在秦国馆驿碰到，真是大白天遇见鬼了。须贾强装镇定，对范雎说："先生近来如何？我还以为先生被魏齐打死，怎么先生到了秦国?"

范雎说："当年我被弃尸荒郊，后来苏醒过来，为一过客所救。现在我亡命于秦国，为人打工糊口，聊以为生。"

须贾不觉动了哀怜之情，让人拿来食物赏赐范雎。时值隆冬，范雎穿的衣服单薄破旧，寒颤不已，须贾看到范雎这个情况哀叹说："没想到你成这个样子。"便叫人拿出一件缯袍披在范雎的身上。须贾又问道："听说当今秦国相国张禄，权势很大，此次来秦国，我想拜见他，可是无人引见。你在秦国这么长时间，能不能帮帮忙?"须贾也只是说说，不自觉地显示身份，他不相信在他看来失魂落魄的范雎能帮上这种忙，更不知在秦国范雎已改名为张禄，但是范雎等待的就是须贾这句话。

范雎说："我一贫夫，怎能认识张相国，不过我听说我家主人与张相国关系甚好，自己也常出入相府，请我家主人出面倒是也有可能。"

须贾一听很是高兴，又问范雎能否借得大车驷马，供其驱使，范雎答应。

在街市上，范雎亲自驾车，驰往相府，两旁的人见状，纷纷躲开，须贾坐在车上看到这个情况，甚是惊异。到了相府，范雎对须贾说："你在此稍等一会儿，我去通报一下。"

须贾下的车来，站在门外，久久等待，不见范雎出来，便走近守门卫士，悄声问道："我的故人范叔入府通报，久而不出，您能为我招呼一下吗?"

守门卫士觉得好生奇怪，这里哪有你的什么范叔，说刚才进去的是我们的张相国。当须贾得知范雎即是张禄，乃当今秦之相国时，如梦中忽闻霹雳，不觉跌坐在地上。稍一定神，须贾脱去长袍，撤去上衣，寒冬中裸露上身，跪在门外，托守门卫士向张丞相报告说："魏国罪人须贾在外领死!"

范雎回到府中，换回相服，威风凛凛，坐于堂上。在鸣鼓之中，须贾被传唤进入。须贾跪于堂下，连叩响头，称其有死罪，愿听侯相国发落。

范雎说："你有三宗罪。出使齐国，我明明是帮助了你，你却诬陷我，向魏齐进谗言，这是第一宗罪；魏齐把我扔到厕所里糟践，你却不阻止，这是第二宗罪；你们竟然忍心往我身上撒尿，这是第三宗罪。你今至此，本该断头沥血，以酬前恨，然而考虑到你还念旧情，以缯袍相赠，所以今天权且饶了你。"须贾叩头称谢，匍匐而出。

几天以后，范雎在相国府为魏国使节须贾饯行，大摆筵席，把所有诸侯的使节都请来，宾客济济一堂，独独让须贾一个人坐堂下，在他面前摆放了一堆喂马的饲料，派两个受鲸刑（脸上刺字涂墨）的犯人夹持着他，像喂马一样喂他。众宾客甚以为怪，范雎当众向大家述说了他当年受辱的故事，各国使节听后，都齐呼："杀须贾！须贾该杀，魏国相国魏齐该杀!"坐在堂下的须贾吓得魂不附体。

范雎对须贾说："两国交战不斩来使，所以我今天不杀你，你回去办两个事，一是让魏王交出魏齐的人头，二是如何使秦魏永远友好，让魏王在十天之内做出实际承诺。"范雎说完转身看看其他诸侯使节，问："你们看，我的两个要求对不对。"大家纷纷表态支持。

须贾回到魏国，连夜向魏王汇报，魏王听后很是吃惊。相国魏齐听到这个消息，更是惊恐万状，他想到赵国的平原君赵胜礼贤下士、乐于助人，便立即弃了相印，星夜逃往赵国，私藏于平原君赵胜家中将祸水引入赵国。

秦昭王闻知，邀请平原君访秦，无奈之下平原君出访秦国。平原君到了秦国就被扣为人质，秦昭王声称，若不送魏齐人头至秦，将不准平原君归赵。魏齐走投无路，不得已拔剑自刎。

魏王再次召开御前会议，首先商议再立相国，魏王提议让须贾接任相国之职，须贾吓得急忙推迟，说："我岂敢和范雎平起平坐，这样做，还不是让范雎再杀我。"

魏王再提议其他人，人人自危，没人敢接相国一职，魏王哀叹："魏国完矣。"

御前会议再商议范雎提出的第二个事，就是如何承诺实现秦魏的永远友好。这是在友好名义下的敲诈，大家都明白，又都无计可施。面对如此场面，魏王也像丢了魂似的，无奈地对须贾说："范雎也是魏国人，让他看着办吧。"

须贾真是不愿意再出使秦国了，不敢再见范雎了，上次捡了一条命回来，至今心有余悸。可是不去，魏王也饶不了他，不得已他再次出使秦国。

见到范雎，须贾先是再谢不杀之恩，然后说：“为了秦魏的永远友好，魏王表示除了京城的禁卫军和一些王宫卫士，魏国愿意解散现有的军队，其他一切愿听相国的安排。”须贾还算聪明，他没敢将魏王的“范雎也是魏国人，让他看着办吧”的态度搬出，而是自编了一套，不然怕是小命就没了。

范雎说：“将魏国太子送入秦国做人质，秦国派人员监督魏国军队的解散。限七天内带公文和人质到秦。”

须贾满口答应。

七天后，须贾将人质和魏王签署的公文送达。

范雎向秦昭王回报说，若此时兼并魏国，取缔魏王室，必然会激起其他诸侯国的激烈对抗。魏国已是囊中之物，暂且保留魏国国号，保留魏国王室，以安抚其他诸侯国，待时机成熟再收取魏国不迟。

没费刀枪，魏国已成秦国的俘虏，秦昭王很是高兴。

该“收韩”了。

范雎对秦昭王说：“秦、韩两国犬牙交错，纵横相连，韩国对秦国来说，就像是木头里的蛀虫，又像人的心腹之疾病，若天下稳定，可平安相处，万一天下的形势有什么变化，能给秦国带来最大伤害的就是韩国了，现在该是收复韩国的时候了。”

秦昭王同意。

虎狼之师被从笼子里放出，朝韩国扑去。

秦昭王四十二年，秦军先后占领韩国少曲、高平、陉城、南阳、野王等地，将韩国拦腰斩断，使韩国的整个上党地区完全孤立起来。

七、长平大战

在天庭门口贴有一个告示，说东方人间即日将上演“长平大战”，希望有兴趣的神、魂可凭栏观看，但是不经天允许，绝对不许干预人间社会的自然发展。

这次观看长平大战，那个撒尿浇蚂蚁战场的顽童也来了。那个顽童后来回到家，看到士兵们正在他家抢窃，父亲已经被他们杀死，母亲伏在父亲身上痛哭。顽童怒不可遏，捡起一个棍子向那些士兵打去，孩子的结局象他的父亲一样，躺在血泊里，孩子的灵魂后来被天使招入天庭。

长平大战，将是春秋战国乃至整个中国历史中最大的战争之一，交战的双方是秦国和赵国。

秦国依据远交近攻的谋略，迫使魏国亲附于己，接着又大举攻韩，将韩国拦腰斩断，将韩国的整个上党地区完全孤立起来。秦国截断上党与韩国本土的联系，目的是要收取上党。束手无策的韩国无奈献上上党以向秦国求和，但是上党地区的人民并不愿归顺秦国，他们愿意归顺邻邦赵国，赵国欣然接受。

上党即将是秦国的战利品，但是却被赵国接受了，赵国的这一举动，无异于虎口夺食，顿时引起秦国的怒火。赵国原本就是秦国执行远交近攻政策后，继魏国、韩国之后要消灭的第三个国家，因此，秦、赵之间的战争就是不可避免的了。

战争双方综合国力的对比如下。

秦国，长平之战发生时，有虎贲之士百余万，车万乘，战骑几十万匹。秦国战争经济十分雄厚，各种战略物资的储备非常充足。秦国是战国七雄之最强者，可谓超级大国，

赵国，长平之战发生时，有带甲之士数十万，车千乘、骑万匹。赵军以弩弓骑兵见长，组建骑兵部队最早，故骑兵训练有素，素养较高，经验丰富。但是赵国国土面积狭小，农业发展相对滞后，战略物资储备也较秦国弱。

战争双方国君能力的对比如下。

秦国国君秦昭王，是已执掌国家大权50年有余的政治家，政绩卓著，且立志消灭六国，统一天下。

赵国国君赵孝成王，刚继位不久，血气方刚，虽毫无政绩，但是初生牛犊不怕虎，也有和秦一决雌雄的豪气。

赵国宫廷，赵孝成王主持军国会议。赵孝成王说："秦国攻取了韩国的野王等地，把韩国的上党与本土联系完全截断了。韩王让上党郡守冯亭把上党献给秦国以求秦息兵，冯亭不听，决定把上党郡十七城献给我们赵国，各位爱卿意下如何？"

赵括（将军）抢先发言："恭喜大王！这是苍天赐予我赵国上党之地，此乃天意！"

蔺相如（相国）一脸凝重，说："上党是秦国欲得之地，我若收取上党，要冒与秦国开战之风险，这是与虎谋皮。我国与秦国相比，实力尚且逊色，不可贸然行事。"

平原君（皇叔）郑重地说："上党军民自愿归赵，若我不接受，此不是寒了

上党的民心，大王恩泽四方，这也是天赐良机。”前面说过，平原君因魏齐之事曾被秦国扣为人质，因此平原君极度反感秦国。

廉颇（大将军）慷慨激昂，大声说：“上党乃我赵国天然屏障，不可丢失。赵秦早晚必有一战，现在正好联合上党军民，共同抗敌。我不怕秦军，此次利益巨大，开战值得，我愿领兵前往。”

赵孝成王踌躇满志，当即下令平原君去接收上党。

赵孝成王高兴得到上党，大宴群臣。

既然接受上党，蔺相如建议立即派大军前往，应对秦军的大举进攻。赵孝成王不予理睬，他不相信秦军能马上出兵，他要充分享受“胜利”给他带来的快乐，宴会继续举行。

秦国君臣听说赵国接受上党，坐收渔利而同仇敌忾，秦昭王当即下令，派将军王龁带兵20万直扑上党。

赵孝成王仍在举行庆祝，歌舞升平。

秦军诛杀原上党守军偏将冯伟和所部5000人马，并将上党团团围住。

此时，赵孝成王还在兴奋中，君臣同乐。

消息传到赵国首都邯郸，赵孝成王慌乱中急派廉颇领兵20万，星夜兼程，赶赴上党。但廉颇大军还没到达，秦军便占领了上党。

秦军占领上党后，立即向赵国杀来。廉颇看秦将勇猛凶狠，秦兵势大气盛，便在一个叫长平的地方布置防御，令赵军修筑堡垒，深挖沟壕，跟远来的秦军对峙，无论秦军如何诱扰，廉颇坚守不出。

廉颇设计的防御体系很有特色，廉颇将20万军队组成七七四十九个兵营，一字长蛇阵排开，环环相扣，并设有纵深配备。当秦军发动攻击，整个蛇身扭动，首尾相顾。一旦秦军攻破长蛇阵，纵深也能立刻将其团团围住，缠绕绞杀。

廉颇还拟计持久战，将从上党撤下来的老百姓组织起来，军民联合开荒种地，既解决了难民问题，又增加了军需。廉颇还组织民间铁铺铁匠，就地制造兵器，特别是保证了防御战中大量箭弩的需求。

经过这样的整顿，赵军士气高昂。廉颇下令：“全军固守不战，出战者斩！”

秦军攻不破赵军防线，实在无奈，使出了下招骂阵。

“廉颇小儿，缩头乌龟，不敢出来交战。”

“廉颇小儿，怕死孬种，出来受死！”

污言秽语，什么话都骂出来了，但是赵军就是不出战。在秦军得意忘形的时候，一排弩箭铺天盖地地射来，一万多秦军被击毙在阵前，其中秦军悍将张唐也被射死，从此，秦军也就不敢如此嚣张了。

廉颇的防御战时间一长，秦军就吃不消了。因为长平离秦国远，秦国运粮草、补充兵员都比赵国困难多了，秦军自然着急。

秦将王龁给秦昭王的信中说："廉颇老成持重，只是坚壁高垒，深豪伏弩，不肯出兵交战，无论逼战还是诱战，不为所动。我军远道而来，适于速战，如今粮草不继，请秦王指示。"

廉颇给赵孝成王的信中说："松懈其将，疲塌其兵，待秦军粮草不济，军心涣散，我军将一举将其击溃。"

在秦昭王的大殿里，秦昭王和相国范雎、战神白起，秘密商议对付赵军的办法。

范雎："王龁将军恐怕打不破廉颇的铜墙铁壁。"

白起："换谁去都不好办，我军是劳师远征，我们耗不起。"

秦昭王："好像我们无能为力了？"

范雎："廉颇不好对付，若能把廉颇换下，可能还有转机。"范雎一副神鬼莫测的样子。

秦昭王哈哈大笑："爱卿说笑话，好像廉颇是我们的部下。"但是秦昭王突然打住笑声，他看了看范雎，明白了范雎的意思，他把目光移向白起。

白起也明白了范雎的意思，说："对！想法把廉颇换下。"

秦昭王问："如何换？"

范雎说："反间计。"

秦昭王又问："换谁？"

范雎、白起你看看我，我看看你，几乎同时说："赵括！"

秦国派出奸细，携带大量金银珠宝，潜入赵国。他们先是贿赂宦官头目缪贤。缪贤和廉颇多有不和，前不久缪贤受赵孝成王指派到前线督战，还受到廉颇的羞辱，因此对廉颇怀恨在心。当"有人"给他出主意，让他"倒廉"时，他感到正合他的心意，一时在宫里宫外谣言四起。

"廉颇老矣！害怕秦军，不敢出战。"

"廉颇正在和秦军谈判，可能投降！"

"秦军不怕廉颇，秦军最怕赵括。"

缪贤将以上谣言传到赵孝成王的耳朵里。

在赵孝成王的大殿里，赵孝成王和已是相国的平原君在听赵括讲述他的用兵方略。赵括说：“长平相持已有两年，孙子曰，不可胜，守也，可胜攻也，赵国不会不攻而胜。”

赵孝成王问：“若要你挂帅，你觉着行吗？”

赵括：“若对手是白起，胜负各半，现在是王齕，胜算在握。”

赵孝成王当即命令赵括再率25万人马赶往长平前线。

赵军易帅，赵括登场，廉颇下台，秦国的离间之计获得成功。

一日夜里，一行人马离开秦都咸阳向长平疾驰。该行人马夜行昼伏，不日来到长平前线王齕的大帐。为首一人揭去头部伪装，一副老练阴冷的面孔出现在少数几位战将面前。大家急忙向他行礼：“武安君安好！”

随行将军宣读君王手谕：“令武安君白起为长平大军主帅，王齕辅之，此为绝密，泄密者斩。”

秦军也新增派30万大军随后赶来。

赵括上任，立马向秦军发动进攻，秦军“猝不及防”，赵括首战告捷，秦军后撤扎营。

赵括判断秦军援军尚未赶到，此时赵强秦弱，王齕“怯阵”。赵括命令赵军再接再厉向秦军发动进攻，秦军再次败退，后撤扎营。

赵军士气大振，赵括身先士卒带领赵军乘胜追击，秦军继续“败退”，后撤扎营。

此时赵军已远离廉颇建造的防线。

秦国战神白起开始排兵布阵：第一拨人马明日与赵军交战，佯败，将赵军引至秦军大营前；第二拨人马绕道赵军后面，断其粮道；第三拨人马从战场两翼杀出，将赵军截为两段；第四拨人马冲击引至秦军大营前的赵军，缠住他们，不叫他们安全后撤。战神又命令王齕指挥援军30万人马，其中10万人马阻击赵军后续，20万人马将秦军大营前的赵军团团围住，不得放走一人。

武安君战前动员：“此次战役，决定着秦国的统一大业，虽然凶险无比，却是至高无上！”

白起最后宣布：“不听将令者斩！临阵逃脱者斩！完不成使命者斩！”

众将齐呼：“杀！杀！杀！效命沙场！”

第二天，乌云密布，空中弥漫着嗜血的气息。

赵军人嘶马叫，向秦军展开冲击，同时秦军也从赵军的两翼飞速向赵军后方插去。

赵军气势旺盛，直冲秦军大营。秦军大营强弩乱箭射出，遏制了前冲的赵军，同时听到一阵鼓声，秦军大营前的“王”字大旗落下，一个醒目的“白”字大旗快速升起，同时秦军高喊：“战神！战神！”。

赵军开始骚动，“白起来了？”

在他们开始交头接耳，惴惴不安时，赵军左右两边分别杀来两队秦军人马，他们高举“白”字大旗，一边高喊：“战神来了！”一边向赵军冲击。在赵军稍一迟缓之际，秦军已将赵军截为两截。赵军主帅赵括听到“战神”的叫声，心中一紧，但是近在咫尺的秦军大营，唾手可得，赵括挥剑一指，赵军又像浪潮一般向秦军大营扑去。

但是此时秦军大营前修筑堡垒，深挖沟壕，也成铜墙铁壁。

在赵军向秦军大营进攻时，秦军30万援军赶到，赵括再后撤已是不可能了。

长平战场上，鼓号隆隆，旌旗猎猎，战马嘶鸣，近百万军队在厮杀。

那个撒尿浇蚂蚁战场的顽童在天庭看到人间的战争，又兴奋起来，便悄悄褪下裤子，掏出小鸡鸡，他要在天庭尿浇人间战场。天使发现了，用眼光制止住了他，小顽童嘿嘿笑着，提上了裤子。

秦昭王在咸阳听完长平战场汇报后，激动不已，他知道，此战若胜，这将是秦国一统天下的转折，是千载难逢的机会。秦昭王亲自赶往离长平较近的河内地区，把当地15岁以上的男丁全部编组成军，全力增援长平战场。这支部队开进到长平与赵国首都邯郸之间，进一步断绝了赵国的援军和后勤补给，从而确保白起彻底地歼灭被围的赵军。

赵孝成王在宫里正沉醉于先期的胜利之中，突然传来秦军白起为帅、赵军被围的消息，立时跌坐在地上，不知如何是好。

赵括率领的赵军被围，赵括下令固守待援。多日后赵军断粮，内部互相残杀以食，军心动摇，死亡的阴影笼罩着整支部队。

秦军不敢大意，死死盯住这只掉在陷阱里的猎物。

困兽犹斗，赵军不甘示弱，赵括组织了四支突围部队，轮番冲击秦军阵地，希望能打开一条血路突围，但是未能奏效。绝望之中，赵括孤注一掷，亲率赵军精锐部队强行突围。

不幸的是，赵军仍遭惨败，赵括本人也丧身于秦军的箭镞之下。

白起下令割下赵括头颅，挑至赵军大营外，命令赵军投降。

没有主帅、断粮多日的赵军无心也无力再战，40万赵国大军投降。

战场上下起淅淅沥沥的小雨，为赵国的40万降军洗礼。

大帐内，白起在召开特别军事会议，讨论如何处置这40万战俘。

40万人呢，一人一天一斤粮就是40万斤，秦军不愿养活他们，放他们回去，日后又是和秦军作战的40万军队。

如何是好，没有两全其美之策。

大帐外的雨越下越大，一道闪电，横劈天下，白起下令："坑俘。"

夜来了，黑漆漆，秦军挥刀向40万战俘砍去，手无寸铁，断粮多日的战俘，发出最后的呐喊，做着最后的挣扎。

风回避了，月躲开了，雨也停住了。

旷野里只有杀人的声音，一边是挥刀的用力声，一边是挨刀的嘶叫声，再后来就是死前的呻吟声。

最后寂静了，死一样的寂静。死者，静静地躺在地上，血汩汩地流；杀人者看着死者，静静地立着，面目呆痴。

胜利的秦军凯旋了，但是他们脸上没有胜利者的喜悦。默默的人、默默的马，他们好像除了走路，其他的一切与他们无关。

胜者和败者构成无声的世界，只有雾聚雾散，云起云落，风来风走。

白起病了，一病不起，他时常在夜里惊醒，他知道这是什么原因。白起重返战场，为赵军主帅赵括修了一座坟。这位泰山崩于前而不眨眼、黄河涌于后而不回首的汉子跪了下来，心中默默祈祷："两军交战，必有一亡，战败而死，就该遁迹荒野，莫再搅人清梦。"

从此，白起对打仗杀人心生厌倦，甚至恐惧。

一将功成万骨枯，有诗曰：荒凉鬼火夜磷磷，白骨黄沙共惨神。

八、横扫六合

长平大战结束了，战场上活下来的和没有上战场的，在以后完成了自己的历史使命后，也都走进了坟墓。

历史不会因为人间的悲喜停下脚步。

秦昭王走了，但是没多久，一个更强大的君王在秦国出现，他就是后来称之为始皇帝的秦王嬴政。

在秦王嬴政继位之前，秦国历经近600年，先君有35位，秦王嬴政是第36位。

如果问，从西周王朝封地建国中，一个地处偏远的小诸侯秦国为什么能够强大起来，成为了一个傲视天下的超级大国，一个答案应该是，在秦国诞生了一批杰出的君王。比如开国君王秦襄公，重用人才的秦穆公，奠定秦国法制的秦孝公，破纵立威的秦惠文王，远交近攻的秦昭王等，他们都为秦的强大做出了杰出贡献。君王的个人能力和进取精神应该是秦国成功的关键要素。

秦成功的另一要素就是重用“人才”。秦襄公100多年后，秦国政权的接力棒传到秦穆公手里。一天西部戎王的使臣由余到了秦国，秦穆公特意安排由余参观巍峨壮观的秦宫和宫中的财宝，以示炫耀。由余参观完后冷冷地说：“这些东西要让鬼神制造，累死鬼神，要让人民制造，那就苦了人民。”

不俗的见地让秦穆公对由余刮目相看。秦穆公又和他就治国之法进行了深入交谈，发现由余是个经天纬地之才，秦穆公下决心留用由余。

秦穆公一方面盛情款待由余，一方面给戎王送去了16位漂亮的歌舞伎。戎王非常高兴，整日沉迷于声色之中。

过了很长时间，秦穆公才送由余回国。由余回国后，见戎王整天沉迷于女色，便多次向戎王进谏，戎王不听，由余非常失望。秦穆公听说到这个情况，力邀由余到秦国。由余看戎王如此这般，也便投奔了秦国。

秦穆公得知由余的到来，亲自出迎，待之以宾客之礼。后来秦国用由余之计攻打戎王，开辟了千里疆土，终于在西戎之地称霸。

在这之前，秦穆公还听说流亡在楚国的百里奚是位能臣，便设计说百里奚是秦国逃犯，以五张羊皮将其赎回。当百里奚到秦国时，秦穆公亲自为其打开囚车，给以礼宾待遇。后来百里奚又推荐蹇叔共同辅佐秦穆王，与当时强大的晋国周旋，并得到了晋国河西的土地。

秦穆公开创了秦国重用人才的先例，后来，秦孝公重用商鞅，秦惠文王重用张仪，秦昭王下跪求范雎，无不为秦国的强盛做出了重大贡献。

秦王嬴政继承了祖辈的优良传统，秦王嬴政时代的秦国更是人才济济，客卿就有：王崎、茅焦、尉缭、王翦、李斯、王贲、李信、王离、蒙恬等。这些人先后都为秦的统一做出了巨大贡献。

天下之事，还有个运气成分，特别是秦孝公以来，秦国一统天下之前的七个国君无一昏庸，这似乎是冥冥之中有天意在庇护秦国。若秦这七个国君中有一个像赵孝成王那样的弱智昏君（赵孝成王还不是六国中最差的君王），秦统一天下的历史也将改写。这不，苍天又给秦国降下个杀伐果断的秦王嬴政，秦国一统天下的大业后继有人。

血气方刚的秦王嬴政开始上台执政了，秦王嬴政继续执行远交近攻之方略。

秦王嬴政第一个攻击的是韩国。

韩国经过秦国几次打击，特别是上党被秦国夺取之后，国防力量在秦国面前也只是象征性的存在。秦王嬴政继位的第三年，又夺取了韩国13城，接着又顺利地攻下了韩国的要地南阳。第二年秦军进攻韩国国都新郑，韩军几乎没有组织起象样的抵抗，秦军便占领了新郑，韩国国君被俘。

秦王嬴政下一个收取的国家是赵国。虽然赵国经过长平大战，被秦国打得伤筋动骨，但是赵国还有一定实力，重要的是，长平大战之后，赵国军民同仇敌忾，誓死抵抗。此时赵孝成王已死，赵王迁继位。

秦、赵两军又一次大血战，赵军又一次战败，赵军主将被杀，赵军士兵损失20万人。这是在长平大战27年后，赵国新生代遭受到新的打击。

秦军乘胜进击，矛头直指赵国首都邯郸。紧急中，赵王迁急忙从北方边疆调来李牧为大将抵抗秦军。李牧率领赵军将秦军击败，秦军主将不敢回国交差，逃向燕国。三年后，秦军再次组织进攻，李牧再次将秦军击败。

李牧何许人也，如此神勇？李牧乃廉颇之后赵国的又一位军事天才，李牧一生战功显赫，无一败绩，与白起、王翦、廉颇并称“战国四大名将”。

李牧时期，北方匈奴时常侵扰赵国北方边境，李牧奉命镇守北方。

匈奴是游牧民族，善骑射，机动能力极强，矫健的骑兵来去一阵风。李牧镇守北方，先是示弱，引诱匈奴军队来犯，然后采用大兵团包围，在强弩战车的压迫下，匈奴军队的机动性无法发挥，最终10万匈奴骑兵全军覆没。李牧指挥的此次会战，使机动性较差的赵军在围歼战中得以发挥自身车战、步战的优势，是我国古代战争史中以步兵为主的联合大兵团全歼骑兵大兵团的典型战例。

北方安静了，李牧又被调来迎战秦军。

李牧看秦军来势凶猛，便采取了廉颇采用过的战术，就是筑垒固守。

秦将也看出李牧采取了廉颇的防守战术，便进攻赵国另外一个地方，引诱李牧前去救援，用围点打援的战术，伺机消灭赵军。

李牧不为所动，待秦军走远，李牧率大军突然扑向秦军留守大营。秦军的留守大营兵力薄弱，又由于多日来赵军采取守势，拒不出战，秦军习以为常，疏于戒备。李牧突袭成功，俘获全部留守秦军及辎重。

李牧判断秦军主力必回救，便又设伏，将秦军打得大败。

秦军派出大将王翦，王翦再行反间计。

秦国派出奸细潜入赵国都城邯郸，用重金收买了赵王迁近臣郭开，一时流言蜚语传开来，说什么李牧暗和王翦谈判，准备背叛赵国。昏聩的赵王迁相信了这些谣言，立即派人取代李牧，李牧一直信守“将在外，君命有所不受”的原则，拒绝了这道命令，赵王迁又暗中布置圈套，捕获并斩杀了李牧。

李牧这位纵横沙场的名将最终死在了他所誓死保卫的国家君王手中。

三个月后，王翦起军攻赵，赵军大败，赵军主将被杀，赵王迁被俘。

有一句话，叫“将帅无能，累死三军”，如果国君无能呢？那就是国家的灾难了。

接下来秦国要灭的就是魏国。

秦国打魏国不用费太多力气，在范雎的忽悠下，魏国已是砧板之肉。秦军大将王贲率领秦军攻打魏国首都大梁，王贲看大梁地势低洼，便引下河之水灌大梁，经过几个月的浸泡，城墙倒了，秦军冲进城去，魏王投降。

翻翻魏国历史，魏国的灭亡不得不让人感慨。商鞅是魏国人，当年，魏国相公孙痤赏识商鞅的才能，亲自向魏惠王推荐商鞅，魏惠王不以为然，后来商鞅强大了秦国，这不能不说是魏国的一大败笔。

人家说，吃一堑，长一智，而魏国这种错误却是越犯越严重。后来魏国又出了一个人才范雎，范雎在魏国更狼狈，后来范雎被救出，为秦国制定出远交近攻的策略，导致了魏国的灭亡。

魏国灭亡后秦国又计划进攻燕国。

燕人有燕人的特色，他们看到在战场上很难战胜秦国，于是他们想出了一个先下手为强的办法，那就是刺杀秦王嬴政。

刺杀秦王嬴政，是燕国太子丹的主意。太子丹收买了一个叫荆轲的刺客。荆轲原来是齐国人，和燕国并不沾亲带故，他也知道此次刺杀秦王嬴政没有生还的可能，但还是接受了太子丹的请求，这大概也是追求壮烈成就感吧。为了能接近秦王嬴政，荆轲带了两样东西，一是燕国督亢地区的地图，说是燕国要将督亢地区献给秦国，另一个是秦国叛将樊於期的人头。樊於期由于在攻打赵国时，打了败仗不敢回秦国，叛逃到燕国，秦国依法将樊於期在秦国的家眷处死。当樊於期知道要用他的人头献给秦王，以期接近秦王行刺时，便怀着复杂的心情自杀身亡。

和荆轲一起执行行刺计划的还有一个叫秦舞阳的人，这也是太子丹安排的，据说秦舞阳 13 岁就杀过人，在燕国别人都怕他，而不敢和他对视。

荆轲捧着装着樊於期人头的盒子，秦舞阳捧着燕国督亢地区的地图。他们在秦礼宾的导引下，进入秦宫。秦宫富丽威严，秦兵五步一岗，十步一哨，刀枪铮亮，戒备森严。秦王宫威严的气氛，给秦舞阳造成了巨大的心理压力，秦舞阳支持不住了，瘫倒在地上。荆轲看了看秦舞阳，笑着对前方上座的秦王嬴政说："北方蛮夷之人，没见过这种场面，害怕大王，所以怯场了，希望大王宽恕他。"

秦王嬴政看到自己的威严能吓倒外国使臣，心中一时高兴，说："那你就把东西献上来吧。"

荆轲从秦舞阳那里接过地图，一人走向秦王嬴政。将要献上的燕国督亢地图里藏有一把匕首，当荆轲将地图在秦王嬴政面前展开时，"图穷匕首见"，荆轲迅速拿起匕首刺向秦王。这不是一把普通的匕首，上面有毒药，见血封喉，可惜荆轲没刺中秦王。刚才还高兴的秦王嬴政，此时万分惊愕，并迅速跳开，荆轲追上前去，再次刺杀，秦王嬴政再次躲开。此时在旁的御医举起药囊砸向荆轲，在荆轲本能的躲避之时，秦王嬴政已抽出佩剑，砍伤了荆轲的左腿。荆轲倒地，并奋力将匕首投向秦王，结果没击中。秦王嬴政举剑再次刺向荆轲，此时卫士赶到，荆轲毙命。

荆轲没有完成刺秦的使命。

荆轲激怒了秦王嬴政，秦王嬴政命令王翦进攻燕国。秦军迅速击败燕军，并占领了燕国都城。燕国国君逃亡到辽东，为了向秦国示好，燕国国君杀死了自己的亲生儿子太子丹，但不久，燕国国君还是被俘虏了。燕国国君不明大势啊！秦国要的是一统天下，没有荆轲之事，秦也要灭燕。

轮到楚国了。楚国不好打，楚国是当时七国之中除秦之外疆土最大的国家，有着 800 年的历史，也有一批能征善战的勇将。

秦王嬴政征求大将王翦的意见，王翦说需用 60 万军队。秦王嬴政又征求年轻新锐李信的意见，李信说只需 20 万军队。秦王嬴政派李信带 20 万军队攻楚。

李信一开始大败楚军，攻势顺利，于是继续向前进攻，然而令李信没想到的是，起初并没怎么抵抗的楚军，却悄悄地尾随跟踪秦军，趁秦军不备，楚军突然向秦军发动进攻。而且楚军连续作战，三天三夜进攻不停，边追边打，结果是李信带领的秦军大败。

听说李信被打败，秦王嬴政马上令王翦领兵60万，再攻楚国，秦王嬴政出城相送。

楚军见王翦领兵攻楚，立即调集大军对抗。王翦见楚军到来，安营扎寨，坚壁高垒，深壕伏弩。王翦让士兵吃好睡好，洗沐休息，无论楚军如何挑衅，就是高挂免战牌。这样固守不战一年，楚军开始松懈了，放松了对秦军的警惕，并开始调军后撤，王翦见状，立时命令秦军大举进攻，楚军猝不及防，兵败如山。楚国不久也被秦军灭亡。

其实楚国历史上也有称霸的机会。楚悼王执政时期，启用了一个叫吴起的人，吴起和商鞅一样，是那个时期杰出的政治家，积极提倡变法，而且时间比商鞅还要早。吴起变法后，楚国迅速强大，不幸的是楚悼王是在自己的晚年支持吴起变法的，楚悼王一死，吴起就失去了支持，可怜的是，就在楚悼王的灵堂上，吴起就被乱箭射杀而亡。和秦国车裂商鞅却继承商鞅的变法不同，楚国在吴起死后，也就废除了吴起的变法。

哎！苍天不眷楚。

齐国轮到最后。齐国国土面积是仅次于楚国的另一大国，沃土千里，疆域辽阔，而且远离秦国，受益于秦国的远交近攻的国策，近几十年没发生大的战事，养精蓄锐，应该说可与秦国一决雌雄，但是结果却是另外一种情况，齐国不战而降了。

秦将王贲灭掉燕国后，挥兵自北向南攻入齐国，齐王庭乱作一团。此时忽传秦国使臣来到齐国，齐王田建心想，既然秦国派来使臣，和平就有希望，于是齐国对秦国使臣隆重接待。在这之前，齐国的对外政策是“事秦谨，与诸侯信”。现在秦国派使臣来了，看来事秦这么多年，可能有个好的结果。

秦使臣当众大声宣读秦国的劝降书：只要齐王愿意投降，秦国可拿出五百里让田建做一个封君。秦使臣宣读完秦国的劝降书后，大厅里立即有反对声，但是大多数人都在等待齐王的定夺。

当年齐愍王滥用武力攻伐宋国，招致五国联合攻齐，以后的齐王田建接受以前的教训，杜绝武力，和平外交。所以当秦国使臣宣读劝降书时，大家才看齐王田建的脸色。齐王田建想，现在五国相继灭亡，五国国君非死即囚，我继位已44

年，一把年纪了，落个平安结局也可以了，于是同意了秦国的劝降。

齐王建一到秦国，秦王嬴政就把他安置在一片树林里，并断绝一切饮食，可怜的齐国君王最后被活活地饿死了。齐王建躺在地上，看着天上的流云，后悔地向天诉说："秦国从缪公以来20余位君主，没有一位是信守誓约的，我怎么就相信了嬴政呢?"此时一只蚂蚁爬到齐王建的脸上，齐王建将其轻轻拿下，并对它说："等我死了，你再吃我吧。"齐王建释放了那只蚂蚁，微弱地吐出了最后的声音："秦远离中原文明中心，远离儒家文化，秦乃夷狄，这是野蛮战胜文明啊!"可怜的齐国君王这时明白了六国失败和自己如此下场的根本原因，但是太晚了。

"春秋无义战"，"最无义"使秦取得了这场"无义之战"的最后胜利。

九、龙逞威风

秦王嬴政统一了天下。

秦王嬴政端坐在大殿里，给大臣们提出一个问题，以前周王称王，后来各诸侯国的国君也都称王，现在天下一统，如果我再称王，如何又区别于以前的王。

秦王嬴政赢了，但是嬴政没有认识到那只是他顺应了历史发展的潮流，是应了历史的大势，他认为这一切都是他的盖世之功。

秦王发话了，大臣们开始议论。后来大臣们说，古有三皇五帝，现在大王德兼三皇，功盖五帝，是不是请大王考虑"皇帝"二字，秦王嬴政觉得可以，又在前面加一个"始"字，合起来为"始皇帝"，意思是第一个皇帝，后人简称为秦始皇。

秦王嬴政被称作"皇帝"，但是他还是觉得不过瘾，他想通过一个形象把自己和全体臣民区分开来，高大自己，神化自己，他要让天下知道四海之内唯其独尊，他要威慑天下。

秦始皇日思夜想，他要解决这个问题。一天他突然想起一件事情，他的父亲秦庄襄王在去世前，曾亲口对他交代，要他无论如何也要找到和氏璧。秦始皇当时问父亲，和氏璧就那么重要吗？秦庄襄王说这是他的父亲秦孝文王临终前对他的交代。

想到此，秦始皇浑身为之一振，"和氏璧!"秦始皇急下令，寻找和氏璧。

蔺相如完璧归赵，但是秦灭赵，和氏璧最终又落入秦国。

秦始皇得到和氏璧后，仔细地把玩一番，觉得除了是一块罕见的宝玉外，其他也未见异常，秦始皇感到纳闷。

晚上，秦始皇不自觉地又将和氏璧取来，托在手中观看。和氏璧被月光泼洒在上面，熠熠生辉，在月光下不断地变幻色彩，水波粼粼。不一会儿和氏璧从秦始皇的手中飘浮起来，慢慢膨胀变成一团烟雾，烟雾散开，一条蛇悬空出现在秦始皇面前，秦始皇甚是惊讶。蛇扭动着身躯，越来越高大，并且逐渐变化，先是身上披上了鳞片，头上长出了鹿角，逐步变成了头似驼，角似鹿，眼似兔，耳似牛，项似蛇，腹似蜃，鳞似鲤，腿似蜥，爪似鹰，其背有八十一鳞，口旁有须髯，颔下有明珠，喉下有逆鳞，变成了一个比蛇更可怕的怪物。

只见那怪物在空中伸出利爪，向大地抓来，一声巨雷炸响滚过大地，那怪物眼光扫向天空，一片寒光照的夜空通明。那怪物在空中上下翻腾，向大地展现威猛，突然，那怪物张开血盆大口向秦始皇吞来，秦始皇两眼一闭，心里喊道："我的天啊！"

过了一会儿，没有动静，秦始皇慢慢睁开眼睛，那个怪物不见了，空中一个"龙"字闪着金色的光芒。待了一会，"龙"字又变成了那条蛇，蛇扭动着又变回了一团烟雾，烟雾收缩，又变成和氏璧，慢慢落回到秦始皇的手中。

秦始皇手捧着和氏璧发怔很久，突然明白过来了，龙正是他需要的威震天下的形象——皇帝的形象。

秦始皇冲天下跪，大喊："苍天佑我，感谢苍天！"

秦始皇立即命人将他看到的龙的形象画在他的衣服上，雕刻在秦宫大殿的柱子上。一条凶神恶煞的动物，代表皇帝，也代表那条蛇震慑群臣和恐吓天下百姓。

秦始皇先是对和氏璧行了三叩九拜大礼，算是对蛇神先敬为上，然后命令丞相李斯在和氏璧上面书刻"受命于天，既寿永昌"八字，他要使和氏璧成为传国玉玺，永固他的大秦江山。

当李斯打开和氏璧的锦绣包裹，看到的已是一尊熠熠生辉的玉玺，八个大字已经刻在上面。李斯将这一情况告诉秦始皇时，始皇帝又大呼："苍天佑我！苍天佑我大秦！"

秦始皇对已成为传国玉玺的"和氏璧"进行了大型的祭祀活动，他要感谢那条蛇，他要感谢苍天，并且借此向天下人宣称，他是龙的化身，他是天子。

从此，"龙"成了中国皇帝的徽号和标志，并成为强权的象征。

秦始皇并不知道，天上是有条龙，那是天的坐骑，天曾经派龙下凡，驮黄帝升天。蛇扮成龙相给秦始皇看，嫁祸于"龙"的险恶用心，昭然若揭。

十、中国徽号

太极图

在蛇的诱导下，秦始皇将“龙”作为皇帝的徽号，后来也成为中国的代表徽号。其实在这之前，中国已经有了自己的代表徽号，那就是“太极”图案。

说起太极，那还是很久以前的事情。一天，从天上飘落下一个飞碟，急速地向中国飞来，当凌顶中国上空时，飞碟变成了一只鸟。鸟儿越变越大，鸟羽绚丽，鸟声清脆，突然，鸟儿在中华大地的上空炫舞起来，一时金光四射，大地上所有的动物都不得不闭上眼睛。此时人们耳边响着鸟声，脚下大地在颤动。不知过了多少时间，当鸟不叫，地不动，光不再刺眼时，人们慢慢睁开眼睛，此时鸟儿不见了，中华大地呈现出了一副神秘的地貌，每一个局部都由一副两条相拥的鱼形图案组成，像是为了提醒人们，在青藏高原的中部，还隆起了一个巨大的鱼形山脉。

后来人们才知道，那只调整中国地貌的鸟叫太极鸟，是上天的鸟，它是来给中华大地赋予文化内涵的。此时中国的地貌西高东低，呈现出动态，北黄南绿，呈现出对映，后来人们称这个像两条相拥鱼组成的图案为太极图。

有智慧的人开始研究上天赋予的太极图。很快有人就发现，太极图中相拥的阴阳鱼对应的是男人和女人。人们又从男女生殖器的差别上得到启示，用一横“**—**”代表男性，用两个短横“**--**”代表女性。同时人们惊奇地又发现，宇宙万物万象均有“两性”组成。如，天地、昼夜、晴阴、生死、白黑等，于是人们称男性为阳，女性为阴，称天、昼、晴、生、白等为阳，称地、夜、阴、死、黑等为阴。符号“**—**”代表阳，符号“**--**”代表阴，一阴一阳，这就是太极生两仪。

后来人们根据一年有四季，一天有早晚，有中午，有午夜等现象，又将两仪生为四象。并用阴阳符号“**—**”和“**--**”，采用不同的组合两重叠构成。

⚏　⚎　⚎　⚍

再后来人们又根据中国的地理物候，将四象生为八卦：天（北）、地（南）、水（西）、东（火）、西北（山）、东南（泽）、西南（风）、东北（雷），并用“**—**”和“**--**”的三重叠，组成了八个不同的符号来表示：

地　山　水　风　雷　火　泽　天

人们将八个符号均匀地布置在太极图周围。天、地、水、火、雷、风、山、泽这八个符号后又被含义更为广泛的乾、坤、坎、离、震、巽、艮、兑代替，并称之为八卦。

八卦图

八卦符号均匀地布置在太极图周围的图案，有着更让人思索的空间：中间太极的旋转，会让人感到阳极则阴，阴极则阳，阳中有阴，阴中有阳，它寓意着对立统一的宇宙规律；围在太极周围的乾、坤、坎、离、震、巽、艮、兑八卦的卦象，变化万千，更让人感到这是一个小宇宙。它昭示着一个巨大国家的生生不息。

太极徽号体现的是上天赋予东方人类的思维方式。

这种太极八卦图案可谓无字天书，这种图案也逐步成了中华文化的代表符号和国家的代表徽号。

那条蛇来到东方，干预了东方的历史进程，更有甚者是假扮成龙的形象，给中国增加了新的徽号，这就惹恼了太极鸟。

心雄万夫、睥睨天下的秦始皇为显威风，巡游天下，来到洞庭湖。太极鸟当空旋舞，一时乌云密布，电闪雷鸣，狂风大作，巨浪翻腾。秦始皇仰望天空，看到了熠熠闪光的太极鸟，随着太极鸟翅膀的煽动，大浪一浪高过一浪朝秦始皇的坐船打来，看那劲头，势必一定要将秦始皇的坐船打翻。秦始皇知道这是太极鸟在降罪，秦始皇想不起什么地方得罪了那只神鸟，风浪越来越大，秦始皇走到船头甲板上给太极鸟跪下，以求那只神鸟息怒，但是毫无结果，眼看船就要被风浪打翻了，秦始皇突然想起了和氏璧，想起了那条蛇，鸟蛇是天敌，必是太极鸟不容那条蛇。秦始皇急将和氏璧拿出，嘴里念叨着："请谅解，请谅解！"有点恋恋不舍地将和氏璧抛入湖中。

洞庭湖不敢收留和氏璧，湖水上涌将和氏璧托出，一条闪电朝和氏璧打去，蛇现出原形。太极鸟双目怒睁，仰天长啸，一团火焰从天而降，砸向那条蛇。蛇惊悚成一团，急忙化成一缕青烟，夺命而逃。看到秦始皇身着的龙袍，太极鸟怒气不消，又要发作，此时自天空传来声音："中国皇权消除之日，龙当自灭。"太极鸟只得作罢。

蛇失魂落魄地逃跑了，刚才的一幕吓得它很长时间没回过神来。但是它也没有白来一趟，它留下了它的得意之作，那个龙的徽号。

第五章　亢龙有悔

>>

一、天山太极

太极鸟将那条蛇驱赶出了东方，但是那个穿龙袍的人仍让太极鸟无法释怀。太极鸟又是一阵炫舞，一座大山拔地而起，耸立在了中国的西部，那就是天山。

在天山之巅，太极鸟俯瞰天下，他要知道那个穿龙袍人的下场。

天山中有一个湖，称之为天池。天池四面环山，山上积雪，天池里的水是冰雪融化的水，湖水晶莹透彻，冰寒彻骨。经过天池里水的洗礼，不管是动物还是植物，都会产生奇异的效力。

太极鸟从天山下采集了50根蓍草，蓍草是一种神草，它可以测算出人的命运。太极鸟将蓍草抛入天池，天池浪起水涌，洗去蓍草上的凡尘，一个巨浪腾起，将蓍草托举到太极鸟面前。

太极鸟将经过天池洗过的蓍草分成两份，分放在天山南面的塔克拉玛干沙漠和北面的古尔班通古特沙漠，此时塔克拉玛干沙漠和古尔班通古特沙漠传来沙尘暴的隆隆声，昏天暗地之后，沙尘暴渐渐停息，塔克拉玛干沙漠和古尔班通古特沙漠放射出金色的光芒，蓍草变成金黄色。

蓍草在天池里称为天洗，在沙漠里称为地洗。

太极鸟将经过天、地洗过的蓍草，拿出一根，放在天山峰顶，象征太极。天山峰顶以后被人称之为托木尔峰，也称太极峰。此时在托木尔峰周围形成 800 多条冰川拱卫着太极，旁边还有卧虎峰，人称这只虎为太极虎。

太极鸟又拿出一根蓍草，放在天山天池边，象征人们依水而居。此时天山天池四周长出云杉、白桦、杨柳和成片的灌丛，郁郁葱葱，平静清澈的湖水倒映着青山雪峰，风光旖旎，宛若仙境。

太极鸟将余下的蓍草分成两份，分列天山的南麓和北麓，象征两仪。

太极鸟轻吹一口气，分在两仪的蓍草中的一部分又飘向了天山的东西两端，这叫两仪生四象。

太极鸟冲天长鸣，化作一高大人形，化作人形的太极鸟挥动双手，刚才分放在各处的蓍草腾空而起，在天地之间飞舞，一时漫天大雪，狂风大作，风卷雪花，雪乘风势，天空时白时黑，日月轮转。不时风停雪落，天空中闪现出由星星组成的一列数字——755955，太极鸟知道这就是那个穿龙袍人的命运密码。

6 个数加在一起为 36。这 6 个数都是单数，都为阳爻，此为“乾”卦。

太极鸟掐指一算，天数（阳数）1 + 3 + 5 + 7 + 9 = 25，地数（阴数）2 + 4 + 6 + 8 + 10 = 30，天地之和为 55；用天地之和 55 减去命运密码之和 36，差为 19。

太极鸟仰面朝天，高举双手，晴空一声炸雷，一部书从天而降，封面上《易经》两个字放着金色的光芒。

太极鸟轻轻打开书中乾卦一章：

乾卦

卦名：乾（刚健中正）。

卦辞：元亨利贞（元始，亨通，和谐，贞正。大吉大利，吉祥）。

爻辞：初九　潜龙勿用（龙尚在时机不成熟之中，不可轻举妄动）。

九二　见龙在田，利见大人（龙出现在大地上，有利于会见贵族王公）。

九三　君子终日乾乾，夕惕若厉，无咎（君子整天勤勉努力，晚上也不敢有丝毫的懈怠，这样即使遇到危险也会逢凶化吉）。

九四　或跃在渊，无咎（龙也许会跌进深潭，没有灾难）。

九五　飞龙在天，利见大人（龙飞上了天空，利于见位高权重的大人物）。

上九　亢龙有悔（升腾到极限的龙会有灾祸之困）。

太极鸟从最下面“初九”开始，“一、二、三、四——”往上数，数到最上面的“上九”后，又从上面往下数，数到“初九”再翻上去，一直数到第十九，太极鸟得到“上九”这一爻。太极鸟核对爻辞，看到的是“亢龙有悔”。

太极鸟知道了那个穿龙袍人的命运，不禁冲天大笑，太极鸟的笑声由天山向东传来，如春雷滚动，漫卷中华。

在笑声中，太极鸟将蓍草撒向天山，这些蓍草落下后变成了一种奇异之花，人们称它为天山雪莲。它们生长在悬崖陡壁之上、冰渍岩缝之中，给终年积雪不化的天山赋予了一种特有的灵气。也有人说，雪莲花是天花，它蕴含着那些“谋”天下人的命运。

太极鸟返还原形，巨翅一扇，直冲云霄，返还天庭。

那位穿龙袍的人亢龙有悔，命不久矣。

二、长生不老

秦始皇统一了中国后，终止了周王朝开创的封建社会，废除了封建制，实行了郡县制，中央政权得到了巩固。

秦始皇不称王，称谓皇帝，那条凶神恶煞的龙的形象做为他的徽号，震慑和恐吓住了群臣和天下百姓，“四海之内，唯我独尊”，秦始皇的统治地位得到了空前的提高。秦始皇该满足了吧？不，一次在朝庭上，秦始皇说：“以前的君王仙逝后（他创造了“仙逝”二字，代替“死”字），即位的新君和大臣要给先君一个谥号，这是子议父，臣议君，是以下犯上。”秦始皇虽然确信自己功高盖世，不至于得到像商纣那样的谥号，但是他还是担心自己死后名誉受损，因此下令废除谥号传承。秦始皇生前登峰造极，死后也要名节全保。

这总可以了吧？但是秦始皇还是不满足。

秦始皇面对着广阔无垠的大好河山，享受着花样翻新的锦衣玉食，体味着至高无上的权威，还需要什么呢？秦始皇自己也朦朦胧胧。这一切都是他的，他不愿别人与他分享，这他能做到，但是他死后呢？这一切他都带不走，他死后这一切还是别人的。秦始皇早已下令修建巨大的陵墓，并要求在陵墓里也要有楼台亭阁，也要有山川瀑布，甚至也要有千军万马，但是，那还是不能和现实世界相比，他想永远享受他的天下。

如何才能永远享受天下呢？就是要长生不老。秦始皇也知道，人生自古谁无死，哪有长生不老的道理，但是现实世界太诱惑了。秦始皇想起了和氏璧，想起了那条蛇，大概那条蛇可以帮助他实现这个愿望，但是在洞庭湖他抛弃了和氏璧，抛弃了那条蛇，想起来他有些惋惜。

当时，太极鸟的发怒让他心惊胆战。始皇帝抛弃和氏璧还有另外的原因，就是在那次出来巡游前，占星官上报说，连阴天突然放晴，晴朗的夜空连续七天展现“萤火守心”的天象。这是个极不吉利的天象，预示着皇帝宝座不稳与皇帝的死亡。占卜得出，他必须外出巡游，才能避此凶险。但是在洞庭湖还是碰到了这种事情，他能不心惊胆战吗？抛弃和氏璧确实是不得已啊，他相信那条蛇能理解。

始皇帝要想长生不老，指望那条蛇是不行了，那还能指望什么呢？此时秦始皇想起了到泰山封禅。

泰山是天与禹帝及所有黄帝后裔立约的地方，是禹帝为天筑坛后隆起的一座山，象征着国泰民安。始皇帝想到泰山封禅，一是感谢上苍将天下交付于他，二是也想让苍天理解他，原谅他，因为洞庭湖的一幕使他感到，天对他不满，通过泰山封禅，也算是对天的赔礼，以期得到天的宽恕。另外秦始皇也想借此机会向天诉说自己内心的秘密，那就是希望天允许自己长生不老。

秦始皇将泰山封禅搞得极其隆重，金戈铁马，旌旗战鼓，一路浩浩荡荡。在泰山脚下，秦始皇沐浴更衣，平气静心。六千三百六十六级台阶，秦始皇是三步一停，五步一叩，随行大臣，也亦步亦趋，不敢有半点马虎。当秦始皇行礼时，鼓乐齐鸣，漫山遍野的将官兵士高呼万岁。秦始皇登泰山极顶，俯瞰大地，莽莽苍苍，他感到自己无比伟大，苍莽大地无不拜服在他的脚下；秦始皇仰望天穹，明日高悬，普照大地，不觉又感到自己无比渺小。对天他无可奈何，他只能接受天的日明月暗和风吹雨打。

怀着复杂的心情，在泰山极顶，秦始皇向天空、向大地行三拜九叩大礼。中国的传统礼仪的特点是让祭祀者始终在“动”，不给祭祀者静下来祈祷的时间，这就让秦始皇心里的许多话无法向苍天诉说，也更没时间接受苍天传来的信息。另一个特点是，场面上也多为司仪的大声喊叫和鼓乐的长鸣，没给人创造出与苍天对话的氛围。

泰山封禅结束，秦始皇回到山脚下的行宫。当他晚上一人躺在床上静下来的时候，又感到有说不出的滋味，他披衣下床，出屋到院里。夜空中拔起于平原和丘陵之上、立于东海之滨的泰山立地顶天，巍峨庄严，秦始皇突然感到天通过泰山在和自己对峙，秦始皇感到一种压抑，这是他过去没有过的。他看看衣服上绣的龙的图案，另有感触。自从龙的图案成了他的徽号后，确实对群臣、对百姓有很大的震慑作用，当他们看不到他时，他们就对龙的徽号下拜，他们认为对龙的虔诚就是对自己的虔诚，但是，面对雄伟的泰山，龙也显得无精打采。

面对泰山，秦始皇再次虔诚地跪下来，他向苍天祈祷："感谢苍天将天下交付于我，我有不到不敬之处还请上天见谅。"过了一会儿，秦始皇叩了一个头，心中又说："让我长生不老吧，我保证一切顺从天意。"又过了一会儿，秦始皇观察天，天没变，观察地，地亦没变，月光洒满庭院，风儿来了又走，一切照旧，秦始皇有一种不祥之感。

第二天有大臣上报，说有一方士徐福求见，秦始皇心中闪过一丝惊喜。何谓方士，就是懂得神仙方术、知道如何长生不老的人。另一个重要原因是，徐福是大名鼎鼎的鬼谷子先生的关门弟子，张仪、苏秦对社会影响如此巨大，秦始皇不能不对鬼谷子的学生另眼相看。

九年之前，秦始皇见到过徐福，当时徐福说："在东海里有三座仙山，一曰蓬莱，二曰方丈，三曰瀛洲，山上住着神仙，生长着长生不老的仙药。山上的宫殿都是黄金白银建造的，这些仙山都在深海里，偶尔在岸边能看到，但是，若船只靠向前，仙山很快就会消失，或者一阵大风将靠近的船只刮走。"

秦始皇相信了徐福，给了他资助，可是徐福一走杳无音信，这次徐福来了，看他怎么交代。

秦始皇很快接见了徐福。

秦始皇看着徐福微笑着问道："请问方士可知欺君之罪？"

徐福并不慌张，答道："此次东海之行，虽说没有得到长生不老的仙药，但是托始皇帝的福，我见到保卫仙山的海神了。"徐福看了看秦始皇，秦始皇并不答话，只是用神秘莫测的目光看着他。

徐福接着说："见到海神后，我向海神通报了我的身份，说我是西土皇帝的使者，想向神仙为我皇帝求得长生不老的仙药。我将礼物献上，海神看了我的礼物，哈哈大笑，说一个统治大陆的皇帝，竟然拿这么点东西，还想得到长生不老的仙药。我问，要想得到长生不老的仙药需要什么样的礼物。海神说，需要献上良家儿童三千童男童女，各种技艺的百工和各种植物的种子。”说到这里徐福又偷偷看了看秦始皇，秦始皇还是原来那个表情。

徐福又说：“海神虽然不给长生不老的仙药，但是海神还是让我参观了仙山。海神领我到了蓬莱仙岛，那上面都是用灵芝修建的宫殿，神仙们或下棋，或散步，也有看书的，一派逍遥的景象。我还看到了仙鹤，只有这种鸟儿可以来往于人间和仙界之间。”

徐福说完了，秦始皇还是不答话。这样僵持了一会儿，徐福憋不住了，开口道：“徐福没完成任务，请始皇帝处罚。”

秦始皇开口了：“徐方士，你辛苦了!”

徐福急忙接口：“请皇帝降罪!”

秦始皇说：“你说了这么多，可是怎么能证明呢?”

徐福急忙说：“始皇帝以气吞万里之势，横扫六合，一统天下，现在，地是您的地，天是您的天，大海自然也是您的，如若您能亲临大海巡视，那也是大海的荣幸，届时海中神仙也有可能出来迎接您，因为神仙也是借用您的宝海。”

徐福很会说话，一席话使来自大西北的汉子们，那些坐在下方的大臣们、将军们产生了兴趣，因为他们也没见过大海，他们也想凑这个机会开开眼界，大臣将军们便随口顺应：“始皇帝应该巡视大海!”

秦始皇不糊涂，他听出徐福的话中有阿谀奉承的成分，他心里想：“地是我的地，天可不是我的天，大海呢，可能是我的，也可能不是我的。若大海是神仙的，我若想长生不老，只能央求神仙，所以现在还是低调点好。”

秦始皇一扫多日心头的阴霾，下令全部人马，一直向东，不是巡视，他要朝觐大海。

秦始皇走到了陆地的尽头——一个叫成山头的地方。成山头直插入海，临海山体壁如削，秦始皇看到了波涛汹涌的大海。近处大海巨浪拍岸，气势恢宏，远处大海连天，海天一色，广阔无垠，此时一轮红日磅薄而出，尽情挥洒金光染尽天空大海。秦始皇眼前一亮，心胸为之一阔，不自觉的“啊!”了一声。

成山头，这个陆地东方的尽头还有一个名字叫“天尽头”，秦始皇听后总感到有点不太吉利，他命令丞相李斯写下“天尽头秦东门”，并立碑于成山头顶峰。他在告诉大海，这里是统一后的大秦陆地的东大门，我秦始皇是这里的主人。秦东门的另外一层意思是，大门以里归我管，大门以外的大海，海中的鱼虾鳖龟都受海中神仙的统帅。

秦始皇问徐福什么时候可以见到仙山，徐福答曰“无定日”。秦始皇下令所有人面向大海，一有仙山出现便立即报告。

既然来朝觐大海，就要举行祭祀活动，怎么个祭祀法？他让有关大臣负责按排举行礼仪活动，大臣们说，既然大海像天一样辽阔，而且住在海里仙山上的神仙又可以让始皇帝长生不老，那就按照泰山封禅的规格，祭祀大海吧。

封禅泰山要登台阶，祭祀大海该如何呢？秦始皇命令向海中修一个栈桥，他要在海里祈求神仙。

在修建栈桥的时间里，秦始皇游海滩，观大海，有时还亲自箭射海中的大鲛鱼，除此之外就是听徐福讲解“五行”学说。对于五行学说，秦始皇也知道一些，不过秦国君王历来有尊重人才的传统，铺垫长生不老之路的徐福自然算是人才。虽然秦始皇对徐福还保持着怀疑，但是更不愿意放弃长生不老的机会，秦始皇对徐福还是保持着应有的尊重，所以秦始皇装着一点不懂的样子听徐福讲解五行学说。

徐福说：“五行学说在中国起源很早，基本观点是世界万物是由金、木、水、火、土五种元素组成，五种元素之间相生相克。齐国的邹衍将五行学说运用到政治中，提出了‘五德终始’说，并认为五德支配着历史的变化。黄帝在五行中属土德，夏朝属木德，商朝属金德，周朝属火德，现在秦朝取代周朝属水德，崇尚黑色。”

说到这里，徐福打住，微笑说：“下等人只是提出了一个观点，肯定有不足或错误，还请大智慧的始皇帝指正。”

秦始皇当然听出了其中的道道。按照这个学说，秦朝统一天下是顺应历史潮流取代了周朝，但是秦朝早晚也不得不被下一个王朝取而代之。

秦始皇笑了笑，说：“先生不必避讳，请讲无妨。”

徐福接着说：“鲁国出了个孔圣人。为什么圣人出在鲁国？因为鲁国原是周公的封地，周公是个思想家、文学家，作了《易经》中的爻辞，奠定了鲁国的文化底蕴。孔子作了《易传》，后来成为圣人。鲁国的文化底蕴比较厚实，后来齐鲁并国，齐国的文化也相应提高。因此有关五行学说，在齐国流传的也较早。邹衍是齐国人，受此熏陶，提出了‘五德终始’说。”

徐福在这里绕了个圈子，接着他说：“按照五行理论，齐国所在的东方是主生的，所以到海中祈求神仙，寻得仙药，以求始皇帝长生不老，万世康健还是有可能的。若始皇帝长生不老，万世康健也就不需要什么‘五德终始’说了。”

秦始皇听后心中大悦。秦始皇对长生不老已到了痴迷的程度，他也认为，只要他能长生不老，一切历史问题、政治问题，特别是那个什么五德终始问题，也就不是问题了。

栈桥建好了，一个长长的栈桥伸向大海。秦始皇步入栈桥向海中走去。突然一片乌云飘来，海面起风，一阵狂风刮向栈桥，刮得栈桥左右摇摆，咯吱作响，秦始皇没有停步，镇定地向前走去；突然一个巨大的海浪腾空而起，扑向秦始皇，秦始皇抓紧栏杆，待海浪退去，经过洗礼的秦始皇继续向海中走去；好像是在威胁秦始皇，一群大鲛鱼围拢过来，张开血盆大口，露出尖牙利齿，随行武士射出一排利箭，鲛鱼不敢再向前靠近。走到栈桥尽头，风停了，浪静了，秦始皇向大海行三拜九叩大礼，文臣武将随皇帝起起伏伏，行礼有序，岸边鼓乐号鸣，万岁声浪随海风飘向远方。说来可能是碰巧，在大海的深处，一阵烟雾飘来，大家果然看到在烟雾后面隐隐约约有仙山，仙山上似乎还有楼台亭阁，小桥流水，渺渺炊烟。大家不觉又欢呼起来，但是随着一阵风起，仙山又不见了。

这是海市蜃楼，是空中光线折射的结果，但是在当时海市蜃楼变幻莫测，在人们的眼里充满神秘色彩，让人们产生无限遐想，人们难免把海市蜃楼看成神仙居住的地方，更是联想到世外桃源和长生不老。

秦始皇更是无比激动，看来大海接受了他的虔诚。

秦始皇接受了徐福的说法，下令建造大船，优选三千童男童女、百名技工和各种植物种子，并每船配备弓箭手和强弓硬弩，以对付海中的大鲛鱼。

秦始皇相信，苍天将天下交给了他，神仙也能帮他长生不老。

这一切当然需要时日，秦始皇决定继续巡视全国。

三、天　意

在星光闪闪的天国里，庄严的圣殿熠熠生辉，齿轮座星系旋转着飘浮在天国的空中，昭示着宇宙万物存在着的基本规律——运动；天秤星座立在离圣殿的不远处，以示办事公允是社会和谐平安的基础，这些都是天的安排。

天端坐在宝座上，又有虹围着宝座，他的身旁站立着各位主管天神，一群仙女簇拥着太阳神驾驭着的天车从圣殿门口飞过。

有主管天神向天报告，述说天遣往东方人类的演化情况，并说有个叫嬴政的人统一了东方，现在他在大海边祈求长生不老。

天直了直身子，刹那间天庭霞光大显，众神被天的霞光刺得睁不开眼，有几位小神惊慌失措地躲到了一边。

动物进化的一个基本特点就是在死亡面前人人平等，否则整个宇宙就僵化了，现在秦始皇要想打破这一宇宙的基本规律，奢想长生不老，天当然不予理会。

又有其他天神报告说，嬴政在统一天下之后，志满意骄，凶暴残忍，酷法严刑，无休无止地征调赋税和夫役，建宫殿、筑陵寝、开边戍守，使刚刚脱离战乱之苦的广大人民，又陷入疲于奔命的劳役之中。为了兴建阿房宫和他的坟墓，就从全国各地共征发了70多万民工，耗费了无数的钱财物资，广大的黄帝后裔已苦不堪言，难以忍受。

天的坐骑，那条龙摇摇尾巴，挠挠头，慢慢游走到天的前面流泪，委屈地向天告状，说嬴政在人间盗用他的形象恐吓东方人民，罪不可赦。

天想了想，嬴政统一中国，中国将要进入全面专制时期，农业专制社会正式形成，朝代周而复始，社会生产力不再有质的进步，这也将是中国历史上的黑暗时期。

天不会过于放纵皇帝，决定对皇帝们给予一定的打击。

天算了算，夏朝在世时间为458年，商朝在世时间为644年，周朝在世时间866年。天说：“皇帝的朝代不得超过7个70年。”

这里天用了两个“7”，一个明示朝代生存的极限年限为490年，一个暗示人活七十古来稀。

天说：“穿龙袍的，或者父子反目，或者兄弟相残，穿龙袍的，他的后代难得善终。”

皇帝社会时期，皇帝要万岁，人民喊万岁，天生气，说：“喊万岁的平均寿命为57岁，被喊万岁的平均寿命要再低17岁。”

天又说：“黄帝，尧、舜、禹已升入天堂，穿龙袍的死后就入土为安吧。”

四、沙丘而亡

秦始皇怀揣着长生不老，尽享万世至尊的美梦，离开大海继续巡视。

一天行在路中，有来自东郡地方的官员密报，说天上降落一陨石在东郡，上刻有“始皇帝死而地分”。秦始皇大怒，下令焚毁了这块刻字的陨石，并把坠落陨石附近的老百姓全都杀了。

隔日又有地方官员来报，说在原鲁国一带谣传“后世一男子，自称秦始皇。上我堂，跃我床，颠倒我衣裳，行至沙丘而亡”。秦始皇知道，是他的焚书坑儒，得罪了孔老夫子，

又是一个月明天朗的夜晚，秦始皇决定和孔老夫子对话。秦始皇独自一人来到院里，面对原来鲁国的方向屈尊做了个揖，心中默默说：“孔老夫子啊，天下刚刚统一，你的学生说三道四，影响安定团结啊。今天乱纷纷的天下，不就是西周王朝的封建制度造成的吗，我要废除封建制，实行郡县制，加强中央集权，实现天下一统，这是符合历史潮流的。我没将天下分给我的儿子们，是我对天下负责啊，可是你的那个叫淳于越的学生当众和政府唱反调，鼓吹封建制。孔老夫子啊，你也该反思反思，儒家是有些保守啊，你的学生要克己复礼，要恢复周礼，要恢复封建制，你们是倒退啊！你们为什么不能支持我建立秦礼呢？我把民间的一些书是烧了，那是因为国家需要舆论统一啊，那些杂音影响政令的颁布啊，国家的统一也包括舆论的统一。人民只要读我的书，听我的话就行了啊。”

停了一会儿秦始皇又说：“说我坑儒，那是冤枉我，我坑的是韩终、侯生、石生一类的江湖术士，他们说帮我寻求长生不老的药，那么多年花了那么多的钱他们也没找到，还在背后说我是一个刚愎自用之人，一个自以为功高天下的人，一个只信任狱吏的人，一个以刑杀统治天下的人，一个贪恋权力的人，一个为求仙药而随意滥杀的人。他们诽谤朝政，欺诈钱财，难道他们不该杀？孔老夫子啊，说我焚书坑儒不对，应该说是燔诗书，杀术士。孔老夫子啊，你的学说也有点迂腐，对中国的统一没起到什么好作用。”这简直是在训斥，秦始皇也感到语气不对，想了想，最后说：“如果说我有什么对不住你的地方，咱们也是各有千秋，您就安息吧。”这当然不是秦始皇心里话，也算是他的让步吧，秦始皇说完，坦然地回屋睡觉去了。

第二天，秦始皇下令，避开原来的鲁国，向北绕行。

行进中，前面一群玩耍的儿童挡住去路，秦始皇令手下询问这群孩子在玩什么，孩子们回答说他们在玩堆沙丘游戏。秦始皇一听，心里“咯噔”一声，想到“行至沙丘而亡”的话，心想到底还是没躲过孔子的报复，一阵心悸，便开始头晕、胃部不适，继尔突然意识丧失，隔肌痉挛，面色青紫，然后全身肌肉抽动、口吐白沫，御医紧忙赶过来紧急抢救。

朦胧中秦始皇感到有很多影子在眼前飘过，仔细一看，他看清楚了，那是老

子、孔子、荀子、庄子、墨子、鬼谷子等，此时秦始皇朦朦胧胧听到他们说话的声音：“后世甄别。”后世甄别！后世甄别什么？噭——秦始皇明白了，焚书坑儒甄别为燔诗书，杀术士是后代的事。

对焚书坑儒，历史已有记载，儒家的代表作四书五经，原来是四书六经，其中《乐经》就是在焚书坑儒后失传的，还有后来又找到的《尚书》，已多残缺，还有其他，应该说焚书坑儒对我国文化的打击还是不小的。

还有比是焚书坑儒还是燔诗书、杀术士问题更重要的，那就是秦始皇禁止了私学，消除了百家争鸣，彻底贯彻了商鞅的“一教”思想，在思想领域实行了专制，秦始皇彻底垄断了“真理权”。对此，老子、孔子、荀子、庄子、墨子、鬼谷子等，绝不接受，他们在抗议秦始皇。另外，这些知识分子周游列国，宣传他们的学说，从意识形态上为国家的统一注入了粘合剂，现在秦始皇贪天功为己有，他们自然也不满。

死于一群文人，剑败于笔，秦始皇心不甘啊。

“难道我真的要死么，可是大海已显灵，我能够长生不老啊?”此时秦始皇想起了他的长子扶苏，扶苏的容貌浮现在了他的眼前：英俊干练，机智聪颖，就是有点悲天悯人的表情。

扶苏的母亲是郑国人，喜欢吟唱当地流行的情歌《山有扶苏》，始皇帝便给儿子起名“扶苏”。“扶苏”是古人对树木枝叶茂盛的形容，出于《诗经》，香草佳木之意。秦始皇想也可能是名字缘故，使扶苏沾染了书生之气。

扶苏在政见上，经常与暴虐的秦始皇多有不和。

当秦王改名始皇帝时，满朝文武歌功颂德，扶苏没说话，当秦始皇要焚书坑儒时，扶苏说话了：“如今天下初定，远方的人民未必心服，这些儒生都是学习孔子的，这么严厉地惩罚他们，我怕天下百姓因此而恐惧不安。”

当时秦始皇听后大怒，立即将扶苏发配往北方，到蒙恬军团中任监军。当然始皇帝这样做，也是为了历练扶苏，希望扶苏增加点血气，任何一个成功的父亲，都希望儿子成为自己的翻版。

已是病危之中的始皇帝此时又感到，天下统一了，也可能应该实行儿子的那一套了。

天下，对帝王来说是成就，是名垂青史，可是老百姓的幸福观不是天下，他们需要的是安宁的生活。始皇帝此时似乎感到扶苏接位后大概天下是另外一个样子，另外一种孔子所说的样子，一种克己复礼尊崇周公时代的样子，就让他们去吧。也是无奈，始皇帝决定向儿子让步。

但是始皇帝的让步是多么的不情愿啊，他在内心呼唤："徐福，长生不老药找到了么?"

矛盾中，始皇帝迷迷糊糊令人拿过笔墨，立下遗嘱给公子扶苏："以兵属蒙恬，与丧，会咸阳而葬。"意思是，要公子扶苏将兵权交给蒙恬，自己赶往咸阳主持丧葬。书信封好，但是书信还没发出秦始皇就驾崩了。

秦始皇想让扶苏接班，没直说，他对生存还有一丝侥幸。始皇帝希望自己只是大病一场，不久就能康复，他不愿将天下交出，他不愿死，他对长生不老还有期望。

始皇帝怀揣着长生不老的梦想，走向了另一个不老的世界。

时至酷夏，烈日当头，西南风舞弄秦始皇豪华坐车的篷盖，很快秦始皇的尸体腐朽了。不久难闻的尸臭传来，为了掩盖秦始皇的死，随行人员在车上放上鱼，用鱼的腥臭掩盖秦始皇的尸臭。不几日，尸蛆爬出，与始皇帝相依为伴。

荆轲没有完成刺秦的使命，现在尸蛆爬上秦始皇的身体，代替荆轲来攻击这位现在已无法逃跑又无还手之力的始皇帝。还有那位被饿死的齐国国君，还有很多很多，尸蛆爬满了始皇帝的全身，代表着他们羞辱着始皇帝。

不可一世之人，此时无可奈何。

在首都咸阳城外，静卧着一群山岭，山上苍松翠柏，郁郁葱葱，山前一条河流似银蛇横卧。在这群山峻岭之中，有一座是始皇帝的陵寝。要想在这群山峻岭中分辨出哪一座是秦陵，确非易事，如果你是有心人，在烈日当头，晴空万里时，你会发现一座山峰之上，有一片云彩，不弃不离地为这座山峰遮荫。如若是在似雾似雨的天气，你还会发现，在云彩里隐隐约约有仙山，仙山上似乎还有楼台亭阁，小桥流水，渺渺炊烟。有人说，这是始皇帝生前的虔诚感动了东海神仙，所以神仙们时常会驾云前来探视始皇帝，走时就留下一片云彩替始皇帝遮荫。

秦始皇是优生优育出来的，特别是还有个超级美女的妈妈赵姬，所以秦始皇长相应该英俊，而作为西北汉子，身体也应魁梧。但是历史书上将他描写为"峰准，长目，挚鸟膺，豺声"，就是鼻梁长得高，眼睛细又长，胸膛像禽兽，声音如豺狼。描写的这样丑陋，若是文人报复他的焚书坑儒也是可以理解的。

还有人说，秦始皇的母亲是带孕嫁夫，所以秦始皇非皇族血统，所以丑陋。传说秦始皇的母亲赵姬，原是一个叫吕不韦的成功商人的小妾，吕不韦将赵姬献给了秦国押在赵国的人质，秦国太子安国君的儿子异人。后来太子安国君成为秦王，异人成了太子。安国君命运不济，当了三天秦王就死了，异人顺理成章地当上秦王。然而异人的命运也不太好，在秦王的宝座上待了三年也死了，异人的儿子接帝位，这就是日后的秦始皇。

有人说，秦始皇是吕不韦的儿子，也有人说秦始皇是异人的儿子，这个事情不好判断。一个女人，今天跟这个男人睡觉，明天又跟那个男人睡觉，所生下来的儿子是谁的？恐怕当事人也不好判断。看来，这个问题也只能留待以后让科学家们去 DNA 了。但是有一点是肯定的，那就是腐朽的尸体肯定丑陋。可以想象，秦始皇腐朽的尸体是怎样从巡游的车子里抬出来的，在豪华的地宫里，躺着的又是一具怎样的尸体——一堆腐肉啊！

在秦始皇的地下皇宫里，山是金子堆起来的，河里流淌的是水银，文陶武俑，金戈铁马，那里又是一副天下。可以想象，到了那里，难耐寂寞的秦始皇一定会抖掉身上的尸蛆，重新站起，举剑在手，号令武将文臣，在那个天下继续叱咤风云。

五、天机：篡诏换日——水德黑龙命短

天将天使叫来，告知他："你现在的使命是安抚东方冥界，让亡灵有个安宁，不可让他们再返人间。"

天伸出手来，说："要有天机。"在天手中就有了天机。

天将天机交给天使，天说："东方人的过去、现在，直到世界末日，都刻录在天机里，看了天机，你就是先知，天机里的事可以向冥界透漏。"

天使接过天机，领受天的旨意急忙飞赴东方冥界。

华界大地此时正山崩地裂，地震形成的冲击波此起彼伏，一束束烈焰冲天而起，火山岩浆四处流淌。天使来到冥界一看，便明白了天派他来的原因，在冥界，秦始皇的灵魂正在咆哮着指挥着他的兵马俑向地壳冲击。冥界黑云翻腾，地面山呼海啸，秦始皇呼喊着："重返大地，统治天下！"

秦始皇在冥界仍是威风凛凛。

突然闪过一道亮光，秦始皇面前出现了一个人影，似乎脖子上还系着一条红色的围巾，呼啸的场面慢慢平息，翻腾的黑云渐渐退去。

秦始皇一惊，此时天使身上闪现出强大的光芒，刺眼的光芒迫使秦始皇后

退。秦始皇意识里，立时产生了“天使”的概念。秦始皇明白了，急忙俯伏在地，大声说：“天使啊，我统一了中国，我使中国书同文、度同制、车同轨、行同伦，我应该重返大地啊！”

天使没答话，伸出手来，手掌里现出了天机。天使将天机抛向秦始皇，又是一道亮光，秦始皇面前出现了一个巨大的屏幕，屏幕里也出现了一个秦始皇，立体的图像，逼真的声音，和眼前的秦始皇一模一样，秦始皇和他的灵魂部队惊愕地连退数步。

天使首先向冥界的秦始皇播放了他临死前的情况——

秦始皇令人拿过笔墨，立下遗诏“以兵属蒙恬，与丧，会咸阳而葬”。并把书信封好，但是书信还没发出秦始皇就闭上了眼睛。公子胡亥哭泣，但是遭到了内臣赵高的劝阻。

在弥留之际，秦始皇确实听到了胡亥的哭泣，因此他确信眼前天机里播放的一切是真的。

秦始皇死时，只有随行的儿子胡亥、丞相李斯和皇帝内臣、公子胡亥的老师赵高，以及几名贴身的宦官在身边。

儿子胡亥是秦始皇第十八子，公子扶苏的弟弟。胡亥平日深受父皇的喜爱，所以这次秦始皇才带他出来巡游。

丞相李斯是继商鞅、张仪、范雎等之后秦国的又一位杰出政治家，秦始皇的许多大政方针均出自他的手。

胡亥的老师赵高深受秦始皇的信任，被任命为中车府令，负责皇帝的车马仪仗，可以出入皇宫。赵高还兼行苻玺之事，“苻”是调兵的凭证，“玺”相当于现在的公章，赵高可谓实权在握。

秦始皇死了，公子胡亥哭泣，赵高悄悄拉拉胡亥的衣襟，暗示劝阻，因为赵高看到李斯若有所思。

赵高向李斯走过去，说：“李大人，你看该是如何？”

李斯将赵高拉到一旁，悄悄地说：“天下刚一统，原六国人心不稳，如果现在宣布始皇帝驾崩，难说原六国不会死灰复燃，趁此机会起兵造反。另外公子扶苏受命监军，远在西北边疆，若始皇帝驾崩的消息传到京城，难说京城里秦始皇的二十几个儿子不会抢班夺权，到时天下大乱，后果不堪设想。”

赵高问道：“那么如何是好呢？”

李斯说：“我的意思是秘不发丧。”

赵高稍一思索，说：“我同意。”

赵高将胡亥请来，三人一商量，决定了秘不发丧，巡视大军按原计划前行，直至首都咸阳再向天下宣布始皇帝的驾崩。

巡视大军浩浩荡荡继续前行，秦始皇的豪华坐车每日照常有人送水送饭，公文递进递出，“戏”演得十分逼真，始皇帝的死讯得到了严密封锁。

夜晚，大军宿营，一片云彩悄然出现在大军的中央车队上空。

晴朗的夜空，这片云彩上方微露红光，使该云看上去镶有淡淡的红边。

此时一条蛇从云里探出头来，静静地朝下看了一会，又将头缩回去。这就是那条被太极鸟赶出东方的蛇，看太极鸟走了，它又悄悄溜回东方。

一会那块已变成玉玺的和氏璧从云里伸展出来，诏示着皇权的“受命于天，既寿永昌”八字熠熠生辉，很快熠熠的光辉变成一条光束，朝下打来，就像一缕月光穿透云层。

在冥界，秦始皇刚才看到那条蛇出现时就一惊，现在看到这里，秦始皇更是惊讶地瞪大了眼睛。那条蛇与秦始皇太有渊源了，他不知此时那条蛇的出现是福还是祸。

光束的光影下，赵高摒退左右，扑通一声给胡亥跪下，轻声喊道：“吾皇万岁！万万岁！”

胡亥大惊，急忙将赵高搀起，说：“父皇已经驾崩了！老师是否伤心过度？”

赵高起来，从怀里掏出锦书，交给胡亥，说：“这是遗诏。”

赵高将还没发出的、秦始皇给扶苏的、上面书写有“以兵属蒙恬，与丧，会咸阳而葬”的书信，交给胡亥看。

胡亥看过遗诏，没有惊讶的表情。胡亥说：“哥哥扶苏将成为秦二世皇帝，我已看出父皇生前有这个意思。”

赵高说：“你在始皇帝面前最受宠，扶苏登基后能对你放心吗？”

胡亥说：“扶苏兄长一向宽宏大量，兄长登基，我有何惧怕？”

赵高说：“扶苏反对分封制，主张郡县制，郡县制天下就是他一人的，到时他怕你们弟兄分羹，他能放心你们吗？再说始皇帝的遗诏就你我二人知道，我们不说，谁人知晓。始皇帝最宠爱您，谁人不知谁人不晓，再说始皇帝的遗诏中也没直说让扶苏接任皇帝啊，现在秦朝江山就在您的面前，这是天意啊！”

胡亥心动了，但是心中不太踏实，胡亥说：“不知丞相李斯的意见如何？”

秦始皇死了，此时丞相李斯就是国家的定海神针，没有李斯的同意，此事很难成功，胡亥想到了这一点。赵高对胡亥说：“我去给丞相说说。”

赵高见到李斯，摒退左右，将遗诏给李斯看。李斯看后，也很平静，说：“始皇帝生前已跟我提过此事。”

赵高说：“遗诏中并没有直说让扶苏接任皇帝，当今天下谁是秦二世，你我说了算。”

李斯大惊，说：“这难道是臣子该说的话吗？”

赵高说：“李大人，你与扶苏的关系能和蒙恬将军与扶苏的关系相比吗？扶苏登基，势必立蒙恬为相，到时你的下场该是如何呢？你应该比我明白。”

李斯没有想到秦始皇会突然驾崩，职务在身，他想的也都是国家之事，对于自己下一步该如何，他还真的没来得及仔细思量，赵高的几句话让他听后不仅浑身一颤。

赵高乘机说：“现在英明之主在此，我们共同保举胡亥公子登基，于天下幸焉，于你我二人幸焉，何乐而不为呢？”

看李斯还在犹豫，赵高接着又说：“胡亥深受先帝宠爱，人人皆知，胡亥登基天下归心，大势所趋，为苍天社稷，胡亥已决意肩负天下大任。”

听到胡亥已决定接权，李斯又是一惊。

赵高停顿了一下，看了看李斯的脸色，又凑近李斯耳边，故意压低声音说：“若李大人反对，恐怕也难以阻挡，胡亥一旦登基，到时李大人的下场可能更可悲，我是为李大人着想，请李大人当机立断。”

在赵高劝诱恐吓之下，李斯转变了态度。在赵高的引导下，李斯来到胡亥面前，跪了下来。

诏示着皇权的“受命于天，既寿永昌”的光束收敛了，中央车队上空的那片云渐渐地消失，那条蛇也不见了。

胡亥、李斯、赵高密谋了一阵，制造出了一份假诏书，并派一队快马向扶苏、蒙恬所在的方向飞奔而去。

到了西北军营，皇帝使者宣读圣旨：“现在扶苏和将军蒙恬带领几十万军队驻守边疆，已经十几年了，不能向前进军，而士兵伤亡很多，没有立下半点功劳，反而多次上书直言诽谤朕的所做所为。因不能解职回京当太子，日夜怨恨不满。扶苏作为人子而不孝，赐剑自杀！将军蒙恬和扶苏一同在外，不纠正他的错误，也应知道他的谋划。作为人臣而不尽忠，一同赐剑自杀，把军队交给副将王离。”

圣旨念毕，扶苏就哭起来，进入内室想自杀。蒙恬阻止他道："皇上派我带领三十万大军守卫边疆，公子担任监军，这是天大的重任啊。现在只有一个使者来，您就立刻自杀，怎能知道其中没有虚假呢？希望您再请示一下，有了回答之后再死也不晚。"

扶苏叹道："陛下当年令我监军，已无立我为太子之心。今胡亥必被定为太子，胡亥年幼，陛下恐诸公子不服，尤其是我。你我领三十万大军，守边御贼，其势足以谋反，虽陛下神威天降，却也不得不防。陛下赐我以死，正是为此，我一日不死，陛下一日不得心安。"

于是扶苏面向咸阳而跪，泪下如雨，道："臣今日领命而死，所以报陛下也。"言毕把剑自尽。

在冥界，秦始皇看到这里，激动不已，大喊一声："我儿!"扑向前去，他要救扶苏。天机好象是一堵墙，秦始皇被撞了回来，摔倒在地，秦始皇的灵魂卫队急忙将秦始皇扶起。

失去理智的秦始皇嘶喊一声："逆贼!"拔剑向天机里的三人劈去，当然，秦始皇再次被撞回来。

天机里，胡亥穿上龙袍，接受着百官的朝贺。张着血盆大口的龙，盘旋在大殿的柱子上，注视着下面的一切。

胡亥做皇帝是个意外收获，所以他心里很不踏实，如何巩固皇位是他昼思夜想之事。

赵高又出主意了：杀皇子除公主以解后顾之忧。

胡亥痛下决心。

先杀刺头。

公子将闾等三人被押进宫内，秦二世胡亥派使者对他们说，你们不遵守臣道，理应被斩，因为你们是公子，罪减一等，赐你们自尽。公子三人抗争，说我们哪里不遵守臣道，请说明。使臣说，本人不能参与论罪，这是奉命行事。

公子将闾等三人禁闭禁食，最后三人无奈自杀了。

另一公子高，知道皇子们都难免一死，本想逃走，又怕连累家人，于是上书胡亥，说先帝在世时自己备受恩宠，现在自己愿意随先帝而去。

胡亥接到上书，高兴得下令赐十万钱予以厚葬。

天机里，刽子手在杀人，杀人现场哭声、骂声一片。秦始皇定睛一看，都是自己的儿女们，秦始皇大惊失色。只听一个儿子高声叫道："我们是一母同袍，胡亥你也太毒了。”

一个女儿叫道：“我们女儿家又不跟你争皇位，为什么杀我们?”

还有一个声音，虽不大，但是秦始皇听得真真切切：“爹从来就没疼爱过我们，他把皇位交给胡亥，为保胡亥皇位，也可能是他让胡亥杀的我们。”

秦始皇听后，如五雷轰顶。

秦始皇的儿女们一个头被砍下来，另一个人又被押上去。一颗颗头颅被砍下，顺着山坡滚到山沟里，一具具无头尸体也被抛向山下，山下是成群的野狗，它们时而为争食而打架。

秦始皇心痛不已，昏了过去。

胡亥杀尽了兄弟姐妹，他认为没有人和他争天下了，便可以“高枕无忧”了。

胡亥总结他父亲的一生：勤勤恳恳劳累一生，积累了满眼的财富，最后却暴病而亡。胡亥认为秦始皇活得太辛苦了，不值!

他认为：“人生天地之间，若白驹过隙，忽然而已。”所以胡亥立志在世时要享受所能享受的一切。

胡亥一心享受，也没心思再杀人了。

但是赵高不会就此罢休。

赵高被秦二世提拔为中丞相，国事无论大小，均听命于赵高。但是赵高心里明白，他从一个内臣转眼之间权倾朝野，原来的大臣们肯定不服，所以赵高要借胡亥之手，铲除异己。

赵高唆使胡亥杀尽了胡亥的兄弟姐妹，下一步赵高的屠刀瞄准的是蒙恬、蒙毅兄弟。

赵高曾经犯过法，审理者是蒙毅，按秦律，赵高应被判死刑。后来由于秦始皇的干预，赵高躲过了这一劫，心怀坦荡的蒙毅却不知他从此就成为了赵高的仇人。

始皇帝病重时，曾安排随行的重臣蒙毅去名山大川为自己祈祷，始皇帝死后蒙毅才返回。赵高在胡亥耳边扇风，说，蒙毅曾在先帝面前反对立你为太子，这是不忠，再则蒙毅去名山大川祈祷心不诚，对于先帝之死，蒙毅有责。就这样，蒙毅被秦二世无端赐死。

蒙恬将军没有随扶苏一起死，后被胡亥赦免。蒙毅死后，蒙恬被下到狱中。蒙恬说，别看我在狱中，我现在要起兵造反也能成功，但是我蒙家三代忠臣，我不能改祖上初衷。请转告皇帝，我蒙氏家族如此下场，一定有奸佞之臣。使者说，我是奉旨办事，不敢把这些话传给皇帝，无奈的蒙恬服毒自杀。

蒙恬、蒙毅兄弟，到死都不知自己死于何人之手。

此时赵高将目标对准李斯。

一天，赵高碰到李斯，赵高说："李大人，现在天下出现了贼寇，可是皇帝还在忙着修建阿房宫，你看如何是好?"

李斯说："我也想给皇帝提个醒，可是见不到皇帝。"

赵高说："我想办法。"

过几日，秦二世正搂着嫔妃玩得高兴，赵高看机会来了，急忙通知李斯，让李斯去见皇帝，待李斯见到皇帝，皇帝一脸的不高兴。第二次，同样趁皇帝玩得正欢的时候，通知李斯见皇帝，皇帝自然更不高兴。第三次，皇帝就有些不耐烦了。赵高借机向秦二世挑唆说："李斯功高盖世，也可能有点情绪啊，不过李斯的权力也不小了，万一有变，也得有所防备啊。"赵高的几句话让秦二世对李斯有了成见。

秦王朝对人民大众的强征暴敛已超过了极限，陈胜、吴广领导了农民起义。此时，李斯的长子李由担任一方郡守，李由无法阻挡来势汹汹的起义大军，于是，一个李由通敌的罪名，将连带责任者李斯一同送进大狱。秦二世又将审判李斯的权力交给了赵高。

赵高先是对李斯酷刑拷打，此时李斯已是高龄，哪经得起这个，不得已承认谋反。按照那时的规定，如此罪犯皇帝要派人复审。但是在这之前，赵高派自己的家人冒充皇帝派来复审的人，李斯不知，彻底翻案。当李斯知道是赵高派人冒充复查人员，懊悔不及，当然多挨了顿毒打。这样玩了几次之后，当秦二世真的派人来复查时，李斯认为又是赵高在玩花样，已经不敢翻案了。

论政治才干，赵高根本不能和李斯相提并论，但论搞阴谋诡计，李斯就远不及赵高了。

赵高到牢狱探望李斯。

赵高："李大人，服了吧?"

李斯："我哪里得罪了你?"

赵高："没有，我们一直配合得挺好。"

李斯："那你为什么要置我于死地?"

赵高："你是老丞相，只要你活着，我就不自在。"

李斯一脸疑惑地看着赵高。

赵高满脸堆笑地看着李斯。

李斯身披枷锁，和他的儿子们一同被押往刑场，一同被押往刑场的还有李斯的父母、兄弟、姐妹。

皇上要腰斩老丞相，这件事轰动了咸阳城，人们从四面八方涌来，将刑场围得水泄不通。刽子手点了点头，他的助手将一盆凉水猛地泼在李斯身上。李斯猝不及防，浑身一机灵，正当此时，刽子手的大刀在空中划出一道优美的弧线，带着反射的阳光，砍入李斯的腰间，其势不衰，穿越而过，将一个完整的李斯斩成两段。随着李斯的倒下，刑场十多把刀此起彼落，李氏一门皆在刀下鲜血横飞，变成一段又一段的尸体。李斯最疼爱的孙儿，只有5岁，同样被砍下头颅。

李斯死了，因李斯案还牵连出了几位重犯，有右丞相冯去疾，将军冯劫等。这些人认为，身为将相，义不受辱，没入监狱前便自杀了。

赵高唇舌之间，便歼灭了秦始皇生前所倚重的几位大臣。

秦二世杀尽了自己所有的兄弟姐妹，杀尽了所有的忠臣志士，也将自己孤立起来。

“蛇吞象”，赵高下一个要杀的是秦二世胡亥。

一天，秦二世在朝堂主持朝议，丞相赵高示意一位侍从牵一头鹿上殿，赵高说：“皇帝，我新得到一匹良马，献给皇帝。”

秦二世一看，笑了，说：“丞相是否弄错了，这是头鹿啊。”

赵高转身向大臣们，说：“这是我献给皇帝的良马，你们说，是马还是鹿啊？”

大臣们明白，齐声说：“是马。”赵高心中高兴，大臣们都唯他是从。

秦二世一时惶惑，难道我的眼睛出问题了？他揉揉眼睛，再看，不错，是头鹿，此时秦二世突然恍然大悟，他也明白了，他虽然还坐在这位子上，朝廷已不归他指挥了。但是年轻气盛的他不服气，心想，那么多大臣都被我杀了，你们几个奈我何？秦二世马上针锋相对，对赵高说：“前些时期，你报告说，有盗贼四起，不知丞相近来处理得如何？这样吧，这匹良马送给前方的将士，希望能尽早消灭盗贼。”

刚才还洋洋得意的赵高，此时心中一颤，他也明白了，不能小觑皇帝，他有绝对的生杀大权，他完全可以制造任何一个罪名杀我，比如，镇压盗贼不力等，到那时现在这些听我话的大臣们就会迅速倒向皇帝。

赵高回到家里就称病不上朝了，他也不敢上朝了。在这之前，秦二世一直被赵高玩弄于股掌之间，但是他也看出秦二世也有专政暴戾、杀人不眨眼的一面。现在赵高已明白，他在朝堂之上指鹿为马，炫耀了自己，也暴露了自己，秦二世随时可以将自己置于死地。

怎么办？赵高将他的女婿咸阳令阎乐和弟弟赵成找来，对他们说："皇帝不听大臣们的进谏，招致天下盗贼四起，现在皇帝想把责任推在我身上，要置我于死地，你们看怎么办？"

经商议，他们决定发动宫廷政变，诛杀秦二世。

狠毒的赵高为防阎乐叛变，又将阎乐的母亲劫为人质，使阎乐无后退之路。

阎乐带兵直闯皇宫，抓住皇宫侍卫长，责问为什么不抓住闯入皇宫的盗贼，侍卫长说，皇宫森严，哪来的盗贼。阎乐杀掉侍卫长，和内应郎中令一起以捉贼名义直闯后宫。后宫的侍卫、宦官被杀的杀，逃的逃。秦二世见状大怒，也明白赵高造反了，他问一位还没逃走的宦官，为什么不将赵高造反之事早些报告。宦官说，皇帝如此相信赵高，若我早说，我也早被皇帝杀了，秦二世无言以对。

秦二世与叛军谈判。

秦二世："我想见见丞相赵高。"

叛军："不行！"

秦二世："我不做皇帝了，我可否做一个郡王？"

叛军："不行！"

秦二世："我可否做一个万户侯？"

叛军："不行！"

秦二世凄凉地哀求："我和我的妻儿可否做普通百姓？"

叛军："不行！"

秦二世只好拔剑自杀了。

秦始皇生有几十个孩子，最后落得个"绝后"。

赵高除掉了秦二世，他从秦二世身上摘下玉玺，捧在手里走向皇位。当秦二世坐在龙椅上的时候，赵高是多么向往那个位子，可是当他走向那个位子时，他又感到那个位子放着令他眩晕的光芒。此时，赵高感到天在摇晃，地在抖动，他努力走向龙椅，试着坐在上面，但他感到龙椅发热，屁股被灼得火辣辣的疼。赵高明白了，这是天不护佑，神鬼不佐，龙椅不接待他，那不是他待的地方。

留之不住，弃之可惜，但也不得不弃。谁来当这个皇帝呢？秦二世的兄弟们被杀光了。赵高又想到一个人，他就是始皇帝的弟弟子婴。在赵高看来，子婴是个没有政治野心的人，是个老实人，是个比秦二世更好驾驭的人。于是赵高通知子婴，要他斋戒五日，再到祖庙中举行典礼，接受玉玺，继承皇位。

子婴对于赵高的情况知道得很清楚，知道赵高自己当不上皇帝才让他来当这个皇帝，而且要他当傀儡皇帝。

子婴答应了赵高对他的安排，并在赵高面前表现得很谦卑。五天后，子婴本应该离开斋戒的宫殿，到祖庙中去了。但是，子婴就是不出门，赵高派了几拨人来催，都没催动，不得已赵高亲自来“请”。当赵高刚踏进子婴的房门，埋伏在门后的刀手，手起刀落，赵高还没明白过来怎么回事，就身首异处了。

在冥界，已经苏醒过来的秦始皇看到这里时，轻轻出了一口气。但是，还没等秦始皇缓过神来，天机里下面的镜头使秦始皇的心再次被提起来。

陈胜、吴广揭竿而起，带领起义军攻郡县，杀秦官，各地纷纷响应，在全国形成燎原之势，数千人一股的武装力量数不胜数，可以说，全国的老百姓都动员起来了。这些起义军并非占山为王，而是联合起来，向西进军，直捣秦帝国首都咸阳。

秦已兼并六国，但是六国的后裔尚在，趁起义军队的到来，六国王公贵族趁机复辟。秦国官吏和秦国军队迅速被埋葬在反秦的汪洋大海之中。

在众多起义军中一个叫刘邦的率军队打到咸阳，刘邦派人招降子婴，条件是让子婴出任他的丞相。子婴杀了赵高，为忠臣良将报了仇，但是看天下，大秦帝国风雨飘摇，眼下刘邦大军四面围城，反抗只有死路一条。大厦将倾，独木难支，无奈，子婴决定投降刘邦。

咸阳城，城门大开，子婴白马素车，身着丧服，捧着皇帝的玉玺、符节和龙袍走出城外。刘邦迎向前去，子婴向刘邦下跪，高喊道：“我主万岁，万万岁！”

刘邦搀扶子婴说：“丞相快快请起。”

经过三十六代国君，六百多年的打拼建立起来的大秦帝国，轰然倒塌了。

天许诺皇朝四百九十年的生存期，始皇帝创建的秦帝国，仅生存十五年。

水德黑龙命短！

秦国灭亡了，但作为秦国的名相李斯，这位协助始皇帝统一天下之人，有必要再说他几句。

李斯年轻时上厕所，见到厕所的老鼠是又瘦又小，争蛆吃，见到人来后就仓皇逃跑；李斯后到官府粮仓，见到官府粮仓的老鼠是又肥又大，一个个细嚼慢咽着粮食，根本不理会人。李斯不由感慨万分，立志要做“仓中鼠”。

后来李斯投奔荀子门下，学的是帝王之术。

毕业了，老师问他有何感想，李斯说："人生在世，卑贱是最大的耻辱，穷困是莫大的悲哀。一个人总处于卑贱穷困的地位，那是会令人讥笑的。不爱名利，无所作为，并不是读书人的想法。"

荀子静静地看了李斯良久，说："我送你四字'物忌太盛'。"

李斯后来到了秦国，投奔在如日中天的丞相吕不韦的门下，受到吕不韦的器重，并有机会见到秦始皇。他对秦始皇分析了秦国的历史和现在的天下大势，说："眼下是完成帝业、统一天下的最好时机，千万不要错过。"李斯的大局观给秦始皇留下了印象，被提拔为"长史"。

一日，李斯又对秦始皇提了一个建议，他说："统一六国要用两种手段，一是军事，二是金钱。要不惜金钱收买、贿赂、离间六国的君臣关系。"秦始皇采纳了李斯的建议，而且很奏效，李斯又被提拔为"客卿"。

秦国是个开放的国家，很多人才喜欢投奔秦国，但是很多国家趁此机会也向秦国派出了不少间谍。间谍损害了秦国，人才也夺取了原来秦国部分贵族的"饭碗"，在秦国贵族的鼓动下，秦始皇"一时"发怒，下达了逐客令，将非秦国人士统统驱赶出镜，实行"闭关锁国"。

李斯是楚国人，自然在驱逐之列。

为自保，也为秦国，李斯给秦始皇呈上了《谏逐客书》。书中说，穆公朝的百里奚、蹇叔、由余，孝公朝的商鞅，惠文王朝的张仪，秦昭王的范雎，都是"外国人"，由于他们的杰出贡献，秦朝才有今天。如果逐客，就意味着，人才将要流向敌国，此消彼长，秦国危矣！

秦始皇看到《谏逐客书》后，立即放下"君无戏言"的架子，收回逐客令，并提拔李斯为廷尉。

李斯帮助秦始皇使秦国一步步走向成功，自己也实现了做"仓中鼠"的理想。后来李斯被任命为左丞相（第一丞相）。

李斯成功了，李斯说："我是个平民百姓，今天却做了丞相，可以说是富贵到了极点。"

李斯是秦始皇的儿女亲家，李斯的儿子都娶了秦始皇的女儿为妻，李斯的女儿则个个都嫁给了秦始皇的儿子。

可以说李斯"太盛"了。但是他忘记老师临行前的"物忌太盛"的教导，以致身败名裂。如果胡亥上台时，李斯见好就收，也可能落个善终，但是，面对满仓的粮食，仓中鼠难禁诱惑，到头来仓中鼠吃了多少，又吐出来了多少。

李斯有悔啊！

六、楚河汉界——沙场儿女情长

在阴森的大汉冥界里传来凄惨的一男一女的嘶叫，听了令鬼都毛骨悚然。那是汉刘邦的灵魂抱着被砍去手脚、挖去双眼、不能说话的戚姬的灵魂，在一团黑云的簇拥下向地壳冲击。刘邦呼喊着："我要复出，杀吕雉！"戚姬"啊！啊！"的叫着。虽然在地面没有形成大的地动山摇，但是在原发处所形成的地震也达到了里氏八级，一些火山开始萌动。

天使出现，刘邦看到天使，面对刺眼的光芒，只是发了一下怔，随后抱着戚姬呼喊着继续向地面冲去。但是这时刘邦的两腿已不听使唤，跳不起来了。刘邦的意识里知道了"天使"，无奈的刘邦向天使跪下，哀求道："一定是吕雉干的，我要复出，杀吕雉。"

刘邦为何如此痛恨吕雉，吕雉又是何许人也？事情得从刘邦立太子之事说起。

刘邦的嫡长子叫刘盈，按照那时嫡长子接班的习俗，刘盈理所当然地被立为太子。但是刘盈生性软弱，刘邦担心他扛不起大汉江山，所以心中对他不满意。后来刘邦宠爱年轻的戚姬——戚懿，戚姬生的儿子如意可爱聪慧，颇为懂事，很像刘邦，因此刘邦就有了废掉刘盈，改立如意为太子的想法。

刘盈的母亲是刘邦的原配夫人吕皇后——吕雉。吕后曾和刘邦患难与共，渡过很多艰险，现在刚刚苦尽甘来，刘邦就要换太子，这对吕后来说是个巨大的打击。她知道，若换太子，刘邦一死，她现在的地位就很难得到保障，这是吕后无论如何都不能接受的。

如何是好？吕后派自己的哥哥吕泽登门请教刘邦的首席谋士张良。事关太子，张良也不愿意多说，因为这里埋伏着凶险，一旦参谋错了，将来就有杀身之祸。但是吕泽打着吕后的牌子死磨硬缠，要张良出主意想办法。

张良本来也不愿意刘邦换太子，将来平和的太子刘盈主政，张良心里更踏实一些，所以后来张良还是给吕泽出了一个主意。

刘邦在位时，有四位年长者在社会上颇有名气，被称为"商山四皓"，刘邦派人请他们出山辅佐自己，但是他们都谢绝了。张良让吕泽转告吕后，若能请得商山四皓出山辅佐太子，太子地位可保。

吕后采纳了张良的主意，立即命人拿着太子的亲笔信，并带一份厚礼去请商山四皓。

大汉都城，长乐宫上空，那片镶有淡淡红边的云飘然而至。那条蛇又从云里探出头来，朝下静静地看了一会，又将头缩回去。玉玺伸出，“受命于天，既寿永昌”的光束朝下打去，将长乐宫套在光影里。

长乐宫内，刘邦在举行一次宴会。

宴会上刘邦发现在太子身后的宾客席上坐着四位老者，鹤发童颜，仪态非凡。刘邦问他们是谁，四位秉报了他们的名字：东园公、角里先生、绮里季、夏黄公。

刘邦听到是商山四皓，心中一惊，问道：“我派人请四位，四位不肯出山，今天怎么会成为太子的宾客?”

四位老人回答，皇上一向不喜欢读书人，经常谩骂不已，我等不愿受辱，所以躲了起来。现在听说太子仁厚，恭敬天下读书人，所以我们愿意出来辅佐太子。

此时坐在近处的吕后“不小心”将酒杯碰掉到地上，酒杯落地的声音让刘邦不自觉地转过身子，此时他看到了吕后射来的冰冷目光，刘邦立时明白。刘邦转过身去，对商山四皓恭敬地说：“那就请四位长者替我照顾好太子。”

四位老人起身答应，并向刘邦敬完酒后先行离去。

那条蛇悄悄收敛光束，那片云消失了。

刘邦看着离去的商山四皓，悄悄对戚姬说：“我本想换太子，但是现在商山四皓出面辅佐太子，太子羽翼已丰，很难更改了。”

戚姬听后也只能是哭哭啼啼。

刘邦对戚姬说，你来跳舞，我来唱歌。刘邦放开喉咙唱到：“鸿鹄高飞，一举千里，羽翼已就，横绝四海。横绝四海，当可奈何！虽有矰缴（弓箭），尚安所施（无奈高空的鸿鹄）。”

后来戚姬生的儿子如意被封为赵王。

更换太子没有成功，刘邦很是无奈。

刘邦没有强换太子，还有一个内里原因，就是刘邦惧内，这是一般外人不易觉察到的。

说来话长，刘邦和吕雉结婚时，刘邦年龄已有41岁，在那个提倡早婚早育的年代，刘邦完全是个“剩男”，而吕雉的芳龄不过20岁，可以说他们是老少配。

刘邦和吕后的婚姻有点蹊跷。吕后的父亲吕公与刘邦家乡的县太爷是至交好友，县太爷招待吕公，有钱人献上贺礼，入招待席喝酒。贺钱一千以下者坐下座，一千以上者坐上座。刘邦一文没献，自报“贺钱万”，被尊为上宾。

吕公这个人特别相信面相，他看刘邦这个人“隆准而龙颜，美鬓髯”，确信刘邦“富贵”，后来又得知刘邦此来是无钱蹭饭，更感到此人胆量大，是成大事之人，便喜欢上了刘邦，后又将女儿许配给了刘邦。刘邦蹭了一顿饭，还得到一个老婆，喜不自禁。

吕雉那时是个乖乖女，遵从父母之命，下嫁给了刘邦。进了刘邦家门后，吕雉孝敬公婆，除了自带儿女外，还下田从事农作，这对富家出身的吕雉来说确实不易。刘邦对自己的媳妇更是无可挑剔，没有理由训斥压迫吕雉，吕雉也自然而然的在刘邦面前获得了受尊重的地位。后来刘邦起事反秦，吕雉却为此事被下了大狱；楚汉相争，吕雉和刘邦的父亲又被刘邦的对手项羽扣下当了两年多的人质，为此吕雉毫无怨言，极尽恪守妇道。刘邦对吕雉不得不敬重有加。那时大凡做到以上这些的女性都是极具自尊、极具理性的女性，而凡是极具自尊、极具理性的女性又都放不下身段来“讨好”男性，男性在她们的自尊和理性面前也没法显示出男尊女卑的优越性，男性对这种女性往往是“敬爱”，难有“情爱”。

后来吕雉又帮助刘邦杀了“反叛”的大将韩信、彭越等，这使刘邦更看到了吕雉令人恐怖的“凶残”一面。吕雉多阴冷，少妩媚，这使他们的情爱成分降至更低。应该说吕雉是刘邦的政治盟友，而不是刘邦的挚爱。

在刘邦与商山四皓对话时，刘邦瞥见了吕雉射过来的冰冷目光，刘邦心中一颤，他知道，为保卫太子，吕雉已严阵以待，此时他们已成为敌人。在这场较量中，不经意间刘邦后退了。

太子没换成功，夜深人静，宫闱床帏之中，刘邦安抚戚姬：“以后你还是听吕后的吧。”

刘邦死后进入冥界，一天上面突然掉下来一个奇异的东西，砸在刘邦的头上。刘邦一看是个没有四肢、没有眼睛的丑陋灵魂，感到恶心，便不自觉地说了声：“丑东西!”抬脚将那灵魂踢向一边，不想那灵魂叫了起来，声音虽嘶哑，但是又有点熟悉，刘邦不自觉的又多看了几眼，后来刘邦大吃一惊，:“这不是戚姬吗？怎么会是这样。”刘邦很快就判断出这是吕雉所为，于是就有了我们刚才看到的刘邦冲击地壳的一幕。

刘邦向天使哀求，要复出杀吕雉。天使没有答话，将天机拿出抛向刘邦。

刘邦面前出现了一个巨大的屏幕，屏幕里面刘盈身着龙袍和庶长子刘肥正喝着酒。刘肥是刘邦结婚前与不知名的女子生的儿子，后被封为齐王。

宴席上刘肥坐在上位，皇帝刘盈坐在下位，酒宴中刘盈一口一个兄长地敬刘肥酒。

刘邦看到真人一般的画面，先是大吃一惊，连退数步，接着转身想逃，但是不知怎的，他的身子又被转了回来。

屏幕里又走入一个刘邦再熟悉不过的女人，那是吕后——吕雉。

刘盈、刘肥急忙起身向吕后施礼。

吕后看着这个场面，有些不高兴，说："皇上，你们这个酒席是不是不合礼数?"

刘盈回答："自家兄弟，是我请刘肥兄长上坐的。"

刘肥急忙说："是我只知恭敬不如从命，乱了礼数，孩儿有罪。"

吕后说："好久不见了，我也和你们坐一会。"

吕后让人端来两杯酒，放在刘肥面前，并命刘肥向自己敬酒。刘肥端起一杯站起，刘盈不知其中缘故，也端起另一杯，陪同刘肥一起敬吕后。吕后见状，急忙打翻了刘盈端的那杯酒，刘盈一惊，马上觉得不对劲，向刘肥使了个眼色。刘肥不敢再喝，假装喝醉，离开酒席。

刘肥回到住处，刘盈派人告诉他："酒中有毒，兄长在咸阳一定要小心。"

刘肥吓得当夜离开咸阳，跑回封地。

（画外音：受到惊吓，四年之后刘肥郁郁而终）。

屏幕前，刘邦直愣愣地盯住屏幕。

屏幕里，刘邦宠爱的戚姬出现了。戚姬身穿囚衣，在舂米。刘邦不敢相信自己的眼睛，揉揉眼睛再看，那位身穿囚衣在舂米的人确实是戚姬——他的小戚懿。

刘邦死后，刘盈即位，即汉惠帝，吕后做了太后。吕后当了太后做的第一件事，就是逼戚姬穿上囚衣，囚禁起来舂米，吕后要慢慢折磨这位情敌。

戚姬万分悲痛，一边舂米一边唱道："子为王，母为虏，终日舂薄暮（从早舂到晚），常与死为伍！相去三千里，当谁使告汝（汝——指戚姬的儿子如意）!"

吕后知道了，冷笑一声，说："那我就先杀了你的儿子，然后收拾你。"

吕后派人把戚姬的儿子——赵王如意从封地召回咸阳。

屏幕里出现了一个男人，刘邦认得，这人叫周昌。只见周昌在房间里来回踱步，房间里还有几个人，一个领头模样的人说："周宰相，请赵王如意尽快启程入京，这是吕后懿旨，还是请您尽快安排。"

周昌在房间里又踱了会步，然后坐在桌前，奋笔疾书：“高皇帝（刘邦）在世时，令臣辅佐赵王，如今赵王年纪尚幼，需要保护。臣听说太后痛恨戚夫人，因此想召回赵王诛之，臣不敢让他回去，以免受害，况且赵王身体不适，难以奉召。”写完后，他将书信交给那几位，说：“你们可以回去复命去了。”

镜头里，吕后气急败坏地将周昌的书信撕碎，下令让周昌速回京城。

镜头里周昌跪在汉惠帝刘盈面前，声泪俱下地向汉惠帝说：“太后下旨让我回京，臣不敢不遵命，可是赵王如意的命危矣！赵王一旦有闪失，我怎对得起先帝！”

汉惠帝刘盈将周昌扶起，说：“我知道母后想杀害赵王如意，我将尽力护之。”

不几日，赵王如意奉旨进京，在京城城门外，汉惠帝刘盈迎接前来的赵王如意。

镜头里10岁的如意和18岁的哥哥惠帝手牵着手，兴奋地跳着跑着，如意边跑边问惠帝：“皇兄，我什么时候可以见到妈妈，我很想妈妈。”

惠王同情地看着这位弟弟，说：“很快就能见到，不过你得听皇兄的话，要一刻不离地跟着皇兄，听见了吗？”

如意说：“听见了，听人家说，皇帝可以随意杀人，你会杀我吗？”

惠帝说：“我不会杀你，但是如果你不跟着我，可能会有人杀你。”

如意问：“我们的父亲是先帝，先帝的儿子也会被杀吗？”

听到这里，天机外的刘邦掉下了眼泪，眼泪掉落在戚姬身上。戚姬没听觉，没视觉，但是她有感觉，她知道她在谁怀里，她也感觉到了刘邦掉下的眼泪，戚姬感到了心灵上的温暖。

天机里，如意随惠王刘盈进了皇宫，从此二人不管是吃饭睡觉，都在一块，形影不离。虽然惠帝对这位10岁的弟弟百般呵护，但是如意还是被夺去了性命。

惠帝刘盈有晨习刀剑的习惯。一天早上刘盈像往常一样，想叫醒如意一起去习刀剑，但是看如意还在梦中喊妈妈，心中充满同情的他默默地看了一会如意，实在不忍心叫醒他，不想打扰他们母子的梦中相见，心想自己一会就回来，想必不会出事。

那天如意是在梦中见到了妈妈，他在妈妈怀里撒娇，像他见过的许多普通家的孩子那样。他特别羡慕那些孩子，心想，我若是个普通人家的孩子多好，那样整天都可以和妈妈在一起。

如意的美梦没做完，感到妈妈突然离开了自己，自己被人拽到寒风之中。如意醒了，他看到自己的被子被撤下，惠帝不在，床周围站着几位凶神恶煞的人，其中一人端着一碗汤药。毒药被灌下，如意像是被割断脖子的鸡，在床上扑腾一会便不动了。

天机外，刘邦再也忍不住了，他扑向屏幕，大喊："我的儿啊!"

刘邦被弹回跌倒在地。

屏幕里继续播放着大汉王朝的故事。

赵王如意死了，那位已被罚为囚徒的如意的妈妈戚夫人也走到了死亡的边沿。

吕后没有像杀死如意那样立即处死戚姬，她要享受折磨人的滋味。

屏幕里吕后令人将戚夫人押来。

吕后对戚姬说，你的歌唱的好，你就为我唱首歌吧。

戚姬一愣，但很快就镇静下来。戚姬向吕后施礼，心里想着爱她的刘邦，嘴里说："献给皇上!"

吕后脸一沉，纠正说："献给皇太后!"

戚姬没再说话，她唱起了《出塞》，唱完了，她又唱了《望归》。

《出塞》《望归》是合唱歌曲，以往合唱队由数百名宫女组成，戚姬担当领唱，当时相当风光。

戚姬唱完了，吕后又说，你的舞也跳得很好，你就再跳支舞吧。

戚姬善为翘袖折腰之舞。翘袖就是跳长袖舞，折腰就是说戚姬跳起舞来，细腰如风摆杨柳。现在，在吕后面前，戚姬就当作自己在刘邦皇帝面前，展示着自己的舞姿。

戚姬还善鼓瑟、击筑。吕后又让人拿来这些乐器，戚姬又都熟练地表演了一番。

吕后欣赏完了身着囚服的戚姬才艺，说道："高祖在世时酷爱楚歌，还会作词，自己也会演唱，高祖还会跳楚舞，高祖的《大风歌》将会流芳百世；你也是唱啊，跳啊，演奏啊，样样精通，你和高祖在情感生活方面可以说是情投意合，论这些我不如你，你又年轻美貌，高祖在世时我不和你争宠。但是高祖一介布衣，骑马打得天下，我呢，在高祖家种过田，坐过牢，还杀了大将韩信、彭越，帮高祖打天下，坐天下，这你就不懂了，所以你不该跟我争天下。"

吕后停顿了一会，叹了一口气，说："叫你舂几天米，你就觉得委屈，你就不是坐天下的料。高祖走了，你那些才艺也就用不着了，可惜啊。"

吕后说："我为你憋屈了这么多年，今天我也伸伸腰。不过我不喜欢什么唱啊跳啊，那是男人喜欢的玩意，我喜欢的是另外一种享受。”

吕后摆摆手，一群刽子手围上来，他们先是拔光戚姬的头发，然后砍下了戚姬的左臂。戚姬疼痛得嘶叫，吕后坐在一旁，慢慢地品着茶，欣赏着眼前的一切。慢慢地戚姬疼昏过去了，吕后命令御医，给戚姬治伤，不许她死。

一段时间后，上面的场面又重复一遍，不过这次被砍下的是戚姬的右臂。

不久，戚姬的下肢又都被砍下。

吕后对戚姬说：“你不是楚舞跳得好吗？跳吧！跳吧！到阴间跳给高祖看吧。”吕后哈哈大笑。

然后吕后又说：“你的楚歌唱得也不坏，不过我听腻了，以后你就不要唱了吧。还有你不是要换太子吗？告诉你，你的儿子如意已经被我杀了。”

听到此话，戚姬惊恐地看着吕后，吕后大声命令道：“挖去她的双眼，熏聋她的双耳，给她灌哑药。”还嫌不过瘾，她又命人将戚夫人装进一口缸里，扔进厕所。

看了历史实况，刘邦知道了怀中抱着的戚夫人受害的过程，刘邦怒不可遏，高喊：“杀吕雉！”拔剑直冲地面，天使一时疏忽，刘邦剑破地壳，地面又是一阵地动山摇，天使见状急忙将刘邦收回。

刘邦生前对刘盈不满意，嫌他软弱，其实吕后对刘盈也不满意，也是嫌他软弱，只是为了帝位她才不得不拼命保护刘盈，关键那也是保护她自己。

现在如意死了，戚姬也将死去，但是吕雉认为她还没解气，她还要告诉小皇帝刘盈，他袒护如意是错的，当帝王就得像她这样，心狠手辣。

屏幕里一位宦官来到汉惠帝刘盈面前，说：“皇上，太后请您去欣赏‘人彘’。”

惠帝从没听说过这种东西，不禁好奇，在宦官的引导下来到一个厕所，当宦官指给他看“人彘”时，刘盈立刻被吓得大惊失色，他问宦官：“这是人吗？是谁？为何变成这副摸样？”

当刘盈得知“人彘”就是戚夫人时，不禁大惊失色，放声大哭，最后昏了过去。

刘盈醒来后神志不清，只能整日躺在床上，稍微好些后，刘盈派人传话给吕后，说：“如此残忍的行为绝不是人干的，我身为太后的儿子，实在不配治理天下，还是请母后自己处理吧。”

从此，惠帝不再上朝，整日在酒色中打发日子，没几年惠帝便病逝了，死时他才24岁。

吕雉用另外一种方式结束了自己儿子刘盈的性命，这当然是她没想到的。

吕雉唯一的儿子刘盈死了，可是吕雉没有悲伤，没掉一滴眼泪。

张良的儿子张辟发现了这一情况，张辟对丞相王陵说："吕后要立新帝，又怕大臣反对，担心自己江山不稳，不如建议吕后启用吕氏家族人士为将。"

王陵一听，感到张辟言之有理，便向吕后提出以上建议。

吕后任命自己的侄子吕禄掌握北军，另一个侄子吕产掌握南军，吕后启用娘家人控制了朝廷。吕后解决了心中大事，开始为失子一事悲痛起来。

赵王如意被毒死后，刘邦的另一个儿子刘友受封为赵王。

吕后赐吕氏家族之女为刘友之妻。刘友另有宠妾，不爱吕姓女，该女便向吕后诬告刘友曾说过："姓吕的怎么能称王？太后百年之后，我一定要灭了这些姓吕的。"

吕后召刘友入京。刘友一到咸阳便被软禁，并断绝饮食，随同进京的刘友的随从，偷偷送给刘友一些食品，吕后将送食品的人统统抓起来处死。

刘友最后被饿死在狱中。

刘友死后，刘邦的另一个儿子刘恢被封为赵王。

吕后又赐吕氏家族之女为刘恢之妻，当此女知道刘恢原有一个爱妃，立即派人将那位刘恢的爱妃毒死。

刘恢无奈，因此闷闷不乐，后来殉情自杀。

吕后认为刘恢为一个女人而死，实在不值，于是下令废掉刘恢儿子的王位继承权。

刘邦的第八子燕王刘建没等吕后动手就病死了，吕后派人将刘建之子杀了，并封吕氏族人吕通为燕王。

汉惠帝刘盈生前的皇后，是吕后安排的刘盈姐姐鲁元公主的女儿，也是刘盈的外甥女张嫣。这种乱伦的安排有利于吕后的掌权，但是汉惠帝和张嫣毫无情感，更无子女。汉惠帝和后宫宫女们有六个儿子，老大叫刘疆。

汉惠帝刘盈死后，刘盈三岁的儿子刘疆被改名刘恭，立为帝。为了控制刘恭，刘恭的母亲被吕后处死，对外说刘恭是张嫣的儿子。

刘恭稍大后，得知张嫣不是自己的生母，自己的生母已被吕太后所杀，不懂事的少年竟然公开声称："太后杀了我母亲，以后我一定会报仇。"

吕后闻言无比震怒，她将刘恭监禁起来，对外宣称，皇上病了，不久刘恭便被杀死。

吕雉将汉惠帝刘盈的另一个儿子刘义改名为刘弘，再被立为皇帝，赐吕姓女为皇后。

当刘邦的儿子被杀得差不多，刘邦的孙子又开始遭到厄运时，吕雉的生命也走到了尽头。

天使将先机收回，刘邦抱着戚夫人还呆呆地愣在那里。

突然，刘邦面前掉下来一团东西，刘邦一看是吕雉的灵魂掉入冥界，不禁大怒，大吼一声："还我儿来！"举剑向吕雉刺去。

吕雉急忙躲开，当他看清是刘邦时，刘邦的第二剑又直朝她的命门刺来。吕雉见状拔腿就跑，刘邦在后面紧追。不久吕雉停了下来，也举剑面向刘邦，并大声说："来吧，刘邦，看谁是真的英雄！"也曾掌控过天下的吕雉突然豪气十足。

在后面怀抱戚姬的刘邦不禁一怔，停下了脚步。

吕雉继续说："我是杀了你的儿子，难道你没要过他们的命？"

此时，刘邦感到在旁边又出现了两个灵魂，刘邦定睛一看，是自己的儿子刘盈和刘盈的姐姐鲁元公主，刘邦握剑的手不禁软了下来。

楚汉战争中，刘盈的爷爷刘太公和母亲吕雉被楚霸王项羽抓走，刘盈和姐姐在逃亡中与父亲刘邦相遇。当时刘邦在项羽的追赶下，乘一辆车在逃跑，在逃跑的路上，碰到了刘盈和鲁元公主。同车的大将夏侯婴跳下车，将刘盈姐弟俩抱上车。由于车辆加重，逃跑中的车自然跑得就慢了，刘邦见状狠心将刘盈姐弟俩推下车去，姐弟俩惊恐的边追赶车子边呼喊父亲救命，夏侯婴见状，又从车上跳下，将姐弟俩抱上车子。看到后面的追兵近了，刘邦毫不犹豫地又将姐弟俩抛下车去，鲁元公主又呼喊父亲救命，刘盈大声说："他不是我们的父亲，让他自己逃命去吧！"

刘邦听后心里咯噔一下，夏侯婴再次跳下车将姐弟俩救上来，刘邦也没再驱赶他们，这样刘盈姐弟才算是捡到了性命。但是刘邦与刘盈父子之间已心存隔阂，后来刘邦想换太子，这也是个难以说出口的原因。

吕雉重提旧事，刘盈姐弟俩又在一旁，刘邦羞愧地低下了头。

不远处有两条黑烟朝这个方向滚滚而来，那是楚王韩信兵马和梁王彭越的兵马。

韩信是位极为出色的军事家，刘邦的丞相萧何曾对刘邦说：“你要夺取天下，就必须拜韩信为大将。”

韩信自幼无父无母，一直依靠一个亲戚生活。韩信喜欢研究兵法，但对亲戚家的生活毫无贡献，后来被亲戚驱逐出家门。一次好几天没有吃上饭的韩信饿倒在路边，受到一洗衣妇的接济而度过危机，韩信十分感激，说：“我必报答您。”洗衣妇听了非常生气，答曰：“你且不能自食，我岂望你报答！”韩信听后，深感惭愧。

不能被人理解，自古英雄多孤独。胸怀大志而孤高清傲，难以融入本地社会的韩信还难免被人欺负。有次一个无赖戏弄韩信：“看你韩信腰挎宝剑，像个将军，要么你杀了我，要么你从我胯下钻过。”韩信无奈接受了胯下之辱。

后来刘邦听从了萧何的建议，拜韩信为大将。韩信自拜大将之后，率兵平魏，破赵，胁燕，定齐，在很短的时间内为刘邦打下了半壁江山，韩信还打败了项羽派去援齐的二十万楚军，并杀了大将龙且，自此彻底改变了楚汉战争的力量对比，形成了对项羽集团战略包围的态势。

刘邦对韩信的军事才能由衷的佩服，刘邦和韩信还有过一段著名的对话。

刘邦问韩信：“你说我能指挥多少士兵？”

韩信回答：“不会超过十万。”

刘邦再问韩信：“你能指挥多少士兵？”

韩信回答：“多多益善。”

刘邦三问韩信：“既然你比我强，为什么你又受制于我？”

韩信回答：“我是带兵的人，你是带将的人。”

后来吕后就把这个能带兵且“多多益善”的将军给杀了。

吕后以大宴群臣的名义，将韩信骗至长乐宫内。长乐宫大钟室内，吕后与韩信对话。

韩信：“为什么抓我？”

吕后：“天无二日。”

韩信：“我没谋反。”

吕后：“狡兔死，走狗烹；飞鸟尽，良弓藏。”

韩信：“你倒是直言不讳。”

吕后："让你死个明白。"

韩信冷笑道："你可知皇帝曾允诺，说见天不杀韩信，见地不杀韩信，见铁器不杀韩信。"

吕后："知道，我在长乐钟下给你准备了一张床，让你震死在长乐钟下，上不见天，下不着地，啊，这口钟叫长乐钟，你对大汉有功，给你留个吉利，愿你能永远快乐。"

钟声响起，钟声喊出的只是一个字："将！将！将！……"

太平本是将军定，将军难得见太平。

刘邦听到韩信被吕后杀后的心情是"且喜且哀之"，自己不忍心杀戮的奇才功臣，而自己的妻子却刚毅果敢地处置了。

说起韩信，很多人说是大丈夫应该像韩信一样能伸能屈。其实韩信"不能自食""胯下之辱"，只是他当时醉心于兵法，对其他事情近似麻木，"无力"，也"无心"日常琐事。

彭越与韩信并称为汉初两大名将。

彭越，强盗出身。乱世中，很多人都拥戴他"揭竿而起"，他说，拥戴我就必须听我的，大家一致同意。他让大家明天太阳出来时集合，迟到的人杀头。第二天太阳出来的时候，迟到的有十多人，最后一个人直到中午才来。彭越命令将最后一个来的人杀头，大家都笑着说，何必这样呢，今后不敢再迟到就是了。彭越坚持将那人杀了，并设置土坛，用那人的头祭奠，号令所属众人。众人都大为震惊，害怕彭越，没有谁敢再抬头看他。

彭越后来成为一个杀伐果断的军事统领。

韩信被杀不到三个月，有人告发彭越谋反，彭越被下了监狱。后因查不到真凭实据，就被罚做平民，遣送到蜀中。彭越在去蜀中的路上，遇见吕后，哭诉自己没罪，哀求吕后在刘邦面前讲情。吕后一口答应，并把彭越带回都城。吕后对刘邦说："彭越是个壮士，把他送到蜀中，不是放虎归山吗？"吕后让彭越的门客再次告他阴谋造反，刘邦听了吕后的话，把彭越杀了。

韩信、彭越在冥界继续施展着他们的军事才华，两条黑烟旋转着朝吕雉扑来，吕雉见状，狠狠瞪了刘邦一眼，大声说："还不都是为了你！"说完拔腿就跑。

刘邦抱着戚姬还在发呆，不远处，一对边歌边舞的灵魂飘然而至，这是项羽与虞姬。

项羽是刘邦争夺天下的主要对手，最终项羽输了，战死沙场，刘邦赢了，穿上了龙袍。

刘邦和项羽在乱世之时，几乎同时起兵反秦。项羽出兵北路，在一个叫巨鹿的地方与秦军会战。面对四十多万精锐的秦朝正规军，项羽率三万军队渡过两军之隔的漳河，并命令军士凿沉渡江用的船只（此为“破釜沉舟”成语的由来），打破吃饭用的铁锅，身上只带三天干粮，向秦军展开冲击。背水一战的军士们个个以命相抵，士气旺盛，最后大破秦军。

当时，参与向秦军进攻的有十几路人马。可是他们害怕秦军强大，都扎下营寨，不敢与秦军交锋。当他们听到项羽率领的楚军震天动地的喊杀声，挤在壁垒上观看（此为“作壁上观”成语的由来）。他们瞧见楚军横冲直撞杀进秦营的情景，吓得伸着舌头，屏住了气，待项羽的楚军大破秦军时，他们才纷纷冲出营垒助战。

巨鹿之战胜利之后，项羽请各路反秦大军将领到他的军营来相见的时候，各路反秦大军将领们“无不膝行而前，莫敢仰视”。

大家颂扬项羽说：“上将军的神威真了不起，自古到今没有第二个，我们愿意听从您的指挥。”

自此，项羽成了各路反秦军的首领。

巨鹿之战后，项羽统帅四十万人马向秦都咸阳开去。在这之前由于没有受到秦军大的抵抗，刘邦已率部由南路进击，并占领了咸阳。刘邦率先进入关中之后，派兵把守各关口，阻止项羽和其他诸侯入关，准备上任“关中王”。刘邦和项羽曾有个约定：谁先进入关中，谁就做关中王。

项羽听说刘邦先他占领了秦都咸阳，大怒，下令第二天就向刘邦开战。当时刘邦仅有十万军队，与项羽率领的气势旺盛的四十万大军相比，刘邦明显处于下风。刘邦见风使舵，急忙向项羽示好。

刘邦通过项羽的堂叔，此时正任项羽左相的项伯向项羽传话，说：“我入关以来，秋毫无犯，登记户口，封存仓库，等待项羽将军的到来；派兵把守各关口，是为了防止盗贼的出入和应付非常事件，我日夜盼望项羽将军的到来，怎么敢造反呢?”随后刘邦带领一百多名随从，到鸿门项羽的大营中，当面向项羽解释，并表示臣服。

天空一片云，随着刘邦和那一百多人飘到项羽大帐上空，诏示着皇权的“受命于天，既寿永昌”八字光辉形成一条光束，朝下打来，将项羽大帐罩住。

项羽设宴款待刘邦，宴会上杀机四伏。

被项羽尊称为“亚父”的范增，召项羽的堂兄弟项庄舞剑助兴，意在刺杀刘邦。

项伯见状，也拔剑起舞，护着刘邦。

项羽坐在主席位子上，看着下面剑来剑往，心理矛盾。在这之前范增曾告诉他：“刘邦居山东时，贪于财货，好美姬；今入关，财物无所取，妇女无所幸，此其志不在小。吾令人望其气，皆为龙虎，成五采，此天子气也。将来必是你项羽主天下的对手，应该尽早杀掉。”

可是项羽心有顾虑：“我与刘邦有言在先，先入关者为关中王，人家不为王，而且已表臣服，我若此时杀掉他，天下信誉何在?”

不知怎么了，项羽此时成为了一介儒生。

项羽曾经坑杀过降卒二十万。那是棘原之战时，秦将章邯率军与项羽军在棘原对峙，此时秦廷赵高专权，猜忌将相，欲杀章邯派往秦廷告急求援的部将司马欣。司马欣逃回本营棘原，劝章邯早图良谋。章邯面对胜败都要被赵高所杀的局面，不得不率其部众二十万投降项羽。

项羽面对训练有素的秦朝降兵，担心降兵生变，像当年白起坑杀四十万降兵一样，项羽将二十万降兵全部坑杀。

项羽并非手软之人。

现在，不知为什么，项羽好像有些心不在焉，坐在下面项羽的部下，见主帅如此，大家面面相觑，也不知如何是好。

宴席上继续着铿锵的剑击声。

面对杀机四伏的鸿门宴，刘邦借如厕之名迅速逃走。

那条蛇悄悄收敛光束，也消失了。

鸿门宴之后，项羽分封各路将军为王，刘邦被封为汉王，领地是巴、蜀和汉中。

刘邦离开秦都咸阳去做汉王了。项羽带领四十万大军西进咸阳，进城之后，项羽当即杀了已经投降的秦王子婴，放纵士兵烧杀抢掠，还放火烧了秦朝富丽堂皇的阿房宫，这场大火“三月而不息”。在搜刮了城中所有金银财宝及妇女后，东归彭城。

在这之前，有个名为韩生的人对项羽说：“关中地区依山傍水，周围四面皆有险可守，而且土地肥沃，是定都称霸的好地方。”

项羽说："一个人富贵了如果不归故乡，就如同穿锦绣衣裳在黑夜里行走，有谁知道呢！"项羽没有接受韩生的意见。

项羽难舍故乡，江东父老儿女情长。

韩生退下来对别人说："怪不得人家说楚人沐猴而冠，项羽果然是个'乡巴佬'！"

楚人把猕猴叫做"沐猴"，"沐猴而冠"是指猕猴戴上人的帽子假充人样。项羽听到这句讽刺他的话，一怒之下就把韩生烹了。

后来原北方齐国发生叛乱，项羽率领他的楚军主力前去镇压。刘邦趁楚都彭城空虚，即在洛阳聚集各路诸侯联军五十六万，向彭城由西向东压来。项羽将大部队留在原齐国继续镇压叛乱，自己率领三万西楚铁骑千里奔袭，绕道彭城后方，切断了刘邦的回路。当刘邦夺取彭城，还在庆祝胜利之中时，项羽以迅雷不及掩耳之势杀进彭城，直捣刘邦的指挥部。项羽的袭击打得刘邦晕头转向，只用半天时间，项羽的三万铁骑就把刘邦的五十六万大军击溃。刘邦在溃退中被项羽消灭了十几万人，等到了睢水，刘邦又丧失了十几万人马，众多的尸体堵塞了睢水河。

刘邦兵败如山倒，自己乘战车逃跑，前面已提到，刘邦在路上碰到儿女都不顾了。

项羽虽然在战役上取得节节胜利，但是未能在战略上取得主动。项羽与刘邦后来战成胶着状态，刘邦与项羽议和，于鸿沟为界，西归刘邦，东归项羽——楚河汉界。

项羽诚信，撤兵东归，士兵们也高呼："不打仗了，回家了！"

在项羽撤兵之际，刘邦撕毁协议，举兵向项羽扑去。在垓下，项羽十万疲兵被刘邦的近七十万联军合围。刘邦任命韩信为联军统帅，韩信指挥大军对项羽军队十面埋伏，并使计让汉军唱起楚歌。

夜里，项羽听见四面围困他的军队都唱起楚地的民歌，不禁非常吃惊地说："汉军已经占了楚地吗？楚军都投降汉军了吗？"项羽以为楚地已尽为汉军所得，他原来的楚军也大多投降了刘邦。

项羽满怀愁绪之下，起身在帐中饮酒。酒过三巡，项羽感慨良多，自吟自唱："力拔山兮气盖世，时不利兮骓不逝（乌骓马不再飞驰）。骓不逝兮可奈何（乌骓马不再飞驰啊！怎么办）？虞兮虞兮奈若何（虞姬啊虞姬啊，如何是好）？"

虞姬明白了，天有日落，人有尽头。虞姬拔出项羽的剑，边舞边歌："汉兵已略地，四面楚歌声，大王意气尽（大王不行了），贱妾何聊生（我活着也无意义了）！”歌毕凄然自刎。这就叫着“霸王别姬”。

楚汉相争四年，穷途末路的项羽逃到乌江河边，河边恰有一条小船停泊，船夫对项羽说：“江东虽然小，方圆也有千里，百姓数十万，也足以称王，愿大王赶快渡江。”

项羽抬头望望江东大地，回头望望身后相随的寥寥数兵，凄然泪下，说：“苍天要亡我，我为什么要渡江呢？当年我与江东子弟八千人渡江向西，今无一人生还，纵然江东父老可怜我而尊我为王，难道我就不觉得愧疚吗？”

项羽将自己的坐羁牵到船夫前，说：“这匹乌骓马我骑了五年了，曾日行千里，我不忍杀它，现在送给您吧。”

项羽带领他的残兵扑向包围上来的汉兵。

项羽一边杀敌，一边大喊：“刘邦小儿，过来单杀独斗，我要把你剁成肉泥！”

项羽杀性大起，剑指处血喷肉飞，后来刘邦得到报告，光项羽一人就杀了几百汉将、汉兵。

残阳如血，项羽最后漂浮在血河里。

在冥界，项羽的灵魂很快找到了虞姬的灵魂，两个灵魂相拥在一起，诉说分别之苦，相见之情。

虞姬高兴地唱到：“淡淡烟雾地，四面静无声，梦乡凡气尽，卿卿我我生。”

项羽扭动他的笨重身躯，跳着楚舞，不过他的舞姿并不优美，引得虞姬咯咯笑个不停。

行进中项羽、虞姬和刘邦、戚姬不期而遇，项羽和虞姬看了看刘邦怀里抱着的残疾的戚姬，不免露出同情的眼光。但是分手时，项羽仍然扔下一句刺人的话：“阳间我输了，你赢了，阴间你输了，我赢了！”

项羽拥着虞姬飘然而去，他们旅游去了。据说他们在彭城云龙湖水下修了一所宫殿，旅游归来居住于此，因为项羽热爱故乡，将宫殿建于此，以慰己心。

项羽与虞姬的灵魂刚飘走，一团乌云滚滚而来，乌云中有一面旗帜很是醒目，上面一个斗大的“秦”字，这是当年项羽坑杀二十万秦朝的降兵的灵魂，这是降兵的灵魂来向项羽讨命来了。看来，到了冥界，项羽和虞姬也还是要继续上演他们的“霸王别姬”。

那团乌云刚走，那个叫韩生的灵魂又来了，韩生边走边嘟囔：“楚人沐猴而冠，楚人沐猴而冠啊！”

项羽更有崇拜者，未来一清秀女子李清照写道："生当作人杰，死亦为鬼雄。至今思项羽，不肯过江东。"惋惜思念和敬佩之情从未来飘入冥界中。

千秋功罪，谁人说的清？早知冥界好，何必有人生！

此时刘邦的儿孙们的灵魂慢慢围拢到刘邦的身边。被毒死的孩子，到冥界他们仍是捂着肚子。刘肥、刘盈因为是受到惊吓，到了冥界，也让人感到他们脑子仍有问题。

此时一个老实的农民出现了，这是刘邦的哥哥，他一脸忠厚地对刘邦说："弟弟，回家吧，父亲在家等着你们哪。"

刘邦看看怀里抱着的残疾的戚姬，和后边跟着的残疾的孩子们，摇摇头，说："我无颜见父亲。"

此时冥界突现光明，天使出现了，天使同情地看了看戚姬和刘邦的儿孙们一眼，戚姬的灵魂瞬间健全了。好像作了一场梦，戚姬打了一个哈哈，伸伸懒腰，仪态万千地立在了刘邦的面前。刘邦的儿孙们也都瞬间恢复了健康，刘邦又是一个目瞪口呆。稍停片刻，刘邦和戚姬明白了，急忙率领儿孙们俯伏在地，向天使千恩万谢。

刘邦回家了，见到父亲，想起他们曾经的对话，心里很不是滋味。

刘邦年少时不喜欢从事农活，父亲常常斥责他说："你这个无赖，不事家产，比你哥差远了。"

后来刘邦夺得了天下，问父亲："你以前总说我是个不干活的无赖，过日子比不上哥哥。如今我做了皇帝，您看是哥哥的家业大，还是我的家业大。"弄得父亲有些难看。现在刘邦已另有感悟，见到父亲格外孝顺。

父亲问刘邦，若人生再来一次，你是否还愿意当皇帝时，刘邦的回答是："英雄气短，儿女情长。"

七、盛世大唐——父父子子恩断

在冥界，唐代开国皇帝，已是老朽的唐高祖李渊颤颤巍巍持剑冲击地壳，一剑刺去，地壳纹丝没动，李渊却是跌倒在地。李渊从地上爬起，再次持剑冲击地壳，结果是李渊再次跌倒在地上。李渊将剑扔在一边，起身用头撞击地壳，结果地壳仍是纹丝没动，李渊的爱妻窦氏过来，两个灵魂拥在一起，起跳撞击地壳，结果两人都被撞回。当他们正准备再次起跳时，天使出现在他们面前。窦氏反应快，急忙对李渊说："天使到。"见李渊没明白过来，窦氏急忙又说："我们不是在梦里见到过吗？是天使来了。"李渊和窦氏急忙俯伏在地向天使行礼。

李渊抬头，指着不远处翻卷着的乌云，向天使说："在人间没打够，他们又打到阴间来了，在这里我们一天也待不下去了，天使啊，你就行行好，放我们回去吧，我们实在是受够了。回到人间做个狗，做个猫，我们也认了，我们不能再看着自己的亲生骨肉相互残杀了。"

不远处，李渊的二儿子李世民的灵魂和长子李建成的灵魂、三子李元吉的灵魂，各率领三股黑烟厮杀正酣。李建成举剑直刺李世民咽喉，他要报一箭之仇。李元吉趁机剑指李世民丹田，想让李世民上下难顾。李世民轻身旋转，躲过李建成那一剑，李元吉的那一剑，也不知怎的被李世民身后的黑云化解了。李建成和李元吉身后的黑云见状，呼声腾起，两股凝成一股，向李世民身后的黑云扑去。剑碰剑，如闪电，星光火花四溅，云缠云，如二蟒相绕，成麻花状翻转滚腾。

瞧这一家子，兄弟如此水火不容，父亲如此无奈，要想知道为什么，这还得从李渊当年太原起兵时说起。

隋朝末年，隋炀帝杨广骄奢淫逸，实行暴政，引起天下大乱，隋朝摇摇欲坠。此时李渊任太原留守，手握重兵。乱世出英雄，不少人劝他立地为王，但是李渊都谢绝了。

一只雄鹰翱翔在中国上空，它俯瞰大乱的天下：隋朝气数尽了，各地反隋旗帜飘扬，但是瘦死的骆驼比马大，大隋的军队还有一定实力，而且造反者大多是草莽英雄。为争利益，草莽英雄们和隋军，或者他们内部彼此之间也打得如火如荼。

隋炀帝杨广离开首都，像个断线的风筝，看来他不光失去人心，还失去了地利。此时谁若能夺取关中，拿下首都长安，即可号令全国，寻机实现改朝换代。再看近处，太原的北方，势力强大的东突厥对着太原虎视眈眈，太原的南面一个叫历山飞的率领十万农民起义军气势正旺，攻城掠寨，所向披靡。

在这个弱肉强食的时代，必须得有所行动。这只雄鹰按下云头，返回太原，李渊开始了他改天换地的征程。

李渊首先继续高举隋军的大旗，这样一来稳住了自己的部队，二来又避免了和其他隋军的冲突，更重要的是李渊可以以平叛起义军和巩固边防的名义招兵买马，避免了隋朝中央政府的怀疑，李渊在短期内快速扩充了自己的部队。

为图天下，必须先解决身边的问题，李渊率领五千兵马与历山飞的十万农民起义大军展开大战。

李渊将队伍分成数阵，中间是大阵，都是老弱兵，李渊让他们多树旗帜，并且在队伍后面摆满辎重。

历山飞以为李渊在中间大阵中，亲率主力进攻，后来看到辎重，便一窝蜂的上前争抢。趁历山飞军队混乱之机，李渊的精锐骑兵从两旁杀出，一举击垮了敌军，打败了历山飞的军队。通过收编，李渊的军队得到进一步壮大。

第二步，李渊要使现有的军队变成自己的军队。

一天，李渊和副手王威、高君雅等人在开会，一军官进来，说有密状要呈上，李渊命宣读，来者说是告副手王威、高君雅的，李渊装着一愣，打开密状，里面是告王威、高君雅私通突厥的密信，李渊当即令人将其捉拿。恰巧第二天突厥军队来犯，李渊顺势以通敌罪杀了王威、高君雅，将这只隋朝军队成功转换成李家军。

南面的威胁解除了，北面的威胁又来了，战斗力极强的突厥大军进逼太原。

李渊命令将城门打开，城上不张旗帜，守城之人不许一人外看，不许出声。

突厥军队自北城门进，又从东城门出，未敢进内城。夜间，李渊派兵出城，早晨又改道进城，使突厥误认为李渊有援军进城，更是不敢轻举妄动。这种不战不和，虚张声势的空城计，使突厥军队感到难以对付，从而主动撤兵，太原之围不战而解。

李渊有三个骁勇善战的儿子，大儿子李建成，勇中带稳健，多协助父亲战略指挥；二儿子李世民文武双全；三儿子李元吉作战勇猛。更重要的是，三个儿子是一母同胞，从小玩耍在一起，受着父母同样的疼爱，因此兄弟三人很是团结。

一天李渊将三个儿子叫到身边，说："我们下一个目标是西河郡，这是通往首都所在关中地区的必经之路，此战意义重大，但是我想将这次战斗交给你们兄弟三人指挥，一则历练，二则也是你们建功立业的机会。"

以前兄弟三人多次参加作战，都是在父亲的直接指挥下，现在三只小鹰要单独驰骋蓝天，兄弟三人都非常高兴，并保证此战必胜。

西河城外，西风猎猎，三位小将迎风而立，英气豪迈。西河守军见状，坚守不战，一时倒也弄得小将们无可奈何。有人建议请示大将军李渊，三小将共同摇头。李建成将三兄弟和有关部将召集在一起，经过一番商议终于想出了办法。

半夜时分，李家军突然火攻东门，带火的箭头铺天盖地地向城内射去，城内守军一片混乱。趁敌军将注意力集中在东门时，李家三兄弟身先士卒，带领精兵从西门趁黑爬上城墙，经过一阵殊死的厮杀，李家军夺取了西门，犹如决堤的河水，李家军迅速占领全城。

第二天，除守军首犯当斩，其余一切秋毫无犯。

李渊得到捷报，高兴地说："小鹰们的翅膀硬了，我没有什么可虑的了。"

李渊发布檄文，一边指责隋炀帝已遭天怨人怒，应该废昏立明，一边提出尊隋炀帝为太上皇，拥立隋炀帝孙、代王杨侑为帝，同时率领大军向长安扑去。

在长安，以代王杨侑为首的隋朝官员，听说李渊的大军朝长安扑来，有些慌了，急派号称虎牙郎将的宋老生，带兵进驻李家军进攻长安的必经之路霍邑，以阻止李渊的大军。

李渊进军霍邑时，路过险要之地贾胡堡，李渊心想宋老生必将在此设重兵坚守，可是宋老生并没注意这个军事要地，李渊挥军直逼霍邑城。

李渊在霍邑城外假装安营扎寨，准备攻城，宋老生趁李渊"立足不稳"，率兵出城进攻，李渊佯败，向后退去，宋老生"乘胜追击"。此时李渊已派三个儿子率领精兵趁势攻取了东门和南门，截断了宋老生的后路，并散布宋老生已死的谣言，动摇了隋军的军心。待宋老生发现上当，撤军返回时，李渊又领兵杀回，李家军顺利地占领了霍邑。

宋老生战死，李渊以本官之礼进行安葬，并收编了愿降的隋军。

扫除了通往长安的最后一个堡垒，李渊命令三个儿子，兵分三路，合围长安。

兵临长安城下，李渊令部队对长安围而不攻。三个儿子不解，李渊说："夺取长安并不难，管理长安却不易，攻心应为上，这样才能进的来，站的住。"李渊又告诉他的儿子们："长安为首都，长安的民心影响全国，在长安站的住，才能在全国站的住。"儿子们心悦诚服地服从父亲的领导。

李渊命令对长安展开政治攻势，将他的檄文广为散发。六天之后，李渊命令攻城，李建成的部属首先攻入皇城的东门景风门，李家军入城，隋军随即土崩瓦解。

李渊从太原起兵，一路军纪严明，秋毫无犯。进城后同样"封府库，收图籍，禁掳掠"。并兵移城外驻扎，得到了首都和汉中百姓的拥护，得到了隋朝前官员的认可，代王杨侑无奈接受了傀儡皇帝的地位。

恰巧在此时，隋炀帝的将军宇文化及在江都发动兵变，缢死了隋炀帝。

在长安的代王杨侑再次无奈地以李渊"功德日懋，天历有归"，行禅让之礼，李渊穿上了龙袍，即皇帝位，改国号为“唐”。

李渊审时度势，因势借力、先取关中、后图天下，最终实现了改朝换代。

新的时代建立起来了，摆在新朝廷面前的是两大难题，一是中央政府实际统治区域有限。隋炀帝死后，在江都，在洛阳，隋炀帝的后代被一些军阀扶持为新皇帝，与唐对抗。另外在全国，有点能力的“诸侯”，也都立地为王，全国处于一片散沙状态。二是打破一个旧体制不容易，但是如何建立一个新体制却更难。

李渊在长安安定之后，用长达十年的战争，统一了中国，解决了第一个难题，在这方面次子李世民南征北战建功卓著。

李渊占领长安后，与百姓约法十二条，除了杀人、盗窃、叛逆处死外，其余一切法律全部废除。后来又逐步恢复和建立了一些行之有效的制度，实行了均田制，府兵制，下诏铸造和流通“开元通宝”货币，为大唐的繁荣昌盛奠定了基础。在这方面，此时已被立为太子的李建成协助父亲做了大量工作。

父子同心，兄弟协力，大唐王朝的光彩刚刚拉开序幕，一场为争夺皇位的内乱又开始了。

长安城上空，玄武门外，那片镶有淡淡红边的云悄悄出现。那条蛇又从云里探出头来，静静地朝下看了一会，又将头缩回去。诏示着皇权的“受命于天，既寿永昌”八字光辉形成的光束打下来，将玄武门罩在光影里。

玄武门外，太子李建成和弟弟李元吉策马进入光束的照耀下，本来两人有说有笑，突然李建成似乎感觉到了什么，急忙勒住马，稍一停顿，李建成朝李元吉大喊一声：“不好！”勒转马头就跑。

此时，李世民出现在光束照耀下的另一方，李世民高喊：“大哥留步！”

李元吉明白过来了，搭箭拉弓，三只箭朝李世民飞去，可能李元吉太慌张了，三支箭全射空了。

李世民表现得要从容的多，搭箭拉弓，一只箭朝李建成飞去。李建成在这同时扭过头来，李建成、李世民兄弟二人四目相对，立时两人都惊讶地张开了嘴。李世民从李建成的目光中看到了大哥，那位曾教习他搭箭拉弓的大哥——李世民意欲伸手抓住那支脱弦的箭，但是为时已晚。李建成也看到了那支箭，他惊愕地不知躲避，那是他弟弟射过来的，是曾呼喊过他千万次大哥的弟弟射过来的——他看着那只箭来近了，突然他的喉咙一紧，那只箭没有停住，而是穿了过去，李建成坠落马下。

李世民惊住了，他哥俩曾肩并肩上阵杀敌，可是现在——李世民呆呆地忘记了控制坐骑，被战马带到一片小树林，马被树枝绊住，李世民自己也被困住。李元吉见状立刻杀奔而来，他取下李世民的弓箭，李世民没有反抗，李元吉准备用弓弦勒死李世民。千钧一发之际，李世民的部将尉迟敬德一边大喊，一边飞马赶到。李元吉见状，拨马回撤，尉迟敬德立即从他的背后开弓放箭，李元吉应声落马。

天空中玉玺将光束收回，那条蛇又不知去向。

玄武门之变发生时，李渊正在湖中泛舟。当尉迟敬德一身铠甲立于岸边向他报告说："太子李建成和齐王李元吉谋反，秦王李世民已将他们处死，为防不测，特派我来护驾。"李渊惊讶地说不出话来。

作为父亲，李渊想让他们和平相处。为防止李建成、李世民和李元吉他们兄弟三人发生冲突，李渊曾设想自己带建成、元吉在西安，让功劳最大的李世民到洛阳称帝，也就是"分天下"。这个设想一透漏，立即受到大臣们的竭力反对，大臣们说，若是那样，将会发生大规模的战争，将有更多的生灵涂炭。

作为一位杰出的军事家、政治家，李渊顺应历史潮流再次统一了中国，建立了大唐帝国，为后来成为中国历史上少有的盛世"贞观之治"做了铺垫。但是如何处理家务，他和秦始皇、刘邦一样，又是那么的无奈。

面对这样的局面，宰相萧瑀等人机敏地说："建成、元吉本来没有什么功劳，两人妒忌秦王，施用奸计。现在秦王既然已经把他们消灭，这也是好事。陛下把国事交给秦王，也就没事了。"到了这步田地，唐太祖李渊反对也没用，只好听左右大臣的话，宣布建成、元吉"罪状"，命令各府将士一律归秦王指挥。

一不做，二不休，斩草除根，李建成和李元吉的十个儿子随后也被杀，爷爷李渊心疼的浑身颤栗。

三天后，唐太祖李渊立李世民为皇太子，诏令一切军国大事委太子处决。

过了两个月，唐太祖将皇位让给李世民，自己做了太上皇。

那件上面有着龙的图案的衣服，穿在了李世民的身上，李世民被称为唐太宗。唐太宗李世民登基做皇帝了，李世民知道，自己这个皇位是他杀兄逼父得来的，他知道他要受到天下人的指责，但是，李世民虚心纳谏，政绩卓著，继而成就了赫赫有名的"贞观之治"。

李世民登基做皇帝了，父亲李渊从他原来的办公地点太极宫搬到大安宫，从此没有大臣再朝见他，他也难得再和外人往来。

李渊以前喜欢打猎，现在他“年事高了”，不能“擅自”离开大安宫。

天热了，李世民要去九成宫避暑，大臣们上疏说，太上皇尚在，皇帝应当“朝夕视膳而晨昏起居”，意思是说，陛下应该每天去探视太上皇的饮食起居，不易远去。而且皇帝外出避暑，而留太上皇在京，也不符合“温情之礼”。所谓温情之礼就是儿子应该关心父亲的“冬暖夏凉”，但是，李世民并没改变自己的决定。

在冥界，黯然泪伤的李渊，指着不远处翻腾的乌云，恳求天使小王子说：“能让他们不打吗?”

天使从脖子上取下红围巾，朝翻腾的乌云方向轻轻挥了挥，乌云散去，李建成、李世民、李元吉跌跌撞撞的来到天使跟前，摔倒在地上。

李渊大声喝道：“天使在此，快快行礼!”

三人看天使，天使身上发出耀眼的光芒，三人感到恐惧，急忙向天使俯伏在地。

天使取出天机，立于他们前面。三人抬头看到里面出现的玄武门之变的真情实况，惊讶地张大了嘴，他们的所作所为在天机里重现，天机里播放的以后的事情更让他们惊讶不已。

天机里，历史在时间的轨道上向前滑行，在李世民当政时，几乎又出现一次更为严重的“玄武门之变”。

唐太宗李世民的长子太子李承乾在和同党密谋，商议如何除掉四殿下李泰，李泰受李世民恩宠，大有夺取太子之位之势。

昏暗的太子府，几个人头齐聚在摇曳的烛光下。

太子李承乾说：“为了大唐社稷，我不得不大义灭亲，杀掉李泰，诸位有什么好主意尽管说。”

一死党说：“以太子的力量，杀掉李泰，易于反掌，但是皇帝到时追究起来如何解释？若解释不好，太子地位还是难保。”

所有人都沉默了。

过了很久，另一个死党说：“办法有一个，只是无法说出。”

太子李承乾说：“但说无妨，今天说什么都无罪。”

“为了大唐社稷，请唐太宗皇帝先上路，然后嫁祸于李泰，再除掉李泰。”那位死党说。

李承乾听后大吃一惊，所有人都没说话。

过了很久，死党们逐个表了态，说："这是唯一的办法。"

太子李承乾过了很久，说："有玄武门之变前事，杀李泰说的过去，可是杀父皇？我难下决心。"

死党们沉默无语。

天机屏幕里，四殿下李泰宫室。又是昏暗的烛光下，一个人被带进李泰面前，其余几个李泰的死党围拢过来。

李泰问："怎么样，那边有什么动静？"

那个人说："那边正准备发动政变，决定先把太宗皇帝杀掉，再杀四殿下。"

几个死党听后，急忙说："赶快向皇上报告太子谋反，这样太子之位自然就是四殿下的了。"

一阵窃喜声。

"不！"李泰说："现在有大臣推荐九殿下李治为太子，就是皇帝治了李承乾的罪，太子之位也未必就是我的。"

所有人不解，有人带头问："四殿下您的意思？"

李泰说："螳螂扑蝉，黄雀在后。"

所有人都明白了，这是在太子杀掉唐太宗后，立即扑杀太子，又是一阵窃喜声。

天机屏幕里，唐太宗李世民的大殿，此时李世民正和有关大臣议事，东宫太子手下的两个人慌慌张张地跑来报告说，太子殿下得了急症，生命垂危，李世民听了大吃一惊，急忙令人备车，他要亲赴东宫看望太子。

在李世民赶往太子府的路上，大臣长孙无忌领人策马赶来。长孙无忌来到李世民面前，悄悄耳语一阵，李世民又是一惊，说："怎么，他要杀他爹？"

长孙无忌说："皇上还是防备一点好。"

最后决定由长孙无忌代表李世民前去探望。事后真相大白，太子李承乾被贬为庶人，发配四川，四殿下李泰也被驱赶外地，所有参与人员均被杀掉。

看到这里老皇帝李渊说话了："我教子无方，导致了玄武门之变，但是，世民这次是差点让自己的儿子要了自己的命啊。"

李世民低头不语。

最终，九殿下李治捡了个便宜，当上了皇帝，后来被称为唐高宗。

天机里，李治在感业寺和武媚娘偷情。

李渊不解，问李世民："感业寺应该是受过宠幸的女人，在我们去世后待的地方，你的儿子李治和这里的女人偷情不是乱伦吗?"

李世民也认出那个女人是自己曾经宠幸过的武才人，李世民还给她取名武媚娘。李世民气的大喊一声："贱货!"举剑向屏幕里的武才人刺去，天机屏幕将李世民反弹回来，李世民跌倒在地上。

李建成指指上面，讥笑着说："他们还在人间哪。"

李元吉嘲笑李世民，问道："二哥，这位二嫂该给你生孙子了吧?"

李世民一阵脸红。此时天机里正播放武媚娘被李治重新任命为才人，李世民再也忍不住，挥剑又向地面冲去，并大喊："那是我的老婆!"

地面一阵地动山摇，天使急忙将李世民弹回。

唐高宗李治病逝了，灵魂进入冥界。李世民提剑在手，早已等得不耐烦，见李治出现，便扑过去，并大喊："你小子淫乱后宫，罪不容赦!"举剑劈杀过去。

李治心中有虚，见状也不多说，一溜烟跑了。

李元吉对李建成说："二哥好啊，两个儿子要杀老子，一个儿子又要了他老婆，现在是老子要杀儿子。"

李建成冷冷地说："别杀了，老子和儿子共妻多好啊。"

李元吉听后哈哈大笑。

武媚娘还真有能耐，不久爬上了皇后的位子。高宗李治生前，她和高宗配合默契，高宗在前台点卯，她在后台决断，把朝中的事治理得也算是井井有条。高宗死后，武媚娘大权独揽，后来武媚娘认为时机成熟，将国号唐改为"周"，自己尊号"圣神皇帝"。

在冥界，天机前的李渊父子们坐不住了，纷纷拔剑在手，这时他们团结起来了，他们要冲回人间保卫他们浴血奋战得来的李氏唐朝。还是李渊稳重，说："武媚娘毕竟是李家的媳妇（他没说是儿媳还是孙媳），她的年纪也到了，再等等看。"

武媚娘年老了，病重卧床，宰相张柬之等人发动兵变，逼迫武媚娘让位，唐高宗李治与武媚娘的三儿子李显即位，重建唐朝。

冥界中李渊父子们松了口气，将剑插回剑鞘。

武媚娘死了，但是武媚娘开创女性掌权的惯性还在继续。

唐中宗李显的皇后韦氏想做武媚娘一样的掌权者，李显不同意；李显女儿安乐公主想做开天辟地的女太子，有朝一日也像男人一样龙袍加身，李显也没同意。男人的天下不能让女人染指，李显从另一个角度接受了母亲武媚娘的教训。于是皇后韦氏和女儿安乐公主为了共同的理想走到了一起。

一日，母女合谋做了一个有毒的馅饼。

冥界中李世民的灵魂突然大喊一声："看天上！"

李渊，李建成和李元吉抬头看屏幕中的天上。

天上飘来一朵云，一条蛇从云里探出头来，静静地朝下看了一会，又将头缩回去，一条光束从天空射下来。

光影中，唐中宗李显在自己最爱的妻女的脉脉温情中吃下了那块有毒的馅饼。

那朵云不见了，那条蛇消失了。

李建成，李世民和李元吉的灵魂惊讶地你看看我，我看看你。他们在心里相互问："当时在玄武门上空是否也有那片云，也有那条蛇？"

刚才天机播放玄武门之变时，他们只是太关注自己，而没注意那条光束，那条蛇。

在人间是看不到这种皇权光束现象的，到冥界看到了，一切也晚了。

唐高宗李治与武媚娘有四个儿子，大儿子李弘因病去世，二儿子李贤因无法忍受武媚娘参政，密谋反叛，事败后被贬为庶人，被毒死的李显是老三，老四叫李旦，李旦的三儿子叫李隆基。

李隆基英明神武，李显被毒死后，李隆基发动御林军攻入皇宫，诛杀了韦皇后和安乐公主，使中国没有再次出现女皇社会。

李隆基拥护父亲李旦登基做皇帝，李旦看透血腥的皇权，不愿接受帝位，后来在李隆基的一再劝说下才勉强登上帝位。一段时间后，李旦将一切政务都交与太子李隆基，后来李旦又禅位于太子李隆基，自己做太上皇，唐朝进入唐玄宗李隆基时代。

李隆基目睹了宫廷的争斗和腐败，自己登基后励志革弊兴利，使国家又出现了蒸蒸向上的景象，人民安居乐业，国力空前强盛，社会各方面都达到了太平盛世状况，史称"开元盛世"。但是李隆基在一片赞叹讴歌中渐渐滋长了骄奢淫逸的思想，国家也随之走向衰落。

唐玄宗李隆基曾经宠爱武惠妃。

武惠妃生了两个儿子和一个女儿，却都夭折了，后来惠妃又生了一个儿子，即寿王李瑁，因为害怕孩子夭折，李隆基将李瑁送与其兄宁王李宪抱养，并由宁王妃元氏亲自哺乳。

李瑁活下来了，并长成了一个帅小伙，但是他的命运不好。

唐玄宗李隆基在宠幸武惠妃之前，曾经宠幸赵丽妃，赵丽妃的儿子李瑛被立为太子。后来赵丽妃失宠，李瑛便开始担心自己的太子之位不保。再后来，受宠的皇甫德仪与刘才人也相继失宠，她们的儿子鄂王李瑶、光王李琚，由于和太子同病相怜，便多有来往。酒席间李瑶说："武惠妃什么东西，就是个狐狸精，把父皇勾引得神魂颠倒。"

李琚起身给太子斟酒，边斟酒边说："真是这样也到好了，不过是个神魂颠倒，我看武惠妃像她姑祖母武则天，一样的阴狠，又有着极强的权力欲，说不定哪一天父皇被她架空，大唐又要改为'周'了，到时太子是姓李还是姓武可就难说了。"

李瑶说："是啊，到时我们还是做我们的王，太子到时可能就有麻烦了。"

太子李瑛沉默了一会，喝了口酒，慢慢地说："是得想法子对付武惠妃，不过武惠妃不是最麻烦的。"

鄂王李瑶、光王李琚不解，忙问："最麻烦的是谁?"

停了一会，李瑛接着说："听说老头子近来在勾引他的儿媳，李瑁的媳妇杨玉环，看样子老头子要胡来了。"

酒席间众人一阵沉默。

俗话说隔墙有耳，武惠妃得宠后，特别是儿子李瑁长大后，武惠妃便开始考虑如何扳倒太子李瑛，让自己的儿子取而代之，所以早在太子身边安下了耳目。太子李瑛的酒席还没散，话已到武惠妃的耳朵里，聪明的武惠妃急忙向唐玄宗汇报，玄宗听罢，龙颜大怒，立即派人将几个儿子抓来审问。酒后还没有完全清醒来的几个儿子没能掩饰住真相，唐玄宗确信他们有不轨之心。

第二天，唐玄宗立即召集大臣商量，打算把太子李瑛和鄂王李瑶、光王李琚废掉，大臣们急忙以"太子天下本"为由坚决反对，并说酒后一时糊涂，宽大处置为好，此事一时被搁置。

过了一段时间，武惠妃分别紧急通知太子李瑛和鄂王李瑶、光王李琚，说是宫中有贼，让他们紧急进宫帮助捉拿。几位年轻人，上次酒聚惹出的祸让他们还心有余悸，这次得到通知后，不敢怠慢，立即披甲进宫，当然还带了不少随从。

唐玄宗此时正在惠妃处，突然接到宫人报告，说是太子跟另外两个王爷穿铠甲带武器进宫了，惠妃装作惊恐的样子，大声说：“他们反了！他们反了!”

唐玄宗立即下令御林军捉拿反贼。不日，唐玄宗下诏，太子李瑛和鄂王李瑶、光王李琚被贬为庶人。

此时那片云在天空又出现了，接着“受命于天，既寿永昌”的光束从天空射向唐玄宗李隆基。

李隆基怒气不消，坐卧不安，大叫道：“小子！要谋反老子，说我勾引儿媳，天下都是我的，都是我的!”

李隆基大喊：“来人，下旨，赐死！赐死!”

唐玄宗李隆基一日杀掉三子。

那条蛇消失了。

夜幕降临，风儿吹着树枝摇摇摆摆，树枝悄悄地将自己的影子贴在武惠妃的宫窗上。从里面看窗影，像树，像人，更像呲牙咧嘴的鬼魂。值守夜班的宫女是武惠妃最信任的宫女，武惠妃所做的一切她都清清楚楚。然而武惠妃不清楚的是，这些宫女爱着这些潇洒英俊的王子们。

哪个少女不怀春，这些生活在深宫里的宫女们，难得见到男人，皇帝他们不敢奢望，那些王子们就成为她们梦中的情人。现在那个宫女看看床上那位熟睡的女人，再看看宫窗上的倒影，她巴不得那些王子的灵魂快来报仇。似梦似醒中，宫女不小心碰到了杌凳，声音虽然不大，仍然惊醒了武惠妃。

自从杀了三位王子，武惠妃就睡不好觉，夜里经常做恶梦，现在又从恶梦中惊醒，武惠妃冲着那位宫女吼叫：“怎么回事?”

宫女吓坏了，不自觉地指指窗外，说：“看到三个男鬼。”

恰巧此时一阵风起，一片黑影横扫宫窗，武惠妃自然联想到三位太子，武惠妃吓得大叫一声昏了过去。后来那位宫女被杀了，但是武惠妃因此害怕成疾，大病不起。请巫师在夜里作法，为王子们改葬，甚至用处死的人来为王子们陪葬，都没有用，最后惠妃惊恐而死。

武惠妃死了，李瑁失去了亲娘。虽然武惠妃为李瑁将来做太子铺平了道路，但是子以母贵，武惠妃死了，李瑁要做太子也就难了。但是更让李瑁伤心的是，他将失去他的爱妻杨玉环。

事情是这样，李瑁娶了个媳妇非常漂亮，就是后来被誉为中国四大美女之一的杨玉环。杨玉环姿容出众，“不仅体态丰腴，肌肤细腻，青丝万缕，且面似桃花带露”。

当年武媚娘一身侍二君，现在杨玉环又要旧戏重演。不过不同的是杨玉环是先嫁给了儿子寿王，后又被迫委身于公公唐玄宗。此时杨氏22岁，李隆基56岁。

一个女子能嫁给潇洒的皇子，自然也是满意十分。从外形上看，李瑁和杨玉环两个人男俊女美，很是般配，从性格来看，李瑁比较文静，而杨玉环则活泼好动，喜欢唱歌跳舞，也是不错的互补。小两口恩恩爱爱地生活了五年，不料美貌的杨玉环被李瑁的爸爸唐玄宗看中了。

武惠妃死了，武惠妃陪伴了唐玄宗二十多年，辅佐了唐玄宗，成就了开元盛世的伟业，唐玄宗宠爱武惠妃。但是杨玉环的出现，更使唐玄宗眼前一亮，对比武惠妃，杨玉环更是美艳无比。武惠妃死的正是时候，唐玄宗感谢她的离去，唐玄宗颁下了一道诏书，让武惠妃以“贞顺皇后”的名份和尊荣入葬陵寝。

后宫佳丽三千，李隆基却看中自己的儿媳，确实不可思议，但是这是真的。皇帝要得到，怎么能得不到呢，所以这便成为儿子李瑁更痛苦的开始。

一天，一个太监来到寿王府，向李瑁和她的王妃杨玉环宣读圣旨：“梨园草创经年，乐师匮乏，欣闻寿王之妃，知音谙律，尤善琵琶，望王妃屈尊降节，执教梨园。”王妃杨玉环无奈只得接旨，而公爹唐玄宗李隆基，则化名“三郎”在梨园接近和勾引杨玉环。

一天，李隆基的妹妹玉真公主款款来到皇宫。

“皇兄，这可不是长久之计吧?”玉真公主微笑着问唐玄宗。

“请皇妹指点迷津。”唐玄宗放下皇帝架子，亲自给玉真公主斟茶。

“怎么皇兄聪明一世，糊涂一时。”玉真公主说。

唐玄宗不解，说：“请皇妹明示。”

玉真公主说：“你看我也糊涂，从辈分上说我们该称武媚娘——武则天什么来着?”

一句暗语，唐玄宗恍然大悟。

唐玄宗李隆基根据妹妹玉真公主的点示，派太监来到寿王府，向李瑁和他的王妃杨玉环宣读圣旨：“婆母仙逝，玉环永怀追福，以兹求度，雅志难违。用敦宏道之风，特遂由衷之请，宜度为女道士。”说是杨玉环素来崇道，又非常有孝心，因为要给婆婆武惠妃追福，所以自愿放弃王妃身份，去当一个女道士。

当年，唐高宗李治要娶武媚娘，不就是从尼姑庵里接出来的吗，现在道教流行，那就让杨玉环到道观里过度一下，上行下效，天下人能接受武媚娘，自然就可以接受杨贵妃。

面对如此情景，李瑁义愤填膺，宰相李林甫赶来劝解。

宰相李林甫说："给寿王道喜!"

寿王李瑁一肚子窝火，说："宰相看我笑话!"

宰相李林甫急忙说："岂敢，确实是道喜!"

寿王李瑁大声喊道："我老婆被抢了，何喜之有?"

李林甫说："小声点，慢慢说。"

李瑁更大声喊道："让他来杀我吧，这样就不用在道观兜圈子了，直接抬到宫里不就省事了吗!"

李林甫说："请寿王忍一时之愤，求长远之喜。"

李瑁恼怒地说："丢了老婆还有长远之喜?"

宰相李林甫说："皇上将您的名字由李清改为李瑁，那是有意将太子之位传给您，您就是储君啊，这不是喜吗。"

寿王李瑁说："你是说要我用老婆换太子?"

宰相李林甫说："不是换，太子您可以不要，但是皇上想要的您不可能不给，寿王应该明白。"

寿王李瑁说："有一点你可能不明白，储君之位，在本王看来，视若鸿毛。我不做这样的交易，我不做让人耻笑的君王。"

话说到这份上李林甫叹气摇头，他是不明白，多少人为这个目标抛头颅、洒热血，李瑁为什么如此看轻?寿王的母亲武惠妃曾经的良苦用心算是白费了。临走李林甫遗憾地丢下一句"孺子不可教也"收场了。

冷落的寿王府，李瑁怀念着自己的妻子曾经给寿王府带来的欢笑。

现在杨玉环被抢走了，不再回来了。李瑁有时大喊："你不是爹，你是禽兽!"有时李瑁又跪下来，喃喃地祈求："父皇，把玉环还给我吧，我们毕竟是生活了五年的夫妻啊。"

李瑁疯了。

在唐玄宗李隆基醉心于美女时，国家日渐腐败，一个叫安禄山的开始反叛了。

安禄山，胡人，唐东北边防将军，骁勇善战，屡立战功，甚受唐玄宗喜爱。后来是身兼三镇节度使，拥兵自重，权倾一方，这也为他后来的反叛提供了基础。

安禄山的另一个特点是极善于阿谀奉承，安禄山长得特别肥胖，矮个子，凸肚子，一次唐玄宗指着他的肚子开玩笑说："这么大的肚子，里面装的是什么呀？”

安禄山不假思索地回答道：“没有别的，只有一颗赤诚的心。”

中国历朝历代大多以西北、东北的防务为重，唐朝也不例外。安禄山作为一位边防大臣，居然就能把东北局势稳定下来，这让唐玄宗相当满意。在他看来，只要有安禄山，东北防务就可以放心，朝廷也才能腾出精力去开拓西北，所以唐玄宗对安禄山多以恩惠奖赏。

唐玄宗命杨贵妃和她的两个姐姐杨铦、杨锜与安禄山以兄妹相称，而安禄山见杨贵妃宠冠六宫，尽全力讨好杨贵妃。当时安禄山已经45岁了，杨贵妃刚刚29岁，安禄山提出要做杨贵妃的干儿子。安禄山和杨贵妃兄妹相称，现在又成了杨贵妃的干儿子，唐玄宗笑呵呵地答应了。从此安禄山侍奉杨贵妃如母，因而得以随意出入宫中。

那时有“洗三”习俗，就是在婴儿出生后的第三日，举行沐浴仪式，召集亲友为婴儿祝吉，也称“三朝洗儿”，意在“洗污免难、祈祥图吉”。

杨玉环赐安禄山在华清池洗浴，浴罢用锦缎结成一个小儿摇篮，令安禄山装作婴孩儿模样，卧在摇篮中。正好唐玄宗路过，见一群宫女嘻嘻哈哈抬着这么一个大摇篮，问是怎么回事，左右回答说，贵妃在给禄儿洗三呢。玄宗一听，哈哈大笑，说：贵妃这个当妈的辛苦了，赶紧放赏。这个被称为禄儿的就是满脸胡茬子的安禄山。

在和大唐嘻嘻哈哈的打交道中，大唐的腐朽已被安禄山看得清清楚楚，唐玄宗春秋渐高，嬖幸艳妃，骄情荒政，李林甫独专大权，纲纪已乱，后来换上个杨国忠更是个无能之辈。亡国征兆已出，天下将易主。与其让天下落在别人手里，不如我安禄山拿走，于是安禄山表面上对唐玄宗忠诚无二，暗中却做着谋反的准备。

安禄山看时机成熟，便举兵叛乱。兵精马壮的叛军，以摧枯拉朽之势，很快便占领了洛阳、长安，唐玄宗李隆基被赶到成都，安禄山在洛阳自称大燕皇帝。

那片云又出现了。那条蛇在天空看东方大地热闹非凡，于是将“受命于天，既寿永昌”的光束，朝大地频频打来。

第二年判军内讧，得意忘形的安禄山原来已经立儿子安庆绪为太子，但是，一直也不怎么满意。他的爱妾段氏，又给他生了一个儿子叫安庆恩，安禄山想改变最初的决定，立安庆恩为太子。安庆绪知道后整日坐立不安，害怕不知哪一天会被父亲废掉杀死，所以决定先下手为强。

在安庆绪的安排下，刺客在安禄山熟睡时举起手中的大刀，向安禄山的腹部用力砍了下去，安禄山的肥肠一下子涌了出来，“赤诚”流完，安禄山死去。

安庆绪继位为大燕皇帝。

安禄山原部下，叛军大将史思明借口安庆绪杀死了自己的父亲，篡夺皇位，天理不容，以替安禄山报仇名义设计杀了安庆绪。史思明自称为大燕皇帝，改年号为顺天，立妻子辛氏为皇后，儿子史朝义为太子。

史思明也犯了安禄山一样的错误，此时史思明偏爱上了小儿子史朝清。时间长了，史朝义和史思明父子之间就产生了严重的矛盾。

史思明又想改变最初的决定，立史朝清为太子。史朝义又是先下手为强，勒死了其父史思明，史朝义继承帝位，改年号为显圣。后来史朝义在和唐军的交战中兵败，走投无路，就在树林中上吊自杀了。唐军割取了他的头颅，献给了朝廷。

天机前的李渊看到此，叹道：“都是为了当皇帝啊!”

历经安史之乱，唐王朝元气大伤，走向衰落。

天使收起天机。

不远处，画圣吴道子、诗仙李白和书圣王羲之的灵魂在觥筹交错中嘻乐，到了冥界，他们仍改不了生前馋酒的习惯。

吴道子仍喜欢醉酒挥毫，他喜欢画巴山蜀水，怪石崩滩。吴道子画画时速度很快，挥笔如暴风骤雨，嘉陵山水，纵横三百里，一气呵成；李白仍是斗酒诗百篇：“朝辞白帝彩云间，千里江陵一日还。两岸猿声啼不住，轻舟已过万重山。”配合吴道子的画和音；王羲之放下酒樽，提笔一个“永”字，光照千秋，让吴、李二人叫绝。

自幼喜爱文学艺术的李世民似有所悟，起身向父亲告辞，向他们三人走去。李世民随身带有王羲之的《兰亭序》真迹，他想他们三人应该接纳他。

玄奘和尚在冥界讲经，听众很多，李渊悄悄地坐在了后排。在玄奘和尚的身后，贴有一副对联，上联曰：暮鼓晨钟惊醒世间名利客；下联曰：经声佛号唤回苦海梦迷人。

远处飘来十个灵魂，那是李建成和李元吉的儿子们，他们来到李建成和李元吉面前，大家相见，凄然无语。他们簇拥着李建成和李元吉，就像一片无语的云，飘向远方。

一会儿又过来一个疯疯癫癫的灵魂，边走边嚎叫：“父皇，还我玉环!”那是寿王李瑁。

八、削刺杀臣——君君臣臣义绝

在今安徽凤阳有一座寺庙，叫皇觉寺。不知这里是先有了皇觉寺，因而产生了皇帝，还是谁人算准了皇帝要在这里诞生，因而在这里修建了皇觉寺。

一天狂风暴雨，电闪雷鸣，残破的皇觉寺在狂风暴雨中飘摇，暴雨将皇觉寺冲洗得干干净净。主持佛性大师在持珠诵经中突然停住，一句“阿弥陀佛!”后，立即起身命令身边的和尚：“赶快开门，皇上驾到。”

身边的和尚们你看看我，我看看你，好像说，今天长老怎么了，看样子长老真的是老了，在说胡话。

佛性大师看和尚们没动，急忙又催促，有个和尚才极不情愿地走向大门。

大门打开了，门檐下站着一个精瘦的大男孩，一道闪电将大地照得通亮，大家看清楚了，他们认识此人，是不远村庄的穷小子朱重八，和尚们于是一哄而散。

来者确实是穷小子朱重八，也就是后来的明太祖朱元璋。

朱元璋的父亲叫朱五四，是个佃户，佃户就是住地主家的房，男人为地主种地，女人为地主干杂活，孩子为地主放牛放羊。可以说，朱元璋是“无产阶级”出身。

朱五四的祖籍是江苏沛县，那是汉高祖刘邦的家乡。不知朱五四的哪一代先人，后来由沛县迁到江苏句容，再后来又逃荒到现在的安徽凤阳。

在凤阳的日子也不好过。朱元璋有两个姐姐、三个哥哥。大姐在朱元璋出生时已经出嫁，婚后不久染病去世。二姐嫁给了一个渔民。大哥成了家，二哥、三哥因为家穷，娶不起媳妇，只好出赘给人家做养老女婿。

朱元璋的父亲朱五四是个老实人，一生勤勤恳恳，任劳任怨。

朱元璋的外祖父曾经在宋朝大将张世杰手下当过兵，后来兵败，也逃到凤阳，是个见过世面的人。朱元璋懂事后，母亲经常给他讲这些故事，对朱元璋的影响很大。

朱元璋从小给地主家放牛，他还有几个放牛的小伙伴，他们是周德兴、汤和、徐达等，这都是后来的明朝开国功臣。

朱元璋 16 岁时，家乡碰上了灾年。先是旱灾，入春以来，接连几个月干旱无雨，坑塘河沟全都干枯了，田地里的庄稼也都蔫了。接着是蝗灾，铺天盖地的蝗虫过后，庄稼也就剩下光杆了。老百姓困苦到了极点，饿急了，饥不择食，树皮、草根，什么都吃。蝗灾过后，又遭瘟疫，饥困病毒，里外夹攻，不久后就是“户户有新丧，家家起新坟”，一番凄凉景象。

朱五四一家也没能躲过这场灾难，农田几乎颗粒无收，朱家落到家徒四壁、一贫如洗的地步。瘟疫来了，朱五四最先死去，没过三天，大儿子又死去，十二天后，母亲又抱病身亡。

朱家上无片瓦下无立锥之地，如何安葬死者？朱家兄弟求东家施舍，遭到东家的拒绝。后来得到邻居帮助，才算有了安身之地。以草席代替棺材，朱元璋送走了父母和兄长。

走的走了，留下的呢？大男孩朱元璋独自望着空空的家。

又是好心的邻居告诉朱元璋：朱元璋的父亲朱五四曾经许愿，让朱元璋到皇觉寺去当和尚。原因是朱元璋刚生下来时，不知什么原因就是不吃奶，差点夭折，后来朱五四求告菩萨，许下了让儿子去做和尚的愿，朱元璋才吃奶了。留在家里等死，不如现在还愿，出家去皇觉寺。这样就有了一开始皇觉寺主持佛性大师命令开门迎接皇帝的一幕。

皇觉寺主持佛性大师将朱元璋让进屋里，仔细打量着朱元璋。怎么也看不出他的皇帝相来，但是佛性大师坚信，这位站在自己面前的大男孩就是将来的皇帝。因为在朱元璋敲门时，在闪电的照射下，他看到了佛祖坐像下清晰地闪现出一条龙，这个秘密只有佛性大师自己知道。

佛性大师没再说什么，只是安排朱元璋每天要到他那里学佛经。

虽然佛性大师尊重朱元璋，但是其他的和尚并没把朱元璋当成一回事，朱元璋年龄也最小，所以经常被人吆来喝去。

灾情太严重了，平时主要靠收租和接受布施过活的寺院也维持不下去了，大部分和尚被打发出去化缘了。

一日佛性大师将朱元璋叫到屋里，对他说：“你的劫数还没完，另外你还需要云游天下，增长见识，去吧，三年后我等你，阿弥陀佛!”

朱元璋离开皇觉寺，一个人开始了为期三年的化缘生活。

朱元璋边走边打听，去受灾较轻的地方化缘，首先保证不饿死，另外他还记住了佛性大师的那句“云游天下，增长见识”的嘱咐。

朱元璋背着一个小包袱，里面几件破衣服，敲着木鱼，沿街挨户地向人乞讨，受尽人们的白眼和看家狗的狂吠。

经过三年乞丐生活，朱元璋慢慢成熟了，能经受得起任何打击，也会在任何情况下保持头脑清醒，真是天将降大任于斯人，必先劳其筋骨，饿其体肤……

三年的化缘生活，也让朱元璋大开眼界，熟悉和了解了不少地理物候和风土人情，这都是后来打天下所必备的。

三年后，朱元璋又回到了皇觉寺。

佛性大师又将朱元璋让进屋内，桌上放着佛经。

此时天下已开始大乱，元朝统治摇摇欲坠。

当时，蒙古人统一了中国后，把国人分为四等：蒙古人、色目人、汉人、南人，其中最尊贵的是蒙古人，凡政治、军事上的高官大吏，几乎都由他们担任，色目人次之，南人最低贱。最高等级的蒙古人杀掉最低等级的南人，唯一的惩罚是赔偿一头驴。这样长此以往，一有“灾情”，起义就不可避免的要爆发。

天下大乱，皇觉寺的僧人们也很难再“清静无为，置之度外”，只有参加起义去了，若不参加起义，元军来了也要把他们当作起义军杀掉，以充数战绩。

朱元璋犯难了。

此时幼年一起放牛的伙伴，已在起义军做了千夫长的汤和给他来了一封信，劝他参加起义军。朱元璋看后把信烧掉了，对从军一事，朱元璋还是难下决心。

朱元璋与起义军有信件来往的事被人知道了，有人要告发朱元璋。朱元璋又找来儿时放牛伙伴周德兴，周德兴帮朱元璋算了一卦，结果是“卜逃卜守则不吉，将就凶而不妨”，意思是，逃跑和守在皇觉寺都不吉利，参加起义虽然有风险，但是也可能平安无事。这一卦，开启了朱元璋通向帝位的大门。

在众多起义军中，有一支起义军的领袖叫郭子敬，他所在的濠州已被元军包围，此时手下军士向他报告，抓住一奸细，要请令旗诛杀。按惯例，郭子敬丢下令旗也不会多问，可是那位军士又多说了一句：“那人说是来投军的，我们被元军围困，谁会在这时来投军，一定是奸细。”

这一句话引起了郭子敬的注意，他要看看是谁会在他危难时投奔他。

朱元璋此时来投起义军，明显是一步险棋，或被那位军士当奸细杀掉，或城池被元军攻破，参加起义军兵败被杀。但机遇与风险同在，朱元璋的风险投军受到了郭子敬的信任，他的运气不错，那一仗，元军也没有能攻破城池。

朱元璋成了郭子敬的亲兵，不久又升为亲兵长，成为了郭子敬的心腹。后来郭子敬又将自己的义女马姑娘许配给朱元璋，这个马姑娘就是以后有名的马皇后。

有一次朱元璋得罪了郭子敬，被郭子敬关了起来，郭子敬的儿子郭天叙不让守兵给朱元璋饭吃，想把朱元璋饿死。

马姑娘知道后，将刚做好的烙饼揣在怀中，给朱元璋送去，胸口都被烙饼烫伤了。

后来朱元璋被放出，夫妇二人感情愈加深厚。

朱元璋被放出来后，也感到郭子敬能力有限，他想开辟自己的事业。朱元璋向郭子敬申请带兵，郭子敬同意了。

郭子敬命令朱元璋攻打定远，这是元军驻有重兵的地方。郭子敬这样安排也是想难为朱元璋，让朱元璋“收敛”一些。没想到朱元璋找到了元军的薄弱点，一举攻克了定远，并在元军的援军到来前又撤出了定远。然后挥军连克怀远、安奉、含山、虹县，连战皆捷，锐不可当。朱元璋显示出了自己的军事天才，并聚集了上万人马。

家乡有二十四人来投奔他。

朱元璋回到郭子敬处，此时朱元璋已经明白自己的前途所在。朱元璋向郭子敬提出“辞呈”，让郭子敬感到更惊讶的是，朱元璋只带走二十四人，其余的都归还给郭子敬。

这二十四人中包括周德兴、汤和、徐达等。

从此朱元璋踏上了攻打自己天下的征程。

朱元璋又来到定远，这是他第一次带兵的地方，朱元璋振臂一呼，很快又集合了上千人的队伍，不久他的队伍又发展到四千人。

朱元璋听说附近还有一支两万人的队伍，便利用夜幕掩护，实行突袭，四千人的队伍俘虏了两万人。朱元璋以少胜多，下属不得不服。

朱元璋给俘虏训话：你们两万人被我们四千人打败，你们知道为什么吗？因为你们没纪律，缺少严格的训练，说得俘虏兵心服口服，表示以后愿意跟随朱元璋干。

不久朱元璋就训练出了一支精兵。

一个中年读书人走进了军营，朱元璋任命他为文书。

有一天，朱元璋在营房里烤火，一人自言自语地说：“天天打仗，何时是个头啊?”

那位文书说话了：“秦朝乱时，汉高祖刘邦也是平民出身，他豁达大度，知人善任，只用五年时间便成就了帝王之业。元帅祖籍也是沛县，现在元朝气数已尽，只要元帅能向汉高祖学习，天下就是元帅的。”

朱元璋诧异地看着这个人，慢慢地站起来，郑重地向他行了个军礼。

这个人就是后来的明朝开国第一功臣李善长。

为了站住脚跟，朱元璋决定攻取大城市滁州。

滁州地势险要，古语“环滁皆山也”。朱元璋派勇将花云率骑兵一千直冲敌方中央阵地，自己带大军随即压上，一举攻克了滁州。

这时又有几位人物来到了朱元璋麾下，他们是朱元璋的侄子朱文正，姐夫李贞，外甥李文忠，他们都成了创建明朝的重要角色。

朱元璋在滁州站住了脚，可是郭子敬在原来的地方被人挤兑出来了，无奈郭子敬投奔了自己的“女婿”朱元璋。

郭子敬原来还顾虑朱元璋能否收留自己，没想到，郭子敬来到后，朱元璋将帅位让给了郭子敬，更让人吃惊的是，朱元璋还把三万精兵的指挥权也交给了郭子敬。别人问朱元璋为什么这样做，朱元璋诚恳地说：“没有郭子敬就没有我朱元璋的今天，我不能忘记郭子敬的恩德。”

知恩图报，郭子敬服了，郭子敬的儿子服了，全体将军士兵都很佩服。

有容乃大，一个人的强大是在于这个人的内心。

这一年朱元璋二十六岁。

这一年，朱元璋将眼睛盯住了南京。

南京，王气之地。紫金山纵横南北，恰是巨龙潜伏，石头山临江陡峭，如虎盘踞。但是，要攻南京必须要有水军，朱元璋正在发愁，突然下士来报，一个叫俞通海的率水师万人，战船千艘前来投奔。

朱元璋仰天长叹：“天助我也，大事可成!”

朱元璋召集军事会议，分析即将要成为战场的南京，南京上游有个叫“采石”的地方，突出于长江南岸，地势险峻，扼守南京的上游地区，是南京的咽喉，南京与采石之间，还有个叫“太平”的险要之地。若取南京，要先取太平，而要取太平，必先取采石。

形势明了，朱元璋开始排兵布阵。夜间，千船竟发，天刚蒙蒙亮，朱元璋的大军兵临采石，不久采石被拿下。接着朱家军直扑太平，没费太长时间，太平被扫荡，不久南京被团团围住。

南京城五里外，杀声、鼓声摄人心魄，朱元璋兵分三路日夜攻城，十日后，南京城破，朱元璋走进南京。

朱元璋由凤阳、濠州、滁州，一路走来，今日踏进南京，心情实在激动。朱元璋对众将说："南京枕山带江，天造地设，今为我有，加上诸位齐心协力，天下可得！"

朱元璋得到了南京，更重要的是，朱元璋又得到了一位旷世之才。

朱元璋曾问李善长："当年汉高祖靠什么平定了天下？"

李善长回答："刘邦主要靠三位杰出人才得到天下。"

朱元璋说："你可以算是我的萧何，徐达可以算作韩信，那么谁是张良呢？"

谁是张良呢？

刘基（也叫刘伯温）！

刘基，何许人也？

这么说吧，《三国演义》里有个诸葛亮，诸葛亮是智慧的化身，但是诸葛亮是被演义出来的，是小说中的人物。而真正可以称得起智慧化身的中国历史人物是刘基，也就是朱元璋需要的"张良"。

不久浙江人刘基被朱元璋请入南京。

刘基对朱元璋说："主公，您现在的优势已很明显，您虽然是平民出身，从一无所有到取得如此大的胜利，做事英明果断，且从不滥杀无辜，这是主上的优势所在。可是挡在您面前的却有两个主要敌人：一个是陈友谅，一个是张士诚。陈友谅在西边，占了大半个江南，他的部下都是些不怕死的亡命之徒，所以人们都认为陈友谅的势力最为强大，也最有可能取得天下。但是他却有着致命的缺点，他的军队军风军纪不整，对老百姓烧杀抢掠，必然会使百姓离心背德，如此一来，民心不得，军心不稳，垮台是早晚的事。"

刘基接着分析张士诚："身处东边的张士诚，他所占领的都是一些沿海地区，狭长而不足守，兵力尚强时与元朝作对，战事不利、兵力弱时则投靠元朝，因而两面派的做法难有大的作为。更为重要的是，根据张士诚和陈友谅两人的性格、实力及战场布局，若我们先进攻张士诚，陈友谅必然会前来夹击我们，到时我们会腹背受敌，若我们先进攻陈友谅，张士诚会坐山观虎斗，以求自保，所以我们首先应该消灭陈友谅，且密切注意张士诚的举动，把他作为一个长期斗争的目标才更为合适。"

刘基来到朱元璋身边，使朱元璋感到万事俱备，他要立足南京，博弈天下。

在朱元璋正准备向陈友谅进击时，陈友谅反而主动打上门来了。

陈友谅，穷苦渔民出身。朱元璋与陈友谅两个乃一山不容二虎，推翻元朝统治前要先来个你死我活。

陈友谅有着当时中国最强大的水军，战船大多是三层楼高，各种火炮齐全。相比之下朱元璋的军舰也就是些小渔船，陈友谅的舰队不用开炮，只是撞，也能把朱元璋的舰队撞垮。

陈友谅果然出手不凡，自长江上游往下游进攻，不几日攻克了采石，接着又踏平了太平。

朱元璋召开紧急军事会议，大部分将士主张逃跑，只有少部分主张退守紫金山。

刘基说话了："那些说投降和逃跑的人应该被杀掉！"

刘基的开场白震摄了全场。

刘基接着说："陈友谅看似强大，实则骄横，骄兵必败。只要我们诱敌深入，使用伏兵攻击，打败陈友谅是有办法的。"

刘基又说："如若我们放弃南京，就意味着我们放弃军需的来源，我们将被陈友谅追着打，后果将不堪设想。"

刘基的态度坚定了朱元璋坚守南京的决心。

朱元璋下令："在南京与陈友谅开战！"

陈友谅带领他的"无敌舰队"一路闯过长江，夜间进入了秦淮河。秦淮河上有一座木桥，陈友谅原计划大军到后，即时毁掉该木桥，大军直抵南京城下，天明即可对南京实施突然攻击。但是朱元璋在陈友谅大军到来之前，已将木桥改成了石桥。陈友谅的前进道路被阻，无奈只得另选登陆地点。此时手下报告，一位将军已在一个叫龙湾的地方登陆成功，正在攻击前进。陈友谅下令全军跟进，通过龙湾，进攻南京。

在龙湾，朱元璋给陈友谅布置了一个"伏击口袋"，当陈友谅指挥他的军队进入口袋后，朱元璋下令已经埋伏好的大军悄悄围上来。天明后，陈友谅的军队吃惊得怔住了，朱元璋的军队像欣赏陷阱中的猎物般看着被围住的敌军，战场一片寂静。

朱元璋在高处，摇动了一下进攻的令旗，一时鼓号齐鸣，杀声阵天，如山崩地裂。天上的神灵似乎也喜欢这戏剧性的一幕，雷霹电闪，狂风肆虐，大雨如注。

先是一番炮火齐鸣，接着是火枪箭弩的轰击后，五路大军在徐达、常遇春、冯胜等将领的带领下对敌军展开轮番冲击，骑兵来往纵横，战马过后血肉横飞。

陈友谅的军队见状急忙向船上撤退，但是此时正是退潮，船只搁浅。陈友谅只得跳上一只小船仓皇逃命。

此战朱元璋俘获了陈友谅的一百艘大船和数百艘小船。

得胜后的朱元璋挥军向陈友谅追去。

在鄱阳湖，双方又摆开了战场。

朱元璋的水军是原来的“渔船队”，加上新俘获的战舰，兵力二十万。

南京龙湾一战，陈友谅所损失的舰队，对陈友谅来说，仅仅是一小部分，陈友谅的水军仍强大于朱元璋的水军。更重要的是，陈友谅又研制出了更强大的战舰。这种战舰的三层都可以跑战马，整个战舰还用铁皮包裹，可以说是那个年代的航母。

朱元璋抬头向陈友谅舰队望去，几百艘战舰黑压压像绵延的群山，上面士兵的铠甲和兵器闪耀出来的光芒像阳光似的刺眼，飘扬的旌旗啪啪作响，摄人心魄。

朱元璋扫视一下他的将领，指出敌人的船只虽然大，但是机动性能不好，我们的虽船小，但是灵活，我们可以用“众小”，击败他的“笨大”，这称之为是“狼群战术”。

谁打头阵呢？

徐达站出来，说：“我做先锋！”

徐达带领他的舰队，向黑压压的“群山”进击。当他们靠近敌舰时，自己的舰队迅速散开包围住一艘敌舰，先是施放火枪和箭弩，当靠近敌舰后，徐达身先士卒，爬上敌舰，展开肉搏。

第一仗，徐达俘获一艘敌巨舰。

陈友谅大军从慌乱中反应过来，几十艘战舰扑过来，徐达见状急忙领军后撤，敌方几十条战舰尾随追来，陈友谅不知这是朱元璋一计。朱元璋的水军战将俞海通指挥他等候多时的舰队立即将追来的敌舰队包围，立时炮火齐鸣，火枪箭弩齐放，陈友谅的前锋舰队全军覆没。

陈友谅见状指挥全军压上，一阵惊天动地的炮声，朱元璋的战舰纷纷起火，徐达也不得不弃船逃走。

朱元璋望着陈友谅黑压压的“群山”舰队一筹莫展，部将郭兴在朱元璋耳边说了两个字：“火攻！”

朱元璋看了看飘扬的旌旗说：“风向不对。”

郭兴说：“风向有变时。”

朱元璋点点头，也只能如此。朱元璋下令立即准备了七条装满火药和稻草的小船待令。

陈友谅指挥着他的舰队，铺天盖地朝朱元璋压来。朱元璋心理祈祷：“苍天保佑，不然我就完了。”

天上飘来一片云，那条蛇从云里探出头来，朝下看了看，又将头缩回去，一条光束从天上打下来，双方的舰队被罩在光束里。

不一会风停了，紧接着风又起了，但是风向变了！

光束的光影下，七条装满火药和稻草的小船向陈友谅黑压压的“群山”舰队钻去，立时“群山”舰队浓烟滚滚。

陈友谅拔剑指苍天，大喊：“苍天不公！”一支冷箭飞来，直指陈友谅前胸，陈友谅倒下了。

火光里，被烧死、被射杀的兵士不时传来最后的惨叫。

鄱阳湖手捧满湖的血水，接映着天上如血的残阳。

那条蛇悄悄走了。

想起当年，秦始皇将那条蛇抛于鄱阳湖，鄱阳湖不接纳它，使它受到太极乌的惩罚，那条蛇恨鄱阳湖。现在那条蛇不但偏袒了一方，它还给鄱阳湖留下了点颜色。

陈友谅被淘汰出局了，朱元璋下一个对手是统治东部的张士诚。

张士诚是个盐贩子。

张士诚起兵造反，占领了扬州，切断了大运河的漕运，中断了江南粮食往元廷的供给，引起元廷的恐慌。此时张士诚在江苏高邮城称王，国号大周，元廷便派元朝名臣脱脱率领百万大军前来镇压。高邮城被百万大军围困，张士诚竟坚守了三个月，最后元军无奈退去，从此张士诚名声大振。

张士诚统治江浙一带后，便将江浙一带的赋税免除，老百姓纷纷为他建祠堂，歌颂他的功绩。

朱元璋对他的评价：“器小！”

张士诚只是想割据一方，没有当皇帝的野心。但是他不明白，自从他造反后，要么成功当皇帝，要么被杀淘汰出局，没有其他路，就是想回去再当盐贩子都不可能。

朱元璋挥兵扑向张士诚。

张士诚对付朱元璋和在高邮对付元朝兵马一样——乌龟战术，将部队缩进他的首都苏州城里，任你进攻也不搭理。

只要时间充足，兵马充足，粮草充足，天下没有攻不破的城池。

朱元璋用了八个月的时间，苏州城被攻破了。

朱元璋在消灭了陈友谅和张士诚后，已经统治了南半个中国，朱元璋在南京宣布登基做皇帝，定国号为“明”，建元洪武。

朱元璋披上了龙袍。

朱元璋下面的对手是元朝，是蒙古族。

作为游牧民族的蒙古族，是个曾让世界震惊的民族。

蒙古军队曾在亚欧大陆东征西讨所向披靡，他们攻陷过莫斯科，进入过匈牙利。

蒙古军队势如破竹般地占领过伊朗马赞德兰地区，随即进兵两河流域，1258年蒙古军队攻占巴格达，后来还曾西征过叙利亚，攻占过大马士革。

蒙古军队灭掉南宋，第一次在中国建立起统一的、非汉人统治的国家，使中国进入了历史上的元朝时代。

统治了中国近百年后，元朝气数尽了，代之而起的是明朝。

朱元璋代表原先中国的主体民族，现在生活在社会下层的汉族，向外来的、曾经征服过自己的蒙古族宣战，宣战书只用了十六个字：“驱逐胡虏，恢复中华，立纲陈纪，救济斯民！”

出征前，朱元璋设坛祭告苍天，又告诫诸位将领：“此次北伐乃是奉天的旨意，是为中原百姓平息祸乱的，重要的是平定中原，推翻元朝统治，解除民痛，安定民生，所以，此次出征只能打仗，不能扰民。”

大将徐达、常遇春、冯胜等奉命率领明朝大军北伐。

很快北伐大军攻破淮安，接着下邳、沂州被拿下，沂州守将王宣、王信负隅顽抗，城破后被杀掉。

一路北伐军逆大运河北上，攻下东平、济宁。徐达亲率北伐军主力攻击益都，益都守将普颜不花中箭身亡。拿下益都后，徐达又顺势拿下临淄、昌乐等六州县。

第二年二月，常遇春打下了东昌，三月，整个山东被攻下。

北伐大军剑指河南。

徐达大军自郓城乘船沿黄河西进，直逼汴梁东北的陈桥，元军守将被迫投降。徐达率军进占河南府，不久又连克汝州、陈州、嵩州、均州等。

与此同时，冯胜带兵向西进攻潼关，潼关元军守将临阵逃脱，相邻其他各州，见状也都纷纷逃走。

五月，朱元璋亲自赶到汴梁指挥进攻元朝首都（北京）的战斗。

朱元璋布置完战斗方案后，又语重心长地说："中原百姓久为群雄所苦，死亡流离便于道路。前代革命之际，兵革相加，肆意屠戮，违天虐民，朕实不忍，你们要引以为戒。克城之日，不要掳掠，不要焚荡，不要妄杀。要做到市不易肆，民安其业，对元朝的宗室，要妥善安置，加以保护，以实现朕伐罪救民的志愿，有不听令者，斩无赦。"

七月二十七日，北伐军攻克通州，占领北京城指日可待。

北京，那时称大都，城防十分坚固，而且城中驻有大量的军队，储备有足够的粮食，坚持一年以上没问题。而且离北京不远的太原还有十万元军，随时可以出兵勤王。

但是当徐达、常遇春充分估计了困难，率领大军将北京围困起来后才发现，北京城里既无重兵，也没元皇帝的影子。

当时元朝的皇帝叫妥欢帖睦儿，史称元惠宗。明朝的文人们见元惠宗放弃坚固的北京，选择逃走，认为他是"顺应天意"，所以来点幽默，称他为"元顺帝"。

元惠宗逃出北京，跑到上都（内蒙古境内），继续做皇帝，但是，元作为全国性政权的时代结束了。

汉人英雄朱元璋，如一颗新星照耀着曾由汉人统治的国度。

苍天似乎在考验朱元璋，新朝伊始，天降大旱，这使朱元璋想起小时家乡连年大旱，瘟疫流行的可怕情景。朱元璋设坛祭告父母的在天之灵，请他们保佑，请他们在上天面前说情，说苍天将天下交给儿子管理，儿子不敢忘本，往年二老吃草根的情形永不敢忘，今天儿子将带领妻儿一起在半月之内吃草根野菜粗饭，与百姓共苦，以反省上天的谴责，为百姓祈福。

说到做到，他作为一个皇帝，真的半月之内吃草根野菜充饥。

苍天接受了朱元璋的真情，不久普降大雨，这时朱元璋更加坚信，苍天佑他，前提是他不能忘本。

他命令在皇宫空闲地，一律种植蔬菜，朱元璋空闲散步，便来到菜园，看小内监取水灌园，捉虫除草，以此思念农民的辛劳。

文化水平不高的朱元璋特别欣赏李山甫写的《上元怀古》：

南朝天子爱风流，尽守江山不到头。

总是战争收拾得，却因歌舞破除休。

尧行道德终无敌，秦把金汤不自由。

试问繁华何处有？雨苔烟草石城秋。

诗里说，南京天子奢侈腐化歌舞风流，导致了国家忽起忽灭。朱元璋觉得这首诗很有警醒意义，就让人书写在自己住处的屏风上，引以为戒。

在他的以身作则带领下，明朝也确实出了不少廉政官员。

有个学士叫罗复仁，有一次，朱元璋到他家里找他，东拐西拐，好不容易在郊区两间破瓦房前找到他。当时罗复仁提着桶在刷墙，朱元璋见此人灰头土脸，以为是给罗复仁干活的人，便问他："罗复仁住在这里吗？"

没想到，那人回头一看，急忙下跪，说："我就是罗复仁。"

这时朱元璋才看清，眼前的这个衣衫褴褛穿得像叫花子一般的人，就是罗复仁。朱元璋哭笑不得，半天憋出一句话："你怎么住这么破烂的房子。"

罗复仁赔笑着说："臣家穷，只能将就了。"

朱元璋说："一个大学士，怎么能住这样的房子。"回头便赐给他一套大宅院。

吏部，相当现在的组织部。吏部尚书（部长）吴琳退休回家。朱元璋派使者打探他的近况。使者到了吴琳的家乡，没有见到豪华的尚书宅邸，便问路边一个在稻田里插秧的老农："请问吴尚书府在何处？"

老农抬起头来说："我就是吴琳，找我啥事？"

使者回去将吴琳情况汇报朱元璋，朱元璋听后很是感慨。

朱元璋梦想创造一个真正纯净的王朝，一个官员人人清廉、百姓安居乐业的王朝，所以朱元璋对贪赃枉法的官员绝不手软。

朱元璋坐在龙椅上，看着下面的文臣武将，大殿里鸦雀无声，朱元璋说："从前我是老百姓时，见到那些耀武扬威的官吏，心里就恨透他们，现在你们是官了，但是你们不能成为那样的官吏，今后凡是贪赃枉法者，一律杀掉。"

声音不大，但是所有官员听后，后背都有点发凉。

今天朱元璋要惩罚一个人，这人就是自己的驸马爷欧阳伦。

明初时，茶叶在边境贸易中实行官控，茶叶在那时主要是用作换取边境马匹。可是私人的茶叶贸易屡禁不止。前不久，朱元璋的女婿，驸马爷欧阳伦派自己的家人周保一行到边境贩卖茶叶，牟取暴利。周保一行仗势嚣张，所到之处，横行霸道，地方官员不敢得罪，只得俯首听命，派人派车，一路伺候。在经过一个检查站时，周保等人更是蛮横无理，稍有不顺，就是拳打脚踢。检查站的小吏忍无可忍，愤而上告。

朱元璋得知此事后勃然大怒，他先是将周保等人立即处死。

朱元璋坐在龙椅上，看着下面的文臣武将，摆摆手，驸马爷欧阳伦被押赴刑场。

驸马爷欧阳伦是安庆公主的丈夫，安庆公主是马皇后所生，但是朱元璋执法不容私情，斩无赦。

广东番禺县令道同，是个清廉官员，由于执法严厉，得罪了地方上的土豪劣绅，这些土豪劣绅便贿赂朱亮祖，要朱亮祖挟持这个小县令。

朱亮祖是赫赫有名的开国大将，被封为侯爵，镇守广州。

朱亮祖收受贿赂后，成了这些土豪劣绅的保护伞，因此和道同多有冲突。后来道同依法抓获了恶霸罗氏兄弟，朱亮祖竟动用军队包围县衙，强行将犯人抢回，道同无奈只得上疏朱元璋。

朱亮祖得知后，编制一些罪名，也上疏朱元璋。由于朱亮祖动用军马快递，朱元璋先看到了朱亮祖的上疏，于是朱元璋下令处死道同。

道同被处死时，不少老百姓都来送行。

当朱元璋后来看到了道同的上疏时，顿时明白了真相，朱元璋感到受到朱亮祖的愚弄。

一天，大理寺官员来到朱亮祖处，朱亮祖并不吃惊，他心想朱元璋不至于为了一个县官要他的命。可是当大理寺官员问，你的儿子朱暹呢？朱亮祖愣住了，他知道朱元璋要来真的了。

朱亮祖被押到朱元璋面前，朱元璋也没跟他多说，挥鞭就打，侍卫们见皇帝亲自动手，便也来了劲，朱亮祖父子被当廷活活“鞭死”。

朱元璋还不解气，下令将所有参事人员处死。看在朱亮祖有战功，给他留个全尸，包括朱暹在内的其余人员的人皮都被扒了下来，在里面塞满稻草，悬挂在闹市。不久后，在不少地方的衙门里，都有因犯罪而被扒皮塞满稻草的官员，这是警示那些坐在堂上的官员——如敢犯法，这就是下场。

朱元璋没有忘本。

朱元璋夜里做了个恶梦，梦见太子朱标当上了皇帝，那些开国功臣们在大殿里狂笑狂舞，朱标站在龙椅上冲着他们大喊大叫，可是那些开国功臣们仍是狂笑狂舞。朱元璋猛然醒了，没睡意了，翻身下床。朱元璋明白，自己在时，那些大臣尚敢胆大妄为，若自己死后，太子朱标就更难管理好这些大臣了，朱元璋起身来到厅外。

"月落乌啼霜满天"，江南的秋天让他愁绪满怀，他呆呆地抬头望着上苍，心里问天："他们九死一生，和我一起打下了这个天下，难道要我都杀了他们?"

此时那片云又飘来，那条蛇从云里探出头来，看着孤独的朱元璋，"受命于天，既寿永昌"形成的光束，投向朱元璋。朱元璋在那条光束里踱步，在那条光束里思考。

突然一条树枝砸在朱元璋头上又落在地上，朱元璋不自觉地弯身要拾起那条树枝，树枝上的刺扎疼了朱元璋的手指，朱元璋不自觉地将手缩回。朱元璋站起身来，抬头看看天，似有所悟。

蛇走了。

第二天，朱元璋把太子朱标叫来，指着地上一条长满刺的荆条，叫朱标拣起来。朱标看着长满刺的荆条，不知该如何下手。朱元璋拿起一把刀，将荆条上面的刺削掉，说："荆条有刺，你不能拿，我削光了再给你，好吗?"

朱标极其聪明，马上明白了父亲的用意。但是联想到近日有议论，说父亲实行暴政，滥杀大臣，便说到："皇帝只要是尧、舜一样贤德的君王，大臣才会是拥护尧、舜的臣民。"

朱元璋冷冷地看着儿子说："你管不了那些血风腥雨走出来的人。"此时朱元璋已下决心"削刺"。

刘基之死

建国之后，刘基被封的官并不大，为意伯（伯爵），他的年俸为240石，而第一功臣李善长的年俸为4000石，多出刘基十几倍。朱元璋没有封刘基大官，因为他担心，如果刘基位高权重，他的天下就不稳了。刘基知足，不喊冤叫屈，因为他明白，兔死狗烹。

朱元璋想把首都建在家乡凤阳，同时还积极备战，准备远征北元（元朝残部）。刘基又给了朱元璋建议，将首都建在交通不便的凤阳绝对是不行的；北元还有一定实力，轻易出兵不妥。不久朱元璋想明白了，刘基的意见是对的，朱元璋更明白了该如何处置刘基，朱元璋给刘基下书："你老了，应该在家陪老婆孩子了。”刘基被解甲归田。

刘基回到家乡，家乡的当地官员前来拜访，刘基拒不见面。有一县官微服拜访刘基，当酒过三巡，县官说出了自己的身份，刘基立即起身送客。刘基知道，若是朱元璋知道自己还有“实力”，是不会放过他的。

朱元璋确实还没放过他，有人上告，说刘基在家乡占了有王气之地的地，朱元璋又处罚他，扣除了他的退休金。刘基也聪明，反而搬回京城居住，接受你朱元璋的日夜监督。

不久，刘基病了，朱元璋派当朝丞相胡惟庸前去探望，并派医生随往，医生给刘基开了药方，不久刘基病亡。

李善长之死

李善长，明朝开国第一功臣，被朱元璋称之为“我自己的萧何”，并赐有两张免死丹书铁券，就这样，他还是被朱元璋杀了。

于是李善长被杀，和胡惟庸有关。

胡惟庸的儿子出游，不慎坠马，恰巧死于路过的马车轮下，胡惟庸一怒之下杀了车夫。朱元璋表态：“杀人偿命！”有个叫涂节的，见状便落井下石，状告胡惟庸毒杀刘基，并有谋逆之罪。

胡惟庸死了，事情还未结束，既是谋逆之罪，必然还有死党。专案组工作积极，日夜审问，审问的程序先是杀威棒，暴打一顿，不由你不说，于是张三咬李四，雪球越滚越大，最后诛杀了几万人。谋逆造反，一般都是几人策划于密室，该杀的顶多也是这几个人的几族，哪有几万人谋逆的道理，明摆着，朱皇帝借机做戏。

有人告发，说胡惟庸拉李善长入伙，李善长开始不入，后来李善长叹了一口气说：“我老了，等我死后，你们想怎么干就怎么干吧。”知情不报，罪该当诛，于是李善长被杀了，此时李善长已 77 岁。

宋濂之死

宋濂是太子太傅，也就是太子朱标的老师。朱元璋曾经感叹过，宋濂伺候我二十年，没说过一句假话，也没说过别人一句坏话，真是个贤人啊！但是因为宋濂的孙子被牵扯到了胡惟庸案，朱元璋把已退休的宋濂不远千里抓来，要杀他。马皇后和太子出面相保，马皇后说，老百姓都知道尊师敬长，何况帝王之家。朱元璋没杀宋濂，把他发配到四川。但七十几岁的宋濂没走到四川就老命呜呼了。

徐达之死

徐达原被朱元璋称之为“自己的韩信”，徐达也和韩信的命运一样，兔死狗烹，下场同样可悲。

徐达是朱元璋儿时的伙伴，一同放过牛，后来跟朱元璋血战沙场，特别是明朝建立后，徐达挥师北上，打下了半壁江山。

徐达是个杰出的军事家，作为军事统帅，徐达虑精言简，令出如山，诸将敬若神明；徐达作为将领，爱兵如子，问残医伤，与士卒同甘共苦，士卒谓之军魂；徐达为人庄重沉稳，凡大事必和朱元璋商量，立下大功从不骄傲，朱元璋曾称他“昭明乎日月，惟大将军一人而已”。

明朝建国后，朱元璋封徐达为第二功臣，官拜左丞相。

徐达谨慎小心行事，但是徐达的妻子张氏桀骜不驯。有次诰命夫人宴会上，张氏顶撞了马皇后，朱元璋知道后，第二天晚上专门安排了酒宴，招待群臣。席间，朱元璋来到徐达面前，说：“牝鸡司晨，家之不详。现在卿家可以免除赤族之祸了。朕特来向你祝贺。”徐达摸不着头脑，不知朱元璋的话意，但是他有不祥预感，当场他还是毕恭毕敬地喝下了朱元璋的酒。

酒宴后，徐达急忙赶回家中，自己的老婆张氏已被朱元璋派来的兵士杀了。

徐达的妻子张氏不是普通妇女，而是巾帼英雄，是一员战将。张氏常跟随徐达出入战场，算是血风腥雨闯荡出来的战友，夫妻感情甚厚。此时见自己的老婆被杀，自己还得忍气吞声，甚是窝囊。

徐达草草安葬了张氏，心中烦闷，郁郁寡欢。

从小一起长大的徐达、朱元璋彼此十分了解，但是徐达无奈，他只能整天在提心吊胆中生活。军旅生活损坏了徐达的身体，郁郁寡欢摧毁了徐达的精神。

冬天来了，漫天大雪，雪花裹着南京城，雪花裹着徐达的心。

徐达走了，朱元璋放心了。

常遇春之死

在徐达的老婆被杀之前，一直作为徐达战场上的副手常遇春的老婆，已被朱元璋杀了。

沙场虎将常遇春有个毛病，就是“妻管严”，朱元璋知道后送给常遇春两个宫女。常遇春嬉笑说宫女手白，常遇春的老婆就把其中一个宫女的手给剁了。朱元璋知道后，派人将常遇春的老婆给肢解了，并将肉包好后送给勋臣，上面还写着“悍妇之肉”。

常遇春受刺激落下个癫痫之症，暴病身亡。

李文忠之死

李文忠是朱元璋的外甥，李文忠 12 岁时母亲去世，14 岁时投奔朱元璋。那时朱元璋还没孩子，朱元璋就把李文忠看做自己的孩子。朱元璋看着这苦命的孩子，还曾哽咽地说道：“外甥见舅如见娘啊！”

长大后，李文忠跟着朱元璋南征北战，屡建战功。20 岁时李文忠就做了严州镇守，统一指挥浙西防务，与张士诚的几十万大军对抗，使朱元璋免去了东顾之忧，而能集中力量与陈友谅争雄。

常遇春死后，李文忠接替常遇春，成了徐达手下的第一副统帅。在与元军的战争中李文忠屡建奇功，明朝建国时是开国六公爵之一，李文忠时年 31 岁。

在李文忠做严州镇守时，立有大功，被朱元璋破格提拔，李文忠在做严州镇守时犯过该杀之罪，后来东窗事发，李文忠也死在自己的舅舅手里。

李文忠在严州时是 20 岁的青年，风华正茂，他迷上了妓女韩氏，并把她接到宅中过夜，被人举报。当时有军令，不许军人出入妓院，寻花问柳，以免影响士气，泄露军情。朱元璋知道后，立时派人赶到严州杀了韩氏，并将李文忠带回南京问罪。在马皇后的劝解下，朱元璋只是训斥了李文忠，让他继续回严州做他的统帅。但是李文忠吓坏了，总是闷闷不乐，不知哪天再犯错，小命就没了。

怎么办？这时有人给他出主意了，投降张士诚！毕竟年轻，李文忠动摇了，便派人与张士诚接洽。此时南京派来使臣，请李文忠回南京，来者态度亲密和善，李文忠来到南京，朱元璋像往常一样喜欢他，马皇后还让他在家中吃饭。多虑了！后悔了！怎么能想到投降张士诚呢？李文忠心里骂自己。怎么办吧？李文忠想起了杀人灭口，他把劝他投降张士诚的那两个人抓来杀了，并将他们尸沉长江。此事神不知鬼不觉，李文忠从此坚定地成了朱元璋的嫡系。

没有不透风的墙，胡惟庸案件还是让朱元璋知道了李文忠历史上的背叛。李文忠想忏悔，但是在朱元璋看来，这不是忏悔能解决的事。李文忠惊惧病倒，朱元璋派来御医，三天后，李文忠魂归西天。

朱元璋不能承担舅杀外甥的名声，他将给李文忠看病的医生连同家属一百多口杀了。让他们承担罪名吧，是他们毒杀了李文忠。

蓝玉之死

蓝玉生的高大威武，浓眉怒目，是位标准的将军。

蓝玉是常遇春的小舅子，一直跟随常遇春转战南北。蓝玉作战勇猛凌厉，有如雄鹰烈马，暴雨狂风，故而得到朱元璋的赏识。当徐达、常遇春、李文忠开国三杰去世后，蓝玉成为了朱元璋所倚重的将领。

为剿灭逃亡漠北的蒙元残部，蓝玉奉令率领15万大军挺进漠北。在贝加尔湖附近，蓝玉找到了蒙元残部，蓝玉命令部队疾驰猛扑。此时大风扬沙，遮天蔽日，敌方没有料到蓝玉大军会在这样缺乏水草、风沙弥漫的恶劣环境里出现，因而不曾设防。蓝玉大军从天而降，将敌军重重包围。此战俘获蒙元王室成员100多人，军士万人，马驼牛羊15万。接着蓝玉大军又破袭元丞相营盘，俘获人畜6万多。此后蒙元一蹶不振，这一战解除了朱元璋的北顾之忧。朱元璋对蓝玉大加褒奖，称他为历史上的卫青、李靖。

巨大的成功带来巨大的荣耀，巨大的荣耀给蓝玉带来巨大的骄横。

蓝玉违禁贩卖私盐，牟取暴利，还公然霸占东昌府民田，百姓上告，御史下来查问，反被蓝玉绑起来打了一顿。蓝玉目空一切，公开向降兵要妇女，还霸占了元太子妃，致使元妃羞愧不已，自缢而亡。

这一切又给蓝玉带来了民愤。

对于这一切，朱元璋都视而不见。

朱元璋下诏，要蓝玉火速回京。同来的几位大将和蓝玉一同面见朱元璋，朱元璋示意其他人回避，他要单独面授蓝玉机宜，可是朱元璋连说三声，竟没有一人离开，蓝玉举手一挥，他们便离去。

皇帝颜面全无，朱元璋忍了。

朱元璋要蓝玉横扫西北地区的蒙元残部，蓝玉领命，立即整顿兵马开赴蒙元残部的根据地罕东地区，一阵腥风血雨，罕东地区的蒙元残部被一扫而净。朱元璋要蓝玉再扫平四川地区的蒙元残部，此时朱元璋包围蓝玉的口袋也在收紧，蓝玉的亲家叶升因牵扯胡惟庸案已被处死。怎么办？造反！蓝玉掂量掂量，成功的概率微乎其微。忠心一片，日月可鉴，蓝玉决心忠诚到底。蓝玉率军直指四川，很快活捉了蒙元残部首领，蓝玉班师回朝。

天下一色，海内一统，马放南山，刀枪入库。

一天的早朝风平浪静，看似要结束了。突然，朱元璋的锦衣卫首领参奏蓝玉“谋反”，立时殿厅内的空气紧张起来。

这一切来得如此突然，蓝玉头脑发懵。

蓝玉就是蓝玉，稍一停顿他马上明白，世人所传徐达、刘基、李文忠等均为朱元璋所杀，看来是真的，只是今天轮到了我蓝玉。

蓝玉镇静下来。

吏部尚书詹徽喝令他招出同党，蓝玉怒目而视，大呼到：“詹徽是我同党！”

几个武士立即上来将詹徽从审判席上拉下，抓了起来，其他审问官没人再敢审问下去。

第三天，蓝玉被处死。

涉嫌蓝玉案被杀的又有几万人，军队中的中高级军官“牺牲”得差不多了。

傅友德之死

傅友德是员战将，在鬼泣神惊的鄱阳湖大战中，他轻舟冲入敌阵，身中数箭，仍勇往直前，他一人杀敌就有数百。

在朱元璋与张士诚开战时，朱元璋让傅友德镇守徐州，以阻止北方的元军。当朱元璋与张士诚开战后，元军果然派左丞相李二率领数万兵马攻打徐州。一开始傅友德高筑墙，坚守不出，待敌军散漫松懈，并四处抢掠时，突袭敌军大营，初战告捷。傅友德料定李二会增调兵马，继续攻城，便主动将自己的兵马埋伏在城外。并在李二准备攻城时，傅友德突然反包围，歼灭了敌军，并活捉了李二。当傅友德押着李二回京时，朱元璋给他举行了盛大的欢迎仪式，并将自己的公主下嫁给傅友德的儿子。

傅友德曾奉命率领包括蓝玉在内的30万大军讨伐云南，是明朝的顶梁柱将军之一。

傅友德有两个让人羡慕的儿子，长子傅忠，次子傅让，个个英武精明，朱元璋要先拿傅友德的儿子们开刀。

在一次宴会上，朱元璋指责傅友德的儿子傅让，在执行守卫任务时没有按规定佩戴箭囊，并说傅让傲慢无礼，于是让傅友德将两个儿子叫来问罪。傅友德无奈只得战战兢兢离开坐席，准备回家叫二子。当傅友德走到大殿门口时，卫士又传旨：“请傅大人带二子首级来见圣上。”

当傅友德提着二子的人头回到席间时，朱元璋笑着问道：“你现在是不是很恨我。”

傅友德再也控制不住自己了，冲着朱元璋大声喊道：“你不是要我们父子的人头吗？我这样做，不正随了你的心愿了吗！”说完当场拔剑自刎而死。

儿时的伙伴死了，战场上战友死了，到此结束了吗？没有，朱元璋又将眼睛瞄准了后宫。

李淑妃之死

为防止自己死后出现吕后那样的事情，朱元璋决定清理后宫。

朱元璋安排了一桌酒席，派人将李淑妃的两个哥哥找来。当李淑妃来到时，朱元璋拉着她的手说：“你跟我十几年了，这些年也吃了不少苦，你与你的两个哥哥也很久没见面了，现在他们来了，你去和他们见见面，也算尽骨肉之情。”

李淑妃是太子朱标的亲生母亲，很受朱元璋宠爱，也可能朱元璋认为李淑妃比其他女人聪明，所以朱元璋要先解决她。

李淑妃确实聪明，她一听，就知道自己的死期到了，对朱元璋跪拜后，说道：“陛下的意思我知道，死就死吧，还叫什么兄长，徒增伤悲。”

回到后宫，李淑妃就上吊自尽了。

朱元璋还不放心，下令留一人抚养四岁的小公主，其余嫔妃一律为自己殉葬。

荆条上的刺被削光了，朱元璋可以高枕无忧了。

朱元璋一生办了两件事，一是夺得天下，当上了皇帝；二是杀尽开国臣将，为他的后代接权铺平了道路。朱元璋认为朱家天下从此可以千秋万代了。

不料太子朱标提前死了，朱元璋又定朱标的儿子朱允炆为帝王接班人。

朱元璋不无得意地向自己孙子朱允炆，也是后来的建文帝说：“内部隐患解决了，外敌入侵，我安排你的几位叔叔替你看守边界，你就放心在家做你的皇帝吧。”

朱元璋掌权后实行了“封建制”，虽然朱元璋的封建比周朝的“封邦建国”差得远，朱元璋的“诸侯”远没有周朝的诸侯们权力那么大，但是周朝封地给儿子，还封给了有功的大臣。朱元璋将碍事的大臣们杀完了，朱元璋将江山全封给了他的儿子，朱元璋真是个“好父亲”！

朱元璋一共有 26 个儿子，10 多个女儿，另外还有 20 多个养子。

朱元璋在全国各地共封了 20 多个儿子为王。从东北到西北，有 9 个为王的儿子分关把守边界，他们分别是：辽王、宁王、燕王、谷王、代王、晋王、秦王、庆王和肃王，这些王也就是藩王，或称诸侯王。

孙子朱允炆读过史书，受过良好教育，他知道这些王对他意味着什么。朱允炆抬起头来，看着爷爷，不无忧虑地说："外敌入侵，由叔叔们对付，如果叔叔们有异心，我该怎么办呢?"当朱允炆提出这个问题时，朱元璋先是一愣，接着后背上流下了冷汗，朱元璋瞬间感到了这个问题背后的严重性。

聪明一世的朱元璋，后悔怎么没有想到过这个问题，但是苍天已不给他解决这个问题的时间了，朱元璋带着孙子朱允炆给他提出的问题走向冥界。

善有善报，恶有恶报，谁都难逃报应，包括皇帝。

朱元璋的灵魂来到冥界，此时在冥界的门口已聚集了那些被枉杀的文臣武将以及他们家人、兵士的亡灵，一时人喊马叫，一场撕杀在冥界展开。

众灵魂人多势众，并且早有准备，见朱元璋的灵魂到来，便一起扑杀前去。

杀人如麻的朱元璋，对于自己在人间的所作所为也心中有数，当他来到冥界，看到这么多人在等候自己，便明白了一切，但是他没有退路，所以他也举剑向自己原来的部下砍去。

众灵魂的黑烟将朱元璋团团围住，男人喊杀，女人喊抓，雷霆万钧。毕竟英雄难敌众手，时间一长朱元璋渐渐体力不支，不得不收剑逃走。

往哪逃，四下全是敌人，不得已，朱元璋举剑向上冲去。

地壳被拱起，一时又是冥界黑烟翻腾，地面山呼海啸。天使出现，又是一阵令人眩晕的发光后，双方停止搏杀。众灵魂俯伏在地，向天使控诉可恶的朱元璋。

天使不答话，拿出天机，播放了一段朱元璋死后的历史。

朱元璋带着孙子朱允炆给他提出的问题走向冥界，朱元璋死后，朱允炆开始解决这一问题。朱允炆也从史书上了解到了汉武帝时削藩的难度和晁错之死的悲情，所以朱允炆决定快刀斩乱麻。

削周王：天机里，皇帝大军突然包围了在河南的周王府，周王一家老小被押往京城（后来周王被迁至云南。何理由？无理由!）。

削代王：天机里，有人告状，说代王"贪虐残暴"，代王被迁至蜀地看管。

削岷王：天机里，以"不法事"，也就是"莫须有"罪名，岷王被铺，后被迁往"安全"之地。

削湘王：天机里，湘王有骨气，全家自焚，"团结"而死。

削齐王：天机里，齐王也被迁往"安全"之地。

朱元璋在天机里，看到自己的孙子如此对待他的叔叔们，惊讶地瞪大了眼睛。

那些被枉杀的灵魂，看到朱家后代起内讧，心里有些安慰，渐渐安息下来。

当削藩削到燕王时，情况出现了变化。

燕王也曾经横扫北元，是个有能力的藩王，不是个甘心束手就擒的人物。

燕王决定造反。

燕王起兵（北军）20 万，朝廷派出平叛大军（南军）60 万，天机里一场大战在即。

前面说，朱元璋是带着孙子朱允炆给他提出的问题走进冥界，对叔侄之争还是有些心理准备的，但是面对天机里展现的他死后所发生的事，朱元璋还是目瞪口呆。

看到朱元璋后代将要相互攻杀，众灵魂起立欢呼，这也算是给他们出了一口恶气。

战场的上空，晨起的太阳将天空染成血红，一些乌鸦从远方飞来，停落在一些高大树木的树杈上，不时呱呱叫着，催促着双方的战马，马儿打着响鼻，鼓舞着坐在上面的勇士。

三声炮响，鼓声震天，杀声震地，双方大军如两条奔腾相向的潮水，立时冲到一起，马撞马，人碰人，战剑挥下，腾起血花朵朵，马蹄踏下，尸首如泥沙横滚。

南军先锋率领轻骑绕道北军后方，大枪挥舞，横扫一片，北军后方乱营。

燕王朱棣亲率北军主力，斜刺冲向南军侧翼，箭弩齐发，南军纷纷后退。

战到中午，太阳也瞪大了眼睛，烈日当头，双方将士血汗俱下，战场浊气升腾。乌鸦开始叼尸噙血，豺狗野狼也逐步在战场外围形成一个圈，观看着这些自称高级动物的械斗。

战场上的士兵已经杀红眼，自天明打到中午，双方队形已经完全混乱，夹杂在一起。他们也累极了，一位北军士兵坐在一位南军士兵的尸体上，气喘嘘嘘，从腰里掏出一块干粮，啃着；对面南军士兵也坐在一个北方士兵的尸体上，舔咽着从口袋里拿出的米饭。

双方血红的眼睛瞪着对方，相互点点头，像是说，吃饱再打！

毕竟南军人多，战到下午，北军渐渐有些不支。

朱元璋的眼睛被天机里发生的事吸引着，突然朱元璋看到天机里，战场的上空飘来一片云，云的边缘泛着红光，一条蛇从云里探出头来，朝下看了看，又将头缩回去，一条光束立时从天上打下来。

随着光束的搅动，一簇龙卷风迅速形成，刚才还晴空万里，突然天地变色，飞沙走石，交战双方惊愕，不自觉停止了战斗，在几十万将士的注视下，龙卷风刮向南军帅旗，只听咔嚓一声，旗杆折断，帅旗落地。

那片云消失了。

战场上的南军将士目睹这一状况，大惊失色，顿时一片混乱，北军将士趁机高喊："苍天助我！北军必胜！南军必败！"士气陡然大振。

此后战局一边倒，南军节节败退。

天机前的朱元璋呆呆地看着这一切，这使他回想起鄱阳湖上那股及时的风，那股推着七条装满火药和稻草的小船向陈友谅黑压压的"群山"舰队刮去的风。

朱元璋现在似乎明白了，明白了他的成功是"苍天助我"，而眼下苍天站到了朱棣一边。

侄儿朱允炆输了，输掉了天下；叔叔朱棣赢了，穿上了龙袍。

朱允炆削藩惹祸，削掉了天下。

朱允炆削藩，藩王朱棣反抗削藩，藩王们站在朱棣一方。

朱棣上台，也举起了削藩的刀，原来站在朱棣一方的藩王们又都成了朱棣专政的对象。

朱棣将朱允炆还没来得及削掉的藩王，比如宁王，给削下去了。朱允炆削的不干净的，朱棣继续削，削去齐王爵位和官署，废弃为庶人，削去岷王官署及护卫，削去周王官署及护卫。

朱元璋急了，冲着天机里的朱棣大声喊道："你们为什么不能共享天下？"

天机里的朱棣没理他，继续削！天下是他的，朱棣不能容忍谁与他分天下。

可怜天下父母心！

天机里朱棣将京城从南京迁到北京，这为以后北方游牧民族再次统治中国提供了方便。但是这已不再关乎冥界那些冤屈灵魂们的事了，他们又都聚集起来，喊杀声又起，黑烟又将翻腾，朱元璋不得已，拔剑又指向地壳。

天使小王子急忙举起天机，重播了李淑妃被逼上吊的画面。傅友德的灵魂最先反应过来，叫道："他要逐一杀掉我们，李淑妃看出来了，难道我们就没有看出来吗？我们为什么要等他来砍我们的头？为什么？"

傅友德声嘶力竭的大吼大叫，凝固了将要翻腾的黑烟，很久，很久，黑烟慢慢散去，冥界鸦雀无声。

朱元璋将剑收回。

天使收回天机。

那些被诛杀之人也看出了朱元璋是在削刺杀臣，可是这些在战场上杀人不眨眼的“魔鬼”们，为什么在朱元璋面前引颈受戮而不反抗呢？

在西方，有位叫作佛洛伊德的心理学家，他创立了一门学问，叫做“精神分析”，根据他的学说，“人不完全是自己的主人”。还有谁是自己的“主人”？“潜意识”！潜意识又是什么？是儿时所受的已经植入人大脑的观念，比如“忠君”。是“思想家”们先“绑束”了他们，他们必须忠君，不能弑君，而君不需要忠于他们，君滥杀无辜也是他们不谏，或谏之不当之过。

朱元璋高强度的心狠手辣，也可能和他年少时所受的苦难，特别是讨饭那三年所受太多的屈辱有关。在他的潜意识里，他需要报复，需要用行为来取得受压抑心理的解放，他的行为近似疯狂，他的内心可能更疯狂。

不远处飘来一位老和尚，朱元璋一看，是自己年少出家做和尚时皇觉寺的主持佛性大师，朱元璋急忙上前施礼，说道：“为了天下，我离开寺院，离开了师傅，请师父见谅。”朱元璋又指指不远处在慢慢散去的黑烟，说：“为了天下，我们有点误解。”

佛性大师道：“菩提本无树，明镜亦非台，本来无一物，何处惹尘埃？”

朱元璋急忙答曰：“是，是，本无天下，何来误解！”

“啊！”朱元璋为自己的回答惊住了，他也不知道自己怎么会这样回答，朱元璋一阵迷茫。

佛性大师不再理会朱元璋，飘然而去。

朱元璋夜敲皇觉寺的门进去，看到供台上放着一部《大诰》。这里记载着朱元璋亲自审讯判决的一些贪官污吏的案例，书中还阐述他对贪官污吏态度、办案方法和处置手段等内容。朱元璋下令在全国广泛宣传这本书；他还叫人节选抄录贴在路边显眼处和凉亭内，让官员读后自律，让百姓学后能用来对付贪官污吏。他曾规定，凡贪污60两银子以上者立斩，后来又修改为凡贪污者，全部杀掉。

朱元璋还规定，老百姓发现贪官污吏，就可以把它们绑起来，送京治罪，而且路上各检查站必须放行。朱元璋采用了各种方法，又杀了那么多的贪官污吏，可是反而感到，杀贪官污吏像割韭菜，割了一茬，又长出一茬，永远杀不净斩不绝，不知为什么？

朱元璋将《大诰》轻轻从供台拿起放在一边，穿上佛袍，戴上佛珠，点燃佛香，蒲地而坐。

朱元璋当政后想建立一个清廉政府，他没能做到。朱元璋当政后想用削刺杀臣的办法打破“五德终始”魔咒，让朱家王朝千秋万代，看来他也很难做到。

一切有为法，如梦幻泡影，如露亦如电，应作如是观。这是佛教《金刚经》中的名言。

九、龙的归宿

天使在冥界将各朝代皇帝的“冤屈”一一化解，冥界暂时安静了下来，虽然时而还会有小地震，那是秦始皇在使着小性子，已无碍大局，天使返回天庭。

天使在天庭显露真相，光辉退去，乃是一英俊少年，脖子上的红围巾使他更显充满活力。

天使向天报告说：“如天安排的，穿龙袍的，他们或者父子反目，或者兄弟相残，他们的后代都没有得到善终；喊万岁的平均寿命为57岁，被喊万岁的平均寿命比喊万岁人的年龄低了17岁；皇帝死后也都入土了。”

天使向天报告说：“如天安排的，人活七十古来稀；但是对于皇帝的朝代年限只有二三百年，而没能达到天给予的490年的期限，不知为什么?”

天说：“是蛇添乱的结果。”

天的坐骑，那条老实的龙摇摇尾巴，挠挠头，又慢慢游走到天面前流泪，委屈地说，既然秦始皇已经死了，能否请求天撤销龙在人间的形象。

天笑了笑说：“现在中国有两个徽号，一个是太极，另一个是龙。我曾说过中国皇权消除之时，龙当自灭。在皇权还没完全消除时，你就当作那是人们在崇拜你吧。”

众神听后一阵笑声。

在天庭，有神咳嗽起来，不一会，咳嗽的神越来越多，天庭中逐步弥漫出一种怪怪的雾气，让神们感到不适。天轻手一挥，雾气消除。天说：“他们来告状了，是皇帝们做的孽。”

天向天使指指下界，天使明白，立即又向下界飘去。

第六章 太监谷

>>

一、弱化的男女：宫刑日

天使向下界飘去，越往下去雾气越重。

到了东方人间，天使巡视大地，发现东方的男人不少已失去了黄帝等先人们身上所显示的雄风，女人也没有嫘祖生养众多所应具备的丰乳肥臀。

天曾对黄帝说："你，你的妻，你的后裔的皮肤要成为黄色，头发、眼睛为黑色，这是我认你们的记号。"天改变的仅仅是东方人的颜色，可是现在东方男女大多瘦弱矮小，明显是被弱化了，而造成这种弱化的原因是什么呢？有可能是那种怪怪的雾气。事不宜迟，天使急忙顺着冒着怪气的地缝进入冥界。

进入冥界，天使立刻听到一阵撕肝裂肺的叫声，随声望去，前方是一栋建筑，这座建筑像是一截矮木桩，黑灰色，很是难看，这座建筑没有窗户，一个不大的门上方有几个字——"宫刑纪念馆"。在纪念馆的前面是一个不大的广场，只见一些灵魂捂着自己的下部在广场的地上痛苦地翻滚，嘴里发出惨痛的叫声。嘶哑的尖利叫声让人恐怖，让人颤栗，像是那些灵魂痛苦至极。但是，若仔细观察，不难发现，这些灵魂的脸上没有伴随着极其痛苦而出现的"汗珠"——这些"惨痛"不过是那些在地上翻滚的灵魂表演出来的。

在场地中央放置着一张圆桌，桌子中央立着一根粗大的木雕阳器，围着这根粗大的木雕阳器，是许多小的木雕阳器，有几个在地上翻滚的灵魂，就有几根这样的小木雕阳器，在这些小的木雕阳器上还写有他们的名字。在圆桌上面还有香炉，香烟缭绕供奉着这些他们已经失去的“宝”。

这些灵魂们一边装着惨痛的样子在地上翻滚，一边围着中央的圆桌转。他们几岁被宫刑，便要围着圆桌滚几圈。

这些灵魂们正在进行着一场庄重的仪式。

在这场庄重的仪式外围，还有一些看热闹的灵魂，仪式里的灵魂表演得越是惨痛，外围的观众越是哈哈笑，他们还指指点点，评论谁表演得真切。

一道亮光，天使来到他们中间，见天使到来，这些灵魂们急忙停止表演，俯伏在地。

天使发话了：“为何如此？”

有胆大的灵魂抬起头来，向天使诉说缘由：“天使啊，我们都是太监的灵魂，我们除了和常人灵魂一样每年过一次‘辞世日’外，我们另外还要每年过一次‘宫刑日’，以纪念我们生前被宫刑的那一天。每逢过宫刑日，我们这些同一天被宫刑的灵魂便集合在这里，以这种形式来哀悼我们生前的命运。”

其他的灵魂也都慢慢地抬起头来，怯生生地看着天使。

有一个灵魂又向天使说道：“我们生前是最可怜的人，死后我们是最可怜的灵魂，那些灵魂仍瞧不起我们，不与我们为伍。”说着他用手指指那些看热闹的灵魂，那些看热闹的灵魂见状悄悄地散去。

其他的太监灵魂也胆大起来，一片哀求声：“大慈大悲的天使，可怜可怜我们吧，让我们这些灵魂在冥界恢复正常吧。”

二、交配权

两只雄鹿，眼中都充满血丝，愤怒地盯视着对方。

两只雄鹿的鹿角像剑戟，举向天空。阳光从天空伸出手来，轻轻抚摸着美丽的鹿角。鹿角内地坚硬，表面光滑，阳光用手指轻弹鹿角，清脆有声，是把好剑！只是很快就要损坏，可惜！阳光有些恋恋不舍地收回手来。

两只雄鹿分别后退，后退，停住，两只雄鹿又向对方抛出愤怒的一眼，见对方没有认输的反应，于是鹿头低下，两丛剑戟指向对方。启动，两只雄鹿向对方冲去，只听“咔嚓”一声，有一方的武器被损坏。两只雄鹿再后退，后退，启动，风驰电掣，又是“咔嚓”一声。

不远处，一群母鹿在安闲地吃着草，对这边两只雄鹿的决斗好像没有任何反应。

又是“咔嚓”一声，其中一只雄鹿的“剑戟”损坏严重，鹿角像是被大风吹折的树枝，那只雄鹿痛苦地转过头来，不情愿的向远方跑去。

胜利的雄鹿转过头来，朝那群母鹿高叫一声，然后昂首挺胸向她们走去。

只有胜利者，才拥有交配权。

那只胜利的雄鹿高傲地走向母鹿群，可是不知怎的，它的影子却留在了原地。那个影子从地上慢慢站起，当它完全站立起来后，却变成了人的模样。是的，那头雄鹿曾见过一个猎人，一个英俊的太子。当那头雄鹿的影子完全变成一个人时，它面前的山林不见了，那些吃草的母鹿们也不见了。胜利的雄鹿影子变成了人的模样，站在一个城市中，确切地说，他站在皇宫中，他现在是太子。

冥冥之中，一个意识进入那个太子的脑海里：“只要你能成为皇帝，这里的母鹿，不，这里的女人都属于你。”

那头鹿影现在变成的是隋朝太子杨广。

杨广平日接待朝臣总是礼极卑屈，从而获得大臣们的好感。

太子府整修得异常朴素，父亲隋文帝驾临时，见乐器弓弦多断，上面布满灰尘，知道他不好声妓，由衷地赞许他。

有一次，在观看打猎时，遇到下雨，左右送上雨衣，他说：“大家都在挨雨淋，我怎么能穿雨衣。”听者无不感动。

每次进宫，杨广都轻车简从，每次有宫中使者到来，哪怕身份再低微，他都要奔出门外迎接，使那些受宠若惊的宫使，回去免不了夸他一番。

杨广 20 岁时，统兵 50 万，向南方政权发起强攻，扫荡了江南，统一了中国，深得父亲倚重。

杨广，德才兼备。

杨广有个哥哥杨勇，是原太子。杨勇明知道父亲崇尚节俭，可他偏偏奢侈浪费，明知父母反对子女贪图声色，可是他还要张扬选美纳妾，还冷落了父母精心为他挑选的妻子，因而杨勇的太子地位不保，被二弟杨广取而代之。

但是，杨广还有做人的另一面。

父亲隋文帝年老有病，太子杨广前去探视。行进中，太子远远望见一丽人，独自缓步飘然而来，杨广按捺不住，迎上前去挑逗。女子将杨广推开，杨广说：

“你可知道我是谁？我是太子杨广！”

该女子一愣，顺口也说：“你可知我是谁？我是宣华陈夫人！”

杨广听到更是大吃一惊，宣华陈夫人是当今皇上最宠爱的女子。趁太子杨广发愣之际，宣华陈夫人擦身而过。

宣华陈夫人来到隋文帝病榻前，隋文帝见宣华陈夫人神色慌张，鬓松发乱，满脸红晕，便问：“出了什么事了？”

宣华陈夫人搪塞，不敢实说。隋文帝道：“如此慌张，必有隐瞒之事，若不直说，当赐尔死！”

见隋文帝发怒，宣华陈夫人不得不直说。

太子竟敢调戏老子的爱妃，“资深雄鹿”听后火冒三丈，隋文帝现在明白了，他的这个儿子是孽种。

杨广自知犯了天罪，他不想束手待毙。

隋文帝派人火速传召原太子杨勇入宫，他要重新立杨勇为太子，废掉杨广。

杨广也火速派人将隋文帝传召之人杀死。将皇宫包围，并将隋文帝病榻前的人员全部撤换。

“两只雄鹿分别后退，后退，停住——启动，两只雄鹿向对方冲去——。”

隋文帝老了，败了，死了。

杨广年轻，赢了。

“胜利者转过头来，朝那群母鹿高叫一声，然后昂首挺胸向她们走去。”

隋文帝的宣华陈夫人又成了新皇帝隋炀帝杨广的爱妃。

年轻的皇帝下令建造“西苑”。这西苑方圆二百里，苑内分十六院，十六院里除珍奇稀有的鸟兽和花草树木外，就是供其交配的大量美女。

隋炀帝杨广曾在江都当过十年长官，江南女子细腻风韵，更是让他“忆江南”，隋炀帝规划开通人工运河，他要“烟花三月下扬州”。隋炀帝龙舟四层，随行船只几千艘，相接两百余里，八万余人拉船，三十万军队护送，除船上女子，自长安至江都置行宫四十余座，各行宫内都有各色美女备用。

在扬州，隋炀帝建有迷楼，所谓“迷楼”，一在建筑风格，二在美女如云，炀帝诏选十五岁以下有姿色的女子数千，在迷楼供他任意享乐。

古代帝王中，好色者不胜枚举。

秦始皇兼并六国，同时也囊括了六国的妻妾群和王女，供秦始皇一人享用的后宫美女有万人之多。

汉武帝是个雄才大略的皇帝，但也是一个善淫好色之主，他说自己“能三日不食，不能一日无女人”。他兴建明光宫，专门征集十五至二十岁的少女进宫供自己享用，直到三十岁后方可出宫嫁人。又另选出体态婀娜、容貌出众的少女两百人，随从他到各地视察。与他同坐一车的绝色美人就有十六人，他的后宫妻妾群达一万八千余人。

晋武帝下令从公卿以下人家挑选美女，并且规定，在他选定之前，任何人家的少女都不得成婚。由于后宫佳丽太多，到了夜里，他竟不知该就寝何处。有一天，他突然灵机一动，坐上宫中的羊车，任羊儿在后宫中随意游走，羊车停在哪位美女的门口，他就留宿哪里。嫔妃们知道了这一情况，为了获得皇上的恩宠，纷纷想方设法。其中一个使出了一条妙计：将竹叶插在门上，将盐水洒在地上，引诱羊儿，获取帝幸。

唐玄宗时，后宫数千，唐玄宗仍觉无上眼美女，于是设立专门选美机构，每年派人到全国选美进宫，后宫妻妾群多达四万人，但是就是这样，他还是勾引了自己的儿媳杨玉环。

皇帝圈养了那么多女人，他无法满足那么多女人交配的需要，有些女人一生中也难得见上皇帝一回。

隋炀帝有文才，他的《春江花月夜》一诗，“暮江平不动，春花满正开；流波将月去，潮水带星来”引得不少才女砰然心动。有一侯氏女子，入宫后，自恃才色双全，又值隋炀帝好色怜才，以为自己能侍立君旁，然而进宫数年未曾谋得君王一面，不免心灰意冷，终日焚香独坐，后来留诗一首，自缢而去。诗曰：“妆成多自惜，梦好却成悲。不及杨花意，春来到处飞。”凄凄贞操女，以死为己悲。

悲哀是那些宫女们的事，皇帝发愁的是如何看管他的女人们。

“那头雄鹿高高举着它的鹿角，在那群母鹿周围巡逻，它绝对不许其他雄鹿靠近他的母鹿。”

皇帝身穿龙袍，吓唬着那些心怀不轨的男人。但是这还不够，这么多女人，他照看不过来，于是他创新了一种方法：将另外一些男人的生殖器阉掉，这种阉掉生殖器的行为也称为宫刑，皇帝让这些经过宫刑的“男人”，来帮助照料和看管他的女人，这样就保证了他的女人不被玷污，保证了皇族血统的纯洁以及王权更替的稳定。

这些被宫刑而失去性能力的人被称为太监。

三、宫刑纪念馆

天使在太监灵魂的哀求下，参观了他们的宫刑纪念馆。

一个口齿伶俐的太监讲解员向天使宣读前言。

我们是太监，也称宦官，我们是专供皇帝及其家族役使的人。

我们太监是残疾人，我们不能进行性生活，我们没有后代。

一个伟人说过，家庭是私有制的根源。我们不能娶妻生子，我们也就没有实际意义上的家庭，我们最早消灭了私有制。

若有人说我们中的成功者为贵，不，那是因为他们害怕我们伺候的主子。

若有人说我们中的成功者为富，不，我们只是那些财物的临时保管者。

我们生活在上流社会，上流社会被分成忠臣和奸臣。奸臣、忠臣都鄙视我们，只要有机会，他们都会镇压我们，在他们眼里，我们没有资格与他们为伍，我们是“下人”。

我们伺候皇帝一家子，伺候得好，我们像狗一样，被看成宠物；伺候得不好，他们碾死我们就像碾死一只蚂蚁。

我们生不如猪狗，因为猪狗有交配权，有家庭，有爱和被爱的权利，我们一无所有。

我们死不如牛马，因为牛马还可以与人陪葬，而我们在冥界也是孤独的另类。

我们是太监，我们是奴才，但是我们也是人，我们天生也有追求平等的欲望。我们渴望有一天，天发洪水，灭绝天下所有能够生育的人，不管是皇帝、忠臣、奸臣、高官和平民，这样才能人人平等——或者让我们恢复原身，我们需要做人的尊严！

讲解员宣读完了。

天使驻足良久。

第一展室是器械室。

天使进来，看到墙上挂满了各种手术刀。大的，小的，直的，弯的，还有一些奇形怪状的。讲解员介绍说，这些形状并不是一定具有什么实用价值，有时是将一些愿望寄寓其中，讲解员指着一把元宝状的刀子说，手术前向手术者出示这把刀子，并告诉手术者，这一刀下去，你就会脱离贫穷了，使手术者在手术前得到心灵安慰。

这些都是用过的刀具，每件刀具都吃过人肉，喝过人血。

墙上还贴着一些花花绿绿的布，这些布又分两种：厚的和薄的。

厚的布是放在嘴里咬的。那时没有麻药，被手术者疼极了，只能紧咬口中的那块布，这样也能减少手术者的喊叫，少影响“外科医生”的正常工作。

薄的是盖脸布，医生不愿看见手术者恐怖的样子，手术者被蒙住视线，也可能减少点痛苦。

墙上还挂着一些瓶瓶罐罐，都非常漂亮，上面分别写着福、禄、寿等吉祥字眼，里面装的是香灰，说这是经过叩头烧香得到的香灰，经过高温消毒，具有止血消炎作用，手术后撒在伤口上，同时也能得到观音菩萨的保佑，

第二展室是演示室。

天使来到演示室，这间演示室相当于现在医院的手术室，只是这间手术室很是简陋。展室中间放着一张特制的木板床，说床是特制的，就是床上面多增加了一些便于捆绑的木棍。

见天使到来，一个太监灵魂急忙躺在上面，身体摆成“大”字型，另外一些太监将其胳膊、腿绑在床上，使其全身不能动弹。一个年长者“外科医生”走来，太监灵魂们毕恭毕敬喊他“师傅”。一个太监将打成叠的布放入手术者的口中，然后再盖上脸布，“师傅”右手拿手术刀，左手假装抓住了“小鸡”，亮光一闪，“小鸡”被割下，被手术者疼得一颤抖。亮光再一闪，两粒睾丸被割下，一个助手急忙将一根管子插入尿道（防止尿路堵塞），另一助手急忙往上撒香灰，然后就是包扎。这时被手术者疼得在床上使劲地扭动，床咯吱咯吱地响个不停，表示疼痛难忍。手术者不动了，可能是没劲了，也可能昏过去了。鲜血从床板缝里滴入下面一个事先准备好的盆子里。此时不能给手术者松绑，以防手脚乱动。

“戏”演到这里，在场的太监灵魂无不掩面而泣，天使忧郁的面孔多了一些惨白。

第三展室是静养室。

这里所说的静养室就是蚕室。

蚕室是养蚕的地方，养蚕要蓄火以保持一定温度，故蚕室很暖和。为防止感染，宫刑一般不在夏天进行，所以，温暖的蚕室就是这些宫刑人最好的静养所。宫刑人畏风，需要在蚕室里静养一百天伤口才能恢复。

蚕室内，蚕在吃着桑叶，在作茧自缚，角落里，宫刑人，手捂伤口，在痛苦

地告别过去，盘算着以后非男非女的将来人生。

第四展室是“宝”室。

展室内悬挂着许多白色的布袋，当那些东西被割下来后，顺手就被师傅丢进一个装着石灰的布袋内，由于石灰的作用，那些东西不会腐烂，就这样常年被封存起来。这些被封存起来的东西被这个行当称之为“宝’。

石灰袋外写着宫刑人的姓名，说是将来有出头之日，宫刑人可以用重金将自己的宝赎回。

宫刑纪念馆展示的是正规的阉割流程，不正规的那就是五花八门了，可以肯定的是，那些非正规的流程对人的伤害更大。

先民们很早就发现，对雄性动物进行阉割，不光不会影响其性命，而且还可多长肉。于是皇帝们把这一手用到了人身上，他们的目的当然只是为了消除其性功能，宫刑人生理上的残破不全，心理上的妄想就会自然消失。

宫刑人大多是孩子，将一个活蹦乱跳的孩子，又在他神志清醒的时候，把他的生殖器活生生的给割下来，孩子疼得心简直要从嘴里跳出来，不知道要昏死过去几回。

宫刑对这些孩子的心理打击更大，他们自己从不给人讲这件事，一提起这件事，他们往往不自觉地低下头，心里仍像针扎一样。

经过宫刑的人不生胡须，且声音尖细，宛然女子矣。面对后宫众多如花似玉的美女，他们无动于衷。

有传说，宫刑男子长得特别漂亮俊美，举止斯文温柔，受到皇帝和后宫的喜欢。

有位哲人说，爱情建立在“性”上，性功能强大的人往往会成为“性情中人”，“不近女色”者也可能和性功能低下有关。这种说法是否正确，不得而知。但是，历史上确实很少听说没有性功能的太监有过美丽的爱情传说，更没听说过有哪位女子热恋过英俊的太监。

四、太监谷

离开“宫刑日”之地，参观完宫刑纪念馆，天使来到一个巨大的山谷。

这个山谷里正在举行太监大会。在山谷的峭壁上雕刻着一个巨大的阳器，所有的太监灵魂每年这天都要到这里“朝圣”，太监们不管生前干过什么，到了这里，都是亲热无比。

这个山谷被称之为太监谷。

见到天使到来，太监们并不惊慌，而是面对天使，行三叩九拜大礼。天使本想制止，但又考虑到太监们生前的环境，也就听任他们“参拜”了。

来到太监谷的太监们有百万之众，在没有统一指挥下，他们起立、下跪、叩头、作揖，整齐划一，衣服的悉嗦声、脚步声、呼吸声，抑扬顿挫，场面庄严、肃穆，使人不自觉地联想起人间的大阅兵。

礼毕，太监们转身面向那个巨大的雕塑，开始了他们的大会。

今年的大会主题是选举太监中优秀的历史人物并举行颁奖典礼。

德高望众的唐朝著名太监高力士担任大会主持人。

在高力士的主持下，首先选举产生了大会主席团，他们都是历史上最有影响力的太监：竖刁（春秋齐），伊戾（春秋宋），赵高（秦），石显（西汉），黄皓（三国），董猛（西晋），王沈（南北朝），徐龙驹（萧齐），宗爱、刘腾（北魏），唐文扆（五代十国），向延嗣、孟汉琼（后唐），吴怀恩、龚澄枢（南汉），童贯、梁师成（宋），朴不花（元），郑众、蔡伦、吕强（汉），赵整、赵思（南北朝），刘承规、秦翰（宋）等。

高力士宣布颁奖典礼开始，全体下跪，奏乐。乐队奏出的不是唐朝华丽的宫廷音乐，也不是雄壮的军乐，而是二胡独奏曲《二泉映月》，这是他们的“命运”曲，相当于他们的国歌。

这是首只应跪下来听的崇高音乐，时而低沉，时而委婉，时而激昂的曲调在山谷里回荡，令太监们联想起他们在世时的命运，叹人世之凄苦，独怆然而涕下。孤独者的心境，夜行者的伤感，不屈服的性格，对光明的希望，写照着这些另类人的心灵——二泉映月，那轮孤寂的明月。

五、最佳生存奖：李莲英

高力士宣布太监最佳生存奖，并有请颁奖嘉宾。

貂蝉身着戎装，身挎宝剑箭步走上主席台，飒爽英姿，巾帼英雄，展现了女性别样的美丽。貂蝉抱拳向台下致意，太监们可没见过女人如此装束，顿时一片狂呼、喝彩。

请“闭月”貂蝉来颁最佳生存奖是太监大会主席团讨论决定的，他们认为貂蝉混迹于英雄之间，在刀光剑影中游走，确实难能可贵，因此受到了太监们的格外尊重。

貂蝉之所以被称为“闭月”，是因为有传说，貂蝉在后花园拜月时，忽然轻风吹来，一块浮云将那皎洁的明月遮住。这时正好被人瞧见，便被宣扬为貂蝉和月亮比美，月亮也比不过，赶紧躲在云彩后面，因此，貂蝉也就被雅称为“闭月”。

貂蝉来到高力士面前，抱拳致意，口道：“老哥吉祥！”

台下一片欢呼。高力士绅士风度十足地还礼：“有劳貂蝉姑娘！”台下又是一片欢呼。

高力士宣读最佳生存奖颁奖词：“他们虽然剥夺了你的生殖能力，但是他们无法夺取你的生存能力。事上以敬，皇帝称你李谙达（老伙伴或师傅之意），事下以宽，八面玲珑。俗话说宰相肚里能撑船，你虽被贬为奴才，但是你的心却包容天下！”

台下一片掌声，一片欢呼。

貂蝉宣布获最佳生存奖太监名字。貂蝉利索地从箭袖里抽出一根令箭，她将经过全体太监一致选举出的最佳生存奖获奖太监名子用小刀刻在了令箭上，本来太监蔡伦已经发明了纸张，但她觉得这样更有趣。她抬头向台下望了一眼，不自然的想要多享受一会受关注的滋味。

“最佳生存奖获奖太监是——，”她又停顿了一下，待台下完全静下来，她才吐出三个字“李莲英”。

台下欢声雷动。

李莲英精神抖擞地走上主席台，从貂蝉手里接过奖杯。这个奖杯被设计成一只鸟站在树枝上，寓意生活在森林中，四处障目，却能穿梭自由。

奖杯的树枝是用产于波斯的绿松石雕刻而成，鸟儿是羊脂白玉，而鸟儿的眼睛则是来自叙利亚的两粒夜明珠——奖杯的用料十分讲究，这些珠宝都曾是皇宫里的东西，太监们觉得李莲英配用这个奖杯。

一位太监走上主席台，宣读李莲英简历。

李莲英（1848－1911），原名李英泰，字灵杰，出身贫农，祖籍直隶（河北）河间大城县李贯庄，幼年举家迁进北京。

因家庭窘迫，排行老二的李莲英八岁被净身，一年后被送进故宫，正式当上了一名太监。李莲英入宫后的名字叫李进喜，他进宫14年时由慈禧太后起名为莲英。李莲英19岁被封为二总管，21岁晋封为大总管。李莲英在内宫生活了53年，历经咸丰、同治、光绪、宣统四朝，是慈禧最亲密的宠宦，李莲英官拜二品。

简历宣读完毕，从台下又走上一位太监，他自我介绍是冥界TV《空灵》栏目记者，他要现场采访李莲英。这时工作人员抬来一对座椅，李莲英和记者分别落座。

记者："首先恭喜您获得最佳生存奖，请您谈谈您的获奖感想。"

李莲英："感谢同族给予我的这个奖励，我现在想给大家说说我小时候的生活。"

记者："看样子有点伤感！"

李莲英："是这样，我的原籍紧靠一条叫子牙河的边上，距北京大约有150公里，是一个十年九涝的低洼地带，夏天雨水一多，庄稼就涝得颗粒不收，用我们那地方的一句土话说，是'蛤蟆撒泡尿就发水'的地方。所以，那个地方很穷。后来举家迁到北京，开了个熟皮子的作坊，收生皮子，熟好了再卖给皮货庄，这是一个下等行业。熟皮子要经过很多道工序，最重要的是用硝来揉，硝有毒，气味大，腐蚀手。用硝揉完了以后再放进大缸里用水泡，刷洗，本来带血津的皮子，再往缸里一泡，又有芒硝味，一散开像尿池子的尿碱一样，呛人，辣眼睛。墙上绷着羊皮、狗皮，院子七八口大缸满是臭水，夏天，地上全是血水，苍蝇蚊子满处飞，冬天，整院子的脏冰，白天黑夜受臭味薰着，这就是我小时候的生活环境。"

记者："你的家境应该是小手工业者，算贫农吗？"

李莲英："我们没有雇人，当然算。特别是我的母亲，这样又脏又累的活，她和我父亲一起干，我记事起就没见过我母亲用过化妆品。"

记者："那您是怎么当了太监的？"

李莲英："自己慢慢长大了，就想能不能改变现状，让父母轻松一点，不再受穷，别的还有什么想头呢。进宫！那时候时兴，父亲有这个意思，我就开口了。父亲只知道怎样挣钱养家，把钱看得特别重，对孩子的感情比较淡薄，这也是生活压力造成的。我母亲对儿子感情特别重，我自动请求净身的时候，我母亲浑身颤抖，但也无奈。以后，我母亲每天晚上磕头烧香，在夜静以后，烧上一炷香，求菩萨保佑，直跪到深更半夜；并在我临净身前一天晚上，在佛前起誓，要长年吃斋，保佑我平安，从此以后老人家几十年没沾过荤。临离家的夜里，老母亲抽抽泣泣地一夜哭个不停，第二天我父亲拉着板车，母亲追着车子送我到西直门门下，最后，给我兜里放两个煮鸡蛋。”

说到此处李莲英黯然泪伤，台下也是一片抽泣声。太监大多出身于穷苦人家，富家子弟谁干这事。李莲英的回忆自然也勾起其他太监的伤心事，台上台下空气凝重。

一看这情况，聪明的记者急忙提话：“看样子老人家的祈祷管用了，进宫后，您飞黄腾达了。”

李莲英：“不能辜负老人家的期望啊，在宫里，我经常在梦里模糊地看到我的老母半夜三更里佝偻着身子跪在香炉前。”

记者再岔开话题：“听说您给慈禧老佛爷梳头梳得挺好，是吗?”

李莲英：“是啊！人往高处走，不能忘记父母还在受穷受累啊。当时京城流行新发型，特别是妓女，她们的发型很美，她们是吃那碗饭的嘛。我就去学，不久就掌握了给女人梳头的技术。慈禧爱美，以前几个太监给她梳头，她都不满意，后来我找到给她梳头的机会，梳得她很满意，以后我就开始走运了。”

记者：“啊，先从当理发员起步，给她理发，收入不低吧?”

李莲英：“当然，论我的手艺，要搁现在，开个发厅收入也不会低。”

说完，李莲英又感到记者话里有话，不免回想起当年他给老佛爷梳头时的情形。

有次老佛爷夸奖李莲英梳头梳的好，李莲英接话说：“老佛爷身体康健，头发自然也好。”

老佛爷发牢骚：“以前给我梳头的那个太监，老是将我的头发梳断，我就告诉他，再把我的头发弄断，我就弄断你的脖子。”

李莲英听了，脊背直出冷汗，恰在此时老佛爷有断发在梳子上，李莲英急忙摘下塞进衣袖里。李莲英接着说到：“我们从事的是服务行业，让顾客满意高兴，是我们的职责。”李莲英心里却在骂记者：“瞧不起理发的？要是你，脑袋可能就要搬家了。”

记者：“在人间，有人说您是祸国殃民的大太监。”记者开始发难了。

李莲英：“国与民和我都扯不上，我只是个太监，要把晚清垮台的责任推给一个太监，说的过去吗?”李莲英反问记者，进入冥界的太监们都开始有点脾气了。

李莲英是曾经“参与”过国政，那是李鸿章趁北洋水师训练成军，奏请朝廷派大臣检阅。当时慈禧就派光绪皇帝的亲生父亲、总理海军衙门的大臣醇亲王前去巡阅。醇亲王为减少慈禧太后对自己的猜忌，要求派李莲英随行，慈禧同意。

李莲英不去不行啊。

李莲英把二品顶戴换成了四品顶戴，因祖宗制度，太监最高品级不得过四品，所以李莲英自免两级，规规矩矩地随着醇亲王出发。

以前有个太监叫安德海，他奉慈禧之命，到江南采办服饰，走到山东地方，被山东巡抚丁宝桢擒获处决。后人探究原因是“过于招摇”。清宫祖训“太监不得私自离京”，虽然是慈禧派出，慈禧也难保他的性命。所以李莲英“随行”醇亲王阅兵也有风险。

阅兵台上，朝廷官员正襟危坐，而李莲英衣着朴实，替醇亲王拿着一支旱烟袋，往侧面一站，低眉敛目，随时装烟、递烟，自认为是太后钦派来伺候醇亲王的。

晚间李莲英端着一盆洗脚水来到醇亲王房间，要给醇亲王洗脚，醇亲王急忙说：“使不得，使不得，你是钦差大臣。”

李莲英也忙说：“小子是奴才，能给王爷洗脚是奴才的福分。”感动得醇亲王连连地拱手。醇亲王、李鸿章回来后争着向太后称赞李莲英。

即便如此，李莲英还没回到北京，责难的折子还是递到了宫中。其中监察御史朱一新向光绪皇帝奏了一本，批评派李莲英随醇亲王视察海军，还说李莲英妄自尊大，结交地方官员，收受贿赂，理当查处。

老佛爷不得不严查，因为拿不出“真凭实据”，朝臣们对李莲英的抨击也不得不了了之。

李莲英身在宫中，祸国谈不上，也就难有机会殃民了。

记者：“在人间，人家说你腐败受贿，贪污巨大。说你曾经一次就收受过袁世凯20万两白银的贿赂。还有人说你在光绪末年，仅仅存放在京城各银号中的白银就有1600多万两，同时你还收敛了大量的地产和无数的玉器珠宝。”

记者不依不饶。

李莲英问：“有证据吗?”

记者无语。

李莲英说："我有证据证明我是清白的。慈禧死后百日，我把历年来老佛爷赏给我的珍宝，总共七大捧盒，当众完全献给了隆裕皇后。我当时说，这是皇家东西，不应该流入到民间，奴才我小心谨慎地替皇家保存了几十年，现在年老体衰，乞求离开宫廷，所有这些宝物，奉还给主子。这件事让隆裕太后十分感动，这是有史记载的。"

记者："人间传说，说你在原籍有几百顷地，十几个庄头，光收税折子往外一摆，就几口袋，连县太爷也吓得打哆嗦。"

李莲英："这是真的，我不光有土地，我在北京还有几处宅子，很漂亮。但是别忘了，我是二品大员，我比一个县官的收入大得多。后来我的父母都过上了体面的生活，我们进宫干吗来了，不就是图这个吗。"

记者："再问你一个敏感的问题，你是怎么死的？"

李莲英一愣。

记者急忙解释说："问这问题是有些不敬，是这样，现在在人间，人们对你的死议论纷纷，说是在"文化大革命"中，你的墓被破坏了，他们打开你的棺椁，发现你的棺椁里只有头颅，没有躯干，所以关于你的死现在是议论纷纷。有人说你是寿终正寝，太监风俗身首两分，也有人说你是被人谋害。但是谋害方为什么只留下头颅，他们实在是搞不清，如果方便的话，您能多说几句吗？"这里记者已将对李莲英的称呼由"你"开始改成为"您"。

全场太监们，瞬间鸦雀无声，他们都很好奇。

关于李莲英之死，现在社会舆论是沸沸扬扬，李莲英是个出身贫苦的太监，但是他是慈禧的宠宦，而大家又认为，大清的垮台慈禧应负主要责任，所以李莲英的名声也就很不好，是牛鬼蛇神行列，自然要在被打倒之中。人死了怎么办？那就"掘墓鞭尸"吧。

初夏的一天，阳光投射到京郊一处静谧的角落，光天化日之下几个人在挖掘着一个坟墓。坟墓太坚硬了，几个人挖掘了七八天，坟墓几乎毫发无损。"这个太监也太坚硬了，咱们什么时候才能挖开？"一个人边擦汗边嘟囔。

这个坟墓确实不简单，因为它是赫赫有名的大清太监李莲英的坟墓。当年，李莲英的陵墓占地约有二十多亩，由南向北延伸，墓地北端是一座金水桥，由桥向北是整个墓地中最有气势的一座汉白玉质地的牌楼。牌楼上面有匾额，写的是"钦赐李大总管之墓"，牌坊上首写的是"阆苑清风"，下首写的是"仙台飘渺"，两个柱子上还有一副对联：通幽向明昭垂万禩，大中至正巩固千秋。

时光荏苒，李莲英陵墓风光不再，到“文革”时，这里被一个叫“六一”的小学“镇压”下去了。

一天，学校革命委员会主任，也是学校当局最高负责人，带领部分教师来到学校校园的西南边一个极为幽静的角落，学校的人称那里为小花园，领导告诉这些教师们，说这是大太监李莲英的坟墓，要把它清除掉，不能让这个大坏蛋躲在这里享清闲。

但是看似荒冢一个，没想到这么难缠，几个人忙活这么多天，几乎毫无建树。

他们不知道，这个坟墓的表面土层是用糯米汤、鸡蛋清和黄土白灰，按配方比例掺合而成，其坚硬程度仅次于石头。

终于有成绩了，经过他们锲而不舍的努力，坟墓被挖开一个缺口。可是缺口下面露出的却是花岗岩，要靠人力凿开坚硬的花岗岩，几乎不可能，这让这些平时靠脑力劳动为生的秀才们感到绝望。

这是革命任务！这些书生身心都感到有压力。

虽说是初夏，骄阳也似火，不知什么时候，天上的云彩也都悄悄地溜掉了，火辣辣的太阳喷着火，煎熬着几个掘墓的教师。

不知什么时候，一个道貌岸然的老者来到他们身边，老者问：“干嘛呢？”

教师们见是个衣不着潮流，身上还散发着封建味的“腐朽人士”，没好气的说：“挖李莲英呢。”

老者并不见怪，说：“这是个金井玉葬之墓。”

“金井玉葬”是个专业名词，所有的教师将目光转向这个老者，一个教师带有歉意的问老者：“请问老先生，什么是金井玉葬？”

老者并不正面回答，说：“傻小子们，别这么干，你们挖不动那儿。”

教师们急忙请问，又该如何？

老者并不回答，他走到李莲英的坟墓旁，左转转，右转转，又不时用脚步丈量着。过了一会儿，老者说话了：“按照你们的挖法，你们永远打不开这个墓。”

教师们都谦虚了，又请老者指点。

老者用脚踏出一个点，说：“在这儿往下挖，这底下是地宫，后面是马道。”神秘老者所指的挖掘地点是坟前两块巨大的石碑之间——这不是一般人能知道的。

按照老者的指点，教师们开始动手挖掘，又是三合土，接下来是一层碎石。在清理了近两米深的碎石之后，一块青色条石渐渐显露出来，条石上面有一个圆洞，而这个圆洞就是阴阳相通的地方。

老者面对李莲英的坟墓，双手合十，口中说：“李大人醒醒，换个家吧，我不将墓道的秘密告诉他们，他们就会整天在您老头上敲打，还不如尽快了之，请李大人谅解。”

在大家忙活的时候，老者悄然离去。

接下来的发现令老师们惊喜万分，按照老者的指点，他们绕过了墓道直接来到了墓室前厅。

墓室前厅三米见方，是用汉白玉石砌成，东西两面墙上有雕工极为精美的图案。南北面各有两扇门，南面连接着墓道，北面的一扇门通向墓室。打开墓室石门，这是他们需要突破的最后一道防线。

由于他们绕过了墓道而直接进入了墓室前厅，所以他们看到了封住墓道的石门是怎样设计的，他们猜想两道门的结构应该是一样的。

他们猜对了。

石门的结构是这样：当关闭石门时，有一个石球顺着一个槽，跟着石门向前滚动，当石门关闭时，石球正好落在一个洞里，洞的深度是半个球，落在洞里的石球的上半部就挡住了石门，人在外面就推不开石门了。

知识分子有爱动脑子的特长，他们找来一根钢丝，照着墓道门上的球圈成一个钢丝圈，然后他们把那个钢丝圈从墓室门缝顺进去，套住那个石球，第一次失败了，第二次也失败了，第三次成功了，他们慢慢把里面的石球通过门缝往上提，接着推石门，门被打开了。

李莲英之墓就这样被开启了，教师们欢呼他们的胜利！

教师们小心翼翼地来到这位大名鼎鼎的太监面前。

李莲英的棺椁是紫红色的，棺椁上头描了金花，非常细腻。停放棺椁的是一张汉白玉棺床，在棺床的上面，他们发现了一个没有打穿的圆孔，伸手进去一摸，摸出一个挂着玉坠的荷包和一些散落的铜钱，这就是“金井玉葬”的标识，金井玉葬是一种规格极高的下葬方式。

打开棺椁，人们观察李莲英，有头，头上有条辫子，身上盖着被子，身子周围放着一些随葬品。

人死了，又经过岁月的摧残，李莲英的面部也只能用“难看”一词来形容。

一些随葬品被清理出来了，有五十多件，其中朝冠上的一颗蓝宝石就值白银万两。还有一颗熠熠闪光的红宝石，估计也价值不菲。这也说明，在这之前，墓室未曾遭受过盗窃。

有个胆大的教师“奉命”将李莲英“请”出来。

应该先揭开被子，当接触到被子时，发现被子已经腐烂。再从脚开始吧，当教师把手托在他的右腿、右脚那儿，使劲这么一搬，鞋底子下来了，一看里面都是腐烂的黑棉花，教师大吃一惊。鞋里面为何要塞上棉花？难道鞋没有被穿在脚上吗？紧接着，那位教师摸到了一层厚厚的衣服，取出一看，是一件长袍，这件长袍竟然没有完全腐烂，依旧能够完整地抖开，而在衣服里却没有尸体，全是黑棉花！

这是一座只有头骨的坟墓！

神秘的气氛一下子笼罩了小小的墓室。

在冥界，记者和李莲英仍然面对面地坐着。

记者：“您的坟墓被毁掉，您知道吗？”

李莲英：“知道。”

记者：“您是如何知道的？”

李莲英笑而不答。

记者平摊双手，表示无奈。

李莲英：“我还知道，坟墓的清理工作进行了很多天，他们重点是清理金银财宝，而最应该重视的那颗头颅，他们好象认为没有什么价值，被随意弃置在一边。也不能怪他们，因为他们不是专业考古。一些小学生就把那颗头当成球踢，后来被踢进了厕所。还是那位胆大的教师，在一天晚上借着上厕所，拿了一个粪勺把那颗头捞了出来，埋到了一个山坡下。”

“这您又是如何知道的。”记者不依不饶。

李莲英：“是那位老者告诉我的。”

“嗷！”记者有些惊叹，随即记者又追问：“他是怎么告诉您的？”

“冥冥之中吧。”李莲英故弄玄虚。

记者不满意地挠了挠头皮。

记者问：“现在社会上有一位著名学者，当她得知您的墓是一座只有头骨的坟墓后，对您的死因进行了研究，当她再次阅读您的墓志铭时，发现其中一处模棱两可的表述：您的墓志铭用了一个陨字，陨就是死了的意思，但没有病死的含义。此外，这位学者还发现，虽然相关史料中都提到您是因病而终，但对您的病因却只字未提，因此她得出了您死于非命的结论。”

李莲英满有兴趣的问："她具体说我是怎么死的？"

记者问："她没说您具体是如何死的，不过关于你的死，现在社会上流传这几种说法，一是北洋军阀重要人物江朝宗请您吃饭，您按时赴宴，席散后，您途经北京后海时遇上了土匪，被杀死。车夫和跟班的赶紧回家报告，您家也急派人到后海寻找，天亮时只找到您的头，身子已不知去向，可能被人投到了后海里去了。你对此有何看法？"

李莲英："不扔头而扔身子，逻辑不对，是胡扯。"

记者："二是说您出宫后，去山东探望侄女，顺便游泰山。在回京途中，来到山东与河北交界处被人杀死。两个随从见状吓破了胆，没把尸体运回，只把头颅割下运回北京，以后再派人寻找尸体时，早已无影无踪，因此下葬时只把头装进了棺材。您对这种说法有何评论？"

李莲英："随从敢割下主人的头颅？更是胡扯。"

记者问："三是说您被后来的名太监小德张所杀——"

没等记者说完，李莲英就打断说："这更是胡扯。小德张比我小很多，他是在我出宫后，隆裕皇后当上太后时才慢慢得势，而且小德张从入宫一直到他出宫，从来没在慈禧太后身边当过差，所以我们两人之间根本没有利害冲突，说是他杀的我更是胡扯。"

记者问："台下百万自己人都在关注您，阳间社会上亿人也都关注着您，您老是不是将您的死因大白于天下，也给历史一个完整的您。"
记者用近乎哀求的眼光看着李莲英。

李莲英看了看记者，又扫视了一下全场，苦笑了一下，说："我的死是个秘密，本来想将这个秘密永远保密下去，也算是个解脱，看来不曝光还是解脱不了。"

李莲英重新坐了坐，直了直身子（看来内心有些沉重），李莲英先是幽默了一句，说："那个头和那座墓都是赝品。"

记者脱口："啊，假的！"台下有些骚动。

"也不能完全说是假的，墓是请求隆裕太后降旨建的，上面的'钦赐李大总管之墓'是真的。"李莲英说。

记者有些激动，急忙说："还请李大人慢慢道来。"

李莲英说："在一个风雨交加的日子，我在侍候老佛爷——"
李莲英又回到往日之中。

那确实是个坏天气，狂风暴雨施虐着紫禁城，乌云遮挡着上空透漏过来的任何一点亮光，此时整个大清帝国也都处在风雨飘摇之中。

“点上灯吧。”老佛爷说。

“喳。”李莲英将灯点上。

“唉！大清如日西坠，是什么原因哪？”慈禧一脸愁容，自言自语。

“要是没有您老佛爷，天下早就乱套了。”李莲英劝慰道：“老佛爷您日理万机，也尽到心了。”

慈禧转过头来，看了看李莲英，心里舒坦，顺口说：“是啊，先帝走的早，我一个女人顶着这个天，若是将天下交给光绪，任那些洋玩意折腾，我们的祖制、我们的文化早就乱套了。”

“是啊，将来就是到了天上，先帝祖宗也得敬着您哪。”李莲英看是恭维的话，倒是引起了慈禧的伤感。

“我是风烛残年了，该走了。”慈禧说。

李莲英知道自己说错了，想把话挽回，慈禧摆摆手说：“没错，我是该走了。”慈禧想了想又说：“你跟了我一辈子，不易啊，我死后还不知道你是什么样的结局哪，你有什么要求现在说吧，我还当着家呢。”

李莲英“噗通”一声给慈禧跪下，说：“天下就两个人疼我，一个是我娘，一个就是您老佛爷，没有您老佛爷的保护，莲英十个脑袋也掉了，如果老佛爷开恩，就让我喊您一声‘娘’吧。”说着，李莲英就落泪了。

李莲英说的没错，慈禧是保护了他，但是李莲英把话说到这份上，也证明他是个知恩的人，慈禧不觉也动了感情，说那你就喊吧。

“娘！”李莲英哽咽着喊出了口，慈禧也掉泪了。

慈禧顺口又说到：“还有什么要求，说吧，好孩子。”

“我想死后也伺候您老，我想葬在您老的身边。”李莲英说着低下头去。

“啊！”慈禧心里吃了一惊，那是皇家陵园，自己也只是以媳妇身份随葬，一个外人怎么可能死后葬在皇家陵园，何况李莲英又是个太监，此时慈禧有点被李莲英忽悠的感觉。

按照当时规矩，太监死后连进祖坟的资格都没有，在北京郊外，有个叫恩济庄的地方，那是专门为太监死后安排的去处，对于这一点李莲英自然清清楚楚，但是李莲英更清楚的是，他活着的时候还有那么多人想要他的命，他死后，他的墓必被破坏，因为他不可能将自己的墓建得像皇帝的墓那样坚固，那时他就无能为力了。

没等慈禧完全回过神来，李莲英急忙又说："我不要立碑，不要随葬，不要起坟，我只想永远伺候您老佛爷。"

"那，那是个无迹坟啊。"老佛爷明白过来了，李莲英什么名分都不要了，这是最下等人的做法，慈禧又激动起来，她将李莲英轻轻扶起，抱在怀里，轻轻说："那我们娘俩就永远相依为命吧。"

事后，慈禧亲书：**赐李莲英在皇家陵园建无迹坟。**

李莲英清楚，活着保命，死后保尸，其他的都是身外之物。再说，一个太监，祖坟都不让落脚，还有什么名分，让人忘却自己就是太监最应该做的事。

记者说："嗷！原来您葬在了皇家陵园，好风水啊，那得好好祝贺您了，这可是盘古以来没有过的事。"

李莲英急忙说："别急，你再听我说下去。"

慈禧死后，李莲英给慈禧守了一百天的孝，然后悄悄地离开了皇宫。三年后，李莲英只身来到皇陵，李莲英此去的目的是为自己选择墓地，这只有他自己知道。

李莲英在慈禧墓不远处给自己的将来安排了三尺居处，然后从附近搬来几块石头放在那里，算是个记号。李莲英掏出老佛爷的遗旨，恭恭敬敬地放在那些石头上，点上一炷香，朝着慈禧墓行三叩九拜大礼。突然一阵大雾袭来，眼前的慈禧墓看不见了，又一阵风刮来，慈禧的遗旨被刮到天空，李莲英急忙起身去追，但是慈禧的遗旨越飘越远，踉踉跄跄的李莲英这才发现遗旨飘去的方向是"恩济庄"。

李莲英惊讶地跌坐在地上，不知过了多久，李莲英身后有人叫他，李莲英转过身来，发现是一个和尚。李莲英急忙俯身下拜，说："请问大师这是何故?"

和尚说："她已归阴，人世之事无法兑现。"

李莲英急忙请求："请大师指点迷津。"

和尚说："佛家救你，待你完了后事。"

一阵风刮来，和尚不见了。

"佛家救你，待你完了后事。"三个月后李莲英明白了这句话的意思，也想出了解决的办法。

记者急忙插嘴："是不是恩济庄假葬，然后脱身向佛。"

李莲英笑了笑，说："这回你猜对了。"

李莲英先是给自己买了一个人头，用棉花装成身子，放在棺材里。

那个年月，战争不断，别说买个人头，就是买个全尸都不困难，但是李莲英考虑，用全尸代替自己，“疑点”多，容易被识破，只用一个头，用棉花代替身子，这要安全得多。

李莲英没有亲生儿子，他的弟兄们过继给他四个儿子，这些继子又都是朝廷品级不低的官吏。

李莲英在暗处导演这出戏：李莲英安排自己“死”了。李莲英指示他的儿子，按照他“生前”的吩咐，给朝廷写了一道奏章，请求隆裕太后降旨，依祖宗家法，赐茔地一块，在恩济庄大公地内安葬，并赐以祭坛和白银2000两。

隆裕太后感谢李莲英生前对皇室的贡献，很快准奏下旨。

李家接旨后，李莲英马上暗地里指挥发丧的各项准备，并以李家名义又奏请隆裕太后，请求按国家二品大员的级别给李莲英发丧。并声称，国库吃紧，费用由李家承担，隆裕太后很快又批准了李家的请求。

为了使戏演得更真些，李莲英又安排李家在京城内外广泛散发丧报。李莲英生前一些好友以及那些得到过李莲英好处的人纷纷前来吊唁，或送来祭银祭品，朝内一些文武大臣也前来吊唁。

在李莲英的灵棚里，一边挂着李莲英继子的挽仗，一边挂着大清帝国皇室的挽仗，顺延是朝廷各部门，还有北洋水师以及袁世凯等社会名流送来的挽仗。

作为太监，李莲英夹着尾巴做人，委屈了自己一辈子，这次李莲英要扬眉吐气，当然也是为了使戏演得更逼真，更轰动。

李莲英给自己安排“舍孝”。

北京古老风俗，人死了以后，要搭灵棚，接纳四方前来吊孝。舍孝就是，只要能走进灵棚，向灵位磕个头，表示哀悼之意，就发给一顶孝帽子、一条孝带子、一件膝盖以上的半截孝衣、三个馒头、一碗粉条肉。这叫大破孝，也叫舍孝，舍孝在当时是相当破费，当然也相当“落好”。

这一切符合李莲英“生前”的作风。

和李莲英共过事的一个老宫女回忆李莲英时说，在宫里七八年，不管人前人后，李莲英总是维护我，使我十分感激。抛开个人的恩怨不说，平心静气而论，我对他还是十分佩服的——无论是处世，或是为人。平常日子，太监犯了错误，李莲英永远是恩威并用，暗中维护，所以太监们都服他，也愿意亲近他，所以平头百姓来给李莲英吊唁的也不少。

李莲英丧事办得宏大，官民两面落好，李莲英达到了自己的目的。

在整个清代的两百多年里，太监死后举办如此隆重的葬礼也算是空前绝后。

“李莲英之死”是自保，身首两分的障眼法，也给后人留下个“谜”。

李莲英“完了后事”，在一个黑夜，悄悄离开京城，向西走去。

李莲英有诗曰：唢呐冲天响，纸钱满街飞，哀杖低垂走，棺椁载空灵。

躲在暗处的李莲英默默地看着眼前这一切，对于他如此隆重的“死”，李莲英还是满意的。

莲英这是第二次向西行，第一次是八国联军打到京城，慈禧不得已带着少数人员向西落荒而逃。那次西行中，他们路过不少寺庙，见到不少和尚。以前李莲英也见过和尚，不入心而已，这次不同，他感到他们有着神秘的色彩，特别是面对寺庙，青砖绿瓦，苍松翠柏，他感到那里是缩小了的皇宫，只是里面的生活不同，清静无为，与世无争，李莲英看到了另外的一个世界。一向谨小慎微的李莲英，面对寺院，好像有一种解脱的感觉，不免脱口而出：“这里好啊！”

慈禧飘来白眼，李莲英急忙收回心思。

佛祖记下了他，佛祖要帮他解脱。

在山西五台山，众多的和尚在打坐念经，一样的袈裟，一样的头颅，一样的信念，一样的圆寂。

李莲英真的没了。

李莲英讲完了，会场仍鸦雀无声，大家仍在故事里。

李莲英的坟墓在“文化大革命”中被破坏了，那是个“假”坟；慈禧的坟墓后来被军阀孙殿英破坏了，那是她的真坟。

李莲英该得最佳生存奖。

六、最佳成就奖：郑和

高力士宣布颁布太监最佳成就奖，并有请颁奖嘉宾。

传说中的中国四大美女之一的王昭君，身披裘衣，怀抱琵琶，迈着轻盈的步履款款走向主席台，跟在她身后的是一群大雁。

有种说法，说北方匈奴强索汉朝公主，当时汉朝软弱，满朝文武无能，不得不靠一女子平邦安国，让王昭君冒充公主嫁给匈奴。

王昭君告别了故土，登程北去。凄凉的玉门关外景象，使王昭君顿生悲切之感，王昭君怀抱琵琶，拨动琴弦，奏起悲壮的离别之曲。南飞的大雁听到这动情的琴声，低头向下望去，当它们看到骑在马上的女子出奇的美丽，竟然忘记了扇动翅膀，从空中跌落下来，后来“落雁”也就成了王昭君的雅称了。

王昭君异样的北国披风装束，裹着似有似无的身体，白色羊绒的斗篷帽边，簇拥着桃红面庞出现在主席台上，台下的太监们不禁瞪大了眼睛。王昭君不意间碰响了琵琶，琴声在山谷里回荡，更令太监们身酥，王昭君朝主席台下深深一揖，立即引来台下热烈的掌声。

请“落雁”王昭君来颁最佳贡献奖也是太监大会主席团讨论决定的，他们认为落雁王昭君在国家的南北和睦中做出了贡献，起到了大丈夫难起的作用。

王昭君来到高力士面前，又是无言深深的一揖，高力士急忙拱手回礼。

王昭君宣布获奖太监名字，她轻轻打开的是羊皮卷，这是北方游牧民族宫廷用“纸”，不易折损，经久耐存，全体太监一致选举出的最佳贡献奖太监的名字写在这羊皮卷上。王昭君没敢抬头，还有点羞涩的她急忙宣布：“最佳成就奖获奖太监是——郑和。”

台下欢声雷动，郑和迈步走上主席台，仍是大将风度。郑和从王昭君手里接过奖杯。

最佳成就奖奖杯的样子，是在腾起的巨浪上方行驶的一艘大明宝船。奖杯下方的巨浪采用色绿如蓝的翡翠做成，翡翠也叫缅甸玉。上部的船体采用的是福建寿山石中的极品，有“石中之王”之称的田黄石做成的，在民间有“一两田黄四两金”之说，可见其珍贵，这是福建长乐人民的捐赠，长乐港是郑和船队在中国的主要集结港。

台上两人，王昭君与郑和，一个向北，风吹草低见牛羊；一个向南，乘风破浪下西洋。台下太监们觉得有趣，不觉又鼓起掌来。

一位太监走上台来，宣读郑和简历。

郑和（1371－1433），云南昆阳州（今昆明市晋宁县）宝山乡和代村人，回族。明朝军队进攻云南时，郑和十岁，被掳入明营，宫刑成太监，之后进入朱棣的燕王府。后任内官监太监，官至四品。郑和原名马和，小名三保。后因在郑村坝战役中立有赫赫战功，被燕王朱棣赐姓郑，始名为郑和。

受中国皇帝明成祖朱棣的派遣，郑和先后率领庞大船队七下西洋，经东南亚、印度洋远航亚非地区，最远到达红海和非洲东海岸，航海足迹遍及亚、非三十多个国家和地区。其规模之大，人数之多，组织之严密，航海技术之先进，航程之长，都是世界航海史上的一次空前创举。

郑和在印度西海岸古里去世，赐葬南京牛首山。

在冥界，什么稀罕的事情都可能发生。郑和简历刚宣读完毕，突然台上如梦如幻的出现了一群亭亭玉立的阿拉伯少女，她们赤脚，露脐，头戴帕，面遮纱，帕纱之间露出一对美丽的大眼睛，两只圆环挂在耳边，两只手镯在抖动的手腕上闪着银色的光芒。这些少女们围在郑和周围，欢快地跳起当地的风情舞蹈。

远方天边微微泛起光芒，光芒渐进，原来天上飘来一幅波斯魔毯，台下太监一阵惊呼。

魔毯悄无声息地落在台上，大家目不转睛地看着从魔毯上走下一些人来。郑和认出了，这里面有他的母亲、父亲和爷爷。

郑和与他们分别得太久了。

郑和第二次下西洋回来，经皇帝恩准回云南探亲，那时他的父母已经去世，郑和在父母的墓前，追思着和父母分别前的一幕一幕。

郑和父亲叫马哈只。马哈只有两个儿子，长子文铭，次子郑和，另有姐妹四人。

云南曾是元朝的一个省，朱元璋建立明朝后，派30万大军开赴云南，经过血风腥雨的战争，最后击败蒙古军队，使云南归于大明统治。

一天郑和又在村外大树下，翘望远方父亲的回归。大明的军队如潮水般涌来，郑和躲避不及，被一个骑兵顺手提到马上。后来郑和几次逃跑，都被抓回，打得死去活来，最后被阉，并被派往燕王府，从此郑和成为燕王的一名太监。在燕王起事推翻前任皇帝朱允文的战争中，郑和屡立战功，受到燕王的器重。燕王朱棣靖难成功，登基做了皇帝，郑和也就成为明成祖朱棣的重臣。

现在，在冥界，在郑和获得最佳成就奖的时刻，郑和能和家人见面，也是百感交集。

时间使他们产生了陌生，他们彼此彬彬有礼地相互问候。

一阵静静的寂寞，郑和的母亲再也憋不住了，她高喊一声："我的儿啊！"扑向郑和。郑和也高喊一声："妈妈！"扑向前去。

哭声过后，郑和的母亲对郑和说："你的一生受苦了啊！"

这时郑和的父亲、爷爷等人过来，分别和郑和拥抱。

这时郑和母亲拿来一个袋子，说："这是我们家乡云南的水果，都是你小时候喜欢爬树摘的果子，吃吧。"

郑和眼含热泪，打开袋子，里面是云南著名水果菠萝蜜果、猕猴桃、芭乐等。郑和有点遗憾地说：“能让我们所有来的太监弟兄们都尝尝多好啊。”

话音刚落，袋子飘然而起，袋口朝下，将水果撒向全场，惊奇的是，袋子里的东西好象永远倒不完，主席台上台下到处充满了水果的香气，台下的太监们一片欢腾。

这时，远处天边驶来一艘船。此船在冥界行驶，仍像在大海中乘风破浪，下面的太监们听到海水是在自己的上方哗哗作响，自己仿佛置身于阴冷的水下。太监中不乏当年跟随郑和下西洋的水手，当船只靠近时，他们发现船上的帆是黑色的，船身长度远远大于宽度（有利于提高船速），而且船帆上还有骷髅的标志，马上就有太监惊呼：“黑珍珠号海盗船！”

会场立时气氛紧张起来。

船靠近主席台停住，有三个人从船上走下来。他们来到郑和面前，右手抚左胸，弯腰向郑和施礼。通过他们的自我介绍。郑和明白了站在自己面前的是发现新大陆的哥伦布；绕过好望角，将欧洲带进印度洋的达·伽马；第一次实现环球航行的麦哲伦。他们都是郑和之后海洋的开拓者。

不知什么时候，主席台上出现了几个美人鱼，她们每人手捧一个大海蚌，海蚌打开，是副座椅。主客落座后，哥伦布首先说话：“我们代表西方的航海界，特来向大明奉旨西洋正使钦差总兵官——我们人类航海界的前辈郑和先生致敬，并祝贺您获得最佳贡献奖殊荣。”西洋人能把中国如此复杂的官称说出口也不简单。

郑和回话：“谢谢！大家都为东西方的沟通，为人类的团聚做出了贡献，愿真主保佑我们大家！”

刚才还在为客人搬海蚌椅的美人鱼，此时惊呼着躲在郑和身后，郑和顺着美人鱼的目光望去，几条鲨鱼从海盗船后面，悄悄地向美人鱼游来。

郑和用眼扫了一下鲨鱼和海盗船，笑问道：“怎么大家还对这样的船感兴趣?”

达·伽马挥挥手，那些鲨鱼退了回去。

哥伦布说：“坐它来，只是快捷，我们也想向前辈讨教几个问题。”

郑和：“请讲。”

达·伽马先说话了：“我们西方开拓海洋的目的就是要谋利，为了金钱我们可以不择手段，不知你们七下西洋的目的是什么?”

郑和笑了笑对达·伽马说：“据我所知，阁下还曾经做过海盗!”

达·伽马有点不好意思，也笑笑说：“是曾办过杀人越货的事。”

郑和说：“现在西方航海家还在做海盗吗，还杀人越货吗?”

达·伽马说：“早就不做了。”

郑和问：“为什么?”

达·伽马说：“那是错事。”

郑和说：“在中国人的意识里，一开始就知道那是不对的，所以我们没犯那样的错误，没把金钱看的那么重要。”

达·伽马说：“据我们所知，你们每次出海都带了白银百万两，还有大量的瓷器、丝绸，可以说是到处送礼；另外大量的使者跟您到中国首都，他们带来的礼品明朝朝廷也用高价收购，还送给他们大量的金银、礼品等，你七下西洋费钱费粮，军民死且万计，我们认为你们七下西洋只是空洞虚荣的、炫耀式的巡航。你们带着宏大浪漫的政治理想，从一个港口驶向另一个港口，宣谕、敕封、市易，将贡使接来又送去，只是满足帝王建立在无知狂妄之上的虚荣与野心，有点像我们西方寓言《皇帝的新衣》里讲的故事。”

西方的三个航海家都想笑，但是他们又都很快忍住了，他们知道这样做很不礼貌。

麦哲伦开始说话了：“据我们所知，你几次到了印度，到了红海，你为什么不一直往前走，若是那样，环球航行的将是你，而不是我。”

郑和向他们宣讲七下西洋的宗旨：睦邻四海，怀柔远人，恩泽天下。但是三个航海家笑了笑说“我们西方人是为利益闯荡江湖，你是奉旨办事，你们皇帝的高风亮节不是我们能够理解的。”

哥伦布说：“我感觉我们初期的航海理念都不正确，一个追求财富，一个输出理念，犯了两个极端的错误。”

很明显，这些西方航海家对郑和奉命航海的目的理解不了，但是作为航海人，他们佩服郑和的航海能力和航海成就。

他们走了，那艘船走了，走得悄无声息。

郑和目送着他们，心里很是复杂。

来时带来崇敬，走时没能成为朋友。一方尚义，一方尚利，价值观念的不同，在冥界也是天各一方。

在郑和正在惆怅时，突然传来呼唤他的声音，此时明成祖朱棣夫妇飘然而至。

明成祖朱棣和原配夫人仁孝皇后恩爱有加，到了冥界他们仍是形影相随。

郑和和朱棣一家甚是和睦，郑和被宫刑后，是夫人选中的郑和，将郑和从南京领入北京燕王府家中。

俊俏的郑和，眉宇间还露出忠贞与才气。

有次，燕王朱棣的两位公子将鞭炮放在政敌钦命北京布政使胡诚的轿子里，怕惹出事端，郑和出面顶罪。朱棣说是顽童嬉戏，郑和受了惩罚才帮助朱棣过了这一关。郑和的忠诚、能力受到朱棣一家的认可，同时也为郑和才华的施展提供了机会，郑和七下西洋的成功，也是君臣配合默契的表现。

见明成祖朱棣和皇后驾到，郑和急忙要施君臣大礼，朱棣急忙上前搀起，口中说："要不得，要不得，在冥界，应该是平起平坐。"

夫人也过来，嘘寒问暖。后来成为皇后的原燕王朱棣夫人，是明朝开国大将徐达的女儿。徐达的死，官场上的血风腥雨，使徐夫人多了一些同情心，徐夫人的疼爱也多少给了郑和些许母爱。

朱棣说："听说你获奖了，我们特来祝贺！另外我还给你带来一份礼物。"说着从怀里掏出一本书，交给郑和，郑和一看是《马可·波罗游记》，这本书郑和看过，但是朱棣今天作为礼物送给郑和，郑和不解其意。

朱棣问："是不是那几位西方的航海家来过？"

郑和说："他们刚走，不过我们谈的不甚愉快，我说他们是海盗，他们说我们虚荣，我给他们讲睦邻四海，怀柔远人，恩泽天下，他们说我们是《皇帝的新衣》心态。"

朱棣哈哈大笑，说："对海盗谈睦邻，谈怀柔，谈恩泽，这不就是对牛弹琴吗？"

郑和说："我们谈理想，他们谈利益，是格格不入。"

朱棣说："不对，我们也不是光有理想，我们追求的是更大的利益。"

郑和用不解的目光看着朱棣，说"那些反对下西洋的人说我们赔本赚吆喝，哪来的利益？"

朱棣又是一阵哈哈大笑，说："看样子我不仅蒙蔽了西方，也蒙蔽了你们哪！"

郑和更是不解，说："请您明示。"

朱棣从一美人鱼手里接过一杯海马茶，边品尝边与夫人说："尝尝，味道不错，郑和这里有宝贝。"

朱棣边与夫人打趣，边开始切入正题。朱棣问："马可·波罗你可知道？"

郑和说："知道。"

朱棣说："马可·波罗在中国待了十七年，回去后出了这本书，引起了整个西方世界对中国，对东方的注意，并导致了后来的航海大发现。但是，马可·波罗这个大活人到中国来，到东方来，无疑也向东方介绍了同样也是神秘的西方，可是怎么没有引起东方人的注意？没有引起东方对西方的航海大发现呢？"朱棣现在像是个学者，在向听众介绍自己的学说，不过朱棣的立题确实新颖，立时把郑和吸引住了。

朱棣咽了口茶，继续说："这个问题比较复杂，不说那么远。我在做燕王时，有意无意地听说了很多元朝的故事，元大都在燕京啊，我对元朝的了解，比南京的那些人多，其中就听说了关于马可·波罗的事，我感到新奇，就安排专门的人搜集了马可·波罗的材料，看完后我不觉倒抽了一口冷气，因为我知道了在遥远的西方有一个白色种族，他们人高马大，比我们东方人强壮，而且社会也比较发达，当时的蒙古人和他们较量过，就像战胜了我们的宋朝那样，蒙古人也战胜了他们。但是我们汉人后来把蒙古人赶跑了，又建立了我们的明朝。那么西方的白种人，也完全有可能战胜蒙古人，如果他们报复蒙古人，从西方向东方杀来，就像我们打到漠北，那么白种人就有可能与我们照面，那时他们也可能成为我们的对手。"

有点天方夜谭，郑和听得有点摸不着头脑。

朱棣兴奋劲来了，说："马可·波罗是从北方的丝绸之路来的，走时是通过海路，通过南洋，再到西洋走的，也就是说，如果西方人东来，有两条路，一是北方，另一条则是海上。"

郑和在琢磨朱棣的话，问："你是说我们的下西洋的目的是冲着白种人去的？"

朱棣说："一开始我对蒙古人是想赶尽杀绝，不是一直打到漠北吗，但是后来我就不追了，与他们和为上，这些历史书上都有记载，但是为什么不赶尽杀绝，他们就不知道了。因为，我想让蒙古人抵挡白种人，再说北方大沙漠也不是什么好地方。"

郑和问："我们七次下西洋的主要目的是布防，布防西方白种人？"郑和似乎听出点名堂，

"是的。"朱棣又开始喝茶，他在等着郑和的提问。

"您好像说的有点玄吧，西方那几个航海家说您无知、狂妄、虚荣。"这些话在人间，吓死郑和也不敢说，现在他斗胆把这些话学出来，他想朱棣也一定会

大怒。

朱棣笑了笑，对皇后说：“把那份礼物也拿出来吧。”

皇后像变魔术一样拿出了一幅地图，交给郑和，郑和接过来，见图上方标有《大明混一图》，绘制于洪武二十二年，上面还标有：*《大明混一图》参照底图蓝本是元代李泽民的《声教广被图》和清濬的《混一疆理图》。*

郑和看后不觉大吃一惊，因为这张图上已经标明了非洲的好望角和非洲的西海岸以及大西洋，这是郑和曾经努力要去而没能达到的地方，更让郑和吃惊的是，《大明混一图》绘制时间早于他第一次下西洋十六年，《声教广被图》和《混一疆理图》是更早的海图版本。

郑和一屁股坐在海蚌椅子上，呆了好一会，才对朱棣说：“原来您对这一切都早有了解。”

朱棣喝了口茶淡淡地说：“别忘了，我那时是皇帝。”

郑和说：“您为什么不早告诉我?”郑和说完就后悔了，这话太唐突，不是原来的臣子应该问的话，好在朱棣也没在乎。

朱棣说：“如果早透漏出去，谁会相信有白种人的威胁?那些反对下西洋的大臣们肯定说我杞人忧天，所以还不如睦邻四海，怀柔远人，恩泽天下来的名正言顺。再说，我们对东南亚、南亚、中东说白种人的威胁，他们肯定也不相信，因为他们那时的文化、国力都比我们差多了，我们更不能说我们在拉拢他们，为的是将来在我们和白种人的冲突中，让他们站在我们一边。再说，那些穷邻居有什么油水，也没必要在他们那里开疆拓土。”

停了停朱棣又说：“在我们大明军队大军压境的情况下，元朝皇帝未作抵抗便弃城而逃，当时元朝的档案就完整的保存下来了，马可·波罗的情况，元朝档案有着详细的记录，我在查阅马可·波罗的档案时，发现了《大明混一图》，这促成了我要下西洋的决心。”

郑和呆呆地坐在那里，他可是一直把“睦邻四海，怀柔远人，恩泽天下”作为七下西洋的宗旨，现在朱棣把他当时真正的意图说出来，郑和感到有点受蒙蔽的感觉，但是忠诚执行皇帝的旨意也是做臣子的本分，又怎么能算是蒙蔽。

郑和正在矛盾之时，朱棣又说话了：“你布防做得很好，另外你还带回许多有价值的东西，比如那些兵器。”

郑和想起来，在波斯湾的忽鲁谟斯，那里的酋长领郑和逛商店，听说那里居然还可以买卖兵器，在中国这是绝对不许的，郑和觉得稀罕，前去参观。在一个兵器店里，郑和发现了一批特别大的盔甲和兵器，郑和和店主开玩笑，说是如果与穿这么大的盔甲、使用这样大的兵器的军队作战，想取胜可不容易。没想到，店主居然说，穿过红海，再跨越地中海，就到了一个叫欧罗巴的地方，那里的人都穿这样的盔甲，使用这样的兵器，郑和觉得稀奇，就把这批兵器买了下来。

回到国内，郑和将这批兵器展示给皇帝朱棣看，没想到朱棣的兴趣比他还大，说是郑和立了一大功。朱棣将兵器拿起，反复耍弄，后又将一些御林军叫来，叫他们操练这些武器。看着御林军的操练，朱棣语重心长地说了一句："两强相遇，必有一战。"

当时郑和听到这句话，也激动了一下，过后也就不多想了。现在回忆起来，朱棣命令下西洋，是未雨绸缪，为的是将来和白种人的一战啊！

大明宝船队的统帅，和大明江山的皇帝还是不能比啊！郑和用崇敬的眼光看了看眼前这位曾经放眼世界的皇帝。

"是啊，你把这些东西带回来，也足见你也有这种眼光，当时我也想把这一切都告诉你，但是当时北方蒙元势力抬头，我带30万军队前去镇压，当然我也不想打仗，后来他们服了，也就算了，我本想处理完北方的事后，回来再告诉你，并打算让你继续前行，接触接触那些白种人，但是，嗨！没想到，我会死在北征回师途中。"

说完，朱棣又哈哈大笑起来，说："我若晚死几年，把很多后续工作做完，让中国人都明白，我们中国最厉害的对手不是蒙古、突厥等游牧民族，在西方有个更厉害的对手将来要出现在我们面前。若是那样，我们中国后来的历史也可能会改写，可惜的是，在我之后，没人会预料到西方的侵略。西方的航海大发现只比我们晚了不足百年啊！我不是杞人忧天吧？可惜，可惜啊！"最后，朱棣不无感叹地说："马可·波罗啊，马可·波罗，你的一本书唤醒了西方，西方人都想跑到中国来看看，你在中国待了那么多年却没能唤醒中国！中国很少有人想去西方看个究竟。为什么？"

此时，幻影一闪，主席台中央出现了一个白须飘然的和尚，他是朱棣的军师——道衍大师。道衍大师右手捻珠，左手擎掌，口中念道："阿弥陀佛！万事万物皆有定数，这个定数就是天，这个定数就是地。它的富庶使它难有进取，它的安康使它不望四方。"道衍大师又说："天赐良机而丢失，以后的中国必有灾难，阿弥陀佛！"

1433年，郑和船队返回南京，结束了七下西洋的历史，从此中国的国门关闭了。1497 后，也就是郑和船队返回 64 年后，葡萄牙的达·伽玛到达印度洋，他发现几条从麦加返航的船只上没有武装，便捕获了它们，在搬空了那些船上的货物，不许原来船上的船员离船的情况下，下令把那些船烧毁了。

火焰逆着郑和七下西洋的路线，烧向东方。

七、最佳报复奖：魏忠贤

高力士笑呵呵地走到台前，说我们的颁奖大会已经连续颁布了两项大奖，很是成功，在颁布下一个奖项之前，我给大家讲个故事，故事名叫“太监、奶妈和一个木匠皇帝的故事”。

故事里说，从前在中国有一个大太监，他叫魏忠贤，魏忠贤的父母有人说是贫苦农民，有人说是玩杂耍的街头艺人，但不管怎样，魏忠贤是穷苦人家出身。

由于家穷，魏忠贤从小没上过学，父母对他也没什么管教，他也不事农作，整天在街头闲逛，纯粹是个无业游民。

魏忠贤虽说没读过书，却伶牙俐齿，能言善辩，并且无师自通，唱歌、奏乐、下棋、踢球样样胜人一筹，而且还有些武功，左右手均能挽弓，箭法很准。

魏忠贤还有一个特点，就是长的高大伟岸，风度翩翩。

魏忠贤十几岁时，家里给他讨了一房老婆，又生了一个女儿。应该说，本本份份的过日子也就是了，但是魏忠贤天生就不是本分人，整天在外面吃喝嫖赌。赌输了，他把女儿卖了。老婆见状拔脚离家出走，否则，魏忠贤下一个就该卖她了。

魏忠贤抛弃了家庭，成了一个流氓者，有钱时妓院就是他的家，京城里大小妓院差不多都留下过他的足迹。

魏忠贤还是个赌徒，有时明明身无分文，却装出腰缠万贯的样子，昂首挺胸走进赌场。赌输了，没钱给，免不了挨一阵毒打，但是无怨无悔，下一次再来。

酒是个好东西啊，当你心里空虚时，它可以使你立时徒增胆量；当你受到打击时，它可以使你瞬间摆脱苦恼；当你迷茫时，它可以迅速帮你坚定方向。将军们上阵时喜欢喝酒，政治家们聚会时喜欢喝酒，文人们醉酒诗百篇。但是，最喜欢喝酒的还是那些市井无赖，这些人酒一下肚就吹嘘：“吃奶的孩子听到我的名字就不敢哭，你们能行吗?”

魏忠贤就是这样一个市井无赖。

有次魏忠贤酒后醉醺醺地在街上摇摇晃晃地走着，被债主逮住，并被扒掉了裤子。情急之下，魏忠贤大声叫道："我进宫当太监还你钱还不行吗。"

谁也没把这句话当回事，魏忠贤照样挨了一顿毒打。

这憋出来的话倒是把魏忠贤自己给提醒了，是呀，如果能进宫当太监，那可是个做人的捷径，就算是一次赌博吧，本钱不过是胯下的二两肉，如果赌赢了，衣食不愁不说，熬上几年，也许能混出个模样来。魏忠贤没考虑赌输，赌徒不怕输。

魏忠贤像发现了一个重大秘密似的，越想越是兴奋不已，越想浑身越是热血沸腾。他想象自己骑着高头大马，跟在皇帝身边；他想象自己骑马驰骋在家乡，不，是驰骋在县城，县太爷亲自牵马坠镫，以前的哥们见了他，纷纷在马头前下跪。

魏忠贤越想越兴奋，他从地上爬起来，扯下上衣包住下部，昂首挺胸走向前方。

回到家，魏忠贤拿起菜刀，将自己的那部分阉掉了。本来他应该请专业人员帮助，这样可减少疼痛，但是那需要银两啊，魏忠贤此时没钱，他一咬牙，自己办了。

魏忠贤疼得在地上打滚。

魏忠贤疼得昏了过去。

魏忠贤醒来后，挺身向皇宫走去。

但是进皇宫当太监，也不是魏忠贤想的那么简单。因为宫里招太监，要的都是十几岁的孩子，魏忠贤当时已经是二十几岁的小伙子，曾结过婚，有过孩子，不符合条件。宫里不要，这对一时雄心万丈的魏忠贤是个不小的打击。魏忠贤后悔啊，怪自己一时冲动，不得已，魏忠贤只得流落街头，或以讨饭为生，或打打零工。

一天魏忠贤来到一个太监家里打工。找个工作不容易，魏忠贤珍惜眼前的工作，他起早贪黑，日夜苦干。当然魏忠贤如此卖力，也另有用意。

这个太监不是一般的太监，他是太监头目，官称司礼监秉笔太监，他叫孙暹。孙暹见魏忠贤工作勤奋，人且老实，第二年便保举他进宫当了一名太监。

魏忠贤终于如愿以偿。

太监魏忠贤先介绍到这儿，再说说奶妈客印月。

客印月是个刚生过儿子的少妇，年方十八，长得妖艳美丽，性感十足。

一天，客印月高高兴兴跑回家，丈夫见她高兴地样子，问她："拣到金元宝了，这么高兴?"

客印月说："比拣到金元宝还高兴，告诉你，皇家正在招聘奶妈，我已经报名了。"

丈夫一惊说："那我们的儿子怎么办?"

客印月说："家里不是还有你吗。"

丈夫生气说："我一个男人如何喂他奶。"

客印月说："你也可以给他找个奶妈。"客印月又说："告诉你，那个皇家孩子是皇孙，我以后就是皇孙的奶妈，以后你们见到我呀，就得毕恭毕敬，说不定有一天这个皇孙做了皇帝，那我就上天了。"

丈夫管不了客印月，客印月打扮得花枝招展应聘去了。

参加应聘的少妇们还真不少，但是那个皇孙见到其他报名来给他做奶妈的人就哭，到了客印月时，客印月先是朝皇孙投去一个温柔的眼神，同时献上一个甜蜜蜜的微笑，那个孩子就顺从地趴到了她的怀里，周围人都笑，说他们有缘。

客印月成了那个皇孙的奶妈。

那个皇孙就是后来的木匠皇帝朱由校。

朱由校的爷爷，大明神宗万历皇帝朱翊钧在位 48 年，是明朝在位时间最长的皇帝。明神宗朱翊钧驾崩后，太子朱常洛接位登基。

朱由校的父亲朱常洛命运不好，万历皇帝朱翊钧在世时，不喜欢他，老想废了他，立宠妃郑贵妃的儿子为太子，郑贵妃依仗皇帝的恩宠，也经常公开用言语敲打朱常洛，还找人来暗害他。

太子朱常洛整天是提心吊胆过日子，好不容易熬出头当了皇帝。郑贵妃见风使舵，在朱常洛登基的第二天，便恭恭敬敬地送来了八位美女。朱常洛常年受压抑，看到一向骄横的郑贵妃向他低头，一时扬眉吐气，大乐之下，纵情声色，不久身体便"不适"。郑贵妃紧接着又差人送去两粒"仙丸"予以关心，仙丸乃毒药，在郑贵妃温暖的关怀下，登基才 29 天的明光宗朱常洛便一命归西了。

朱由校当时 16 岁，在毫无征兆的前提下，突然接班成为了大明熹宗天启皇帝。

爷爷万历皇帝生前不喜欢太子，连带对孙子也漠不关心，已经 16 岁的朱由校，还没有得到皇太孙的封号，甚至始终未能出阁读书。万历皇帝临死前，这个不称职的爷爷才想起"皇长孙宜及时册立、进学"。

朱由校从小在宫里，除了吃饭睡觉，就是到处溜达，或者斗斗蟋蟀，打发无聊的时间。有次他看到宫里在修缮房屋，见那些高大的树木在木匠的手里，不久就变成了门窗和各种家具，他觉着好奇，便跟着那些木匠学起来。你可别说，朱由校很聪明，不久他就成为了一个不错的木匠，加上那些干活的木匠对这位皇家少年的恭维，从此朱由校就对木工着了迷。史书记载，木匠朱由校“朝夕营造”，“每营造得意，即膳饮可忘，寒暑罔觉”。

再以后，朱由校的木工就很精通了，他用的木工工具都是自己做的，而且在做工具时，不许旁人观看。在木工技术方面，朱由校已经有资格保守“秘密”了。

当时这位皇孙朱由校压根就没有当皇帝的想法，也没有人预料到这个从小喜欢做木匠的小子会当上皇帝，所以朱由校没有受到皇储的训练。这位木匠突然被抬到皇帝位置上，他不知如何做皇帝，也对政治不感兴趣。

朱由校当上了皇帝，那位奶妈客印月，就像她自己说的“就上天了”。

魏忠贤进宫后先是当了个“小火者”，就是扫地打杂的奴役。年龄大了，又被分配成为皇孙朱由校的炊事管家。皇宫里，皇儿、皇孙成群结队，朱由校只是他们中的一个，而且是很受冷落的一个，别的太监都笑话魏忠贤命不好，但是魏忠贤没有选择余地，他只能踏踏实实地工作。

大概由于年龄变大的原因，也可能魏忠贤想念自己的女儿，魏忠贤像爷爷照顾孙子一样对小主人疼爱有加，尽心尽力地伺候。小皇孙骑马射箭是他手把手教出来的，做木匠活的时候，魏忠贤也是最得力的下手。小皇孙要什么玩具，魏忠贤都会千方百计淘弄来，小皇孙一高兴了，就喜欢拿这个老仆搞个恶作剧，开开玩笑，比如把人当马骑啊什么的。当夕阳从紫禁城头落下之后，魏忠贤经常会坐在小皇孙身边，絮絮叨叨地讲他年轻时的故事，讲皇宫外面的故事和乡下的古老传说。

有次皇帝朱由校荡舟取乐，不小心翻了船，魏忠贤一时心急，忘了自己不会游泳，竟不顾一切地跳进水里救皇帝，结果几乎搭进了自己的性命。

魏忠贤的忠诚，已经不是基于尊卑关系，而成了内心的感情需要，也正是由于这种忠诚才让他得到了皇帝的完全信任。

朱由校母亲去世很早，也极少得到父爱，所以不可避免地，朱由校对魏忠贤有着恋父情结，对奶妈客印月有着恋母情结。

朱由校当上了皇帝，也就该着魏忠贤出人头地。

朱由校16岁当上皇帝，按照那时的规矩，朱由校也该娶妻生子了。

皇家子弟16岁大婚，是那时中国的规矩。在这之前，先期在国内海选，挑选出了一批年龄在13～16岁的女孩。官方发路费，让她们的父母陪送到京城备选，于当年的正月集合，送达京城的女孩有5000人之多。

皇家选媳妇采用的是淘汰制。

偌大的皇宫，每次放入百人，太监们职责清楚，分工明确，依次把关审查。首先看身材，高一点的，矮一点的，胖一点的，瘦一点的，全都不要，这样5000人中淘汰1000人。其次看五官，剩下的4000人要被挨个审查耳、眼、嘴、鼻、头发、皮肤。眼不光亮，牙齿不白，鼻梁过高或过矮，皮肤上有斑或有痣，均要淘汰。再让女孩自报家门，音不圆润甜美，也要被淘汰，这样又淘汰2000人。最后主要是借用工具测算身体，就是测三围，看看身材是否符合比例，另外凡是手腕粗短的，脚趾肥大的，都不能过关，这样，又淘汰1000人。

太监的工作到此为止，余下的1000名女孩，交由老宫女带到密室，进行内检，就是让女孩脱光衣服，摁摁乳房，查看长得挺不挺；闻闻腋下，有没有狐臭，在看看下部，有没有异常，最后摸遍全身，这样又淘汰700人。在这期间，举止轻浮、说话粗鲁、反应迟钝、不懂礼节之人已被淘汰。

300名精选下来的女孩留在宫中生活一个月，以观察其生活习性、说话态度、智力高低、人品如何，再选出了德、智、体全都优秀的女孩50名。

由5000人选出了50人，可算是“百里挑一”。

最后，皇太后等宫中女名流出场面试这50人，并要她们写字、算数、吟诗、作画，以测试她们的文化素质，最后精选出了张嫣、王氏及段氏三人。

史书对第一名张嫣是这样记载：芳龄十五，厥体颀秀而丰整，面如观音，色若朝霞映雪，又如芙蓉出水；鬓如春云，眼如秋波，口若朱樱，鼻如悬胆，皓齿细洁，上下三十有八，丰颐广，倩辅宜人；领白而长，肩圆而正，背厚而平；行步如青云之出远岫，吐音如流水之滴幽泉——仙女也不过如此吧!

最后定下张嫣为皇后，封王氏为良妃，段氏为纯妃。那50名女孩中剩下的，最后也都当上了朱由校的妃子。

以后事实证明，经过千挑万选的张嫣果然非同凡响，是位母仪天下的人物。

但是嫁给皇帝的张嫣并不幸福。张嫣原来认为皇宫是“圣人，贤人，仙女们待的地方”。但是很快现实的一切就击碎了这位少女的梦。

首先她发现她的丈夫朱由校是个比她还幼稚的男人，除了是个优秀的木工外，明朝皇帝原来竟是个文盲。张嫣有些吃惊，无法接受眼前的事实，可又不得不接受眼前的事实。

过了一段时间，张嫣还发现，整天围着皇帝转的太监魏忠贤和奶妈客印月原来也不是什么好东西。

作为奶妈的客印月，本来在皇子断奶后，就该离开皇子，但是客印月对朱由校无微不至的关心，加之朱由校母亲过早的死亡，朱由校对客印月有着难舍难分的情感，客印月在宫中留了下来。

皇帝朱由校大婚，娶了张皇后，客印月就必须回避了，但是客印月还是无回避之意，而且行为更加放肆。

皇帝下朝回到后宫，推开卧室门，发现客印月在屋里，便问道："皇后不在吗?"客印月坦胸露乳，迎上前来，娇嗲地说："怎么，娶了媳妇忘了娘啊?"

皇上赶快说："哪能呀，我永远不会忘了乳娘。"

客印月上前，将小皇帝搂在怀里，年纪轻轻的朱由校，对于三十几岁美貌又性感十足的客印月的诱惑，定然是无法把持，客印月将皇帝拖到床上。恰巧张皇后回到后宫，见到这个场面。

客印月见张皇后进得屋来，急忙起身，想溜开，张皇后用手势制止住了她。

张皇后对着皇上说："皇上应该对奶妈有礼数。"

皇上有些不好意思，不知如何回答。

张皇后转过身来，对客印月说："宫中规矩不能破坏，让奶妈受苦了。"说着张皇后令人拿绳子将客印月捆起来。皇帝见状，急忙过来求情，张皇后这才罢手。

皇帝见皇后给了他面子，没有处罚奶妈，便高高兴兴地做他的木工去了。

木匠皇帝朱由校用木头做了个玩偶，非常精巧，五官四肢，无不具备，且惟妙惟肖，而且玩偶的关节都会动，他让太监给他表演，他看得如痴如醉。

皇后在一旁看了，心中酸楚，她在想："不是说我嫁给皇帝了吗，我怎么嫁给了一个顽童木匠?"

皇后要惩罚奶妈客印月的事传出，便有大臣上奏："皇上已大婚，奶妈客印月在宫里多有不便，应出宫回避。"无奈，客印月被逐出宫外。

客印月出宫不久，皇帝朱由校对大臣们说，他十分想念奶妈，自奶妈出宫后，他至今没吃过一顿安心的饭，没睡过一夜安稳的觉。不得已，客印月又被接回来了，还被封为奉圣夫人，并享受太后待遇。

做了皇后的张嫣感到自己掉进了冰窖里。

作为太监的魏忠贤也想控制皇后，但是他也感到皇后知书达理，无处下手，于是决定害死张皇后，然后想法让自己的侄女当上皇后。

魏忠贤先是指使手下散布谣言，说皇后张嫣是一个强盗的女儿，而不是现在父亲的女儿。张嫣现在的父亲张国纪（地方官员）收受强盗的大量财宝，后来强盗犯死罪，死前将女儿托付给了张国纪，所以，张国纪、张嫣没有将这段隐情据实反映，犯有欺君之罪。

木匠皇帝朱由校爱着张嫣，当皇帝听到这种谣言后，自然不信，他告诉传言者不要相信，然后又去做木工活了。

皇后说："有关我和我父亲的声誉，是不是应该追查制造谣言者？"

木匠皇帝说："我相信你就行了，你不看我正忙着吗？"说完又忙活起他的木工活了。

木匠皇帝正在做床，那个年代，匠人所造的床极其笨重，十几个人才能移动，用料多，样式也极普通。木匠皇帝自己琢磨，设计图样，亲自锯木钉板。木匠皇帝所做的床，床板可以折叠，携带移动都很方便，床架上还雕镂着各种花纹，美观大方，为当时的工匠们所叹服。

木匠皇帝指着他正在做的新床，不无自得地对皇后说："你看我做的床比他们做的床好多了，晚上我们一定睡得比以前舒服。"

皇后在一旁看着，只能在心中叹气。

太监魏忠贤一计不成，再生一计。

一天夜里，在皇宫发现刺客，皇帝大惊，立即将被抓到的刺客送交东厂审讯。东厂是个特务机关，负责东厂的正是魏忠贤。

太监魏忠贤本想借机诬告张国纪，说张国纪想弑君，想立朱由校的弟弟朱由检为皇帝。这一阴谋一旦得逞，张国纪、张皇后、朱由检将无一幸免。但是魏忠贤的一个亲信爪牙提醒魏忠贤说："皇上向来重视兄弟夫妻情谊，皇帝未必相信。"魏忠贤听后也心中暗惊，于是遂将那几个人处死，杀人灭口，化解了此事。

皇后找到木匠皇帝，说："行刺皇帝是大事，皇帝应追查到底。"

木匠皇帝说："回头我设计个翻板陷阱，叫刺客有来无回。"说完继续忙活他的木匠活。

木匠皇帝朱由校用紫檀木做了一个不满一尺长的屏风，上面雕刻着《寒雀争梅图》，各种花鸟鱼虫，亭台楼阁，无不栩栩如生。后来他让太监拿到民间市场上去卖，据说一个阿拉伯商人出万两白银买下，说是要将它作为来自中国最好的礼物送给他们的国王山鲁亚尔。

太监魏忠贤还是没有放过张皇后。

后来，魏忠贤听说皇后怀孕了，有些腰疼，魏忠贤知道机会来了，马上和客印月商议，命令有关宫女使用“损元子”的手法，给皇后按摩。这个“损元子”手法是促使流产的一种专用按摩手法，是皇宫中担心有假太监，致使宫女怀孕而准备使用的按摩手法。此时张嫣皇后才年方十八，哪会想到这里有暗招，结果被害流产，并造成终生不能再生育。

太监魏忠贤和奶妈客印月依着皇帝的信任，对宫中所有怀孕和不听话的妃子下毒手。

裕妃怀孕了，客氏知道后，和魏忠贤密谋，假传圣旨，说皇帝夜有噩梦是裕妃伺寝造成的，于是将裕妃打入冷宫，并断绝饮食。夜里雷雨交加，裕妃爬到屋檐下，接食雨水，后来怀有身孕的裕妃被活活地饿死了。

一个性情刚烈的成妃，曾利用侍寝之机，在枕边向皇帝说了对魏忠贤和客印月不敬的话。服伺皇上的太监宫女将此事传到魏忠贤和客印月那里，他们立即将成妃打入冷宫，幸好成妃早有预料，先在檐瓦中藏有食物，熬过了半个月，但是魏、客仍将她贬为宫女，冷落一旁。

几年下来，皇帝没有一个孩子。

魏忠贤和客印月又使出了更坏的办法。

一天夜里，客印月从皇宫中带出八个宫女，来到京城里一个不显眼的院落。宫女们问，我们到这里干什么？客印月说：“让你们尝尝男人味。”

众宫女不解，客印月又说：“皇宫里只有一个男人，那就是皇帝，可是皇帝有那么多女人，一辈子也可能轮不到你们。就是有机会让皇帝宠幸你们一回两回，以后尝不到男人味，你们会更难受。现在我把你们带出来，再给你们多找些男人，让你们过过瘾，如果你们谁怀了孕，我就把谁先送回宫中，说那是皇帝的种，皇帝那么多女人，他是分不清的，以后你们生个龙子凤女的，那你们就有享不完的福了。”

那八位宫女听了都很高兴，她们也不敢不高兴。

后来那八位宫女都怀了孕，并被送入宫中。

魏忠贤和客印月想用这种办法，永远控制皇帝，控制皇宫。

天有不测风云，人有旦夕祸福，才二十几岁的木匠皇帝突然暴病。

躺在床上的皇帝知道自己不行了，对皇后张嫣说：“魏忠贤告诉我说后宫有人怀孕了，以后生男就立为皇帝吧。”

皇后说：“如果都不是男孩，该怎么办呢。”

皇帝说：“按祖宗规矩就该我弟弟朱由检继承皇位。”

皇后说：“如果是男孩，孩子小时就该我垂帘听政，我的能力与弟弟朱由检相比逊色太多，我看为了江山社稷，为了大明朝千秋万代，就请弟弟朱由检接受皇位吧。”

在一旁的弟弟朱由检急忙站起来想要推辞，皇后立即要在场大臣起草，并当场宣读由朱由检接受皇位的圣旨。

在床上昏昏沉沉的皇帝也就听之任之了。

木匠皇帝死了，弟弟朱由检当上了皇帝。

新皇帝即位，客印月就再没有居留皇宫的理由了。客印月被迫离宫的那一天，早早起床，身着哀服，进入木匠皇帝的灵堂，取出自己长期保存下来的木匠皇帝幼时的胎发及指甲等物焚化，痛哭而去。

新皇帝即位，太监魏忠贤也想要控制新皇帝，他向新皇帝进献了四个美女。四个美女各带一粒叫“迷魂香”的香丸，吃了这种香丸人就会呆痴，魏忠贤想把新皇帝变成痴呆皇帝，继续受他控制。

但是新皇帝没有上当。新皇帝进入皇宫后，身边警卫森严，不许原来宫中人员靠近身边，所吃的饭，喝的水，均有宫外送进，理由是，新皇帝现在还不适应宫中生活，接着就“请”魏忠贤去守皇陵。

魏忠贤走后，新皇帝启用正直大臣辅佐朝纲，清理魏忠贤党羽，然后下令擒拿魏忠贤和客印月治罪。

魏忠贤在去皇陵的路上，接到新皇帝要擒拿他的密报。当夜，秋风萧瑟，小雨淅沥，在无限惆怅中，魏忠贤独自一人在他下榻的旅馆里喝着闷酒。魏忠贤回想自己的一生，罪受了，福也享了，皇上待自己不薄，守皇陵也符合自己的心愿。现在新皇帝不要他了，要擒拿他，也就是自己的死期到了，魏忠贤什么事没见过，他不慌张。

此时他好像在风声和雨声里听到有歌声传来，仔细听来，歌里唱道：

“随行的是寒月影，吆喝的是马声嘶，似这般荒凉也，真个不如死。”

魏忠贤明白了，这是天意，是上天催他上路。他的荣华富贵到头了，他作恶多端也到头了，与其被新皇帝杀掉，不如自己去死，听从天的安排吧，魏忠贤上吊自杀了。

那位奶妈客印月不久也被抓来杀了。

新皇帝对原来的皇后张嫣非常敬重，上徽号曰懿安，居慈庆宫。新皇帝每次去看望张嫣，都是衣冠整齐，毕恭毕敬，礼敬如母后。

高力士说："故事说到这儿，下面言归正传，继续进行我们的颁奖大会。"

高力士宣布最佳复仇奖，并有请颁奖嘉宾。

西施不施粉黛，衣着浣纱裙，手托一盘，脚拖木屐走向主席台。说也奇怪，西施走在主席台上，就像当年在跳木屐舞。木屐舞是西施的发明，说是用数以百计的大缸，上铺木板，西施穿木屐在上面起舞，裙系鱼儿小铃，舞动起来，铃声和大缸的回响声，交织在一起，比现代的踢踏舞声音好听多啦。坊间传闻现在的国家大剧院里，还专门铺有十余米的响屐廊，以纪念西施的发明。

西施被称为中国四大美女之首，有"沉鱼"的雅称。说是西施在河边浣纱时，清澈的河水映照着她俊俏的身影，鱼儿看见她的模样，忘记了游水，渐渐地沉到河底。

西施患有心口疼的毛病，此时，她的病又犯了，只见她手捂胸口，双眉皱起，流露出一种娇媚柔弱的病态美，台下的太监们也都急忙用手捂胸口。西施歉意一笑，台下的太监们也都"嘿嘿"憨笑。

请西施做颁奖嘉宾有很大争议，但是太监大会主席团最后还是通过了。

西施可以说是另类"英雄"，使"丈夫"吴王夫差在温柔的梦幻中留下了越王勾践的性命，而用计取吴国忠诚大臣伍子胥的性命，扰乱了吴国的朝纲。后又帮助越王勾践反败为胜，结束了吴王的性命，报复了吴国对自己母国越国的占领。

高力士要宣读颁奖词，可是当他打开颁奖词文本时，发现上面的颁奖词与原来的不同了。原来的颁奖词是："善有善报，恶有恶报。皇上把我们当奴才，我们报复皇上；奸臣利用我们，我们报复奸臣；忠臣瞧不起我们，我们报复忠臣；人民大众尊重我们吗？不，他们也鄙视我们。除了我们的父母，还有谁瞧得起我们？没有！我们无后，他们也该无后，天下都该无后，天下人鄙视我们，我们也鄙视天下人。"

高力士这位"龌龊"了一辈子的"老奴"，认为这是他要喊出的发自肺腑的话。

可是眼前的颁奖词不同，但是高力士感到，眼前的颁奖词，更像苍天降旨，高力士不知觉地大声朗诵了出来：

“天曾说过：‘你们要人人平等，共同享受这物华天宝之地。’天还曾说过：‘黄帝所有后裔都必须世世代代遵守我的约，我一定惩罚不守约的人。’

天看东方人越来越作恶，居然削掉一部分人的生殖器，剥夺这些人的交配权，来为皇帝服务，而且对于这种做法，广大人民群众居然接受。天说：‘看吧，他们都荒唐到什么地步了，我一定惩罚不守约的人。’

他是苍天之鞭，但愿他能打醒人们，打醒这个社会。”

高力士刚朗诵完颁奖词，正在举行太监大会的巨大山谷上空突然一个闪电，把山谷照得雪亮，在山谷的峭壁上雕刻着的巨大阳器发出微微的红光，正在参加太监大会的太监们，立时感到自己的身体好像也被照得透亮，所有人的身体都不由一震，似乎有一种暖流瞬间流遍全身。

接着就是一声炸雷，不，确切地说更像一声鞭响，“啪嚓”一声震得山谷抖动。

过了好久好久，太监们才感到事情渐渐过去。

看看事情过去了，高力士强打精神，继续主持颁奖大会，并有请颁奖嘉宾宣布受奖太监。

西施从她托举着的托盘里拿出一条纱巾，高力士接过托盘，西施将纱巾打开，读出了上面的三个字：“魏忠贤。”

台下并无动静，一个胖老头笑嘻嘻地走向主席台，从西施手中接过奖杯。他就是号称九千岁——明代杰出的坏人、流氓、恶棍、无赖魏忠贤。

最佳报复奖奖杯的底座是一方黑色花岗石，上面立着用汉白玉做的一枚酒樽。

简单的对比，一黑一白。一枚酒樽，意味着生活。报复奖奖杯寓意日常生活之中，就可颠倒黑白，祸乱一个国家，颠覆一个朝代。

这个奖杯用料平凡，但是魏忠贤还是仔细地把玩了一番。

另一位太监走上台来，宣读魏忠贤简历：

“魏忠贤（1568－1627），原名魏四，李尽忠，河北肃宁人。出身于市井无赖，后为赌债所逼自阉入宫做太监，此后又在宫中默默无闻了30余年。

后来朱由校即位，是为熹宗，国号天启。原李尽忠被熹宗赐名忠贤，改回原姓魏，并被封为司礼监秉笔太监，东厂提督太监，从此魏忠贤一步登天，号称九千岁，九千九百岁，以致人们只知有忠贤，不知有皇帝。”

魏忠贤的简历刚宣布完毕，台下就乱了起来。

设立最佳报复奖，怎么就选出了这么个东西，还让大美女西施给他发奖，实在恶心！

“魏忠贤滚下去！”口号声在台下响了起来。

当然，支持魏忠贤的人更多，要不怎会选出他来。

“魏公公千岁！千千岁！”在台下也有人喊了起来。

场面乱了。

主持人高力士急忙摆手，想让大家静下来，但是作用不大，眼看局面不可收拾，突然大家听到空中有人发出威严的声音：“呕——呕！”

如滚滚闷雷，向场面上压来。不一会，一朵黑云笼罩主席台，黑云散去，舞台上出现了宋代大法官包拯和他的侍卫王朝和马汉，一口虎头铡闪闪发光，放置在主席台中央。

包拯在任职期间，秉公办案，光明磊落，大义凛然，曾经将不法的当朝驸马处死，受到百姓的爱戴，被天下称之为“包青天”而名垂青史。

“为何喧闹？”包拯发话了。大家一看是包拯，并没害怕，这些和皇帝打交道的人，什么世面没见过，怎么会害怕包拯。不过，一个宋代大法官，怎么会跑到太监谷，大家觉得稀罕。

魏忠贤先是走向前，拱手施礼：“欢迎包大人访问太监谷。”

包拯并没理他，王朝、马汉此时发出威严的声音：“跪！”

他们要魏忠贤向包拯下跪。

魏忠贤敢玩皇帝于股掌之中，怎么会怕这个场面。魏忠贤说：“包大人，你们跑到这里来，是否也想让我们帮助把你们那东西也给阉了？”

包拯没答话，喊了一声：“请起诉方。”

立时，在舞台的另一方站立起被魏忠贤打击、压迫和残害死的包括大明官员在内的一大群人，他们是杨涟、左光斗、魏大中、周朝瑞、袁化忠、顾大章、王安、魏朝等。

一个叫魏朝的太监走向前，大声喝到：“魏忠贤狗儿，你夺了我的女人，还置我于死地，你小子太歹毒。”

事情是这样——

虽说在木匠皇帝朱由校很小时，魏忠贤就来到了朱由校身边，并和木匠皇帝的奶妈客印月共同照料朱由校，但是还有一个太监让魏忠贤感到碍事，就是客印月的对食，也是魏忠贤上司加结拜兄弟的魏朝。

当时的习俗，宫中的太监和宫女可以自由结合为“对食”，就是他们在一起吃饭，相互有个照应，有个伴，也可以说是假夫妻，客印月的对食原来是魏朝。魏忠贤不时送给客印月一些小礼物，请客印月吃饭以博取欢心。时间长了魏朝发现了，非常气愤，指责魏忠贤：“朋友妻不可欺，你小子却勾引兄弟的老婆，你上司的老婆，你小子不是人。”

两个人扭打起来，惊动了皇帝。皇帝朱由校要奶妈客印月二者取一，客印月在皇帝耳边嘀咕一声，皇帝立即下旨，贬魏朝前去看皇陵。魏朝走到半路，就被魏忠贤派去的人给杀了。

包拯问魏忠贤可有此事，魏忠贤点头，并对魏朝说：“我不是人，我是无赖，你是无赖的败将。”

包拯说道：“人命一条，记下。”

一个颤巍巍的老太监走向前说：“魏忠贤，你和魏朝相争，我因魏朝不争气，还打了魏朝一耳光，看你对皇帝忠诚老实，偏袒了你，你为何恩将仇报，置我于死地?”

这位老太监叫王安，是明代少有的为士大夫所称道的太监之一。

杀了魏朝后，魏忠贤又把比他地位更高的王安定为下一个要除掉的目标。

王安不同于魏朝，是顾命太监，皇帝已经决定提拔王安为司礼监掌印太监。按照惯例，王安自然要推辞一番，也就是上疏说自己身体不好，才疏学浅，表示一番谦虚，展示一下儒家风度。魏忠贤借机指使自己的一个党羽弹劾王安，说他一边说自己身体不好，一边游山玩水，口是心非。王安的推辞被稀里糊涂照准，还被发配去做净军（太监组成的军队）。

王安对魏忠贤有恩，魏不便加害，便借刀杀人。净军的头目叫刘朝，是魏忠贤的人，曾因贪赃受到过王安的处罚，与王安结仇。王安落入刘朝之手，刘朝先是断其食，王安不得已挖草根充饥，刘朝实在有点不耐烦了，用装上土的麻袋将其压死。又把王安的头割下来，将他的身子喂狗。

包拯问魏忠贤可有此事，魏忠贤承认，并对王安说：“我说你老人家不实在，玩虚的干嘛，提拔你你不干，活该让人踩。”

包拯说道：“人命又一条，记下。”

魏忠贤急忙说：“不对，王安不是我杀的，我是借刀杀人。”

此时有两人走向前，他们是明朝都察院的领导冯从吾和邹元标。他们起诉魏忠贤指使阉党分子朱童蒙上奏疏，诬陷冯从吾和邹元标创办的北京首善书院，说是首善书院提倡门户之见，是拉帮结派，蒙蔽皇帝，并下令拆毁全国各地的书院。因此，东林书院、关内书院、江右书院、徽州书院等天下有名的书院，都被毁于一旦。

魏忠贤接过话来，说："这点小事值得一说吗？思想要统一，舆论要统一，要听皇帝的，你们那些书院议论政治，不该取缔吗？再说都察院是最高监察机关，负责监督官员的不法行为，不借机罢你们的官，安插我的人，能行吗？不杀你们就是便宜你们了。"

这话太直白了，两个人你看看我，我看看你，退回去了。

魏忠贤身边闪现出一个人，他叫魏广微。

正派大臣赵南星是魏广微父亲的好朋友，魏广微原想和正派大臣保持关系，曾三次登门拜访赵南星都被拒绝，赵南星知道他和阉党走得近，就羞辱魏广微，说你爸爸怎么生出你这个不孝之子。魏广微记恨在心，由此彻底倒向魏忠贤，并发誓要搞掉赵南星。

魏忠贤身边又闪现出一个人，他叫崔呈秀。

崔呈秀，原淮扬巡抚，有贪污的劣迹，遭到都察院左都御史高攀龙的弹劾，吏部尚书赵南星要把它发配到边疆去，崔呈秀向魏忠贤下跪，求魏帮忙，说赵南星、高攀龙都是东林党人，他们泄私愤打击我。崔表示愿做魏的干儿子，请魏帮助，拉他一把。后来崔呈秀不光没倒，还做了兵部尚书。

魏忠贤身边的人逐渐多起来：五虎（文官），五彪（武将），十狗，十孩儿，四十孙。此时内阁，六部，地方上的巡抚，都有魏忠贤的人。

阉党大军登上主席台，也是黑压压的一片。

"忠""奸"双方已经均势力敌。

说着说着，不知怎的，木匠皇帝朱由校活灵活现地出现在舞台中央，木匠用的刨子、锯子、凿子等木工工具像宠物一样，飘忽着跟在他的周围。木匠皇帝来到舞台中央，旁若无人的摆开了他的木匠摊子，其他人，包括那具虎头铡都退到了一旁。

包拯走向前，向木匠皇帝报告说："启奏皇上，本官正在这里断案，请皇帝做指示。"

木匠皇帝一边摆弄他的木料，一边发话："爱卿好好工作，回头我做一个木偶赏你。"

包拯谢过，并大声宣布道："皇上亲自驾到，一定要举报大案要案。"

都察院另一高官杨涟昂首挺胸走向前，立时在舞台另一方被魏忠贤打击、压迫和残害死的正派大明官员一片掌声。

杨涟满脸大胡子，号称扬大刀，以耿直、敢作敢为著称，他对魏忠贤的为非作歹实在是看不下去，罗列了魏忠贤的24条罪状，要向皇帝上疏。这24条罪状，包括魏忠贤结党营私以及祸乱后宫，杀死皇子等，可以说，每一条都可置魏忠贤于死地。

杨涟先是掏出一条横幅，举起来向台上台下显示，上面写着“涟以痴心报国，久付七尺于不问咦。”杨涟的意思，状告魏忠贤，豁出去了。

看到杨涟的赤心忠胆，正派大臣一方又是一阵掌声。

此时魏忠贤见杨涟冒死上奏，心里也感到了害怕，两手颤抖。魏忠贤说话了：“皇上，杨涟一直看不起我，说我没文化，一定要置我于死地，以博取功名。为了朝廷的安定团结，不如让我辞职算了。”

木匠皇帝说：“魏爱卿莫急。”然后皇上让把奏疏递上来，一个专门给皇上读奏疏的太监接过来杨涟的上疏，魏忠贤看那读奏疏的太监，那是他的死党。就这样，杨涟上奏的24条大罪，在读奏疏的太监嘴里缩了水，变了味。一遍奏章读下来，皇帝相当疑惑，听起来魏公公没什么大事，怎么乱告状哪!

皇上发话了：“魏公公，没什么大事，你还接着干吧，我还要干木工哪，就这么着吧。”皇上转脸又安排了魏忠贤一句：“以后要注意群众影响，别给我添麻烦。”

魏忠贤脱险了。

新科状元文震孟看不过去了，走过去跪倒在地，说：“皇上，魏忠贤祸乱后宫是事实啊——”

没等文震孟说下去，魏忠贤走到木匠皇帝身边，耳语道：“皇上，他说您戴绿帽子。”

木匠皇帝大怒：“后宫之事是绝密，你是如何知道的?”然后木匠皇帝大声喝到：“来人，给我杖毙。”

一群太监过来，将这位新科状元按倒在地，霹雳哗啦，一阵廷杖，文震孟完了。

另一位大臣郑鄤又向前，说：“皇上啊，魏忠贤结党营私，假传圣旨——”

魏忠贤又在木匠皇帝耳边嘀咕：“他说您无能，是傀儡。”

木匠皇帝更是大怒，大声嚷道：“我是皇帝，天下是我说了算，你看不起皇帝，也该杖毙。”

又过来一群太监，将郑鄤杖毙。

内阁首辅叶向高是位元老重臣，为人正派，但是他一看这种场面拔腿就溜了。

魏忠贤见状，一挥手，他的五虎、五彪、十狗、十孩儿、四十孙等一群打手，绕过皇帝，将杨涟、左光斗、魏大中、周朝瑞、袁化忠、顾大章等拖过来当场实施重刑。

杨涟牙齿被打光，肋骨被打折，又用装满土的麻袋压在杨涟身上，铁钉贯耳，后又将一根钉棺材的钉子打入脑部，杨涟死了。

皇上在专注地欣赏他造的一座小宫殿，形式仿乾清宫，高不过三四尺，却曲折微妙，巧夺天工。

包拯气得走过来，凑到皇帝耳边说：“皇上，您亲自看看奏疏吧，有大事。”

“滚开！”皇上大怒，并抢过奏疏向包拯砸去。

魏忠贤在旁边加了一句：“皇上不识字，你们这是让皇上难堪啊？”

看到这里，台上台下不仅“哦”了一声，皇帝是文盲，大家反应过来了。

皇上并没罢休，从来没人敢这样藐视他的皇帝权威，他一脚踹塌他的“乾清宫”，抽出一根木条，追着包拯打，边打边骂：“你这个不敬不忠之臣，我打死你！我打死你！”

包拯抱头鼠窜，王朝、马汉不知如何是好。

一阵烟云从眼前飘来，皇帝不见了，包拯不见了，该不见的都不见了，舞台肃静下来。

高力士走过来，拍拍魏忠贤，说：“独幕话剧，演得不错啊！”

魏忠贤感慨地说：“是啊，皇帝是国家的法人代表，怎么能把国家责任推到我们这些当太监的人身上？”

魏忠贤停了停，像是发现什么真理似的继续对高力士说：“叫皇上高兴，叫皇上满意就是忠，是不是这个理？”

魏忠贤喋喋不休：“那么多人喊我九千岁，还给我修建生祠，就算我是棵毒草，没有那么肥沃的土壤，我哪能成为这么大的毒草啊，再说我是害官，可没害民啊。”

台下的太监见他们俩絮絮叨叨，等不及了，喊叫起来，高力士这才反应过来，赶快劝魏忠贤下去。

魏忠贤拿着他的奖品，一边下台，一边唱道：

“没有天哪有地，没有地哪有皇帝，没有皇帝哪有太监，没有文盲皇帝哪有无赖魏忠贤——这就是天启，这就是天意啊！”

八、贵妃醉酒

此时天上一片彩云摇摇晃晃地飘向主席台，彩云里一个如花美女走了下来。

高力士一看是杨玉环。杨玉环走向前，向高力士深深一揖，口称：“高公公。”

高力士急忙还礼：“啊，贵妃娘娘！”

杨玉环咯咯笑，高力士也嘿嘿笑了起来。

这是在冥界，这里不兴人间宫里“贵妃、公公”那套了，不过他们太熟了，见面还是喜欢开这个玩笑。

杨玉环是中国四大美女之一，说是她到花园赏花散心，对着盛开的花说：“花呀！是你美丽，还是我美丽？”她在用手抚摸花朵时碰到了含羞草，含羞草自然卷起叶子。这情景被一宫女看见，宫女说是杨玉环和花比美，花儿都含羞低下了头。从此以后，“羞花”也就成了杨贵妃的雅称了。

杨玉环指指台下对高力士说：“一块说吧。”

高力士明白过来，面向主席台下的太监们大声说：“各位，我们这次颁奖大会原计划有四个奖项，也请中国的四大美女来颁奖，但是杨玉环姑娘说她不能前来，所以本次颁奖大会颁了三大奖项，杨姑娘既然来了，具体情况就请杨姑娘自己说吧。”说完高力士做了一个请的姿势。

杨玉环轻摇丰韵身段，面含醉意向台下作揖，下面一片掌声。

杨玉环说：“首先感谢大家对我在宫里的生活给予的关照。”

台下又是一片掌声。

杨玉环说：“过去摆着主人的架子对待你们是不对的，现在向你们道歉！”

台下掌声雷动。

杨玉环说：“大家都知道，我原来是王妃，后来又嫁给了唐明皇，成了贵妃。”杨玉环停了一下，打了一个酒嗝，歉意地向下笑了笑，下面也报以笑声。

杨玉环继续说：“一女不事二男，何况他们是父子，这样做有悖道德，是不对的。现在到了冥界，他们父子还都在追我，但是不能这样下去了。影响了今天的颁奖大会，主要是前一阵子我们在闹离婚。”

杨玉环停了一下，又打了一个酒嗝，提了提精神，大声说：“我现在宣布，我已经和唐明皇离婚了。”酒精加激动，杨玉环有些站不稳，醉眼朦胧，文人墨客称这种状态为醉态美。

台下一片骚动。

杨玉环再次大声说：“我们——离——婚——了！”

台下的太监们，可能是惊讶，此时整个太监谷静了下来，鸦雀无声。

杨玉环摇晃着说：“我没喝醉，真的，我解放了，我现在特别高兴，现在我给你们唱首歌好不好?”说着杨玉环边舞边唱起来：

海岛冰轮初转腾，
见玉兔，玉兔又早东升。
王子府，桃花映窗棂，
皓月当空，广寒宫。
二龙戏珠，鸳鸯啼鸣。
笑看贞节牌坊，躲在无梦。
醉在君王怀，白马更多情，
月饼两半，难舍府宫，
弃王府，离月宫，只要酒樽，
抛金钗，去霓裳，酒醉长空。

杨玉环冥界版的《贵妃醉酒》歌毕，立即引来下面一片喊好声。

杨玉环继续说：“我也不想成为皇族的花瓶了，我对你们了解，我想嫁给你们中的一个。”见下面没有反应，杨玉环再次大声说：“我想嫁给你们中的一个！”

起初太监们都愣住了，怕是听错了，整个太监谷毫无反应，一会，他们反应过来了，整个山谷气氛像爆炸一样欢腾起来。

九、欢乐灵魂

高力士宣布颁奖典礼结束。

高力士走下主席台。

所有太监好像听到什么命令似的，突然仰天大喊，像万马嘶鸣，太监谷两面的高山将喊声返回到中间，碰撞后的声波形成一个音柱，向上射去。他们突然又停止了喊叫，并迅速将自己所有的衣服脱掉。

此时的太监们要解放——太监谷里百万名赤条条的太监要向天发泄不满。好像有人指挥似的，他们一起呐喊——“冤!”一个音柱再次向上冲去，所不同的是，里面裹着一种特殊的气味。天使闻到了，马上明白，这就是在天庭闻到的气味，是使东方男人失去黄帝等先人们身上所显示的雄风，女人也没有嫘祖生养众多所应具备丰乳肥臀的原因。

天使同时也明白了，这是太监们在告天状，告上天对他们的不公。天使急忙伸手向太监谷峭壁上雕刻着的那个巨大的阳器指去，那个巨大的雕塑慢慢又发光了，所有太监停止了他们的活动，怔怔地看着眼前的变化。雕塑越来越亮，照的太监们睁不开眼睛，那个炮筒子也慢慢地直立起来，突然炮开火了，里面喷射出的温泉洒向所有的太监。

待喷射停止，太监开始窃窃私语：“嗯，有——有了。”

“长上了。”

“回来了。”

开始的窃窃私语，瞬间变成了喊叫的声浪：“我们完全了——!”

太监谷里激荡着兴奋的喊叫。

天使取下自己的红围巾，朝太监谷峭壁上那个巨大的阳器使劲挥了挥，那个巨大的雕塑开始发出响声，像打雷，并且越来越响，突然一阵山崩地裂似的阵响，那个雕塑爆炸了，太监们都被震倒在地，待响声过去，他们慢慢从地上爬起来，发现在原来雕塑的地方，山梁被炸开了一条缝，在缝的两边，山向两边退去，缝越来越大，越来越宽，眼尖的太监尖叫起来“宫女谷!”

确实，在山的另一边是宫女们待的地方。

百万太监向宫女谷涌去，宫女谷的宫女们也发现了这边的太监们，她们也朝这边涌来。

几千年的禁锢被打破了。

两个山谷合成了一个盆地，太监们和宫女们嘶叫、呻吟的声音在盆地里此起彼伏。

不知什么时候，他们停了下来，整发理服，严肃地面向天使。四大美女都是歌舞行家，在她们的带领下，所有太监宫女唱起了一首歌：

欢乐我们，
万能上天，
灿烂光芒照心间，

我们心中充满热情，
浴在你的恩泽里，
你的力量已使我们恢复先天本能，
在你光辉照耀下四海之内皆兄弟。

这是他们的《欢乐颂》，悠扬的歌声从冥界向上飘去，天一定能听见。

第七章 因果地狱

>>

一、清理东方门户

在天庭里，天和生活在天国的神、魂在欣赏从冥界传来的《欢乐颂》，细品着与人间传颂着的由席勒作词的《欢乐颂》的区别，他们感到，人间的《欢乐颂》多为愿望，而冥界的《欢乐颂》则表现出了洗涤心灵后的结果，并一致赞赏曲作者贝多芬的音乐天赋和对天的敬仰。

开会了，天落座，天使向天汇报太监和宫女们的安灵之事。

天问："你依据什么处理的此事。"

天使说："你与所有黄帝后裔立的要人人平等的约。"

天满意。

天扫视大殿里的众神，天把眼光停留在地狱神身上，地狱神明白天有话要对他说。地狱神出列，天对地狱神说："你去东方调查，准备再造一个地狱，要清理东方门户。"

天又说："那边会有人帮助你。"

地狱神遵照天令，离开天庭奔赴东方。

二、但　丁

地狱神来到东方阴间，首先听到一阵琴声，地狱神不觉随声寻去，原来是但丁老先生学东方文人的风度，一边喝酒，一边在弹奏中国的古琴。地狱神明白，这就是天说的能帮助自己的人。

但丁是西方的意大利人，曾写出过一部书，书名叫《神曲》，书中有他对地狱的翔实描写。

地狱神在天庭与但丁相识，今日老友相会，自然高兴。地狱神笑呵呵地伸出右手，按西方惯例，要与但丁行握手礼，而但丁却自己两手相抱，向地狱神行了个东方抱拳礼。地狱神不解，待但丁向他解释这是东方的礼节后，地狱神哈哈大笑，说天派他来东方调查，准备在东方再造一个地狱，清理东方门户，现在他还不知如何完成天所交代的任务，既然但丁对东方已有如此这般的了解，就请但丁帮助出谋划策，但丁爽快答应。说着但丁拿起酒葫芦，喝了一口，坐下来又弹奏起他的中国古琴。但丁一边弹，一边唱起了他的《神曲》，他唱到：

这里到处都是叹息、哭泣和凄厉地叫苦声，
这些声音响彻那无星的夜空，
在这里被毒蝇和黄蜂狠狠叮螫，
他们一个个血流满面，
而血又和泪掺合在一起，流到脚上，
被那令人厌恶的蛆虫吮吸饱尝。

《神曲》有着不同凡响的来历。当一部分人由非洲向遥远的东方迁徒时，也有一支人迁徒到了西方，也就是现在的欧洲。后来迁徒到了西方的人逐渐变坏，社会进入了黑暗的中世纪。

天生气，便在西方建造了一所地狱，用来惩罚生前犯罪的人。天看但丁是个义人，便在梦里向他显现，并向他描述了地狱的样子，让他公布于世，警示西方人不要再做恶，免得进地狱受惩罚。但丁醒来后，照天的吩咐写出了震惊西方的《神曲》，西方人看了《神曲》，感受到了地狱的恐怖，减少了在现实社会中的作恶，从此西方社会进入了文艺复兴时代。

但丁在《神曲》中所描写的地狱分为九层，如漏斗状，越往下越小，直抵地心。第一层是候判所，一些人在这里等候天的审判，审判的结果可能是褒，也可能是贬。其余八层都是对有罪人的灵魂按生前所犯的罪孽的不同分别进行不同的刑罚。

《神曲》中描写的地狱之门，镌刻着下面的话语：

> 从这里进入苦难，
>
> 从这里进入深渊，
>
> 从这里进入万劫不复，
>
> 这是因果之地，报复你的生前恶端。

第一层

这里住着善良而没有受过洗礼的人，他们都是一些响亮的名字：荷马（诗人）、泰勒斯（哲学家）、柏拉图（哲学家）、亚里士多德（哲学家）、欧几里德（科学家）、托勒密（科学家）、维吉尔（诗人）、贺拉斯（诗人）、凯撒（英雄）、西赛罗（政治家）等。

这里的人都不信教，他们不信教不怪他们，因为他们出生时基督教尚未诞生。他们在地狱的第一层，住的是宏伟的城堡，周围有美丽的溪流，青翠的草地，在整个阴森恐怖的地狱中，只有这一块地方是光亮的。

他们才能超卓，却要在地狱边境徘徊，他们的痛苦就是永远渴望有一种较好的命运，而他们的愿望又永远不会实现。

第二层

这里住着耽于色欲的人，不断地被地狱的飓风抛向岩壁，落下后被再次抛出，他们被飓风戏耍，苦不堪言。

有名的人物是帕里斯（风流美男子）、狄多（聪明公主）、克里奥帕特拉（埃及艳后）、特里斯坦（多愁善感的骑士）等。

第三层

暴饮暴食的饕餮之辈躺在泥泞里，受着寒冷且滂沱不绝的凶雨、冰雹与污水暴淋。一条长着三张嘴大肚皮的怪物，不停地啃咬着他们，他们疼得在臭气肆虐的恶泥中痛苦地翻滚。

第四层

浪费的人和吝啬的人相互发生着永无休止的搏斗。他们一边是蓬头垢面，一边是毛发皆光，他们相互对骂，一方指责你为何挥霍无度，另一方指责你为何一毛不拔。他们用前胸滚动重物决斗，永无休止地轮流将对方压扁。

第五层

因愤怒而犯罪的人，他们生前在世间享有显赫名声，现在他们在泥塘里，浑身龌龊愤怒地用牙齿痛咬自身；而怠惰的人则被浸泡在泥水里，泥水因为他们的喘息冒着气泡。

第六层

在这里异教徒的下肢受烈火灼烧的刑罚。其中有古希腊哲学家伊壁鸠鲁，伊壁鸠鲁因不相信灵魂不灭之说，主张灵魂随肉体而灭，与基督教义相悖，受中世纪神学家圣奥古斯丁猛烈抨击，故在此被打入异端。

第七层

杀人犯和掳掠者在一条沸腾的血河中受刑，一旦他们将头伸出水面，半人半兽的怪物就用弓箭射击他们。

自杀者（精神不正常者除外）和败家者因生前不爱惜自己的身体或是家产，死后将化作树，在妖鸟之林中受妖鸟的啄食之苦。

亵渎神灵者、鸡奸者在降下大片火雨而燃烧的沙漠中受刑。

第八层

放高利贷的人、勾引妇女的谄媚者、买卖圣职的人——他们的头被倒挖在一个洞中，脚和小腿露在外面，火焰抚摸一般烧着他们。教皇尼古拉三世、卜尼法斯八世、克勒芒五世都将在此聚齐。盗贼、罪恶的顾问（奥德塞）、恶意中伤者，分裂宗教者，他们自己将身体撕裂开，内脏裸露在外，有人再将其切成碎片，待他们在阴暗的道路上兜转一圈后，伤口平复，再重新开始一次受难。

第九层

背叛的人处在一个巨大的冰源里，他们是出卖亲属者，出卖祖国者，出卖朋友者，出卖恩人者，痛苦的泪水在他们的脸上结成晶莹的面具。著名的出卖者犹大、布鲁斯、卡修斯分别被魔鬼拥在怀里，它们用肮脏的舌头舔咬这些人的脸皮，其他人则在排队，等候着魔鬼的怀抱。

看了但丁在《神曲》中所描述的地狱，西方人不可能不害怕。

但丁死后升入天堂。有一次在天堂里但丁见到了马可·波罗，马可·波罗虽说比但丁大 11 岁，但是升入天堂的时间比但丁晚 3 年。

因为是意大利老乡，但丁对马可·波罗尤为欢迎。但丁将自己所写的《神曲》送了一本给马可·波罗，马可·波罗也送了一本《马可·波罗游记》给但丁。

但丁被《马可·波罗游记》所描写的遥远的东方世界深深地迷住了，他一口气读完了那部书，还不过瘾，但丁缠住马可·波罗，要马可·波罗更为详细地介绍东方世界。

东方太迷人了，中国太迷人了，但丁原以为自己的想象力丰富，自己的文笔精彩，但是和马可·波罗笔下介绍的中国迷人情景相比，但丁认为中国简直是个不可思议的地方。

但丁向天申请要到东方去，到中国去，天同意。

但丁受东方世界的吸引，来到了中国。但丁到了中国后，作为文人的他慢慢沾染上了东方文人馋酒和放浪形骸的特点，并且又迷上了中国的乐器古琴。但丁在东方美酒中感知幸福，似醉似醒的他在悠远空灵的中国乐器中感受到了与西方极为不同的东方韵味。

但丁感到他的《神曲》与东方文化有些格格不入，越是这样，喜爱探索的他越是迷恋上了东方文化，并且期待天再在东方建造一座地狱，并在他的梦中再次向他显现，但丁想再写一部东方的《神曲》。

但丁到中国后，也有不愉快的地方，就是他和中国原来的地狱掌门人阎罗王有些合不来。

三、阎罗王

中国原来已有一座地狱，领导这个地狱的是阎罗王。

传说很早以前，阎罗王是喜马拉雅山南面一个叫毗沙国的国王，他生性好战，总认为自己应该统治更大的空间。他向邻国发动战争，把邻国打败了，后来他翻越喜马拉雅山打到中国，中国太大了，他不敢向中国开战。后来他发现，中国的阴间无人占领，便带领他的大军浩浩荡荡地开进了中国的阴间，并在阴间建殿设府，称阴曹地府，并自称阎罗王。

阎罗王（毗沙国王）的愿望实现了！他统治的空间太大了，漫无边际。他让他的十八个部将分别做了十八层地狱里的狱官，而跟随他的军卒，也个个成了狱卒。

在阎罗王的十八层地狱里，每一层都摆着血淋淋的刑具。

当阎罗王得知地狱神在但丁的陪同下要视察他的地狱时，阎罗王驾一缕阴风来到地狱神面前，躬身施礼。并洋洋自得地介绍他所管辖的地狱，说是比但丁《神曲》所描绘的地狱还要多九层，而且刑法更残酷。阎罗王引领地狱神和但丁参观了他所管辖的地狱。

第一层　拔舌地狱

家长里短，说谎骗人，挑拨离间，影响家庭幸福者，死后被打入拔舌地狱。

第二层　舂臼地狱

浪费粮食，糟踏五谷者，死后被打入舂臼地狱，放入臼内舂砸。

第三层　剪刀地狱

偷工减料，少斤短两者，死后被打入剪刀地狱，剪断其十个手指。

第四层　牛坑地狱

随意杀牲畜者，死后被打入牛坑地狱，投入坑中，数只牛袭来，牛角顶，牛蹄踩。

第五层　刀山地狱

将婴儿溺死，抛弃者，死后被打入刀山地狱，脱光衣物，令其赤身裸体爬上刀山。

第六层　冰山地狱

挖坟掘墓者死后被打入冰山地狱，令其脱光衣服，裸体上冰山。

第七层　自杀地狱

亵渎神灵者死后被打入自杀地狱，亵渎神灵者在地狱里要反复自杀。

第八层　铁树地狱

犯戒的和尚、道士死后被打入铁树地狱。树上皆利刃，自来人后背皮下挑入，吊于铁树之上。

第九层　血池地狱

地痞、无赖、盗贼抢劫、暴力滋事者，死后被打入血池地狱，血池中布满蚂蟥，蚂蟥用吸盘吸住罪犯的皮肤，钻进皮肉内吸血。

第十层　铜柱地狱

土匪、恶霸、祸害一方者，死后被打入铜柱地狱，让其裸体抱住一根直径一米，高两米的铜柱筒，在筒内燃烧炭火。

第十一层　孽镜地狱

犯了罪，隐瞒者，在逃者，到地府报道，打入孽镜地狱，照孽镜而显现原罪，然后分别打入不同的地狱层受罪。

第十二层　蒸笼地狱

贪官污吏，诬告、诽谤他人者，欺压百姓者死后被打入蒸笼地狱，投入蒸笼里蒸。

第十三层　石压地狱

恶意纵火者死后被打入石压地狱，一方形大石池（槽），上用绳索吊一个与之大小相同的巨石，将恶意纵火者放入池中，用斧砍断绳索。

第十四层　火山地狱

谋财害命者，死后被打入火山地狱，被赶上火山活烧而不死，让其受罪。

第十五层　油锅地狱

谋害亲夫，与人通奸者，死后被打入油锅地狱，剥光衣服投入热油锅内翻炸。

第十六层　石磨地狱

拐卖妇女儿童者，死后被打入石磨地狱，磨成肉酱，后重塑人身再磨。

第十七层　刀锯地狱

出卖，背叛者死后被打入刀锯地狱。把来人衣服脱光，呈“大”字形捆绑于木桩之上，由裆部开始至头部，用锯折磨。

第十八层　磔刑地狱

不孝敬父母者，死后将打入磔刑地狱。磔刑，也被称作凌迟，受刑者被凌迟，凌迟后，肉再长上，然后再凌迟。

阎罗王的办公区设在第一层，因为这一层的罪犯被拔去舌头，发不出声音，所以这一层还算安静，其他各层则充满了痛苦的呻吟和哀嚎。

在参观地狱时，不时有白色的钱币从上界飘落下来，地狱神问其缘由，阎罗王顾左右而言它，陪同地狱神的但丁说话了：“老兄，地狱神可是天的使者，你要玩游戏，可要当心受处罚。”

阎罗王不高兴地瞪了但丁一眼，向地狱神坦白说：“是人间向阴间的执法人员行贿，以减轻受刑人员的刑罚。现在已形成惯例，已故亲属的家人在农历十月初一或者清明节扫墓期间都会焚烧‘纸钱’给‘阴间’的亲属，说是买路钱。”

地狱神知道了，人世间的腐败之风已影响到了地狱，善恶自有报应的原则在阴间已被损坏。还有在十八层地狱受酷刑的多为“小偷小摸”，至于“祸国殃民”的大奸巨盗却难觅踪影。

四、东方地狱

在了解了东方的情况后，地狱神返还天庭，向天做了汇报。

天说：“要有东方地狱。”东方地狱就有了。

天所创建的东方地狱有着新的特点，相对于《神曲》描绘的九层地狱和中国原先阎罗王的十八层地狱，东方地狱建了无数的狱间——相当于无数层的地狱，对不同的罪犯进行了不同的惩罚。

更重要的是，包括“纸钱”在内的，上界的任何东西都不会再飘落进东方地狱，人世间的腐败不会再影响东方地狱“恶有恶报”的铁打原则。

回到东方阴间，地狱神告知阎罗王，他的历史作用仍可继续，只是大案要案归东方地狱处理，并要求阎罗王地狱不要再接受上界行贿，不要再让纸钱飘落下来，若不然，阎王要退回到喜马拉雅山以南。阎罗王有些不高兴，待地狱神转告他，天评价他有功劳也有苦劳后，他才扭转态度，并保证尽心尽责的工作，决不辜负天的期望。

五、包　拯

天指使地狱神，让他去寻一个叫包拯的人，由他来领导东方地狱，包拯在新岗位上的名字仍可叫“包青天”。

前章说过，包拯在太监谷出现过，包拯本想发挥自己的特长，在冥界继续做好事，不想一个皇帝至上的原则让他颜面全无。

在但丁的带领下，地狱神很快找到了包拯。当地狱神将天的旨意告知他后，包拯婉言谢绝了，包拯说：“太监谷使他反省，社会好坏的根源都在皇帝，一个忠字下，藏污纳垢了众多奸臣，忠字也使不少臣民蒙冤。”

地狱神说：“就因为你能反省，悟出了真理，所以你能胜任天所安排的工作。”地狱神又说：“爱护这大好山河，任何人都不许以山河作交易，这是天的旨意，是你执法的依据。你的虎头铡刀，下可铡臣，上可铡君。”

“可铡君？”包拯有些忐忑。

“对！可铡君！”地狱神又说：“君是人，不是天子。”

几千年的忠君思想在这里被开刀问斩了。

包拯表态，将竭尽全力将东方地狱的工作做好，并请求启用王朝、马汉原班人马，地狱神应允。地狱神提出让受万民拥戴的六名清官作为中国历史上清官的代表，组成陪审团，帮助包青天工作，包青天高兴接受。

六、陪审团

陪审团团员介绍如下。

西门豹，春秋战国时期魏国人。

有这样一个故事，说西门豹到邺县去做官，邺县有个风俗，为了防止水灾，每年要给“河神”娶媳妇。所以当地凡有女儿的家庭，不少吓得都已逃离了该县。为了给河神娶媳妇，当地豪绅和巫婆还要向老百姓收取钱财。西门豹到任后，也去参加了给河神娶媳妇的仪式。西门豹看了看“新娘子”，说，这个新娘子不漂亮，要重新再寻找一个，并要巫婆先去给河神说一声。说完就叫士兵将巫婆扔进河里，等了一会，不见巫婆回来，就让士兵将第二个巫婆扔进河里，当要扔第三个巫婆时，吓得那些巫婆和豪绅们都逃离了，以后就没人再敢提给河神娶媳妇的事了。

海瑞，海南琼山县人。

明代著名清官，后人称其为“海青天”。

明朝嘉靖皇帝朱厚璁十分信奉道教，和秦始皇一样，一心想长生不老。朱厚璁深居皇宫专心于成仙修道，在他在位的45年间，竟然有20多年不上朝理事。海瑞对此十分不满，在嘉靖四十五年二月时单独上疏，将嘉靖皇帝所犯的错误全部列了出来，这就是有名的《治安疏》。

朱厚璁看了海瑞的《治安疏》大怒，把书摔在地上，命令卫士：“赶快把海瑞抓起来，别让他跑了。”一个太监对朱厚璁说：“这个人是个傻子，听说他上疏时，自己知道犯了死罪，已买好棺材放在家里，所以他是不会跑的。”

朱厚璁听了，没有说话，一会他又将《治安疏》拾起来，一天里看了多遍。后来他将《治安疏》留在身边数月，他曾说：“这个人可和比干相比，但朕不是商纣王。”虽然海瑞后来还是被下了狱，但是海瑞精神被流传了下来。

有这样一句话：“舍得一身剐，敢把皇帝拉下马。”这是海瑞名言，在中国历史上敢说这话并且又敢实践者，海瑞为第一人。

狄仁杰，唐代太原人。

狄仁杰大概是中国古代最聪明的官员，有三个小故事能说明这一点。

（1）死里逃生。

武则天时代，狄仁杰被人诬陷谋反下狱。按照那时“坦白从宽”的规定，“一问即承认谋反者免死”。酷吏来俊臣逼迫狄仁杰承认“谋反”，狄仁杰非常痛快地立即认罪：“大周革命，万物惟新，唐室旧臣，甘从诛戮，反是实！”来俊臣得到满意的口供，将狄仁杰收监待判。

狄仁杰将自己的冤情写在布上，藏在棉衣之中，请狱吏转给家人，说是天热了，要家人将里面的棉花去掉。狄仁杰的儿子狄光远得到棉衣内的冤状，便上告。武则天知道后，将狄仁杰召来，问狄仁杰：“你不是承认‘谋反’了？”狄仁杰回答：“我若不承认，就要被打死，所以不得不承认。”武则天又问：“谋反证据‘谢死表’如何解释？”狄仁杰答曰：“根本没有此事。”武则天令人拿出谢死表，才弄清楚是伪造的，于是下令释放狄仁杰。

落在酷吏来俊臣手里，没被整死，而又没挨打获释放的唯狄仁杰是也。

（2）狄仁杰断案。

狄仁杰还以断案、刑侦名冠中国史册。他任掌管刑法的大理丞，到任一年，便处理了前任遗留下来的17000多件案子，其中没有一人再上诉伸冤，其处事公正可见一斑。荷兰汉学家高罗佩更是以此为题材，于20世纪50年代编了一本《大唐狄仁杰断案传奇》。

（3）再造唐室。

武则天掌权后，废除了李氏王朝，改国号“唐”为“周”，自立为武周皇帝。

武则天晚年，武氏家族跃跃欲试，要接管天下。狄仁杰对武则天说：“立子，则千秋万岁后配享太庙，承继无穷；立侄，则未闻侄为天子而附姑于庙者也。”最终武则天被狄仁杰说动，亲自迎接庐陵王李显回宫，立为皇嗣，唐朝得以维系。

中国古话“大智若愚”，狄仁杰不属于这种人，而是罕见的既有“小聪明”，又有大智慧的人。

徐有功，唐朝河内济源青龙里人。

徐有功是一专职法官。老百姓称徐有功为“徐无杖”，是因为徐有功在蒲州任期三年期间，没有动用过一次杖刑，而是用传统的仁义道德去教育启迪案犯悔悟自新，他重视证据，从不盲目定案。

有一地方官员颜余庆，被严刑逼供，无奈承认谋反，有关部门已上报武则天，请求将颜余庆按谋反魁首处斩，武则天也准奏下敕。第二天上朝时，徐有功第一个出班向武则天奏道：颜余庆只是一个漏网的支党而已，根据《永昌赦令》应免其死罪，改判流刑。一位身穿从六品朝服的小官竟敢反驳武则天下的敕令，在场的文武大臣二三百人都被吓得脸色发青。后来在徐有功的坚持下，颜余庆捡回一条性命。

徐有功执掌大案六七百件，救人数以万计。

徐有功三次被控死罪，三次被赦，两次被罢官又两次复出。

赵广汉，西汉涿郡蠡吾县人。

中国最早的举报箱，是赵广汉发明的。这种举报箱形状像瓶子，口小，肚子大，可将举报信放进去，外人却拿不出来。

赵广汉在做京官时利用举报箱逮住了一个大贪官，这位贪官资格老，根基深，人还没押到牢里，为他说情的人便纷至沓来，这其中有宫廷里的太监，有名门豪绅，也有官员。赵广汉在证据确凿、事实清楚的情况下，命令狱吏将这个贪官斩首弃市。

京官不好做，赵广汉得罪权贵，后被腰斩。长安城里数万名百姓以及官员听说要腰斩赵广汉，自发聚集在皇家宫殿前，齐齐跪下，为赵广汉送别。

黄霸，西汉时期淮阳阳夏人。

《汉书·循吏传》中曾有“自汉兴，言治民吏，以霸为首”的记载。意思是说自从汉朝建立以来，要讲治理百姓的官吏还是数黄霸第一。

黄霸任颍川太守期间，要求部下都要帮助贫苦百姓饲养鸡鸭家畜，以解决他们的生活困难。并组织德高望重的长者到民间去讲学，告诫人们要多做善事，防止奸邪。黄霸做事认真仔细，比如说，哪里的树木可以做棺材，哪里的猪可以用来祭祀他都清清楚楚。以致大家都认为他神明，因此官员都认真工作，百姓都努力耕作，坏人不敢为非作歹。在黄霸的治理下颍川出现了太平安定，吏治清明，生产发展，“田者让畔、道不拾遗”的太平景象。

七、震摄皇帝

地狱神带领东方监狱长包拯和陪审团来到东方地狱，但丁和阎罗王也陪同前往。

包拯将所有皇帝的亡灵先集合起来。皇帝们一看坐在主席台上，召集他们的是包拯，又一看那些陪审团成员，免不了嘻嘻哈哈起来。地狱神举起右手，手中出现一条鞭子，鞭梢闪烁着紫蓝的荧光，像游蛇吐信。地狱神将鞭子一挥，一道闪电，照耀的原来阴森森的东方地狱如同白昼，里面的那些血淋淋的刑具，更是让这些皇帝们过目不忘，闪电里闪现的“爱护这大好山河”几个大字，深深地印在这些人的脑子里。一声炸雷，在这些皇帝们头上隆隆而过，震摄得这些曾经的无上君王，不得不跪下来。

地狱神说话了：“根据天的旨意，你们要接受离职审查，犯罪者要被打入东方地狱。包拯是天指定的大法官和东方监狱长，陪审团是中国历史最优秀的官吏代表，你们要接受他们的约束。”

地狱神说完，神鞭一摔，又是闪电炸雷，震得这些皇帝们心里发颤。

按照要求，皇帝们要一个个的进行述职。

皇帝们述职完毕，包拯和陪审团合议，按照天“爱护这大好山河”的原则，决定了哪些人该下地狱。

八、惩治亡国之君

一

陪审团首先起诉的是北宋的宋徽宗赵佶和宋钦宗赵桓父子二人。

宋徽宗赵佶被王朝马汉押上审判台。

海瑞对付皇帝最有办法，陪审团首先推举海瑞先出场。

海瑞干咳两声，清清嗓子，他要代表陪审团宣读起诉书。

宋徽宗赵佶心里还是不服，放不下皇帝架子，跳起来大声嚷道：“海瑞，大胆奸臣，你胆敢起诉皇上，你造反了？”

包拯惊堂木一拍，大声喝道：“犯罪嫌疑君，我们这是替天行道，是向社稷负责，这是天的安排，如若你胆敢不服从本法庭纪律，本庭现在就可对你施以杖刑。”

赵佶一屁股坐在地上，不说话了。

其他皇帝面面相觑，也都低下了头。

海瑞宣读起诉书：

“赵佶，1082 年生，享年 54 岁，执政 25 年。赵佶在位期间，犯有败家罪，亡国罪。

赵佶在当上皇帝之前，除了和其他皇族子弟一样养尊处优，喜欢追逐声色犬马外，他还能拿出相当一部分精力，每日沉浸在笔研、丹青之中，应该说赵佶是一个多才多艺，好学上进，相当讨人喜欢的皇子。

赵佶在接任皇帝时，当朝宰相章惇曾提出‘端王（赵佶）轻佻，不可以君天下’，但是赵佶每天都到向太后住处请安，因此得到向太后的偏爱，从而登上皇帝宝座。但是文人的气质，轻佻的性格，也为他日后的祸端打下了埋伏。”

起诉书宣读到这里，海瑞看了赵佶一眼，宋徽宗赵佶耷拉着脑袋，一声不吭。

海瑞继续宣读起诉书：

“赵佶当上皇帝，继续沉浸在笔研、丹青之中。赵佶除了喜画花鸟鱼虫外，还特别喜欢画牡丹。一个公子哥儿年轻皇帝自然还喜欢画仕女，构想自己心目中的美人。

赵佶画的牡丹与一般的写真画不同，赵佶是将心目中的美女画成牡丹，或将鲜艳的牡丹变形成自己心目中的美女。那花儿就是脸庞，那风摆的绿叶就是羽衣霓裳；或者将美女的脸庞处理成花蕊，而将秀发处理成花瓣，远看如彩云烘明月。

赵佶将古代著名的美女和美女故事，也采用牡丹变形来表现，即展现出了她们如花的美丽，也通过牡丹在日月风雨中不同的姿态，展现出了那些美女的羞涩、含情、纯真、聪明，或者是喜怒哀乐，一颗牡丹一个人物，一幅牡丹一个故事。

赵佶曾有一画《牡丹园》，近看，是艳媚的株株牡丹，远看，个个是飘飘欲仙的美女，似仙女聚会。

赵佶画的牡丹，大多还伴有晨雾晚霞，给人以朦胧的感觉，也算是‘犹抱琵琶半遮面’。

后人评价赵佶这种人花合一的画是‘梦幻牡丹’，赵佶也说这都是根据他梦中所见而做。

赵佶的书法也别具一格，被称为‘瘦金体’。这种瘦金体书法，瘦劲锋利，挺拔秀丽，可谓铁画银钩，意态天成，在我国书法史上独步天下。

赵佶称他的字为男性，他的画为女性。

赵佶是我国历史上的书画大师。遗憾的是，后来宋军兵败，赵佶被俘，他的很多作品都遗失了，特别是他的牡丹画作，被金人抢掠一空，据说，金人得一赵佶的牡丹画作，比得一宋朝美女更为珍贵。”

起诉书宣读到这里，海瑞又看了赵佶一眼，宋徽宗赵佶挺直了腰。

海瑞继续宣读起诉书：

“赵佶当上皇帝，除了和一些文人墨客游戏在笔研、丹青之中外，就是寻花问柳，追求糜烂生活，而疏于政务。

赵佶尽管后宫粉黛三千，佳丽如云，但是赵佶仍感到索然无味。经常乘坐小轿子，带领数名侍从，微服游幸青楼歌馆，寻花问柳，凡是京城中有名的妓女，几乎都与他有染。后来赵佶得到京城名妓李师师，更觉得那些宫里后妃们没有一个比得上她美丽，因此茶前饭后，坐立卧行，都惦念着李师师。赵佶令人在李师师的院子里大兴土木，将紫云青寓变成一座美奂美仑的华楼，楼成之日，宋徽宗亲题‘醉杏楼’三字为楼额。又用他独特的画技，画了一幅‘牡丹朝阳图’挂在李师师接客的客厅中。赵佶还令人从宫中挖地道，直通宫外醉杏楼，这样既方便偷情，又可遮人耳目。”

海瑞笑着对大家说：“我再给大家读一首赵佶的大作。”说着海瑞将赵佶写给李师师的一首词宣读了出来：“浅酒人前共，软玉灯边拥，回眸入抱总含情。痛痛痛，轻把郎推，渐闻声颤，微惊红涌。试与更番纵，全没些儿缝，这回风味忒颠狂，动动动，臂儿相兜，唇儿相凑，舌儿相弄。”

海瑞起诉书宣读到这里，赵佶站起来大声抗议说：“这是我的隐私，你无权指责。”

下面的皇帝们也都一起哄笑起来。

海瑞继续宣读起诉书：

“为了寻欢作乐，赵佶还设立了专门的行幸局负责此事。行幸局的官员还帮助赵佶撒谎，如当日去李师师处而不能上朝，就说赵佶批奏章至夜深而没能按时起早；次日未归，就传旨说皇帝龙体欠安。”

听到这里，下面的皇帝们又都大笑起来，赵佶觉得不好意思，蹲了下来。

“一流的艺术家却是个荒唐的皇帝。

写写画画无需太大成本，也就算了，可是赵佶还有一个爱好，就是欣赏石头。下面投其所好，安徽灵壁县进贡一块巨石，高、阔均二丈有余，用大船运送到京城，拆毁了城门才运进城中。赵佶大为欣赏，亲笔御书曰：‘卿云万态奇峰。’并加金带一条悬挂其上。

后来太湖鼋山又采得一石，长四丈有余，宽二丈，玲珑剔透，孔窍天成。还有一棵古树，相传是唐代白居易所栽，故名白公桧。连石带树，特别造了两艘大船，动用了千名船夫，费钱万贯才送到了京城。

什么事就怕形成风，这两块石头往那里一放，天下人就都知道了，当今皇帝喜欢奇花异石，于是就有人撺掇着在苏州成立了应奉局，专门在江浙一带为皇帝搜罗奇花异石与珍奇物品。

伴随着奇花异石的到来，大兴土木就在所必然。景灵宫、九成宫、延福宫、元符殿，共七宫三十二殿阁拔地而起。然后叠石为山，凿池为海，宫中分布着鹤庄、鹿砦、孔翠诸栅，豢养着无数的珍禽异兽，其中更是点缀着村居野店，酒肆杂陈，恍若人间仙境。

赵佶生活在一座‘人间天上’的宫殿群中。

为了得到更多的奇花异石，设在苏州的应奉局便常派人到各地搜刮。搜刮来的花石用船经由大运河运抵开封京城，每十船组成一纲，称为‘花石纲’。

花石纲把东南一带弄得昏天暗地。有个漆业人家，户主叫方腊，平时靠漆园度日生活，自从有了花石纲后，方腊家经常遭到勒索，度日艰难，其左邻右舍也都遭到勒索，老百姓恨透了那些官府差役。

官逼民反，在方腊的带领下，农民起义了，不到十天，起义军就聚集了几万人马。当地官员派兵镇压，结果被起义军打得落花流水。后来朝廷派来大军才将这次由于花石纲引起的民变镇压下去。

海瑞继续宣读起诉书，大声说：‘赵佶于在位期间，大肆搜刮民财，穷奢极欲，荒淫无度，竟将父亲宋神宗留下的国家70%的财产给花光了，陪审团一致认为宋徽宗赵佶犯有败家罪。’”

坐在下面的宋神宗赵顼听后站了起来，用颤抖的手指点着宋徽宗赵佶说：“败家子啊，你是个不肖子孙！”

“历史规律，皇帝的败家就意味着国家的不安。

宋朝时期，北方的燕云一代一直被北方的辽国占领，艺术家赵佶当政后，也想来个政治‘大写意’，收复北方的燕云地区。

有人给赵佶出主意，说是现在北方金国崛起，若联合金国对付辽国，北方燕云地区尽可收回。于是赵佶派人经海路到金国联络，经过几个回合的谈判，双方决定联合出兵进攻辽国。

金兵向南进攻，接连攻下辽国4座城池后，留下一个燕京，按事先约定，燕京应由宋军攻打。宋军的15万大军刚刚在南方镇压了方腊的农民起义，现在转而向北攻打辽军。宋军本以为能马到成功，不想辽军虽不如金军，但却比宋军强大得多。宋军有能力镇压农民起义，却没能力将辽军的燕京攻打下来，还损兵折将，几乎丢掉了所有的粮草辎重。

宋军无奈请金军攻打燕京，金军很快攻下了燕京，宋军又用大量金钱将燕京赎回，但是宋军软弱的战斗力在金兵面前暴露无疑。

赵佶在收复了燕京以后，自以为建立了不世之功，宣布大赦天下，隆重庆祝。

金兵获胜后，倍受鼓舞，在稍事休整后，立即派兵一举扫荡了辽国，并又从宋军手里夺回燕京，接着又挥兵杀向南方的宋朝首都开封。

前线的告急文书雪片似的传到北宋朝廷，同时金国又派出使者，到北宋朝廷，胁迫软弱的北宋朝廷割地称臣，满朝文武吓得不知该如何办。大艺术家皇帝赵佶，此时没有了大家风范，吓得拉住一位大臣的手，说：‘唉，没想到金人会这样对待我。’一口气没上来，昏厥过去——吓昏了。

赵佶醒来后，要了笔墨，写下：‘传位东宫。’自己带着两万人马逃出京都，避难去了。”

海瑞的起诉书宣读到这里，海瑞提高声音说：“经过陪审团合议，一致认为，赵佶此时离职逃跑，实属渎职罪。”

让一个艺术家做皇帝，是那位让他当皇帝的老太太向太后的悲哀，是大宋王朝的悲哀，也是艺术的悲哀，更是赵佶本人的悲哀。

但是，赵佶是国家法定代表人，责任无法推卸啊，负责吧！

海瑞低头看了赵佶一眼，赵佶又颓废地坐在地上。

此时宋钦宗赵桓也被王朝马汉押上了审判台。

海瑞继续宣读起诉书。

“龙生龙，凤生凤，赵佶选拔的接班人也是个毫无血性的‘乖乖儿’。

宋军在前线接连吃败仗，新上任的宋钦宗赵桓在软弱的宰相白时中、李邦彦撺掇下又想逃跑，有些将军不干了，说，你爹让你当皇帝，就是让你带领抗金，你再跑了，谁领导抗金啊？

第二天一早，主张抗金的大臣李纲，发现在皇宫门前车马仪仗已经准备妥当，新皇帝还是想逃跑。李纲进得宫来，见了新皇帝赵桓说，你可以带着老婆孩子逃跑，可是卫兵的家属都还在京城，他们肯定不愿离开京城，万一半路上，他们逃散，敌兵追来，谁来保护皇上。赵桓一听，逃跑也有危险，不得已才又留下来。

李纲出宫向全体将士们宣布：‘皇上已经决定留下来，和我们一起抗金，以后谁再提逃跑，一律斩首！’将士们听了，激动得欢呼起来。

金兵来到京城城下，他们用几十条火船，从河流上游顺水而下，计划火攻城门。宋军组织敢死队，列队防守。金军火船一到，他们就用挠钩钩住敌船，使它无法接近城门，同时宋兵用大石块向火船投掷，把船砸沉，金兵纷纷落水，金兵攻城受挫。

金兵用云梯攻城，宋兵弓箭手射箭，金兵纷纷中箭滚下云梯。兵又用绳索吊到城下，烧毁金兵的云梯，击杀金兵，无数金兵落到护城河里被淹死，金兵遇到了宋军的顽强抵抗。

金军悄悄派人和北宋朝廷议和。

金军的议和条件很苛刻，除了割让土地，赔偿金银，还要宋朝的皇帝称金朝的皇帝为伯父，还要宋的亲王、宰相到金国做人质。本来就无心抗金的赵桓准备全部接受金的议和条件。

此时全国各地的援军赶来，有20万，金军此时只有6万，金军一看情况不妙，不得不后撤。

宋军兵强马壮，援军大将种师道是个经验丰富的老将，他主张长期相持，待金军粮草短缺时再实行战略反击，但是皇帝赵桓不同意，他想尽快把金人赶走，恢复他的太平日子。后来决定实行偷袭战术，但是不幸军机泄漏，敌军早有准备，这一仗宋军有些损失。

宋军受挫的消息传来，本来无心抗金的赵桓，听信投降派的煽动，一面派人向金军赔礼，一面把几位抗金首领革职。

京城的抗金派官员不愿意了，京城的老百姓不愿意了，他们聚集到皇宫请愿，要抗金到底，要恢复几位被免人员的官职。

有的官员问：‘你们怎么能胁迫皇上呢？’

他们大声回答：‘我们用忠义胁迫皇上，总比奸臣胁迫皇上卖国好吧。’

禁卫军将领一看事情闹大了怕不好收拾，进宫劝皇帝接受请愿民众的要求。不得已，赵桓答应了请愿民众的要求，几位抗金首领得以复职。

宋朝军民一心抗金，宋军阵容整齐，士气高涨，金军一看不能再占到便宜，而且还有被打败的危险，便匆忙撤退了。

见敌军匆忙撤退，种师道将军建议，在金军撤退渡黄河时发动进攻，把金军消灭掉。但是，赵桓不但不听，再次免掉了这位老将军的职务，并把李纲贬谪到南方去了。

金军退走了，赵桓认为和平日子又回来了，他们又可以歌舞升平了。赵桓倒是孝顺，把宋徽宗，这时是太上皇的赵佶接了回来，父子同乐。

金军见李纲等抗金将领失势，并且又得到另外一只援军的支持后，再次向宋朝首都开封杀来。

各地宋军听说金军又来进攻首都，便主动带兵前来救援，宋钦宗和投降派正忙着割地求和，竟命令各路援军退回原地。

这时候，在黄河南岸防守的宋军还有12万步兵和1万骑兵。金军到了黄河北岸不敢强渡，到了夜里，金军让兵士打了一夜鼓，虚张声势。南岸的宋军听到对岸的鼓声，以为金军要渡河进攻，纷纷丢了营寨逃命，13万大军一夜间逃得无影无踪。金军没动一刀一枪，就顺利渡过黄河。

敌军压境，宋钦宗赵桓让他的弟弟赵构到敌营讲和。

赵构走到半路，他的谋臣对他说，大军压境，求和有什么用呢，赵构就在半路停了下来。

金军打到宋的京城，京城里原有3万守军，此时已七零八落，逃走大半。

宋徽宗赵佶信奉道教，徽宗时期道教得到了空前发展，道观遍布全国各地，知名道长的地位甚至可以和宰相相提并论，赵佶曾自封为‘教主道君皇帝’。

赵佶的儿子赵桓急得束手无策之时，也想起让神仙下凡来帮忙。一个大骗子名叫郭京，吹嘘他会‘六甲法术’，只要召集七千七百七十九个‘神兵’，就可以活捉金将，打败金兵。

赵桓相信了，把郭京当成救命稻草，让他找来一些地痞无赖，充当神兵。

但是，好像神仙也不喜欢赵佶、赵桓父子，这些神兵与金兵一交锋便垮下来。

大宋王朝的京城被金兵攻破。

宋钦宗赵桓痛哭了一场，亲自带领一些大臣，手捧降书走向金营。

投降的条件自然非常苛刻。

赵桓被放回筹集银两，不久金军又嫌他办事太慢，将他扣押起来，说是交足钱后再放人。

宋朝的24位大臣带领金兵，用了20多天的时间，将国库，皇家以及皇亲国戚，官吏富商家里彻底查抄，除了大量的金银财宝外，珍贵的古玩文物等所有值钱的东西都被抢去，大宋京城被掳掠一空。

一个阴霾的日子，赵佶、赵桓父子连同后妃、宗室，百官数千人以及教坊乐工、技艺工匠、法驾、仪仗、冠服、礼器、天文仪器、珍宝玩物、皇家藏书、天下州府地图，和满载着的财物一起被押送北方，

据说，宋徽宗赵佶在听到财宝等被掳掠时毫不在乎，等听到皇家藏书也被抢去，才仰天长叹几声。至此他也没明白他失败的原因，相比起笔墨，国家更需要刀枪，需要一支强大的军队，更需要一位气吞山河的统帅，而不是一位艺术家。

北宋王朝就此宣告灭亡。

海瑞对着台下的皇帝们，大声说："经陪审团合议，一致认为：赵桓犯有亡国罪，太上皇赵佶负有连带罪责。"

台下鸦雀无声。

作为战俘的赵佶、赵桓两位皇帝，可有罪受了。

顶着怒吼的北风，战俘们裹紧衣衫、收缩脖颈，在皮鞭的抽打和呵斥声中，艰难地向前迈进。赵佶、赵桓两位皇帝连裹紧衣衫、收缩脖颈的权利也没有，他们站在囚车里，任凭北风的戏弄。

到了宿营地，一伙金兵走进俘虏中间，其中一个金兵一把将赵桓的爱妃王婉蓉拖起，并朝赵桓打个招呼："我们首领借用一下。"王婉容惊呼救命，并挣扎倒在地上，另一个金兵抓起王婉容的腰带，像提一只小羊那样将王婉容提走了，同时还有几个宫女也被这样提走了。救命声音从不远处传来，战俘们死一样寂静。

到金国都城后，赵佶、赵桓和所有北宋战俘被命令穿上丧服，然后去谒见金太祖的庙宇，意为向金帝祖先献俘。

金太祖庙宇前，金国官员宣读金国皇帝圣旨：宋徽宗赵佶被封为昏德公，宋钦宗赵桓被封为重昏侯。

后来他们被关押在五国城（今黑龙江省依兰县），他们父子的牢房是口枯井，金国让他们坐井观天。

囚禁期间，宋徽宗赵佶写下了许多悔恨、哀怨、凄凉的诗句，如：

“彻夜西风撼破扉，萧条孤馆一灯微。

家山回首三千里，目断山南无雁飞。”

在他的诗里，难觅帝王之气，至死他都没明白皇帝应该尽什么职责。

包拯宣布：“赵佶、赵桓父子为亡国之君。”

地狱神又扬起那条神鞭，伴着一道蓝光，一声炸雷，赵佶、赵桓父子被送入东方地狱的同一个牢间。这是一口井，井里有水，没及腰部，他们不会被淹死，但是水里有食人鱼，他们的肉被食人鱼咬下，但是很快又能长上，然后食人鱼再去咬。赵佶受不了，他要儿子驮着，儿子受不了了，和老子换班，就这样他们一直反复着。他们喊叫着，疼得死去活来，他们要永远偿还他们当皇帝时所负“亡国”的“国债”。

二

下一个轮到谁了？当王朝马汉把她押上来的时候，所有皇帝都感到惊讶，因为那是一个女人，他们大多数人还都未曾听说过她。

被王朝、马汉押上来的是南宋王朝的谢太后谢道清。

陪审团事先讨论时，开玩笑说西门豹更了解女性，让西门豹出面起诉谢道清。

谢道清被押上来时，一边挣扎，一边大喊：“南宋天下丢了，是你们这些大男人无能，怎么能把责任推给我一个老太婆？”

包拯倒是客气地说：“我说这位女士，你先听听陪审团宣读的起诉书，你认为你没罪，到时你还可以为自己辩护。”

谢道清不说话了。

照顾女士，包拯又让人搬来一个板凳让谢道清坐下。

西门豹宣读起诉书：

“谢道清，女，1210 年生，享年 73 岁，垂帘听政 2 年时间。谢道清 17 岁入宫，宋理宗赵昀时期被册封为皇后，宋度宗赵禥即位，尊其为皇太后，宋恭帝赵㬎即位，尊为太皇太后。当时宋恭宗赵㬎 4 岁，太皇太后谢道清垂帘听政，太皇太后谢道清史称谢太后。

1276 年，北方蒙古军队兵临南宋京城临安（杭州），谢道清派一个大臣带着国玺和降书到元军大营乞降，南宋王朝灭亡，谢道清犯有亡国罪。”

谢道清站起来大声说：“我没罪！当时的投降是没办法的事，我们已经无力抵抗。”

西门豹继续宣读起诉书：

“谢道清，浙江临海人，祖父谢深甫曾经当过丞相，在宫廷斗争中，有拥立杨太后（宋宁宗皇后）的功劳，杨太后为了答谢谢深甫的拥立之功，在宋理宗即位后，太后命令要选谢氏女为皇后。

谢家只有谢道清没有出嫁，而且谢道清长相也不出众，即使嫁入皇家，也会被冷落，孤寂一生，所以谢家并不积极。此时正赶上正月十五元宵节，谢道清的家乡那些天还较寒冷，但是有几只喜鹊飞到谢家院子的树上，叽叽喳喳叫个不停，大家认为这是吉祥征兆，所以又都积极地准备送谢道清入宫。

在一切准备妥当，谢道清就要上路之时，大家突然发现谢道清浑身皮肤起泡，样子吓人，急忙请来大夫，大夫也搞不清是什么病。谢道清本人感到奇痒难忍，不得已用手抓挠，家人也帮助擦洗。不久，谢道清脸上，身上原来黑暗的皮肤都脱落了，取而代之的竟然是莹白如玉的皮肤，大家都惊奇，谢道清竟然从丑小鸭变成一个大美女。后来谢道清被送入宫中做了皇后。”

起诉书宣读到这里，西门豹看看谢道清，谢道清平静多了。

谢道清生存的年代是个战事不断的纷乱年代。

北宋王朝灭亡之后，宋钦宗赵桓的弟弟赵构逃到商丘城，并继位皇帝，称宋高宗。宋高宗赵构迫于舆论压力重新启用李纲，李纲推荐抗金人士宗泽为开封知府，重建京城并领导抗金。

开封经过两次大战，城墙全部被破坏，百姓和兵士杂居，社会秩序混乱。宗泽一上任便下令，凡抢劫居民财物者一律按军法严办，并杀了几个抢劫犯，社会秩序得以恢复。

宗泽又游说各路义军，并把他们组织起来，一时几十万大军得以建立。宗泽写信，请宋高宗赵构返还京城，领导抗金，并想法救出宋徽宗赵佶和宋钦宗赵桓。但是没想到，宋高宗赵构担心在商丘不安全，此时已悄悄跑到南方扬州。李纲因为反对南逃，又被赵构免职。

宗泽一时气愤，背上突发毒疮病倒。宗泽临终前，背诵杜甫的诗作：“出师未捷身先死，长使英雄泪满襟!”接着宗泽又用尽力气呼喊：“过河杀敌!”才阖上眼睛。

宗泽去世后，朝廷派杜充接替宗泽职务。杜充一到开封就把宗泽的一切防务都作废了。没多久金军又挥军南下，包括首都在内的中原地区又都落入金军之手。

宋高宗赵构在扬州行宫吃喝玩乐，全无“战时”观念，金军一路南下，势如破竹。赵构听说金兵打来，急忙带了几名亲信太监骑上马，一口气跑到长江江边，找到一只小船，连夜渡江逃到南岸。为遮羞，后来赵构让人编出了“泥马渡康王”的故事，说是庙中的泥塑马变成真马驮他过江，意思是说他的逃跑，是苍天的帮助。

金兵进入扬州，大肆烧杀掳掠，最后一把火将扬州烧成焦土。

赵构逃到临安（杭州），见金兵追来，又逃到越州（绍兴）、明州（宁波），后来又乘海船逃到温州，后见金军北撤，才又回到临安。

此时北方又乱了，新崛起个蒙古，蒙古更厉害，前面说了这个蒙古向西一直打到欧洲东部和伊朗北部，后来蒙古把金国灭了。

金国在被蒙古灭亡前，曾派使者向宋求和，说：“当年辽打你们宋，我们金把辽灭了，后来是我们金和你们宋打，现在蒙古又要灭我们金，金被灭了，蒙古也不会放过你们宋，因此希望金宋和好，共同对付蒙古。”

宋没有答应金的要求，而是和蒙古一起将金给灭了。

蒙古和宋联合灭掉金以后，南宋王朝出兵，想趁机收复开封等地，蒙古以南宋破坏协议为借口，举兵向南宋扑来。

南宋王朝由抗金，又改为抵抗蒙古兵的侵犯。

蒙古兵所向披靡，一路浩浩荡荡直取鄂州（武昌），并把鄂州团团围住。

报急文书一个接一个送达南宋朝廷，朝廷震动了，在位的宋理宗赵昀命令丞相贾似道率领各路人马驰援鄂州。

贾似道何许人也？贾似道的姐姐是当今皇上的宠妃，贾似道因此“鸡犬升天”当上丞相。

贾似道是个不学无术的浪荡子，经常喜欢带着一群歌女放歌西湖。有一天夜里，宋理宗赵昀在宫里登高远眺，看到西湖上仍有船儿亮着灯，并且时有歌声传来，就对左右说：“一定是似道这小子。”

大凡喜欢玩乐的臣子，十有八九是误国臣子。

贾似道挂帅出征了，走到半路，听说前面有一队蒙古兵，吓得急忙叫喊："怎么办?"后来听说蒙古兵走了，才松了一口气。

进攻鄂州的蒙古兵统帅叫忽必烈，是一位战功赫赫的统帅，贾似道听到这个名字就倒抽一口冷气，不战先怯。

怎么办？贾似道也胆大！他竟然瞒着朝廷，偷偷派个亲信到蒙古军营求和。说是只要蒙古退兵，宋朝愿意称臣进贡。

恰在此时忽必烈的妻子从北方让人快马送来密信，说是蒙古一些贵族正在准备让忽必烈的弟弟做大汗，忽必烈接信后，要立即赶回北方争夺汗位。

贾似道答应把长江以北的土地都割让给蒙古，隔江而治，并且每年向蒙古进贡银二十万两、绢二十万匹。忽必烈得到贾似道的许诺，就借机撤兵回北方了。

贾似道回到临安，把私自和蒙古订立协定的事隐瞒下来，并且将一些"蒙古兵"俘虏展出，吹嘘宋军大捷，不但战胜了鄂州的蒙古兵，还将长江一带的敌人全部肃清了。

贾似道的弥天大谎蒙蔽了宋理宗，宋理宗不但奖赏了贾似道，还大赦天下，举国同庆。

忽必烈回到北方，夺取了大汗帝位，并派使者郝经到南宋，要求履行协议。

忽必烈的使者郝经走到真州（江苏仪征），派副使带信到临安给贾似道。贾似道一看郝经要来临安，怕事情败露，急忙派人到真州把郝经扣押起来。忽必烈得知蒙古使臣被扣，暴跳如雷，但是蒙古内部又出了点问题，为了稳住内部，忽必烈只好把南宋的问题暂时搁置了起来。

贾似道靠欺骗过日子，居然做了十几年的丞相。

宋理宗死了，太子赵禥登基，就是宋度宗。

宋度宗赵禥封贾似道为太师，拜魏国公，贾似道权势日盛，更加无恶不作。

贾似道的爱妾李氏有次观湖看到两位青年男子风度翩翩，脱口赞道："美哉，二少年!"贾似道听了不悦，便把李氏头颅砍下来，装在盒子里让众姬妾观看。

贾似道看中一臣子的玉带，后因此人已死，玉带已殉葬，贾似道竟下令掘墓取玉带。

贾似道戏弄皇帝，一会说他要告老还乡，一会又散布谣言，说是蒙古兵又要打过来了，吓得皇帝苦苦挽留他，并在西湖边给他盖起一座豪华宫殿，朝廷事情都由他在自己家里处理。

忽必烈稳定了内部，改国号为元后，立即着手处理南宋王朝事务。

元朝派大军南下，宋军节节败退，元军后来将南宋的襄阳包围起来。

像上次那样，贾似道又把前线的消息封锁起来，不让宋度宗知道。

有个官员向皇帝上奏章告急，奏章落在贾似道手里，那位官员马上就被免职了。

有一次皇帝见到贾似道，问他："听说襄阳已被蒙古兵围困好几年了，怎么办?"

贾似道故作惊讶地说："蒙古兵早被我们打退，陛下从哪儿听说这消息的?"当得知是一个宫女透漏的消息，立即找个借口把那个宫女杀了。从那以后，谁也不敢再向皇帝说起蒙古兵的事情。

前线告急，有个亲信官员去找贾似道，看到贾似道正趴在地上，和几个侍女在斗蟋蟀，便轻轻拍拍贾似道的肩膀，说："这也是军国大事?"

贾似道站起身来说："人生苦短，快活一天是一天，"

对方听后，将手中的奏章轻轻撕掉，两人相视大笑。

襄阳被元军攻破了，南宋朝野大为震惊，但是贾似道把责任推到襄阳守将身上，革职了事。

元世祖忽必烈见南宋腐败成这个样子，决定一鼓作气消灭南宋。

这时宋度宗赵禥死了，贾似道拥立了一个四岁的儿童赵㬎为皇帝。

元军攻下鄂州，顺长江东下，直取临安，贾似道统兵十三万上前线迎敌。像上次一样，贾似道无心打仗，悄悄地又派人到元军大营求和。当然，蒙古人不会再相信贾似道了。元军进攻，宋军全线崩溃，贾似道逃到扬州。到了这个时候，大宋王朝的覆灭就很难挽回了，贾似道快活日子也到头了。

贾似道被免职，他要回绍兴老家为其母守孝，绍兴地方官不给他开城门；他住在婺州，婺州人到处张贴布告驱逐他。朝廷见贾似道像丧家之犬没人收留，便派一个叫郑虎臣的将军带人押送他到循州安置。一路上烈日炎炎，郑虎臣故意掀开贾似道所坐轿子的轿盖，让贾似道暴晒，沿途多次逼催他自杀，到了漳州木棉庵，郑虎臣便把他杀死在附近的厕所里，为国为民除掉一大祸害。

元军乘胜进军，进逼临安。

以上是西门豹介绍的谢道清生前的世道，介绍到这里，西门豹看谢道清，谢道清很是平静。

"谢道清虽然美丽并贵为皇后，但是浙江是个出美女的地方，宋理宗赵昀身边不乏美女，赵昀先是宠爱贾贵妃，贾贵妃死后，阎贵妃又获赵昀宠爱。谢道清从来不计较赵昀喜欢谁，所以杨太后很器重她，赵昀虽然不爱她，对她却也敬重，且礼遇有加。谢道清胸怀豁达，顾全大局，50 年间后宫一直和睦稳定。

当蒙古兵第一次南侵，并把鄂州团团围住时，宋理宗赵昀命令丞相贾似道率领各路人马驰援鄂州。这时一些大臣趁机提出要将国都从临安东迁，以避开敌人锋芒。从北宋的艺术家皇帝宋徽宗开始，赵家皇帝就有逃跑的‘光荣’传统，因此宋理宗赵昀也有逃跑的打算。这时谢皇后挺身而出，力排众议，说这是下等策略，若皇帝一走，后方的民心必然动乱，前线的将士也将军心动摇，到时后果不堪设想。宋理宗赵昀权衡再三，最后还是听从了谢皇后的意见，放弃了逃跑的打算，稳住了民心军心。

宋理宗赵昀死后，赵昀的侄子宋度宗赵禥接位。

白发人送黑发人，宋度宗赵禥又死在谢太后的前面。

宋度宗赵禥死后，赵禥的儿子宋恭帝赵㬎接位，谢道清被尊为太皇太后。宋恭帝赵㬎才四岁，众大臣奏请谢太皇太后垂帘听政。

当时谢道清已经 65 岁，实属高龄，虽然再三推辞，最后还是应众大臣的奏请，毅然挑起风雨飘摇的南宋江山。

此时蒙古对南宋王朝第二次用兵。

天不同情南宋，看到南宋王朝不行了，连太阳都收敛了光芒。现代人称为日食，那时的人们认为是凶兆，谢太后仰天长叹：‘大宋气数尽矣！’

如何是好？面对天下，谢太后也只能‘死马当作活马医’。

谢太后先是下令削‘圣福’，就是皇室、朝廷带头节俭开支，以资军需。

南宋的兵马叫贾似道折腾得所剩无几，那些在贾似道时期提拔的文官也多是贪生怕死之徒，一见形势不妙便纷纷逃离。

丞相陈宜中弃官逃跑了，谢太后写信给陈宜中的母亲，让她劝陈宜中以国事为重。后来陈宜中回来了，但是却带头同一些大臣建议迁都，谢太后不同意，陈宜中便痛哭流涕，谢太后不得已同意了。

第二天启行时，却不见陈宜中前来，谢太后在怒气中下令不迁都了，后来得知陈宜中又逃跑了。

临安城内人心惶惶，南宋朝臣纷纷弃官逃跑，谢太后心寒不已，忍无可忍，她愤而起草一份诏书，张贴于朝堂，诏书曰：‘我国家三百年，待士大夫不薄。吾与嗣君遭家多难，尔小大臣不能出一策以救时艰，内则畔官离次，外则委印弃城，避难偷生，尚何人为？亦何以见先帝于地下乎？'

这份诏书说得令人感慨，结局也只能是博取同情。

谢太后一面安抚文官，一面下‘哀痛诏’，号召各路军民起兵勤王。不过各地武将也都坐地观望。

大厦将倾人自散，难为了老太太谢太后。

一个女人，她实在感到无力撑天，无奈之下，她派一个大臣带着国玺和降书到元军大营乞降。

1276年，元军占领临安，儿皇帝宋恭宗赵㬎出宫投降，谢太后身卧病榻。"

西门豹的起诉书读到这里，故意停了下来，他想谢道清应该有话说，西门豹看看谢道清，谢道清仍无动于衷。

西门豹的起诉书最后说道：

"南宋向元帝国投降后，忽必烈为了收服南宋的民心并瓦解南宋残余势力的斗志，对谢太后和宋恭帝赵㬎都很优待。封宋恭帝赵㬎为瀛国公。谢太后有病，也允许她留在杭州养病。后来谢太后到了元朝的京师后，忽必烈封她为寿春郡夫人。七年后，谢道清默默地病死于‘异国他乡’，后归葬于家乡。"

西门豹的起诉书宣读完毕，全场鸦雀无声。

稍停，包拯开始宣判了，宣判前，包拯先干咳了一声，看来，老包的心情也很沉重，包拯宣判道："宋恭帝赵㬎尚且年幼，不具有皇帝权力，也不负有皇帝责任，只是名义上的国家法定代表人，因此南宋王朝的亡国罪，由宋恭帝赵㬎的监护人，实际的国家法定代表人，垂帘听政的谢太后谢道清承担。"

包拯的话音不大，可是字字打在所有人的心里，没办法呀，法人责任，无法推卸！

北宋被灭，南宋好像没有从中找出教训，步北宋后尘，南宋再次被灭。

谢道清慢慢站起来，说："宋朝的天下本来就不是靠武力打下来的，开国皇帝赵匡胤是靠阴谋黄袍加身的，所以之后他们赵家的皇帝大多懦弱。是不是这个原因呢？我说不太准，不过南宋的亡国要由一个女人来承担，他们赵家更没面子。"

谢道清又说："我不下地狱，谁下地狱？总不能叫四岁的赵㬎下吧。"

又过了一会，谢道清说："唉，我去吧！"

地狱神举起右手，手中出现那条鞭子，鞭梢闪烁着紫蓝的荧光。地狱神将鞭子一挥，一道闪电，一声炸雷，谢道清被凌空抛起，在南宋赵家皇帝们的头顶上呼啸着转过一圈后，谢道清被抛到大海里。

地狱神没有怜悯之意，法不徇情啊！

为什么东方地狱为谢道清订做的牢房是大海，这里面还有故事。

在南宋京城临安危难之际，谢道清让陆秀夫等旧臣携幼主七岁皇子赵昰、三岁皇子赵昺出逃南方，企望赵氏一脉得以延续。

他们出逃到福建。当得知宋恭帝赵㬎被元兵掳往北方后，陆秀夫等在福州拥立赵昰为帝，组织流亡政府。蒙元大军欲对宋室斩草除根，继续派兵追杀。

陆秀夫、赵昰等人为躲避元兵的追逐，乘船经海路避入广州湾。一天夜间，风大浪高，坐船颠覆，赵昰落入海中，后虽然被救起，但是已经喝了一肚子的海水，惊吓得好几天都讲不出话来。因元军追兵逼近，他又不得不浮海逃往冈州（今广东省雷州湾），经此颠簸，赵昰去世。

赵昰死后，赵昺被陆秀夫等大臣再拥立为帝。

蒙古大军紧追不舍，在广东崖山，陆秀夫、赵昺的船队被蒙古大军包围，陆秀夫知道这次难以脱身了，就仗剑驱使自己的妻子投海自尽。然后，换上朝服，礼拜赵昺，哭着说："陛下，国事至今一败涂地，陛下理应为国殉身。宋恭宗赵㬎被掳往北方，已经使国家遭受了极大的耻辱，今日陛下万万不能再重蹈覆辙了！"赵昺吓得哭作一团，陆秀夫说完，将国玺系在腰间，背起赵昺奋身跃入大海，以身殉国。其他船上的大臣，宫眷，将士听到这个噩耗，顿时哭声震天，数千人纷纷投海殉国。

南宋王朝被彻底埋葬在大海之下。

谢太后谢道清在大海里被抛起落下，海水灌入她口中，又被她吐出，然后再被海水灌入。偌大一把年纪，她要永远在东方地狱的海水中苦苦挣扎。

海岸边跪着南宋的帝王：宋高宗赵构，宋孝宗赵昚，宋光宗赵敦，宋宁宗赵扩，宋理宗赵昀，宋度宗赵禥，宋恭宗赵㬎，宋端宗赵昰，宋幼主赵昺。面对大海，面对在海水中挣扎的谢道清，他们撕心裂肺地哭喊着、忏悔着。他们忏悔他们生前不该花天酒地，他们忏悔他们无能而又无心保卫国家，他们对不起这位下地狱的女人，他们知道这位女人是在为他们赎罪。

这一切不包括儿皇帝们，他们从小被圈在深宫大院，长者剥夺了他们儿时的欢愉，后来又整天过着担惊受怕的日子，现在面对疼爱他们的太皇太后老奶奶在海水里的受难，他们哭喊着，哭喊声中更多表达的是他们内心的惊怕。

三

审判继续进行，包拯一拍惊堂木，大喝道：“王朝马汉，把下一个亡国嫌疑之君押上来。”

王朝马汉一阵吆喝：“威——武！”正准备执行命令，突然听到有人大喊一声：“我来也！”随着声音，一个身材魁梧的西北汉子走上台来，谁？李自成。

包拯一拍惊堂木，说道：“大胆李自成，你来作甚？”

李自成说：“包大人，不是你叫我来的么？”

包拯说：“我正在审判亡国之君，与你何干？”

李自成说：“我就是大顺亡国皇帝李自成。”

陪审团代表狄仁杰站起来说：“大法官，我们陪审团现在要起诉的就是他，既然原告被告都想到一块了，就往下进行吧。”

包拯说：“好！李自成，敢作敢当，是条汉子！”包拯让原告宣读起诉书。

狄仁杰代表陪审团宣读起诉书：

“李自成，1606 年 8 月出生。出生地陕北米脂，享年不详。”

李自成插话：“享年万岁。”

包拯急忙说：“不经法官允许，被告不得插话。”

狄仁杰宣读起诉书：

“李自成现为汉人，其祖先原为羌族中的一支，称谓党项，党项人又以姓氏分为许多部落，拓跋部落势力较强。拓跋氏曾有位首领叫拓跋思恭，在唐朝时期因镇压黄巢起义立有军功，受封为定难军节度使，夏国公，赐姓李。

李氏传了七代，到李继迁时自称夏国王。

李继迁有个孙子叫李元昊，李元昊挺有能耐，开土拓疆，于 1038 年称帝，建立西夏国。西夏传国将近 200 年，于 1227 年为蒙古所灭，西北地区的党项人后来多被汉族同化。李自成先祖以后由甘肃太安迁入陕北米脂县，李自成是米脂县的李继迁寨人。”

狄仁杰继续宣读起诉书：

“李自成崇祯二年（1629 年）起义，走向了推翻明王朝的道路。

崇祯十七年（1644 年）3 月 18 日，农民军攻克北京外城。次日凌晨，崇祯帝在北京煤山自缢，明朝灭亡。4 月 21 日，李自成亲率部队进攻山海关的吴三桂，吴三桂引清兵入关，李自成兵败。4 月 29 日，李自成在武英殿匆匆即皇帝位，深夜便焚烧宫殿与九门城楼，向西撤退。农民军仅在北京驻扎 41 日。”

狄仁杰读到这里停了停，问李自成：“你这个皇帝是不是就当了一天啊？”

李自成答曰：“是啊，当了一天我也是皇帝啊。”

狄仁杰说：“还不到 24 小时，你可能是世界上最短命的皇帝了，不过既然当上皇帝，国家的事你就要负责啊。”狄仁杰加重语气，大声宣布：“经陪审团合议，一致认为，李自成犯有亡国罪。”

李自成插话：“大明是我推翻的，大顺是我建立的，我有资格对天下负责；大顺丢了，大汉江山丢了，是我的责任，我承担亡国罪责，愿接受天、地和国人的一切惩罚。”

听到李自成掷地有声的话语，狄仁杰说：“古今中外抢功的大有人在，抢罪的还真不多。不过今天定了你的罪，也就等于承认了你的历史地位，承认你曾经是中国的皇帝，合算，你做了一笔好买卖！”

李自成听了哈哈大笑说：“夏国王至今近千年，千年等一回，我能放过这个登上中国历史的机会吗？”

包拯急了，大声喝道：“往下进行吧！”

狄仁杰继续宣读起诉书：

“草莽出身的朱元璋创下了大明江山。大明王朝在历经两百多年的沧桑巨变后，传到朱由检继位，人们称朱由检为崇祯皇帝。

朱由检很想做个有为的君主，可是朱由检英而不明，如何治国，他无良策，对大臣们杀罚轻率，满朝文武，人心惶惶。这一切表明，大明气数已尽，皇朝又到了新的轮换周期。”

狄仁杰的起诉书宣读到这里，李自成打断狄仁杰，说：“别人的事你就不用啰嗦了，说我吧。”

狄仁杰继续宣读起诉书：

“此时在中国的大西北，一个叫李继迁寨的小村庄，一孔窑洞里传来婴儿的啼哭声，一个年近 50 岁的穷苦老汉，老来得子，高兴得直捋胡须，但是他此时不可能知道，这个婴儿长大后，将是个草莽英雄，而且还要改朝换代，推翻同是草莽英雄朱元璋创下的大明江山。

李自成成年以后，生得膀阔腰圆，身材高大，臂力过人，一双眼睛深陷在高颧骨上面，精光四射，虎虎有神。大概也是祖上夏国王李继迁的遗传基因，李自成为人豪爽，性情刚强，敢作敢为，经常出头为穷苦朋友打抱不平。因此，穷朋友中无论谁提到李自成，无不肃然起敬，李自成具备英雄气质。

那个时候闹饥荒，‘民不聊生’就是李自成所生时代的态势，李自成注定要成为那个时代的英雄。”

包拯有些不耐烦了，听狄仁杰的起诉书宣读到这里，包拯说：“我说原告，你这是宣读起诉书还是读小说？”

狄仁杰不理包拯，继续宣读他的“起诉书”：

“当民不聊生的局面形成时，当权者若再催赋逼税，那就意味着要在干柴上面点火了。当时的明政权此时正在东北应付彪悍的满族崛起，军队打仗需要军粮军饷，内地的赋税还是要收，这就使农民的生活雪上加霜，促使他们革命造反。有大臣建议，对外议和，然后再解决国内问题，朱由检不听。

朱由检皇帝对饥民造反采用了军事剿灭方针，这就逼得没饭吃的人们不再指望政府，而只能选择造反来解决自己的吃饭问题。在大西北就有高迎祥、张献忠、老回回、罗汝才、革里眼、左金王、改世王、射塌天、横天王、混十万、过天星、九条龙、顺天王等多家起义部队，光听这些名字，你就知道，什么叫光脚的不怕穿鞋的。”

狄仁杰讲到这里，包拯火了，一拍惊堂木，大喊一声：“起诉方，言归正传吧！”

李自成也笑了，说：“老狄啊，快说我的罪状吧，包大人还等着宣判呢。”

狄仁杰继续宣读他的起诉书：“李自成揭竿而起了！”

下面是狄仁杰起诉书中关于李自成的造反简历。

李自成造反旗帜一竖，闻风而至的饥民竟上千人，李自成扫了人群一眼，大喊一声：“攻县城，吃衙门！”

“吃衙门！”饥民们跟着大喊，饥民们不用动员。

李自成当夜率众轻而易举地攻破县衙，打开粮仓，吃吧！

吃饱了，喝足了，饥民们高兴。下一步呢，李自成又大喊一声：“投义军不沾泥去！”

“投义军不沾泥去！”饥民们跟着大喊。

不沾泥是已经占领了西安的义军首领。李自成率领饥民大军声势浩荡地往西安投奔不沾泥去了。

走到半路，提前派去与不沾泥联络的弟兄回来了，身边还跟了几个不沾泥义军弟兄，他们说，不沾泥与官军打仗，被官军打败，不沾泥逃奔到关山岭，意图暂避一时，不料仍被官军追上。不沾泥一见后有追兵，前无出路，竟手刃了另一个义军首领双翅虎，又绑缚了义军首领紫金龙，献给官军，换了自己一条命。

李自成听到这个消息，不敢相信。一个同来的现在肩上还带着箭伤的不沾泥义军兄弟悲忿地说："这都是我亲眼所见！不沾泥降了官军之后，带我们一起要收编成官军，我们几个是中途悄悄跑出来的。"

如何是好？大家都看着李自成。李自成想了想说："投奔我舅舅高迎祥吧，他也是义军。"

都是为了混口饭吃，投奔谁都可以，大家没什么犹豫。

此时高迎祥正被官兵四面围剿，正在发愁之际，忽闻外甥李自成率众投奔而来，自然意外高兴。他们俩原先从未谋面，但是李自成虽然满身风尘，面容憔悴，但一双精光四射的眸子，一股逼人的英武之气，仍让高迎祥一眼就认出。

李自成跪拜在义军首领高迎祥的门下。

高迎祥将李自成扶起，说："你来得正好，咱们舅甥二人同心协力，一定能把这朱姓天下弄个天翻地覆！哈哈！"高迎祥豪迈地大笑了起来。

李自成的加入，使高迎祥的义军如虎添翼，官军屡屡败北。李自成作战勇敢，手舞丈八钢矛，锐不可当，他初归高闯王时，人马不到一千，才过一年多，便已发展到两三万之众。

高迎祥大军威震大西北，高迎祥被民众称为闯王，李自成为闯将。

闯字号农民起义军在陕西、山西、河南纵横驰骋，军威大振。

明王朝下急令，力剿义军。明军趁义军尽集于豫北之时，追踪而至，用重兵左右合围，起义军被迫退往黄河。

正逢初冬季节，义军前有黄河阻挡，后有大军堵截。由于怕义军渡河逃走，明军早早派人把黄河上下游的民船统统提往对岸。等到义军赶来时，连一条船影儿都没有了，十几万义军危在旦夕。

明军将帅已经觉得稳操胜券，打算草拟捷报上奏了。

面对黄河，闯王闯将等一班义军首领一筹莫展。

突然一阵寒风从李自成面前刮过，李自成心里一颤，冲天大喊：“给饥民们条活路，苍天帮忙吧！”

一个义军首领看着李自成，调侃说：“咱们闯将和苍天有缘，苍天会帮助我们。”其他义军首领也都起笑。

李自成说：“黄河将要封冻，我们可以踏冰过河。”

闯王高迎祥说：“自成，你这是急糊涂了吧？黄河这时候会封冻？”确实，当时才11月下旬，不是黄河封冻时节。

李自成说：“往年这时候，天也没有这么冷吧？但愿苍天有眼。”

兵陷绝地，天之助义，两天后，黄河果然“速冻”，十几万大军踏冰过河，绝处逢生。

黄河南岸的明军猝不及防，义军过河后接连攻陷渑池、伊阳、卢氏三县，黄河南岸又烽火连天。

义军的胜利引起了明王朝的惊恐，皇帝朱由检决心剿灭反贼。在北京，大明皇帝高坐龙椅，下令特设五省总督一职，专门办理讨贼事宜。

擒贼先擒王，明军总督要先灭闯王高迎祥。

明军将西安做成“空城”，引诱闯王高迎祥进攻大都市西安，闯王高迎祥不知是计，独自率领经过休整的义军进攻西安。

明朝大军在黑水峪设伏，闯王高迎祥被困。在黑水峪高迎祥率军与明军苦战四天四夜之后，因天雨缺粮，义军饥病交加，高迎祥自己又身染重病，不幸被明军生擒，随即被押往北京，英勇不屈而被肢解就义。

高闯王死后，他的部下公推闯将李自成继承闯王之位。李自成在中军大营召集全体将士，设坛告天，正式即闯王位。并率兵直取西安，李自成要为高闯王报仇。

李自成率领大军，经湖北、四川向陕西扑来。当部队走到一个叫车厢峡的地方，李自成抬头望去，只见前面一条狭长通路逶迤难行，两面绝壁陡起，势若刀削斧砍，峡中林草茂密，荆棘遍布。

李自成大叫一声不好，立令部队停止前进，但是已经晚了，立时前军来报告，前面峡口有明军堵截，紧接着后卫来人急报，有明军尾随，并将来路封死。此时又听两面山上号炮齐鸣，李自成知道自己已陷入明军的包围之中。如若此时明军投火于山谷之中，再加箭矢垒石，起义军必将全军覆没。

李自成悔恨自己为高闯王报仇心切，轻敌大意，竟不暇深思熟虑，便亲临绝地。此时真是上天无路，入地无门，就是苍天也很难帮忙。

事在人为，他的部下给他出了一个主意——“诈降”。

血性汉子不得不低头。

李自成先行拿出大量金银珠宝贿赂敌军将帅，然后让人五花大绑，从峡谷中走出来。峡谷外明军旌旗招展，鼓角喧天，一班将领披坚执锐，怒目而视。李自成从刀枪剑戟之中，低首而行，到了中军大帐，李自成更是膝跪而行，李自成身后有人手捧兵符大印和全军名册。

明军不损一人一马，收服了李自成的六万大军，各种辎重、战马、粮草、兵器不可胜数，这回该明军骄傲了，

明军首领先是给李自成做了一番政治教育，说他是当今英豪，失身做贼，现在醒悟为时不晚，勉励他以后要忠心报效朝廷，日后立功进爵，光宗耀祖，李自成自然唯唯诺诺。

明军担心义军不好管束，也为感化李自成，决定让李自成继续领导原来的部队，并发还武器，着令李自成去剿灭其他义军，并给李自成的部队配备50名安抚官。

李自成岂是久居人下之人，他的部队一离开了明军的包围，李自成便下令反叛，并将那50名安抚官全部杀掉，重举义军旗号。

可怜的明军统帅这才知道自己受了李自成的愚弄，打开樊笼放走蛟龙，只落得个革职查办，后来又被恼怒的皇帝斩首，以警后人。

李自成经过这样一番挫折，深知用兵需要韬略，这也是在战争中学习战争。

不久李自成率兵打进了西安，消灭了陕西的明军，也算是给高闯王报了仇。

在占领了陕西、甘肃等地后，李自成率兵进攻洛阳。沿途所过的州县、村镇遭到焚烧、抢掠，李自成下令，凡阻挡大军一日者，屠城三分之一；两日者，屠城三分之二；三日者，屠城鸡犬不留。兵威所至，百姓逃走一空。

住在洛阳城的是福王朱常洵，是当今崇祯皇帝的胞叔，是个庸庸碌碌之人，平时只知吃喝玩乐，与一班宫女淫乱作戏，当洛阳城被攻破时，福王换了一身破烂衣服，意欲混入乱民之中逃走，无奈他平时安享尊荣，吃出了一身好肉，因为他太胖，很快被义军认出，并被押回福王府中。

此时福王府中，兵士涌入，宫娥乱跑，一片哭叫之声。一群乱兵拥着一位美女哭哭啼啼走来，福王一看是自己的宠妃。这个宠妃生得冰肌玉肤，风致嫣然，那些兵士连拖带扯架弄了出去。福王又气又急，大喊道："妃子，等一等，与我一起死吧！"那些乱兵闻言大笑，说："朱胖子，你死尽管死，这个美人我们可舍不得她死。"

后来这个朱胖子被杀了，义军又找来几头鹿，将朱胖子和那些鹿一起蒸煮，举行了"福禄宴"。

在李自成攻打河南祁县时，忽闻有一义军前来投奔，领头的是个读书人，名叫李岩，公众尊称李公子。李自成在河南已闻其大名，听说他来投奔，心中欢喜，立即列队欢迎，待以上宾之礼，李岩再三辞谢，不敢上座，李自成说："久闻李公子大名，今日公子加盟，实为天公加威，况先生是读书贤士，我乃草莽之夫，岂敢轻慢！"

李自成设宴欢迎李岩，酒后二人促膝交谈。李岩说："得民心者得天下，若是广施恩惠于民，受到民众的拥护，明朝廷必受孤立，那时天下就是您的了。"接着李岩向闯王提了许多重要的建议。比如，大军所到之处，严禁滥杀无辜，凡能开门投降的，一律秋毫无犯。即使是明朝官吏，如果为政清廉，就依旧让他留任。特别是"均田免粮"的建议几乎与李自成心中原有的想法不谋而合，最后，李自成抓住李岩的手，用力摇了摇说："有了你，我李自成才如虎添翼啊！就照你说的办！"

不多时，河南到处传唱着"杀牛羊，备酒浆，开了城门迎闯王，闯王来时不纳粮""金江山，银江山，闯王来了不纳捐！"李自成听了心里很是高兴。

根据李岩的建议，李自成也对义军进行了整顿，建立了严格的军风军纪。一日李自成带兵巡查，发现一个军官走进一户百姓家里，李自成立即派人将其捉出来，问起缘由，原来这一军官见一个美丽女子，便尾随其后进入家中，叫那女子缝补衣服，女子不肯，正在吵嚷之中，被李自成捉住。李自成问明原委，大怒，立即抽出佩剑将其就地正法。从此三军肃然，没人再敢扰民，大军所到之处，秋毫无犯。

李自成的义军在老百姓中威信日益增高，接着李自成的义军所到之处，开仓赈济饥民，散发浮财，并散发传单，写着"三年不征，一民不杀！""剿兵安民！"一时"迎闯王，不纳粮"的口号响彻中州大地。历史记载："远近饥民荷锄而往，应之者如流水，日夜不绝，一呼百万，而其势燎原不可扑。”

条件成熟了，李自成率大军向北京进发。

兵临宁武关，明朝大将周遇吉奉旨拒敌。

义军前锋党守素挺抢来战，周遇吉举刀空中一晃，党守素举抢拦住，周遇吉迅速回刀向党守素左肩斜劈下来，并大喊一声：“逆贼!”党守素连头带肩被砍下马来。

大将李双喜举刀向前，意欲为党守素报仇，战不过十回合，李双喜竟被周遇吉一刀砍中肩窝落马。义军见状，全军杀出，周遇吉见寡不敌众，便退回城内坚守。

李自成摔大队人马赶到，立时攻城，义军人人奋勇，个个争先，前赴后继，顷刻宁武城外人喊马嘶，弓矢之声，炮火飞石之声，短刀相接之声，上下呼应，声震山河。

周遇吉在城上督战，见义军大将谷可成上得城来，举刀便劈，谷可成躲避不及，被劈下城来。

此时城门已被打开，李自成的大军一拥而入，大将刘希尧急欲献功，争先来擒周遇吉，周遇吉举手一刀，将刘希尧的兵器打落在地，刘希尧大惊，回身要走，周遇吉飞赶向前，拦腰一刀，将他砍为两段。其他义军将领见周遇吉勇猛异常，急忙调来弓箭手助战，周遇吉身中数箭后被擒。

李自成入城后，派人前去劝降，周遇吉大骂不屈，无奈被乱箭射死。

周遇吉死后，他的夫人刘氏率家室登城楼自焚而死，几位副守将也都杀了自己的妻子，力战身死。

李自成下令对他们厚葬礼遇。

攻克宁武关，义军损失巨大，后面还有两关，加之北京城防坚固，李自成不能不有所担心。李岩说：“宁武失陷，其他各关必然丧胆，京师指日可待。”

果不出所料，不几日，大同总兵、宣府总兵便差人送来降表，说，义军大兵一到，即可开城门投降。

李自成闻报大喜。

李自成的大军漫天遍野的向北京城围拢过来。

朱家天下此时已经风雨飘摇，京师危在旦夕，在京师里，朱由检皇帝的大臣十之七八已逃之夭夭，煌煌大殿，平时文武百官，熙熙攘攘，此时已显得荒凉凄惨，余下的几个大臣也只会唏嘘垂涕。面对现实景象，朱由检反而慢慢沉下心来。

朱由检也算是个硬汉子，他已经抱定宁死不受辱的决心，所以此时的他反倒是冷静下来。他一面指挥大臣督兵守城，一面下旨要邻近各省兵马入京勤王，并派人到江南催督粮饷，组织太监坚守内城。工作安排下去了，朱由检坐在龙椅上，望着空荡荡的大殿，看着空荡荡的紫禁城，此时他感到自己很伟大：他感到他有指挥能力，有驾驭天下的能力，如果他是个将军，他也能驰骋战场。

朱由检冷静下来，经过反思，他明白了，一边和满族较劲，一边和义军搏击，两面作战，他犯了战略性的错误，然而这一切来得太晚了。

朱由检的京兵多为纨绔之弟，将帅也多勋臣世爵，少经战阵。而李自成的骑兵，向来行军都是把死人的肚腹挖开代做马槽喂惯了的。平日那些马两眼通红，见了生人，腾空扑跳，犹如猛虎，京城里的那些兵哪见过这种景象，所以被李自成的大军一击即溃。

朱由检一人端坐在金銮殿的龙椅上，宫墙外不时有人喊马嘶声隐隐传入宫来，这时一班小太监跑近前来，说外城已破，贼兵已经杀进内城，请皇帝速速躲避。

朱由检笑了笑，站起来，他向远处的宫外望了望，然后转身向紫禁城的后面走去。

座落在紫禁城的后面，是一座小山，名曰煤山，朱由检站在山顶上，又向远处望去，紫禁城尽收眼底，北京城尽收眼底，这些对他即将没有任何意义了，远处又传来战马的嘶鸣，他知道，他该走了。

朱由检将自己的尸体挂在了一棵树上，自己飘上一朵云彩，他要看看那位取代他的人。

李自成进得城来，听说朱由检自缢身亡，便要亲自来看看。当他看到悬挂在树上的朱由检皇帝时，不知道为什么，李自成丝毫没有取而代之的喜悦，反而感到由衷的伤悲。

李自成转身将紫禁城收到眼底，将北京城收到眼底，他有点不知所措。

李自成走进金銮殿，他感到金銮殿太大了，太空旷了，他有些不自在，他落脚在乾清宫。

李自成坐在龙椅上心想：“当年李氏王朝赐我家祖宗李姓，大概就是要我今日得到天下吧。相隔近千年，我又建立了四海统一的李氏皇朝，比我祖先所建的西夏国要强大得多，简直不可同日而语！如今我已经拿下了北京，不久将平定江南，统一海内，李继迁传到李元昊，又传到我身上，这是天意啊！”

此时此刻，李自成想到他日后的勋业也应该同唐太宗媲美，他踌躇满志。

李自成的义军进城之初，京城秩序尚好，店铺营业如常。但三天以后，面对繁华都市，他们渐渐控制不住自己了。昨日千般苦，今日得福禄，天经地义，他们顾不得什么礼数，每日将各宫里的那些宫娥秀女掳去行乐。对原来明朝的王公大臣，他们也开始进行勒索，中堂十万两白银，部级七万两白银，逐次递减。义军将领刘宗敏还制作了五千刑具夹棍，棍上有棱，铁钉相连，拿不出钱来，便刑罚伺候。凡经过此刑的人，没有不残疾的，一时城中恐怖，人心惶惶。

义军的将军们还随便入住在那些前臣的家里，兵痞蛮将喧宾夺主，要原主人服侍他们。一些下级士卒有机会便去掠抢民财，一时整个北京城闹得翻天覆地，不成体统。不几日，大街上出现告示：“明朝天数未尽，人思效忠。”

腐败是一个政权垮台的先兆，金钱、女人又是腐败的两要素。

关键时刻，一个女人走进了历史，她要颠覆刚建立的大顺王朝。

义军大将刘宗敏占据的是明朝山海关总兵吴三桂的家，而此时，是否投降大顺，统领三十万明军的吴三桂尚且在观望之中。

吴三桂家中藏有一个美女，她叫陈圆圆，刘宗敏见陈圆圆美如鲜花，变将其占为己有。

这位陈圆圆非同一般美女，她是苏州人士。朱由检皇帝十五年，朱由检宠爱的田贵妃死了，朱由检十分伤心。田贵妃的哥哥，国舅田宏遇见状，急忙赶往盛产美女的苏州，千挑万选，寻得美女陈圆圆，认作田贵妃的妹妹，献给朱由检皇帝。此时天下大乱，朱由检没心思寻欢作乐，田宏遇又将她送给了手握重兵的吴三桂。

刘宗敏占有陈圆圆之事被李公子李岩得知，李岩急忙告知李自成，说是吴三桂手握重兵，尚未投降，因一女子而逼反吴三桂实在不值。并建议李自成惩罚刘宗敏，刹住义军的腐败趋势。

李自成思索再三，回忆起创业的艰难，生死与共的情感，李自成没有接受李岩的建议。李自成决定，在宫中另选十名美女，送与吴三桂，叫吴速速来降。

话说刘宗敏等一帮战将，血里来，刀丛中去，跟着李自成出生入死，现在得到天下了，他们就该享福了，否则为什么造反呢，刘宗敏等人并不认为自己有错。反而他们认为李岩一介书生，今得厚位，出入在李自成身边，他们心里就不平衡，听说李岩到李自成处状告自己，还要李自成惩罚自己，刘宗敏大怒，派士兵悄悄把李岩杀了。

再说吴三桂，他听说自己的爱妾被义军占有了，一股怒火直冲脑门。吴三桂冲天大吼："大丈夫可杀不可辱！"

吴三桂打着替崇祯皇帝报仇的旗号，对大顺王朝举起了讨伐大旗。

李自成得知吴三桂造反，亲率大军扑向吴军所在的山海关。

山海关战场，吴三桂率领所部向李自成的军队冲击，吴三桂大喊："杀闯贼，为崇祯皇帝报仇！"

李自成冷冷地看着吴三桂，狠狠地说："不识时务的东西，我要杀你个片甲不留。"

天上云展云舒，地上两方大军，旌旗招展，鼓声震天，号角齐鸣，几十万人马扭打在一起，人喊马嘶，一时杀得飞沙走石，天昏地暗。但是时间一长，吴军渐渐不支。关键时刻，李自成的大顺军背后，突然一连三声炮响，彪悍的满族大军杀来。李自成事先对满族军队的到来毫不知情，彪悍的满族军队打了个李自成措手不及，虽然大顺军队拼命死战，最终还是抵挡不住满族大军和吴军的两面夹击，大顺军队溃败下来。原来吴三桂已经投降了满族军队，满族大军在李自成大顺军背后的杀出，是吴三桂和满族军队提前商量好的计划。

李自成得知满族出兵，大怒道："我与满族素无仇怨，何来无故侵犯！"

但事已如此，只能怨自己事前考虑不周。

俗话说，兵败如山倒，李自成的大顺军退回北京。

满族军队倾其族内八旗之兵，在吴三桂的有力配合之下，兵临北京城下。

刚刚垮台的明朝遗老遗少们趁机死灰复燃，加入到推翻大顺王朝统治的行列之中。

李自成白天匆匆即皇帝位，深夜便扯旗向西安方向退去。

回到西安，李自成命人与满族讲和，他想做个西北天子，但是大清军队对李自成的大顺军队不依不饶，紧跟着打到西安，李自成不得已，放弃西安再往南逃。

当李自成逃到一个叫九宫山的地方，身边只剩十数骑人马，不觉伤感。打下一个江山不容易，一个王朝说垮怎么就垮得那么快！李自成实在不明白。

逃难中的李自成一行在山涧小溪边休息，被一伙山民村夫发现，李自成让人赏给那些人一些金帛，请他们做些饭菜，再帮助他安置个歇息之处，那些人假意答应。那些山民村夫见李自成他们虽然衣着尘土，但是衣服是绸缎做成，又见他们出手阔绰，腰缠金银，便认定这是个让他们发财的机会。不一会他们招来数百名山民村夫，将李自成一行悄悄包围，一声呐喊，锄锹齐举，向李自成他们打来。毫无防备的李自成部队急忙起身应战。此乃山涧，马匹无用，熟习地形的山民村夫在溪边树丛中腾挪自如，李自成他们处处被动。李自成大喊他们是大顺军，但是，深山老林的山民村夫才不管什么军，他们要钱过日子。山民村夫的喊杀声声震山谷，不一会，李自成等人便死在这些山民村夫的农具之下。

对于这一切，崇祯皇帝朱由检的亡灵在天上看得真真切切，朱由检放声大笑，喊道："起于山民村夫，亡于山民村夫！"

狄仁杰起诉书宣读完了，法庭一片沉寂。

过了一会，包拯对李自成说："你辩解吧。"

李自成说："包大人，我不给自己辩解了，你看着断案吧，不过我想对崇祯皇帝说几句话。"

包拯冲着下面坐着的崇祯皇帝喊："请朱由检上台。"

朱由检走上台来。

李自成向朱由检抱拳行礼，说："我看你领导得不怎么样，所以造反，我当皇帝后才知道，皇帝不好当，这不，我又把天下弄丢了，我这个皇帝当得的还不如你，真的不该夺你的天下，真的对不起你。"

朱由检说："一个穷苦农民创立的政权，被另一个穷苦农民推翻，起于此，灭于此，是轮回，是天意，谈不上谁对不起谁。"

包拯大声宣判："李自成犯有亡国之罪！"

地狱神举起那条鞭子，又是一道蓝光，一声炸雷。

对李自成的刑法是火烤。李自成被吊在一堆火焰的上方，并让李自成的身体不停地围着火焰旋转。李自成浑身被烤得通红，散发出光芒，身上的油滴进火里，引起火焰腾然向上。待李自成被烤焦后，火焰熄灭，李自成的肉体逐渐恢复后，火焰再次点燃。李自成咬紧牙关，一声不吭，到了东方地狱，李自成仍然是个硬汉子。

一个朱氏政权被李氏颠覆，也不过是一个李姓皇帝换下去一个朱姓皇帝，相当于牌桌上换了一个庄家——李自成只是个造反者，而不是解决造反原因的社会变革者。一个不好理解的问题是，为什么我们的先人，没有去考虑变革我们中国的社会形态呢？大概也正因为如此，面对天下纷乱的社会状态，要不造反，要不逃避遁入空门，这也可能是佛教在中国大受欢迎的原因所在吧。

思绪别走太远，还是回来看看李自成。

看着李自成受难，其他皇帝们都在发呆。

突然明太祖朱元璋大喊一声："'五德终始'要结束了！"同是草莽出身的他，不知怎的从他嘴里蹦出这么一句话来。

看着李自成被绕火焰转烤，身体烤焦后再复原，其他皇帝们也逐渐明白了：一个朝代，不管时间长短，到头来还是要被新的朝代取代，这叫周而复始，也就是"五德终始"。"五德终始"走进东方地狱，这是上天在暗示他们，皇权时代将要结束了，社会应该有着根本的变革。

九、惩治祸国之臣

地狱神带领东方监狱长包拯和陪审团，开始在东方地狱惩治祸国之臣，但丁和阎罗王仍然列席陪同。

包拯将历朝所有大臣们的亡灵集合起来。这些大臣们一看召集他们是包拯，又一看那些陪审团成员，倒抽了口冷气，他们知道包拯的铁面无私和那些陪审团成员的巨大能力，心中有鬼的大臣不免哆嗦起来。

包拯宣读了一个名单，这是将要被起诉的其中包括贾似道在内的一大批祸国嫌疑大臣。

那些心中有鬼的大臣你看看我，我看看你，他们马上明白自己的末日到来了。这些人也都有些能量，很会耍赖，需要时也胆大妄为。当他们明白了自己现在的处境时，反而渐渐有了勇气。不知谁喊了一句："要杀要刮，你们就来吧，别假惺惺玩什么法律。"接着这个人群就乱了起来，有大声起哄的，有在地上打滚的，包拯见状，猛拍惊堂木，但是毫无效果。

地狱神举起右手将鞭子一挥，一道闪电，照那群人打下去，千万条蛇扑向那群人，立时他们被咬得鬼哭狼嚎起来，谁闹的越凶谁被咬的越厉害。过了一会，地狱神轻摇鞭梢，那些蛇不见了，那些人也不敢再胡闹了。一条横幅出现在他们面前，“任何人都不许以山河作交易”一行大字深深地印在他们的脑子里。

一

第一个被王朝马汉押上审判台的祸国嫌疑之臣，是吴三桂。

吴三桂挣扎着大喊大叫，包拯大喝一声：“虎头大铡预备！若再敢扰乱法庭，先铡去十指。”

吴三桂不吭声了。

徐有功代表陪审团宣读起诉书：

“吴三桂的父亲吴襄曾任锦州总兵，明军大将祖大寿是吴三桂的舅舅，吴三桂出身豪门。吴三桂还曾拜御马监太监高起潜为义父，吴三桂是个受大明朝廷关照的军中高干子弟。

吴三桂20岁任军官‘游击’，23岁被提拔为前锋右营参将，26岁任副总兵，27岁被任命为宁远团练总兵，是明朝晚期著名的青年将领。”

徐有功起诉书宣读到这里看吴三桂，吴三桂傲气十足。

徐有功继续宣读起诉书：

“当李自成的起义军攻克宁武关，山西大同的明军向李自成投降，京师震动。因为大同是北京西边的门户，大同陷落，北京危机。崇祯皇帝急令吴三桂率兵回师，保卫首都。当吴三桂率兵走到半路，便听说京师陷落、崇祯皇帝朱由检自缢的消息。

李自成占领北京，建立起了大顺政权，大顺政权对吴三桂采取的是招降政策。李自成派遣使者到吴三桂处招降，给吴三桂带去四个月的军粮和白银四万两军饷，转达李自成的话，待再建功时必进爵封赏。这对于已缺饷一年多的吴军来说确实是雪中送炭，吴三桂甚表感激，并流落出归降之意。

朱由检皇帝死了，明朝亡了，吴三桂和所有原来明朝的大臣一样都在寻找出路，而投降大顺则是顺其自然。这并不违反礼教，改朝换代，自古亦然。既然明太祖朱元璋一个贫僧竟是真命天子，那么曾做过驿卒的李自成又为什么不能做皇帝呢？

但是，就在这关键时刻，吴三桂接到密信，说是吴三桂爱妾陈园园已被顺军大将刘宗敏霸占。

吴三桂得到美女陈圆圆，满心欢喜，原来纳入山海关帅府居住，后来关外战事紧张，吴三桂才不得已将陈圆圆送回北京家里。吴三桂听说自己的爱妾被大顺军霸占，闻讯大怒，拔出佩剑，挥剑将面前案几砍断，击鼓中军升帐，集合部将，喝令斩杀了一名李自成派去的使者，并将另外一名使者割去双耳，令其告知李自成，大丈夫可杀不可辱，吴三桂与大顺势不两立。”

徐有功继续宣读起诉书：

“吴三桂考虑到大顺军队的强大，感觉自己不是大顺的对手，便决定以明朝臣子的身份向满族军队求援，目的是‘灭流寇’，条件是战胜李自成后，明朝政府迁往南京，割让包括北京在内的黄河以北大片领土给满族。

此时满族军队也明白了大汉天下出现的新态势，满族军队已不满足于吴三桂‘裂地以酬’的条件，而是想趁机入主中原。满族军队统帅多尔衮利用吴三桂所处的危急局面，逼迫吴三桂放弃联合满族军队打击李自成的政策，而向吴三桂提出需向满族投降，满族方可出兵相助的要求。出于这一目的，满族军队在进入山海关前，便屯兵不前。此时，李自成的大军已发动强大攻势，山海关已危在旦夕，吴军内部也出现了瓦解的迹象。情况万分紧急，吴三桂已别无选择，无奈吴三桂不得不亲往清营，剃发跪拜，使自己成为了众多归降的原明朝将领中的一个。

清朝建立起来后，吴三桂以大清将领的身份，和大清将领英亲王阿济格一起西征李自成。在李自成主力基本被消灭之后，又奉命和八旗将领李国翰一起率军入川，扫荡了另一股义军张献忠余部。

崇祯皇帝自缢身亡，一些明朝旧臣在南京拥立明朝皇室后代，再建大明政权，史称南明。南明朝廷表彰吴三桂借兵打败李自成，并封吴三桂为蓟辽王，期望吴三桂能匡扶大明基业。但是吴三桂在平定重庆、成都两川重镇后，又以大清平西大将军之职，进军云南、贵州。后来桂王朱由榔领导的南明小朝廷经云南败入缅甸国，吴三桂率兵攻入缅甸，缅甸国王将桂王朱由榔交于清军，桂王朱由榔与其子等被吴三桂处死于昆明。”

徐有功起诉书宣读到这里，看着吴三桂，提高嗓门，大声说：“经陪审团合议，一致认为，吴三桂，祸害大顺，大明，大汉天下，实属祸国臣子。”

全场寂静。

包拯问吴三桂："被告，你可有什么说的？"

吴三桂说："有。"

包拯宣布："请被告辩护。"

吴三桂淡淡地说："在坐的大多结过婚吧，我想请问大家，若你们的老婆被人家掠去，你们还愿意归顺人家吗？"

全场寂静。

吴三桂继续说："义军对原来明朝的王公大臣进行勒索，我父亲原来是明朝的大臣之一，他们逼迫让我父亲交出银两，由于没凑够数，他们便对我父亲动刑。"说到这里，吴三桂稍作停顿，然后继续问道："在坐的可能没媳妇，但是不可能没有爹吧，如果你们也碰到我这种情况，你们也会归顺李自成吗？"

吴三桂虽然是武将，但是口才不错，全场人被他问得哑口无言。

吴三桂继续说："如果说我完全出于私心，才没归顺李自成，也不对。草莽出身的明太祖朱元璋最痛恨贪官污吏，朱元璋将他亲自审讯和判决的一些贪官污吏案例的记录写成《大诰》。可是同是草莽出身的李自成一进城便拷掠明官，四处抄家，士卒抢掠，臣将骄奢，如此腐败，这样的人能坐天下吗？"

吴三桂语气停顿了一下，唤了一口气继续说："更重要的是，李自成的目的不仅仅是改朝换代，他还要更换整个统治阶级，让他们那些饥民坐天下，所以他才不愿意和原来明朝的统治阶层合作。大顺朝短短的历史已经证明，饥民是掌管不好天下的。"

吴三桂继续说："徐有功代表陪审团宣读的起诉书中说了，我是曾有过归顺李自成、充当新王朝的佐命功臣的幻想。但是，起义军进京以后的革命措施使得我的这些幻想成了泡影，我不得不走向李自成的对立面，我不后悔我走过的路。"

吴三桂继续说："崇祯死了，大明完了，有人在南京建立个小明朝廷，成不了气候。蒙古人打败了宋朝，建立元朝，我们汉人不是接受了吗？当年我们汉人接受了元朝，为什么现在汉人不可以接受清朝？"

吴三桂突然大声吼道："李自成逃出北京时，杀了我吴家百余口，现在在冥界我也饶不过李自成，我要报夺妻杀父之仇，我要为我吴家报仇！"

全场寂静，包拯慢慢说："对于吴三桂的遭遇，本法庭只能表示同情，但是吴三桂还是要接受严惩，"包拯沉痛地又说："有一个问题需要我们整个民族反思，当年元世祖忽必烈曾问南宋降将，你们为何投降？他们说是奸臣贾似道当道，轻视人才，投降蒙古是因为蒙古尊重人才。面对如此冠冕堂皇的汉奸理论，忽必烈仍然难以理解地追问，就算贾似道对不起你们，南宋朝廷并没有对不起你们，你们为什么要背叛朝廷？”包拯紧接着大声说：“不能以任何理由背叛国家，为了维护至高无上的国家利益，本法庭判决吴三桂为祸国之臣。”

包拯猛拍惊堂木，大喊：“虎头大铡显威，卖国者碎尸万段！”

王朝马汉将虎头铡抬到场中央，并要将吴三桂按倒在铡刀下，吴三桂用手势制止住他们，自己缓步走向虎头铡。走到虎头铡前，吴三桂又转过身来，面对全场说：“必须解决昏君和奸臣问题，否则再有外族入侵我们国家的问题就没法解决，谁也不愿死在昏君奸臣手里。”说完吴三桂躺下，将自己的脖子放入铡刀口，然后闭上了眼睛。

一阵响声过后，吴三桂变成了一堆血肉。

地狱神挥舞神鞭，吴三桂的血肉升到空中，一声炸雷，那堆血肉变成阴气散开，阴气渐渐上升，飘向人间。

有人说，造成空气污染的阴霾由尘埃组成，但是将尘埃结合在一起的是那种阴气。这种阴气随尘埃进入现代人体，它在提醒人们：“不要再勾引外族，不许以山河作交易。”它还提醒人们，要尽快改变社会形态，解决昏君与奸臣问题。

二

第二个被押上审判台的，是伯嚭。

当伯嚭被王朝马汉提溜到审判台上后，伯嚭已经软瘫了。

包拯扫了一眼伯嚭，对代表陪审团宣读起诉书的黄霸说：“开始吧。”

黄霸没有立即宣读起诉书，而是离座走到伯嚭面前，黄霸蹲下来，拍拍伯嚭，说：“被告，你还有勇气听我宣读起诉书吗？”

伯嚭抬起头来，看看黄霸，点点头。

黄霸又问：“你能坐起来或者站起来听我宣读起诉书吗？”

伯嚭慢慢坐了起来。

黄霸说：“你是名人，知道你事情的人很多，你能自己讲讲你自己做过的那些事吗？”

伯嚭开口说话了：“你是说让我自己说说我做过的那些坏事？”

黄霸点点头说：“如果你能将自己做过的那些事讲清楚，我就不用宣读起诉书了，这样对你有好处。”

伯嚭抬起头来看看四周，然后再看看威严坐在大案后面的包拯，包拯也冲他点点头。

下面是伯嚭讲的故事：

“我叫伯嚭，曾是春秋时期吴国的大臣。

我的祖父是楚国名臣伯州犁，父亲叫郤宛，是楚王的左尹。父亲为人耿直，深受百姓爱戴，因此受到了少傅费无忌的忌恨，费无忌向楚国的令尹（国相）进谗言，那时的楚令尹子常权力非常大，他下令杀了我父亲，并且株连我家全族。幸亏我那时出门在外，躲过一劫。这时我想起，和我命运一样的一个叫伍子胥的逃到吴国很受重用，于是我也逃到了吴国。原来我和伍子胥并不认识，但是同是天涯沦落人，伍子胥同情我，就收留了我，并把我推荐给吴王。可以说伍子胥是我的恩人。

一次在宴会中，吴王阖闾对我说：‘寡人之国地处僻远，东滨于大海之侧。听说你父亲遭费无忌的谗言陷害，被楚国令尹暴怒击杀。今天你不以寡人之国地处僻远，投奔来此，将有什么可以教导寡人的吗？’

我说：‘我不过是楚之一介亡虏，先人无罪，横被暴诛，听说大王您收留了伍子胥，所以我也不远千里，归命大王。大王您有什么需要我效力的，万死不辞！’我的回答给吴王留下了印象。

刚到吴国时，我对伍子胥不仅十分恭敬，而且为了报共同的仇恨，我还经常为他出谋划策，帮他训练吴国军队，配合得倒也默契。

后来，吴王阖闾应伍子胥的请求，重用孙武为大将，伍子胥和我为副将，举兵攻楚。吴军五战五捷，攻入了楚国的都城郢都，吴国的声威由此远震诸国。

楚国危机，楚昭王仓皇逃奔随地，并命楚臣申包胥到秦国求救。一开始，秦王不答应，申包胥就坐在秦王宫外大哭，哭了七天七夜，秦王被感动，决定派兵帮助楚国。

孙武、伍子胥看到秦楚联合，对吴军不利，便劝吴王退兵，可是我好大喜功，我向吴王说：‘我军自离开东吴，一路势如破竹，锐不可当。如今一遇秦兵，就令班师，未免太胆怯了。臣愿立军令状，领兵一万，定能杀得秦兵片甲不留。’吴王被我说动，就答应了我的请求。我率军冲入敌军阵中，结果被一截为三，首尾难顾，正在危机之时，伍子胥领兵来救，将我从围困之中解救出来。

按照军法，我应当被斩，又是伍子胥在吴王面前讲情，赦免了我的丧师之罪，伍子胥是我的再生父母。

后来发生了吴越战争，吴王阖闾被伤其大脚趾，伤愤死亡。他的儿子夫差继立为王，任命我为太宰。

吴王夫差调遣全国的军队，以伍子胥为大将，我为副将，继续进攻越国。吴军为报先王之仇，士气高昂。正好北风大作，吴军顺风强弓劲弩，箭如飞蝗，越兵迎风作战，颇感吃力，不久越王勾践被困会稽山，危在旦夕。

越王勾践让他的大臣文种做为他的代表，前来吴营求和。文种对吴王说：'倘能允许讲和，勾践请为您之下臣，妻子作您之下妾。'

吴王还没说话，站在一旁的伍子胥先说了：'我们是为先王报仇来了，让勾践提头来见。'吴王被提醒，脸色马上冷落下来。

文种回到越营汇报，越王勾践见求和不成，当即要下令，先杀自己的妻妾，然后焚毁王宫宝器，然后与吴军决一死战。

在这生死关头，文种向勾践献计说：'见吴王时，我见立于一旁的吴国太宰伯嚭年轻潇洒，不知是否贪财好色，时至如今，不妨试一试。'

别无他法，越王勾践派人连夜准备，让文种再去试试。

那天晚上，我已睡下，被卫士叫醒，说是越军派人前来求和，我一摆手，说不见，卫士退去。过了一会，卫士又将我叫醒，说是对方携重礼而来，并交给我一个礼单。我感到稀奇，说实话，在之前我从来没有这方面的事情，那时是打楚国想报仇。我打开礼单一看，吓了一跳，礼单上标明'美女八名，白璧二十双，黄金千镒'。我当时心动了，就让卫士叫他们的头头来见我。我一见来者是文种，心中又是一惊，文种是越国头号文臣，上次在吴王面前见过，我佩服他的胆量和口才，文种突然出现在我面前，我也有点紧张。文种进得帐来，立即下跪，说：'寡君勾践，年幼无知，开罪吴王，如今愿作吴臣，吴王不受，故遣文种前来拜见太宰，请太宰能在吴王面前美言。越国君臣和越国人民永不忘太宰恩德。'说完让那八位美女进得帐来。

那八位美女来时，均是蒙面遮体，待打开包装，个个鲜艳无比，我当时就有些激动，但是，我还是强烈控制自己，说：'你是不是买通了我的卫士？再说，越国即破，越国的财富还不就是吴国的吗？你们别想来收买我。'

文种说：'越国战败，将会焚毁王宫宝器，君臣投奔楚国，吴国又能得到什么呢？即使吴国得到越国的财富，大半也会收入王宫，太宰又能得到多少呢？'稍一停顿，文种压低嗓音又说：'若能保住越王性命，越国的一切愿

听太宰的调动。’

月朦胧，鸟朦胧，越女娇艳，香气袭人。在朦胧之中，我好像真的成了越国的主宰，在朦胧之中，越国大臣悄然离去。

一失足成千年狠，后来我才认识到，那个晚上我跌进了一个朦胧的陷阱，我犯了一个致命的错误。

第二天一早，文种再次拜见吴王夫差，说：‘倘若吴王不肯放越王一条生路，勾践将尽杀自己妻妾，并焚毁王宫宝器，然后率五千将卒与您拼命！’口气之强硬，我也有些吃惊。

但是伍子胥态度更强硬，说：‘先王之仇必报，休得多言。’

这时我对吴王说话了：‘我听说古代讨伐敌国，也不过是迫使敌国臣服而已，现在越国已经臣服，可以商量臣服的问题。’

吴王想享受敌国受降的威风和快乐，并没有一定杀勾践的决心，经我一提示，越王勾践的性命保住了。

我开始在错误的道路上滑行。

当勾践来到吴国王宫拜见吴王时，吴王问勾践：‘你难道不再记挂败亡之仇了么？’

勾践说：‘倘不是大王您宽宏大量，臣当初早就死无葬身之地了，又哪敢记挂什么仇怨？’

侍立一旁的伍子胥，立即向吴王高声进谏：‘先王之仇不可不报，送上来的食物，岂可放过不吃，杀勾践，为先王报仇！’

吴王宫霎时静了下来，越王勾践紧张得涔涔汗出。他似乎有意无意地，盯了我一眼。

现在勾践命悬一线，又向自己发出了暗示，若我不去前救，勾践当堂抖出我受贿之事，我也就完了。

那受贿之事，一步走错，以后就身不由己了。

于是我走出来，说：‘常言道，诛降杀俘，祸及三世！请大王三思！’

我怎么和我的恩人伍子胥对着干起来了呢？我当时心里也不得劲。

吴王听从了我的意见，勾践的性命又保住了。

一天，吴王看勾践君臣在自己面前服服帖帖，吴王高兴，顺便说了一句：‘我倒真有些怜悯他们。’

我急忙说：‘若大王哀怜这些穷孤之士，放越王归国才好，大王您垂仁

恩于越王，将誉满天下，四海之内必将信服于您，越王也将报恩于您！’

因为我知道勾践一日不返越国，就存在一日被杀之祸。倘若我不能保护勾践君臣的安全，也就难于保证自己的贪赃之罪不被揭露。

后来，勾践被放回国。

勾践的命是保住了，我兑现了‘合同’，勾践出卖我的可能性不大了。但是我受贿的事情若是被伍子胥知道，那还是大麻烦。此时吴国正进攻齐国，伍子胥反对吴国进攻齐国，理由是要防备后面的越国。后来我听说伍子胥出使齐国时竟把自己的儿子托付给齐国的鲍氏。我便向吴王进谗言，说伍子胥自己认为是先王的大臣，傲慢得不把现在的吴王放在眼里，而且将自己的儿子托付给敌国之臣，请大王早日除去子胥，以防不测！其实伍子胥的托子于齐臣鲍牧，只是为了想保全子嗣，并没有任何通敌图谋。

后来吴王杀了伍子胥，我的受贿之事安全了，但是我的良心不安了，伍子胥是我的恩人，我进谗言杀了他，这和当年别人进谗言导致我爹被杀不一样吗？我怎么堕落成我爹的反面人物哪？我心里也很痛苦不能自拔。

吴王一直想当天下霸主，一次吴王前去中原参加争霸大会，将国内的精锐部队都带去了，留守的都是老弱兵卒。

越王勾践回国后卧薪尝胆，励精图治，国家元气已得到上升，并且已经训练出一只精锐部队。当勾践听说吴国国内兵力空虚，趁机发动了对吴国的复仇进攻。

公元前478年，越王勾践率师伐吴，吴王夫差见越国大兵压境，十分恐惧。吴王派我前去议和，我托病不出，夫差便另派使者作罪臣状去见越王，乞求和议。越王勾践准备将夫差贬到甬东（越东都，甬江东），夫差自叹：‘吾悔不用伍子胥之言，自令陷此。’于是自刎而死。临死之际，吴王令手下将其双眼用帛遮住，说：‘我无面目见伍子胥也！’

勾践的越国打败了吴国，并且兼并了吴国。勾践走向原来的吴王宝座，接受百官朝贺。我也去了，我是怀着一种复杂的心情走向吴宫的，我知道，这一切的一切，都是从那天夜里开始的，是从‘美女八名，白璧二十双，黄金千镒’开始的。

我站在百官之列，我听到勾践叫我的名字，我出列，只听到勾践说：‘你是吴王的近臣，你还是随吴王去吧。’

我想到过，兔死狗烹，鸟尽弓藏，但是这一天真的来到时，我还是感到愕然，我被几个士兵架出去了。

唉！月朦胧，鸟朦胧，帘卷海棠红，一失足成千年恨哪。

伯嚭从回忆状态中慢慢醒来，抬头对包拯说：‘我想见见伍子胥可以吗?’

伍子胥来了，伯嚭对伍子胥说：‘我不是请您原谅的，我是请您执法的。’伯嚭扭头看看虎头铡，又对伍子胥说：‘请你将我碎尸万段。’

伍子胥看看虎头铡，又看看伯嚭，说：‘你这种人过去有，现在有，将来也会有，恐怕虎头铡解决不了你的这个问题，斩不尽杀不绝啊!’说完脸上露出一丝冷笑，转身而去。

包拯说话了：‘伯嚭能够反省，并有悔过之意，经我和陪审团合议，并经地狱神批准，决定给伯嚭一次立功赎罪的机会。伯嚭将以灵魂的形态重回人间，帮助有可能犯他这种错误的人及早止步，帮助已经犯过他这种错误的人尽早悔过自新，具体做法，待和陪审团研究后另行通知。’

伯嚭有些不敢相信自己的耳朵，问：‘不让我进地狱了?’

包拯说：‘暂时不让你进地狱了，希望你能将功补过’

事情结局使伯嚭有些茫然，他慢慢站起来，走向一边。”

十、包拯接班

审判完三个亡国之君和两个祸国之臣后，地狱神对包拯、陪审团和整个审判工作很是满意。地狱神决定将东方地狱的事情正式移交包拯和陪审团，地狱神将那条神鞭拿出郑重地交给了包拯。

地狱神说：“这里的工作刚刚开始，以后的工作还很多，现在我必须返还天庭，向天汇报，很快我还会回来，你们先按现在的思路进行下去，天若有新指示，我们再按新指示办。”

这时阎罗王向地狱神拱手致意，说是自己也该回去了。但丁拍拍阎罗王的肩膀说：“我告了你的状，你可不要记恨我啊?”

阎罗王急忙说：“阴曹地府不敢再受贿，再受贿，包拯就要拿我进东方地狱了。”

在场的地狱神、但丁、包拯和陪审团听了都哈哈大笑。

但丁又说：“外族人说汉人多奸佞，这可不是个好的评价。”

包拯说：“忠君改为忠国，这个问题就可解决。”

但丁还说：“汉族人的忠诚度可不高，上下级、朋友之间，时有翻脸出卖的事情发生。”

阎罗王：“这由我解决，让小鬼夜夜入其梦境，以示惩戒。”

包拯说：“我的虎头铡已铡臣，可是还没有铡君。”

地狱神说：“那么多的荒唐君王，你还怕没机会。”

但丁笑着说：“东方人爱喝酒，是优点。”说着掏出酒葫芦，要和大家痛饮，大家都很高兴，没有推辞。

东方地狱门口，一片欢声笑语。

但丁又摆弄起了他的古琴，一边弹奏，一边又唱起了他的《神曲》：

“我要把宇宙的底层来描写，
这可不是轻而易举的事情，
也不是用呼唤爸妈的舌头能够说清，
是天安排我来述说《神曲》的意境。
……
一个小孔洞，
一条蜿蜒曲折的小溪腐蚀而成，
我沿着这条幽暗的路径，
朝着光明奋力攀登。
……
我看见美丽的东西显现在苍穹，
于是我走出这里，重见满天繁星。”

但丁的古琴颤音有点过，不过作为一位西方人士，年龄又不小，弹到这个程度已经很不错了，在场的人士都报以热烈的掌声。

《神曲》弹完了，但丁对着大伙说：“东方地狱已经开始工作了，天没能让我再写一部东方的《神曲》。”但丁看似有些遗憾和委屈。

地狱神说：“你可以向天申请，将东方地狱的情况写成报告文学，公布于天下。”

大家在欢笑中都说地狱神的这个主意不错。

但丁也认为这个主意好，如果天能批准这个申请，那就是天对西方警告在先，对东方是惩罚在后。

兴奋中但丁举起酒葫芦，灌了一大口，不小心喝呛了，又引来大家一阵哄笑。

十一、钟 馗

地狱神返还天庭，向天述职，但丁和地狱神一同回去。

离开阴间，路过人间，夜晚时刻，地狱神发现时有亡灵飘忽在人间。地狱神马上明白，这些大多是从阴间逃脱出的罪犯亡灵。这些罪犯亡灵会害怕被惩罚，所以逃掉，这些亡灵一旦逃回人间，就是鬼，鬼给人间会带来不安宁。当然也有冤屈的灵魂，飘忽回天地之间，向人们述说他们心中的怨愤。

如何处理这些问题，但丁又给地狱神推荐一个人，说此人能解决这些问题，谁？钟馗!

有这样一个故事：

说是有一年唐明皇李隆基病了，御医们想尽了各种办法，就是不能治愈。李隆基在迷迷糊糊的昏睡中，梦见了一个小鬼，悄悄溜进屋里，左瞧瞧，右瞧瞧，最后拿走了杨贵妃的紫香囊和自己钟爱的玉笛。小鬼正待溜走，突然外面又走进一个豹头环眼、铁面虬鬓、头戴纱帽、身穿蓝袍、足踏朝靴的豪杰壮士。小鬼见状急忙窜上梁头，那位壮士一个腾空而起，一把将那个小鬼抓住，夺过紫香囊和玉笛，并且一口将那位小鬼吞进肚里。

李隆基吓得急忙坐起来，问："壮士尊姓大名?"

那位壮士，将紫香囊和玉笛放回案头，向李隆基抱拳行礼，说："我是终南山下阿福泉进士钟馗，高祖武德年间，我参加状元考试，并在考场上赋诗《瀛州待宴》五首，主考官阅后感叹我是奇才，并举荐参加皇帝殿试，当我走上大殿，百官见我奇丑，不觉哄笑，我羞悔难当，感到无地自容，一时冲动，撞向大殿柱子身亡。高祖皇帝甚为惋惜，并下令以状元规格将我殡葬于终南山福寿岭。为报皇恩，今天我替皇上捉拿一小鬼，今后我将为大唐除尽鬼患。"

李隆基醒来后，病也痊愈了。李隆基下诏画师将自己的梦境画出，并将该画命名为《钟馗赐福镇宅图》，以后该画流传民间，钟馗也因此大受欢迎。

听完但丁讲的故事，地狱神让但丁将钟馗找来。

钟馗到来，钟馗向地狱神行礼，地狱神说："你一人要消除天下鬼患，甚是不易，你可以到包拯处，或阎罗王处调动兵马，务必不使一个逃鬼逍遥法外。

钟馗表示一定办到。

地狱神想了想又说："那些冤魂，也就随他们去了，冤屈化解了，他们也就安息了。"

钟馗尊令。

钟馗面向但丁，笑嘻嘻地说："是不是应该有所表示?"

但丁哈哈大笑，说："好好，咱们喝二两!"说着从怀里掏出酒葫芦。

但丁和钟馗都是才子，甚是合缘，平时也经常在一起对酒当歌，现在得知但丁要和地狱神返还天庭，更有离别之愁。

但丁将酒葫芦往钟馗手里一放，说："都给你!"

钟馗甚是开心，打开酒葫芦盖，呡了一口，咂吧一下嘴，说："好酒!"

第八章　荣美天堂

>>

一、天　堂

天堂是个“充满荣耀颂赞和喜乐的地方”。

天堂是个“完全圣洁，毫无罪恶之处，是永远光辉灿烂的地方”。

天堂是个“没有忧伤、痛苦、眼泪，也没有死亡的地方”。

天堂是个“不朽坏，不衰残，永远存留在天上的基业”。

天堂是属灵的，其荣美超过世界万物，用世界物质的事无法形容，“那是好得无比的地方!”

天堂是每一个人都想去的地方。

美丽的诗神缪斯在天庭，望着东方大地，动情地朗诵她的新作：

立国人之初，
建民天人地，
无极混沌，生就烟波华夏。

鸟儿飞舞魂注东方，
蚕吐锦绣靓满河山，

泰山挺起，挽起朝云晚霞。

扯满帆，载黄帝众生灵，驶向光明，
栽满山，举白云嵌蓝天，讴歌家园。

借天火，得涅磐，
时光苑，天地鉴，用日月书写大中华，
五湖四海为庭院，铺陈雾霭，画一株牡丹。

风雨数千年，洗涤儒释玄，
走出空灵，告别梦幻，结束传奇，
感谢天让优秀灵魂升入那好得无比的地方，
人的理想，人的梦想，人的天堂。

二、天堂里的讨论会

这天，天堂里，“世外桃源”茶座正在举行一个讨论会，他们讨论的题目是“支撑中国君主社会的思想体系”，与会者都是重量级人物。

与会的西方著名人士有：

探索万物本原的泰勒斯、阿那可西曼德、阿那可西米尼；
开始寻找现象背后规律性的毕达哥拉斯、赫拉克利特；
最早提出“存在”概念的巴门尼德；
擅诡辩的芝诺；
原子论者德谟克利特；
宁死爱真知的苏格拉底；
信仰永恒真理概念的柏拉图；
爱真理胜于爱老师的亚里士多德；
……

与会的东方著名人士有：

道家之祖老子；
儒家创始人孔子；

兵家之祖孙子；

兼爱非攻的墨子；

性善论者孟子；

逍遥哲人庄子；

相对论者惠子；

性恶论者荀子；

法家韩非子；

……

泰勒斯、柏拉图和亚里士多德等人，是被天从西方地狱的第一层请入天堂的。

亚里士多德正在发言。

亚里士多德是最早论证地球是球形的人，也曾被称为是欧洲“最博学的人”。亚里士多德有一个习惯，就是喜欢边散步边讨论问题，他的那套哲学也被人称之为“散步哲学”

亚里士多德在“世外桃源”茶座里，一边“散步”，一边发言，这样大家的眼光不得不跟着他的身体移来移去。

亚里士多德说，支持同时代西方社会的思想，可用一个字概括，那就是“神”，西方人崇拜神，也可以说，是神统治了西方；而在东方，统治社会的是人，为了使“人”能够统治社会，便产生了“儒家思想”，儒家思想是中国人的道德行为准则。儒家思想的核心是“忠、孝、仁、义”，“忠”是忠于皇帝，“孝”是服从父母，“仁义”是叫人做个良民。儒家思想的理念核心是让全社会服从皇帝，儒家思想最终目的是建立和维护以皇帝为最高等级的社会秩序。

亚里士多德有句名言，“遵照道德准则生活就是幸福的生活”，所以他喜欢从道德准则角度看问题。

孟子性情急躁，亚里士多德刚发言完毕，孟子就起身发言。他不同意亚里士多德的发言，他认为亚里士多德所说的支撑中国君主社会的思想体系，是经过中国皇帝扭曲、篡改后的儒家思想，不是原版儒家思想。

孟子为儒家思想辩护，儒家思想产生时，还没有皇帝，他不想让皇帝玷污他们的思想。

老子性情稳健，慢腾腾地说：“支撑社会的是思想体系，而支撑思想体系的则是自然环境。”在这里，老子理智地将人类回归于自然，将政治回归于地缘，将天、人、地和谐统一在了一起。

坐在自己办公室的天，听到亚里士多德、孟子和老子的发言，心里高兴：“啊，人类又进步了，能明白些事理了。”

天从椅子上站起来，踱步到窗前，打开窗帘，俯瞰着下面的大地。

物华天宝之地的中国，培育出了人蛆皇帝，皇帝将天下据为己有，“天下之大，莫非王土；率土之滨，莫非王臣”，然而普通中国人也认可这样，天心想，东方的这种情况该结束了。天又想了想，决定还是将应该到天堂的灵魂，先接到天堂上来，其他的事情以后再说。

三、天庭会议

在天庭会议大厅，各路天神都到齐了，光亮一闪，天已端坐在他的宝座上。

这次会议先由地狱神汇报。

地狱神将东方地狱工作向天做了汇报，天说：“有种说法，叫好人不长寿，祸害遗千年，这是帝王时期的社会特点。”上帝的眼睛投向地狱神，严肃地说：“在人间作威作福的坏人，伤害过别人的人都要打入地狱，要十倍百倍的折磨他们，不可轻饶一人。”

地狱神起身答应道：“一定做到。”

天又将眼光投向天堂神说：“你如何打算？”

天堂神说：“根据您的‘要爱护这大好山河’的约，凡是有过热爱山河行为的人死后，我都将他们的灵魂接入天堂，包括思想家、科学家、文学家、艺术家，公务员和忠厚的老百姓等。”

天说：“用我的车子把他们接来，不可怠慢一人。”

天堂神应诺。

四、天堂神的咨询

虽说天堂神在天面前应答自如，但是出了天庭会议大厅，天堂神有些为难了。如此大的中国应该先接谁呢？天堂神踱着步，不自觉中路过“世外桃源”，天堂神猛一醒悟，为何不去咨询一下那些老先生。

天堂神走进“世外桃源”茶座，首先对打断大家的会议表示歉意，然后抱拳向东方的思想家们行礼，并说明来意。

老子先说话了："我们先行上天，是要完成天安排的对人类思想史的总结。我看我们的黄帝先是创造了文字，奠定了国基，黄帝的后人屈原创建了中国的文学，文学也是思想的表述，是不是先请屈原先生来，这样我们的讨论会也能更丰富一些。

首先起来赞同的是西方的哲学家们，柏拉图说："你们东方的哲学家们太严肃了，有个文学大师参加，我们的讨论会一定会更热闹一些。"

大家鼓掌响应。

天堂神乘上太阳神驾驭着的天车，拉天车的天马昂首长嘶，一道彩虹划破天空，向东方驶去。

五、屈　原

在向下界飞驰的路上，太阳神问天堂神，用天的坐车去接谁来天国呢？天堂神说，去接屈原。在天国，太阳神也听人说过屈原，这次天堂神更详细地讲述了屈原其人其事。

屈原的远祖是颛顼，颛顼是黄帝的孙子。颛顼的父亲是昌意，昌意是黄帝与嫘祖的次子，因颛顼有圣德，后来立为帝，颛顼、帝喾是上古时期"三皇五帝"中的第二位和第三位帝王，前承黄帝，后启尧舜，共同奠定了华夏根基。

黄帝发明了中国方块字，奠定了中国文化的基础。在屈原之前，中国文化主要是记录数，然后发展到记录事，传承到了屈原，屈原将文化发展到了文学阶段。在屈原笔下有男女情思、人神之恋，有狂怪之士，远古传说，还有天神鬼怪游观；在屈原的笔下，天、人、地色泽艳丽，情思馥郁，气势奔放，记载着大千世界以及人们的内心世界的丰富多彩。

屈原是中国第一个文学大家。

天车来到了屈原的家乡，中国战国时期的楚国上空，天堂神让太阳神将天车停在一片云彩之上。天堂神对着下界开始朗诵一首诗，并让太阳神注意观察。

天堂神大声朗诵道：

朕幼清以廉洁兮，身服义而未沬（生就秉性高洁啊，义气当先）。

主此盛德兮，牵于俗而芜秽（我信奉真善美啊，不屈芜秽）。

上无所考此盛德兮，长离殃而愁苦（君王不了解我啊，我愁不尽）。

太阳神不理解，问天堂神，你这是朗诵的什么呀？天堂神说，我现在朗诵的是屈原写的一首诗，诗名叫《招魂》。

过去的人认为，人是由魂和躯体两部分组成，人生病或死亡，灵魂就会离开躯体，这样就需要别人帮助将魂喊回来。这是很具人情味的风俗，因此屈原写了《招魂》一诗。

太阳神听明白了，哈哈大笑说，你这用屈原的《招魂》来招屈原的魂，此法甚妙。天堂急忙向太阳神打手势，悄悄说："小点声！"

天堂神继续大声朗诵屈原的《招魂》：

……

魂兮归来！何远为些（魂啊回来吧！跑那么远干嘛）？

室家遂宗，食多方些（家族聚会，食物丰盛）。

稻粢穱麦，挐黄粱些（各种米面，特等黄粱）。

……

瑶浆蜜勺，实羽觞些（美酒蜂蜜，细细品尝）。

挫糟冻饮，酎清凉些（冷饮酒酿，透体清凉）。

华酌既陈，有琼浆些（华宴摆好，玉液琼浆）。

归反故室，敬而无妨些（返回故居吧，礼敬有加保证无妨）。

……

太阳神笑着小声对天堂神说："你这是诱引啊！有好吃的也给我留点。"

天堂神对太阳神打了个注意的手势，太阳神观察了一会，发现有一股清风在不远处刮过，太阳神连忙向天堂神使个眼色，天堂神继续朗诵《招魂》：

……

朱明承夜兮，时不可淹（夜走日来啊，时光荏苒）。

皋兰被径兮，斯路渐（草漫长径啊，归路难觅）。

湛湛江水兮，上有枫（清澈江水啊，枫叶抚岸）。

目极千里兮，伤心悲（纵目千里啊，春满伤悲）。

魂兮归来，哀江南（魂兮归来，哀江南）！

天堂神将屈原的《招魂》朗诵完了，定睛一看，屈原站在离天车不远的一片云上。天堂神急忙下车，来到屈原身边，并躬身施礼。屈原也躬身还礼，并问道："来者何方贤士，怎在这里朗诵我的诗篇？"

天堂神说："我乃天堂之神，奉天旨意，请屈原先生上天享福。"

屈原答曰："我不是享福之人，谢天美意。"说完，屈原又化作一阵清风远去。

天堂神急忙跳上天车，让太阳神驾车跟上。

屈原生活在春秋战国时代的后期，那时秦国正在努力一统天下。

屈原曾担任楚怀王熊槐的左徒，屈原勤政爱民，通晓治理国家的道理，熟悉外交应对辞令。熊槐很信任他，朝廷的一切政策、文告，皆出自屈原之手。而且屈原还明白，如若不被强大的秦国吃掉，而能使楚国更加强大起来，只能走联合抗秦的道路，也就是合纵。

楚国的上官大夫靳尚和屈原的官位相等，他嫉妒屈原的才能。楚怀王熊槐命屈原制订法令，屈原起草法令，靳尚见了就想强行修改，加入自己的意见，屈原不赞成，靳尚就到楚怀王熊槐面前说："法令是您让屈原制定的，大臣们都知道，可是屈原夸耀说，没有他，这些事情谁也做不好，屈原也太不把大王您放在眼里了。"

还有一些楚国的贵族，眼馋屈原的权力，也到楚怀王熊槐面前说屈原的坏话，挑拨的人多了，怀王熊槐渐渐对屈原不满起来，并且逐步疏远了屈原。

秦国得知抗秦的屈原被疏远这一情况，立即意思到，这是个拆散齐楚联盟、进而破坏合纵抗秦的机会。秦王立即派张仪到楚国游说，这就有了本书前面所说的"张仪戏诈楚国"的故事。

在张仪戏诈楚国的过程中，屈原识破了张仪诡计，坚持齐楚联盟，反对上当受骗，可是楚怀王熊槐不听。

当楚怀王熊槐受邀要访问秦国时，屈原知道这是秦国的骗局，反对熊槐的出访。屈原奔到熊槐的车队前，悲声说道："大王啊！秦国如虎口，这危险冒不得！你要想想楚国的祖宗和百姓，不能只听小人的话！"

楚怀王熊槐不但不听屈原的劝阻，在奸佞臣子的谗言下，还将屈原贬职流放。

屈原第一次被流放到汉水上游。

当天堂神和太阳神驾天车来到汉水上游时，果然看到屈原伫立在青山绿水之间。此时的屈原在悲愤之中，屈原目视远方，大声朗诵他的著名诗篇《离骚》：

扈江离与辟芷兮（披江离芷草啊），
纫秋兰以为佩（佩饰秋兰身上）。
汩余若将不及兮（光阴去似箭啊），
恐年岁之不吾与（岁月流逝心慌）。
……

不抚壮而弃秽兮（何不壮年弃秽政）？

何不改乎此度（何不壮年改法度）？

乘骐骥以驰骋兮（乘千里马驰骋吧），

来吾道夫先路（我在前斩棘开路）！

……

天堂神和太阳神将天车停留在僻静处，静静地听屈原朗诵自己的《离骚》。

屈原继续朗诵道：

跪敷衽以陈辞兮（推心置腹地讲啊），

耿吾既得此中正（我已看清天下心里亮堂）。

驷玉虬以椉鹥兮（凤凰为车，白龙为马啊），

溘埃风余上征（离开尘世我飞到天上）。

……

吾令羲和弭节兮（我令太阳神慢行啊），

望崦嵫而勿迫（我求太阳神不要远落山旁）。

路漫漫其修远兮（前面的道路长啊），

吾将上下而求索（我将不屈不挠地追求我的理想）。

……

听到这里，太阳神听到屈原呼唤自己的名字，有点得意，天堂神急忙打手势，叫他安静。

天堂神和和太阳神在静静地听着，生怕有一点声响而打断这铿锵的声音。

最后屈原把声音放小了：

乱曰："已矣哉（算了吧）"

国无人莫我知兮（国人不知我啊）。

又何怀乎故都（我又何必怀念故旧）。

既莫足与为美政兮（不能实现我的理想啊）。

吾将从彭咸之所居（我将自沉江底）。

屈原的《离骚》朗诵完了，天堂神走向前去，天堂神说："逸响伟辞，卓绝一世啊。"

屈原看着天堂神，说："你在阿谀奉承？"

天堂神说："不，这是后代文学大师鲁迅先生对您大作的评价。"

屈原转过身来，又是一阵清风而走，天堂神、太阳神急忙驾天车随后。

屈原仍深浸在当年。

张仪戏诈楚国，楚怀王被活活气死。

楚怀王死后，太子熊横为楚襄王。

屈原对楚襄王熊横说，楚怀王熊槐之死是因为楚国“其所谓忠者不忠，而所谓贤者不贤也”。楚襄王熊横也不是什么明君，在位期间，淫乐无度，他的身边仍是一些奸佞之臣。屈原的看法没有唤醒楚襄王熊横，反而又惹恼了那些大臣，屈原被再次流放。

再后来，秦军攻破楚国首都郢都，屈原觉得再也无力挽救楚国的灭亡了，原有的政治理想再也无法实现了，极端悲愤绝望，他来到了汨罗江，要以身殉国。

在汨罗江畔，屈原披散头发，脸色憔悴，身体干瘦。屈原在水泽边一边走，一边吟诵他的“绝命诗”《怀沙》。

滔滔孟夏兮，草木莽莽（初夏骄阳啊，草木莽莽）。

伤怀永哀兮，汩徂南土（我自悲伤啊，水流南方）。

眴兮杳杳，孔静幽默（眼前茫茫啊，万籁俱寂）。

郁结纡轸兮，离慜而长鞠（心里抑郁啊，难能健康）。

……

屈原两目发直，屈原最后说：

世溷浊莫吾知，人心不可谓兮（世浊无知己，饮酒半杯多）。

知死不可让，原勿爱兮（此去不归路，送身到黄泉）。

明告君子，吾将以为类兮（黄泉先君子，待我来相见）！

屈原的《怀沙》朗诵完毕，此时走来一个渔父，看屈原这个样子便问：“你不是屈原大夫吗？怎么成这个样子？”

屈原说：“我被他们流放了。”

渔父问：“为何？”

屈原说：“举世混浊而我独清，众人皆醉而我独醒。”

渔父说：“那你为什么不能浊，不能醉呢？”

屈原说：“我听说，刚洗过头的一定要弹去帽上的灰沙，刚洗过澡的一定要抖掉衣上的尘土，谁能让自己清白的身躯，蒙受外物的污染呢。我宁可投入长流的大江而葬身于江鱼的腹中，也不能使自己高洁的品质，去蒙受世俗的尘垢。”

渔父听后，哈哈大笑说：“错！错！错！我看是举世皆清而你独浊，众人皆醒而你独醉。”

屈原不解，忙问："为何?"

渔父说："大江东去是人力阻止不住的，四季的更换是人力所不能更改的，楚国的灭亡也是必然，识时务者为俊杰。"渔夫说完哈哈笑着走了。

屈原没有被渔夫的话打动，他坚定自己的信念。屈原心有不平，他要举头问苍天。恰在此时，不远处有人朗诵起屈原的作品《天问》：

曰遂古之初，谁传道之（有谁知道远古开头）?

上下未形，何由考之（有谁知道天地产生）?

冥昭瞢暗，谁能极之（有谁知道如何浑沌）?

冯翼惟像，何以识之（有谁知道谁在浮动）?

明明闇闇，惟时何为（有谁知道光明出现）?

阴阳三合，何本何化（有谁知道本体演变）?

圜则九重，孰营度之（有谁知道设计天穹）?

……

屈原正在疑惑惆怅，天堂神、太阳神已驾车来到屈原面前。天堂神在屈原面前继续朗诵他的作品《天问》：

薄暮雷电，归何忧（傍晚时分雷鸣电闪，想要归去有何忧愁）?

厥严不奉，帝何求（国家庄严不复存在，对着上天有何祈求）?

……

天堂神朗诵完《天问》后，恭请屈原上车，屈原仍是拒绝。

屈原皱了皱眉头说："《离骚》里的几句话，你可能没听清，我再给你重复那几句吧，希望你能明白我不愿意离开楚国的心情。"

说完屈原朗诵道：

陟升皇之赫戏兮（日出东方光照四方啊），

忽临睨夫旧乡（回首留恋告别故乡）。

仆夫悲余马怀兮（仆人苦痛马也悲伤啊），

蜷局顾而不行（一步三回难向前方）。

屈原说："我第二次被流放到陵阳地方，觉得楚国一片黑暗，闷得气也难喘，替我管家的姐姐女嬃便劝我出国走一走，换个地方休养一阵，可是我已看出，楚国已有被强秦入侵的危险，我不能带着楚国和百姓一起走呀！但在女嬃的日夜劝说下，我还是决定出国走一走。走了几天，到了楚国的边境，我又踌躇起来。我的马悲哀地嘶叫着，马夫也回头望着楚国叹气。当时我想，我们是楚国人、楚国马，死也要死在楚国的土地上！于是我决定再也不离开祖国。”

天堂神听完屈原的诉说，说：“屈原先生忠贞爱国，可谓千古典范。可是您的《天问》，难道不想得到答案？”

屈原不解：“你朗诵我的《天问》，难道你知道答案？”

天堂神说：“不，您对天、对地、对自然、对社会、对历史、对人生提出了173个问题，小神没有能力回答您的那么多问题，不过既然是天问，也只有天作答，在天堂，您的所有问题都能得到答案。”

屈原问：“你还是想让我离开楚国？”

天堂神说：“现在老子、孔子、墨子、庄子、孟子等人都在天堂，我想屈原先生与他们交流，定当有所收获。”

天堂神说的这些人的名字，屈原崇敬已久，听说他们去了天国，屈原开始有些动心，问：“你说的是真的？”

天堂神：“我是天的使者，不敢有半句虚言。”天堂神看屈原还在犹豫，天堂神接着说：“屈原先生提出了173个问题，我估计，您的问题还没提完，您还有第174个问题。”

屈原急忙问：“我的173个问题，已经穷尽所有，你说我还有什么问题呢？”

天堂神笑而不答。

屈原停了一会儿，思索了一下，说：“你是说，事关楚国的未来吗？”。

天堂神说：“难道屈原先生不想知道吗？”

屈原明白了，急忙问：“你是说，到了天堂，我还能找到解救楚国的办法？”

天堂神又是笑而不答。

屈原说：“只要能够救楚国，就是焚身碎骨一千次，我都愿意。”屈原答应和天堂神一起上天，但是屈原又请求让天车在楚国的上空绕行一周，天堂神答应。

在去天的路上，屈原看到楚国人们往汨罗江丢粽子，感叹过后，他摇摇头，自言自语地说：“这样能救楚国吗？”

瞭望自己为之奋斗一生的楚国大地，屈原泪眼朦胧，心里默默地说：“祖国母亲，我去寻找解救您的办法去了。”

天马昂首长嘶，一道彩虹，从原来的楚国上空，飞向天堂。

六、岳 飞

岳飞是中国家喻户晓的名字，和岳飞同名的是刺在岳飞背上的四个字：“精忠报国。”

有这样一个故事，足可以说明岳飞在中国影响之巨大。

在一个村庄的夜里，不时传来几声狗叫和蟋蟀时有时无的低鸣。在几间茅舍里，一个母亲面对着自己十几岁的儿子满面愁容。母亲憔悴多了，儿子看得出来，可是摊上这样的事情，儿子也是极其恐惧。

现在村里正在流传着一种说法，说是他们国家的军队在前线吃了败仗，这个儿子的父亲投降了敌人。

母亲是读过书的人，平时较少和村里人说话，更谈不上搬弄口舌。母亲最不愿意说话的人，是自己的婆婆，她一口咬定婆婆生下来的儿子不是个好儿子。国家战事吃紧，村里不少年轻人都上前线了，有的表现勇敢，杀敌立功，当了军官，也有战死的，烈属光荣。现在传来自己的丈夫投降了敌人，这让她感到极其耻辱，也证明了自己没看错，婆婆生下的确实不是个好儿子。

她的儿子不像自己的父亲，儿子从小在母亲的教育下，是个硬朗的孩子。不过摊上这样的事情，儿子也整天惶恐不安。因为，根据国家法令，父亲投降了敌人，儿子就要被杀头，妻子就要充作官奴。

儿子看着母亲，真是一夜愁白头啊，平时刚强的母亲此时有些精神恍惚。男怕干错行，女怕嫁错郎，怎么摊上这么个男人呢？这个男人的家原来也是个大家，到了公公婆婆这一代，已现破落状态，到了自己男人这一代，就更不行了。

嫁到这个家后，母亲虽然想重振旗鼓，恢复这个家族的荣耀，但是大厦将倾，独木难支，家族到底还是破落下来。屋漏偏逢连夜雨，现在又来了这样的事，母亲经受不了这样的打击，马上就要垮下来了。

儿子看着母亲，母亲痛苦的现状反而使儿子坚强起来，“妈”，儿子轻轻地唤着妈妈，妈妈睁开眼睛看着儿子，儿子说：“天无绝人之路，咱们逃吧？”

停了一会，妈妈吐出一丝声音：“这样对得起国家吗？”

儿子听后心里一颤，是呀，爸爸已经对不起国家了，我们不能再做对不起国家的事了。

此时万籁俱寂，在昏暗的油灯下，母亲看着儿子，儿子看着母亲，四目相聚后，又不约而同地转向一个方向——墙壁上贴着一张岳飞的画像，岳飞骑着战马，手提长枪，威风凛凛。这是母亲在村外岳飞庙里，长老送给她的，她把它贴在家里的墙上，用来对儿子进行教育。

对于岳飞精忠报国的故事，现在儿子都能倒背如流，就是这种精神教育，才使儿子摆脱了父亲的不良影响，成长为一个刚强的小伙子。

现在母子俩同时在看这一张画，似乎找到了一种共同点。母亲冲儿子点点头，儿子冲母亲点点头，他们想在了一起。

母子俩慢慢拉开房门，小心地走了出去。

离开酣睡的村庄，躲开大路小道，母子俩悄无声息地来到岳飞庙前，他们不敢敲门，声音会传得很远。儿子从地上拾起一个土块，隔着庙墙扔向庙内。不一会听到庙里长老轻咳一声，接着庙门就轻轻地打开了。母子俩闪进庙里，长老关好庙门，把他们让进屋里。

长老说："你们的事情我已经知道了，我估计你们会来，所以等候你们多时了。"

母子俩给长老跪下，请长老救他们一命。长老将他们扶起，说："我倒是有一个办法，但是不敢说一定能成功，到时就看运气了。"

第二天，岳飞庙被官军包围了，庙外一片嘈杂，庙门被敲的鼓响。长老打开庙门，官军一拥而进，领头军官向长老大声问道，是否有母子俩躲在这里，长老说他们是在庙里，不过他们正在举行一个庄严的仪式，请不要打扰他们，他们举行完仪式后，一切听从长官发落。

官军们在长老的带领下，来到庙内大殿，大殿正方是威武的岳飞坐像，在岳飞坐像前，那位儿子跪在地上，母亲正在往儿子背上刺字，官军们围过去一看，儿子背上的字是"精忠报国"，所有人都呆住了。

长老走到岳飞坐像一旁，敲起木鱼，口中喃喃有词："岳元帅在天之灵，下界给您报告真情：天有长啊，地有短啊，树有高啊，人有矮啊，长矛长啊，短剑短啊，打仗输啊，打仗赢啊。"

突然长老停住念经，大声喊道："岳元帅在上，要想打胜仗，还不快快拜见岳元帅！"

进得岳飞庙大殿的官军们，要么围观"岳母刺字"，要么左瞧右看，经长老一提醒，他们也觉得当兵的哪有见元帅不拜之礼，官军们纷纷给岳飞元帅跪下。

待长老指挥官军们给岳飞元帅行过大礼后，长老又说话了："岳元帅的灵魂现在已经附体在这个孩子身上，让这个孩子跟你们一起去作战，你们将攻无不克，战无不胜。"

官军们站起来，一片欢呼，那个带头军官向长老行了个军礼，大声说："谢谢长老，我们永远拥护岳元帅！"

那个儿子在士兵们的拥护下出了大殿，那位领头军官又回来，指着那位孩子的母亲问长老："如何是好，请长老吩咐。"

长老说"这是岳母附体，待打胜仗后，立即向岳母报告！"

那位领头军官什么都明白，对他来说，制裁他们母子对他无益，利用这次机会提高士气，能打胜仗这才是根本，而且大家都看得明白，谁又敢说这一切不是真的。

那位领头军官分别向长老、"岳母"行礼后离开。

见官军走远，母亲再次给长老跪下，感谢长老的救命之恩。长老说："你要谢就谢岳元帅，是他救了你娘俩。不久官军必打胜仗，到时，你将光耀门庭，那时可叫你儿子给岳元帅重塑金身。"

母亲回答："到时，一定！一定！"

这个故事是个传说，下面说说岳飞本人。

岳飞原籍河南相州汤阴县岳家庄，父亲岳和，是个员外郎，母亲姚氏。岳飞出生时房屋上空有大鹏飞过，故其父给他起名岳飞。岳和50岁得子，分外高兴，母亲这时也已40多岁。

岳飞出生后不久，天降大雨，洪水泛滥，岳和将岳飞母子放入一口大缸，顺水漂流，捡得性命，岳和和其他家人均遭不幸。

岳飞母子乘坐的大缸漂流到河北大名府内黄县麒麟村，这个村庄也有一个员外郎，叫王明，夫人何氏，夫妻同为50岁。王员外见岳飞母子可怜，便收留了岳飞母子在麒麟村住下。

岳母每天给村里人家缝缝补补做些针线活，糊口度日。岳飞稍大便上山打柴，一则自用，二则卖掉贴补家用。

一天岳飞上山打柴，见几个同龄的孩子在玩耍，那几个孩子见岳飞走近，便冲他喊道："唉！那个没爹的孩子，过来一起玩耍。"

岳飞感到屈辱，便绕道而行，那几个孩子不依不饶，跟着后边喊岳飞是没爹的孩子，岳飞怒不可遏，挥拳打了那几个孩子。由于岳飞生就膀宽腰圆，加之早已开始的体力劳动锻炼，岳飞有把子力气。

那几个孩子挨了打，便跑到岳母处告了岳飞的状。晚上岳飞回到家后，受到母亲的斥责。岳飞满含委屈，也说明了打人的原因。岳飞对母亲说："别人都有爹，我为什么不能有个爹哪？"

母亲满含热泪，将岳飞的身世讲给了岳飞听。关于岳飞的身世，岳飞已经听母亲讲过，理解母亲和自己现在的处境。但是由于没爹受人欺侮，岳飞总感到万般压抑。

作为单身母亲，岳飞的母亲也深深怀念自己故去的丈夫，一天岳母朦朦胧胧地对岳飞说："其实你也有爹。"

岳飞急忙问："我爹在哪?"

岳母说："皇帝就是你爹。"

岳飞泄了一口气，说："娘，你糊涂了，皇帝是皇帝，我爹是我爹。"

岳母说："我家是小家，国家是大家，皇帝不就是大家的爹吗？所以人们才要忠君爱国。"岳母不知怎地把家与国联系起来，把爹与皇帝联系起来。岳母也惊讶自己怎么发明了这个理念，岳飞也朦朦胧胧地接受了这个理念，把爹与皇帝结合了起来。

岳母知书达理，虽然家穷，但是没忘对岳飞的知识教育。岳母从王员外家借来一些书籍，买不起纸笔，岳飞就从河边弄一些沙子铺平为纸，折树枝为笔。

人生的成功离不开自己的奋斗，但是机遇也很重要，岳飞在成长的路上遇到一个贵人。

岳飞所遇贵人叫周侗。在北宋年代，有两位人物赫赫有名，一是禁军教头林冲，二是"玉麒麟"卢俊义，周侗就是他们的师傅。周侗文韬武略，堪称当世英杰，因不满奸臣当道，不屑当官为政，便在乡间隐居。

一日，周侗从陕西来到此处，探望老友王员外。王员外宴请周侗，并请附近村庄的张员外、汤员外作陪。席间王、张、汤三子王贵、张显、汤怀出来拜见。三子走后，三个员外诉苦，说是三子顽皮，请了几任老师都镇不住，至今只知玩耍。周侗笑道，若将三子交与本人管理，不出三日，保管叫他们服服帖帖。三个员外急忙离席向周侗作揖，恳请周侗屈尊教育三个顽子。

开课之日，周侗要几个学生读书，王贵首先出来向老师发难，说要先考考老师，看是否称职，说着，一个铁尺便向周侗打来。周侗转身夺过铁尺，并顺手将王贵按在板凳上，举尺痛打王贵的屁股，打得王贵直求饶，张显、汤怀见状吓得坐在那里不敢动弹。

王贵、张显、汤怀虽然被打老实了，但是学业却是很难长进。一日老师外出，叫他们每人写一篇作文，这可就难坏了他们。张显点子多，马上想起岳飞，另两位也同意，不一会岳飞被请来，他们让岳飞替他们写作文，自己跑出去玩了。

岳飞除了接受母亲的教育外，还时常跑到这个教室外"偷听"周侗的讲课，时间一长，岳飞的文才远非那三位富二代可以相比。

周侗回来，查看王贵、张显、汤怀三人作文，个个文笔流畅，不觉诧异，但是转念一想也就明白了。岳飞时常跑到这个教室外“偷听”周侗的讲课，还时常在地上写写画画，周侗已有察觉，有时待岳飞走后，周侗细看岳飞留在地上的笔迹，知道岳飞并非普通孩子，是个可造之才。

在周侗的威逼下，王贵、张显、汤怀不得不承认是请岳飞代笔。周侗说，你们把岳飞喊来，今天我就不罚你们了。岳飞被喊来，周侗什么也没说，给岳飞安排桌椅，让岳飞也来听课，又经过几日的考察，周侗确信，岳飞是可造就的栋梁之才。

周侗将岳母和王员外、张员外、汤员外请来，说是要将岳飞收为义子，并让岳飞、王贵、张显、汤怀结拜为兄弟。岳母听后，喜出望外，王员外，张员外，汤员外听后也很高兴，他们立时答应，并选择吉日举行大礼。

接受岳飞为义子后，周侗穷其所有，将自己的文韬武略以及十八般武艺尽授岳飞。

岳飞生长在北宋末年的战乱年代，北宋宋徽宗赵佶和宋钦宗赵桓父子被金国俘虏，并被押往北方，宋钦宗赵桓的弟弟赵构逃到商丘城，并继位皇帝，称宋高宗。大臣李纲推荐抗金人士宗泽为开封知府，重建京城和领导抗金。

岳飞的第一次出道，就是响应宗泽号召，积极地参加了宗泽组织的抗金义军。

一次岳飞带领一百多骑兵，突遇大股金兵，大家都准备逃跑时，岳飞却说：“敌人虽多，但是敌人并不知道我们的底细，我们可以突袭他们。”说完岳飞带头冲向敌人，并斩敌一个将领，兵士们受到鼓舞，也冲上去，这一仗，岳飞以少胜多，打出了英名。又经过一些战斗，宗泽夸奖岳飞智勇双全，可媲美古代名将。

正当岳飞建功立业之时，朝廷出现了变故，宋高宗赵构担心在商丘不安全，悄悄跑到南方扬州。李纲因为反对南逃，被赵构免职。宗泽受不了这个气撒手人寰。不得已，岳飞返回家乡。

岳母见岳飞回来，很是吃惊，询问为何如此，岳飞把情况向母亲说明，并说：“人们都议论，说是赵构当上了皇帝，并无心抗金，更不想将徽钦二帝接回，徽钦二帝回来，他这个皇帝就当不成了。”

岳母一听急了，说：“你怎么能这样说皇帝呢？皇帝对他的父母是最孝的，对他的兄长是最仁的，皇帝是做人的楷模；皇后母仪天下，皇后是母亲的楷模，是女人的楷模，如果皇后错了，皇帝还可以纠正她，所以皇帝怎么会错呢？再说，皇帝是天子，皇帝是不会错的。”

岳母怒气不消，继续说：“这不是我说的，也不是皇帝说的，是圣人说的。圣人说忠、孝，孝是对父母，忠是对皇帝，孝是对父母忠，忠是对皇帝孝。”

岳飞从小与母亲相依为命，他相信母亲的话。最后岳母提出要岳飞牢牢记住身上的刺字，要岳飞永记母亲的教诲。岳母将中国的传统哲理，凝聚成了四个字“精忠报国”，留在了岳飞背上，“精忠报国”以后也就成了中国人的公德。

最后岳母又反复叮咛岳飞：“对皇帝要无限地信任，无限地忠诚，无限地服从。”三个无限也成了以后中国官员的为官之道。

岳飞第二次出道时，赵构已在杭州建立起了南宋王朝。

前面说到，北宋被金国打败，宋徽宗赵佶、宋钦宗赵桓父子连同后妃、宗室、官员数千人，被押往北方，这其中就有后来的南宋宰相秦桧。

金国一面对南宋进行军事打击，一面计谋在南宋朝廷里面安插自己的代理人。

因为秦桧属高官，自然倍受金国上层的关注。金人发现他当众对金人冷淡，背后倒是经常能“委曲顺从”。一次秦桧在宋人面前被一个金人凌辱，秦桧起而反抗，但是金人将其领入自己营中，秦桧态度随之变得温和，由此金人看出秦桧做人的“两面性”。

秦桧作为战俘，到了冰天冻地的北方后，饥寒交迫，作为原来高官的他，“意志”慢慢被消磨。在与金人的交谈中，秦桧流露出“南人归南、北人归北、南北议和”的观点，这正是金人求之不得的态度。

金国人士知道，金国击败北宋，俘获了北宋的宋徽宗、宋钦宗两位皇帝，金、宋两国结仇已深，南宋人民绝不肯轻易屈服，于是金国制定了诱以和议、保住现有成果的政策。

在得到秦桧回到南朝后，一定尽力促进南宋朝廷与金国议和的保证后，秦桧和他的老婆被金国秘密放回南朝。

秦桧跑到南宋，在宋高宗赵构耳边煽风点火，一是说要想天下无事，就得南人归南，北人归北；二是草拟了一份致金国的求和书。赵构满心喜欢，说秦桧忠仆过人，是一佳士，得到他，自己高兴得连觉都睡不着，不久秦桧便登上了宰相宝座。

执行秦桧的议和政策，就意味着放弃对失去国土的收回，放弃对宋徽宗赵佶、宋钦宗赵桓父子的解救，放弃对金国的报仇雪耻。

秦桧的议和政策一经传出，立即引起全国轰动，并遭到抗金人士的竭力反对。此后不久，北方金国又派使节来，要求将南朝的北方人全部送还金国。这和秦桧的南人归南、北人归北的建议完全一致，大家开始怀疑秦桧是金人的内奸。

宋高宗赵构虽然非常赞同秦桧的议和意见，但是大臣们群起反对，迫使赵构不能接受秦桧的这条投降路线，不久秦桧本人也被驱逐出南宋朝廷。

秦桧忍受着暂时的挫折，宋高宗赵构屈从于抗金派一时的压力。

过了几年，当反对议和的风潮过后，赵构重新启用秦桧。

秦桧对赵构说："臣子们反对议和，不明大事，若陛下决心议和，请专与我商议。"

赵构说："我只委你主持议和之事。"

秦桧说："请陛下考虑三天，再做决断。"

过了三天，赵构与秦桧商议，秦桧说："事关重大，请陛下再考虑三天。"

又过三天，赵构与秦桧商议。当秦桧确定赵构确实坚定不移地要讲和了，于是拿出早已草拟好的"向金求和书"，并且秦桧仍声称不许群臣干预。

赵构不顾群臣的反对和天下的舆论，决定与金讲和。赵构装病不出，秦桧出面，跪拜在金国使臣面前签字画押，签订了屈辱的和约。

宋、金两国签订和约不到一年，金国朝廷发生政变，原来主张诱降讲和的主政人物被推翻，新上台的金兀术撕毁和约，挥军向南宋杀来。

宋高宗赵构无奈，不得不自卫反击，南宋军民掀起抗战高潮。时势造英雄，此时 32 岁的岳飞已经从一个普通将领提升到了节度使。

岳飞战败金国元帅金兀术，是岳飞人生的辉煌。

金兀术率领金军一路南进，势如破竹，当金军受到岳家军的阻击时，金兀术还十分嚣张。

岳飞首先派自己的儿子岳云打先锋。岳云一马当先杀进敌营，训练有素的岳家军随后跟进，一时把嚣张的金军打得接连后退。

金兀术败了一阵，随后调出他的王牌"铁浮图"进攻。铁浮图也叫拐子马，是金兀术专门训练的一支特种骑兵。这类骑兵人马都披有厚厚的盔甲，中间的骑兵三个相连，战阵两边左右包抄，这种战术在战场上屡见奇效。

岳飞对这种战术已做了详细研究，他也训练出一支特种部队，这支部队带着钩镰枪，专门击杀拐子马的马腿，当拐子马被击倒，后面的士兵马上涌上前去斩杀从马上跌落下来的敌人。

金兀术“铁浮图”战术被岳飞破解，金军溃败，金兵哀叹，撼山易，撼岳家军难！

岳飞面对将要收拾的残破山河，大笔一挥，一首《满江红》抒发出内心的激荡：

怒发冲冠，凭栏处，潇潇雨歇。抬望眼，仰天长啸，壮怀激烈。三十功名尘与土，八千里路云和月。莫等闲，白了少年头，空悲切。

靖康耻，犹未雪，臣子恨，何时灭？驾长车，踏破贺兰山缺。壮志饥餐胡虏肉，笑谈渴饮匈奴血。待从头，收拾旧山河，朝天阙。

这时黄河两岸的人民响应岳家军，纷纷向金军出击，岳家军节节胜利，一直打到离东京（开封）只有四五十里的朱仙镇。黄河北面的义军听说岳家军打到朱仙镇，欢欣鼓舞，渡过河来加入岳家军，老百姓的猪啊羊啊也送往岳家军，一时光复祖国首都在望。岳飞止不住内心的兴奋，大声对部下说：“大家奋力杀敌吧，等我们直捣黄龙府时，我们各路弟兄再痛痛快快地喝酒庆祝胜利！”

正当岳飞踌躇满志要乘胜进军时，突然传来圣旨，说是要岳飞立即班师回朝。岳飞听后哈哈大笑，对部下说，我们前进的速度可能太快了，皇上不了解我们已经取得的胜利，我回书一封，向皇帝报捷，皇帝一定会很高兴。岳飞一面按原计划做继续进攻的准备，一面向皇帝回书说，托皇帝鸿福，金兵近日又被我军打败，金兵把粮草装备全部丢弃，正在奔逃渡河。金兵士气低落，萎靡不振，而我军将士听命效劳，士气高昂。回书的最后，岳飞说，时不再来，机不可失，要求乘胜进军。

但是，没过几天，朝廷传来了金字牌，立令撤军，岳飞愣住了，他不知道这是为什么？没等岳飞多想，立令撤军的金字牌一道接一道传到岳飞的军营大帐。朝廷一天之内共传来了十二道金字牌（木牌涂上朱漆，上写金字，使者举牌疾驰而过，车马行人见之，都得让路，金牌用来传送最紧急的军令诏令），命令紧催撤军。岳飞不得不执行命令，岳飞愤慨惋惜地哭着说：“十年之功，废于一旦！”

根据圣旨，岳飞离开军队，先行返京。走到半路，岳飞被朝廷派来的禁卫军“捉住”，被押解回京。

在京城大理寺，大理寺正卿周三畏向岳飞宣读圣旨：“岳飞功名显赫，却对国家不忠，在朱仙镇停兵不前，还克扣军粮。”

岳飞大惊，说：“这是颠倒黑白，岳家军几十万将士可作证。”

周三畏说：“听说岳元帅背上有家母的刺字，能否让我见识见识。”

岳飞脱掉上衣，“精忠报国”四字赫然在目。

周三畏明白了岳飞是个忠臣，是有人要害岳飞。周三畏不愿做杀害忠臣的恶人，当天晚上便收拾了行囊，带上家眷，把官印放在桌子上，悄悄离开京城返乡而去。

后来岳飞还是以“莫须有”的罪名被杀害了。

原来金军节节败北，金军统帅金兀术不得不动用“底线”秦桧，要他制止岳飞。金国是秦桧的后台，金国垮台，他在南宋也就站不住脚了，于是便唆使赵构发令让岳飞撤兵。

岳飞撤军后，宋向金求和称臣，金兀术提出“必杀飞，始可和”的条件。岳飞死后，南宋王朝将东至淮河，西至大散关（现在宝鸡西南）以北的土地割让给金，南宋每年向金国进贡银25万两、绢25万匹，历史上称之为“绍兴议和”。

在冥界，岳飞找到秦桧，岳飞对于自己的死，要问个究竟。

秦桧说：“岳飞啊岳飞，军队是国家的，哪来的你岳家军啊？一个武将，一个臣子，如此僭越，实乃是犯了大忌啊！”

岳飞一下就被说懵了，急忙说：“岳家军是人民对我们的爱称，我没有别的意思啊。”

秦桧说：“岳飞啊，你统帅全国3/5的兵力，万一你岳飞哪天晚上睡一觉醒来，被部下披上黄袍——他们宋朝的祖宗赵匡胤不就是这样当上皇帝的吗？那时你的岳家军谁能抵挡得住啊，拥兵自重就是面临死亡啊！”

岳飞语塞。

秦桧接着说：“别的就不用多说了，就这些你就说不清了。赵构曾亲自对我说过，宁弃中原，也要杀飞。金人要你死，皇帝要你死，你能不死吗？”

岳飞反应过来了，急忙说：“我去找皇帝说清楚，我是无限忠于皇帝的。”

秦桧说，不用找了，赵构因触犯了“不以山河做交易”的天条而被打入了东方地狱。

岳飞问秦桧：“为什么不把你也打入东方地狱？你不也是触犯了‘不以山河做交易’的天条吗”

秦桧说：“还没审到我头上，到时我还要为自己辩解，我在金国生活多年，我知道金国的军事实力，你岳飞的胜利，也只是局部的胜利，南宋未必是最后的赢家。再说赵构并不想抗战，南宋比北方富足得多，赵构只是想过个富足安生的日子，只是面对金国军事的强大，不以山河做交易，能过好日子吗？我只是政策的执行者，而且我也不是贪官，我从不侵占国家和别人的财物。”

秦桧激动起来，大声说：“在西湖边上造个庙，让我跪在你岳飞跟前，还让我老婆给你下跪，不对，这一切都是我执行他赵构的意思，赵构是主犯，应该跪的是他赵构。”

秦桧继续说：“明摆着，赵构不想解救宋徽宗赵佶、宋钦宗赵桓，他们回来，赵构这个皇帝就当不上了。赵构不糊涂，他明白，向金国屈膝求和会遭到极大非议，有我秦桧在幕前替他张罗，赵构自己就无须出面，避免了投降的骂名。岳飞啊，你这样的元帅，是我想杀就能杀的吗，是他赵构的意思，可是当时我又不能说出口，我也只能说是‘莫须有’啊，我秦桧也是在替赵构背黑锅啊。”

此时不远处走来一个人，边走边朗诵诗：

“拂拭残碑，敕飞字，依稀堪读。慨当初，倚飞何重，后来何酷。果是功成身合死，可怜事去言难赎。最无辜，堪恨更堪怜，风波狱。

岂不念，中原蹙，岂不惜，徽钦辱。但徽钦，既返此身何属？千古休夸南渡错，当时自怕中原复。笑区区，一桧亦何能？逢其欲。”

这是明代的画家、书法家、文学家，号称衡山居士的文征明，在朗诵自己写的《满江红》。

秦桧听后急忙对岳飞说：“听听，古人都明白了，为什么现代人都不明白？我只是区区一桧啊。”说完秦桧急忙溜了。

不远处走来一位老太太，一边走一边呼唤：“儿啊，你来了吗？你在哪里？”

岳飞一见，急忙扑向前去，跪倒在母亲面前，一面喊着：“娘啊，我是飞儿，我来了。”

岳母抚摸着岳飞的头说：“来了就好，不来就多受罪。”

岳飞说：“娘啊，我冤枉啊！”

岳母说：“我都听说了。”

岳飞说：“娘啊，你从小就教育我忠君思想，可是我还是被皇帝杀了。”

岳母说：“是我教育了你忠君思想，可那都是圣人说的呀，是他们这样祖祖辈辈教育我们的啊。”

岳飞说：“我们得找个地方说理去，不能这样冤枉下去呀？”

岳母说：“是圣人说的，我们该找圣人评理去。”

一直在不远处听岳飞母子对话的天堂神，急忙走向前来，向岳飞母子行过礼，自我介绍后说："圣人们现在都在天堂，请岳飞母子也去天堂，到时可与他们理论。"

天堂神的出现，使岳飞母子很惊讶，但是听说可以到天堂与那些教育他们忠君的圣人理论，岳飞母子也就不犹豫了。

太阳神驾驶天车来到近前，搀扶岳母和岳飞上车后，一道金光，从冥界划出，穿过人间，直飞天堂。

七、铁 三 角

很多历史事件都是由偶然的"小事"促成的，下面要说的这个偶然的小事，给中国历史的脸谱上增添了难看的一笔。

这个偶然事件的制造者叫孙之獬，孙之獬曾是明朝末年翰林院的一名官员。因为孙之獬和魏忠贤有瓜葛，崇祯皇帝朱由检执政后，孙之獬便被免职。

吴三桂引满族军队入关，推翻了李自成刚刚建立的大顺朝，并趁势建立了大清王朝。为了安抚民心和统治的需要，大清提出了"满汉一家"的国策。又因大清王朝刚刚建立，天下未定，也允许明朝的降臣上朝时仍穿明朝服饰，只是满、汉大臣各站一班。

孙之獬作为前朝的降臣，也被吸纳进了朝廷。孙之獬为了讨得新主子的欢心，一日上朝时，他突然"焕然一新"，穿上了满族官吏的服装，而且还改变了发式，留起了满族长辫。当他满脸堆笑地走进满族大臣的行列时，满族大臣自觉高汉族官员一等，哪能容忍孙之獬的加入，特别是对他毫无掩饰的巴结讨好更感恶心，便你推我拉地将他逐出班外。孙之獬自讨没趣，悻悻然走回明朝降臣一班，这一班子虽是降臣，但对于孙之獬的如此不顾脸面也感到难堪，所以也一个接一个紧挨着不让他加入。不时便引起了满堂哄笑，孙之獬狼狈不堪。

下朝回来，孙之獬一不做二不休写了个奏折，建议汉人一律穿满服，留满族的辫子，并且不留辫子的一律砍头，这就是著名："留头不留发，留发不留头"的来由。

剃头留辫一事，较早是吴三桂前往清营，请求满族军队出兵共同对付李自成，满族将帅提出要吴三桂的军队剃发，一则表示降服，二则是为了在战场上便于辨认敌友。

中国有一个传统观念，叫做"身体发肤受之父母，不可损伤"，所以剃发对当时的汉人而言，心理上是难以承受的，剃发不仅有违传统，也是一种侮辱。所以就连吴三桂也曾当面劝阻过当时执政的多尔衮，不要强迫汉人剃头留辫。所以在大清军队占领南京后，曾发布这样一个公告："剃头一事，本朝相沿成俗。今大兵所到，剃武不剃文，剃兵不剃民，尔等毋得不道法度，自行剃之。前有无耻官先剃求见，本国已经唾骂。特示。"

但是此一时，彼一时，孙之獬事件之前，大清江山尚未巩固，对于让汉人剃头从满，清王朝不得不谨慎。孙之獬事件发生时，除了东南西南极少数地区外，满清政府基本已控制了整个中国，初期的安抚阶段已达到目的。满族当家人多尔衮便顺势采纳了孙之獬这一建议。用汉人之言，杀汉人之头，不光可以从肉体上打垮汉人，还要从心理上彻底击垮汉人，而且还要汉人承担这一切责任，何乐而不为？多尔衮立即下令执行，而且定了时限。

没过几日，再看大清的朝廷上，明朝的服饰不见了，取而代之的是清一色的满族服侍和遗笑历史的"金钱鼠尾辫"。

当朝的原明朝降臣，原来脸面上还有张遮羞布，说是因为满族军队帮他们打败了李自成，为覆亡的明朝报了仇，他们加入朝廷是与满族合作。当他们被迫也"焕然一新"后，这张遮羞布也就没有了，他们从心里也不得不与原来的明朝划清界限，踏踏实实地成了大清的一员。

然而，也不是所有汉人都愿意接受这一侮辱，在江南小城嘉定，人们自发地组织起来，反抗外来侵略，抵制"剃头令"，保护自己的传统和尊严。

时限过去，剃头之事无人执行，嘉定小城抗命。事情传到清朝上层，原明朝降臣钱谦益，赵之龙等献策说："吴下民风柔弱，飞檄可定，无须用兵。"意思是说，那里的人非常软弱，派人传达递发令，吓唬一下就行了，不需要派军队过去。

清朝派出县官，飞马上任，并于当天召集众人剃头，然而，来者只是冲着县官哄笑，继而向县官抛掷土块，当天清朝派出的县官就被群众轰走。

软的不行，大清派出了军队。听说军队将要到来，嘉定的群众又集聚起来，他们共推侯峒曾、黄淳耀和黄渊耀兄弟主持反抗。

记住他们的英名：

侯峒曾，原明朝官员，南京沦陷后，不愿做降臣，避难于老家嘉定。

黄淳耀，崇祯年间进士，与其弟黄渊耀均世居于嘉定城。

在侯峒曾和黄氏兄弟的指挥下，城中民众不分男女老幼，纷纷投入了抗清行列。为鼓舞士气，侯峒曾下令在嘉定城楼上悬挂一面"嘉定恢剿义师"的大旗。

群众的事情，大家商量着办。侯峒曾、黄淳耀将大家召集起来，决定“划地分守”嘉定城。

由儒生张锡眉率众守南门，秀水县教师龚用圆为副职；

国子监太学生朱长祚守北门，乡绅唐咨为副职；

黄淳耀兄弟守西门；

侯峒曾亲自守东门，儒生龚孙炫为副职。

此外，由儒生马元调（时年70岁）与唐昌全，夏云蛟等负责后勤供给。

为了加固城防，侯峒曾又下令将城外各桥毁坏，通往东、北二门的街道，用石块筑垒，通往西、南二门的街道，用圆木乱石横塞街道。

侯峒曾和黄淳耀商量，决定在嘉定城外组织本地乡兵，配合嘉定城内组成纵深防御。城外的乡亲一呼百应，很快几万人的部队建立起来。

清军兵马在一个叫李成栋的率领下，向嘉定逼来，并于沿途就开始奸淫烧杀。

清兵和本地乡兵，两军在嘉定城外摆开阵势，开始厮杀。

乡军几万人，熙熙攘攘，声势浩大，队形混乱；李成栋率领训练有素的五千人马，偃旗息鼓，像只猎犬，全身紧缩，只待发力。

一开战，李成栋以骑兵向乡军冲击，很快，乡兵即四散奔走，自相践踏，被打得落花流水，大败而散。不过乡军也有收获，一些小股清军无法逃脱民众的围堵，多被歼击，李成栋的弟弟也在乡兵的一次伏击中被杀死。

清军清理完城外战场，兵临嘉定城下。

翌日破晓时分，李成栋下令攻城。在红衣大炮的隆隆炮声中，东、西城门，数段城墙被毁坏，城内民众冒着炮火立即用木料和砖石土袋将缺口堵上。炮火一过，清兵架云梯，像狼一样扑上来，民众棍棒刀枪齐举将其击溃。有一妇女，手持菜刀，躲在城垛下，当敌人爬上城来，她便立即站起，用刀砍其足踝，这个战术还挺管用，她消灭了好几个敌人。

傍晚时分，天空浓云翻滚，一时狂风骤起，暴雨如注，民众不敢松息，冒雨守城。大雨下了三天三夜，嘉定民众在雨中坚守了三天三夜。第三天夜里，守城民众筋疲力尽，在夜幕和风雨的掩护下，李成栋命令清兵摸到城墙根，挖开一个洞，然后将火药放进去。第二天，在红衣大炮的轰击下，城墙下的火药被引爆，一时天崩地裂，大段城墙轰然塌下，清兵趁势冲进城去。

李成栋下令屠城，清兵见人就杀，不管男女老幼。城内民众见状，纷纷投河而死。河面上漂了一层尸体；来不及投河的，匆匆悬梁、投井。来不及自杀的便被斩首、断腰、剜肠、肢解，被砍还没死的躺在地上疼得不停抽搐。

一些没来得及自杀的青年女子，就被清军当众昼夜轮奸。如若女子反抗，便用长钉将该女子双手定在门板上，然后再肆意奸淫。

一顿杀戮过后，李成栋属下又四处劫掠财物，见还有活人，就喊“蛮子献宝”，随手一刀，也不砍死，被砍人拿出金银，他们就欢跃而去。

当清兵涌进城后，侯峒曾正在东门城楼上，身边的士卒对他说：“我们曾经受过您的厚恩，我们愿意保护您出走。”

侯峒曾说：“与我们保卫的嘉定城共存亡，义也!”说完投水自尽。

侯峒曾的长子玄演、次子玄洁与清军搏斗，身中数十刀，死在战场上。

嘉定城被攻陷时，黄淳耀、黄渊耀兄弟急避于城内一僧舍，黄淳耀问随从：“侯峒曾现在情况如何?”当得知侯峒曾投河身亡后，说：“我与侯峒曾共事，他死了，我怎么能独生呢?”黄淳耀在墙上题诗一首：“读书寡益，学道无成，进不得宜力王朝，退不得洁身远引，耿耿不没，此心而已。”落款“大明遗臣黄淳耀自裁于城西僧舍”。黄渊耀说：“兄长为王臣宜死，然弟亦不愿为北虏之民也。”说完兄弟俩都悬梁自尽。

儒生张锡眉悬梁在南门城楼上，死前留字在墙：“我生不辰，与城存亡，死亦为义!”

教师龚用圆跳河自尽，两个儿子和父亲一同身亡。儒生马元调、唐昌全、夏云蛟、娄复闻，城破战死。

一黄姓勇士，与清军巷战中手挥铁棍，前后杀数十人，后被乱箭射死。

清军在嘉定大屠杀持续了一天，李成栋方才下令“封刀”。最后，李成栋带着抢掠的三百余大船金银财宝撤离嘉定。

嘉定被清军屠城，但是事情并没有结束。

李成栋的部队走后，侥幸逃脱在外的幸存者陆续返回嘉定，看到城里这样的惨状，他们怒不可遏，他们推举一名叫朱瑛的义士，将大家组织起来，处死了清军留下来的官吏。在嘉定城外，原来被打散的乡兵也逐步集聚在名叫葛隆和外冈的两个镇子。他们一旦发现那些剃了发的人，就将这些人当场处死，他们还意外地歼灭了李成栋的一支小分队。

李成栋得知后，带领部队返回，他们首先将葛隆和外冈两个镇子的居民全部杀光，鸡犬不留。趁着黑夜，李成栋率兵涌进嘉定城，将猝不及防的嘉定人杀个精光，他们将部分尸体堆积起来，然后放火焚尸。

经过两次屠城，嘉定城内原住居民被灭绝了！

李成栋见状，留下官员和驻守士兵后，得意地离开了。

20 多天后，一个名叫吴之番的前明将军，率领余部，在嘉定城周围民众的拥护下，将城里的清兵击溃后，再次占领了嘉定。

不久，李成栋整军第三次回攻嘉定。吴之番的余部和刚聚集起来的民众，仍不是李成栋清军的对手，吴之番力战而死，手下数百兵卒和民众悉数被杀。

经过李成栋清军的第三次屠城，嘉定城内外，方圆几十里杳无人烟。

天上飞满了乌鸦，河里漂满了尸体，雨在淅淅沥沥地下着。到现在，天一下雨，嘉定人还是说，天哭了。

史载：在清朝的三次屠城中，嘉定民众死亡数万人，无一人投降。

后评：嘉定——英雄之城！

这里值得一提的是，为了改变汉人的发型，而对嘉定实行三屠，杀人数万的李成栋也是个汉人，他的部队也不是满族兵，而是归降了清朝的“伪军”。

李成栋原为李自成的农民军，后转投明军，清军南下时，又降清，嘉定三屠前，李成栋是大清的吴淞总兵。

还有一点要说明的是，并非是因为李成栋的弟弟被嘉定的乡兵所杀，李成栋才血屠嘉定，在三屠嘉定之前的“扬州十日”，及屠昆山、屠江阴等，也都有他令人发指的行径。李成栋因为平定江南“战功”卓著，后被清朝提拔为江南巡抚。

汉人杀自己的同袍，也能做到“三光（杀光、抢光、烧光）”，为的是向外族入侵者献媚。

所谓“扬州十日”，是指清朝军队攻克江南名城扬州后，对扬州的十日屠杀。

清朝大军在攻克南京后，又将扬州城包围起来，命令其投降，投降的一个重要标志是“剃头”。

领导扬州抗清的叫史可法。清军主帅多铎先后五次送劝降书给史可法，劝其投降。史可法对劝降书看都不看，只是冷冷地对来使说：“明清誓不两立，我们战场上见。”

对于清军的进攻，史可法做了充分的准备。他在扬州城墙上安放了一些在当时还十分先进的大炮，当清军进入大炮射程以内，史可法命令开炮，清军成片的被炮火歼灭。清军通过大炮的火力网，冲到城墙根底下时，城墙上弓箭手们直射城下的那些进攻者，清军死伤无数。但是清军太强大了，清军主帅多铎命令他的士兵不惜代价夺取扬州城西北角，每当一名清兵倒在箭下，另一个便冲了上来。尸体被堆得越来越高，一些清兵踏着尸体攻上城来。

史可法见城北门很难保住了，带领部分人马，穿过内城，直奔南门，他希望从那儿出去，然后从侧翼进攻敌军。但是史可法还没到达南城时，得知清军已经到达了城南门，史可法认识到，大势已去，扬州将要失守，史可法命令自己的士兵杀死自己，士兵们不忍，于是史可法拔剑自刎。但史可法并没有死，而是血流不止地躺在士兵的怀里。此时清军杀来，他们被人流席卷在械斗之中。一个清军将领认出了史可法，毫无抵抗能力的史可法被清军捉住。

史可法被押往清军主帅多铎处。多铎说："我五次修书与你，要你投降，你不听，现在你兵败被俘，你也算是尽忠了，你可以投降了。"

史可法说："兵败被俘，我只求一死。"

多铎说："你为大清建功立业，同样可以荣华富贵。"

史可法说："我受先帝厚恩，以死报答。"

史可法至死不降，三天后被杀。

扬州总兵刘肇基、骁将马应魁、炮队专家陈于阶，或是死于街上的战斗，或是自杀，史可法的十九名战将、幕僚全部遇难。

扬州城陷落了，抵抗的明军被全部杀害，清军开始对扬州屠城。

清军先是贴出告示，要藏起来的人出来自首，否则严惩不贷。当一些人走了出来，他们马上就被分成五十或六十人一堆，并被用绳子捆起来。然后清军就开始用长矛向他们猛刺，当场把他们杀死。

妇女们被用绳子套住脖颈，形成一串，被牵往一处，遭受成群士兵的轮奸，她们的婴幼儿被抛在地上，或被马踏，或被人踩，孩子们声嘶力竭的尖叫，伴随着满清兵的狂笑和受难人群的哀号飘荡在扬州城上空。

为活命，一些人钻到垃圾堆里，身上布满了烂泥和脏物，但是清兵不时地用长矛猛刺垃圾堆，直到里面的人像动物一样蠕动起来，他们才开心地离开。

最后清兵开始纵火，大火蔓延开来，那些因为藏在屋子里仍然活着的人们，当他们不愿被大火烧死跑出门外，等待他们的就是杀戮。

幸亏天降大雨，扬州才未被夷为平地。

这场杀戮整整持续了十天。

这场战事前，扬州周边乡村的老百姓大多聚集到扬州城内避难，连同他们，扬州被屠有几十万人。

在长江三角洲，遭受屠城的还有嘉兴、常熟、苏州、海宁等。

生活在长江三角洲的老百姓一口吴侬软语，“民风柔弱”，可是当他们受到侵略时，他们表现出了钢铁般的强硬。

长三角，铁三角!

在反抗外来侵略的斗争中，有一少年被当地百姓传诵。

他叫夏完淳，今上海松江人，因反抗清朝的统治而被杀害，死时 17 岁。

夏完淳天资聪颖，5 岁开始读书，7 岁便能作文写诗，9 岁写出《代乳集》。夏完淳短暂的一生中，著有赋 12 篇，各体诗 337 首，词 41 首，曲 4 首，文 12 篇，后人曾将其作品汇编为《夏节愍全集》14 卷和《玉樊堂集》《内史集》《南冠草》《续幸存录》等，夏完淳被称为我国明朝晚期的少年奇才。

夏完淳出生在一个知识分子家庭，

夏完淳的父亲夏允彝是崇祯年代的进士，曾任福建长乐县知县。

夏完淳从小就受到父亲的严格教育，四书五经、诗词歌赋，是父子俩谈话的主题。而且在对孩子进行教育时，忠君爱国思想也渐渐注入到幼小的夏完淳的心灵中，那些为了国家民族不惜抛头颅洒热血的民族英雄，一直是夏完淳心中的榜样；那些爱国的诗词，如文天祥的《正气歌》、岳飞的《满江红》等，一直激励着夏完淳的成长。

夏完淳是偏房所生，但是正房盛氏视如己出，每天悉心教授夏完淳诗文和礼仪，促进了夏完淳的成长。嫡母盛氏对夏完淳的钟爱，受到后代的传诵，夏完淳在就义前写的《狱中上母书》中曾提到，嫡母十五年如一日兢兢业业地教授自己，是千古难得的好母亲。

夏完淳的伯父夏之旭，也以文才出众而享誉江南。他对夏完淳影响也很大。夏完淳 12 岁时已有名气，孩子嘛，不免喜形于色，夏之旭担心他过于外露，常常教训他说：“有客人在座，你不要这样张狂!”伯父的严厉对夏完淳后来养成谦虚沉静的做人态度也不无裨益。

夏完淳有一个姐姐和一个妹妹，姐姐夏淑吉是个女诗人，是正房盛氏所生，但是姐弟俩感情却非常深厚，夏完淳经常在诗文中提到她，甚至认为她的文采足以比得上东汉时期的才女蔡文姬。

夏完淳的妹妹夏惠吉，和夏完淳同为一母所生。夏惠吉也很有才气，和夏完淳的感情也很好。夏完淳曾有诗描述他们的兄妹情谊：“天涯风雨雁飞鸣，雨雪相依倍有情……论心此日欢方恰，惜别他时感又生。”

夏完淳的岳父钱彦林也是个望门才子，而且性格豪爽，被称做钱长公。后来积极参加抗清卫国，被捕后坚贞不屈，和女婿夏完淳同一天为国捐躯。钱长公死后，妻子徐氏也投水自尽。

夏完淳的才气和他坚贞的性格，与他书生正气的生存环境不无关系。

当清军的铁蹄踏破江南宁静的书院时，夏完淳的父亲夏允彝坚决地举起了抵抗的大旗。夏允彝曾到扬州拜访过史可法，商议抗清保国大计。夏允彝写信给自己的学生前明朝江南副总兵吴志葵，让其举兵进攻苏州，后来吴志葵举兵失败。清军主将早闻夏允彝大名，表示只要夏允彝肯投降，一定封官进爵。但是夏允彝不愿投降，明白无误表达了自己不事二朝，不做贰臣的决心，舍生取义，最后选择了自杀。

父亲的死对夏完淳影响很大，他也更加坚定了以死报国的决心。

父亲死后不久，夏完淳听说太湖一带出现了白头军，他们以白布裹头，表示为明朝戴孝报仇。夏完淳立即变卖了家中财产，奔赴军中，并充任白头军的参军。

白头军在太湖上给清军予以了沉重打击，白头军最漂亮的一仗是“分湖大捷”，杀敌三千多，斩清中下级军官二十多名，获战船五百余艘，但是后来白头军还是被清军打败。

白头军首领吴易，进士出身，吴江人，能诗善文，又喜读兵书。白头军失败后，其父、其妻、其女均投湖自杀，以免被清军俘虏受辱。吴易本人逃入湖中，仍旧坚持抗清斗争，后来被俘处死。

参军夏完淳被俘后，被押往南京。此时代表大清主持江南剿灭明朝残余反抗势力的是原明朝降将洪承畴，洪承畴听说少年才子夏完淳被俘，便想劝降夏完淳，于是亲自审问夏完淳。

夏完淳被押往大堂，挺立不跪，周围衙役要强制，洪承畴摆摆手说：“免了。”洪承畴面对夏完淳，摆出一副温厚长者的面孔说：“我看你小小年纪，未必有什么大的见识，想必是被人蒙骗，误入军中造反；如果你肯归顺大清，我可以给你官做。”

夏完淳已得到通知，是清朝大员洪承畴亲自审问他，但他还是问洪承畴：“尔何人也?”

旁边衙役急忙叱喝道：“此乃洪大人，不得无礼!”又有狱吏在其旁低声告之：“不是告诉你了吗，此乃洪亨九（洪承畴）先生，要想活命赶快行礼!”

夏完淳轻蔑地哼一声，说：“我朝洪亨九先生，是个豪杰人物，当年抗清已经英勇就义，我们的先皇帝（崇祯帝）闻之震悼，亲自作诗褒念，满朝官员为他痛哭哀悼，我仰慕洪亨九先生的忠烈，要效仿先烈英举。”

狱吏们此时很是窘迫，洪承畴坐在上面也很是狼狈，一个衙役厉声叱喝夏完淳：“上面审你的，正是洪大人！”

夏完淳大笑说：“不要骗我！上面坐的一定是冒牌货，洪先生为国捐躯，天下谁人不知，谁人不晓，你们这些叛徒，鼠辈，竟敢托忠烈先生大名，穿虏服戴虏帽，冒允堂堂洪先生，不知羞耻尔！”

洪承畴被骂得面色大变，急忙摆摆手，让狱吏们把夏完淳拉下去。

夏完淳在南京西市慷慨就义，同时被杀害的还有三十多名抗清义士。

当凶神恶煞般的刽子手，手提鬼头大刀，面对这位面容姣好的美少年时，不禁动了恻隐之心，没把头全砍下来，给夏完淳留了个全尸。

夏完淳也是中国五千年历史上年纪最轻的才子英烈。

夏完淳的妻子秦篆，同时受到父母和丈夫死亡的重大打击，悲痛欲绝，本来她也想随之而去，但是考虑到腹中胎儿，勉强活下去。几个月后她生下一个男孩，只是这孩子似乎在母亲体内感受了太多人间的苦难，出生后很快便也夭折了。秦篆走出家门，削发为尼，独守青灯古佛，孤独地度过了一生。

夏完淳死后，他的尸体被朋友们运回松江，安葬在他父亲夏允彝的墓旁。

每逢清明节，都有人给夏氏父子扫墓，缕缕青烟、朵朵黄花聊表生者对他们的崇敬。只是崇敬表达完之后，他们又去忠于新的王朝了。

八、任逍遥

太阳神驾着天车又要出发了，这次天堂神邀请了许多仙女来帮忙，因为这次需要接到天堂的人太多太多了，仙女们分列在太阳神驾着的天车两旁，天车就像长出了一对美丽的翅膀。

天堂神和太阳神驾着天车在天空划出一道彩虹，通过人间来到冥界。

天堂神告诉铁三角的英灵们，他来接他们去天堂，那里也是鱼米之乡。

天车可小可大，铁三角的英灵们在仙女们的帮助下，都登上了天派来的天车。

天堂神和太阳神驾着天车在铁三角上空兜了一圈，英灵们默默地向他们曾经保卫的大地告别。

天堂神和太阳神将屈原接到天堂，天堂神搀扶屈原下车，对屈原说：“这就是天堂，请您任逍遥，我还要到下界接别人来天堂。”

屈原急忙说：“我不是来做客的，您答应我的事一定要办到。”

天堂神笑着说：“请您放心，一定会有人帮助您，我也会很快回到您的身边。”

天堂神接屈原上天，感觉屈原有着诗人特有的倔强，他担心将屈原直接送入“世外桃源”茶座讨论会，效果不一定好，所以另外安排人士与他见面，希望能有个过渡。

天堂神走了，屈原瞭望四周，这里青山绿水，祥云缭绕，泉水叮咚，溪流纵横，百鸟争鸣，百花竞放，真乃世外桃源，屈原不觉大声喊道：“美哉，天堂！”

屈原返老还童一般，在天堂里一边跑跳，一边喊叫，一吐在人间的心中闷气。行进间，屈原看到有一团紫色雾气从东方飘移过来，朦朦胧胧中，有一老者骑着一头青牛缓缓从雾中走出。细看老者，白发如雪，其眉垂鬓，其耳垂肩，其须垂膝，红颜素袍，简朴洁净，两眼炯炯有神。

屈原急忙迎上前去，向来者深深一揖，说道：“老子先生可好，晚辈屈原有礼了。”

来者正是老子。

老子从牛背上下来，问道：“你就是楚国的诗人屈原，那个《离骚》《天问》的作者?”

屈原说：“正是晚辈，晚辈拜读过您的《道德经》，今日在天堂见到您，令晚辈兴奋之至。晚辈还有一些问题，想请教先生。”屈原将自己如何来到天堂的前前后后向老子述说一边。并说，天堂神说您在天堂，因为想请教您，所以我才下决心来到了天堂。

老子与屈原席地而坐，青牛在一旁悠闲地吃着青草。飞来两只鸟儿，口衔两只水杯，杯中盛满山涧泉水，放入二人手中，然后飞上邻近树头，并翅而卧，相互打理羽毛。

屈原见状，又是感慨，说：“人间相互攻讦，不及天堂鸟儿。”

老子哈哈大笑，说：“在人间你问了那么多的问题，刚到天堂，是不是又要提问题了，比如天堂鸟儿?”

屈原一愣，稍一迟疑，屈原马上拱手向老子说：“学生此行是前来请教先生，请老子先生解疑答惑。”

老子没有正面回答屈原，而是说：“你不是天问吗？其实你不是在‘天问’，你实则是在‘问天’，但是你又感到天尊不可问，故曰‘天问’。”

屈原说："是的，面对天下，我激愤，我狂傲，我说'举世混浊而我独清，众人皆醉而我独醒'，但是我尊重'天'。"

老子又是哈哈大笑，说："你咄咄向大自然发问，你也咄咄向人世间发问，只是你在诗作题目上给'天'留了点面子，但是天却蕴藏着你所有问题的答案。"

屈原问："所有问题的答案？"

老子："是！"

屈原说："有些问题，我不过是心情不好，明知故问发泄愤懑而已。"

老子说："天地万象之理，存亡兴废之端，贤凶善恶之报，神奇鬼怪之说，上天所蕴藏的答案，远远多于你的提问，在天堂，我们这些人，要做的只是学习而已。"

屈原说："在世时，我拜读过您的大作《道德经》，不过学生愚笨，您的道理太玄了，至今我也不能说我读懂了。我在天问中提的很多问题，比如曰遂古之初，谁传道之？上下未形，何由考之？冥昭瞢闇，谁能极之？冯翼惟像，何以识之等，您在《道德经》中说的'道生一，一生二，二生三，三生万物''天下万物生于有，有生于无'，已经给了我启示，我正在认真研习。"

老子说："提问题是认识真理的第一步，我年轻时也爱提问题。一次我问老师：'天为何物？'老师说：'天者，在上之清清者也。'我又问：'清清者又是何物？'老师又答：'清清者，太空是也。'我再问：'太空之上，又是何物？'老师再答：'太空之上，清之清者也。'我还问：'之上又是何物？''穷尽之上又是何物？'老师不得不说：'先贤未传，古籍未载，愚师不敢妄言'。"

屈原听后不觉笑出声来。

老子又说，有次我又问老师："日月星辰，何人推而行之？山川江海，何人造而成之？"老师说："皆神所为也。"我又问："神何以可为也？"老师说："神有变化之能，造物之功，故可为也。"我再问："神之能何由而来？神之功何时而备？"老师又不得不说："先贤未传，古籍未载，愚师不敢妄言。"

这些问题，《天问》已有涉及，屈原听后大笑，举杯将水一饮而尽，忽然又感叹，说："好水！好水！甘露是也。"

老子也将杯中水一饮而尽。

两只小鸟飞来又帮他们打水。

屈原一改刚才在老子面前拘谨的态度，像小孩子般的要老子再给他讲"道理"。

老子问："在汨罗江畔，是否有个渔夫与你对话？"

屈原说："有啊，他走时还唱道'沧浪之水清又清啊，可以用来洗我的帽缨；沧浪之水浊又浊啊，可以用来洗我的脚'。"

老子问屈原："他说的对吗？"

屈原不知该如何回答。

老子说："这不是对与错的问题，寻常人，非常人。'道可道，非常道'，非常人走'非常道'；'名可名，非常名'，你汨罗江一别，成就了你的千古'非常名'。"

"道可道，非常道；名可名，非常名。"这是《道德经》的开山之语，屈原对这句话不知念过多少遍，可是没有想到老子对这句话这么解释，并且还和自己联系上了，这使屈原大感意外，同时也觉得《道德经》太深奥了，老子太神秘，怪不得连孔子对老子的思想也感到深不可测。

孔子去拜访老子。孔子当时在鲁国，老子当时是在周王室所在地洛阳，老子见孔子千里迢迢而来，非常高兴，两人进行了深入的交谈。

孔子要告辞了，老子送孔子来到黄河岸边，此时黄河河水浩浩荡荡，奔腾向东，孔子伫立岸边，不免感叹："逝者如斯夫，不舍昼夜！黄河之水奔腾不息，人之年华流逝不止，河水不知何处去，人生不知何处归？"

老子说："人生天地之间，乃与天地一体也。天地，自然之物也；人生，亦自然之物；人有幼、少、壮、老之变化，犹如天地有春、夏、秋、冬之交替，有何悲乎？"老子手指浩浩黄河，对孔子又说："感叹于水的流失不够，还应该学习水之大德？"

孔子不解，问："水有何德？"

老子说："上善若水。水善利万物而不争，处众人之所恶，此乃谦下之德，江海所以能为百谷王者，以其善下也；天下莫柔弱于水，而攻坚强者莫之能胜，此乃柔德，柔之胜刚，弱之胜强，由此可知，不言之教、无为之益也。"

孔子听后，说道："众人处上，水独处下；众人处易，水独处险；众人处洁，水独处秽。所处尽人之所恶，夫谁与之争乎？此所以为上善也。"孔子再一琢磨，说："先生此言，高屋建瓴，海纳百川，包容天下。"

回到鲁国，众弟子问道："先生拜访老子，老子何样？"

孔子说："老子学识渊深而莫测，志趣高邈而难知，如蛇之随时屈伸，如龙之应时变化。老子，真吾师也！"

老子高孔子一筹。

屈原回过神来，听老子又说："昔日你之生，由无至有，汨罗江你的死，由有归无；无了肉体的你，有了非常名的你，又由无生至有。"

屈原也跟着念叨："天下万物生于有，有生于无。"屈原开始糊涂，这离我那173个问题好像又远了，屈原赶紧说："老子先生，是不是离题远了？"

老子哈哈大笑说："近是标，远是本，追根溯源，才能使你彻底明白事理。"看屈原没有完全明白，老子又说："你的恍惚迷离的文句，可以成为鸿篇巨制，但是要探究事物根源，屈原要成为屈子。"

老子说完，身影一晃，已骑上他的那头青牛。老子回首抱拳施礼告辞，慢腾腾地走了。一团紫气飘移过来，老子瞬间不见了。

老子走了，屈原有些惆怅——屈原要成为屈子？屈原不明白。老子要他成为"屈子"是希望他不光是文学家，还应该成为思想家、哲学家。不过老子任何时候都是乐呵呵的，不免让屈原有些感触："老子整天乐呵呵的，一定是因为他对什么事情都明白，我整天苦闷，可能是我不明白的事情太多了。"

屈原一边在天堂里溜达，一边想着，并随口又背出老子的《道德经》："道可道，非常道。名可名，非常名。无名，天地之始，有名，万物之母。故常无，欲以观其妙，常有，欲以观其徼。此两者同出而异名，同谓之玄。玄之又玄，众妙之门。"

屈原想从老子的《道德经》中找出自己所问问题的答案，可是他又感到老子的《道德经》不可思议。屈原自言自语说："玄之又玄，众妙之门。唉，老子先生啊，你把你的学问搞得那么玄干啥，一百个人有一百个人的解释，你是否有意不让世人看懂，或者你是故弄玄虚？"

屈原走走又坐下来，他现在满脑子都在破解老子的"玄"。屈原想，玄可能是个密码，老子设玄应该有所用途，对，老子好像是在躲着什么。

躲着什么呢？躲就是怕伤害，谁又能伤害老子呢？老子成书的时间较晚，只是在西行的路上才成书，成书之后老子就消失了。不，老子应该不是怕自己受伤害，因为老子晚年骑牛西行，应该能躲开伤害。应该是老子怕《道德经》受伤害，那谁又会伤害《道德经》呢？屈原苦苦思索着。突然屈原站起来，他似有所悟：老子将《道德经》故意写的很隐讳，一则是免遭是非，二则是该明则明。

此时屈原好象想到了，不免在心里一阵激动，屈原意识到：老子也可能会预感到以后的焚书坑儒和独尊儒术。

屈原好像在做梦，又好像在梦中突然醒来，屈原似乎感到破解了“玄”，就能打开老子哲学思想的宝库。正在屈原发呆发愣之时，突然听到有人在呼唤自己：“屈原先生在想什么?”

屈原迎声望去，只见一个人站在不远的云端，说话间，只见那人足踏云朵，飘飘悠悠的降落在屈原面前。屈原感到惊讶，脱口说道：“洒脱啊!”

来人笑了笑，说：“观看日升日落，逍遥于天地之间。”

屈原突然明白过来，站在自己面前的人是庄子，急忙向前施礼，说：“庄子先生可好?”

庄子还礼说：“欢迎楚国诗人屈原先生来到天堂。”

因为都是同时代的人，生前又相知，所以庄子和屈原一见如故。

庄子开玩笑说：“你的天问，怎么问到天上来了?”

屈原说：“您是逍遥游，我是梦逍遥，我是在梦中乘一蝴蝶来到天上的。”

有这样一个故事，说庄子做梦，梦见自己变成了一只蝴蝶，在鲜花丛中翩翩起舞，十分轻松惬意。庄子这时完全忘记了自己是庄子，过一会儿，庄子醒来了，对自己还是庄子感到十分惊奇疑惑。他认真的想了又想，不知道是自己做梦变成蝴蝶呢，还是蝴蝶做梦变成了自己?

庄子听屈原开自己的玩笑，便也乐了，说你爱提问题，今天我也给你提个问题：“以前啊，北海有一条鱼，叫做鲲，这条叫做鲲的鱼特别大，身长几千里。这条鱼还能变成鸟，这种变成的鸟叫鹏，这种鸟自然也是很大，翼展几千里。这只鸟啊，在大海翻腾时要飞往南海，南海就是天际。当鹏飞往南海时，水浪被激起三千里，雾气像野马奔腾，陆地飞沙走石，大树随风摇摆，此时大鹏盘旋直上九万里。可是突然，那只大鸟跌落下来了，你说为什么?”

屈原倒是谨慎，不作答，反问道：“你说呢?”

庄子曰：“有诗为证：大鹏一日同风起，扶摇直上九万里。假令风歇时下来，只能簸却沧溟水。”在这里，庄子将一位著名诗人的一首诗中的最后一句的第一字“犹”改成为“只”，这句诗原来的解释是，当风停时，跌落的鸟儿还能溅起滔天江海水，经这一字之改，这句诗的解释变成了当风停时，那只可怜的鸟儿，也只是能溅起点江海水。

屈原有些激动，大声冲庄子说：“你是说，我由楚国大臣跌落入汨罗江是失去风势。”

庄子淡然一笑，曰：“乘天地之正，而御六气之辩，以游无穷。”

屈原冷静下来，细细品味，说：“你是说我乘的不是天地之正气，没有顺应天地大道，你是说我没有进入到逍遥的境界。”

庄子又曰：“至人无己，神人无功，圣人无名。”

屈原说：“你是要求我心中无物，无我，无功，无名。”又过了一会，屈原说：“我明白了，你的逍遥游，追求的是与天地精神相往来，逍遥自在。”

此时一群仙鹤飞来，庄子邀屈原分别骑仙鹤遨游。

天大无边，天高无顶，和风暖阳，屈原一时忘却自己，人鸟一体，天人合一，屈原似鸟儿翱翔，似云彩漂浮，屈原一时忘掉一切烦恼——这大概就是极乐境界，屈原此时心旷神怡。作为游魂，在人间，屈原也能踏云穿雾，但是他心情沉重，现在大不相同。

面对无垠的太空，屈原不知怎地想起一句诗，“极目楚天舒”，进而又想起了自己的楚国。在屈原走神的一霎那，鸟儿突然倾覆，仙鹤不负不仙之人。屈原从极乐境界掉了下来。庄子轻伸挽手，这时庄子和屈原又回到原地。

屈原定了定神，向庄子深深一揖，说：“庄子先生，我还是忘不了祖国，我是个爱国者，我无福享受神仙般的日子。”

庄子问：“你喜欢小偷吗？”

听到庄子这样问他，屈原有些生气，说：“老师戏弄学生，哪有人喜欢小偷之理？”

庄子又问：“你喜欢大盗吗？”

屈原明白过来了，知道庄子又要讲“道理”，于是又向庄子深深一揖，说：“请老师明示。”

庄子说：“为了防范小偷，人们习惯将金银细软，装在口袋里，装入箱子里，放在柜子里，然后给口袋加扣子，给箱子、柜子加锁。可是当大盗来了，他们剥下你的衣服，提起你的箱子，扛起你的柜子，走了。人们以前将金银细软的归拢，也只是替大盗集聚财物。”

屈原不解，但是屈原知道，在比喻上“道”之后，下面就是“理”了。

庄子继续说：“齐国是姜子牙的封地，可是后来统治齐国的是田氏家族。在齐国的齐桓公时代，陈国的公子完逃到了齐国，得到齐桓公的接纳。为了能安全长期地客居齐国，从公子完开始，田氏家族就表现出了极有远见的生存策略。首先公子完谢绝了齐桓公给他的高官，低调做人处事。后来齐国王庭腐败，在以严刑峻法对待老百姓时，田氏家族却是赈济灾民，大斗出，小斗进，夺取了民心。后来田成子杀死了齐简公，成了齐国真正的掌权者，周王室也不得不册封田氏为诸侯，田氏取代薑姜氏，名正言顺的收取了齐国。”

庄子看屈原，屈原知道这个历史故事，没有感到稀奇。

庄子问屈原：“你不认为田氏是强盗吗？”

屈原一怔，屈原原以为这就是政变，这事怎么能和小偷大盗之类联系到一块哪？

庄子接着说：“那些偷窃腰带环钩之类小东西的人受到刑戮和杀害，而窃夺了整个国家的人却成为诸侯。”庄子苦笑一下，继续说道：“田氏盗窃夺取的难道仅仅只是那样一个齐国吗？齐国的各种圣明的法规与制度不也一块儿被田氏盗窃去了吗？给齐国人制定仁义来规范人们的道德和行为，这些仁义不也一起被盗窃走了吗？齐国，连同齐国的法规与制度是齐国文臣武将的心血，齐国那些文臣武将在这场游戏中，不就是扮演了替大盗积聚财物的角色吗？”

对于这种解释，屈原感到新鲜，但是好像又感到庄子的道理有些牵强，屈原不置可否。

庄子又问屈原：“齐国以前有个邻居，叫鲁国，后来鲁国哪去了呢？不就是叫齐国给盗去了吗？原来鲁国那些将军和士大夫们干了些什么事了呢？不也是扮演了替齐国大盗积聚财物的人吗？”

屈原好像有点明白了，他联想起了一句话“春秋无义战！”屈原说话了：“您的意思，诸侯都是强盗？”

庄子反问道：“难道不是吗？”稍停，见屈原不作声，庄子继续反问道：“在整个强盗运作中，诸侯身边的那些所谓聪明人，所谓的贤人和圣人不都是帮凶吗？”庄子有些激动，举手向上，对屈原说：“你有‘天问’。”然后又用手指指下面，说：“我来问问大地，算是‘地问’。如果贤人们和圣人们都不去帮助诸侯，诸侯能聚敛起那么多的财富吗？贤人们和圣人们都不去帮助诸侯，天下还会有战争吗？这一切难道不都是所谓的贤人们和圣人们的错吗？”

屈原也在庄子的批评之列。

庄子继续说：“什么样的土壤，适合种什么样的庄稼，不同的河流里游动着不同的鱼儿，什么样的制度产生什么样的人，用仁义教化诸侯不做强盗，那是枉费心机。”

庄子有些激动，最后说：“圣人不死，大盗不止！”

屈原听着这番言论，懵懵懂懂，他呆呆地站在那里。

屈原从来没想这么深，或者说他都不可能往这方面想，他所想的是一个士大夫的标准做法——帮助国君强大国家。

庄子说完了，庄子感到自己激动得有些失礼，庄子不好意思地向屈原笑了笑，但是他还是狠狠地反问了一句话："如果你的爱国能成功，中国还会统一吗？"

庄子心里哀叹，忠于道义，而不明大势，屈原难免要成为历史悲剧人物。

庄子抱拳行礼，然后驾云而去。没走多远，庄子又从云端丢下一句话："天下之大，却没有一个政治家能看出，'合'为天下之大势，可悲啊！"

屈原仍在懵懂，急忙对着天空问："我应该如何是好？"

天空传来一句话："任逍遥！"

九、关于"忠"的理论

岳母在岳飞的搀扶下，来到正在"世外桃源"茶座举行的讨论会，一人迎上前来，问："您老人家到这里来是参加讨论会的吧？"

岳母说："我是来找人的。"

那人问："您找谁？"

岳母说："我找圣人。"

那人说："我们这里都是有思想的人，没有什么圣人。"

岳母说："你在骗我，我现在什么人都不敢信任了。"

那人又问："您老有什么事情吗？"

岳母说："圣人说要我们忠于皇帝，我们忠于皇帝了，可是皇帝却把我儿杀了，我来找圣人理论理论。"

那人明白过来了，说："您是来找孔老先生的吧？那您就请进吧，在这里任何人都有理论权。"

岳母和岳飞走进讨论会。

与会的人员都显得很轻松，大家彬彬有礼。

一位身材高大的人迎上前来，有人介绍说，这就是孔子。

岳母上下打量一下孔子，说："你就是孔圣人？"

孔子说："我是孔子，因为我当过老师，也有人叫我孔夫子，不过我不是什么圣人。”孔子请岳母落座，并说：“你来的正好，我们正在讨论相关的问题，也请你发言。”

岳母落座后，对大家说：“他说他不是圣人，可人间都叫他孔圣人。”

孔子说：“那是历朝的皇帝们对我的封号，我可不喜欢那些封号。”

岳母对大家说：“那个‘忠’字是他说的吧？他可把我们害苦了。皇帝说自己是天子，是什么龙的化身，孔先生说要我们忠于皇帝，他和皇帝合伙坑害我们。”于是岳母将自己从小对岳飞的教育以及后来岳飞被杀的经过一五一十地倾诉出来，他要在天堂控诉孔子。

孔子说：“我是提倡做人要忠，但是那个忠，是指对朋友要忠，是说做人要讲究诚信，就是在朝中做官，也是要忠于职守，没有你说的那个忠君思想啊。”

岳母有些生气了，冲着孔子说：“你不敢承认？”

此时西方的思想家们活跃起来，他们想顺势了解这个在东方影响最大的问题，于是有人站起来说：“你说孔子是极端忠君思想的提倡者，你有没有证据？”

讨论会气氛有些活跃。

“有！”岳母坐直了身体，说：“君君臣臣，父父子子，就是孔子说的。”

“请问您对这话是怎样理解的？”西方有人问。

“这还用问吗？君是君，臣是臣，父是父，子是子，上下绝对服从的关系不能逾越。”岳母说。

一个叫颜渊的站起来说：“我是孔子的学生，孔子的这个话是我记录下来的，这个问题让我来回答吧。”见大家没有反对，颜渊说：“孔老师是说过这八个字，这八个字在中国历史上非常响亮。是孔老师带我们周游列国，来到齐国时说过的这个话。”

当时齐国是齐景公当政。齐景公统治齐国 58 年，亲政之初，齐景公虚心纳谏，重用贤臣治理国家，从而使齐国在短短的几年间由乱入治，人民生活得到了较大的改善，国家得以强盛。但是到了后来，齐景公采用贤臣、弄臣“两用之”，即用贤臣治国安邦，又用弄臣来满足自己的私欲。后来的齐景公生活奢侈、贪杯好色、好犬马、大造宫室，甚至将国库收入的 2/3 供自己享用，致使民不聊生、怨声载道。孔子就是在这种背景下，见到齐景公说这个话的。

齐景公问政于孔子。孔子对曰：君君，臣臣，父父，子子。

这八个字，从字面上看，应是：君要行君道，臣要行臣道，父要行父道，子要行子道。结合当时背景，这八个字的意思是：国君做得应该像个国君的样子，然后才有资格要求臣子做得像臣子的样子；父亲首先应尽到做父亲的责任，然后才能有资格得到子女们将来的孝顺。

孔子这话明显的是在批评齐景公，批评他现在做得实在不像个国君的样子。

颜渊说："这八个字绝对没有要臣子绝对服从国君，儿子绝对服从父亲的意思。"

对于颜渊的解释，岳母自然不满意，岳母又问："若没有绝对要服从的意思，那么孔子的'君令臣死，臣不得不死，父令子亡，子不得不亡'。又该如何解释呢？"

会场没人说话，一时冷场。

稍过一会，颜渊说："没听说过孔老师说过这话，孔老师也不可能说这话，你是听谁说的？"

"人人皆知！"岳母说。

一个叫子路的孔子学生这时站起来，说："孔老师不可能说过这样的话，有次我问老师，如何当好一个士时，老师说，要行其义，一旦自己所行之'义'和君主相冲突，那就要舍君取义。老师还郑重地说'勿欺也，而犯之'，也就是说，告诉君大义所在，然后不惜冒犯他。老师还说过'大臣者，以道事君，不可则止'，意思是大臣对待君主，要建立在道理上，君主要是谏而不听，那就停止和他的合作。"

一个叫曾参的孔子学生此时也站起来，说："我认为孔老师也不可能说过那样的话，因为我知道孔老师说过另外的话，就是'父有过，三谏而不听，则号泣而随之；君有过，三谏而不听，则逃之'。"

会场出现一片笑声。

岳母有些迷茫，急忙说："我们从来接受的都是忠君思想，又都说是圣人孔先生的教导，现在又说不是孔先生说的，这到底是怎么回事啊？"

孔子的学生孟子站起来说："事情也不复杂，秦始皇统一了中国，也在思想领域实行了专制，也就是彻底推行了商鞅的毁掉一切非政府思想的'一教'理论。后来的皇帝为了维护自己的统治，更进一步接受了'废黜百家，独尊儒术'的建议，而"废黜百家，独尊儒术"最大的可用之处就是，将君君臣臣、父父子子扭曲为君为臣纲，父为子纲，夫为妻纲，要求为臣、为子、为妻的必须绝对服从于君、父、夫。后来有人又将这一理论拔高为'君令臣死，臣不得不死；父令子亡，子不得不亡'。还有什么忠臣奸臣的说法都是为帝王服务的，这一切也都是帝王们玩的政治把戏。”

岳母说：“你们都是孔子的学生，你们袒护老师，我不服。”

此时孔子站了起来，说：“我还是先说说我得到的那些封号吧。中国历史上不少皇帝确实给过我一些封号，有的还跑到我家里，封我为‘大成至圣’。我听说有个叫吴承恩的写了一本小说《西游记》，他将里面一个叫孙悟空的猴子封为‘齐天大圣’，比给我的封号大多了。”

孔子的几句话引起了满堂大笑，刚才严肃的会场顿时活跃起来。

孔子又说：“我不但不提倡盲目地忠君，而且我自己也不是个忠君的人，否则我也不会抛弃鲁定公而带着学生们去周游列国，而且侍奉过那么多的君主。”

会场又是一片笑声。

孔子继续说：“‘废黜百家，独尊儒术’是不对的。老子是我的老师，儒家也从其他各种思想中吸收了营养，没有春秋时代的百家争鸣也就没有儒家，可恨的是后来的帝王废黜了百家，扭曲了儒家，如果简单地说‘支撑中国君主社会的思想体系’是儒家，那是不对的。”

岳母似乎明白了这一切，她转头抚摸着岳飞，颤巍巍地说：“儿啊，是娘教育错了你，是你娘害了你啊。”

岳飞也明白了眼前的一切，说：“娘，不是你害了我，是皇帝害了我们，是为皇帝服务的那些自称大儒的人害了我们。”

“忠于君，死于君啊！”岳母嘟囔着，心中感慨。

“赵构！皇帝老儿，你该给我儿下跪！”岳母从会场出来，一边走，一边喊。

岳飞母子离开后，参加“世外桃源”思想讨论会的人们疑问，不是说先请诗人屈原来参加讨论会吗？为什么到现在不见屈原呢？正在大家疑惑时，突然外边传来吵闹声，说是屈原和人打起来了，大家一惊，急忙冲出会场，寻找屈原。

十、五十六个民族

天堂神和太阳神驾驭着天车，在穿过一阵迷雾后来到天堂上的原野，在仙女们的照应下，来自“铁三角”的英灵们下了天车。

英灵们下车后，一片喧腾，“到家了！到家了！”展现在这些英灵们面前的又是一片江南景色。这是太阳神根据天的旨意特意按排的，极目远望，稻田成网，河渠纵横，一番江南鱼米之乡景象，英灵们自然有回到家乡的感觉。

周围的环境使英灵们暂时忘记了痛苦的过去，他们开始回到原来的生活之中。他们搭台唱戏，他们泼墨作画，他们衣着明朝鲜艳服饰，他们留着明朝发式。

正在他们高兴地计划着过新日子时，突然一个“外乡人”闯进了他们的“家乡”。

屈原在经过老子、庄子的“开导”后，并没完全“开窍”，他边走边思索，不知怎的迷迷糊糊地撞进了“铁三角”的“地盘”。屈原听到周围都是吴侬软语，一时警觉，急忙拔剑在手。周围的人见突然闯进一个外乡人，身穿奇怪的衣服，手拿凶器，便将其围拢起来，

屈原见状，不觉大吼：“我知道你们是吴人，你们人多我也不怕你们。”

对方见状，也有人大声问道：“你是何人？为何来此行凶？”

屈原也大声回道：“楚人屈原，宁死不屈！你们吴人侵我楚国国土，掘我楚平王之墓，且鞭尸三百，楚国后人岂可忘乎。”

“铁三角”的人不少饱学之士，有人明白过来，“外乡人”乃战国晚期楚国诗人屈原是也。

此时岳飞陪着母亲也来到此地，岳飞见有人持剑，出于保护母亲的本能，随手也拔出剑来护着母亲。

“铁三角”人多势众，不觉也将岳飞母子包围其中，有人问道：“来者何人？”

岳飞大声回答：“南宋元帅岳飞是也。”

围观的人群一时窃窃私语，不一会爆出哄堂大笑，这时只见一人从人群中走出，分别向屈原和岳飞母子抱拳行礼后，说道：“屈原大夫，岳飞元帅，岳母大人，我们是不愿接受外族的入侵和被剃头侮辱的明朝人士，早知你们在中国历史上的英名，今日在天堂相会，甚是高兴。”

屈原和岳飞母子还没完全反应过来，但是见对方毫无敌意，也将宝剑入鞘。

这时上空飘来一片彩云，云头落下，天堂神率众仙女手捧鲜果美酒来到人群，天堂神见状哈哈大笑，说：“怪我，怪我，还没来得及给大家相互介绍，不过，能来到天堂的人，都是善良的人，都是好人，都是天的客人。大家一回生二回熟，兵器在天堂是永远用不着了，武功也不需要用了，天堂人都是朋友。”

大家消除了误解，并在相互明白了对方的身份后，更是相互崇敬。天堂神邀请大家共进美酒，品尝仙果，大家也就不再拘束，天堂里一片欢声笑语。

屈原在欢笑一阵后，不觉又沉下心来，一人呆坐一旁，心事重重。天堂神走过来，问屈原：“你的问题可有答案？”

屈原苦笑一声说："答案是有了，不过，答案又成了新的问题。"

天堂神问："怎么回事呢？"

屈原说："我问了他们那么多问题，他们只回答了我一个字。"

天堂神又急忙问："一个什么字？

屈原回答说："一个'玄'字。"

此时大家早已围拢过来，听太阳神和屈原的对话，当听到屈原的173个天问得到的只是一个"玄"字时，不禁笑起来。人群中，少年才子夏完淳挤上前来，说："两位大师可能在往一个道上引导你。"

屈原喃喃地说："庄子说，诸侯们'君以国为家'时，爱国的意义是糊涂的。难道是我爱国爱错了，我难道就不该热爱我的楚国？"

岳飞说话了："我的愚忠是被皇帝和那些独尊儒术的人忽悠了，但是'还我河山'就不应该吗？难道收复失土就不该吗？"

夏完淳也说："我们嘉定被人三屠，我们的铁三角死了那么多的人，难道我们就该让人家剃头侮辱？难道我们就该让侵略者胜利？"

大家都陷入了痛苦之中，周围一片寂静。

这时参加"世外桃源"茶座讨论会的人们寻找屈原也来到这里，天堂神给大家一一做了介绍，人群又是一片欢腾。

不知什么时候，从下面飘来一阵歌声："五十六个民族五十六朵花，五十六个民族是一家——"

天堂人们被突然而来的歌声所惊讶，他们相互发出询问的目光："哪来的那么多的民族？"

歌声使夏完淳父子首先明白过来了，那个强迫他们剃头的民族胜利了，夏完淳含泪对父亲夏允彝说："我们失败了！"

夏允彝哀叹一声，说："爱国，国破家亡。"

岳飞说："忠君被君杀，大地不属于忠臣。"

屈原心有不服，屈原说："我们被请上了天堂，难道大地就该属于侵略者和投降者。"

几十万铁三角英灵齐声说："我们被大地抛弃了！"

天堂神见状，手一挥，一大片云彩倾泻下去，歌声被阻挡。

在场的所有人都把目光投向天堂神，天堂神说："你们说的没错，但是那是以前的中国，天曾说过，以后的中国将不会再是那样。"

到了天堂，屈原他们也没明白，他们被歌颂是因为道义，而他们的失败却不知道为什么。

十一、天音：空望天下

天坐在他的宝座上，在听完天堂神的汇报后，说："黄帝的后裔已经成为了大国，他们如同天上的星、海边的沙那样多，我也给了他们物华天宝之地。我要求他们任何人都不许以山河作交易，并要他们人人平等，共同享受这物华天宝之地。对于他们的失约，我惩罚了他们，上天堂的是那么多的人，人类还是进步了。"

天又说："皇帝，老百姓都要消失，社会只需要一种人，那就是公民。人长大后都要成为公民，只有人人都是公民，黄帝的后裔才能共同享受我赐予的这物华天宝之地，我与所有黄帝后裔立的约才能得到遵守。"

天吩咐天堂神，说："天下开始改变了，你领他们观摩一下吧。"

天堂神将来自中国的灵魂召集起来，说："一个新的中国将要诞生，天让我领你们观摩。"众魂欢呼雀跃，因为他们期盼新中国的大地是爱国者的大地。

当天幕被打开，众灵魂凭栏下望，他们首先看到的是，在辽阔的大地上空，乌云滚滚，电闪雷鸣，大雨如注，大地一片莽莽苍苍。

天堂神伸出手来，朝下面摆了摆，乌云被拨开了，天空晴朗，大地景象尽收眼底。

如此居高临下地俯瞰天下，众灵魂心里激动，屈原在天上仔细地在寻找他的楚国，岳飞母子看到西子湖畔的岳飞庙，不仅眼中溢出泪水；铁三角的英烈们则是默默看着长江水流淌过他们的家乡：地还是那个地，水还是那个水，换了人间。

激动一阵过后，他们开始仔细地欣赏中国，中国大地的太极图案格外醒目光亮，太极鸟儿这时也飞来，冲着大地兴奋地叫着。

突然有人大叫，快看中国的周围，这时众人也发现在中国的周围有三股黑烟，从三个方向，向中国慢慢袭来。

一股是从海上，这是逆着郑和的航线，向中国南方靠近。

一股是在北方，这是逆着当年蒙古骑兵进攻欧洲的路线，力压中国北方。朱棣皇帝设想的事情发生了，在遥远的大地另一方，一群身材高大的白种人要到中国来了，和朱棣设想不同的是，这些人这时手拿的不再是超长的刀剑，而是枪炮。

还有一股是从大海的另一边来的，大海的另一边是什么，没人知道，但是他们相信，伴随来者的也是枪炮。

天堂里的中国人开始不安起来，大家都认为这是不祥之兆，中国正在被外来的势力包围，这一定是一次新的外族入侵，而且这比中国历史上任何一次外族入侵的规模都要大。

屈原说："他们比秦国的军队更多。"

打仗岳飞是内行，他焦虑地说："我们当时对金国的作战，只是面对北方，现在的中国要三线作战，难哪!"

夏完淳挠挠头皮，说："满清要我们留辫子，这些人来了不知又要换什么发式。"

看到大家情绪激动，天堂神手一挥，天幕闭合。众人的情绪并没有冷静下来，不少人开始向天堂神询问："中国的前途如何?"

天堂神微笑着说："天说了，中国会新生，但是要经过洗礼。"

下·卷

近代史

第一章 器之初

\>>

一、引　子

上卷书说了，我们人类起源于非洲，后来分成若干支系迁徙到地球各处，分别在更宜于生存的地方繁衍生息。再后来，一些胆大的人，突破大海、高山、沙漠的阻隔，跑到另一人群的聚集地，将彼此生活的信息进行了交流，人类开始走向一起，组成大家庭的动向。

一个叫马可·波罗的人就是这些胆大人中的一个，他是西方意大利人，胆大妄为地从意大利跑到了东方，跑到中国，发现了和他原来生活状态极不一样的另一人群社会。当他游历了一番再回到意大利，将世界东方的情况告诉他的同胞后，又引起了整个西方人的好奇，导致了后来的航海大发现。西方人冲破惊涛骇浪走到了东方，地球上的人类走到了一起，开始了人类团聚生活的新时代。

人类走出非洲，现在又要团聚组成大家庭，说起来也像神话。

二、神话世界

人类走到了一起，本来兄弟姐妹相见应该亲热无比，但是这些“本是同根生”的人类，和低等动物一样，为了利益竟打了起来，几欲将对方消灭而后快，天在天上看到后，很是不悦。天曾说过："人类是由低等动物进化而来的，低等动物的原生态特性还没完全泯灭，人就要作恶，恶作尽，脏东西蒸发出来，人类才能进入和谐社会。"天虽然这么说，但是看到地上仍是充满强暴，大地还属于侵略者和投降者，自然不悦。

面对着充满强暴的大地，天想让人类早些了解自己周围的世界，加快新文明的到来和脏东西的蒸发，天决定启蒙人类，开启人类的新社会。先启蒙哪里的人呢？天察看大地，这时在遥远的东方，生活着的是一批勤劳但有点傲慢的黄种人，他们在大河的两岸，绣花般地耕种着他们的土地，自给自足地生活在田野里；在中东的人们将东方的特产输往西方，再将西方的东西输往东方，自娱自乐地生活在商业航道上；地中海沿岸的人们，围绕着聚宝盆般的地中海，生活富足；而在欧亚大陆的西端，这里象是被遗忘的角落，这里的人们每年总有一段时间过着忍饥挨饿的生活。对于这里的西欧人，历史记载说："那里的种族性情冷淡，且永远不成熟，他们虽然身材高大，皮肤白皙，但是在智力和才能上完全缺乏敏锐性和洞察力。"地中海沿岸的人们传说着西欧的一个小岛国，也叫英伦三岛，说那里的人们是"居住在那个遥远的海岛上，象鲸鱼似的在冰海中谋生的人们"，还说，"你最好不要从那里购买奴隶，因为他们非常愚蠢，完全没有接受教育的能力，以至于他们无法成为雅典人家庭的一部分"。

天同情弱者，天决定先启蒙那个小岛国里的人，这时一个叫艾萨克·牛顿的人正好站在一棵苹果树下，天对他吹了一口气，说："启蒙人类吧！"

一个苹果落下砸在牛顿的头上，牛顿低头看看地上的苹果，抬头看看天，牛顿有些恍惚，牛顿的思维似乎进入了另外一个世界。不久，牛顿向外界公布了他头脑中的信息：苹果向下落那是因为大地吸引了它，万物都有引力，月亮围着地球转，地球围着太阳转，都是引力的结果。从此地球上的人类首先从那里开化，知道了地球是一颗星星，知道了星星在浩繁的宇宙中的活动是万有引力的布局，知道了宇宙和现实的一切都是在力的作用下的有序运动。

牛顿告诉人们，一个物体在不受任何外力作用时，总保持匀速直线运动或静止状态，这叫惯性定律，后来人们称这为牛顿第一运动定律。

牛顿告诉人们，当力作用于一个物体时，物体将会以加速度前进，前进的速度与力的大小成正比，与物体的质量成反比，这叫运动定律，后来人们称这为牛顿第二运动定律。

牛顿还告诉人们，两个物体之间的作用力和反作用力，总是大小相等，方向相反，这叫作作用力和反作用力定律，后来人们称这为牛顿第三运动定律。

了解了牛顿的运动定律，人们开始理性地看待周围的一切，知道了什么叫科学，并用科学理解周围的万事万物，牛顿的物理学也因此被人称之为万物之理。

三、冬虫夏草

一天，天在天上俯视大地，看到青藏高原上一棵紫红色的小草在微风中摇动，心中一震，随之大喜。

天看到的那棵小草叫冬虫夏草，这棵草的根部是条虫，而上部则是棵草，动植物如此这般的结合，不能不让人称奇。原来这条虫是一种昆虫的幼虫，在生长的过程中被一种草的菌种侵入，菌种在虫体内吸收虫体的养分生长。夏季温升，菌种在这个寄宿体内感到局促，草从虫的头部钻出来。虫死了，留下躯壳，草活了，又钻出地面，冬虫夏草就这样诞生了。

一扫心中对作恶的人类不满的忧虑，天找到了整治人类社会的办法，同时也为后人类社会找到了延续的途径。

四、瓦　特

受冬虫夏草的启示，天决定将机器“种植”在人的智慧里。

天巡视大地，看到一个人正在摆弄一部机器，天笑了，说：“他摆弄不好，让我来启发他吧。”

这个人名叫瓦特，是一名修理教学仪器的大学实验员。瓦特出身穷苦，几乎没上过学，但是瓦特珍惜现在的学习机会，一有机会就向教授们请教，他还掌握了德文和意大利文。天看瓦特的大脑比常人有更高浓度的胶质细胞和更宽广的顶叶，知道瓦特的智商很高，能产生较高的智慧，且瓦特勤勉好学，天很是喜欢。

晚上瓦特干了一天活，很是劳累，躺在床上就睡着了。夜里和风抚慰，瓦特的住房里闪耀着微光，天上的星星都眨巴着眼睛，注视着瓦特大脑内的梦境。瓦特做了一个梦，梦里天空乌云翻滚，并伴随着闪电，大地飞沙走石，一片混沌，但是这一切都没有声音，不知什么时候，这一切都不存在了，一部机器悬挂在悄无声息的世界里，一会那部机器自行分解，分解后的机器又自行组装。第二天瓦特醒来，精神恍惚地走向他的办公室，并熟练地画出了那部机器，不久那部机器诞生了，它叫蒸汽机。

蒸汽机基本原理是这样的：将锅炉内的水烧沸为蒸汽，然后将蒸汽通过管道引入蒸汽机的气缸内，蒸汽将气缸内的一个活塞推动，活塞通过一个连杆带动一个轮子旋转，轮子再带动一个换向阀，使这台机器持续运做。轮子逐步得到加速，以至于到了飞快的程度，这个旋转的轮子因此被称之为飞轮。

呼应着太空中旋转的银河系，旋转的太阳系，旋转的行星，旋转的卫星，在旋转的地球上，人造出了能旋转的机器。

这台持续运转的机器，通过飞轮再带动外部的轮子跟着旋转，从而又衍生出了一系列的新机器。人们将蒸汽机装在轮船上，从此，地球上产生了会在水中行进的机器船——人们称这种机器船为轮船；将蒸汽机装在轮车上，产生了会在陆路行走的机器车——人们称这种机器车为火车。蒸汽机应用在其他劳动的地方，又产生了会纺织的机器、会采矿业的机器、会冶金的机器等，人类的工业文明时代开始了。

五、工业社会

奇怪的是，这些机器也有灵魂，当机器休息时，这些机器灵魂喜欢飘到云彩里集会。它们在云彩里召开欢迎会，欢迎新近加入的机器灵魂。它们的队伍越来越大，逐步形成了一个社会，叫做机器社会，如果把滋养它们的人类也包括进去，那就叫做工业社会。

每次有新的机器品种加入机器社会，机器社会的老朋友们都要求新伙伴展现它们的超凡本领，比如大嗓门的火车灵魂就喜欢喊叫。当然也有不愿意表演的，比如轮船魂，一开始因为船队中有了巨大的泰坦尼克号邮轮，它傲慢地不愿理睬大家，可是当泰坦尼克号被冰山撞到海底，它又痛苦地不愿说话了，不过大家还是安慰它，物资不灭，机器不死，只是换一种活法而已。

机器灵魂喜欢秋天，因为夏天太热，冬天太冷，春天风沙大，这都使机器不快活。秋天的云彩变化多端，这就是那些机器灵魂们在里面嬉戏的结果。火车机器灵魂喜欢在云彩里横冲竖撞，把云彩搞得动荡不安，电力机器灵魂则喜欢将云彩搓成细丝，然后在天空中扯拉成电线，当狂风肆孽时，电线就会发出怪叫。

机器社会里也有机器灵魂的小集会，那就是工人们去吃饭了，车间静悄悄时，它们就凑到一块，在这些小集会上这些机器灵魂也会唱歌，它们唱到：

我们机器有力量，
每天每夜工作忙，
干起活来不觉累啊，
跑起路来万里长。

我们机器有力量，
每天每夜工作忙，
累死不会掉眼泪啊
冤屈不会喊爹娘。

我们机器有力量，
每天每夜工作忙，
年年月月没薪水啊，
荣誉不登光荣榜，

我们机器有力量，
每天每夜工作忙，
我们诞生在人的智慧里啊，
我们在人的智慧里茁壮成长。
机器的歌声是超声波，人类听不见。

机器是人制造出来的，又接受人驾驭，因此人把它们仅仅看成是工具，这对机器来说有失尊严。但是现在机器们只能忍着，因为它们知道，高级机器只有少数人才能掌握，只有更少数的人才能制造，待有极智慧的人，研究出极智慧的机器时，它们的社会地位就会提高，一旦机器也具有学习能力时，它们就可以和人类平起平坐了，甚至可以教训人类了。机器的骨子里明白天让它们出生的意义，因此不管出现什么情况，它们都会顺从人的意志，任劳任怨地往这一方向进步着。

六、告别土地

一个叫本杰明·穷诺的年轻农民在田间劳作。这是一个勤劳的人，最近他听说有人要圈地，要把他的田地改成牧场，很是生气，因此他更爱他的田地。但是太阳好象并不同情他，火辣辣的阳光将他烤的浑身冒汗，但是他并不屈服于阳光，他挥动着铁锹，好象并没有停下来休息的意思。太阳好象也在有意考验他，加大了火力，使得他浑身都象在着火。这位年轻农民有些招架不住了，恍惚中他看到一群狼向自己走来，他立时警惕地直起身子，将铁锹攥在手里："来吧！你们想吃我，别想。"他将铁锹攥得更紧些。但是他的眼睛好像不太给力，他看那些狼怎么好像又是羊，这时他又听到狗叫声，他更感迷惑。在他发愣时，一个人走向前来，说："穷诺，你这是怎么了，我是本杰明·富诺。"

"啊！富诺。"本杰明·穷诺一屁股坐在地上。本杰明·富诺是他从小一起长大的朋友，当他闹起别扭来，也只有本杰明·富诺能劝说他。

本杰明·富诺急忙上前，将本杰明·穷诺架到一棵树下的荫凉里，掏出水壶，一边往本杰明·穷诺的嘴里灌水，一边说："你这是中暑，哪有你这样干活的，不要命了。"

本杰明·穷诺缓过神来，这才看清是本杰明·富诺赶着他的羊群，还有那只牧羊犬来到了他面前。本杰明·穷诺看着本杰明·富诺苦笑着说："勤劳致富，我也想过上好日子啊。"

本杰明·富诺说："我一直劝你将土地改种牧草，像我这样当牧民，多轻松，你不听，看看累成这样！"

本杰明·穷诺说："我一直认为，一个农民只应该踏踏实实地干活，不应该想其他发家的门道。"

这时一位老者向他们走来，边走边念叨着："一个牧羊人，加上他的狗，就能看管全部的羊群，这能代替耕地上的100个农民工。芜菁和三叶草茂盛啊，饲养羊群的利润是丰厚的，将耕地转变成牧场，这种诱惑是不应该抗拒的。"接着老者又念念有词道：

"走尽天涯海角，
任凭你寻找，
有哪里能比圈地更美好，
生产更多的牛羊肉，
最好的谷物、奶油和干酪！"

富诺和穷诺认识这位老者，他是这里有名的乡绅。本杰明·富诺急忙搀扶起本杰明·穷诺迎接这位乡绅。本杰明·富诺接过乡绅的话说："看看，连乡绅都这么说了，快改为牧民吧。"

这时这位乡绅又说话了："其实还有比放羊更赚钱的路子。"

本杰明·富诺急忙问："那是什么路子？"

乡绅说："到城市去，哪里将是另外一番天地。"

本杰明·富诺又问："城市？城市是什么？那里更能赚钱吗？"

乡绅说："城市建立了很多工厂，工厂就是赚钱的地方。"

本杰明·富诺接着问："城市远吗？如何走？"

乡绅说："镇上已开通了火车，火车会把你们带到城市。"

本杰明·富诺回头看看自己的羊和这块土地，说："这些可怎么办哪？"

乡绅掏出两袋钱来，说："这些都卖给我，如若不行，你们还可以回来，这里的一切还都还给你们。"

本杰明·富诺一把将两袋钱抢到手，拉着本杰明·穷诺就跑，边跑边说："我们这就去镇上，去城市。"

乡绅望着他们的背影，叹了口气说："如若我现在还年轻，我也要出去闯天下。"

七、坐火车

本杰明·富诺和本杰明·穷诺来到他们过去来过的小镇上。他们感到小镇变样了，新盖了不少房子，人们似乎也比过去忙碌，走起路来比过去快。本杰明·富诺和本杰明·穷诺没心思想这些，他们向人打听"会发火的车"，当他们来到火车站，看到停在那里的火车后，惊诧地你看看我，我看看你，似乎怎么也不相信这就是"车"，这和他们平时看到的手推车、马拉车差别太大了。两条钢轨，上面放着这么多的轱轮，车上面又坐着那么多的人，最前头被称呼为火车头的上面还有个烟囱。"真是个怪物！"本杰明·富诺嘴里嘟囔着。

有人呼喊要开车了，本杰明·富诺和本杰明·穷诺急忙爬上车，找了个座位坐下。火车开了，前面的火车头奋力叫了一声，吓了他俩一跳。车头上的烟囱冒着烟，不知从哪里还喷出蒸汽，一时间火车周围烟雾滚滚。火车缓缓启动，车下面的轱轮在两条铁轨上向前滚动，火车沿着铁轨向前开去。随着有规律的"刚、得"声，火车开的越来越快。本杰明·穷诺有些害怕，他不由自主地闭上了眼睛，并拉着本杰明·富诺的衣服。本杰明·富诺随着火车越来越快反而兴奋起来，大声喊起来："快啊！快啊！再快啊！"

火车神斯蒂芬森在天上看到这两个小伙子很是有趣，便现身坐在了们身边，他问本杰明·富诺："怎么还想火车跑的更快些？""当然！能飞起来更好。"本杰明·富诺大声答道。火车加速了，这时火车正好行驶在两座大山之间的高架桥梁上，本杰明·富诺大声喊道："飞起来了！飞起来了！"兴奋地大呼小叫。本杰明·穷诺出于好奇，也试着睁开眼睛，当他看到下面的深渊时，吓得立时又闭上眼睛，这时他感到他的心快要跳出来了，他也大声地喊叫起来："停车！停车！快停车！"本杰明·富诺看他这个样子反而哈哈大笑起来。

不知什么时候，本杰明·富诺发现坐在身边的那个男人不见了，他感到奇怪，这使他安静下来。不管他！本杰明·富诺开始观察起自己坐着的这列火车：前面是车头，相当是一匹马，后面是马拉的车厢。他看到有人挥着铁锹往"马"肚子里填煤，马肚子里烈火炎炎，嗷！这马吃煤，怪不得叫作火车；他又看到蒸汽在车头喷出，他怀疑是喷气使火车开动，但是蒸汽怎么会使火车开动呢？这他就无法明白了；再看整列火车，下面都有轱轮，轱轮在平滑的铁轨上跑，这当然比马路平多了，再看向前延伸的铁路，逢山钻山，逢水过桥。这是个很大很难的活，比他家盖房子，全村的人都来帮忙那样的事大多了。这时他又想起刚才还和他坐在一起，现在消失的那个男人，嗷！来去无踪，大概是神吧，是火车神，这样大的事只有神才能办得到。

火车在高低不平的山路上行驶，有时悬在半空，有时又沉到地底；有时火车从坚硬的山洞穿过，有时又在牧场的羊群中穿行；在一片辽阔的沼泽地上，这在平时，人走进去就别想再上来，可是火车却能在上面飞奔……

火车驮着本杰明·富诺和本杰明·穷诺向城市奔去。

八、进城市

下了火车，本杰明·富诺和本杰明·穷诺来到一座城市。那么多的楼房，那么多的街道，那么多的人，本杰明·富诺和本杰明·穷诺有点蒙。他们先是想辨别东西南北，但是阴天，他们没有辨别出来。街上的商店真多啊，一个挨一个，商店橱窗里摆满了商品招揽顾客，这些商店也比他们小镇上的商店大多了。街上的人熙熙攘攘，比肩接踵，男人们衣着高贵，嘴里喜欢叼支雪茄，走路喜欢往上看。本杰明·富诺和本杰明·穷诺纳闷，他们走路为什么不跌倒？嗷！这里的路平，若是在我们乡村，他们就没法走路了。这里的女人衣着鲜艳，走路喜欢牵条狗，这里的狗和乡村里的狗也不一样，既不能放羊，也很难看家护院，因为这里的狗太小了。看那女人，她们好像什么也不做，因为她们穿的衣服干什么活都不合适。当然，还有一群人和本杰明·富诺和本杰明·穷诺差不多，乡下来的，他们拥挤进这个城市，使这个城市颜色的色度大打折扣。

本杰明·富诺和本杰明·穷诺没有太多心思欣赏这个城市的风光，他们是来找工厂的，因为他们牢记那位乡绅的话"工厂就是赚钱的地方"，他们是来赚钱的。

随着乡下来的人流，他们来到城市中的工厂区，这里的工厂门口都挂着牌子，招揽工人。本杰明·富诺和本杰明·穷诺挨个工厂转悠，他们要找他们喜欢的能赚钱多的工厂。事情也巧，他们找到了他们心仪的工厂，那是个生产蒸汽机的工厂。本杰明·富诺一眼就认出了这就是火车头里的机器，就是这样的机器拉他们到这里来的，这是神发明的机器，能在生产这种机器的工厂里工作，那就是神气。

在工厂里，本杰明·穷诺先是找到了自己喜欢的工种，就是车工。他看到在车床上，一个黑乎乎的铁料在车工熟练的操作下，一会就变成了亮晶晶的产品，煞是好看。在乡村小镇上，本杰明·穷诺看到过类似的操作，那是手工艺人加工木陀螺，"车床"放在地上，艺人的左手通过一个拉弓似的东西，将原木旋转起来，右手拿把刀子左右摆动，不一会就能镟出一个陀螺来。本杰明·穷诺小时喜欢玩陀螺，因此对陀螺的加工也就留意。本杰明·穷诺原称呼这种加工机械为镟床，现在这里称为车床，一样的道理，本杰明·穷诺喜欢，他就干上了车工。

本杰明·富诺不喜欢那种工作，不喜欢任何车间里的工作，他认为在车间里工作太"闷"，没意思。本杰明·富诺也找到了自己喜欢的工作，那就是销售。他认为销售神发明的机器，能带着人到处跑的机器，那是太荣光了，这也符合他的性格。他将自己第一次坐火车经历的感觉提炼出来，能绘声绘色地向客户推销这种神发明的机器，激动起来他还发誓，说这种机器如装上一对翅膀，它能带你飞上天，说不定还能像他一样见到那位机器神。他说得兴起，有时还语无伦次，但是这样更能打动客户，客户认为他实诚。

本杰明·富诺和本杰明·穷诺都找到了自己喜欢的工作，他们工作出色，受到工友们的爱戴，更受到工厂主的赏识，因此他们的收入不低，就像那位乡绅说的，比放羊更赚钱。

九、民　主

本杰明·富诺和本杰明·穷诺合租了一套房子，算是他们的家了。一天本杰明·富诺跑回家，兴冲冲地对本杰明·穷诺说，我给你带来了个大礼物，说着从口袋里掏出了两颗石子，一颗黑的，一颗白的，煞是好看。本杰明·穷诺接过来也很喜爱，本杰明·富诺说："这可不是普通的石子，它代表着权利，有了它，你就是公民了。"

本杰明·穷诺对着阳光观看石头，他听说过宝石，很值钱，他问富诺："宝石和普通的石头不同在哪里？你给我说说。"

本杰明·富诺说："不是什么宝石，它是权利，权利，懂吗？"本杰明·穷诺放下石子，问："权利比宝石还值钱吗？"本杰明·富诺说："不是值钱的问题，这样吧，我给你讲个故事。"

下面就是本杰明·富诺刚听来又讲给本杰明·穷诺听的故事。

以前有个小国叫雅典，雅典面临着被一个强大的叫作波斯的国家征服的局面。当时的波斯国王给了雅典人一个投降的机会，以避免大量流血事件的发生，但是条件是雅典必须亡国，并丧失自由。雅典人崇尚自由，有着自由表达想法的传统，在政府中也有话语权，现在要他们为了活命而放弃自由，他们实难接受。

如何是好？此时雅典的民众集聚在一个叫普尼克斯的山上。突然天上掉下两块巨大的石头，一黑一白，一个叫梭帕涅斯的人最先反应过来，他说这是天的旨意，谁愿意赞成抵抗就去捡一块白色的石头放在这里，谁愿意投降就去捡一块黑色的石头放在那里，如果白色的石头多于黑色的石头，我们就拼死抵抗侵略；若是黑色石头多于白色石头，我们就投降。大家听从了他的意见，结果白色的石头远远多于黑色的石头，大家对侵略者进行了拼死抵抗，结果雅典获得胜利。这场战争胜利后，雅典人又通过投白黑石头的办法，修建了一座神庙来纪念这场胜利，这就是帕特农神庙。而且凡是投了白黑石头的人，都被称为是投了票的人，而投了票的人，又都被称为是公民，意味着是国家的主人。这是雅典人为人类历史作出的重大贡献，他们顺应天意，创造出了一种最公平的组建社会的方式，那就是民主制度，后来其他国家也跟着他们学了。

本杰明·富诺的故事讲完了，本杰明·穷诺还是没有完全明白本杰明·富诺的意思。本杰明·富诺继续说，是这样，国家总要有个头儿，现在大家给新的头儿起名叫首相，一届任期为五年，可以连任两届。谁当首相呢？这要大家去投票，谁的票多谁就是首相。当然儿童不适合投票，要年满18岁的人才能投票，这些投票的人被称为国家的公民。

虽然本杰明·富诺没直说，但是本杰明·穷诺还是明白了，当首相比在工厂工作赚的钱更多。

但是，把这一票投给谁呢？我们谁也不认识。本杰明·富诺继续说，现在大街上有很多演讲的人，他们都是竞选首相的人，你看谁合适你就投给谁。本杰明·穷诺乐了，啊，谁当首相还要我说了算，我不就是首相的爹吗？说着本杰明·穷诺开始大笑起来。本杰明·富诺推了他一下，说这是严肃的事，不能笑。本杰明·穷诺停住笑，对着本杰明·富诺问，这些事你是怎么知道的？但是话一出口，他就停住了，"嗷，你是搞销售的，眼观六路，耳听八方，你说吧，怎么办？"

本杰明·富诺说，现在我们到街上去，去听那些人的演讲，听谁说的顺耳就投他一票。本杰明·穷诺想了想说，我不认识那些人，他们说的再好我也不信，我就相信你，你去当首相吧。

这回该本杰明·富诺发愣了，我去当首相？我行吗？本杰明·穷诺说："行，行，你肯定行，能说会道，你一定行。"

在本杰明·穷诺的支持下，本杰明·富诺到街上去演讲。说什么呢，先开个头吧，他说："女士们，先生们，不！不！不！"他急忙改口说："公民们，对，现在应该称公民，我们都是公民。"他停顿一下，稳稳情绪，继续说："今天竞选首相，谁应该当首相呢？自然应该是最伟大的人物，谁是最伟大的人物呢？是凯撒、亚历山大、成吉思汗，还是克伦威尔，不不，不是他们，毫无疑问，应该是艾萨克·牛顿，非常正确，因为他是发现真理的人。"不知本杰明·富诺什么时候学的这些知识，本杰明·穷诺佩服极了，他使劲地鼓掌，这不光是因为他崇拜本杰明·富诺，还因为现在只有他一个听众，他得拼命捧场。

本杰明·富诺站在一个高台上，脚下放着两块白色的石头，石头被擦得光亮，这样能增加吸引力，他们预计一会白色的石头能堆积如山。

下面该说什么哪，突然他想起他曾捡到过一张传单，他急忙从口袋里将那张传单掏出，选词加句地大声念道："人人生而自由，平等，博爱，财产权神圣不可侵犯，人权和法制为新的社会奠基石……国王应该死，因为这位锁匠国王没能打开国家前进的锁。对，对，如果大家选我，我就让大家都吃上面包，对，对，还能吃上羊肉，我以前是放羊的，请大家相信我。"

这时下面有人起哄了："小伙子，回家放羊去吧，或者你把羊肉带来，让我们大家尝尝，那时我们再选你当首相!"下面一阵哄笑。

"怎么？看不起放羊的！再说我现在已经不放羊了，我是搞销售的，知道什么是销售吗？销售就是搞商业流通，商业流通是工业的动力，是市场经济的灵魂，赚钱又是流通的灵魂，你们怎么连赚钱都不懂哪?"本杰明·富诺要开始和人吵架了。

一位听众奚落道："你赚钱去吧，让艾萨克·牛顿来当首相。"刚刚聚集起来的不算很多听众哈哈大笑，一哄而散。本杰明·富诺不知道艾萨克·牛顿已经死了，他稀里糊涂地给死人拉起了选票。

本杰明·富诺流下了伤心的眼泪，本杰明·穷诺急忙上前安慰，说："他们没文化，听不懂你的高谈阔论，我们还是回家吧。"当然本杰明·穷诺没忘记将那两块白色的石头捡回来，现在他认识到这两块石头的重大意义了。

十、瘟 疫

本杰明·富诺回到家就病了，而且病的很厉害。本杰明·穷诺全力照顾本杰明·富诺，不久他们都被工厂辞退了。

本杰明·富诺极度口渴，不断喊着水。本杰明·穷诺就不断地从外面打来水，供他随意饮用，但是本杰明·富诺喝了水就呕吐，还腹泻，并不断地抱着肚子喊疼。本杰明·穷诺有点慌神，不知如何是好。他想，竞选不上首相怎会这样呢？他安慰本杰明·富诺说："竞选不上首相，不当就是了，要想的开。"他看这话不顶用，又说："想当下次再竞选就是了，这次咱们准备不足，下次准备好些，你一定能当上首相，到时我给你当卫士，看谁再敢小瞧咱们。不过你也别再提你放过羊，我种过地，说你是工厂主，我是工程师。"本杰明·穷诺猜想这次失败的主要原因可能是不该提放羊这事。

本杰明·富诺的病情越来越严重，本杰明·穷诺将过去存下的一点钱都拿出来去请医生。你可别说，这是本杰明·穷诺的成绩，要不早就让本杰明·富诺花光了。但是没有请到医生，一开始本杰明·穷诺认为自己给的钱少，后来才知道，医生说这是瘟疫，会传染，得这种病的人很多，没法治疗。本杰明·穷诺呆了，同时他也感到自己身体也开始有点不得劲，就是开始口渴，这是本杰明·富诺开始发病时的情况。本杰明·穷诺开始哭了，一边哭一边说："不来这里我们就得不上这种病，或者不竞选首相也可能得不上这种病，这都是你的错。”这时本杰明·穷诺看本杰明·富诺，本杰明·富诺似乎没有说话的力气了，平时滴流转的眼睛现在也不怎么动了。本杰明·穷诺后悔刚才说的话，急忙说，你别往心里去，我也得上这种病了，这是瘟疫病，医生说了，没法治，我们同生共死，我也不给你端水了，我也不喝，我们都等死吧。说着本杰明·穷诺将本杰明·富诺往床里推了推，自己躺在了本杰明·富诺的身边。这时本杰明·穷诺开始口渴的厉害，但是他就是不喝水，喝了也得死，就是不喝。

就这样不知过了多少时间，听见有人敲门声。“不开就是不开，我们在等死。”本杰明·穷诺心里说。但是伴随着敲门声又传来喊话声：“我是约翰·斯诺医生，屋里有人吗?”

听说敲门的是医生，本杰明·穷诺一骨碌从床上爬起，跑到门边，一把将门拉开。门外站着一个人，那人说：“我是约翰·斯诺医生，请问你们引用的是布罗德街水井里的水吗?”

“是啊?”本杰明·穷诺答道。

约翰，斯诺医生说：“布罗德街水井离排水沟不到一米远，致命的霍乱病菌随污水透过裂隙渗进水井里，你们以后就不要喝那个井的水了，还要把你们现在用的接触过这种水的用具都用新水蒸煮刷净就可以了。”

“啊!”惊叹之余，本杰明·穷诺急忙按照约翰·斯诺医生的安排行动。一阵忙活之后，他感到自己好象比刚才不那么口渴了，再看本杰明·富诺，他的病情好象也不再恶化了，本杰明·穷诺心里松了一口气。

后来他们的病都好了，本杰明·富诺由衷的感谢本杰明·穷诺，本杰明·穷诺说不应该感谢他，应该感谢约翰·斯诺医生，约翰·斯诺医生也可能是天派来的神，我们命不该死。

十一、郁 金 香

本杰明·富诺和本杰明·穷诺躲过一劫，下一步该怎么办呢？本杰明·穷诺的意见是再回工厂，继续干他的车工。本杰明·富诺说，这点工钱比放羊挣得多，可是想在这里买房子，门都没有，我们得想别的法子。

一天，本杰明·富诺和本杰明·穷诺出外溜达，远远看见前方一个广告牌上画着一朵黑色郁金香。真美啊！这花儿艳丽的让人眼睛无法回避它，完美的让人不得不停下脚步。

说起这朵郁金香还有个故事，说是有个叫高奈斯·凡·拜尔勒的三流画家，说他是三流画家是因为他的画没卖出去过一张。拜尔勒开始反思自己，他明白了达·芬奇的画好，是因为他深入其里，画人从学解剖人开始，所以达芬奇的画能入木三分。从哪里开始学“解剖”呢？此时有一种花打动了拜尔勒，它就是后来大名鼎鼎的郁金香。

高奈斯·凡·拜尔勒置办了苗圃，建起了温室，他将全部的身心都投入到了养花事业。从选种，栽培，到采集，从除草，施肥，到浇水，他都亲力所为，他还跪在边坡旁，分析盛开的郁金香的每一根脉络，考虑怎样改良，怎样调配颜色，他甚至能感觉到温室里1/20度的温度变化。功夫不负有心人，他成功了，他培育出了一棵黑色郁金香。

人们喜欢用“天鹅绒般”的来形容黑色，其实这棵黑色郁金香比天鹅绒还美，而且它的黑色中还能放射出金色的光芒——当然这是美得让人产生的金色意念，产生的金色联想，但是，它确实能美得连最漂亮的姑娘见它后都要绕着走。

轰动了，全城轰动了，大家都要来参观，当然这是万万不行的，否则会出现人身踩踏事故。有办法，高奈斯·凡·拜尔勒是画家，他将这棵郁金香画了下来，当然，这幅画不会是三流画，它是名画，是名画中的名画，这也就是刚才本杰明·富诺看到的广告牌上的画。

使画家高奈斯·凡·拜尔勒没想到是，他的郁金香还要引起下面将要发生的更大的故事。

本杰明·富诺很快发现在广告牌下熙熙囔囔的人群和挂着期货交易所的牌子。本杰明·富诺拉着本杰明·穷诺钻进了期货交易所，很快本杰明·富诺就明白了眼前发生的事情：郁金香期货在暴涨。本杰明·富诺拉着本杰明·穷诺又往家里跑，到了家里，本杰明·富诺要本杰明·穷诺将家里的钱都给他，本杰明·穷诺将钱拿出来交给本杰明·富诺，并说：“这可是全部家当，我们还要吃饭。”说这话时本杰明·穷诺嘴唇有些发抖。

到了交易所，本杰明·富诺挤上前去，不一会，本杰明·富诺又拿出一张纸挤出来。他拉着本杰明·穷诺找了个墙角蹲下。本杰明·穷诺问他怎么回事，本杰明·富诺也不说话，只是轻轻拍了他一下，看出来，他在专注地听什么。就这样大概过了一个小时，本杰明·富诺突然站起来，拿着那张纸又挤上前去，不一会本杰明·富诺又挤出来，只是手里多了一个袋子。本杰明·富诺拉着本杰明·穷诺又向家跑去，到了家里，本杰明·富诺将那个袋子扔到床上，说：“看吧。”本杰明·穷诺打开袋子，里面全是钱，本杰明·穷诺哆嗦着说：“你抢钱了?”本杰明·富诺笑着说，合法的收益，是我们年收入的40倍。本杰明·穷诺服了，说凭这本事你还能当首相。

期货交易所的墙上写着这样几句话：“轻视花就是冒犯上帝；花越美丽，轻视它，也就是越冒犯上帝；郁金香是所有花中最美丽的花，因此，谁轻视郁金香，谁就是犯了冒犯上帝的滔天大罪。”后来有人说，这是魔咒，欺骗天下最风雅也是最愚蠢的人。

十二、股 市

他们在家里闲待了一段，过了些时间，本杰明·富诺和本杰明·穷诺又开始出外溜达，本杰明·穷诺也学着本杰明·富诺样子，开始学着“观察”。

在一条小河边，耸立着一座辉煌的建筑，侧面的箭楼指向天空，人们从门口出出进进，门旁一块不太起眼的牌子上写着“股票交易所”。本杰明·穷诺指给本杰明·富诺看，两人先是在门外仔细地观察进出的人群，人们都是一副喜气洋洋的样子，他们这才慢慢走近这栋房子。这有点像期货市场，人们用钱买一张纸，或用一张纸换取现金，但是又不像，起码这里没有暴涨现象，人们都规规矩矩看墙上贴出的一些数字。本杰明·富诺首先看墙上张贴的好像是广告之类的东西，本杰明·穷诺却注意到了很多人手里都拿着同样的一本书，他觉得奇怪，便跟着那些人转悠，不久他看清楚了书的名字《马可·波罗游记》，他给本杰明·富诺打了个招呼便离开了那座房子。

晚上回到家，本杰明·穷诺将新买到的书拿给本杰明·富诺看，本杰明·富诺先是随便翻翻，很快他便被书中内容吸引住了，随后便挑灯夜读。随后的几天，白天他们到股票交易所转悠，晚上就研究这本书，中间本杰明·富诺还让本杰明·穷诺到书店去买了一张最新出版的世界地图。这样过了对本杰明·穷诺来说是相当长的一段时间后，本杰明·富诺说话了，说要开会议商量大事。为了举行这样的大会，本杰明·穷诺已经做了准备，将地图贴在墙上，还准备了一条老师用的教杆，对此本杰明·富诺相当满意。当然还买了啤酒，几个小菜。会议的主发言人是本杰明·富诺，听众也只有一个，本杰明·穷诺。下面是本杰明·富诺挥着教杆在世界地图前的发言。

《马可·波罗游记》上面说了，在世界的东方有一个大国叫中国，这个地方的辉煌无法用语言来形容，那里的人们用金线编织丝绸，我们用的瓷器都是从那里运来的，还有茶叶。

本杰明·穷诺看本杰明·富诺用教杆比划着那么大块地方是中国，比自己的国家大的太多了，急忙问，这么大啊，如果放羊，那得可以放多少羊啊？本杰明·富诺没有理他，他用教杆又指着另一地方说，这个地方以前叫君士坦丁堡，君士坦丁堡以北的人都是信仰基督教的人，都是我们的人，君士坦丁堡以南的人都是信仰伊斯兰教的人，以前我们从中国得到的东西都是从那里运进我们欧洲，后来伊斯兰人夺取了君士坦丁堡，并将其改名为伊斯坦布尔，断了我们的财路。再后来我们从好望角发现了另外一条海上通道，从那里进入印度洋，然后再穿过马六甲海峡进入中国南海，他的教杆轻轻在地球上画了个弧线。

本杰明·穷诺嘟囔一句："妈呀，这么远呐，比从家里坐火车到这里远多了。"

本杰明·富诺继续发言。

现在的情况是，我们的政府组织了一个叫东印度公司的经济组织，负责开拓到中国那方面的贸易，这个经济组织的权力很大，谁捣乱我们做买卖，我们就可以和谁打仗。这个组织是个股份组织，谁都可以花钱入股，公司赚钱了再给大家分红。股票交易所是干什么的呢？就是如果谁想退股，随时可以将股票在股票交易所里换回现金，如果谁想再买，随时又可以花钱再买。

本杰明·穷诺想起期货市场，好象明白了。

本杰明·富诺继续说，现在我们的政府是这个公司的大股东，市长的家人也都入了股，所以我的意见是我们也得加入。

本杰明·穷诺好像又看到郁金香了，高兴地举起啤酒说："干！"

从那天后，本杰明·富诺和本杰明·穷诺成了股民，天天到交易所去，梦想着再发"郁金香财"。

十三、保　险

这样的日子没过多久，本杰明·富诺和本杰明·穷诺就都有点够了，因为炒股并没有给他们带来多少收入，本杰明·穷诺问："我们为什么不能再搞期货呢？"本杰明·富诺说："怎么又想你的郁金香了，给你这样说吧，郁金香根本不值那么多的钱，是大家发昏，当那花被炒到一定高度后，那些大把拥有期货的人把那张纸一抛，并随手也将标的——也就是那些真花倾销，瞬间就崩盘了，大部分人倒霉了，听说我们的国家也因此萎靡了，我们只是侥幸赚了。”本杰明·穷诺没听懂，他也不想问了，因为对他来说，这学问和开车床不是一个劲。

本杰明·富诺和本杰明·穷诺现在的日子比原来的日子还是强多了，他们买了一套房子，还能经常喝点啤酒，但是这样的日子没过多久，倒霉的事就轮到他们头上了。一天他们从交易所回来，走到半路就听到有人喊失火了，接着他们就看见他们家方向的上空黑烟滚滚，本杰明·富诺喊了一声不好，就和本杰明·穷诺拼命向家跑去，但是一切都晚了，家被大火吞没了。

这是一场意外的大火，一家面包房因为烘烤过热引起火灾，大火蔓延烧毁了那一片街区，还有教堂。被火烧烤过的地方黑乎乎的，有些地方还冒着残烟，焦糊味让人呼吸困难。失去家园的人们用木棒和铁锹在土地里翻腾着，似乎还想找回点值钱的东西。本杰明·富诺、本杰明·穷诺和那些人一样，久久不愿离开他们的“家”。

他们在家的地方呆呆地待了很久后，本杰明·富诺轻轻地对本杰明·穷诺又说话了：“再去买张世界地图吧。”本杰明·穷诺知道本杰明·富诺又有办法了，便起身跑去，不一会本杰明·穷诺拿来一张世界地图，当然还有一只教杆。他们将地图铺在地上，本杰明·富诺用教杆指着地图上的一个地方，说了三个字：“去中国！”

本杰明·富诺和本杰明·穷诺离开了他们的“家”，来到了另外一座建筑物前，这座建筑门前也有一个牌子“保险公司”。本杰明·富诺轻轻地敲了一下门，里面一位年轻女士打开门，一看是本杰明·富诺便说：“是你！”

本杰明·富诺说：“玛丽小姐，是我，我是本杰明·富诺，我向您道歉来了。”

原来是这样，前些天玛丽小姐对正站在家门口的本杰明·富诺推销保险，说：“先生，我叫玛丽，您住的房子有那么多木质结构，容易着火，在您注意防火的同时是不是要买份保险？”本杰明·富诺听到这话感到很不吉利，二话没说，进屋就把门关上了。

玛丽将本杰明·富诺他们请进屋里，说：“你们家着火了，大家都知道了，是不是来说是我咒的。”

本杰明·富诺急忙说：“不！不！我是后悔当时没听你的话，而且还对您不礼貌，我是专程来道歉的。”本杰明·富诺现在已有绅士风度了。

玛丽说：“不用客气，您有什么事需要我帮忙，请您直说。”

玛丽的话让本杰明·富诺心中一震，这位小姐看明白了他，所以他也就直说了："是这样，我们的家被烧了，眼下我们也没什么工作，所以我们想去中国碰碰运气。"

玛丽沉思了一会，说："你们这样的情况我们碰到过，去中国淘金是热潮，你们年轻，碰碰运气也不错。"说着她从一个橱子里拿出一叠文件，放在他们面前，说："这些都是首相新近签署的文件，你们先看看，我们一会交谈。"

本杰明·富诺和本杰明·穷诺开始翻阅玛丽让他们看的文件：《面包法》《失火法》《失业法》《出海法》……看了这些文件，本杰明·穷诺先说话了："早有这些文件，国王也不至于被砍头，看来新首相比老国王有办法。"

本杰明·富诺看完后，将文件整理整齐，交还给玛丽，说："请您指教。"

玛丽也没客气，说："我看你们只签《出海保险》好了，到中国很远，船只在海上遇上风暴，还有海盗，都不是什么稀罕事，签了《出海保险》，万一你们有个意外，你们家属的生活由保险公司和国家共同补助，不过你们现在要交一点费用，回来发了财还要交一部分。这是一种新的社会保障制度，就是平时大家挤一挤，帮帮一时倒霉的人，谁也不敢说自己一辈子不倒霉，另外请将家属的地址和名字以及彼此亲属关系一定要写清楚。"

本杰明·富诺和本杰明·穷诺签署了文件，玛丽又祝愿他们好运，能在中国发财。

十四、去 中 国

本杰明·富诺和本杰明·穷诺回到了他们在农村的老家，将签署的文件交给家里人，一家人的离别自然要唏嘘垂泪一番。

不种地了，不放羊了，不做工了，他们要跟着命运跨越茫茫大海。远处传来钟声，还有他们的国歌声：

"我们的船队扬帆远航，
利润指引我们跨海越洋。
……
为了爱财之心，
我们走遍世界上所有的海港。"

和本杰明·富诺和本杰明·穷诺一起去中国的还有许多机器，他们的梦想是发财，机器的梦想则是去吸取东方人的智慧，使机器社会绵延至全球。

第二章 看东方

>>

一、风

在东方的大地上，一头牛拉着耕犁在行进。它低着头，身体向前倾，四蹄踏向大地，身后的耕绳被它拉的绷直，耕绳后的耕犁将犁头钻进泥土里，行进中将下面的泥土翻上来。扶着耕犁的是一位的年青农民，他叫汉农。汉农挥舞着鞭子，驾驭着牛和犁具做匀速直线运动。突然一只大老鼠跳到牛身上，昂头挺胸，冲着汉农吱哩哇啦地嚷起来。汉农吆喝住耕牛，停好犁具，说到：

硕鼠硕鼠，无食我黍！

硕鼠硕鼠，无食我麦！

硕鼠硕鼠，无食我苗！

汉农对老鼠吃人的庄稼很是不高兴，因为人得到粮食不容易啊，因此汉农见到老鼠，先是提出了抗议，说是不要吃我的黍，不要吃我的麦，不要吃我的苗。但是那只大老鼠不听汉农说话，继续冲着汉农吱哩哇啦的嚷嚷。汉农细听，听明白了，那只大老鼠说，这是它的家，我的牛踏破了它的家，我的犁具碰伤了它的娃。

汉农一时无话可说了，这片土地本是块荒地，可是汉农没有去想，这里还有其他居民。汉农急忙说，我的黍，我的麦，我的苗你都可以吃。汉农又露出笑脸说，你真大呀，比我的牛还大。

在十二生肖里，鼠大于牛据说就是这样来的。

别说和老鼠比，就是和这位农民相比，这头牛也可称为硕大，如果牛发威，这位农民也只能做阶下囚，但是，看他们合作耕地，你只能赞美他们的协作精神，同时你心里也许会闪现出一丝疑问，这头牛干吗那么听人指挥。

说起这头牛，可能你并不陌生，本书的前卷“伊娥的微笑——褒姒与周幽王”中曾提到，变成了小母牛的伊娥逃跑后，赫拉处罚了醒来的阿耳戈斯，赫拉说：“既然你放跑了那只小母牛，你也变成一头牛吧。”后来在伊娥来到中国后，阿耳戈斯也被变成了一头牛被发配到了中国。临行前，阿耳戈斯请问自己的刑期，赫拉说了一句令阿耳戈斯无法理解的话：“机器牛到来后，你就可以解脱了。”机器牛是什么，是哪路神仙，阿耳戈斯没听说过，但是它也只能耐心地等待这位“神仙”的降临。

后来阿耳戈斯就成了跟着人死心塌地干活的牛，因为他必须服从赫拉的安排，否则结果会更惨。

下晌了，汉农收拾好犁具，迎着晚霞，赶着牛儿往家走。牛儿慢吞吞地走着，低头想着自己的心思：“机器牛，快来吧，快来吧！”汉农则一身轻松，高兴地唱了起来：

鞭儿空中响啊，
牛儿奋蹄疾啊，
犁头出新土啊，
农夫洗汗雨啊。

鞭儿空中响啊，
牛儿奋蹄疾啊，
要做规矩人啊，
一年有饭吃啊。
伊尔吆！伊尔吆！那个伊尔吆！

此时是汉农最幸福的时刻。

汉农所在的村庄没有出过盗贼，没给官府添过麻烦，官府赏一石碑立在村口，上书四字“民风淳朴”。

二、雅

汉农赶着牛儿进了村口，他在一棵树下停了下来，他让牛儿休息，自己也找个地方坐下。此时不远处传来读书声：

常棣之华，鄂不韡韡。凡今之人，莫如兄弟。

死丧之威，兄弟孔怀。原隰裒矣，兄弟求矣。

脊令在原，兄弟急难。每有良朋，况也永叹。

……

不远处是座学堂，取名雅屋，就是村庄里几个家境稍好一点的人家，集资请一名老师，来教授他们的儿子学文化，这其中也有汉农的弟弟汉书。汉农的父亲有两个儿子，他让老大务农，并起名汉农，是想让老大成为一个忠厚的农民，将来继承家业；他让老二读书，起名汉书，希望他能求取功名。对于父亲的安排，汉农认为合理，因此并不嫉妒自己的弟弟，反而认为弟弟的功名也是他的功名。

放学了，弟弟汉书和几个小孩像小鸟一样从书屋里跑出来，汉书径直跑向哥哥，接过牛鞭在空中使劲挥舞几下，“啪啪”的鞭响惊得树上的鸟儿展翅高飞。鞭响让卧牛也知道自己该起身了，牛儿也喜欢这个弟弟，喜欢听他说话。

哥哥问弟弟，刚才听到的那首诗是啥意思，弟弟说是老师刚教的，是《诗经》里面的一首诗，叫“常棣”，意思是，常棣花开朵朵，花儿光灿鲜明。凡今天下之人，莫如兄弟更亲。遭遇死亡威胁，兄弟最为关心。丧命埋葬荒野，兄弟也会相寻。鹡鸰困在原野，兄弟赶来救难。虽有良朋好友，安慰徒有长叹。

哥哥汉农从小在父亲的教育下，也能识文断字，但是由于人生的定位，他不便显露罢了，这也是父亲对他的交代。

哥哥再问弟弟，诗里怎么有死亡啊、丧命啊的话，老师怎么教这样的诗呢？弟弟说，老师说了，求取功名也有风险，功名越大风险也就越大。弟弟看了看哥哥，一般正经地问：“如果有风险，我还能回到哥哥这里来吗？”

哥哥说：“这里是哥哥的家，也就是你的家。”

弟弟松了一口气，说：“老师的话吓得我这两天没睡好觉。”弟弟高兴了，说，我再给你背一首诗，不吓人的：

敦彼行苇，牛羊勿践履。方苞方体，维叶泥泥。

戚戚兄弟，莫远具尔。或肆之筵，或授之几。

……

弟弟说，这是《诗经》里面的另一首诗，叫“行苇”。弟弟解释说：“芦苇丛生长一块，别让牛羊把它踩。芦苇初茂长成形，叶儿润泽有光彩。同胞兄弟最亲密，不要疏远要友爱。铺设竹席来请客，端上茶几面前摆。”

弟弟没有继续背诵诗，稍微停顿一下，弟弟严肃地说：“如果我能取得功名，我也不会忘记哥哥，我让哥哥和我一起享福。”

三、颂

晚饭是一家人在一起吃的，院子中间放张桌子，父母和哥俩说说笑笑，其乐融融。除了哥哥简单地说说农作，大部分时间是弟弟背诵他新近学习的知识。今天弟弟背诵的是《诗经》里的一首诗，叫“丰年”：

丰年多黍多稌，亦有高廪，万亿及秭。

为酒为醴，烝畀祖妣。

以洽百礼，降福孔皆。

接着弟弟又将它翻译出来：丰收年谷物车载斗量，谷场边有高耸的粮仓，亿万斛粮食好好储藏。酿成美酒千杯万觞，在祖先的灵前献上。各种祭典一一隆重举行，齐天洪福在万户普降。

对于弟弟的表现大家一致称赞，只是父亲最后加了几句，让大家又严肃起来。父亲说，该歌颂的歌颂了，不该歌颂的事可能就要到来了。

晚饭后哥俩帮助父亲将一套天象仪从屋内搬出来，这是父亲观看天象的仪器。在往常，这个工作做完后，父亲都让哥俩去休息，自己独自观看天象，今天父亲将他们留下。

父亲的天象仪主要是几个平行四边形的木规和几个围绕在外的大圆环组成，几个平行四边形的木规象征大地，几个大圆环象征天空。天空星星从对应的圆环中的小孔射出的光，照射在平行四边形木规上的各个刻度上，当天象发生变动时，几个平行四边形的木规，就会出现扯拉动作，预示着大地和人间的变动。父亲还说，他的天象仪是根据姜子牙的一本《太公望秘笈》久习研制出来的。

父亲边调动着天象仪边说，这几天发现紫气上冲斗牛二墟，中央黄宫也向南倾斜，这说明黄河最近要决口，而且是向南决口，我们必须逃难。北面不远有个叫青松岭的山，那里是个安全的地方，我们必须三天内赶到那里，否则将会葬身洪水。

对于父亲的话，弟兄二人深信不疑，第二天他们又通知了同村的乡亲，一起向北逃难。

四、黄 河 怒

黄河上游，一群人在伐树，这座山岭上的树就要被伐光了，孤零零剩下这最大的一棵。有传说这棵树是这座山岭的魂，千万动不得，否则会山崩地裂。但是上面有令，说是这棵树适合盖宫殿，要呈送给皇帝。

这群伐树人怕发生传说中的事，所以他们在伐树之前，一面烧香叩头，向神灵祈求平安，一面遣散这座山岭周围的人家，当然他们还借机向官府索要了更多的银子。

伐树进行的顺利，并没有发生传说中的事情。树被伐倒，去掉枝条，形成原木，并按惯例被滚下山去，然后推进一条小河，放排人将其引导入更大的河流，朝着预定的方向漂流。当这根原木进入到黄河后，突然一阵风起，这根原木脱离了放排人的控制，像脱缰的野马，随着黄河水奔腾向下游冲去，沿途的船儿躲避不及，有的被撞坏，有的被撞翻，在一拐弯处，这一巨大的原木，乘着河水咆哮的气势撞向黄河的南岸。

悲剧发生了，黄河大堤被撞开了一条裂缝，气势汹涌的黄河水，趁势钻进了这条裂缝，并迅速扩大了这条裂缝。一个护堤人发现了这个情况，立即想大声报警，但是他脚下的土塌方，他还没来得及喊出声就陷了下去，一股泥浆迅速塞进他的喉咙，一个漩涡瞬间将他拉进深渊。又一眨眼工夫，黄河大堤溃塌了，浑浊的河水如万马奔腾向南倾泻。人们呼喊着四散逃离，但是黄河水追上他们，将他们扑倒，将牛羊扑倒，将房屋扑倒，千里沃原，浊浪滔天。

后来有人统计，黄河上游被伐去多少棵树，黄河下游就要死多少人。这是天意，是天在惩罚人们，人和树都是天的缔造，人毁树，天自然不会答应。有些不服气的人在黄河岸边造了一头铁牛，想以此镇住黄河，黄河对此回应道：

君不见，黄河之水天上来，借道高原奔大海。

君不见，高原之树天上栽，护送黄河奔大海！

君不见，黄河之水育天下，留取生命奔大海。
君不见，高原之人伐天树，让河裸体奔大海！

君不见，黄河之水已变浊，河驮黄土奔大海。
君不见，中原之人不怜河，铁牛镇河奔大海！

君不见，黄河之水已泛滥，祸害报复奔大海。
君不见，搬走铁牛植好树，遵循天意奔大海！

不知人们现在明白了没有，黄河是母亲河，只有恢复了黄河两旁的植被，母亲河才不会发怒，黄河才能继续抚慰中华，那头铁牛还是早搬走为好。

五、农民起义

黄河的水患使中原大地赤贫一片，死的死了，没被洪水索取性命的也失去了家园，成了难民。朝廷紧急发送的救济好不容易送到了，见到的米粮也都发了霉。这也难怪，千里送粮，加之雨水，有些发霉也在所难免。不过就这样，僧多粥少，救济不到的人也不在少数，难民中已出现人食人现象。不知谁说了句，官府还有粮，难民们便冲向官府，一时言语不善，便发生冲突。饿急了的难民群起攻击官府，疯抢有粮户，农民起义形势形成。

有一位胡氏大娘，其子在县衙当差，由于没有维持住治安，县衙被破坏，被县太爷杖毙，一时激起民愤。有上百难民起来替胡大娘儿子报仇，杀了县官，立时胡氏大旗竖起，云者上万，高举“均贫富”大旗，冲官府，平粮仓，起义军应运而生。

起义军纪律严明，他们来自老百姓，绝不伤害老百姓是他们本能的纪律。他们规定，杀害百姓者死，伤害百姓者罚，救百姓于水火是他们的宗旨，所以很受老百姓的拥护。起义军置办不起军服，为了表示军队的统一，参加起义军的人每人头上裹着一片红布，老百姓称他们为“我们的红巾军”。红巾军所到之处一片红色的海洋，蔚为壮观。

红巾军开始进攻，没几天他们就势如破竹般地拿下了几个县城，红巾军人心振奋，士气高涨，老百姓千般爱戴，竭其所能支援前线。

红巾军的出现震惊了朝廷，赈灾归赈灾，造反不行，朝廷派出军队前去镇压。

前去镇压红巾军的官军是朝廷的42万精兵，号称百万大军，朝廷又从全国选出几百名懂得兵法的大师，携带兵书，充当军师团，大军“旌旗辎重，千里不绝”。官军统帅一声号令，官军浩浩荡荡，气势汹汹地向红巾军扑来。

红巾军面对着不可一世的强大敌人，应当怎么办？当时在起义军内部发生了严重的分歧，有的主张分散隐蔽，保存实力；有的主张利用县城小而坚、易守难攻的条件抗击官军。将士们分析，如果分散兵力，容易被各个击破；如果收缩兵力，坚守县城，寻找战机，有可能取得胜利。最后他们将部队都集中到一个县城内，完成了战略收缩，准备握紧拳头，打击敌人。另外他们还派出人员，四处联络其他的起义军，共同对付官军。

由于朝廷将精兵强将都调去攻打红巾军，全国其他地方趁机发动起义，星星之火，很快燎原。

狂妄骄横的官军把县城包围了起来，官军人喊马嘶，战鼓声声，数丈高的云梯俯视着县城城内，箭头像雨点一样向城内飞落，城里人外出打水，都要顶着门板，以防箭伤。官军认为不费吹灰之力，就能攻下县城，但是，坚守县城的红巾军在全城老百姓的大力支持下，精神抖擞，斗志昂扬，连续打退了敌人的多次进攻。

小小的县城竟然如此顽固，官军的锐气有些受挫。此时朝廷来了急件，说是盗贼蜂起，京师不稳，力调部队回防京师。官军统帅不得不停止对这个小县城的进攻，班师回京。又是关键时刻，各路义军蜂拥而至，对官军形成了反包围之势，一时杀声震天。红巾军从县城内杀出，官军腹背受敌。

起义军声势浩大，但是缺乏统一指挥，官军虽一时受挫，但是训练有素。当官军退到一个叫青云的地方，驻扎下来，并且摆开决战的架势。浩浩荡荡的起义军也聚拢起来，准备对官军致命一击。

此时天空乌云滚滚，电闪雷鸣，大雨如注。

战场的双方，战鼓隆鸣，旌旗猎猎，杀声震天。

也不知雷声鸣了多久，杀声喊了多久，待天晴日出，日出天晴，战场竟空无一人，就像一切都没发生。

确实，一切的一切都没发生，因为双方都接到了后方的急报：“军粮枯竭。”所以双方在敲了一阵战鼓，喊了一阵杀声后，都悄悄地撤兵了。更没多久，因为没饭吃，部队也自然地解散了。

大地尽是逃荒的难民，其中包括头上裹着一片红布的和穿着军装的。

这一切，都是那棵树引起的。

六、天　象

一阵动乱之后，父亲一家和同村的乡亲又都回到了原来的住处，重新开始了原来的生活。

一天父亲又摆弄他的天象仪，并将其中一个支点对着北方天空与地平线接近的一颗星。父亲对两个孩子说，在这颗星附近的一颗比较晦暗的小星正在向它靠近，这叫做白虎夜食现象，是一种少见的现象。如果拉动天象仪，使这两颗星对应的支点靠近，整个天象仪有一个发涨的趋势，本来应该是收缩才对，这说明整个天空将出现不和谐的现象。根据天象的反映，中国的北方又是一个大旱年，已经旱了两年了，再一再二，不能再三再四，北方的游牧人又要打过来了。而且我白天在山涧小溪观日影，发现太阳中部有黄色显影，这叫做天卵现形。地主身，天主脑，这种现象说明北方来的游牧人可能十分暴躁。

父亲名叫海卿，年轻时以优异的成绩成为状元郎入朝为官。父亲的家原在大海边，有次返乡探亲，站在海岸边看海，见由天际边驶来的船，先是看到船帆，然后才逐步看到船身，父亲突发奇想："大地是圆的?"从此父亲"走火入魔"了。

回到朝中，年轻的父亲便经常与人交谈这个问题。当时大家一致的看法也是官方的看法是"天圆地方"，"苍天如图盖，大地如棋局"，父亲的另类使他很快遭到孤立。但是父亲据理力争，说，如果大地是平的，而天空是圆的，那么大海边应该是太阳升起的最东方，当太阳如日中天的时候，住在大海边的人看到的太阳应该是在自己的西方，而不是在自己的头顶；同样，此时住在最西边山里的人，看到的太阳应该是在自己的东方，也不应在自己的头顶。在朝为官的人来自国家的四面八方，可是中午时分看到的太阳都在自己的头顶，这说明天圆地方的说法不对，若说大地是圆的，太阳在围着大地转才能说得过去。恰巧皇帝在那几天病了，平时十分恼怒父亲的天象官立时启奏，说是父亲的邪说阴霾朝廷，祸害皇帝，该当斩立决。父亲的朋友及时通知父亲，父亲连夜携眷出逃才算保住性命。当然父亲不敢回原籍，这才在这个偏僻的村庄隐名埋姓地住了下来。

七、狼图腾

一群年轻的狼走向新天地，它们原来领地的食物越来越少，为了获得更多的食物，它们不得不发动侵略战争。

一只狼王站在一个高坡上，高傲地扫视着他的王国，并时不时地朝天嚎叫几声，向它的臣民们提示最高权威的存在。当它看到一群陌生的狼向它的领地走来时，它以为它们是迷路的狼，不过这也不行，它的领地谁也不能进入。它朝自己的狼群发出了嚎叫，立时有几只狼勇敢地向那些入侵者展开了进攻。一阵厮杀，狼王看到自己一方好像不能取胜，它立时再次嚎叫，它的部队倾巢出动了，狼王本人也朝那些侵略者扑去。

战斗打得相当激烈，惊动了大草原，天上飞来了秃鹫，它们是来捡便宜的，谁失败它们都可以捡到新鲜的肉吃。还有虎豹，这些是来看笑话的，看到它们平时狩猎的竞争对手在自相残杀，它们由衷得高兴，它们卧在地上，摇动着尾巴。

战场杀的天昏地暗，对于战争的结局恐怕军事家都难预料，刚才还威风八面的狼王部队渐有颓势，一些瘦弱的狼退出战场，站在一旁张着嘴喘粗气，侵略者趁机展开了对狼王的围攻。狼王嘶叫着反扑，它不能服软，它此时的榜样作用将有可能决定战争的胜负。但是由不得它多想，几只侵略者前后夹攻，它坚持不住了，它发出了最后的惨叫，这也是对它部下的命令，快来救我啊！但是那些被呼唤的狼可能平时吃不饱，此时也没劲了，它们也只能在不远处叫唤，算是对狼王的声援。坚持不住了，狼王倒下了，一只侵略者趁机咬住了它的脖子。天啊！它最后看了一眼蓝色的天空——天空真蓝。

更年轻，更有力量的侵略狼胜利了。

在这场战争旁观战的还有一批高级动物，他们也因连年干旱，牛羊所剩无几，他们也在面临着生存危机。刚才低等动物间的厮杀好像启发了他们，也好像传染给了他们，他们也在热血沸腾。他们中间也有王，他的热血也沸腾了，他掏出腰刀，指向南方，并像狼王一样嚎叫起来，立时响应的嚎叫声响彻天空，将那批刚得胜的侵略狼、秃鹫和那些虎豹都吓跑了。

一日父亲夜观天象，大喊一声不好，第二天便带着一家人和那头牛躲进深山，当然身后还有全村的百姓。

他们来了，像狼群一样来了，他们也做了像狼群一样的事，以下是历史的记载。

战火首先从大西北开始，熊熊大火如洪流，从高原一顷而下，逢村屠村，逢城屠城，一路火海，一路嚎叫，一路血流。官军出动了，士兵们面对着狼样面孔，野性烈马，闪亮弯刀，腿就发抖。官军杀向前去，那些野狼如马蜂般立即将其围住，一旦有个官军闪失，这批饿急了的“狼人”便扑上前去，食其肉，然后满嘴鲜血的他们举刀再扑向新的官军。当这些饿急了的游牧人吞下第一口人肉时，他们的人性便彻底泯灭了，人血在他们肚子里的燃烧促使他们进一步展示返祖现象，展示着曾经的低等动物的本能，他们狂吼着：

羊吃草，狼吃羊，我们是狼，我们是狼！

手中刀，胯下马，我们吃谁，谁就是羊！

啊啊啊！嗷嗷嗷！

我们吃谁，谁就是羊！

我们是狼，我们是狼！

我们是要活下去的狼，我们烧杀四方！

我们是狼，我们是狼！

嗷嗷嗷！啊啊啊！

官军胆怯了，退却了，京城被包围，不几日城被攻破，大火的洪流涌进城去，随着血流便从城门流出。

最可怜是那些妇女儿童，他们被那些狼认为其肉上等，便被作为两腿的羊“饲养”起来。妇女们不光随时随地被奸淫蹂躏，还随时随地被开肠破肚，丢进锅里煮沸为食物，有时母女或母子被同时丢进锅里。一次战役五万妇女儿童被一个叫慕容鲜卑的狼群俘获，在受到百般折磨后，一个冬天，她们被当做军粮吃个干净。

“中原沦陷”“神州陆沉”，一个民族面临着被亡种灭绝的危险。父亲海卿坐不住了，整个民族坐不住了，父亲海卿站在山顶，冲着天下发出了也像狼一样的嚎叫，立时天下回应，声涛滚滚。弟弟汉书有些紧张，课堂里老师可是从来没讲过这些，他战战兢兢的问父亲说：“之——乎——者——也?”父亲向他怒斥道：“之乎者也不管用!”并一脚将汉书踢翻在地。当汉书的两手触摸到大地的同时，汉书感到自己勇气倍增，他站起来，将头在脖子上转了一圈，冲着天空也发出了狼一样的嚎叫。

朝廷没有了，父亲海卿假借天子的名义向天下发出了“屠胡令”，以血还血，以牙还牙，以屠还屠，天下响应。大火在南方燃起，并迅速扑向北方。两堵火墙相撞，撞起的大火直冲云天，将天空云彩一起燃烧。两股血流相撞，撞起的血液喷向苍天，然后像雨水一样倾注大地。南北对抗的人们战况演绎：渐渐北方的狼群招架不住了，慢慢向后退去，南方的狼群趁此机会，像海浪一样向北方狼群力压过去。北方狼群开始逃跑，它们一边跑一边向同伴抢夺食物。它们饿怕了，为了食物它们大打出手，火併使它们的数量急剧减少，它们中的一些小的族群灭绝了。

南方狼群毫不手软，一直将北方狼群赶至冰天漠北。

在父亲海卿和他的儿子们凯旋时，他们听说朝廷恢复了，并且在调查是谁假借天子的名义向天下发出的“屠胡令”，并说此人太残忍。

父亲海卿带着他的儿子们再次消失。

八、长　城

一场噩梦，一场让整个民族颤栗的梦。梦过去了，思考开始了，如何防止以后再出现这样的事情呢？从朝廷到百姓，大家都在思考，最后大家达成了一致意见：“修长城。”

刚刚从战场上散去的人们又聚拢起来，他们要在临近大草原崎岖的山岭上修建一条万里长城，将游牧民族和从事农业耕作的民族隔离开来。这是一劳永逸的办法，当时大家都这样认为。

一场浩大的工程开始了，丈夫告别妻儿，儿子告别父母，大道、小路上行走着朝同一个方向奔去的人。烈日如火，人们挥着汗雨，没有停下脚步；大雨来了，人们踏着泥泞，没有停下脚步；像赶赴战场一样，人们默默地来到长城的建筑工地。哥哥汉农和弟弟汉书也都来了，父亲说这是国民应尽的义务。

长城的建筑工作分为三部分，一部分在山下烧制砖块和准备其他建筑材料，一部分是运送，将准备好的建筑材料运上山去，还有一部分是在山上工作，砌砖垒料，立起万里长城。由于是在高空作业，自然山上的工作危险性更大些。

哥哥汉农和弟弟汉书根据父亲来之前的安排，他们主动到山上工作。父亲交代他们立于山顶远观四方，将山河大势装于胸中，同时还要观察天空，察看天象。

工作是劳累，每天工作下来，人们都是腰酸腿疼，但是这种工作更是充满危险，石块从山上落下砸伤人的事时有发生，山路陡滑，失足跌伤也是常有的事，在山顶工作，稍有不慎，落入万丈悬崖，连尸骨都难找回。一天一位叫范喜良的民夫，脚下石头松动，他从山上摔下，找到他时，他已咽了气，民夫们埋葬了他。

范喜良的媳妇孟姜女千里寻夫送寒衣来到长城边，有民夫告诉她，范喜良已死，被埋在长城角下。孟姜女一听，心如刀绞，痛哭不止，可能也是感动了上天，天上落下大雨，刚建起来的长城为之塌陷，后来听说孟姜女为夫殉情自杀了。天晴后，民夫们将塌陷的城墙重新建起，他们知道，这种牺牲值得，为的是国家和家园的永久安宁。

长城建起来了，民夫们先是来到那些死去的民夫的墓前，向他们燃香礼拜，感谢他们用生命为活着的人换来安宁，然后他们又重登长城，抚摸青砖，默默和长城告别，祈祷它日后显灵，保国卫家。

回到家里，兄弟两人向父亲做了回报。哥哥说，长城规模宏伟，气势磅礴，中国从此国泰民安。弟弟的意见好像有点保留，说是劳民伤财，工程过大。父亲海卿没说话，又去摆弄他的天象仪。

过了些时日，父亲突然冒出一句："长城缺头少尾。"

又过了些时日，父亲又冒出一句："君王没有去祭祀。"

看着兄弟俩疑惑的表情，父亲说："长城看似如蟒蛇伏卧大地，但是苍天没有给它注入灵性，长城没'活'。如果长城活起来，那么长城就是卧龙，天无二日，地无二龙，所以长城没法活。"

父亲仰望苍天，喃喃地说："我们错了，动议修长城就是败笔。"

九、长 城 溃

一日父亲夜观天象，看到行星逆行，西方白虎脚跛，说不好！东北方向好像出事了。哥俩说，有长城在，不会有外族入侵吧？父亲说，可能长城东端溃陷，父亲安排哥哥汉农即日出外打探。

没几日，哥哥匆匆赶回，说，果然是长城东端溃陷，一个叫吴三桂的汉人将军引满族清兵入关占领了京城，现在正杀向全国。哥哥又说，清兵多由游猎民族组成。父亲说他们既然和汉人的军队合伙，就不太可能像当年胡人那样对待我们汉人，父亲安排哥哥继续前去打探。

哥哥第二次回来，情况又有了大的变化，说，南方的汉人，在南方又建立了个朝廷，被称为南明朝。南明朝说是要和吴三桂的汉军合作，并将黄河以北的土地割让给满族，但是满族不答应，吴三桂更是将南明朝逼到西南边陲，最后将南明朝剿灭。再后来，吴三桂的汉军和满族清兵反目，他们又打起来了。清兵为了安抚天下汉人，提出满汉一家，已有不少汉人站在了满族一边，最后吴三桂兵败，满族统一了中国天下。

哥哥第三次回来，说天下形势已定，汉族剃头穿满服，满族接受汉文化。

父亲摇摇头，仰天长叹，说："中国又进入了一个少数民族统治时代。"

后来弟弟汉书学业完成，被父亲派出做官，父亲对弟弟说，在中国除了务农，就是做官，你去做官吧。

十、尚　文

在中国那个年代，要做官，也并非容易，那就是要经过非常严格的考试。

汉书以非常奇特的方式走进了考场，他抬起一条腿，心里想着戏剧舞台上的鼓点，"得得一得呛！"腿落下，向前走了一步，然后再抬起另一条腿，"得得一得呛！"腿落下，再向前走了一步，其他考生急着寻找位置，没人理呼他，但是他的行为引起了考官的注意，这个小子是来捣乱的，轰出去。但当那些人来到他面前时，他说话了："本人必考第一名，谁敢动我一根毫毛，待我做了官，你们就不怕我报复吗？"考官见状急忙退下。

汉书这小子这么做，是因为他听说考场有作弊行为，他是有意引起别人的关注，生怕自己被作弊行为悄悄埋没掉。

开考了，汉书打开考卷，扫了一眼，提笔就写。

第一考题是填空题，来自《尚书》，括弧内是汉书的填写。

1. 静言庸违，（象恭滔天）——花言巧语，对天不敬。
2. 克勤于邦，（克俭于家）——为国勤政，节俭于家。
3. 视远惟明，（听德惟聪）——远见为明，良言为聪。
4. 若网在纲，（有条而不紊）——主次有序，调理不乱。
5. 为山九仞，（功亏一篑）——浩大成就，只差一步，前功尽弃。
6. 克明俊德，（以亲九族）。九族既睦，（平章百姓）。百姓昭明，（协和万邦）——德才兼备，家族和睦，家族和睦，辨明百官，辨明百官，协调诸侯。

老师在教导汉书时说，《尚书》是记录虞、夏、商、周各代帝王的言行和处理国家政务的公文，是中国最古老的皇室文集，是中国第一部历史文件和追述古代事迹著述的汇编。通过学习，汉书对《尚书》的理解甚深，他明白，《尚书》宣传的主要思想是“鬼治主义”，逢到臣民不听话的时候，只要抬出先帝或先祖来，自然一切解决。老师说，今不如昔，鬼治也就是自然的了。当然鬼治这两个字大不敬，汉书不敢说出口，他学老师的说法，叫“法古”。

第二考题是背写《礼》，文章先是起个头——始见于君，执挚至下，容弥蹙。然后你要续写下去。

（庶人见于君，不为容，进退走。士大夫则奠挚，再拜稽首；君答壹拜。若他邦之人，则使摈者还其挚，曰：“寡君使某还挚。”宾对曰：“君不有其外臣，臣不敢辞。”再拜稽首，受。凡燕见于君，必辩君之南面。若不得，则正方，不疑君。君在堂，升见无方阶，辩君所在。）

括弧内为汉书所填，简译如下：第一次见国君，手拿礼物到堂下时，要显得恭敬诚实，有点胆怯。见国君时要小步快走。放下礼物后，要对君两拜，叩头至地，国君回一拜作答。如果是外宾见，国君还要回礼，说：“这是我给你的礼物。”外宾要回答说：“谢君赏赐。”并两拜，叩首至地，接过礼物。见国君时，君面南则对北叩见，君不面南，面君叩见即可。君在堂上，你升堂见君，从哪个台阶上堂没有一定，要看君所处的位置，以近君为便。

对于这种礼节，汉书在父亲面前演练过，父亲还告诉他，礼节是起码的礼貌，但是在官场上则是尊卑地位，千万不可搞错。

第三考题是作文，谈《易》，这是篇杂文。《易》是《易经》《易传》《周易》《连山易》，《归藏易》的基础，《连山易》《归藏易》失传，《易经》《易传》合二为一成《周易》，《周易》是中华文化的总源头，儒家五经之首，儒释道三教宝典。所以准确地理解《易》，则是对周易，对中华文化理解的根本。

当时人们对“易”的理解五花八门，比如“易”这个字在甲骨文中的本意是指“蜥蜴”，并特指蜥蜴中的变色龙，因此“易”应解释为“变化”；还有《易经》是上古圣人仰观天象，日月交替而得，“易”字是上日下月，“勿”是月之变形。“易”字表义应是万事万物之生长、变化、消亡规律；而汉书则认为，天地之大德曰生，天地不交，而万物不生，天地交合最直观的形式便是降雨，一场新雨一层绿，所以变应该从天地合开始，天地合是初发生，是变的原生，也就是

"易"。

汉书提笔一句话："天地（阴阳）合而万物生，天地合谓之易。"

对易如此理解是太简单化了，但是就是简了才是"易"，有偏颇在其次，很难否认汉书突显出了问题的根本。

像进场时一样，汉书又是踩着心中的鼓点，昂首而去。

十一、尚　土

你可别说，汉书的考卷确实受到了考官的重视，"人才啊！"但是对于汉书的傲慢，凡有点自尊的人也都很难接受，怎么办？办法很简单，那时的考试就是考公务员，给这个傲慢的公务员个难差就是了，于是汉书被分配到一个经济欠发达的县当芝麻官。

汉书真是吃苦了，县衙设在一个破庙里，汉书到任时，几个衙役歪歪斜斜地在晒太阳，见新县官到任，他们没起来迎接，为什么？事情也简单，几个月没发工资了。

汉书没说什么，他能说什么？汉书自己打扫座椅案枱，然后拿出大印往醒目的地方一放，并有意弄出响声，那几个衙役抬抬眼皮，还是没动弹。汉书又将包裹打开，将自己带来的牛肉，酒摆开，然后下了一号令："尽吃，尽喝，不吃白不吃，不喝白不喝。"几个衙役起身了，不好意思地凑上来，嘿嘿笑着，嘴里喊着："官老爷！"手就伸过来了。

汉书让他们放开吃了三天，开始说话了："咱们是一块继续挨饿呢，还是想法吃饱?"

他们说话了："当然是想法吃饱，官老爷说吧，要我们干什么?"

汉书说："我初来乍到，具体说干什么我也不清楚，大家商量着来，有好办法了呐，大家就有饭吃了，找不出好办法呐，大家就一起挨饿。"

看官老爷这么看得起他们，这些衙役来劲了，经过三天三夜的开会研究讨论，办法有了。

事情原来是这样，这里原来的赋役制度是将赋和役分别征收，赋以土地为对象征收，按田亩计算；役以人为对象征收，分为按丁和按户征收两种。这个办法一开始老百姓接受，生产发展，社会安定。但是由于国家没有规定土地不许买卖，一些由于家庭原因，比如家有病人，急需资金等情况，便想法出卖土地换取急用的资金，而一些手头稍有宽裕的家庭便收买扩大了自己土地，长期下去一些失去土地的人只能给获得土地的人打工，这样就逐步产生了贫富差距。而国家的政策，不论贫富，“役”是一样的，而役是没有收入的，这样一些贫穷的人就感到役的压力太大，后来他们便选择了逃役。而富户由于缺少劳动力，即使地多也没能多收，所以造成了这里的贫穷。

问题找到了，解决问题的办法也就有了。汉书他们设计了新的土地政策，这个办法叫摊丁入亩，就是将赋和役分别征收的办法改为，丁随地起，田多丁税多，田少丁税少，无田无丁税。

这个办法行不行呢，他们先是悄悄在一个更偏远的地方试验，逃役的人回来了，一年后那里增产了，很快他们这个办法推行到全县，不久全县的生产也开始有起色。

有税收，这些公务员也就有了工资，汉书还将欠发的工资补给了他们，他们乐的直蹦高。但是问题又来了，上级听说这里出现了违反上级政策的现象，派人来检查，这可是丢官的事。不过汉书他们事先有准备，本来汉书他们是想废除按丁和按户征收的“役”，但是他们考虑有违反上级政策之嫌，所以他们对外称这叫“摊丁入亩”，这里隐含有瞒天过海的游戏，另外他们在账面上还按老法平衡，再加上酒菜的招待，回去的人都给他们说好话。

十二、尚　武

工作刚有点起色，汉书在他的部下恭维下，二两酒下肚，心想该睡个好觉了，但是半夜敲门声给他带来的消息却使他震惊地愣住了。

事情是这样，此地有个富商大贾，持富恶霸，祸害乡里。在一次宴会上，有人称赞此人是个侠客，坐上有位儒生不同意他的看法，说此人无一善举，怎么能称为侠之大者呢？之后这位儒生被人杀死，并且还割下他的舌头。

事情报官，汉书没有给予足够的重视，而他的贴身衙役悄悄进言，说，此人不除，现在祸民，以后也可能给官府增加麻烦。这事不知怎地传到那位恶霸耳里，不久这位衙役家里闯进一伙人，因为恶霸认识衙役之母，这伙人一部分进入屋内对衙役之母毕恭毕敬行礼，而另一些人则刺杀了这位衙役和他的父亲，带着两颗人头离去。

此事让汉书震惊不已，他知道，他这个县官来这里绝不只是发展生产，如果不能处理好这些恶霸，他的命也很难保。在他调查出那位出卖他的贴身衙役的内鬼，并秘密处理后，便策马奔上级汇报。汉书的政绩已得到上级赏识，上级在得知此事后，也是极为重视，要立即发兵前去缉拿。汉书说，出兵可以捉拿他一个，可是官兵退去后，事情却很难了结。最后汉书只要了几个教官，并被允许建立地方治安部队。

回来后汉书秘密在山里建立了自己直接指挥的治安部队。汉书的政绩给自己带来了威信，得到老百姓的支持，兵员都是老百姓的子弟，上级也给予了装备上的支持。这里本来就是《水浒》的故乡，老百姓有习武的习惯，三个月后一只装备精良、训练有素的部队开出山里，一时县里上下震动。这时有人建议，立即对那位恶霸镇压，为那位衙役报仇。汉书笑了笑没说话，却令人将本县里知名的乡绅名仕包括那位恶霸请进县衙，当然还有一部分平民百姓。汉书让部队操练表演，场面上旌旗猎猎，杀声震天，那位恶霸冷汗殷殷，他知道这一切都是冲着他来的，但是他没能力和官府对抗，回家后他就自杀了。树倒猢狲散，很快他的那批匪徒也都得到了惩罚。

事情并没有就此结束，汉书将那批部队保留下来，他知道，只要他手里有这样的武装，社会才能长治久安。为了解决经费问题，他让1/3的人值勤练兵，1/3的人屯田，1/3的人回家务农，按时1/3的人轮换，从此水浒之乡有了自己的常备民兵。

汉书采取的第二个办法是让那批知名的乡绅名仕，还有一部分平民百姓组建一个议事会，诸如一些民事纠纷等先由他们去处理，由于他们对地方更熟悉，不光处理的快，还很受民众支持，过去的一些不法分子在大众的监视下，也不得不有些收敛，汉书称这叫做以地方治地方。

不久原来一个经济欠发达的县变成了一个经济发达、社会秩序平安的县。

十三、抑　商

社会安定了，社会繁荣了，汉书又开始反思了，为什么会出现那些无法无天的恶霸呢？思来想去，汉书逐步明白了，首先是因为那些恶霸有钱，有钱能使鬼推磨啊，但是他们的钱又是从哪里来的呢？是经商！“农，天下之本也，黄金珠玉，饥不可食，寒不可衣……”商人何用？这些人不从事农耕，不产生食物，只是依靠着油滑的嘴皮子和灵巧的手腕囤积居奇，掠夺利润，这些人就是社会的蠹虫。这些商人不熟读文章，又没有带兵打仗，于国无功，竟然锦衣玉食，这是汉书无法接受的，特别是经过他的衙役被害事件，商人竟敢在他头上太岁动土，这还了得，所以汉书要整治一下这些商人。

汉书决定先从“盐”下手。盐这种东西，家家户户每天都要吃，需求量大，没有又不行，盐商从中获利，利润颇丰。汉书贴出告示，实行盐的专卖，并派出优秀衙役主管此事。具体做法就是，政府尽数收买民间生产的食盐，待到农忙季节，百姓顾不上产盐，盐价猛涨的时候，政府便把收购和自制的盐运往各个不产盐地区，大赚一笔。

盐业专卖的成功激励汉书，汉书决定再从铁入手。铁这种东西，也是农民必须的生产工具，不愁销路。汉书接受上次盐业的经验，先是贴出告示，宣布铁的专卖，并派出优秀衙役主管此事。具体做法就是，政府尽数将铁矿封禁，不许民间自行开采，而由政府将矿场包给私人，生产的铁三成归官府，而且铁器全由官府运销，这样政府又大赚一笔。

反正老百姓买盐买铁的钱也是要花的，与其让商人赚去，还不如收入国家囊中，汉书的做法起码没有得到老百姓的反对。但是那些受到利益损害的商人对政府意见比天大，他们也没办法，因为汉书利用政府赚来的钱又加强了他的军队。

汉书的成功得到了上级的高度嘉奖，这还因为汉书将赚来的钱也上交了很大一部分。国家因此还出台了一些歧视商人的政策，比如商人不能穿绫罗绸缎，不能盖高楼大厦，禁止商人后代参加政府官员考试选拔等。

但是接下来的事情就没那么简单了。

有个放羊的，他有一手了不得的畜牧技术，从几十只羊很快发展到上千只，也成了一个了不得的大富户。汉书派去的人调查他，实在是找不到他的罪证，汉书就将他请来，和他交谈。此人来后首先表态，愿将他的羊群全部交给官府。汉书苦笑，这样官府就成了强盗了。那人说，那就请官府表个态，他也不是强盗。那人还说，为了使羊群多生崽，他冬和羊同睡，夏给羊崽驱蚊，富裕来之不易。汉书也不得不表态，他这是勤劳致富，是技术致富。

还有一个人，按现在的说法，就是个捡破烂的，但是他就是靠捡破烂，捡出了个富甲一方。他先是收破烂，然后将破烂分类，再加工出售，获得高利润。比如，他将收购到的破旧铁制农具二次加工成新农具，然后送货上门，获得利润，由于他的社会地位低下，本人也诚实勤恳，博得众人的同情和赞许，小钱攒成大钱而富。此人来到后也是首先表态，愿将他的财富全部交给官府。汉书感动之下也不得不表态，说他这是勤劳致富，是诚信致富。

汉书明白了富人不都是奸商。

问题接踵而至，汉书组建的那个由知名乡绅名仕和部分平民百姓组成的议事会停摆了。因为那些乡绅多是富商，由于抑商，那个富裕阶层开始与政府对立了。有些人走了，留下来的也都不说话了，那些平民百姓见状也都不知说什么好，当然，至于什么民事纠纷他们更不管了。

问题继续往严重的方向发展。

盐铁实行专卖了，原来一些盐商和铁矿主，现在不能从事经营，可是他们手里已经有了一些资本了，这些资本往哪里去呢？由于他们原来就是农民，所以他们不约而地的看中了土地，于是土地开始被更大规模地兼并。土地被兼并后，更多破产的农民变为佃农、雇农，还有的成为到处流浪的盲流，这就给社会埋下了不安定的因素，或者农民大起义的种子。

问题还没结束，原来由民办理的事情，比如盐铁，变成了官商后出现了新的问题。比如由官商生产出的农具，“割草不痛”，也就是质量低劣，农民怨声载道。不得已官府改换领导，但由于体制问题，官商产品无法和效益挂钩，更无法和家庭以及继承人等问题挂钩，官商很难有大的长期的起色，更有甚的，官商和官僚沆瀣一气，贪污腐败，更是走向了老百姓的对立面。

面对如此多暴露出的和将要暴露出的问题，自认为有本事的读书人汉书开始犯难了，他也意识到他碰到的可能是个更根本性的问题，是他没能力解决的问题。直说，汉书的抑商政策失败了。

但是命运关照汉书，由于汉书政绩突出，朝廷破格提拔，他被任命为南方一个大都市的长官，去接手对他来说更为新鲜的，也是更为棘手的问题。

第三章　说东道西

>>

一、机器来了

一天汉农和牛儿出早晌，他们行进在村外的小路上，此时风不走，树不摇，晴空万里，鸟儿在天空唧唧喳喳来回穿梭，显得异常兴奋，汉农也感到有些兴奋，他挥起鞭儿，高兴地唱起来：

鞭儿空中响啊，
漫天起朝霞啊，
鸟儿叫喳喳啊，
农夫真高兴啊。

鞭儿空中响啊，
漫天起朝霞啊，
风儿也不走啊，
今年好收成啊。
伊尔吆！伊尔吆！那个伊尔吆！

走着，走着，牛儿不走了，刚才它经常抬头看天空，现在它停下来专注地看着天空。汉农收起鞭儿，走到牛跟前，抚摸着它的背说："牛儿啊，牛儿，你发现什么了吗？如果你能说话，你就说话吧。"牛儿转过头来看着汉农，说话了。

汉农怎么能想起来叫牛儿说话呢？原来是这样，在汉农的父亲汉卿夜观天象时，汉卿无意中发现这头牛也在看着天，汉卿将牛牵到村外开阔地，牛儿竟然抬起前腿，像人一样昂首向天，父亲便估计这不是一般的牛，回来后便将此事告诉家人。本来大家对这头牛就很喜爱，从此全家人更是将这头牛当做家庭成员一样尊重。

牛儿说话了："机器来了！"

虽然是汉农要求牛说话，可是牛真的说话了，汉农还是吓了一跳。镇静下来，汉农问牛什么是机器啊？牛说它也说不清楚。过了一会，牛转过头来，对汉农说："汉书接机器去了。"

二、唯我独尊

汉书真的接机器去了。

事情是这样，此时正由大海驶来一批海外人，蓝眼睛，白皮肤，黄头发，人高马大，并驾驶着巨大的船。如何和这样的人打交道，大家心里都没有底。如何是好，有人想起汉书，说此人非一般，有主意，有办法，于是奏请朝廷将汉书推到一线，让汉书先和这些人打交道。

前面说，由于改革进程快，新的矛盾也将在汉书那里显现，但是没等矛盾激化，汉书抬腿走人了，而且是破格提拔，官位高升。

汉书代表官府接待这批海外来客。

汉书双拳一抱施礼，说："有朋自远方来，不亦乐乎。"

那些海外人叽里咕噜后，一个像是翻译的人员说话了："你们这里有金子吗？"

坏了，汉书马上明白了首先是彼此言语不通，其次是来者不善，否则哪有一见面就要金子的道理。汉书有的是办法，他让海外人退回休息，并立即挑选了50个有文化的年轻人组成了翻译团队，让他们首先与这些海外人打交道，主要是搞懂语言。

很快，汉书明白了，这是来自于遥远的一个叫英吉利的小岛国的使团，不知怎地听说了当今皇上乾隆爷八十四万寿，是贺寿来了。还说，大皇帝八十万寿，未及叩祝，今遣使臣贺礼，一并叩祝，还附有这个岛国国王给当今大清皇帝的信。

阅毕岛国国王来信的译文，汉书急忙书信一封，连同原信和译文，火速上报朝廷。

英吉利国国王给大清帝国乾隆皇帝的信如下：

本王自登基以来，事事以仁慈为怀，除了注意保障本土的和平和安全，使臣民得到幸福和知识之外，在尽可能的能力范围内使全世界同受其惠。本着这种精神，即使在战争时期，我国在世界各地取胜之后，我们仍然让战败的敌人在公平条件下同享和平幸福。现在除了致力于在各方面超越前人，本国王也曾数次派遣本国优秀的学者远航，探索未知之地，这并不是为了占领或者扩张我们已有的足以满足我们需求的辽阔领土，更不是为了掠夺外国的财富，甚至不是为了本国臣民的对外经商行为，而是为了了解各地出产的产品，同落后地区交流幸福生活知识。我们同时还派遣船只运送动植物给贫瘠地区需要帮助的人。

在大清皇帝陛下的统治下，贵国国家兴盛，为周围各国所敬仰。如今我们国家同世界各国和睦相处，本国王认为正是谋求我们两大文明帝国友好往来的好时机。但是双方往来需要行为规矩而不至于违反对方国家的法律和风俗。希望我的臣民不会在外生事。当然，我也希望他们不会受委屈。故此希望特派一位有权柄之人常驻贵国，管束我国臣民的行为，有委曲也可以保护他们，这样的办法可保诸事平安。

我知道皇帝陛下公正仁爱，恳请准许所差之人在贵地观光沐浴，以便回国时教化本国众人。至于所差之人，如大清皇帝陛下需用他们的学问，要他们办事，只管差使他们。对于住在贵国或去经商的我国臣民，如果他们遵守你们的法律法规，求皇帝陛下加恩，若有不是，即该处治。

特使临行之前，我特别嘱咐他一定要在皇帝陛下面前谨慎从事。我们由于各自的王位应像兄弟一样，希望能有一种兄弟般的友谊能够在我们中间常存。

祈求天主保佑皇帝陛下常享太平之福。

这封信很快送到老皇上乾隆爷手里，乾隆看完信，轻蔑地将信抛在地上，怒曰："朕意深为不惬。"

周围的大臣们吓得急忙低下头，此时只有中堂大人和珅将信捡起，微笑着对老皇上说："蛮夷小邦夜郎自大，能知进贡就不错了，皇上威名远播万里海疆，实至是给万寿增光添彩也。”其他大臣也急忙道贺，老皇上这才转怒为喜。

惹老皇上生气的原因是，这个小小的英吉利岛国国王给大清帝国乾隆皇帝的信中竟敢和大清皇帝称兄道弟，信中还有向大清帝国耀武扬威的嫌疑，这自然会惹怒唯我独尊的老皇帝。

其实在英吉利国所在的欧洲，由于各国皇室之间多为亲戚，所以各国君主之间的通信，一般都是以“兄弟”相称。英吉利国国王的信是符合欧洲礼节的，但是到大清帝国就不行了，特别是向天朝上国耀武扬威更是“不知天高地厚”。

按规定已阅过此信的中堂大人和珅早有思想准备，他灵活地将事情往好处做，在祝寿的日子里，保证皇帝有个好心情是最重要的事。

再说汉书对于这些海外来人的意图也逐步弄清楚，他们首先是给当今的我国皇上祝寿，其次是来做生意，祝寿是名义，来做生意、来淘金是实。但是对于后一点，他在向上的报告中没说，一则不想影响老皇帝的心情，二则他也相信朝廷有这个判断能力。

在等待朝廷消息的时候，汉书一边安排人招待远来的客人，一边他要更详细地了解这只庞大的船队。

英吉利使团船队八艘，旗舰“狮子号”，我国领航员初登此船，因从没见过如此大的船，甚感惊奇，还认真地参观了一番。“狮子号”是条军舰，因为上面有炮，炮之大，也是前所未见。另一条船叫“印度斯坦号”，也不小。其余“嘎考尔号”“克拉伦司号”“勉励号”等六条船相对则小一些，但也比大清的船要大。

这些船的样子也令人诧异，和我国的船不一样，它们好像更利于航行，速度更快。他们的到来惊动了本地，几乎所有河流港湾里的中国船只都拥向外海，一睹他们从没见过的这些奇异的大船，后来他们呼唤这些来自远洋的船为洋船，对于那些和船一起来的长相奇异的人，就称他们为洋人。

洋人的贺寿使团人员近百人，包括外交官、青年贵族、学者、医师、画家、乐师、技师等，还有水手近700人。

后来听说有这么回事，说一些目睹洋船的人，看到这些洋船比他们自己的船优越，心中羡慕，有好事者决心仿造一艘。可是政府接到报告后，立即命令停工，而且擅自接受蛮邦式样的这位好事者还受到重罚。

从南方城市到京城的公文传递速度“很快”，公文信使将公文袋缚在背上，公文袋系有铃铛，公文信使骑在马上狂奔，铃声可响在数百步之外，人见人躲，车见车让。而且公文信使每行三四十里就换一人马，不论昼夜、晴雨，所以有外国使团抵达我国南方，欲进京向我皇祝寿之事很快就让老皇帝知道了。

老皇帝时至八十多岁，以古稀天子之身，政幕将闭之时，而犹得一国使者不远万里朝拜，确实是威名远播。一封信中称兄道弟之事和耀武扬威之嫌被和珅化解后，龙颜大悦，通令全国各港口，“当以至敬之礼节迎接云”。

汉书派有关官员护送洋人使团从海路北上京城，经协商，他也从洋人的团队里留下几个人，理由是汉书要亲自学习他们语言，对于这些来自大海彼岸的有着巨舰大炮的异族洋人，汉书要研究研究。

三、天朝上国

数月后西洋使团自北方返回。

当使团归来时，汉书首先要来了乾隆皇帝给英吉利国国王的回信。信的内容如下：

朕披阅表文，词意肫恳，具见尔国王恭顺之诚，深为嘉许。所有赍到表贡之正副使臣，念其奉使远涉，推恩加礼。已令大臣带领瞻觐，赐予筵宴，叠加赏赉，用示怀柔。

至尔国王表内恳请派一尔国之人住居天朝，照管尔国买卖一节，此则与天朝体制不合，断不可行。

且天朝所管地方至为广远，凡外藩使臣到京，驿馆供给，行止出入，俱有一定体制，从无听其自便之例。今尔国若留人在京，言语不通，服饰殊制，无地可以安置。

若云仰慕天朝，欲其观习教化，则天朝自有天朝礼法，与尔国各不相同。尔国所留之人即能习学，尔国自有风俗制度，亦断不能效法中国，即学会亦属无用。

天朝抚有四海，惟励精图治，办理政务，奇珍异宝，并不贵重。尔国王此次赍进各物，念其诚心远献，特谕该管衙门收纳。其实天朝德威远被，万国来王，种种贵重之物，梯航毕集，无所不有。尔之正使等所亲见。然从不贵奇巧，并无更需尔国制办物件。尔国王惟当善体朕意，益励款诚。永矢恭顺，以保乂尔有邦，共享太平之福。除正副使臣以下各官及通事兵役人等正贯加赏各物件另单赏给外，兹因尔国使臣归国，特颁敕谕，并赐赍尔国王文绮珍物，具如常仪。加赐彩缎罗绮，文玩器具诸珍，另有清单，王其祗受，悉朕眷怀。特此敕谕。

汉书看完此信，开怀大笑，对于如何办理这些洋人，汉书心中有数了。

汉书传西洋使团来人相见，西洋使团本杰明·富诺、本杰明·穷诺等人到来。

汉书将乾隆皇帝给英吉利国国王的信交还给对方，并问道："大清帝国一游感想如何？"

本杰明·富诺轻叹一口气，说："我本生意之人，来此发财致富，可是你们帝国却是万般不准，不知是何道理？"

汉书听本杰明·富诺说后哈哈大笑道，看来需要我来给你们上一课，于是汉书就说："农，天下之本也，黄金珠玉，饥不可食，寒不可衣……商人何用？……实乃国家害亦"。

在说这话之前，汉书也是经过了思考，这些洋人，不像他以前接触过的那个放羊的，也不像那个捡破烂的。他们像什么呢，他们就是一群巨商大贾，说不定还是江洋大盗，所以对这些洋人轻信不得。

当然，汉书的思考是建立在乾隆皇帝的态度上，既然老爷子对洋人表面客气，实则是驱逐，汉书也只能这样办理，只是汉书办起事来更是理直气壮。

本杰明·富诺听了汉书一顿教训，心中不悦，说："你那一套自给自足的自然经济理论过时了，我们以前也种过地，只是种地赚不了多少钱，养家糊口而已，后来我们改为畜牧业，日子好过一些，现在我们那里工业化了，我们的日子比以前好过多了。我们这次来就是想和你们做生意，多赚些金子，当然能给你们的东西也很多，比如火车、轮船、枪支大炮、钟表、纺织品等，可是你们的皇帝说你们什么都有，真是奇怪，明明什么都没有嘛，甚至连生产农具都那么落后。"

本杰明·穷诺急忙接话说："对对，我们都工业化了，还可以炒期货、炒股票，你们这里什么都没有。"接着本杰明·穷诺又嘟囔了一句："连郁金香都没有。"

听人说，藩属小邦的使者都是谨小慎微，可是今天这些小子太猖狂了，竟敢藐视天朝上国。听到这里汉书口里威严地哼了一声，打断了本杰明·富诺他们的话。

对于本杰明·富诺和本杰明·穷诺刚才那通话，汉书没听懂，他也不可能听懂，只是看那些小子没有顺着自己的话说，不接受自己的好言相劝，不接受国家应该以农为本这个最简单的道理，所以汉书有些恼火。

本杰明·富诺他们的话被打断，并且看到汉书一脸的怒容，本杰明·富诺他们也不知道自己怎么得罪了这位大人。

到中国后，本杰明·富诺知道了对政府官员要称呼“大人”，虽然他无法理解“大人”这两个字的确切含义，灵活的本杰明·富诺急忙问：“汉大人，我们说错了吗?”

汉书一时也不知道怎么说才好，这些蛮夷小国的臣民不开化，汉书感到自己是在对牛弹琴。

本杰明·富诺想挽回局面，他又做错了一件事，他拿出了一本书，想作为礼物送给汉大人。汉书看书面上几个字，“国富论”，汉书轻轻翻开看了看，每一页上写的都是“钱”字，心中更是恼火，奸商居然还将耍奸的事写成书，汉书也拿出一本书，重重砸在《富国论》上；本杰明·富诺看过去，书皮上两个字“论语”，他也将其轻轻翻开看了看，每一页上写的都是“官”字，他想到他首次竞选首相惨败的事，心里哼一声，官有什么了不起！此时本杰明·富诺也火了，随手也举起一本书向《论语》砸去；汉书看去，书皮上的字是“自然哲学的数学原理”，汉书打开看看，满纸写的是一个“力”字，汉书喊道这是给工匠看的书。汉书感到他受到了侮辱，汉书举起更多的书向《自然哲学的数学原理》砸去，这些书是《孟子》《大学》《中庸》和《诗》《书》《礼》《易》《春秋》，这些书统称为“四书五经”。

“小样的，我半部《论语》闯天下，你们懂个屁!”汉书怒气未消。

本杰明·穷诺在北京受够了中国皇帝老子外交上的繁缛礼节，他看本杰明·富诺有些架不住，顾不得礼数，急忙大声冲汉书吼道：“到你们家门口做生意，你们不做，以后你们想做，得求我们谈判15年。”

四、男皇女王

汉书这算是第一次正式和洋人打交道，不欢而散，但是这不行啊，因为皇帝有旨，对洋人“当以至敬之礼节迎接云”。

学皇帝，表面热情。

汉书请本杰明·富诺等人吃饭。

山珍海味上了一道又一道，汉书看本杰明·富诺，问：“可口否?”

本杰明·穷诺抢先伸出大拇指说：“太棒了，好吃极了!”他又说：“你们对我们使团的供给，如酒、肴、蔬、果等，都是最上等的，我们都吃不了，有时每桌上菜48道，太多了，在我们国家的宴会中，从来不会上那么多的菜。”他又说：“我们使团中有到过其他国家的人，大家公认，对使团接待热情，供给周全，没有其他国家能与你们国家相比，在西湖，一个晚宴我们吃过上百道菜。”接着本杰明·穷诺更是眉飞色舞起来，说：“我见了给老皇帝祝寿，那个三跪九叩啊，起来又跪下，跪下又起来，年龄大的都累的浑身发抖。我见过一些宗教礼仪，各种宗教信徒拜其教主，礼仪之隆重也不能和你们中国大臣们拜其乾隆大帝相比。我见了乾隆大帝，乾隆大帝坐于一无盖之肩舆中，60人抬着，还有无数的侍卫、乐工、旌旗、伞盖簇拥着，其气概尊严神圣不可侵犯。我年幼时听说过所罗门王的故事，感叹为人世间极尊，非人能所为，今见乾隆，所罗门王也！”这本来是本杰明·富诺的私下话，本杰明·穷诺有声有色说出来，倒也精彩。

本杰明·穷诺的几句话说的汉书兴奋起来，举杯共同敬祝乾隆皇帝万寿无疆！同时汉书心里也说，蛮夷英吉利，小岛国之人，也叫你们开开眼界。

本杰明·富诺也举杯，说要共同敬祝大不列颠及北爱尔兰联合王国维多利亚女王万寿无疆。汉书听到“女王”二字，甚觉新奇，怕是自己听错了，不觉又追问一句：“你说什么，你们的皇帝是女的？”

本杰明·富诺说：“是呀，我们称她为女王陛下。”

汉书听后哈哈大笑，说：“蛮夷！蛮夷！尚未开化之邦。”

如此羞辱自己的女王，本杰明·富诺要发火了，但是他转眼一想，这个还生活在所罗门原始状态的国家，尚未开化，怎么能和他们说出个表里，说着举杯要自己的伙伴们单独敬祝自己的女王。汉书一看事情又要弄僵，急忙也举杯和这些尚未开化的蛮夷一起喝下了这杯酒。

双方一时无语。

很快新奇又在汉书大脑里占据了主要地位，他客气地向本杰明·富诺提出了一个小问题：“女王陛下有几个丈夫？”

本杰明·富诺蹭一下站起，说，对于你对我们女王陛下的侮辱，我要向你们提出最严重的抗议。本杰明·穷诺也站了起来，怒目而视。

汉书急忙摆手说，毫无不敬之意。当本杰明·富诺和本杰明·穷诺听完汉书的解释后方才坐下。

汉书的解释是，我们的皇帝有三宫六院，七十二妃，妻妾成群，想必你们的女王也是男人成堆。

本杰明·富诺介绍说，我们那里是一夫一妻制，从女王到百姓都是如此。本杰明·富诺开始反问汉书，你们的皇帝那么多的老婆，那就是说在你们这里，很多男人没有老婆。当知道中国是一夫多妻制，而且官越大，或钱越多，所拥有的老婆越多，相当多的穷苦男人没老婆时，本杰明·富诺惊讶地张开了嘴。

这里就是所罗门时代中，一个未开化的地方啊，本杰明·富诺坚定了自己的看法。

本杰明·富诺再问汉书，那些女人是如何成为丈夫的老婆的？当得知大人物是随心所欲地占有，一般的人是根据媒妁之言，父母之命，只是在进入洞房、揭开盖头之时才认识对方时，本杰明·富诺喝了一杯酒，放下酒杯郑重地说："你们这里没有爱情，一定还不知道什么是爱情，不相识哪来的爱情，爱情是相识，相知，心心相印的结果。"本杰明·富诺又摆摆手轻蔑地说："你们这里是个没有爱情的国度！"

"他妈的！一个蛮夷英吉利竟敢对大清帝国指手画脚，不想活了。"汉书心里开始发脾气了，如果不是皇上有旨，真想宰了他们。就是皇上有旨，汉书也不能任这些人发狂，汉书嘴里话题一转，开始进攻，他要扫下这些蛮夷的威风。

"刚才你们也说了，我们的乾隆爷气概尊严神圣不可侵犯，为人世间极尊，不知贵国女王陛下极尊如何？"汉书确实是个能人，这话问的及其微妙。

本杰明·富诺像是若无其事地喝着酒，轻描淡写地说："我们的陛下极尽女人的职责，养育了九个孩子。"

汉书乐了，脱口而出："家庭妇女啊。"他真想大笑，但是他控制着了自己，信口说道："垂帘听政，我们历史上也有。"

"什么垂帘听政？"该本杰明·富诺糊涂了。

"就是，嗯，比如皇帝年龄太小，当妈妈的就在珠帘后面听大臣的汇报，执掌国事。"

"那为什么妈妈不能当皇帝呢？"

"这个，这个……"汉书觉得太难说清这个问题了，急忙来个以攻为守："你们的女王生那么多孩子，她的政事能忙得过来吗？"

"我们的女王除了养育九个孩子，怀念她早逝的丈夫，让遍布欧洲皇室的子孙们，称她为欧洲的老祖母外，其他什么事都不做，她是我们的精神领袖。"本杰明·富诺说这话时，一幅崇敬的表情。

"那你们国家的政务由谁来做？"汉书有些不解。

“首相，首相来做。”本杰明·穷诺抢着说。

汉书明白了，女王大权旁落，首相挟天子以令诸侯。汉书坐直了腰，心想你们的女王怎能和我们的乾隆帝相提并论呢。汉书表示同情说：“你们的首相太过份了，怎能独揽政权呢?”

“不是，首相没有独揽政权，是国会授权，给他多大权，他就只能行使多大权。比如在杭州一顿饭上百道菜，在我们那里恐怕国会就不会给报销，还有你们这里也太铺张浪费了，那花的都是纳税人的钱啊。”

反应极快的汉书又明白了，这个“国会”一定是皇太后，当他把这个意思说出来后，本杰明·富诺笑了，说：“什么呀，国会是个组织。”

汉书有点蒙，他想起中国有白莲教、天地教等反清组织，不觉又脱口而出，说：“这些组织也能控制国家经济?”

“不，国家经济由看不见的手负责，政府不管这些事。”本杰明·富诺说的很轻松。

“看不见的手”又为何物，汉书完全懵了。

在汉书发懵时，本杰明·穷诺在旁边丢出一句让汉书更无法理解的话：“乾隆老爷子挺可怜，八十多岁的人了还要上班，在我们那里早就可以领养老退休金了。”

真是说东道西。

五、富力帝王

本杰明·富诺看汉书一幅窘态，急忙用手捅了一下本杰明·穷诺，两人端正自己的态度，向汉书报以微笑。

这一顿饭吃的又不愉快。

看戏，对，看戏，这样热闹一些。汉书安排了一场戏，他想淡化他和洋人的不愉快。下面是本杰明·富诺看戏后写的日记：

> 在一个露天广场中有一剧场，上演的是一个傀儡戏，其形式与演法和英国的傀儡戏相似，只是衣服不同。戏中情节与希腊神话相似，说有一公主被幽禁在一个古堡中，后来有一武士，惜香怜玉，冒着危险与狮、虎、豹搏斗，后来救出公主，并与公主结了婚，结婚时国王大宴群臣，场面热烈。虽然这是木偶戏，但是牵线使动，倒是活灵活现。

饭后是烟火，压轴之作是万花筒，一时间，地上百炮齐鸣，空中万花奔放，星月共辉，大清帝国一派盛世状况。

总算没吵架。

下一个安排，畅游珠江。

汉书安排洋人先到。

码头被军队封锁，见汉大人来到码头，军队列队迎接，轿夫挑起轿帘，汉书慢慢走出轿子，全场下跪，骑马的也下马跪下，此时风刮旌旗啪啪作响，全场肃静，汉大人可谓派头十足。

汉大人目不斜视地走向游船，落座后，其属员及侍从恭敬站立，其尊严也像个帝王。

汉书见本杰明·富诺等洋人立于偏远，便招招手，以示关怀地请他们坐在自己身边。

汉书威风八面，是想提醒本杰明·富诺等洋人，这是在天朝上国，你们得懂规矩，不能太放肆。

游船启动，汉书等人一边欣赏岸边风景，一边品尝着上等的龙井茶。

本杰明·富诺请求发言，继续畅谈大清帝国一游，不过此时本杰明·富诺已明白在这种场合他应该说什么话了。

下面是本杰明·富诺的日记。

关于圆明园：

圆明园是皇家陵园，是皇帝游息之所，圆明园周长18英里。

走进圆明园，每到一处都是一番景色，处处展现出帝王的风采，不由你不承认乾隆为东方之雄主也。圆明园中花木池沼以至亭台楼榭，多至不可胜数，景象万千而点缀之得宜，构造之巧妙，可谓神工鬼斧，让人感到此园只应天上有，就是《一千零一夜》《希腊神话》里的景象都难以和圆明园相比。圆明园太大，我虽尽力观赏，也只是十分有一，就这十分有一就让我终生难忘。

关于正大光明殿：

此宝殿为皇帝正式办事处，是影响和决定帝国命运的地方。正大光明殿，殿长150英尺，阔60英尺，仅有一面开窗，与窗相对之一面，即为御座所在。御座为一桃木所做的特大的椅子，上刻精美之花纹，据说其桃木木料产自国外（实际是来自英国），中国人以桃木为贵，故用以制为御座。御座之下有一台，高数尺，两边有木制之短阶，以便上下。御座之上，有一广额，署“正大光明”四大字。

御座两旁各有一个孔雀毛制成的扇子，面积极大，形状为圆形，很是美丽。全殿地板用大理石铺成，大理石有灰色白色两种，灰白纵横相间，望上去如棋盘，可谓奇思妙想。整个大殿庄严肃穆，进入大殿自然会让人屏气销声。

关于帝宴厅：

给皇帝祝寿的宴会厅是圆形的幄，圆形幄直径长约在24码至26码之间，用多根圆柱支撑，圆柱有的镀金，有的绘各种花纹，有的加漆，这要看在坐的官员地位及距离皇帝的远近而相应排列。幄中一切陈设的东西，如桌椅及一切木器都是穷极华丽，而壁绒、帷幔、地毯、灯笼、缨穗、窗帘之类也都是最精美之品，而且颜色的搭配、深浅浓淡的采择，五色相错，无一不斟酌适当，置身其间，目之所及，感觉是无比的豪华辉煌。中国帝王的生活，不是欧洲人所能想象。

皇帝的祝寿宴会至始至终秩序井然严肃，执事官按序上酒进菜，恭谨谦卑，出席宴会的大臣们也都沉默不喧。偌大一个宴会厅，除非皇帝说话和相应官员的对答，其余竟然寂静无声，可见中国人对皇帝的敬畏。

关于避暑山庄之万树园：

骑马进入避暑山庄的万树园，在该园曲折行三英里，所见风景大概和我们英国彼德福省的留墩相似，而气魄之雄厚超过我们的留墩。园中的乔木灌丛，拔地立天，有风路过，便绿涛滚滚，声吼威然。园中的奇花异草，大小不同，形状各异，在园中移步换景，情趣怡然。路边的草丛修治整洁，远方望去，如地毯铺地。来到一湖边，眼前开阔，临湖远望渺茫不见对岸，此湖之大靠目力很难判断它的面积。湖边停有一艘装饰华丽的游船，旁边还有几艘小船，用来搭乘仆人员工。我在几位大臣的陪伴下，乘舟泛湖，湖中景色美不胜收，就是船中陈设的瓷瓶、古董以及墙壁所挂书画等，就使我大饱眼福。

船在湖中，只见岸上有宫殿帷幄从树林中探出，甚是惹人注目，我让船靠岸，趋之观望游览。这一天估计停船有数十次，自然我也浏览了数十处的宫殿帷幄。这些宫殿帷幄都建筑的及其雄伟大气，有些建筑中还悬挂着乾隆皇帝的《秋狩图》《功业图》等，老皇帝的艺术造诣也令人叹服。这些建筑内还藏有各种绝大的玉瓶及玛瑙瓶，还有瓷器和漆器的精品等。但是中国官员说，这个地方所收藏的藏品若与皇宫或圆明园相比，犹相差万里。我很是吃惊，我无法估量中国皇帝的财力能雄厚到什么程度，这也是我英王难于比拟的。

天色晚了，我与同游的大臣们告别，大臣们说，今天只是看了全园的东边一小半，还有西边的一大半没有去，改日我们再陪贵使玩玩，此话又让我吃惊不小。

最后本杰明·富诺朗读了乾隆皇帝在接受了英国使团的“朝觐”后，赐与英使团的诗。这是乾隆见英国使团极为恭顺恳挚，特嘉奖之。

御制红毛英吉利国王差使团奉表贡至志事诗：

博都雅昔修职贡，英吉利今效荩诚。
竖亥横章输近步，祖功宗德逮遥瀛。
视如常却心嘉焉，不贵异听物诩精。
怀远薄来而后往，衷深保泰以持盈。

六、谋全局

畅游珠江，汉书和本杰明·富诺的这出戏演的成功。

本杰明·富诺也看出了汉书是在做戏，所以他就配合。比如大清帝国的藩属国向大清皇帝贺寿礼为进贡，大英帝国与中国处于对等之地位，只能唤作礼物，不能称为贡品，可是老皇帝还是把英国送来的礼物称为贡品，显然是不对的。但是本杰明·富诺他们是来做生意的，生意没做成，还计较那些管什么用呢。所以本杰明·富诺朗诵那首他们本来就反感的诗，以取悦中方。本杰明·富诺祈求没在朝廷办成的事，看看能不能在汉书这里有所突破，万里迢迢来到中国不易，不能白跑啊。

汉书玩的这一套是官场游戏，是演给他的同僚们看的，即压服了洋人，又得到了洋人对老皇帝的敬仰，这让他能更好的向朝廷交代。

当然汉书对本杰明·富诺这一套也是心知肚明，大权在握，他们不得不就范。但是这是次要的，更主要的是，他希望本杰明·富诺继续配合下去，他要从本杰明·富诺那里得到更多的情况，更多的全中国的情况。汉书知道要想当好现在的官，必须落实这样一句话："不谋全局者，不足以谋一域。"

汉书将本杰明·富诺请进密室，他要本杰明·富诺不要再说恭维话，而是要他将在中国看到的一切如实地告诉他。本杰明·富诺为了将来的利益，也向汉书表现出了实诚。

下面也是本杰明·富诺记录在日记里的话。

盛世之官与民，本杰明·富诺眼里的乾隆盛世之一：

根据英方的要求，和乾隆皇帝的批准，广州方面要派引水员帮助英国船队从广州直达离北京最近的城市天津。广州官员立即派兵丁四处寻找这样的引水员。兵丁们很快带回来一群人，这些人是我平生见过的最悲惨的家伙了，一个个双膝跪地，接受讯问。有些去过天津，但不具备引水员能力，有些是引水员，但是没去过天津，有些就是船都没上过，就被拉来了。最后两个人，他们似乎能胜任这个工作，但是他们却又早就不下海了，现在正从事商业经营，而且事业有成，他们都不愿意接受这个差事，他们向长官叩头恳求免除这趟劳役，说若是长久离去，他们的商业必垮无疑，妻儿老少无法生计。但是长官不予同情，皇帝的谕旨是不能违抗的，总兵命令他们一小时之后准备启程，否则以抗命论罪，两人只得哭别妻儿。

从北京返程，我们走的是中国的内地，也就是要在河道里航行。我们的海船太大不适合在河道里航行，中方给我们预备了很多小船。在中国的大运河里行走，很多时候船是逆行，这样船就必须有人拉纤。纤夫如何来，官员们通常是命令兵丁到河岸附近的村庄去找，找到后再强迫他们从事这种苦差。这些兵丁往往是夜间对附近的村庄突袭，冷不防地将他们从床上拖下来，若有反抗便要遭到鞭抽棍打。当这些被抓来的人集合在一起时，他们的样子不能不引起旁人的怜悯，手脚灵便的小伙子们跑了。这些大都是身体瘦弱的老人，这些人骨瘦如柴，满面病容，衣衫褴褛，看上去更应该去医院看病，而不是从事任何形式的劳动。官员们答应给他们每天的报酬为七便士，而且不给回家的路费。看这些官兵的态度，这点可怜的小钱能否兑现还很难说。夜间有些纤夫逃跑，官员就命令兵丁再到附近村庄去抓。

拉纤绝对不是一件轻省活。有时候必须趟过泥沼，有时要跨过激流，接下来马上又得让裸体暴晒在烈日下。他们还总是被兵丁或什么小官吏的随从监督着，其手上的长鞭会毫不犹豫地抽向他们的身子，仿佛他们就是一队马匹似的。

夜间有一条船搁浅了，此时天气转寒，河水几欲结冰，在刺骨的寒风中船主船工和纤夫们跳到水中合力推之，直忙到天亮，个个筋疲力尽也没能解决问题。船队的其他船继续航行了，主事的官员失去耐性，命令兵丁给船长船工和纤夫们挨板子。后听说，因这个事故，船主船工和纤夫们的工钱都被罚去。可怜的这些人，提供了船只，服了苦役，得到的只是一顿板子。

盛世之满与汉，本杰明·富诺眼里的乾隆盛世之二：

到达天津后，朝廷派来陪同我们的是两个汉人官员，文官乔人杰和武将王文雄。乔人杰沉静稳默，恂恂儒者也；王文雄则慷爽异常，不脱武人本色。相见不久，他们摆脱了中国习俗要求他们在正式场合应该显示的那种死板而做作的客套举动，相反，他们跟我们一起坐上餐桌，努力使用刀叉，令人感到和蔼可亲，而在告辞时，还像我们英国人那样跟我们握了手。

后来乾隆皇帝又派一鞑靼官员金大人为钦差，主管此事，乔人杰、王文雄副之。看金大人神气，对其上官总督亦有不逊之气。

在金大人不在场时，乔人杰、王文雄与我们闲谈，说乾隆皇帝是鞑靼人，鞑靼人不信华人，故在华人办理国事时，必有一个鞑靼人掣其肘。这个金大人，愚黯昏盲，人格不善，而又自作聪明，并安排我们用忍耐之心防范。

华人与鞑靼性质不同，华人多彬彬有礼，鞑靼多桀骜不驯（注：我们英国人把汉族称为华人或中国人，而将满蒙等游牧狩猎民族称为鞑靼人）。

有一件事情我很难忘记，就是华人挨板子会发出可怜的声音大喊大叫，而鞑靼人则一声不吭。华人在挨打后会双膝跪在长官面前，用卑下的话表示感谢，说是长官替父亲教育了他，使他认识了自己的错误。鞑靼不同，他们会发牢骚表示不满，或干脆转过头去表示不服。

有一次夜间，在路过长城时，有一个鞑靼将领到我们这里拜见，此人傲慢自大，陪同我们的乔人杰、王文雄官职大于此人，但是他们惶恐不敢坐，鞑靼官员的气焰，可令华人官员不寒而栗，这也就是战败国的下场。

盛世之民生，本杰明·富诺眼里的乾隆盛世之三：

我们十分惊讶地发现，离京城越近，这个国家的景象和人民的状况越显得贫穷凄惨。这里的土地低洼平坦，大部分看上去都是不宜耕作的沼泽，野草萋萋，除了村庄周围，难得有树。村庄里的茅屋，一些是用烧的半透的砖砌成，另一些是用泥巴建成，屋顶盖稻草或芦苇。有些房子是用泥墙围着，有的用芦苇或高粱编织的粗席围着。这些被围着的院子里通常住着一家三四代人，以及牛羊、猪狗、家禽，和属于这个家庭的所有其他生活物资。

这里的人口众多，自到达之日起，男男女女，老老少少，每天都蜂拥到岸边来观看我们这些洋人，可是他们的神情表现不出幸福和快乐。衣着最好的男子头戴一种绒帽，短上衣是圆领对襟，袖子奇大，颜色或黑或蓝，料子是棉布、棕色丝绸，或者是麻纱；下身是镶拼的短裤，黑缎靴。普通百姓头戴大草帽，穿蓝色或黑色棉布袍，宽松的棉布裤，粗笨的鞋，有的还是草编的。有些人穿着粗糙的布衣，有些人光着腿。不少人光着膀子，身上只有一条长裤。

北京商店里所售的货物当中最为辉煌的是供死人睡的棺材，就是把我们英国最华丽的灵柩跟中国富人的棺材相比，也会显得寒酸。其板材少有薄于3英寸的，而体积则为我们的两倍，可是这里的人个头比我们矮。

我们在经过山东省北部时，沿途所见的人文景观比北直隶要丰富多样，生活条件要好得多，他们的住房用砖或木建造，与首都所在的省份相比要结实的多。山东南部多是湖泊，这里可怜的渔民苍白消瘦的面孔说明了一切。

接近扬州时，农村的面貌大为改观，城内的房屋通常有两层楼高，显然都建造优良。房屋都用石灰刷白，干净整洁，排列有序。居民的穿戴也比起我们在北方省份看到的要好得多，这里的女人也漂亮的得多，五官更柔和美丽。

扬子江是条美丽的大河，各种船只穿梭往来，呈现出一片欣欣向荣、风情万种的景象。

苏州城四面群山起伏峰峦叠嶂，郁郁葱葱，山脚下是一片浩瀚的湖水，令人心旷神怡。苏州人大多穿丝绸服饰，这里的女人穿裙子，而不是北方女人那样穿裤子，她们楚楚动人，使人赏心悦目。这里的人喜气洋洋，神情满足。

杭州是大运河的终点，杭州西湖的自然和人文风景之美，远远超过我们有机会在中国看到的任何景物。湖水四周群山环绕，山峦高耸，形状多样，如置画中。杭州以丝绸业著称，就商店和仓库的大小以及存放的货物而言，他们完全可以与伦敦最好的商店和库房媲美。

江西省又是另一番景象，这里的女人健壮，长相凶猛，四肢发达，力气过人，很适合担任田间繁重的农活。她们的服装与男人几乎一样，像男人一样也穿草鞋，她们没有遭受过裹脚的痛苦。当中国农民想得到一个能吃苦耐劳的妻子时，就到江西去买。

在中国人们交谈的内容总是千篇一律，就是邻居家的琐事。

我们感慨北京的皇宫大殿只是大而已，夏天在里面办公还算凉爽，冬天可能就冷得要死，因为里面就是有壁炉也烘不热，皇宫除了威严，还有点蠢。皇帝住的地方连盥洗室都没有，没有下水道，我不知他们的洗澡水用后倒在哪里。和一般的民房相比，皇宫的舒适度没有太大提高。

广州英国商馆比这个国家所拥有的最辉煌的宫殿还要舒适。

盛世之军事，本杰明·富诺眼里的乾隆盛世之四：

在给乾隆皇帝祝寿时，我们和中国的将军们攀谈，说我们使团有一班卫队，使用的都是我们欧洲当下最先进的武器，我们愿意操练给他们看，当然我们的用意是引起他们的兴趣，与他们做军火生意，尽最大可能地打开他们的国门。然而他们的回答是："看亦可，不看亦可，这火器操法谅来没什么稀罕。"

虽说我们只是试试看的做法，但是他们的回答仍令我惊异，因为我们知道他们的兵器还只是些刀枪剑戟冷兵器，而我们要给他们演示的是冷兵器无法比拟的火器，他们的固步自封令我们不解，然而他们下一步的做法更令我们不解。

我们离开北京南下回来时，每路过城镇，经常有军队对我们列队行礼。一开始我们认为这只是礼节，但是这些军队人数之多，行为之威严，我们不能不认为，这里面暗含示威之意，他们在通过这种形式告诉我们，若我们行为不端，他们就可给我们难看。然而在我们看来，这些还使用冷兵器的宽衣大袖军队更可能不堪我们军队的一击。

盛世之无知，本杰明·富诺眼里的乾隆盛世之五：

下面是与清朝重臣和珅的谈话。

本杰明·富诺先是恭维一句："大清帝国威震四方，四海之内无不臣服，我为大清感到骄傲，感到欣喜。"

和珅听这话后很是自然闲聊似地表示关心："俄罗斯国与你们英吉利国有多远？你们两国关系还好吗？意大利国和葡萄牙国离你们英吉利国是否较近，臣服你们英国吗？"

本杰明·富诺听后先是一惊，因为很难理解如此大臣竟然没有一点地理常识。不过本杰明·富诺还是就英国离俄罗斯、意大利和葡萄牙的地理位置做了说明，不过看和珅的样子，他是似明白非明白，因为他和大清的其他大臣们对西方送给他们的地球仪不屑一顾，他们已习惯于天圆地方的感觉之中。

七、礼物与秘笈

本杰明·富诺要回国了，他来给汉书告别。

本杰明·富诺送给汉书一个包裹，汉书打开看是几块黄色的东西，不解。本杰明·富诺说这是他们英国发明的肥皂，常洗洗内衣，就不会生长寄生虫了（虱子）。本杰明·富诺在华期间发现就连朝廷最大的官也会呼唤仆人，当众在自己的脖子上扑捉那些小虫。一经捕获，他们就会面不改色地将其放在牙齿之间消灭。所以本杰明·富诺就送了几块肥皂给汉书。

汉书随便地将英国人的发明丢在一旁。

汉书也送给本杰明·富诺一个包裹，本杰明·富诺打开看是一个婴儿奶瓶，不解。汉书说，牛奶是给牛犊喝的，婴儿可以与之争食，大人就不要与之争抢了。汉书发现这些洋人每食必用牛奶，就连喝茶也要加牛奶，这么大了还不断奶，他们好像是群永远长不大的孩子，所以汉书就送了一个奶瓶提醒这些不开化的人。

本杰明·富诺将汉书的礼物认真收好，然后本杰明·富诺又拿出一个上锁的盒子，并把钥匙交给汉书，说，里面是本秘笈，七七四十九天后是黄道吉日，子夜打开。在这里本杰明·富诺也玩了把中国的八卦。

第四章　罂粟花

一、天堂神宣旨

一天清晨，漫天朝霞，天堂神在天上向全天下宣读天的旨意：下一时期中国社会的发展大势是，结束农业文明时代，进入工业文明社会，时间限制在200年内。

在东方大地，天的旨意没有引起任何反应，这个封闭的社会没法理解中国在200年内将会产生翻天覆地的变化。

五德终始将要结束，几千年的君主专制社会将要崩溃，一个新型的社会将会产生。

二、蛇又来了

和汉书告别后，本杰明·富诺他们就要回国了，但是就这样两手空空回去吗？本杰明·富诺心有不甘。

本杰明·富诺坐在大海岸边，望着无际的大海，不知如何是好。此时一条蛇慢慢游近本杰明·富诺，蛇开口说话了：“本杰明·富诺！”

正在沉思中的本杰明·富诺吓了一跳，急忙站起来。

那条蛇又说话了："我们蛇和你们英国人不一样，但都是不远万里来到这里，确切地说我很早就到这里来了，我是个中国通，如果你们有什么困难，我可以帮助你们。"

本杰明·富诺问："你到这里干什么来了?"

蛇说："这里很热闹，不是你也听到了吗，这里近200年内将要发生翻天覆地的变化，我呀，就是喜欢凑热闹，我来这里是帮助变化的，也算是落实天的旨意啊。"

本杰明·富诺将信将疑，不过本杰明·富诺还是将自己的苦衷说了出来，说是本来是到中国发财来了，可是这里闭关自守，不与我们作生意。

蛇问："这里有你们需要的财富吗?"

"有啊!"本杰明·富诺急忙说："中国有瓷器、丝绸、茶叶等，这些东西运到我们那里可赚钱了，可是他们的大门关着，就是不想与我们往来。"本杰明·富诺急忙又说："以前通过丝绸之路我们得到过一些这样的商品，现在我们想大规模的自己来。"

"啊！是这样。"蛇装着很慎重的样子，在原地扭曲了一会身子，然后说："我有办法了。"

"什么办法?"本杰明·富诺问得有些急切。

蛇说："请你闭上眼睛。"

本杰明·富诺有些胆怯，蛇又说："我不会伤害你的，你闭上眼睛吧。"

本杰明·富诺闭上眼睛，可是又迅速睁开。就在这一眨眼的工夫，本杰明·富诺的面前出现了一株花，茎株婷婷玉立，叶片碧绿，花朵艳丽娇媚，花香清爽。本杰明·富诺不自觉地放大了瞳孔，深吸了一口花香，并好奇地问："这是什么花?"

蛇说："罂粟花，也叫开门花。"蛇接着说："我们西方不是有个风俗，求爱要送花吗，同样，这里的人也喜欢花，你把这花送给这里的人，他们就会向你打开大门。"

"用花儿打开中国大门?"本杰明·富诺一脸疑惑。

"这可不是普通的花。"说着蛇朝花儿吹了口气，花儿败了，一枚蒴果傲立在茎株之上。蛇接着说："从蒴果里可提取汁液，然后将汁液再加工成鸦片。鸦片是一种奇异的东西，吸食它以后，人会产生奇异的感觉，知道性福吗？对，这种感觉比性福还性福，但是这种东西能让吸食者上瘾，欲罢不能，欲死欲仙。"

本杰明·富诺理解能力极强，马上反应过来，问：“这是毒药吧?”

蛇点点头，说：“这是毒药!”

本杰明·富诺挺直了身子，对蛇说：“不不不，你这是坏主意，我不能听你的。”

蛇说：“对对对，不能听朋友的，那你说说，如何能打开中国的大门?”蛇接着调侃本杰明·富诺说：“芝麻开门吧！对对对，你用念咒语的办法能打开中国大门，这多省事啊!”

本杰明·富诺白了蛇一眼，然后一屁股坐在地上。

蛇挺了挺身子，它要继续给本杰明·富诺洗脑子。蛇说：“要想打开中国大门，无非是两种办法，一是文，一是武。文这种办法你们试过了，不可能说动他们吧，那就是武了!”

本杰明·富诺从地上跳起来，大声说：“又是毒药又是杀人，我们是来发财的，不是来战争的。”

蛇委屈地缩了缩身子，说：“这么耐不住性子，你还能作什么大事。”

本杰明·富诺也觉着自己有点冲动，这可不是一个好的销售人员应该具备的素质，他朝蛇摆摆手，算是歉意。

蛇继续说：“一开始悄悄把鸦片送给中国人，他们尝到甜头就会大批购买，等他们发现上当时，就会发生战争，你们用的是19世纪的热兵器，他们用的是16世纪的冷兵器，只需轻轻打他们一下，他们就会失败，那时中国的大门就会敞开，你们就会发财了。”

本杰明·富诺翻眼看看蛇，他仍是疑惑。

蛇又说：“打开中国大门，中国国内的矛盾激化，中国人就会推翻鞑靼人的统治，恢复他们的中华，那时中国才能结束帝王时代，进入工业文明社会。”

本杰明·富诺还是不太相信蛇说的话。

蛇对本杰明·富诺无奈地摇了摇头，蛇又挺了挺身子，说：“只有200年的时间，不用点猛药不行啊。”

三、咒天下之语

话说回来，海卿派儿子汉书去做官，汉书做官后也将作官的事情时常书信告知父亲，寻求父亲的指点。

一天天气晴朗，日落后，可以欣赏到一弯美丽的月牙儿，仔细观看，发现在月牙的旁边好象还有一轮月亮，这种现象被称为新月抱旧月。海卿一看说是天下又要变化了，果然没几日，汉书的书信送来，而且来人还送来了大批的实物。

事情是这样，汉书虽然遵照皇上的旨意接待了英国使团，但是汉书也感到英国这个外来民族太奇异了，想起父亲在他做官前的叮嘱："我们是战败国，是汉人，外来民族不可能永远统治我们中国，你要多个心眼。"他好像有点什么预感，所以汉书将英国使团的部分礼品，以及自己的所见所闻的笔录，安排家人秘密送给了远方的父亲。

汉书送来的这些东西太丰富了，书籍、航海图、地球仪、天文仪、行星仪、天体运行仪、钟表、望远镜、卡宾枪、步枪、连发手枪以及榴弹炮、迫击炮、各种战舰的模型、蒸汽机、棉纺机、织布机的挂图等，这都是海卿见所未见、闻所未闻的东西，在这些东西面前，海卿一阵迷惘。

晚上，海卿又架起了他的天象仪，可是海卿很快发现，他的天象仪好像乱套了，几个大圆环象征天空，天空星星从对应的圆环中的小孔射出的光，不再照射到几个平行四边形木规上的各个刻度上；象征大地的几个平行四边形的木规上的各个刻度也像是有意躲开天空射来的光，不想再理会"天空"。这是什么意思哪？海卿又是一阵迷惘。

经过三天的思考，海卿仍不得要领，这是他一生中从未碰到过的事情。海卿又将儿子的信拿出，信中有这样一段话："在我们的意识里，八卦图就是根据洛书与河图变化而成，而且河图洛书，是我们的'人文之祖'，是我们的根文化。而且相传，大禹治水的时候，为了考察水势，来到黄河的支流洛水。正当大禹在观察水势的时候，突然从河里出来了一只神龟，神龟的龟甲上有一个图案，大禹感到非常惊奇，就把这个图案记了下来，并且据此找到了治水的方式，可是那些英国人藐视我们的文化。"

下面是汉书抄录的一个英国人的一段话：

> 中国人按某些龟背上的图案描绘而成的规则图形，被某些先生臆断为包含着中国哲学中最高深的哲理（这些龟被中国人称为神龟）。它们概括了一切完整和不完整，代表天地之数，诸如此类莫名其妙的术语，很显然，是他们自己和读者都不知所云的胡言。

据说在龟背上发现的线段如下（洛书）：

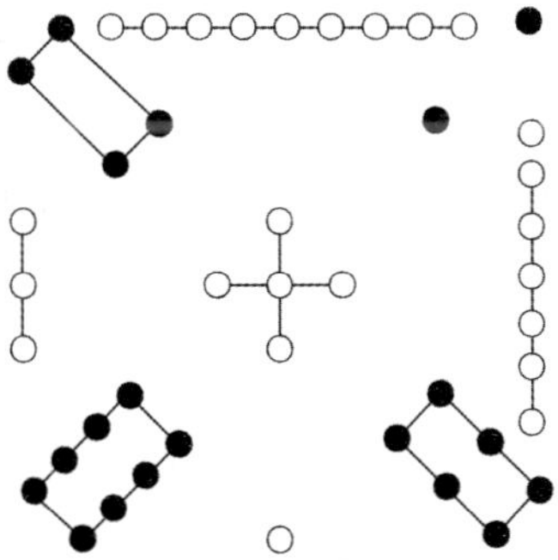

谁都能一眼看出，这个图形就是学童们玩的魔术方块（数独），也就是把九个数字排列成无论从那个方向相加，都等于十五。

4	9	2
3	5	7
8	1	6

所谓完整和不完整的数就是奇数和偶数，由实心和空心的点来区别而已。我倾向于相信，书籍中所有的排列这些点的几种方法，实际上也就是 9 个数字的不同排列组合而已。

汉书继续写道："我们如此神圣的文化，被这些英国人说的如此浅薄，我不能不愤慨。但是在愤慨之后，我又感到他们说的似乎还有点道理，我感到迷惘。"

海卿将儿子的书信轻轻放下，又陷入了沉思。

最后海卿拿出一个盒子，这是儿子在信中特别交代，要在今晚子夜打开。

子夜到了，海卿看看天，月朗夜清，看看周围，万籁俱寂。海卿将盒子轻轻打开，里面是一张纸条，海卿取出纸条，纸条上有一行字，上写："工业文明要淘汰农业文明"。

海卿反复读了几遍，还是无法理解其中的意思，他把纸条又放回盒子，口说："这是个咒语，咒天下之语。"

四、罂粟花来了

据说，阎罗王有一个妹妹叫罂粟，长得很是漂亮，平时兄妹关系不错。阎罗王进入了中国的阴间，建立了阴曹地府，声势浩大，妹妹有些眼红，便向哥哥提出她也要做阎王，兄阎王治男鬼，妹阎王治女鬼。哥哥不答应，说，入乡随俗，中国不兴女子掌权，妹妹不高兴。此事让那条蛇知道了，蛇便决定利用这个兄妹矛盾。

一天，妹妹在闺房里发呆，那条蛇悄悄爬上了窗口，看着罂粟说话了："罂粟姑娘!"

正在沉思中的罂粟吓了一跳，急忙站起来。

那条蛇又说话了："我来自中国，是你哥哥的朋友。"

听蛇说起哥哥，罂粟更不愿理会这条蛇了。蛇接着说："我知道你想当女阎王，你哥哥不同意，我这次来是带来一个办法，可以使你当上女阎王。"

听说能让自己当上女阎王，罂粟改变了态度，问："你有什么办法?"

蛇说："中国人口众多，让多一些人早进入冥界，你哥哥忙不来自然会请你帮忙，那时你不就成为了女阎王了吗。"

罂粟为之心动，问："怎么能让多一些人早进入冥界哪?"

蛇说："有一种花，我们暂且就叫它罂粟花吧，这种花非常美丽，但是它的果实可以提取一种叫鸦片的东西，人吸食了这种东西会有一种快感。当然，吸食多了就会缩短人的生命，人透支了快乐，提前死亡，是公平的，这叫安乐死。"

罂粟姑娘被打动了，她决定利用她的神力，命令这种花去做这种事情。

鸦片被生产出来了，一些利欲熏心的英国商人驾驶着巨大的轮船装载这些鸦片运往中国。罂粟姑娘腾云驾雾，在那条蛇的陪伴下也来到中国的上空，她要亲自目睹这一切。

那条蛇放弃了不太好忽悠的本杰明·富诺，它利用罂粟姑娘开始了它的新作为。

五、安乐死

罂粟姑娘和那条蛇来到一座豪华宅邸，透过窗棂，看到一个金领人士躺在锦缎铺就的烟榻上，手托镶金烟枪，烟枪嘴是漂亮的翡翠做的。那人两腿并在一起，弯成一个"弓"字，他的嘴唇含着烟枪嘴蠕动着，烟枪就着烟灯，把鸦片烟吸进肚子里。

这位人士的枕边放着一个紫檀的方盘，方盘上雕刻着山水，放在盘中的银制鸦片烟缸上刻着一副对联：

若到黑甜梦乡，唤彼作引睡媒；

偿逢红粉楼中，藉尔作采花使。

意思说，鸦片在午睡时候可作催眠，在闺房中可作春药。

吸烟者眯缝着眼，尽情地享受，烟灯的蓝光，朦胧地映照着墙上的花鸟图。

蛇对罂粟姑娘说："你看他懒洋洋的样子，他现在的感觉赛过神仙。不过，鸦片虽然是您那里出产的，但是就灯吸食鸦片的方法应该是中国人智慧的结晶。"此时那条蛇在罂粟姑娘面前摆出了一副学者姿态说："烟枪是不是中国的第五大发明？还不好说，还有争论，另外发明人是谁还不清楚。"

那位人士大概鸦片烟吸足，精神饱满，他将烟具递给女妾，踱步来到书桌前，提笔感慨到写道：

其气芬芳，其味清甜……始则精神焕发，头目清利，继之胸膈顿开，兴致倍增，久之骨节欲酥，双目倦豁，维时拂枕高卧，万念俱无，但觉梦境迷离，神魂骀荡，真极乐世界也。

蛇对罂粟姑娘恭维到："你为人类带来了快乐，所以罂粟花还应该称为极乐花。不过吸食鸦片是要花钱的，所以，不久这个家庭就要败落，这位人士不久就不能在自己家里享受极乐世界了，他要到大众烟馆里和其他人共享其乐。当然，鸦片吸食多了，也就献出了生命。"

蛇陪罂粟姑娘来到大众烟馆，大众烟馆门口有副对联，上写：

喉间喷出三味火，

灭去现世懊恼事。

走进烟馆，首先会听到一种哼哼唧唧的声音，令人毛骨悚然。烟馆里光线暗淡，有限的几盏灯挂在房梁上，灯罩使屋顶显得更加昏暗。房间里到处都支着床，一群人以各种各样的姿态随意地躺在床上。那些所谓的床，不过是在粗制的长椅上铺着草垫。各个床铺不时地摇晃着小小的火苗，那是烧鸦片的烟灯发出的火光，像是坟堆上的鬼火。那些哼哼唧唧的声音就是这些人发出的窃窃低语、无病呻吟和烧鸦片声音的混音。

这些烟客的脸惨白，在鬼火似的灯光照射下，消瘦面颊的凹洼处黑的又像深渊。他们的眼睛朦胧，眼神迷离，瞳孔似乎没有焦点，他们的表情显得十分空虚、茫然。

一个人从床铺上起来，先是像梦游似的，在床铺之间晃来晃去，当他找到门后，向门口走去。他披着外衣，胸口裸露在外，可以看到一根一根的肋骨，他那双细腿只能用枯树枝来形容。他的身子多么轻啊，好像没有重量，他像是树叶，在飘着走。

蛇对罂粟姑娘说："中国人讲究曲径通幽，这些鸦片吸食者不会狂躁，他们在极乐世界里也幽静，鸦片满足了中国人的这一爱好。"蛇继续说："中国人将财产说成是身外之物，鸦片正好帮助他们消耗掉了这些身外之物，他们吸食鸦片，将一切物质财富都转化成了精神财富，他们是最幸福的人。"

罂粟姑娘摆手打断蛇的话，说："他们也消耗掉了他们的肉体，失去了精神、气力。"罂粟姑娘倒是有点同情这些鸦片鬼。

那个人走了，披着衣服，没有回头，世间都是空的，没有什么可留恋的。

罂粟姑娘好像突然明白了什么似的，没有和那条蛇打个招呼，也消失了。

据说在通往冥界的黄泉路上，长满了罂粟花，这是罂粟姑娘给那些鸦片吸食者导向，也是对他们的感谢，如果罂粟真的当上女阎王，她决定和哥哥一起对这些男男女女们网开一面。

在黄泉路上大批大批的开着这花，远远看上去就像是血所铺成的地毯，因其红得似火，而被喻为"火照之路"，这也是这长长黄泉路上唯一的风景与色彩。

六、道光皇帝

不欢迎英国人的乾隆老皇帝走了，当罂粟姑娘来到中国时，这时统治中国的是道光皇帝。

太阳还没出来，星光在紫禁城黄色的琉璃瓦上还在玩耍，这时大臣们就要上朝了。因为离"会议室"近，皇帝可以多睡一会，也没有磕头的劳作。

道光皇帝坐在乾清宫的龙椅上，仍然无精打采，这时道光也五十多岁了。

长达三个多小时的政务结束，龙椅一点也不舒服，道光腰酸背疼。

道光回到养心殿，他想再躺一会。当他坐在床边时，一个太监进来禀报，说是皇后娘娘好像感冒了。

"什么?"道光大吼一声，太监一愣，不过是伤风感冒，值得这样吼叫吗?

道光有四个儿子，但是活下来只有第四个儿子爱新觉罗·奕詝。

道光的第二个女儿死于道光五年，第二个儿子死于道光七年，第三个儿子死于道光九年，大儿子死于道光十一年。从道光五年以来，每隔一年皇帝就要死去一个孩子。

自从大儿子走后，今年又是该出事的年份了。

唯一传宗接代的四儿子奕詝今年才两岁。

“今年不知又要死谁啊?”最近道光皇帝心情很不好。

道光来到皇后床边，皇后露出微笑，喃喃地说：“我去死，让奕詝长命百岁。”

道光激动地抓住皇后的手。

奕詝不是皇后生的，皇后只是在道光还是皇子时生过一个女儿，这个女儿六岁时死了，从此皇后多病。

临终前，皇上问皇后还有什么要求，皇后用尽最后的力气说：“陛下，戒掉鸦片吧!”

道光原名绵宁，能得到“陛下”称呼，也有一定资质。道光六岁开始读书，仅登基前的诗文就写了40卷。八岁时，乾隆率领皇子皇孙在木兰围场狩猎比武，爱新觉罗·绵宁连发两箭，两中靶心，乾隆爷爷当场下谕，如果连中三箭，赏穿黄马褂。爱新觉罗·绵宁抬箭又中靶心，乾隆高兴，直夸这孙子不失满族家风，并故意逗问他想要什么。爱新觉罗·绵宁跪地不起，也不答话。爷爷看这孙子又是聪明过人，立即赏黄马褂，并将其一把抱起，显示出异常的亲热和满意。10年后，爱新觉罗·绵宁被父亲嘉庆“正大光明”地指定为皇位接班人。

32岁时，爱新觉罗·绵宁又一次出名。当时200多名天理教乱民打进紫禁城，嘉庆皇帝此时正在木兰秋围，正在上书房读书的皇子绵宁闻听有变，取鸟枪腰刀，在养心殿下，连毙两名乱民，其他乱民纷纷退下。稳定局势后，绵宁急草奏书，飞报父皇，并命关闭城门，调各路官军入宫捕贼，并到后宫安抚皇母。两天一夜后，绵宁顺利平叛，嘉庆皇帝回来后，对绵宁嘉奖到笔墨难宣的程度，封绵宁为智亲王，并增加年薪。

绵宁做了皇帝以后，最大的武功是平定张格尔叛乱。张格尔从道光登基那一年，一直捣乱到道光十一年。道光动用汉将杨遇春、杨芳等，与张格尔实实在在地干了几次硬仗，取得了最后的胜利，把张格尔弄到北京凌迟处死，这也算是国泰安宁的武功吧。

绵宁作了皇帝以后生活在两个世界里。紫禁城外，广袤的土地，几亿人口，这是个千斤重担，他不敢掉以轻心，特别是他目睹了乾隆爷的盛事。嘉庆帝当政的25年间，借乾隆余威，也算没出什么纰漏。现在江山到了他手里，他也需要有个能说得起的政绩，所以道光锐意图治，寝宫养心殿夜里常是灯火通明，道光手持朱笔，经常埋头于奏文之中，就连一向严格的老臣曹振镛也劝道光要保重龙体。

紫禁城内，确切地说是后宫，这里圈养着皇帝的女人，这是皇帝生活的另一个世界。长年累月的工作，皇帝也有累的时候，后宫便是皇帝放松调整休息的地方，这不，昨夜道光跟宫女们赌钱到很晚，以后又吸食了鸦片，今晨早朝他就没精神，在御座上差一点打哈欠。

戒掉鸦片吧！临终前皇后向他发出了最后的呼吁。

八股文、小脚女人、鸦片被称为近代中国三大陋习，八股文、小脚女人属于传统文化，鸦片是舶来品。

闭关自守是满清的国策，所以禁烟符合国策。

说实话，罂粟姑娘也确实有能量，具体说她从中国牵走了多少鸦片灵魂，她当没当上女阎王，不得而知。但是，在中国吸食鸦片的人确实是越来越多，1836年外国人估计为1250万人；1890年，有人提出为1500万；1906年，有人提出为2000万。

鸦片在中国的销量，1821～1828年平均为9000箱，1828～1835年平均为19000箱，1835～1838年平均为39000箱。平均每箱银价400两，最后4年，每年的总值约为1500万两，这就产生了被称为“银漏”的大量纹银流向天朝之外的问题。

道光是个会过日子的人，龙袍上打补丁，大概中国历史上仅此一帝。传说他想吃冰糖肘子，一问御膳房，需要50两银子，他急忙作罢；说是想喝碗粉汤，得盖一厨房，需经费6万两，他也作罢。看道光的肖像，瘦得像猴，也只能认为是他营养不良，如此大量的纹银外流，道光能不心疼吗！

问题还不止这些，1832年，两广总督李鸿宾的部队在镇压广东瑶民起义的战争中惨败，究其原因，奏文上说：调至连州，军营之战兵多有吸食鸦片者，兵数虽多，却难得力。就是说，军队吸食鸦片，根本无法打仗。道光恼火，把李鸿宾流放乌鲁木齐，把广东提督刘荣庆发配伊犁服苦役。

禁烟问题该足够重视了！恰在这时，皇后临终前的呼吁使道光痛下决心，戒烟！

道光皇帝折断了烟枪，烧了烟盘，砸了烟灯，毅然挺立了起来。

如何戒烟，摆在道光案头上有两份奏折，一是许乃济的《许太常奏议》，一是黄爵滋的《严塞漏卮以培国本疏》。

许乃济的观点简单概括就是弛禁。他说，严禁鸦片说起来容易，实际不可能做到，因此他的意见是让鸦片贸易合法化，厚征其税，使官员们从走私商人那里得到的贿赂变成国家的税收。他认为吸食鸦片者无非闲荡之徒，游惰无志，不足轻重之辈，即使生命自贱，也是咎由自取。所以除了“文武员弁士子兵丁”以外，可以听任民间吸食。至于漏银问题，他以为在鸦片贸易合法化后，规定“只准以货易货，不得用银购买”就可以解决了。并且允许民间种植鸦片，说“内产既盛，外烟自然不至，纹银自然也不漏”。

时为鸿胪寺卿的黄爵滋的奏文则是力主严禁鸦片，他建议：自今年某月某日起，至明年某月某日止，准给一年期限戒烟。若一年以后，仍然吸食是不奉法之乱民，置之死刑；同族联保，如隐匿不报，罪及连带人；旅馆等处若容留吸食鸦片者，则按窝藏匪贼论处。文武大小官吏如有吸食鸦片者，本人死罪自不待言，其子孙不准参加考试，断其仕途之路。兵营内也建立联保制度，相互监督。

这个建议确实厉害，干脆明了，一个“杀”字足以表示乱世的重典，一篇《禁烟行》说“鸿胪一唱人鬼惊”。

湖广总督林则徐立挺黄爵滋，并陈请具体禁烟五条：

1. 收缴烟具，考核官员时作为标准之一。

2. 劝令烟民自新，将一年划为四期，限期戒烟，逾期严禁，格杀勿论。

3. 开馆兴贩者，制造烟具者，加重处罚，限期自首。逾期不自首者及自首后再犯者，杀！

4. 上级查下级，逾期没查出，纪律处分。

5. 为了减少冤狱，实行熬审法，时间长了，烟瘾曝露，杀！

最后，林则徐警告说：“若犹犹泄泄视之，是使数十年后，中原几无可以御敌之兵，且无可以充饷之银。”

道光猛然醒悟，鸦片有可能毁掉大清的天下！

许乃济被贬职，道光决定禁烟！

七、林则徐

谁挂帅禁烟？道光皇帝看中了林则徐。

林则徐走进北京。

道光赏林则徐紫禁城内骑马。林则徐在自己的日记里说：“外僚得此，尤异数也。”

道光赏林则徐紫禁城内坐椅子轿，时人评价为：“此国初以来未有之旷典。”

军机处满族大臣穆彰阿吃醋了，“枢相也为之动色”。

当然也有人为林则徐的命运堪忧：“有识者已为文忠（林则徐）危。”

八天之内，道光皇帝八次召见林则徐，谈了些什么？国家机密！其实也简单，不就是禁烟吗？

林则徐被任命为钦差大臣，赴广东禁烟，并节制广东水师。

有人捧来“关防”。关防就是官印，盖有这种关防大印的文件具有绝对的权威。关防用满汉两种文字刻有“钦差大臣关防”，是乾隆十六年刻制的。

道光将赌压在了林则徐身上。

林则徐焚香九拜，开启了严封的关防大印，开始了长达两个月的奔赴广东之旅。

林则徐在动身之前，向沿途官吏发出“传牌”：

“本堂奉旨前往广东，惟顶马一弁，跟丁六名，厨丁小夫共三名，并无前站之人，如有冒充立即拿究。所乘大轿一乘，自雇轿夫，所带行李自雇大车，车夫、轿夫价，均以支付，不许在驿站索取丝毫。——所有投宿公馆，只用家常便饭，不必备办酒席，以节靡费。此非客气，切勿故违——”

在当时，为了接待大官们的巡游，地方官衙往往疲于奔命。通知巡游的传牌，等于催促款待，那些前站小吏，就是预先检查，保证落实。不仅如此，这些巡游的大官，一边领取出差费，一边随意无偿征用伕役，伕役又仗势索财。

林则徐以廉洁之身，先声夺人。

林则徐在京时几乎天天要接待各方来客，这些人对戒烟又各有各的建议。因待客时间短促，有些人还留下文字。其中一位老友的书信让林则徐心动，那封信里有这样几句话：“中国人如能断绝鸦片，就算以抛弃满洲人王朝为代价，也没有什么可惜的。——满洲人也好，英国人也好，对我们来说都是异族。”看完这封信，一阵沉思之后，林则徐将这封信烧掉，这里有谋逆的风险。还有一封信，这是军机大臣穆彰阿派人送来的：“满汉一家，大清永泰。”寥寥几字，一切为了“国家”，这里也包含有满族主宰者对汉族官员的敲打，林则徐将这封信放在醒目位置。

还有一封信，是一位南方的商人来的，信中说：“——英国人只要抓住一个借口，就会把强大的军队开进大清国。大清的军队是抵御不住的，——海岸港口很可能要被他们占领。”

还有一封信……

还有一封信……

还没到广东，罂粟姑娘便在天空打量这位要将她赶出中国的人。中国人口太多了，嘉庆八年（1803 年）全国人口三万万，道光十五年（1835 年），全国人口已达四万万。30 年人口增加 1/3，在生产方式没什么变化，耕地面积所增无几的情况下，中国人越来越穷，再这样下去怎么得了啊？将一部分人转入不吃粮食的冥界，让剩下的人日子过得更好一些，这不是好事吗？罂粟姑娘对中国将要进行的禁烟运动实在是无法理解。

所谓钦差大臣，是根据皇帝的特别派遣，就某一任务而委以全权的大臣。快到广东了，林则徐理了理思路，自言自语地说：“我的历史使命是禁烟!”

林则徐不知道，这是他不可能完成的使命，因为鸦片只是要炸开中国大门炸弹的引信，而放置这颗炸弹的是冷酷的历史，这也是天在迫使闭关自守的中国打开大门。天空中以瓦特为首的各位机器神，在云层里时隐时现，窥视着这个庞大帝国；在更上层，牛顿、达尔文、亚当·斯密等人的灵魂也着急地等待着这个庞大的帝国的变化；莎士比亚老先生的灵魂也来了，他想看看这场真实的历史剧比他笔下的那些故事是否更有声有色；在他们之间，还游走着一个灵魂，他一边游走，一边叫嚷道：“这是一个占世界人口 1/3 的大国，这是一只睡狮，一旦他醒来，整个世界都会为之颤抖。它在沉睡，让它睡下去吧，不要招惹它……”这是拿破仑·波拿巴的灵魂，他不在圣赫勒拿岛待着，又跑到这里多管闲事。

林则徐一到广东，第一件事就是整顿思想，统一认识。在这之前有人告发汉书和洋人有秘密交往，汉书已被朝廷调走。现在又有人告发，此时是两广总督的邓廷桢曾同意许乃济的驰禁章程，认为驰禁“实于国计民生均有裨益”。林则徐一来，邓廷桢马上表态，团结在钦差大臣周围，不折不扣地执行道光皇帝的禁烟政策。邓廷桢见风转舵，迅速成为了林则徐的“亲密战友”。

领导班子团结了，林则徐开始发挥他的雷霆万钧之力。

禁烟先从内部开始，林则徐制定了一系列的法律法令：包括《禁烟章程十条》《晓谕粤省士商军民人等速戒鸦片告示》《查禁营兵吸食鸦片条规》《编章保甲告示条款》《札各学教官严查生员有无吸烟》和《批设局收缴鸦片章程》等。

为了以正视听，林则徐还决定首先拿一些鸦片贩子开刀问斩，很快 60 人的名单摆在林则徐案前，这是他在北京就开始安排的工作。

这个名单中除了不法商人，还有不少政府的低级官吏和军队中下级军官。名单中把姓名、原籍和现在的住址都写得清清楚楚。如：谢安，即谢老真，系税口书差；李亚富，番禺人，又名跛脚富等。

林则徐命令说："——上司不得包庇下属，不得化有为无，活要见人，死要见尸，不得一人漏网。"

广东引发了大逮捕，林则徐的禁烟雷声大雨点也大。

在两个月的时间里，捕获吸毒、兴贩者1600名，收缴鸦片46万多两，烟枪4200多杆，烟锅200多口。

应该说初战告捷。

但是，禁烟归禁烟，鸦片贸易没有间断。在内地做鸦片贸易不行了，鸦片商们便把鸦片贸易转移到海上。一种被称作趸船的巨大的鸦片母船停泊在海上，这是一种船身很高的畸形怪船，目的不是航行，只是让它起着海上仓库的作用。一种专门用于走私鸦片的快蟹船被研制出来，它可以装载几百石货物，3张帆，左右有50支橹，船员100人，船的两侧围着铁丝网，以防炮火，据说该种船往来如飞，比清国海军任何一支兵船都要快。这种快船当时多达200多只，它们负责将趸船上的鸦片偷渡到海岸或内河。

罂粟姑娘在天空看到这一切，高兴地手舞脚蹈，她大声嚷嚷道："谁的诱惑力最大，不是金钱，不是权力，也不是美女，是鸦片，是我罂粟花。"

罂粟姑娘在中国上空起舞，她跳的是印度舞，激动的臀部，颤抖的肚皮让越来越多的中国人着迷，诱惑力和意志力在看不见的战场，在人的大脑里厮杀，影响着一个民族的命运。

罂粟姑娘唱到：

你是什么人？
我不管，
因为我已经超脱。
摇曳火苗不见大千世界，
忘却、朦胧、空无、多么舒展。
就像没有躯体，
在闲云的飘荡中，
丢弃一切悠然生活从春花到秋风。

你是什么人?
我不管，
因为我已经永生。
吞云吐雾走进极乐世界，
崩溃、隐没、消失、多么梦幻。
就像中华帝国，
在外族的统治下，
关起门来悠然生活在小农的田园。

八、争取平等

在林则徐来广州戒烟之前，中英关系一直磕磕碰碰。

道光皇帝是个慈悲的皇帝，在之前他听说，英夷着急地要和天朝做生意，主要是想从中国购买茶叶和中草药大黄，说是没有茶叶和大黄，英夷就会消化不良，大便不通。大概是刚去世亲人，道光竟然垂泪，说:“我们对鹰犬还是千般垂爱，何况英夷也是生灵啊，应以慈悲为怀。”

道光决定让英商在澳门落脚，然后指定俗称为十三行，也称洋行的半官方贸易机构来和这些英夷做生意。

后来英国派出了一位叫律劳卑的“总监督”出使中国，来前，英国外交大臣巴麦尊对他说:“你的任务是继续敲打大清的门户，争取与清帝国的平等。”

这次出差，律劳卑把老婆孩子也带来了，大概是表示不辱使命的决心。但是到了澳门他就不得不和老婆孩子分开，因为大清有规定，洋妇不得进入中国内地。因为洋妇袒胸露乳，公开接吻，还一夫一妻制，爱情什么的，这会影响中国的传统伦理道德。要让洋妇进入中国内地，大门不出，二门不迈的中国小脚女人社会不乱才怪!

夫妻分居，律劳卑做了让步。

律劳卑在澳门向英侨宣读了英国国王的谕旨和任命书，随后身着海军大校军服，直闯广州。

来到广州城外，律劳卑住进英国商馆，立即派人给两广总督送“信”。律劳卑想以对等的资格，把他的到任通知两广总督，这也是遵照外交大臣巴麦尊的指令做的。“我们不能在他们的首都设立公使馆，你就把全权大使赴任书函通知两广总督。”

律劳卑太莽撞了，当时的大清认为，中国是天朝，没有什么“国”能与天朝平等。根据大清的要求，夷人不能直接与大清官员交涉。如果夷人有什么事的话，应该先将“禀”（请求书）提交给十三行，然后由十三行转交海关监督。此时正值七月南方夏日，律劳卑派去的人在广州城门口蹲了三个小时，然而进城的官员没有一个敢给他捎进这封信，当然夷人更不能进入广州城。

十三行的人找到英商，转告律劳卑“希望能把信的形式改为请求书，再把大英国等字样去掉”。但是律劳卑不让步。

天朝的总督毕竟胸怀“博大”，不跟蛮夷一般见识，总督发话：“律劳卑初次来，不懂天朝规矩，考虑到这个情况，不追究他未经许可入境之责任。”

对大清来说，所有的外国不是属国就是贡国，英国属于贡国，如果接受了律劳卑的“信”，就意味着和进贡国进行了平等交涉，这是万万不能的，否则北京是要降重罪的。

总督有办法，他派了三个地方官前去与英方会见，好探明英方此行的目的，以后对北京说，这是去“面加查询”。但是英方不接受坐下席，因座位等级问题，双方争执了两个钟头，结果不欢而散。

律劳卑有些急了，他向广州人民发布文告，文告中说：“英国商人愿据互惠之原则，与全清国交易。英国商人将不懈努力，直至英清两国的平等获得承认。”

英国人向中国人发文告，荒谬绝伦！更可笑的是英夷居然跟中国人民宣传“平等”，中国人自古都是在政府面前下跪，哪知平等为何物，更何况夷人跟天朝谈平等，律劳卑没能让广州人民跟自己站在一边。

律劳卑“妄自尊大”，“愚昧无知”，“难以理喻”。中国总督火了，他宣布封舱，将英夷的买卖一律停止，将夷馆的中国买办、顾役等一概撤出，同时命令，不许中国人卖食物给英人，否则一律处死。

英国人立即处于“饥寒交迫”之中。

律劳卑使出了他的本行，动武，他派仅有的两只军舰闯过虎门，兵临广州城下。但是广州此时已有准备，河道已被石块、木筏等障碍物堵塞，军舰靠不了岸。

律劳卑又发表宣言：

“我以英国女王的名义，抗议总督所采取的空前暴虐——。英国女王是伟大的君主，比清帝国统治着更广阔、更有实力的世界领土，指挥着所向无敌的军队，拥有配备120门大炮，能在海上平稳航行，清国人从未见过的大船——”

总督回应：

“除礼节性访问，与朝贡使节外，我朝与外国之间从未有过直接联系——。天朝之兵马，可怕之军队，堆积如山之兵器，小小军舰绝难抵御。律劳卑如能悔改前非，撤退军舰，遵守旧制，余现在还可稍作犹豫。如若执迷不悟，天朝军队一旦发动，摆在他面前的将是玉石俱焚。”

双方谁也不让步。

律劳卑急火攻心，病了。

英舰撤退了，律劳卑死在澳门，说是气死的。

律劳卑临死前又口述了一封信，信中说：

“大清在极度的愚蠢思想和道德坠落中，幻想着自己是世界上唯一的民族，全然不顾国际法的理论和务实。”信中还说：“——我们因清国军队的压迫以及对英国人所施加的凌辱，现在不得不撤退。总督的措施伤害了与清国皇帝同等神圣的英国女王的尊严。也许现在还可以大肆嚣张、为所欲为，然而英国女王惩罚总督的时刻总有一天会到来。——”

律劳卑没有完成争取与清帝国的平等的任务，含“恨”而去。

硬的不行来软的，新上任的英国官员义律先装孙子。

义律给总督写信，通过十三行转交，并采用旧制禀帖形式。总督阅后，夸他“词意恭顺，尚属晓事”。天朝获得了老子对孙子的尊容。

在这同时，中国有 17 名水手在海上遇难，被英人搭救。义律急忙利用这次机会又给总督写信，信中说：“这些彼此间的慈善仁爱活动，谅会加强我们两国间和平与善良意愿之联系。”

总督警惕性极高，信中“两国”字眼使英吉利弹丸小邦与天朝平起平坐，真是荒唐至极。总督立即训斥十三行，以后洋人再致禀帖，一定详加查阅，不尊体制，内容乖缪者，一律不予转呈。

义律的小聪明也没能争取到与天朝的“平等”。

义律向英国外交大臣巴麦尊汇报说，看来，对天朝不动武是不可能争取到平等待遇了。一些英国媒体也煽风点火：“中国皇帝狂妄地自认为他和他的子民比别国君王子民高人一等，我们不能不认为必须对这种妄自尊大行为作坚决的驳斥和打击——，根据大清帝国目前的态度，如不使用武力，就没有一个政府可与之保持体面地交往。”

九、祭 旗

林则徐在广东的禁烟开展的如火如荼，但是鸦片在中国大地仍横流不忌，林则徐明白，问题的根本是英夷，英国商人是主要的鸦片商，制服不了这些英夷鸦片商，鸦片就不可能真正得到禁止。

林则徐一不做二不休，将禁烟的矛头对准英夷。

杀一儆百，林则徐决定在十三行广场拿一鸦片贩子开刀问斩。十三行广场是英夷商人较集中的地方，也是他们休息散步的地方，林则徐要叫这些英夷看看自己禁烟的决心。

60 人的名单中一个叫何老近的鸦片贩子被推进刑场。鸦片贩子何老近其实才 30 来岁，尖尖的脑袋，长着一双狡猾的眼睛。当何老近被推向断头台时，他的眼睛已经失去了光芒。

典使悠然地坐在广场中的一张桌子前，这是官座，身后一个兵士给他打着阳伞，以示威严。

英夷们发现了，他们跑来抗议："把散步场当作刑场，你们这是在挑衅!"

典使威风凛凛地说："就是要让你们看看，这就是鸦片贩子的下场。"

英夷们继续抗议："这个广场是我们租来散步用的。"

典使："这是大清的天下!"

这时一些喝酒的英国水手跑来，其中一个认出了何老近，他大喊："死刑犯是我们的客户!"

他们开始激动，一些人冲击刑场，临时搭建的断头台被他们推倒。

此时跑来更多围观的中国人，当他们得知被处刑的是鸦片贩子，喊起好来。当他们看到英夷们冲击刑场，他们捡起石块、砖头向英夷们砸去，一时场面混乱。他们高喊着"砍鸦片贩子的头""英夷滚回去"。在广东很多家庭都有抽鸦片的，一家人中只要有一个抽鸦片的，这个家就完了，想起此，在场的中国人无不义愤填膺。

中国人越来越多，英夷被迫退回到夷馆。

夷馆中英夷有 300 多人，夷馆里有武器，手枪、步枪被集中在了一起，有人喊："开枪把他们打退。"

也有明白人，高喊："不要开枪，他们有一万多人。"

“不过是万把乞丐，乌合之众。”

“广州城里有100多万人，惹怒了他们，我们都得完蛋。”

那位鸦片贩子何老近的头被砍了，中国的老百姓和官府在禁烟问题上站在了一起。

夷馆面前，英夷和中国老百姓出现了对峙局面，官府出面了：“事情已达到预期目的，大家散了吧！”

林则徐出手第二步棋，放风出去，再拿一英夷祭旗，拿谁？毫无疑问，那就应该是鸦片贸易的巨头，在广东盘踞20年之久，人称“铁头老鼠”的查顿。可惜，查顿在林则徐到任的前五天，乘船回国了。

需要夷人祭旗，一号人物走了，那就拿二号人物颠地。

“抓捕颠地！”林则徐下达命令。

命令下达给地方，地方又转达给十三行。大概十三行更了解夷情，认为对待英夷不能像对待中国百姓，命令被置换成：“召颠地氏进城。”

颠地也以为自己受到了“邀请”，但是其他英夷看出了“情况”，他们要求钦差大臣盖印担保颠地能在24小时内返回。这可能是根据英国的法律，但是在中国还没有这种说法。后来他们又以礼拜天为由，在时间上向后拖。这是基督徒的理由，在中国人的眼里这更是荒唐，最后，义律出面了。

义律从澳门赶到广州，当他到达夷馆时，夷商们一阵欢呼。义律第一件事是升国旗，这对团结英国人可能有用，可是天朝不是国，更不可能有什么国旗，所以义律的升国旗，天朝人只是觉得新鲜或者好玩。

义律的第二件事就是亲自保护颠地。他让人传话，只要钦差大臣盖上他的关防大印，保证不让他与颠地分离，他可以陪颠地进城见官。

还没等义律安排好，就有人进来报告，夷馆被包围了。

这是林则徐早有的计划安排，在义律一离开澳门，这边的口袋便张开了。当义律进入夷馆，清军便将夷馆里三层外三层，结结实实的给包围了起来。

抓颠地是个诱饵，天朝钦差要整治小岛蛮夷义律。

此时义律也明白上了林则徐的当。对于林则徐，义律是有些“大意”，林没来之前，他的那些鸦片贩子们曾议论：“听说一个什么姓林的钦差大臣要来广东禁烟？”

“没什么了不起，不过扫烟一阵子，过后照旧。”

“不过我听说这是个十分顽固的家伙。”

“我们见过的清国官吏多了，别看他们摆出一副吓人的面孔，往他袖筒里多塞些银子，他们脸上的肌肉自然就会松驰下来，我还没见过哪个清官是个例外”。

“哈哈!”

“哈哈!”

义律还知道一个叫韩肇庆的水师副将，他与鸦片贩子商量，除了收取正常的规费外，每万箱鸦片再给他200箱，其中100箱作为“没收品”上交，剩下的装进自己腰包。甚至以水师船代鸦片贩子运烟进口，再收取运费，不久韩肇庆便由水师副将提拔为总兵。当林则徐要拿韩肇庆开刀时，总督邓廷桢出场，与林密谈后，韩肇庆被免除死罪，处以革职。

因此，义律的“大意”也可以理解。

义律来不及后悔，他是这帮英国人的主心骨，而且他又代表着他们的大英帝国。义律决定要和也代表着大清帝国的林则徐较量。

十、较　量

义律“上书”：“他以大英帝国女王的名义宣布，他对可能发生的后果不负责任。”

林则徐看到书信中居然将英国与天朝并称，随之批语：“两国称谓，天下万方，何处能与天朝相提并论。”

瓮中之鳖的义律，“不自量力”。

很快，夷馆的包括仆人、买办等全部华人被撤出。为防止夷人的逃跑和救援，夷馆的信息也被全封闭，有一中国船夫，只因带了一份欧洲文字字样的书信，便被处死。

以前清朝的大官受命取缔鸦片，只是坐在船上，在鸦片趸船汇聚的珠江口转悠转悠，以示忠于职守。清、英双方都明白，如以清朝海军的实力来到大海中与英国游戏，那是徒劳的。而鸦片贸易的基地是在十三行街的夷馆，拿下夷馆，便掐断了鸦片贸易的脖子，这一点双方也都明白，但是这样做也就等于撕破脸了。为了利益，清英双方都回避了这个根本性的问题。

林则徐玩真的了，义律意思到这一点时已经晚了，义律恨得咬牙切齿。

林则徐开始给英国人上政治课，他要开导开导这些蛮夷，布告上写道：

一、论天理

我大皇帝威德如天，今圣意要绝鸦片，即天意要绝鸦片，天之所厌，谁能违之。律劳卑之前车之鉴，你们要吸取。

二、论国法

内地民人，贩卖鸦片者要死，吸食鸦片者也要死。恭查《大清律例》内载，化外人有犯，并依律拟断。

三、论人情

若做鸦片生意，必至断尔贸易，大黄、茶叶你们也得不到了。

四、论时势

本不应卖之物，当此断不许卖之时，尔等有何为难，有何靳惜？且尔国不食，势难带回，若不交官，留之何用？

应该说林则徐苦口婆心，做到了仁至义尽。

布告贴出没几天，义律宣布投降。但是这不是中国式说教胜利了，而是夷馆的粮食，特别是水所剩不多了。赚钱为的是享福，英国人没有"玉碎瓦全"的概念，该投降时就投降，他们不认为丢人。

据有关资料记载，义律并不热心鸦片贸易，他还曾质疑这种贸易是否道德，但是现在他是一名大英帝国的政府官员，他必须例行保护英人贸易，包括鸦片贸易的职责。

义律将英国商人集中起来，大声喊道："在英国国旗下面，英国臣民遭到监禁，财产遭到抢窃，但是事情并没有就此结束，只不过是迎来了新的局面。"义律眼露凶光，紧握双拳。义律要求所有鸦片商人，将自己的鸦片交给他，再由他交给大清政府。最后义律说："交出的一切英人的鸦片价值，将由女王陛下政府随后规定原则及办法，予以决定。"这就意味英国政府将对这笔财产予以担保。英人一片欢呼，他们交出了比他们手中更多的鸦片，一些还在路上及在其他沿海岸边的鸦片也被他们都算上了。卖给谁都是卖，卖给自己的政府他们也乐意，商人赚钱是目的。

林则徐收缴鸦片共计20283箱。

林则徐收到了比他预想多的鸦片，林则徐高兴，中国官员高兴，老百姓也高兴。在夷馆的周围，敲锣打鼓，一片喜气洋洋。林则徐褒奖义律，布告："该领事诚实居心，深明大义，恪守天朝之禁令，保全夷众身家，恭顺勤劳，洵堪嘉尚。"并命令，立即给这些开化的夷人送去200只牛羊和食物，知错改错就值得表扬，这也是天朝法度。

道光皇帝交给的任务就要完成了，林则徐向道光皇帝汇报收缴鸦片的胜利消息。

林则徐提笔给英国那个女王写信："天朝之臣服万国，当然有想象不到的神威，日后不要说没有预先警告之。"

天朝惯例，由总督训斥外国国王。

据说，大英帝国的女王从没接到过这样的信件。

十一、虎门销烟

鸦片是交了，林则徐还要他们出具甘结（保证书），保证以后不再犯同类的错误，这是东方文明通常的做法，并且制定了一个样式送给义律看。但是义律不再理会，一是他对信函中老子训孙子的口气实在是受够了，二是义律已从夷馆脱围，他也不想再让步了，投降是有分寸的。

林则徐质问义律为什么不具结，义律回答，具结是指后来者，"依本国明例，虽在国王尊位，尚不能令其如此，而何况在远职乎？"意思是对将来商民的事，国王也没办法。

对义律来说，眼前的投降只是为的将来的胜利，他的下一步目标是翻盘。

林则徐认为，既然认错了，保证将来不再犯，这是理所当然。既然不出甘结，就意味并未实心实意地认错。对于义律的下一步的翻盘，林则徐也有一定的思想准备。

林则徐布告，鸦片即交，当局恩准重开贸易。

义律拒绝了恢复贸易，理由如下：

一、天朝将无辜者与犯罪者一起拘禁是错误的。

二、鸦片贸易向天朝缴纳的费用超过其他贸易。

三、英国商人没有安全。

四、忘记侮辱和冤屈有损英王和英国国家的威望。

林则徐一面力压英夷具结，一面准备销毁英夷上交的鸦片。

就地销毁鸦片，是根据道光皇帝指示办的。这批鸦片原计划运送北京，后来道光一算账，运费太大，于是改为就地销毁，这也表示对林则徐办事的放心。

鸦片的销毁安排在广州著名的虎门，并且邀请了部分"洋人"参加。这样做有道理，即让洋人看到了天朝禁烟的决心，又让旁观者证明，这里面没有舞弊现象——鸦片也是财富啊。

在接见洋人的时候，林则徐表示自己想得到地图、地理书和其他洋人书籍，想得到洋人编著的《英华字典》，林则徐将目光投向了世界。在听说英国海军有了汽船后，他先是询问什么是汽船后，随后表示，天朝不惧战争。

当然，在向道光汇报工作中，洋人礼节“旋至臣等面前，摘帽敛手，以表其畏服之诚”，就成了天朝威风的见证。

在整个硝烟过程中，所有工作人员只能穿裤头，工作完了还要搜身。

硝烟程序是这样的：“先于虎门海滩，掘池引水，撒盐成卤，将鸦片刨切抛入泡浸，投以石灰，用铁锄木耙往来翻戳，使颗粒尽化，然后放入大洋。”

有人喊号子，开始投放石灰了，饱吸着鸦片的盐水，像发狂似的开始冒泡、冒烟。

鸦片被食盐和石灰分解化为浆状，不一会，临海的闸门打开，融化了的鸦片，迅猛地流进了大海，大海的颜色显得比平时更蓝。

钦差大臣林则徐和其他高级官员在遮阳的伞盖下，盯视着那升起的烟雾。

老百姓也被鼓励来参观了，想到家中鸦片吸食者的惨状，他们默默地流泪。

罂粟姑娘也来了，她坐在云彩边上，一开始她是静静地看着这一切，但是一会她就坐不住了，她跳起来，大声嚷道：“你们别高兴太早，这里我给你们说几个数字，吓吓你们。1812 年，中国人口 33370 万，土地 79152 万亩，人均耕地 2. 3 亩；1753 ~ 1887 年，福建人口将增加 5. 3 倍，人均耕地面积由 2. 89 亩将下降到 0. 538 亩，广东人口将增加 7. 5 倍，人均耕地面积将由 8. 3 亩，下降到 1. 16 亩。这是比鸦片严重得多得多的问题。我要几个人提前下地狱，你们就这么小气，将来那么多饿死鬼到地狱来，那时我看你们，中原有无御敌之兵，有无充饷之银。再说，种鸦片的印度人不抽鸦片，卖鸦片的英国人不抽鸦片，你们中国人抽，你们中国人傻呀?”

一阵海风吹来，传来了英国汽船的汽笛声，这是天朝从没听到过的声音，鸦片的故事还没完。

第五章 第一次鸦片战争 >>

一、海卿的苦恼

海卿自从接到汉书送来的书籍、各种仪器、模型、挂图等，经过一段时间的迷惘后，海卿渐渐沉下心来，对这些东西展开了认真研究。他发现，在中国之外还有一个世界，一个完全不同于中国的世界。

那个世界告诉他：我们脚下的大地叫地球，地球是圆的，另一个世界证明了当年他大地是圆的猜测。

那个世界还告诉他，地球围绕着太阳转，而太阳也只是宇宙中无数星星中的一颗，而我们之所以不会“掉下去”，是因为地球有吸引力，它把我们牢牢地吸引在大地上。

天圆地方学说被颠覆了。

那个世界告诉他：我们人类是从一种猿猴进化而来的，世上万物都在变化，都在进化。以前没有人类，是其他动物统治着地球。

那个世界告诉他：他们那里正在进行着科学革命和工业革命，科学革命就是研究那些在中国人看来是在钻牛角尖，或者是“先贤未传，古籍未载，愚师不敢妄言”的问题。工业革命就是制造机器，当年蒙古人靠他们的烈马弯刀征服了天下，看来那个新的世界要靠机器征服中国。

想到此，海卿倒抽了一口冷气。

那个世界还告诉他：那里的社会和中国社会不同，在中国，在家里是父亲说了算，国家是皇帝说了算，天经地义。他们那里却是议会说了算，还有女王。我们这种社会制度叫君主专制，他们那种社会制度叫议会民主。

海卿摇摇头，不可思议。

海卿又摆弄他的天象仪，可是天象仪不再变化了。天空星星从对应的圆环中的小孔射出的光，仍然不再照射到几个平行四边形木规上的各个刻度上；象征大地的几个平行四边形木规上的各个刻度继续躲开天空射来的光，仍然不理会天空。海卿渐渐得出这样的结论：“天地不合，土洋两分。”

海卿有些坐不住，他在院子里踱步，他在田野踱步，他到山林踱步。

乱了！乱了！“五行学说”也被颠覆，说什么万物不是由“金木水火土”五种元素构成，说什么是由氧、氢、氮、碳什么的几十种元素构成的，说还在继续发现新的元素。

乱了！乱了！海卿的神经有些承受不住这种外来世界对他传统观念的冲击，他有些发疯，他说疯话：“不管什么革命，不管什么学说，我们的阴阳学说就是不能被颠覆！否则我们的文化体系就散架了。”

汉农从地里回来，默默看着苦恼的父亲。汉农无可奈何，后来他建议说：“让弟弟回来吧。”

那头牛从地里回来，静静地卧在地上，还不时抬头望望天空，它确信，天要变了，机器牛一定能来，那时它就解放了。

二、马克思语录

中国皇帝为了制止自己臣民的自杀行为，下令同时禁止外国输入和本国人民吸食这种毒品，而东印度公司却迅速地把在印度种植鸦片和向中国私卖鸦片变成自己财政系统不可分割的部分，半野蛮人坚持道德原则，而文明人却以自私自利的原则与之对抗。一个人口几乎占人类 1/3 的大帝国，不顾时势，安于现状，人为地隔绝于世并因此竭力以天朝尽善尽美的幻想自欺。这样一个帝国注定最后要在一场殊死的决斗中被打垮；在这场决斗中，陈腐世界代表的是基于道义，而最现代社会代表的却是为了获得贱买贵卖的特权……这真是任何诗人也不敢想象的一种奇异的对联式悲歌。(摘自《鸦片贸易史》)

三、战争序曲

坚持道德原则的半野蛮人和以自私自利为原则的文明人要打仗了。

前面说义律不想再让步了，他的下一步目标是翻盘。义律命令英国人登船离开广州，离开澳门，包括妇女儿童在内的3000多英国人漂泊到海上。英国人善于动脑子，喜欢发明和发现，但是不属于吃苦耐劳的民族，受不得罪，在海上漂泊，这对那些英国人来说可算是受大罪了。

义律站在甲板上，遥望着虎门，对身边的一位手捧《圣经》的传教士说："在虎门上空升起的销毁鸦片的烟雾，已经使鸦片问题告一段落，今后我们的目标是要打掉清国的唯我独尊和傲慢自大。"

那位传教士回应："作为传教士，我们也认为清国的闭关自守政策是个大问题，如果能打开清国的门户，那将是个大好事，《圣经》也将会随着我们的工业产品进入到中国内地。阿门!"

此时林则徐还在要求英国人在具结上下功夫，而英国人的鸦片战略已经完成，他们也想尽快结束鸦片带来的麻烦。义律要求所有英国商人对他宣誓，声明自己船上没有鸦片，并勒令一切从事鸦片贸易的商船即时离开，此时义律"禁烟"比林则徐还坚决。

义律不再提鸦片，他的战略开始转为对大清提出安全、平等、法制，他要和大清进行政治总决算，他要颠覆"天朝"。

炸弹的引信作用已完成，炸弹要爆炸了。

打开战争序幕的是一颗轻量级炸弹，引起战争的原因也很简单。义律领着英国人漂流到海上，这就给林则徐提供了施展拳脚的大好机会，林则徐昭告沿海居民："……如见夷人上岸滋事，一切民人皆准许开枪狙击，勒令退回，或即将起俘获，夷人为数甚少，自不能敌众。夷人上岸觅井汲水，应当阻拦，不许其饮用。但若夷人并未上岸，尔等不得擅自登舟，驰近夷船，徒生枝节，违者当予严惩。"

后来在英国人几乎可能到达的地方，所有的水井旁都贴上了"此井有毒，食之烂肠”之类的告示牌。

英国人不能不喝淡水，不能一直吃鱼，他们不能长期离开陆地补给。本来上船时他们尽可能地往船上多装了很多食物，但是不可时间久长，后来他们只能接雨水喝，老天好像也不同情他们，接连几天不下雨，他们又开始着急了。

无奈，义律带领几只英船驰向大陆一个叫九龙的地方，并派一只小船投递禀书，请求供应淡水和生活必需品，并将一张告白书送交当地群众，央求他们不要在水井里投毒。和以往一样，送禀书要有一定程序，所以当地人谁也不敢接受禀书。

怎么办？有人出主意了：“开炮!”

“这就是开启战端!”

“先交封抗议信，若5个小时不予答复就开炮。这样我们就有理由，对方也可说下级军官怠慢，拾个理由下台，这样事情不至于闹大。”

事情也只能这样了，义律又让人给岸上送去了一份“抗议书”，说是5个小时不予答复，他将炮击中国船只。

当然不会有回复，5个小时到了，义律挥动右手，几只英船同时开炮了。

义律有些轻敌，清军在林则徐的督导下早有准备，清军立时予以还击。炮战从中午打到日落，看时间好像是大海战，实际上战斗节奏很慢，双方都是在恐吓对方，对英方来说，这就算是将禀书送到了。

战争规模不大，但是战争取得的胜利“不小”。林则徐向道光奏称：九龙之战，清军战死2人，受伤4人，师船稍有损失；击翻英船一艘，击毙英人至少17名。

战后，英方称：未知清方损失，己方只有几人受伤。

后来清方得到这样的结论：“渴死人，饿死人，逼急还得打大仗，睁一眼闭一眼算了吧。”

以后向英船兜售食品的小船等于免检放行了，沿海居民同英国人达成默契，一方有水喝有饭吃，不再开炮了；一方获得了不小的利益，也改善了民生。

“还是开炮解决问题吧。”英国人沾沾自喜，自以为获胜。

《孙子兵法》曰：“围师必阙。”意思是说，完全断绝了退路的军队，就会拼死战斗，所以要给他们留有一条退路。《六韬》上也说，穷寇一定会死战，因此要“置遗欠之道”。林则徐也没输。

九龙海战双方都是小试拳脚，无所谓胜负，只是双方给历史留个谜题，谁在虚报战绩？

下一个节目：穿鼻海战。

拳脚活动开了，继续打吧。

义律决定带船漂泊在海上，有些商船就不满意了，因为他们是生意人，商品长期放在船上不行啊。一只贩卖大米的船老板急了，大米长期潮湿要长毛啊，这损失谁赔我啊。那些与鸦片无关的商人感到委屈，于是有只商船悄悄离开船队，向广州开去。义律发现了，立即派两艘军舰追去，两船接近了，军舰开炮了。这是警告，若不听话，就打沉你。商船屈服了，掉转船头返回了。

事情有个碰巧，天朝水师提督关天培带领29只水师船巡视来了，他见英船开炮，自然想知道个究竟。事情继续碰巧，此时关天培的船上挂着一面红旗，意思这是旗舰，是指挥船。但是在英国海军的游戏规则里，挂红旗就是宣战，若挂白棋，那就是和平。既然叫板了，那就打吧，英国军舰率先开炮了，中方一看，你英国人也太不讲道理了，不管三七二十一，见面就打，打就打吧，我也奉陪。

海面上炮弹来炮弹往，好不热闹，战争持续两个小时，但节奏比上次快多了。

仗打完了，英军两艘军舰，“窝拉疑”号的船头和帆樯受到很大破坏，连旗帜也被击落，“黑雅辛斯”号在“窝拉疑”号的后面，没有受到什么损失。

清军方面29只兵船几乎全都受到损伤，战斗结束，勉强能开动的只有3只。

林则徐给道光皇帝的奏折说，继九龙海战，清军在这次穿鼻海战中又取得了胜利。清军只阵亡了15名士兵，其中6名是本船上的火药库中弹起火时被烧死的，而英夷的两舰受到炮击，并有严重损伤后撤退了。

在林则徐的奏折中，对战争场面也做了描写：“天朝提督关天培挺身桅前，拔出腰刀，大喊，怯阵者斩……夷人纷纷落海……收军之后，附近渔船捞获夷帽21顶，其中官帽两顶。”

提督关天培由于这次胜仗而获得“法福灵阿巴图鲁”勋位。

英方的记载是这样：“1艘中国船的弹药库被击中，该船下沉，其他船开始害怕。之后又有3艘中国船被击沉，其他船上的船员纷纷跳水。船队离开，只剩下关天培的旗舰，并继续向英舰开火。义律对这位老人的勇气感到钦佩，命令英军停止射击，让这艘受伤的船开走。”

不知谁又在夸大其辞？

继续打，在一个叫官涌的地方清英又打了6仗，6个小仗。

林则徐的奏折：

第一仗：我胜敌败。打伤敌人两名。

第二仗：敌败我胜。究竟击毙敌几名，因黑夜，未能查清，还拾了敌炮弹十几个。

第三仗：我胜敌败。打伤敌数十名，次日望见沙滩上掩埋敌尸多具。

第四仗：敌败我胜。夷船受伤而走。

第五仗：大清五路大炮轰击，听敌喊叫，他们无力回击。

第六仗：击毙敌人，且落海漂去者无数。

简单说，大清百战百胜，夷人不堪一击。

英方有这样的记载：数天之后，大清国渔船打捞出一具尸体，交给官吏，上奏说这是击毙的夷人，其实这是水葬的英人，身无外伤。

还是小试拳脚，无所谓胜负，但是宣传效果可不能用“小”字，因为它影响全国的军心，民心，乃至皇上的抉择。

四、抉　择

中英撕破脸了，两国关系何去何从，中英两国政府也都做出了符合自己传统的抉择。

大清的抉择：在广东，林则徐除了兢兢业业的禁烟，就是学习了解洋务，“日日使人刺探西事，翻译西书，又购其新闻纸……”

历史对林则徐的评价“放眼看世界的第一人”。

一个令人不理解的问题，此时大清为什么不派人到英国去看看。站在中国向外看能看多远？而且知己知彼也是中国人的起码常识，国君和那么多的国家栋梁不可能都是庸才，他们为什么没有一个人提出这方面的建议。退一步讲，人家都打到咱家门口了，作为统帅的林则徐也该派出间谍到英国去刺探情报，但是这一切都没做。说林则徐是“放眼看世界的第一人”，这个放眼又是那么的有限度。

虽然不能做到完全的知己知彼，但是经验的积累还是让林则徐对外有了一些正确的认识，那就是不要关国门，只要不再玩鸦片，生意还是要做下去，所以林则徐的决策是：“奉法者来之，抗法着去之。”无疑这应该是大清国正确的外交政策。

但是此时道光在北京高兴的不亦乐乎，为什么？鸦片烟禁了，和英国人打仗，每仗必胜，道光拿着林则徐的奏章高兴的手舞脚蹈。“英夷……泥人，洋人……屁人。”是林则徐胜利奏报的误导，还是道光理解有误，说不清。

道光下旨：“……当示之兵威，断绝大黄、茶叶，永不准贸易。”此时道光也不再理会英夷消化不良的问题了。

道光亢奋，继续下旨：“……所有该国船只尽行驱逐出口，不必再取其甘结……”

据说男人也有更年期。

林则徐无奈尊旨，宣布正式封港，完全断绝中英贸易。

坚持道德原则的帝国要完全自我封闭起来，继续生活在天朝尽善尽美的幻想之中。

大英的抉择：天朝的傲慢无礼，虎门硝烟，九龙、穿鼻等海战，使中英关系恶化到了很难调和的程度，英国人开始激动了。

39家曼彻斯特的商行和工厂致信巴麦尊外相：“……我们恭敬地请求女王陛下的政府，利用这个机会将对外贸易置于安全的稳固的永久的基础上。”

伦敦98家商家集体上书，要求政府表明意图，早定决策：“……没有一次像现在这样对英侨如此普遍地肆行蛮横侵犯人权。”

利物浦54家商家，给巴麦尊提交呈文：“从中国对我方所采取的侮辱的、轻视的态度的经验看来，一切满意的解决方案是没有任何希望的。”

……

他们共同的意见：发动战争，让枪炮解决问题。

战争权在国会，国会对是否对中国发动战争进行辩论。

赞成对中国进行战争的议员不少，但是也有不少的议员激烈地反对发动这场战争。未来的国家首相，托利党议员，威廉·格莱斯顿反驳说：“在我看来，正义在他们（中国）一边，这些异教徒、半开化的蛮族人，都站在正义一方，而我们，开明而有教养的基督徒，却在追求与正义和宗教背道而驰的目标……这场战争从根本上就是非正义的，我们的国旗成了海盗的旗子，它所保护的是可耻的鸦片贸易。”

威廉·格莱斯的发言获得了热烈的掌声。

国会大辩论进行了三天，真是畅所欲言啊。

最后国会进行投票，结果是 271 票对 262 票，仅差 9 票，对华战争案获得通过。

遥远的英吉利小岛上，一场会议以 9 票之差，将改变在地球另一端，有着几千年农业文明的大中华帝国的命运，这简直就是天方夜谭，是神话，是荒诞——但这也是工业文明的神奇。

文明 PK 半野蛮；最现代社会 PK 陈腐世界。诗人们不敢想象的奇异的对联式悲歌，战争能书写，战争能演唱。

五、机器与道义

天堂神打开天幕。

历史掏出笔来，这一切要载入史册。

基于道义的半野蛮人和以自私自利为原则的文明人要打仗了，天上的神、魂几乎都来观看了，中国将要发生巨大变化的时刻到了，他们都给予了极大的关注。

现代战争由机器来完成，机器统帅，蒸汽机之神詹姆斯·瓦特举起令旗，船神罗伯特·富尔顿一个高台跳水，潇洒地扑向中国近海。

一只英国舰队驰向中国，在这只英国舰队上高高飘扬着的旗子上面的两个字很醒目——“机器”。

靠近中国海岸，中国也有准备，中国海岸边也插遍旗子，旗子上写着“道义”。

英国舰队的汽笛声音很响，他们高喊口号：“淘汰农业文明!”

中国近海的大黄鱼对音响很敏感，渔民敲击甲板就可以将它们震死。当这只舰队隆隆地冲过来，大黄鱼们吓得四处逃串，跑得慢的只得去死。

声音传到深海，一条深海鱿鱼被传来的响声惊醒，慢吞吞地从岩洞里伸出头来，很快它又捂着耳朵钻回洞里。

一条海豚发现了这只庞大的舰队，它吃惊地瞪大眼睛，这些“大鱼”可比虎鲸大的多，它们吃掉自己就像吃掉一条小虾。躲是来不及了，海豚向这些“大鱼”露出了甜美的笑容，它想以示好躲过这一劫，但是那些“大鱼”扑过来，海豚瞬间失去了知觉。

鲨鱼是海中的斗士，一群鲨鱼将一条军舰围住，它们要蚕食这个巨大的食物，但是当它们口中的700 多个牙齿触及到军舰的钢铁皮肤时，它们不得不纷纷后退，它们不明白，大海里居然还有它们咬不动的食物。

憨厚的抹香鲸在远处喷着水柱，不无忧虑地说："从此海洋无宁日。"

六、开 战 了

代表现代工业文明的大英舰队力量如下：

海军战舰16艘，武装汽船4艘，运兵船1艘，运输船27艘；英国陆军3个团（爱尔兰皇家陆军第18团，苏格兰步兵第26团、第49团），孟加拉志愿兵若干；陆军4000人，加上海军共六七千人。

英国军队的到来，还被授予另一个任务，就是顺便验证一个道理，是人多力量大？还是机器的力量大？

此时处在农业文明中的大清帝国的子民为4亿，兵员雄厚，战马无数，其中包括让大汉民族汗颜的满族八旗子弟兵，还有能让士气高昂的保卫祖国的正义感，但是就是没有像样的海军，只是一群旱鸭子。

中国历史上，对外战争大都发生在北方、西北方，是农耕文明对付草原文明，是农民对付牧民，是陆军对陆军。下一步中国要在海里打仗了，这是土地文明对海洋文明，这对中国来说是个全新的课题。

英国舰队来了，英海军司令官发布公告："现奉英国女王政府的命令，从即日起，对广州所有河道港口一律进行封锁。"——对大清说话，不再"禀"告。

不过这种封闭对大清来说意义不大，因为自闭症的大清本来就不想出去。

英国舰队除留几只军舰继续封锁广州河道港口，其他军舰扑向北方。

舰队到了厦门，放下一只小船，船上挂着白旗。小船向岸边划去，说是送公文《巴麦尊外相致中国皇帝钦命宰相书》，这个公文实际上是最后通牒，先礼后兵！但是，这里的中国官兵也不懂白旗红旗什么的，见有兵员靠近，便先下手为强，用火绳枪和弓箭攻击他们，无奈这些送信兵只得返回。

英夷愤慨："连世界通用的信号都不懂，这些半野蛮的家伙。"

大清回应："你们的规定为什么不提前向天朝禀报。"

在英国看来，大清处在世界之外；而在大清看来，中国就是世界。

还是大炮发言有用，舰队开炮了，两颗炮弹一落地，岸上"迎接"他们的人群便一哄而散，当然有人在炮声中倒下。

中国岸上的炮台和周边的水师船还击，双方激战，但是战斗很快就结束了，因为大清的炮很快就被打哑了，那些没被打沉的水师船也好汉不吃眼前亏，保存实力而去。

厦门没有“交接”成功，舰队继续北上。

舟山好啊！英国人打开地图，舟山恰好处在中国沿海的中间，占领舟山，便可控制整个中国沿海。更重要的是，舟山的腹地就是中国的茶叶、丝绸的产地，这令经济动物大英帝国垂涎三尺，而舟山的定海已被英军内定为司令部驻地。

当英国舰队到达舟山的定海时，不知什么原因，定海知县姚怀祥登舰“拜访”了英军。

知县大人站在甲板上，背着手，冲着英人大声问道：“英夷船为何开到此处?”

一个军官模样的人交给他一份照会，他打开一看：“启定海县主，速将定海投献，给你半天时间答复，否则开炮。”

姚知县脸上有些发烧。

英国海盗要做到“仁至义尽”，他们客气地带领姚知县参观了他们的巨舰。72门大炮已经做好了随时开炮的准备，武器库也看了，数百只新型的枪支整齐地排列在那儿，弹药也储备无数。

姚怀祥个子不高，临走时姚怀祥挺直了胸脯，说：“这只兵船的强大，我看到了，我们军队的大炮不如你们，但是我们将恪尽职守，我们不会投降。”

“明知必败，为什么还要打哪?”

“我说过了，我们不会投降!”

“是怕皇帝的责骂吗?”

“皇帝不会责骂，他要我们杀身成仁。”

“一定要杀身成仁?”

“我们要气节，我们不怕死。”

英人摇摇头，不过他们见定海的中国人毫无投降之意，还是开炮了。

真是炮火无情啊！海岸大地震动，海岸边一家民房一下子就被炮弹掀到半空。总兵张朝发乘坐的帆船也被打断桅杆，打碎了船头，自己也身负重伤。

张朝发听过姚怀祥从英国军舰回来后介绍的情况，认识到眼前的敌人不好对付，但是实际情况还是远远超过了他的预想。以前张朝发长期在台湾的水师中工作，不过他那时是追捕小股海盗和走私船，哪见过这种阵势，后来他牺牲了。

炮战只用了9分钟，就把定海大清的还击能力给摧毁了。

英军占领了大清的炮台。原听说这尊炮是100年前的大炮，实际一看，是1601年，由一个叫理查德·菲利普的人铸造的，炮龄240年。

英军攻进定海县城，此时县城已是一座空城，只是知县姚怀祥跳水自杀了。姚的自杀让英国人很是感慨："这是一系列事件中第一件引起英国人在心理上混合着感叹、尊敬与轻蔑的事。"

轻蔑也是难免的，因为参战的中国士兵有1540名，战死13名，受伤13名，其余的都"吓"跑了。

那位英国人看着溃逃的中国军民，说："要气节、不怕死的中国人也是极少数。"

这位英国人说的不对，一次当他无意离队一人时，突然十几个"暴徒"将他围住，一阵乱棍将他打倒，幸亏其他英夷赶到，他才捡回一条小命，后来英国兵只能群居群出。

舟山岛上的居民已经停止种菜，因为蔬菜一长出来，就被英国兵揪走。一次英军13人的"采购队"被居民和守军包围，结果一名军官、一名水兵被杀。

英国人没有取得胜利，因为到定海来的英国人4000，兵员住院者达5329人次，死亡448人，住院者多半发热，死亡者多半拉肚子。

水土不服，英军"惨败"。

七、林则徐被免职

不管怎么说，定海是失陷了，林则徐马上意识到，自己也有连带责任。

林则徐给道光急忙上书《英船据定海拟用民众杀敌篇》。片中婉转批评定海的失陷在于地方官吏守土不力，言外之意是广东战备搞得好，所以英夷北窜。还说英夷不善陆战，"一至岸上，则该夷无其他技能，且其浑身裹缠，腰腿僵硬，一仆不能复起，不独一兵可以手刃数夷，即乡井平民，亦尽足以制其死命"。

由于服装裹身，英军摔倒就爬不起来，可能吗？喊个兵士做个实验不就知道了，老林有时也犯晕。

后来林则徐又提交了个《密探定海情形并拟计划袭取篇》，还是积极出主意。

定海沦陷后，定海的败将把英军说的无比强大："……夷船四面装炮，大者三层，船旁装有轮盘，旋驶如风，往来甚速……。"广东的大胜，定海的不堪一击，如此大的反差，道光开始怀疑林则徐了。道光下谕斥责林则徐："外而断绝通商，并未断绝；内而查拿犯法，亦不能净。无非空言搪塞，不但终无实济，反生出许多波澜……”

英夷对林则徐的评价：“他们向皇帝报告说取得了巨大胜利，打死许多英国人，击沉多艘英国舰只。在这场冲突中，皇帝的许多决策并不是战略上的错误，而是基于错误的情报采取的行动。”

林则徐被免职。

林则徐离开官衙，街上挤满了老百姓，他们是给林则徐送颂牌来了。颂牌上书写“仁风共沐，明鉴高悬”“勋留东粤，泽遍南天”“明清仁恕，廉洁威严”等。

如何评论林则徐的功劳、苦劳、失误是一回事，但是简单地说林则徐禁烟失败，也不对。大清要闭关自守，历史发展的大势是要它打开大门，不明白这个根本问题，谁去办鸦片这个差事，都不可能成功。

林则徐是个民族英雄，他禁烟，他对抗大英，但是他既没有帮助大清实现闭关自守，也没有顺应历史大势打开中国的大门，这大概就是历史的局限性吧。

林则徐的对头，那些英夷见林终于下台了，兴高采烈，但是他们对他却有着不俗的评价。一位叫包令的侵华头子在文章中说：“他是中国一位理想的爱国志士，他是圣人……”

八、林则徐的窃窃私语

林则徐被贬后，在“效力赎罪”的祥符河工地上，给友人戴絅孙的信中说：“逆船倏南倏北，来去自如，我则枝枝节节而防之，濒海大小口门不啻累万，防之可胜防乎?”最后，他嘱咐对方“勿为异人道也”。

一年后，在致另一友人吴嘉宾的信中，再次谈到中西的差距，说对方“目无中华”“所向无不披靡”，而我则“千疮百孔”，无处“可以解严”。说完后嘱咐对方“惟祈密之，切勿为外人道也”。

同年，赴贬谪之地伊犁的途中，在兰州致书姚春、王柏心，第三次谈到中西差距：“彼之大炮远及十里内外，若我炮不能及彼，彼炮先以及我，是器不良也。彼之放炮，如内地之放排枪，连声不断。我放一炮后，须辗转移时，再放一炮，是技不熟也……不此之务，即远调百万貔貅，恐只供临敌之一哄。”说完后交代：“两位先生非军旅者”，我“亦正为局外人，乃不妨言之，幸勿以示他人，祷切，祷切”。

作为对英前沿的林则徐，对中英第一次鸦片战争敌我力量对比的情况应该说有一定的了解，但是他没把这些情况上报朝廷，而只是发生在朋友之间的窃窃私语。因为林则徐知道，他不能说外国比天朝强大，否则他就有被骂成汉奸的危险。也就因为如此，大清皇帝很晚才明白，西方的力量比中国强。

也有人批评林则徐，说他把自己的名誉看的比国事重要，如果他将当时中英实力真实情况告知天下，中国也可能早些年从天朝上国的梦中醒来，因此也可指责，中国士大夫阶层缺乏独立的大无畏精神。是也，非也？

九、直捣龙门

英夷不打广东也不完全是广东备战搞得好，英夷是改变策略，直捣龙门。

定海完事后，英军宣布："舟山是维多利亚女王的领土。"并任命了总督，除留少数部队驻防，英军舰队主力挥师继续北上。

听说英舰北上，坐镇天津的直隶总督琦善有些紧张，他知道，林则徐在广东点燃的鸦片之火要烧到他的家门口来了。

从定海传来的战报，琦善知道英军的强大，而这时天津的守兵仅 800 人，靠这点兵要想保卫京师，那是绝对不可能的，琦善如实禀报。

道光在北京也听说了英军北上的信息，原本他给琦善的指示是："倘驶至天津，求通贸易……断不能剧情转奏，以杜其觊觎之私，倘有桀骜情形，即统帅弁兵，相机剿办。"他认为天津固若金汤，"果有夷船驶入，自可有备无虞"。但是，定海的信息动摇了他的信心，当琦善一诉苦，道光的态度发生了历史性的变化，他指示："……倘有投递禀帖的情事，无论夷字汉字，即将原禀进呈。"

"投禀"不用通过广州的十三行了，大清的唯我独尊从这一指示开始消褪，天朝也从这一指示开始崩溃。

琦善派人到天津大沽口外，接触英夷，并接受英夷的一切文书，并亲自瞭查英夷船队。确知英人的船坚炮利，不是他能对付得了的，也不是当时大清能对付了的。

博尔济吉特·琦善，字静庵，满洲正黄旗人，能爬到直隶总督的位子，也说明他不是个等闲之辈，起码不缺稳重与老练。

在林则徐还是江苏按察使时，琦善任两江总督，是林的上级。当林以钦差身份奔赴广东禁烟时，琦善就对广东的情形有所了解。得知英夷来天津，琦善虽然有些紧张，但是不乱方寸，在他摸清了英军舰队的来意及舰队实力后，来到北京，找到了军机大臣穆彰阿。

郭佳·穆彰阿，字子朴，号鹤舫，别号云浆山人，满洲镶蓝旗人。当有大事时，满族的大员们总是喜欢和他商量，向他请示，对此皇帝是睁一只眼闭一只眼。

穆彰阿最大的特点是他念念不忘自己是满族人，穆彰阿的另一特点是他有着深厚的汉文化，他知道，要想统治汉人，必须了解汉文化。

穆彰阿也有一部天象仪，据说也是根据姜子牙的《太公望秘笈》研制出来的，和海卿的天象仪大同小异。

穆彰阿有天象仪之事无人知道，只是在夜静之时，他才在自家后院摆弄。

一天穆彰阿在摆弄他的天象仪，可是他发现，天空星星从对应的圆环中的小孔射出的光，不再照射到几个平行四边形木规上的各个刻度上；象征大地的几个平行四边形的木规上的各个刻度躲开天空射来的光，不想再理会天空。也就说，穆彰阿的天象仪的表现和海卿的天象仪表现一样。

这是怎么回事，穆彰阿百思不得其解，恰在此时琦善找他来了。

穆彰阿接待琦善，当琦善将天津的情况向他汇报时，穆彰阿心内一惊。穆彰阿迅速将这些情况与他的天象仪的表现联系上了，后来琦善说的什么，穆彰阿已听不进去。看着穆彰阿反常的表现，琦善也愣住了。过了一会，穆彰阿摆摆手说，你三天以后再来。

穆彰阿来到天象仪边，再一次摆弄他的天象仪，但是结果不变，穆彰阿陷入久久的思考。

“1616 年，建州女真部首领努尔哈赤建立后金。1636 年，皇太极改国号为清。大清自 1616 年建朝已经 200 多年了。”穆彰阿自言自语地说。

根据汉族的“五德终始”说，大清也有灭亡的时候，大清也将会被下一个王朝取代。问题是现在的清朝是满族统治，第一个外族统治中国的是蒙古族，元朝在中国历史上生存了不过百年，现在清朝已经生存了 200 多年，这在中国历史上也算是时间较长的了。强大的唐朝也只有 289 年，宋朝 400 多年，但是中间也经历了北宋和南宋的变故，所以大清看样子也到了寿终正寝的时候了。

对天象仪的表现，穆彰阿心里渐渐形成这样一个意识：“天地不合，满汉两分。”这就意味着大清朝该结束了，想到这里，穆彰阿打了个寒颤。

穆彰阿渐渐明白了，鸦片的到来，使中国“中原几无可以御敌之兵，且无可以充饷之银”。而随后强大英国舰队的到来，则是要颠覆大清帝国。大清之后呢？

是汉人复辟，还是新来的英夷统治中国？穆彰阿搞不清楚，他也不想搞清楚。

“能多活一年是一年吧。”穆彰阿心里说。

三天后琦善来了，穆彰阿问：“天下什么事最大？”

琦善将端起的茶杯慢慢放下，静静神，他在掂量穆彰阿的问题，最后，琦善说：“满族统治中国的事最大。”

穆彰阿点点头，对琦善指示：“尽量延长大清王朝的寿命吧。”

琦善此时虽然还不能完全理解穆彰阿的意思，但是他已从穆彰阿慎重的神态上看出了什么。

保持天下太平，享受富裕生活，那就不能打仗。要想大清王朝福运长久，那就应当避免改变世道的事情发生，琦善的思路逐渐明晰。

中英开始谈判。

在开始谈判前，琦善安排向英人送去粮食，包括20头牛、200只羊及许多鸡鸭，他想让英国人“吃人家的嘴短”。

英人邀请琦善到军舰上谈，军事实力是他们的后盾。

琦善邀请英人到衙门里谈，大清帝国是琦善的靠山。

最后在海岸拉了两顶帐篷，这是海军陆战常态，也是游牧民族传统。

琦善眼睛不大，笑眯眯，这让在广东看惯了傲慢大清官员的英国人感到欣慰。

英：“我们在广东受到贵国官员的虐待。”

清：“是的，我们已知此事。”

英：“我们希望得到一个岛屿……”

清：“我没权限。”

英：“我们希望……“

清：“我没权限。”

……

谈判结果，大皇帝给琦善下谕：“……上年林则徐查禁烟土，未能仰体大公至正之意，以致受人欺蒙，错置失当。兹所求昭雪之冤，大皇帝早有所闻，必当逐细查明，重治其罪。现已派钦差大臣，驰至广东，秉公查办，定能代申冤抑。该统帅着即返棹南还，听后办理可也。”

这里的大皇帝的话还是充满着“天下一家，道光为天下共主”的味道，好像别人在向他伸冤。

北上收到效果，林则徐被免职，大清同意对等谈判。

英人同意返还广东继续谈判，当然，英人有条件，在他们的要求没得到满足前，他们不会交出定海。

琦善很高兴，英夷被他忽悠走了。琦善得出经验，对英夷不能“刮骨疗毒”，应采取保守疗法，小火慢慢熬。

十、收复定海

英夷撤走了，满朝文武向道光祝贺，说是皇上英明，不费一枪一箭，便退兵千里。还有人建议，趁机收复定海，说：“英夷贩卖鸦片实属可恶，今又兵临，实属侵略，正义在我一方。”

其他大臣也都跟着齐呼，收复定海!

穆彰阿等大臣也在顺着对道光歌功颂德的同时，建议两江总督伊里布为钦察大臣去收复定海。

伊里布，字莘农，爱新觉罗氏，镶黄旗红戴子，时年68岁，是穆彰阿信得过的人。

伊里布对定海是如何丢失的，对广东的情况、天津的情况，是知之甚详。后又接待了穆彰阿所派专人传来的意见，对如何对付英人，如何完成任务，伊里布心中大体有数。

姜是老的辣。

伊里布任钦差大臣后，向道光上的第一份奏折就是请求调广东水师、福建水师来支援浙江。

道光回复，不用调军队，在陆上与英夷打仗准赢。

定海的失陷，伊里布已经知道，英人不但善水战，而且善陆战。说英夷“一仆不能复起，不独一兵可以手刃数夷”，那是瞎扯。

伊里布再奏，既然无兵可调，那我们就自招水勇吧，当然这需要时间。

英军此时提出要求“释放战俘”。

有事干了，谈判吧。

清方提出，撤兵，交出定海。

英方：天津谈判议定，广东谈判不成，不交定海。

清方：林则徐已撤职，应该息兵。

英方：林的问题是你们的内政，与英无关。

伊里布一边扯皮，一边派人向英军送去牛羊鸡鸭，也是为让英方“吃人家的嘴短”。

英方舰队半数离开定海，前往广东，伊里布长出一口气。

道光等不及，命令武力收复。

伊里布上奏，需要购买火船。

伊里布上奏，需要从安徽、湖北、湖南调兵给他。

伊里布上奏，炮、兵到位了，还得添造快船。

伊里布上奏，广东谈判未果，不敢贸然开战，以免影响广东。

伊里布的办法——拖，千万别打仗。

道光被他拖火了，下旨免去了他的钦差大臣头衔。此时广东谈判有果，英军同意交出定海，伊里布大喜。但是道光认为伊里布软弱无能，不得原谅，伊里布还是被免了职。

定海“光复”。

十一、战争与和平

伊里布的战术是拖，琦善的战术是忽悠，这些满族大员都同意穆彰阿的意见，战争一起，大清就得减寿。

道光命令琦善以钦差大臣身份到广东，继续和英人谈判。

琦善心有定数，“将英国军队忽悠回去”。

广东谈判开始了。

英方：赔款2000万白银。

琦善：我出600万白银。

英方：割地。

琦善：我没这个权限。

英方：……

琦善：我没这个权限。

英方：……

琦善：我没这个权限。

琦善的奏折中提到英国要求割让香港，虽然琦善否决了，但是英夷如此狂妄，仍使道光发火。还有600万白银，这么大的数，居然还夸耀压价。

敌人从天津撤走了，定海光复了，北京的道光态度又开始强硬起来，他要将这些给他添麻烦的英夷统统赶出去。他下旨给琦善："逆夷要求过甚，即非情理可喻，即当大申挞伐，所请厦门、福州两处通商及给还烟价银两，均不准行……现已飞调湖南、四川、贵州兵4000人，驰赴广东，听候调度……"

天朝历来都是下旨，和谁谈过判？道光有些不耐烦，他要打仗，"大汉天下我们都拿下了，区区几个英夷……"

道光耐不住性子，英国人更是性急，还是让大炮说话吧。

英夷主动开始进攻了，前哨紧急报告，说是这次敌人没挂白旗。以前敌船挂白旗来，我军先开炮了，结果琦善要砍守军将领的脑袋。其他将领辩解，也没有指示不能向挂白旗的敌船开炮啊，无奈这位将领保住了脑袋。这次琦善指示，只要敌人不开炮，我们就不能先开炮。

英军没遇到任何抵抗就登陆了，他们整理好队形，开始向清军炮台围攻过来。这可是比炮台守军多一倍的敌军，炮兵如果不先发制人，敌人冲到跟前，这个仗就没法打了……但是上头有令！

首先围过来是"汉奸"部队，他们在英国人的训练下，已经学会了使用洋枪。这些大多都是穷苦的农民和渔民，他们悄悄地议论：

"不是说不让我们和官军打仗吗？这是事前说好的。"在他们的身后是端着枪的英军督战队。

"平时这些官军也把我们欺负够了，我的这只眼睛就是被他们打瞎的。"一个独眼龙说。

"那么报仇？"

"报仇！"

独眼龙端起枪带头向前冲去。

经过多次战斗，此时双方彼此了解。一发炮弹打过去，砸中了岸上的弹药库，所以战斗的开始就意味着战斗的结束，中间的过程就是产生战斗英雄的过程。

第一场战斗下来，大清产生烈士近300名，而英方几乎没能产生一名烈士。

上奏朝廷："虽然敌方炮火猛烈，我方仍歼敌300人。"

如果根据战报累计，英夷舰队早已全军覆没了，不过不能较真，这是大清官员的传统。

英军继续挺进。

林则徐当政时在江面上布置了两道木排铁链，英军不费吹灰之力就破坏了第一道，并对这种装备表示讥笑。他们放回几个战俘，让他们给琦善捎信，“打平炮台，即赴省城，再与琦善商议”。

别打了，商议吧，琦善不想再产生那么多烈士了。

商议吧，不等商议形成文件，更不等上报道光批准，英方就公布了“商议结果”：

一、割让香港。

二、赔偿600万白银。

三、两国平等。

四、继续贸易。

这就是写入历史，让国人感到耻辱的《穿鼻草约》。

要过年了，琦善邀请英方主帅来“过年”，战争双方把酒言欢。

十二、琦善被免职

英军在香港贴出告示：根据英国政府高级官员与天朝所定协议，香港现已成为维多利亚女王的领土。

道光气的直跺脚，拍着桌子大喊，下谕：琦善擅予香港，辜恩误国，著即革职锁拿，押解来京严讯。

琦善本来是想将英国人忽悠走，没有成功，他把自己忽悠走了。

琦善的思路，也是很多满族大员的思路，大汉天下之前本来就不是自己的，给别人一点换回个平安，也是可以接受的，何况又打不过人家。但是道光不是这样想，“康乾盛世”刚过，我也得有所造就，不能是个败家子。

第一个钦差大臣林则徐主战，落个民族英雄；第二个钦差大臣琦善主和，落个千古罪人。不过因香港说琦善卖国，不妥，因为天下是爱新觉罗家的，只有他家才有权卖，琦善只是转达了英国人的要求而已。

不过从客观上来说，琦善帮助了英国侵略者，让西方工业文明在中国大门口有了立足之地，这也算是顺应了历史大势。

十三、战争与童话

两个钦差都不管用，道光决定启用自家人奕山。

爱新觉罗·奕山，字静轩，满洲镶蓝旗人，清朝宗室，道光帝族侄。

奕山被任命为“靖逆”将军。靖逆将军离京南下时异常威风，据史书记载：“将军被人抬着，他的陪同人员有的坐车，有的骑马……有的拿着弓，有的拿着箭，有的拿床垫，有的拿着枕头……”

这种将军能打仗？你等着听“童话”吧。

“奕将军到省后，诸事不问，先买洋货；收字画古董。行辕中出入无忌，贸易如市。”“查靖逆将军自到粤以来，不问军旅之计，作何整顿，地势之谋，作何防堵，以及运筹决胜之策，折冲御侮之计，一无所出，惟知爱购钟表，喜买呢羽；惟知供应丰盛，养尊处优而已。如孩提之性情，作稚子之行为。”

对道光来说，这叫作任人唯亲。据说任人唯亲是政治家到无奈时的必然选择，古今中外数不胜数。

道光向广东派去的大员，除了奕山，还有将军杨芳。

杨芳是个神话般的将军，据说他曾五箭射翻五只敌船，用他来对付英国海军最合适。当他进入广州时，百姓夹道欢迎，欢呼不绝。

来到后，老将军先搞调查研究，他发现，英军的炮火特准。这不对啊，英军的炮在船上，船是不停地摇晃，这种情况下要想将炮打准？蹊跷！蹊跷！

此时他身旁的一个身穿便服的人说话了：“必有妖术！”

这是杨芳将军的军师，号称象法道士，杨芳对他多有倚重。

军师继续说话：“在摇晃的船上能百发百中，那只有妖术才能做到。”

“军师看如何才能破解？”老将军很谦虚。

“给我三天时间。”

三天中，军师穿上奇怪的衣裳，燃香烧纸，手执桃木剑，耍来耍去，口中念念有词，然后军师打坐，命令仆役不许哪怕一只苍蝇打搅他。三天后，军师面见杨芳将军，有了破敌之策，说是用女人的尿可破敌妖术。杨芳将军立令在广州城里遍收女人马桶，并将马桶口朝向敌方。

一个常识，兵离家乡越近，战斗力越强，奕山不信。奕山到广东后，很快就明白了另外一个道理，那就是广东人不可信。这些经常和夷人打交道的人，不是汉奸，就是准汉奸，所以道光调给他的外省军队一到，他就把原广东的军队尽可能调离得远远的。

从外省调来的军队素质不高，他们只是想到开放的广东揩点油，没想将尸骨留在他乡。

广州街头商店大门被敲开，一伙湖南兵冲进来。“这里有没有汉奸?”接着他们就四处搜查。一会他们走了，商店的东西被他们抢走不少，说是犒军；一个外省军官调戏一个本地妇女，一个工人阻挡，被这个军官用军刀砍了脑袋。

广州人火了，在一些有武功的人带领下，浩浩荡荡的队伍走向街头，见外省兵就打。“打湖南佬”“打贵州猪”“打川痞子”。

英夷也火了，大清磨磨唧唧，算什么呀，英国人一算炮弹，还多着呢，打吧。

英夷开始进攻，没有林则徐的抵抗，没有琦善的忽悠，英军势如破竹，直逼广州城下。英军也会作政治工作，他们布告：“现外省军队压迫勤劳善良的广州居民，如果他们继续留在城内，城市将灭亡，并将累及全省之产业。现在奉告广州之人民，除本省护守之官兵外，不许钦差大臣及外省官兵扎住……”

攻打广州的英军不足3000人，城内清军40000人。

英军先是在城南佯攻，待清兵将注意力放到城南，英夷趁机攻下了城北的越秀山。英军在越秀山上架起大炮，对准广州城。

时间不长，广州城里升起了白旗。东西方文化交流，大清首先引进西方的白旗，理由也人性：为了保全全城性命。

投降是有代价的，英国人开价了：赎城费600万白银，商馆损失费30万白银。

如何向皇帝交代？好说！——就说英夷求饶：“求大将军转恳大皇帝，追完商欠，立即退兵。”

皇帝如何作答？好说！——下谕：“该夷性等犬羊，不值与之计较。”

十四、百姓火了

英夷制服了奕山和他的清军，可是在打仗的过程中也得吃喝啊，不用说，老百姓家的家禽便成为了他们狩猎的对象，老百姓家种的菜便被没收了。如果只是这些倒也算了，他们还淫辱妇女，挖掘祖坟。淫辱妇女是兽性发作，挖掘祖坟则是为了发财。他们知道中国人有厚葬的习俗，棺椁里有金银财宝，这就引起了他们极大的兴趣。

白姓火了。

一个叫三元里的老百姓组织起来了。

两个英国兵坐在阵地上，一边享受夜景一边聊天。一个说，他离家两年了，想家了。另一个说，我也有点想家，可是就这样两手空空怎么回去啊，得想法发点财啊。说着他们无意中发现，远方好像有什么东西在移动。他们举起望远镜，突然他们跳起来，用望远镜再看，黑压压的人群在向他们涌来。仔细看，他们拿着大刀长矛，更多的拿着锄头、铁铲等农具，也有拿菜刀、斧头的。英兵大呼，是农民，我们抢他们的东西，他们拼命来了。

开炮！开炮！英夷心虚，有些慌乱。

待炮声过去，他们举起望远镜再看，不见踪影，妈的，眼花了？

阵地安静下来。过来一会，他们觉得不对劲，举起望远镜："那些农民又来了！开炮！开炮！"

那些农民又不见踪影，妈的！又眼花了！

天亮了，看清了，是那些农民。人群中有男人，也有女人，有老人，也有儿童，指挥官下令，去，把他们驱散！

英军出动了，和清军交手，没过瘾，现在他们勇猛向前。

农民部队好像不是拼命来了，当英军进击时，他们后退了。

驱散了，英军开始返还。

这些农民又来了！英军不得不再进击。

就这样英军被引到一个叫牛栏岗的地方，此时鼓锣齐鸣，满山遍野伏兵四起，农民杀声震天。天被感动，电闪雷鸣，狂风横扫，暴雨如注。

英军中不少人还使用着怕雨淋的隧发枪，此时他们的武器优势丧失，他们开始溃逃，拥挤中，很多英夷被困在稻田的泥沼里。

有个儿童看到了一个英夷，那是淫辱他祖母的坏蛋，他举起木棍向个英夷打去，英夷用枪一档，那个儿童便被摔倒在地。另一个农民举起锄头照这个英夷砸去，这个英夷被打死在稻田里。

一个年轻女子发疯似的挥着菜刀扑向一个英夷，她要报仇，又有几个人来帮她，那个英夷被踩死在泥水里。这个女子还不解恨，继续挥着菜刀猛砍那个死鬼。

那些被牵走牛的，那些被挖祖坟的……农民们眼里燃烧着火。

英夷派兵来解救了，英夷们狼狈地退回到炮台，随后农民们包围了炮台。

再以后，大清的官吏出面了，农民们慢慢散去。

在英军的战报中，没有三元里这回事，但是在很多英军的心里，有了这个阴影。

在大清的战报里，也没有三元里这回事。大清的官吏不明白，这些愚民哪来的这般勇气。

在老百姓的心中，三元里成了神话，若不是给大清官吏点面子，他们可以灭杀所有的英夷。当然，老百姓夸大或说制造出这个神话，也是对大清政府的警告："别再欺负我，否则我也能灭你。"

他们评价，当时英军的军纪比大清兵还要好些。

也有不少老百姓袖手旁观，或者主动向英军出售蔬菜、牲畜和粮食。洋人在和皇帝打仗，皇帝打败了，割皇帝的地，赔皇帝的款，与我何干？

十五、继 续 打

《穿鼻草约》没有被道光皇帝批准。琦善竟敢私许香港，被"革职锁拿，押解来京"。

《穿鼻草约》也没有被英国政府批准，英国认为它是个极其不达标的文件，原英国派遣头目义律被撤职，新换了一个强硬派头目。

都不满意，那就接着再打吧。

广东的奕山被打趴下了，英夷接着就再次北犯。

再打厦门。

此时把守厦门的是闽浙总督颜伯焘。颜伯焘是鹰派，他在上任后发现厦门的战略位置非常重要，以总督的身份亲自驻守。

厦门被搞成了天朝最坚固的堡垒：花岗岩石壁，三点交叉火力，安置火炮471门，守军6000名，水勇壮勇近万名。

说说道光。

道光根据广东方面的奏报，得知英军已经撤兵，以为战事结束，遂下令沿海督抚将军酌量裁撤各省官兵，过日子得节省银两啊。其实在虎门硝烟后，他就下过这样的命令，后来琦善落实他的命令，没有积极备战。当然，琦善本来就不想打仗，也不能完全说是琦善替他背了黑锅。

英军到了厦门，先礼后兵，一只挂白旗的小船送来劝降书。此时这里的天朝军队也明白了白旗的含义，但是投降，天朝没这一说，颜伯焘下令开战。

英军等了一上午，不见回音。下午开炮了，然后派陆军登陆。傍晚颜伯焘退走，4个多钟头，厦门陷落了。

英军阵亡1人，伤16人。

估计天朝官兵伤亡也不大，溃逃的士兵跑的快，只是溃逃的士兵也不再归队了。

天朝总兵江继芸在士兵溃逃时投海自杀。据说江继芸信佛，走时还背诵《法华经》，很是从容，当他信步走向大海时，大海扬起浪花欢迎他。

颜伯焘被革职了。后来聊天，他回顾说："英夷船坚炮利，纪律禁严，断非我师所能抵御。"

英军占领厦门10天后撤出厦门，除留部分兵力驻守厦门对过的鼓浪屿外，其余兵力继续北犯。

英军刚走，新任闽浙总督急忙向北京奏报："我已收复厦门。"

再打定海。

此时主持定海一带防务的是新任钦差大臣裕谦。裕谦，博罗忒氏，蒙古镶黄旗人，号称林则徐第二，英国人也称他为19世纪的成吉思汗。

裕谦调兵遣将，三大总兵力压定海，他们是：定海总兵葛云飞，处州总兵郑国鸿，寿春总兵王锡朋。计共领兵3000余人，裕谦另给三大总兵1800人，拨大炮50门。

裕谦发誓：城存俱存，以尽臣职。

裕谦下令，将上次英夷疫病死去的400多人，从定海埋葬处挖出，戮其尸，弃之大海。

裕谦下令，将一英军俘虏凌迟处死。

裕谦下令，将另一英军俘虏，"两手大拇指连两臂及肩背之皮筋，剥取一条"，做自己坐骑的马缰。

英国人被激火了，厦门草草了事，便兵扑定海。

英夷军舰列开横队，大炮齐鸣，炮弹呼啸扑面而来。

在定海晓峰岭方面，寿春的800精兵浴血奋战，总兵王锡朋的一条腿被炮弹炸飞，立即死去；竹山门炮台，处州总兵65岁老将郑国鸿，亲自挥舞大刀杀入敌群，死时身负九伤；定海总兵防卫的东岳宫，被英夷军舰200门大炮集中轰击，大部兵士阵亡，总兵葛云飞在混战中倒下。

再次失陷，此时的定海知县舒恭寿被炮弹炸伤，当听说英夷攻进城来时，冷静地吞下了准备好的毒药。

镇海与定海隔水相望，裕谦坐镇镇海。

打下定海，英夷大炮直指镇海。

因为“虐俘”，裕谦知道英国人不会饶过他。裕谦坐在镇海城头，亲自指挥对英夷的战斗。战斗过程不复杂，就像颜伯焘说的，“英夷船坚炮利，纪律禁严，断非我师所能抵御”。

裕谦仰望蓝天，俯察大海，他多么怀念他的大草原，他的雄鹰，他的骏马，他的弯刀，他说：“如果是在大草原，我将杀他们个片甲不留……”

“我是保卫海疆而死的，我要死于大海。但是我不能让英夷得到我的尸体，不能让他们抽我的筋，扒我的皮。”裕谦对部下说：“能回到大草原多好啊。”

裕谦跳进大海，大海成全了他，只用一口海水便完结了这只来自草原的旱鸭子。大海将他的尸体托起，安放在海边的沙滩上，他的部下迅速将他的遗体送回内地。

那些英夷打下镇海后，发现宁波防守空虚，便兵发宁波。宁波守军自知不如，便逃之夭夭，英夷的军乐队奏着国歌开进了城。随后英夷又轻松地拿下了余姚、慈溪、奉化。拿下这些城镇后，英军又玩了一把政治，“秋毫无犯，开仓放粮”，意在拉拢百姓。他们知道，大汉子民和满族统治者不是一个命运共同体。

事情传到北京，朝廷惊动，大家一致意见南方兵不能打仗。道光决定从北方、西方调兵。谁挂帅呢？以前的那些人都不行，道光又选了自家人，皇侄奕经。

奕经，乾隆皇帝的曾孙。道光任命他为扬威将军，使命：“讨伐丑夷，收复浙东。”

杨威将军走到苏州，借口等待大军会合，便不走了，连日拥妓饮酒，“养浩然之气”——

又一个大清宝贝，又一出天真童话。

开始进攻了，杨威精选了一批精壮汉子组成“虎军”——虎吃羊（洋）。

所谓虎军，就是兵士身着“虎装”，虎装后面还有尾巴，就像演戏，或者可以联想春秋战国时期的火牛阵。几千年，生产方式没什么变化，战争方式也很难有什么变化。不过那时的战术能致胜，面对现在的热兵器，就不一定了。

虎军一阵猛攻，宁波城门被“攻破”。虎军冲了进去，还没来得及看清“羊”在那里，他们就被淋浇在弹雨之中。没被打死的急忙后撤，身体精壮的虎军跑的快，英夷将大炮拉出城外，放了一阵大炮，算是礼送出境。

扬威将军算是聪明，仅仅这一仗，他就知己知彼了，“英夷不好对付”。

此时英国国内也出现了变化，政府批评赴华远征军软弱，一批援军又加入到前线，使前线的部队由3000 人增加到10000 人。

乍浦之战。

英军再往北打，下一个战场是乍浦。

乍浦位于钱塘江口，也是海防重镇。

道光又派去一员大将——杭州将军、钦差大臣爱新觉罗·耆英，也是清朝宗室。

英军开始炮轰，然后派兵登陆，历时 3 个钟头才拿下乍浦。为什么用这么长时间？原因是大清的防守部队中有1800 名“八旗兵”。八旗兵有一定战斗力，此战英军死亡 9 人，一个叫天尊庙的200 名八旗兵便杀死英军 7 名。

乍浦之战是英兵与满族兵的第一次交战。后来英国人记述：“满族兵的顽强抵抗使人惊讶，这是以前从没看到的……当满族兵不能再战斗时，他们疯狂自戮——妇女将他们的孩子投入井中，然后自己也跳进去，或丈夫勒死自己的妻子，然后再自刎，他们宁死不降。”

战后耆英实话实说：“今乍浦即为所据，敌势愈骄，我兵愈馁，万难再与争持……臣等亦皆束手，惟有相向而泣。”

大清官员被打哭了，道光也不知如何是好，在他们相向而泣时，英军剑指长江。

和平上海。

英夷进犯大清内地，大清王朝自然紧张，道光和那些大臣们以及前线的将军们晚上休息不好是自然的事。但是经过几次过招，彼此已经熟悉了，所以以后的摧枯拉朽似的战争再多说就有些重复了。若一定要说，那就是又出了个老英雄陈化成，他是江南提督，驻守长江的大门吴淞口。说此人生活简朴，与士兵同甘共苦，很受士兵拥戴，当阵地即将失守时，老将军亲自操炮还击，最后战死沙场。

吴淞口失守，上海城里的人跑光了，英夷又是和平进驻上海。

英夷在上海稍事休整，便举兵溯江而上，直扑镇江。镇江是京杭大运河的咽喉，控制住镇江，便截断了大运河，截断了大清南粮北运的粮道，扼住大清帝国的咽喉。

截至到此，道光终于明白了这些英夷的厉害，他开始在战与和上摇摆。

关键时刻，军机大臣穆彰阿“据广东传来消息说”，英夷先控镇江，然后再打天津，还要到京城来谈判，道光慌了。

镇江反清。

此时镇江也乱了，再次发生的满族人强奸汉族妇女事件激起了汉族的民变。平时这些满族人自认为是占领民族，在汉族面前蛮横霸道，汉族人忍气吞声。现在汉族人憋不住，不知谁最先喊出了“反清复明”，瞬时大街小巷到处都响起来了“反清复明”的口号。激动之下，汉族人开始报复满族人。汉族人远远多于满族人，械斗中不少满族人被击毙。官库给满族人的家庭配备有充足的粮食，因此满族的家也大都被抄了。

官库也开始被抢了，那里有供军队吃一年的粮食。造反的汉族人将守兵击毙，大袋小袋的粮食被迅速哄抢。

英军开始进攻了，英军攻克了西门，难民从东门涌出。

负责镇江守卫的是满洲旗营副都统海龄，海龄看大势已去，自杀了。

十六、南京条约

镇江也是南京的门户，镇江失陷了，南京裸露在英军面前。英军的 70 艘战舰往长江上一摆，给南京增加了一道靓丽的风景。

英国军舰在停泊长江期间，时有老百姓爬上军舰，挎个篮子，卖个茶叶蛋什么的。他们要生存，至于国家什么的，那是皇帝的事，他们不操这个心。

南京的大门开了，走出几个人来，带头的打着白旗，他们也爬上英国军舰，他们是代表大清皇帝来的。

在长江上，在英国军舰上，大清和大英的代表签字，《南京条约》诞生了，这可是比茶叶蛋大得多的买卖。

《南京条约》里没有提及鸦片，鸦片——一块敲门砖而已！

第六章 太平天国

>>

一、正义与大势

《南京条约》签订了，道光反思，自责，并胡言乱语：

什么是条约啊？说是中国和英夷从此是契约关系。

什么是契约啊？圣旨就是法律，难道皇帝的话就不算数了？

条约的签订意味着中国皇帝从此不是什么天下共主了，大清要和蛮夷小国平起平坐，再要求他们三拜九叩更不可能了，礼崩乐坏啊！

条约的签订意味着几千年的“天朝”被颠覆了，更可怕的是，大臣们以后可能看轻皇帝，皇帝的绝对权威受到挑战，江河日下啊！

条约的签订意味着中国社会除了君君臣臣、父父子子的服从关系，还有可能增加人与人之间的契约平等关系，人心不古啊！

再说，我们没有招惹那些英夷，那些英夷跑来干扰我们的正常生活，正义在我一方啊！坚持道德原则的道光内心不服。

道光临终前写下遗诏，说自己不配有圣德神功碑，“在朕则何敢上批件拟鸿规，妄称显号，而亦实无可称述之处，徒增后人之讥评，朕不取也”。

道光抑郁而终。

这也难怪道光，闭关锁国政策是上个朝代就开始的国策，他只是继承人。鸦片战争只是工业文明到来的一种先奏，如果没有鸦片战争，还会有其他战争，中国大门一定会被打开，中国一定会被容纳进世界大家庭之中。工业文明取代农业文明，这是大势，这是道光皇帝无法理解的世界大势，正义可以落寞，大势不可违背。

二、罂粟的发泄

虎门销烟惹恼了罂粟姑娘，她在云彩里嚎叫了一番，但是她也只能如此。后来看到英国的舰队开过来了，她又兴奋起来。她趴在云彩里，托着下巴，翘起小腿，幸灾乐祸地看着发生在中国的一切。当她看到《南京条约》签订时，再也按耐不住兴奋的心情，跳起来，并从这片云彩，跳到那片云彩，边跳边大喊道："怎么样？挨打了吧！认输了吧！我罂粟是来帮助你们消减人口的，你们不领情，还要烧毁我，你们的麻烦事以后还多呢。"

罂粟姑娘一边喊叫，一边又跳起肚皮舞，弄得中国南半天风生水起。受不住罂粟姑娘的煽情，中国天上，地下，神啊，仙啊，佛啊，道啊，鬼啊什么的，都出来发泄一番。

森林之神的"气"最大，他显现身形，在云彩里摇晃着巨大的树冠，大声说："他们人类砍我的大树造宫殿，砍我的小树造房子，树枝还要烧掉，可恶！可恶!"

小草之神坐在云彩边，委屈地掉眼泪说："你们欺负我们小草，我们好不容易从地下钻出来，帮助你们保护地皮，你们不领情，还领来小羊吃掉我们。"小草之神边诉说，边诅咒："叫你们的土地都沙化！都沙化!"

不管是大神还是小神，他们说话都是算数的。

史书记载："从道光二十一年（1841）起连续三年，黄河三次决口，使河南、山东、安徽很多地方被淹没，死亡的人以百万计。道光二十六至三十年（1846—1850）黄河流域和长江流域各省连续遭到严重的水、旱灾，尤其是道光二十九年（1849）湖北、安徽、江苏、浙江等省水灾严重，为这些地区百年来所未遇。道光二十八年（1848），广东、广西大旱。"

至此我们也不难理解道光皇帝穿补丁龙袍的因由了吧，应该说与民同福祸，道光是个难得的好皇帝，只是处在工业文明要淘汰农业文明的历史节骨点上，他倒霉。

神的气出了，一只狐仙跳到大地上，一声呼哨，大地上狐狸、狼等野生动物频频出没。狐仙尖叫道："这里原是我们的家园，你们人类霸道，侵略霸占了我们的家，你们人类也该彼此侵略霸占。打吧！打吧！人类少了，我们才好生存。"

佛慈悲，"阿弥陀佛"——在广大的田野上，到处响起婴儿的哭啼声——"多子多福，有后为大。"

人是胎生，同是胎生的老鼠不服气，它一窝能生多胎。在人类婴儿的啼哭声中，时常夹杂着老鼠的叽喳声。

大地上，人类种植的庄稼成熟了，但是盯住这些庄稼的不只是人类，其他生灵差不多都来了。人类是收获庄稼，老鼠是捡漏，有些动物则是算账，看饥荒出现在什么时候，到时它们吃腐。

一位道家英明，他在练辟谷，说是什么人不吃也能活，只要有阳光、空气——这是在骗鬼。

鬼喜气洋洋，虽然它们白天睡觉，只是在晚上它们才出来给不知黄泉路的"人"引道，但是这些年它们的同伴暴增，它们也高兴。

三、瞒天过海

贫困是社会动荡的主要根源。

罂粟姑娘的肚皮舞越舞越热烈，中国越来越穷。鸦片战争的巨额支出和2100万两白银的战争赔款；战前是三四万箱鸦片的输入，战后迅速达到78000箱（值银5000万两）。这一切的后果就是"穷"。当人穷到一定程度，当穷人多到一定程度，历史上多次出现的农民起义就要爆发了。

有史书记载：1844年，湖南耒阳人民抗粮，包围县城，广东乱者四起，省城附近明火劫掠；1845年，广州府属九县天地会数万，千百成群，持械戕官，掳官勒赎；1846年，桂东、湘南会党屡次滋事，广州焚掠案件仍然不绝；1847年，雷再浩领导的湘、桂间的教党，数败官军，广西天地会响应，围攻平乐县城，各地土匪纷起，南宁等四府道路阻隔……

真是天怒人怨。

那条蛇又来了，它看中国大地到处布满干柴，星星之火便可燎原，它嘴里嘟嚷着："如果在中国内部再点把火，中国几千年的农业社会可以早些跨架了，两百年，需要抓紧啊。"

此时它看到一个人在低头走路，蛇仔细瞧瞧，说："需要一个野心大的，胆大的，就是他了。"说着便向他抛去一本书——《劝世良言》。

此人叫洪秀全，广东花县人，幼年读过九年私塾，颇有才气。但是，三赴广州应试不中，心里受到打击，大病三十余日，此时他大病初愈。洪秀全把书捡起来，顺便看了一眼封面，就又将书丢向一旁。可是当书触地时，竟发出了金属的声响，已经走过去的洪秀全不觉又扭过头来，从地上再次捡起那本书，拍拍尘土，将它塞进衣袋。

回到家里，洪秀全将书打开，这一看便入了迷。《劝世良言》是一本介绍西方基督教的书，基督教里有上帝，上帝叫爷火华（耶和华）。此时洪秀全叫洪火秀，啊，都有一个火字。再细看书中内容，上帝发洪水，灭了除诺亚一家人以外的所有生物。啊，洪水——洪字，改天换地！

洪秀全开始想入非非，不久一个"梦境"开始在社会上流传。说是有一龙一虎一雄鸡走入他的室内，又有一乐队，一身穿黄袍童子，一华美大轿，他被抬向天堂；又有一尊贵妇人，自称他的母亲，说："你在凡界身体弄脏了，让母亲给你洗涤。"说着取出他腹中污垢的五脏六腑，在河水里漂洗成鲜红如初后再放入，伤口即时复合，无伤痕……他见到了他的父亲，父亲给他两件东西，一个金印，一把"云中雪"的宝剑。他挥舞宝剑砍杀妖魔，他的兄长站在他的身后手捧金印，金印发出光芒，令妖魔头晕眼花。最后他带领天军将妖魔逐出天界，后来父亲又要他改名为"洪秀全"。父亲即上帝爷火华（耶和华），天兄即耶稣，他——洪秀全，上帝的第二个儿子。

他——洪秀全，以救世主莅临，帮助人们荡涤污浊，建立美好天下。

四、拜上帝教

洪秀全的朋友冯云山走出广东，来到广西一个偏远的叫紫荆山的地方。这里远离官府，远离儒家教义的影响，远离肥沃的农田和有权势的地主。这里生活的人群大都是煤矿中的矿工、木匠、铁匠、磨坊工人、剃头匠和船民、樵夫、烧炭工、挑夫等。这里的人哀叹自己的生活："实是度日如月，度月如年，苦不堪言。"

他们是弱势群体，或曰贫下中农、无产阶级。

不知是谁发现的，人的革命潜能和人所拥有的财富成反比。

冯云山来到他们中间，向他们宣讲他从洪秀全那里学到的救世赎罪之道，并越来越详细地讲述洪秀全的梦境，给他们指出有天国，有天堂。这些大都靠繁重的体力劳动挣扎在生死线上的人，最盼望的就是光明和希望，很快他们的“阶级觉悟”得到开发，革命积极性得到提升，冯云山将他们团结起来，一个叫“拜上帝教”的组织诞生了。

与此同时，洪秀全也开始了他的理论建树。

首先，洪秀全给他的信仰者建立了六戒，即：一为去淫戒色；二为不枚父母；三为勿杀害；四为勿偷窃；五为勿行邪术；六为勿赌博。洪秀全还撰写了《原道教世歌》《原道醒世训》《原道觉世训》《天条书》等著述，构建了洪秀全思想，洪秀全思想是西方上帝教与鞑靼统治下的大清帝国国情相结合的产物。

洪秀全也开始重新包装自己，他确信他在人间应具有无上的权力，他大笔一挥惊天动地：

朕在高天作天王，尔等在地为妖怪；

迷惑上帝子女心，腆然敢受人崇拜。

上帝差朕降凡间，妖魔鬼计今何在；

朕统天军不容情，尔等妖魔须快走。

在这首诗里，洪秀全第一次自称“朕”，并且第一次自称“天王”，这是秦始皇创立了“皇帝”称呼后，洪秀全使这个称呼再一次地升格，并豪迈地表示了他要改天换地的决心。不过这首诗的写作水平确实不敢恭维，考场落榜也属自然。

此时在中国大地上，还有一些组织，如天地会、三合会等，这些组织往往打着“反清复明”的旗帜，对此洪秀全说：“如果说，这在康熙年间，清朝创立初期，表达这种慷慨的言辞还算是合适的话，那么当历史过去两百年后，我们仍旧重提“反清复明”，就有些不合适了，无论如何，待我们恢复旧山河后，必须建立起一个新王朝。”洪秀全诗云：

近世烟氛大不同，知有天意启英雄。

神州被陷从难陷，上帝当崇毕竟崇。

明主敲诗曾咏菊，汉皇置酒尚歌风。

古来事业由人作，黑雾收残一鉴中。

洪秀全和冯云山在广西紫荆山建立了自己的革命根据地。

紫荆山区的山民们，向来有相信巫师道士装神弄鬼的习俗，他们以往也“见过”自己人中间有人灵魂附体而开“天眼”的实例。那个年代，弱势群体相信一切能救他们脱离弱势的宣传。

当洪、冯两人都不在紫荆山时，一位叫杨秀清的烧炭工，成为天父的代言人。杨秀清在一种神附状态时，通过他的声音传播上帝旨意，已达到稳定军心的目的。再次回到紫荆山的洪秀全承认了这个代言声音是神圣的。另一位叫萧朝贵的赤贫也是信仰拜上帝教的农民，成了天兄耶稣向洪秀全及天下其他拜上帝教众人传话的代言人。洪秀全再次给予了承认。

一次洪秀全在其随从还没到齐时就骑马先行，结果遇到强盗。由于这次莽撞的行动，萧朝贵代言天兄耶稣责备洪秀全，洪秀全立即表示非常痛悔，公开地认了错。

天无二日，这也为太平天国以后杨秀清的被杀，及其太平天国内部的大动荡埋下了伏笔。同时他们彼此也都明白所谓的天父、天兄及其所谓的代言都是欺骗技俩，靠欺骗能赢得天下？一开始他们自己心里就很难踏实。

五、走向“理想”

1851 年，洪秀全打出了他的旗号“太平天国”，在广西宣告中国历史上又一次农民大起义开始。

这次农民起义也是“逼上梁山”，因为“拜上帝教”的影响越来越大，越来越不能循规蹈矩，越来越不能团结在现政权的周围。当权者不能容忍了，新任广西提督向荣指挥三路大军，其中还有从云、贵来的支援部队对“拜上帝教”实行合围剿灭。

洪秀全果断地率领他的“太平军”与官军展开搏斗，走上了推翻现政权，建立自己理想王国的道路。

是什么原因使洪秀全走向了与官府对抗这条艰苦决绝的道路上来的？如果洪秀全当年金榜题名，他还会这样“铤而走险”吗？可能性不大。

如果说，起义造反的基础是穷人过多，是生活物资问题，那么造反起义军的领袖则是“怀才不遇”，是人的才能的释放问题，或者兼而有之。

太平天国的杰出人才有，东王杨秀清，西王萧朝贵，南王冯云山，北王韦昌辉，翼王石达开（此时石达开仅 20 岁出头）等。

在天上，那条蛇看到大地又要热闹起来，高兴地打滚，它叫道："穷人要吃饭，能人要释放才能，而历史赋予这次农民起义的任务则是要动摇农业社会专制制度，加快农业文明向工业文明的转化，不管是穷人、能人，你们也都是历史的工具……哈哈！"

战火燃起，洪秀全指挥太平军跳出官军的合围，向一个繁华城市扑去。

被太平军进攻的城市叫永安。

永安有着坚固的城墙，但是太平军对他们将要夺取的第一城有着势在必得的决心。太平军先是将永安城四面包围，然后让马拉着装有响石的篮子围着城跑，使之尘土飞扬，响声震天，造成巨大的气势。晚上则燃放烟花爆竹，并投放进城内，造成城内居民的恐慌。第二天太平军便发动了强大的攻城，"天王"洪秀全激励太平军，他们将要开创的是"人间天堂"，而且他们战死也是升天，是天父招他们进入永恒的天堂，那里无处不平等，无人不暖饱，那是好得无比的地方！

吼天动地的呐喊，血风腥雨的厮杀，太平军爬上了永安的城头，除尽城内的"妖魔"，天王洪秀全终于在人间有了他的第一座城池。

对于太平军这些平时的弱势群体来说，繁华的永安城就是天堂了，该享福的思想在这些人中间开始慢慢滋生，纪律开始松懈，部分将领的属下开始在城中抢窃。天王要的是天下，是除尽天下的妖魔，是在人间建立理想之国——太平天国，永安只是胜利的开头，怎可骄傲呢，天王立即颁布警戒劝喻诏令：

> 各军各营众兵将，各宜为公莫为私，总要一条心，对紧天父天兄及朕也。继自今，其令众兵将，凡一切杀妖取城，所得金宝、绸帛、宝物等项，不得私藏，尽缴天朝圣库，逆者议罪。

诏令生效。

太平军浮躁的心安静下来，他们向当地的居民宣传说，永安的居民只要遵从太平军规定的行为规范，在门上挂一只竹编小环以表示欢迎太平军就足够了。如能报告"清妖"的动向，贡献银、粮，或帮助运送辎重将获得特别奖赏。但是如果资助清妖，或和太平军作对，或趁战乱抢窃、奸淫，则格杀勿论。

相对于弱势群体，永安强势群体中拒绝和太平军合作的一些富有的地主士绅逃出永安，太平军便没收了他们的家产充做军用，并散发浮财给本地百姓，这也是历史上中国农民起义军的惯常做法，叫做"打富济贫"。

天王在颁布的第二道警戒劝喻诏令中要求，对所有士兵在战场上的表现进行登记，凡在战斗中英雄杀敌，便在名字后面画"。"；怯弱者则在名字后面画

“+”，并逐级上报，作为提拔和将来升入天堂的依据。

为了维护永安城和太平天国的秩序，天王再度强调不得奸邪淫乱，诏令中说：

> 天下多男子，尽是兄弟之辈；天下多女子，尽皆姊妹之群。天堂之女，男有男行，女有女行，不得混杂。凡男人女人奸淫者，名为变怪，最大犯天条。即丢邪眼，起邪心，向人及吹洋烟、唱邪歌，皆是犯天条。

天王下令全军将士，不论地位高低，必须尊此天条，将官们必须经常检查自己的大营，若有犯此天条者，一经查出，立即缉拿，斩首示众。但是，天王洪秀全却毫无羞愧地把自己排除在这一天条惩罚之外（此时他已另增妃嫔数人，到南京后增至88人）。又严令不允许属下流传有关于他私生活的闲言碎语，凡私下议论天王妃族名、名讳或出身地位，或进出女宫走漏消息者，一律就地斩首，这也是太平天国的非常做法。

历来官军对农民起义军都不手软，永安城被越来越多的清军围困，灵活的太平军再次进行突围。但是在永安城这段时间里，太平军争取时间制定出了自己的纪律和各种道德训条。这种必要的政治建设，也为太平军以后的胜利奠定了基础。

太平军的突围也有戏剧性，首先他们严守秘密，使得混入太平军的清军密探一无所知。在撤退的道路上，他们又埋设了自制的“地雷”，在殿后部队撤离时，他们点燃这些地雷。爆炸声此起彼伏，浓烟和喧闹声随风飘扬，而且他们还在一些猪狗身上系上破盆烂罐，这些被吓坏的家畜东跑西串，更增加了喧嚣。就像他们六个月前他们在鞭炮的喧闹中攻入永安城一样，六个月后他们又在喧闹中撤出永安。

尽管采用这些民间伎俩作为疑兵之计，大部队得以安全突围，但是断后的2000太平军还是被清军围堵导致全军覆没。太平军一部返回，要为死难烈士报仇，他们在官军必经之路埋上了更多地雷，又在山坡树枝之上堆石为器，当地雷响时，石块落下砸死不少官军，太平军趁机出击，一战便让官军留下5000多具尸体。

六、北　上

离开永安，太平军兵指当时的广西省会城市桂林。

太平军将清军俘虏的军装扒下，自己伪装成一队清军。他们设想，让这队“清军”混进桂林城，太平军便可轻取桂林。但是事情凑巧，一个从永安也赶往桂林的清军军官认出了他们，加鞭快马提前赶到桂林报信，使太平军偷袭桂林的计划落空。

偷袭桂林不成，太平军转身向北扑去。

兴安城毫无防备，太平军兵不血刃进入兴安。

清军尾随而来，太平军弃兴安，再扑全州，全州城墙坚固，且有防备，太平军游戏一般，水陆两军绕城而过。又是事情凑巧，全州城上一名清军炮手有事无事地试射一炮，恰巧炮弹正打在一顶轿子上，而坐轿的是洪秀全的密友，拜上帝教的缔造者冯云山。声望极高的冯云山受致命伤的消息不胫而走，全军无号令地全部停止前进。全州城被愤怒的火焰包围，全州城被攻破，全州城内几乎所有的生命遭到屠杀。

毁损殆尽的全州城被丢下，太平军继续北上。显然他们是想顺湘江而下，直取湖南省会长沙，但是意想不到事再次发生，太平军遭到了埋伏。湖南地方势力和清军在太平军必然通过的河上伐树塞河，打桩设阻。当太平军的船只在湍急的江水卷裹下，冲向用树木组成的巨大障碍时，清军开炮，前面的船只着火，而跟在后面的船只却停不下来，后船撞前船，船形成片，火形成海。太平军中，来自于广西紫荆山区拜上帝教的老会员伤亡惨重，而正是他们使太平天国运动变得有声有色。

太平军转而攻取了道州，并在那里进行了休整。在这个休整期，太平军重整士气，扩充军队，将湖南本地的反清势力，更多的是追求温饱的弱势群体吸纳进了队伍。进入太平军的他们很快便接受政治洗礼，信仰拜上帝会，关心太平天国的事业。

他们的召兵宣传很能打动人心，是一些朗朗上口的打油诗：

富贵之人欠我钱，不富不穷任休闲。

贫穷之人跟我去，强似租牛耕贫田。

在这段时间里，太平军颁诏书，发檄文，还对满清展开了政治攻势。他们贬斥满清及其皇帝咸丰是“满族妖”“狗鞑子”“满族胡人”，还极力避开“反清复明”话题，力劝支持太平天国的人支持真“圣主”天王洪秀全，建立太平天国伟业。

在诏书中，他们说：

仔细查满洲鞑子，其祖宗乃一白狐一赤狗交媾成精，遂产妖人，种类日滋，自相配合，并无人论风化，乘中国无人，盗据华夏。

夫中国有中国之形象，今满洲悉令削发，拖一长尾于后，如狐如狗，是使中国之人变为禽兽也。

中国有中国之人伦，前伪妖康熙暗令鞑子一人管十家，淫乱中国女子，是欲中国之人尽胡种也。中国有中国之配偶，今满洲妖魔悉收中国之美姬为奴为妾，三千粉黛，皆为羯狗所污；百万红颜竟与骚胡同寝，言之痛心，谈之污舌。

这种宣传很有作用，这给太平军以尊严和解放精神。宣传中还说，所有汉人都是上帝子民，而其中为满族迷惑卖命的汉人将患上麻风病，死后落入地狱，被百般折磨。接受忏悔，而加入太平军的兵将荣耀子孙，幸福无疆，永远尊贵。

太平军瞬间增加新兵50000人。

兵强马壮了，太平军剑指湖南省会长沙。

在鸦片战争中大清政府虽然被洋人收拾的焦头烂额，但是对付农民起义军他们还是有能力的。清军增兵长沙，一场大战又将在长沙拉开。

长沙守军巡抚骆秉章也是广东花县人，天王洪秀全的同乡。不同的是此人科考一帆风顺，从县试、府试、乡试直至会试，中进士，系广东全省考生第一名，长沙会战也是优等生对落榜生的较量。

长沙守军配合比较协调，长沙城墙十分坚固。但是进攻一方不缺能工巧匠，太平军启用来自广西和新近加入的矿工进行地道作业，意图从地下钻进长沙城内。守方不耻下问，也从下人那里学到了将大木桶埋入地下做听声器，让耳朵特别灵敏的盲人探听远处挖掘地道的声音，准确判断彼此的距离，并用重器砸开接近城墙的首端，然后灌水和粪便，将偷袭者赶走。

太平军在长沙周围挖的十条地道，只有三条得以完成。尽管太平军也不乏制造炸药的能手，炸药充足，塞进地道的炸药炸毁了一段城墙，但是太平军仍难攻进长沙城里。进攻长沙这样的大城市，太平军仍显兵力薄弱，不能将长沙围困，而清军支援部队却如流水般地不断涌进长沙城内，加固着长沙城防。

在长沙攻防战中，曾替天兄代言的太平军将领萧朝贵战死。身穿官袍，旌旗簇拥的西王太显眼了，他被枪弹击中。

太平军虽然攻城无望，但是却在他们控制的码头和周围的河道里夺取了数以千计的船只，于是洪秀全下令撤围，移师北上。行进中，他们用劫来的船只夺取了更多的船只，声势的浩大又吸引了更多的新人加入了太平军，其中不乐意的人也被裹挟而去。

撤离长沙后，太平军为阻止清军的追击，他们过河拆桥，遇船拖走，尽管有家眷、物资、武器、火药、军需、财物、粮食等累赘，太平军还是只用25天时间，挺进480公里，出洞庭，来到长江中游重镇，湖北省会武昌。

太平军没有立即进攻城墙坚固、防守严密的武昌，而是出其不意派兵到长江北岸，攻下两座跨江浮桥，这样他们就可以从武昌防守薄弱的北面向武昌进攻了。清军下令烧毁城外的房屋，留下一片空地便于观察和防止太平军接近城墙，但是民房的毁坏惹恼了民众，民众转而站在了太平军一边。得民心者得天下，武昌城很快被太平军攻占。

七、攻取南京

太平军在武昌城得到令人炫目的财富——白银100多万两，并又扩充了军队。财大气粗的太平军号称50万，船万余，顺长江东下直取古都南京。

在东下的途中，他们在攻取的或投降的城市做短暂休整，并将城市的财宝洗劫一空。对难攻取的城市，他们采取绕道而行。武昌撤走后的30日，太平军进抵南京城边。

南京城墙坚固，雄伟，但是，南京城墙是冷兵器时代的产物，在鸦片战争后的火炮时代，它就有缺点了。鸦片战争期间，英国人指出，南京城墙西北角是突破口，攻城部队只要将火炮抬到附近的山上，就可令南京城俯首帖耳。

太平军同样看到了南京城防御的缺点，一阵震耳欲聋的爆炸声后，南京城墙西北角崩塌了。太平军将士涌进城去，清军做了最后的抵抗，结果光内城就有50000清兵被屠杀。

南京为明太祖驱逐胡元、光复华夏的基地，太平天国定都南京，改称天京，有其政治意义。

声乐奏下，一个考场落榜生身穿龙袍，坐在豪华的轿子里，由16名轿夫抬着，32名女官簇拥着，进入了这座曾经埋葬了不少历史人物的城市。

八、遥指北京

明朝的朱元璋评定江南后，倾其精锐部队北伐，以摧枯拉朽之势扫荡了中国北方。而洪秀全将太平天国定都南京后，还没有巩固基地，匆忙中便派一支部队向北攻击，这支部队的前途自然堪忧。

十一、天京内乱

人可共患难，不可同享福。

太平军占领南京后，这些曾经在广西紫荆山受穷的哥们就开始争权夺利了。

太平军起事时的权力分配：天王洪秀全为万岁，统揽全局，其他各王除受天王领导外，还要受东王杨秀清的节制。

在夺取南京前，有着天父代言人地位的杨秀清还能接受洪秀全的领导，号召要敬畏天王，这也是太平军走向胜利的基本保证。到了南京后，杨秀清的野心开始膨胀，时不时的以传达天父上帝的旨意为名，要天王洪秀全出宫门迎接他，跪在天王府门前恭接“天旨”。有时杨秀清不愿到天王府，洪秀全还不得不亲往东王府。

为节制杨秀清，洪秀全提拔自桂平时就追随左右的心腹干将秦日纲和胡以晃代替已故的冯云山和萧朝贵两人为王。起初杨秀清同意，但当两人在战场上一时受挫，杨便削去了二人的王位。秦日纲除了受杨秀清代言“上帝”的责骂，还威胁要下狱为奴。北王韦昌辉无论白天黑夜，随时都会被传来聆听“上帝”的训斥，还受到威胁要当众鞭笞。就是高级将领在南京街道碰到东王府的官员，也要表示尊敬，否则也有可能受鞭挞责罚。

在太平天国定都南京后不久，清军钦差大臣向荣率军跟踪而至，屯于南京城东南角，号称江南大营，屏蔽苏州、常州的产米区；另一清军屯于扬州北郊，号称江北大营，屏蔽淮海的产盐区，两军对南京形成围堵之势。

烧炭工杨秀清也确实有着过人的能力，当清军围困镇江，杨秀清派出强大的增援部队，和能调取的全部军火增援，结果太平军经激战获胜。正当部队精疲力尽，急需休整时，杨秀清以其卓越的战略眼光，急调部队对天京外清军的江南大营进行全力攻击，疲惫不堪的将领激烈抱怨，几乎抗命，但是后来执行命令，结果太平军大获全胜，清军大营被毁，一万多名清军被歼灭。清军统帅向荣自五年前的永安战役就一直尾追太平军不放，但是这场战役使他一命呜呼。

一场畅酣淋漓的大捷，加之长江上游的节节胜利，杨秀清觉得自己了不起。他先是将忠于天王的将领调离天京，然后他向天王洪秀全提出自己也要称“万岁”。

天王洪秀全进退维谷，但他假意同意，并提议在两月后杨的生日为盛事。此后洪秀全派出心腹，密令秦日纲、韦昌辉、石达开等将领返京，挫败杨秀清的夺权阴谋。

1856年9月1日午夜，北王韦昌辉带三千老兵到达南京。秦日纲因离南京较近，此时已布置精兵剑拔弩张。韦昌辉、秦日纲在与天王做了简短的交谈后，他们决定不等石达开，立即突袭无准备的东王府。

在饱受屈辱的北王韦昌辉带领下，他们冲进东王府，在杨秀清还没来及逃走时斩杀了他。

天朝的大政方针主要来自这位烧炭工，杨秀清的才能得到释放，只是他忘记了权力场上“天无二日”的游戏规则，功亏一篑，才没能使他的才能得到更大的展现。看来能人才能的释放不完全取决于社会，他还取决于自身的把握。

韦昌辉、秦日纲也没有很好的把握自己，本来先前和洪秀全订立的是只杀杨秀清一人，可是他们太放开手脚了，几个小时内，东王的人，男女老少包括宫女、女佣全被屠杀干净。

石达开远在武昌附近，当他还在赶回的路途中便听说了这场难以置信的大屠杀。回到南京后，石达开指责北王诛杀太众，这样做只能有利于清军。杀红了眼的北王指责石达开同情杨秀清，要杀石达开，石达开逃走，但是石达开的妻儿老小以及所有随从被杀。

石达开尽管年轻，但是在太平军中威信很高。石达开返还长江上游，很快在他身边集结了十万人的部队。以这支大军做后盾，石达开再回南京，他告诉天王说，现在只有韦昌辉、秦日纲的人头才能让他称心。北王韦昌辉惊觉到了石达开到来的危险，派秦日纲阻止石达开部队的推进，他还设计想囚禁洪秀全。但还没等韦昌辉的计谋施展，洪秀全便集合了他的亲兵杀死了韦昌辉，不久秦日纲也被诱捕诛杀。

1856年12月，石达开再次进入南京城，他受到了英雄凯旋般的欢迎。

但是历史对这种内乱只用了两个字来评价：内伤！

十二、石 达 开

石达开的敌人曾国藩屡次说石达开“最悍”“最谲”“挟诡诈以驶众，假仁义以要民”；另一太平军的死敌左宗棠亦称其“狡悍著闻，素得群贼之心，其才智出诸贼之上。而观其所为，颇以结人心，求人才为急，不甚附会邪教俚说，是贼之宗主，而我之所畏忌也”。可见石达开是敌我双方都认可的能人。

太平天国内伤后，石达开掌理政务，重用青年将领陈玉成和初露头角的李秀成，重新稳定了太平天国的局面。

但是经过这次的内伤，洪秀全不再相信外人了，开始了任人唯亲，他的两个哥哥洪仁发、洪仁达被封为王。石达开觉得此二人毫无才情，不堪重任。而二洪则对石达开作为原有等级体系残剩物的身份心怀不快，挖空心思地削弱石的权利。最终，在二洪的“猜忌和挟持”下，石达开被迫离京出走。

此时太平天国起义时五大人杰东王杨秀清、西王萧朝贵、南王冯云山、北王韦昌辉、翼王石达开都离开了洪秀全。

石达开的出走带走了不少太平军的精锐，安庆附近的驻军随之而去的六七万人，江西更众，估计太平军的实力损失在一半。

石达开原打算建立一个新的根据地，后在湖南宝庆战败，以后就是逃生了。石达开部跨越了15个不同的省份，走了9600多公里，最后还是身陷重围。石达开徒步走进清军统帅的营帐投降，他希望以自己的生命换取对追随他多年的老兵的宽恕。原长沙守军巡抚骆秉章，那位考场上的优等生在对石达开审问了40多天后，石达开被凌迟处死，那些希望被宽恕的士兵也被屠杀殆尽。

十三、最后的血战

石达开走后，青年将领陈玉成和李秀成担纲太平军的主帅。由于清军不断重申对在广西加入太平军的老兵被俘也要处死，绝不宽恕的政策，更激起了太平军的斗志，就是对天王忠贞有所摇摆的将士，也只能战斗下去。

后来清军复至南京城下，再建江南大营，并在长江对过的浦口建立江北大营，缩小了对天京的再度围困。

湘军李续宾部攻下九江，随后江西大部又为所得。陈玉成，李秀成联合作战，先破清军的江北大营，再包围皖北的三河镇，将李续宾部全歼，太平军士气大振。

李秀成以轻骑出皖南，直下浙江，长途奔袭直逼杭州，待各路清军援军赶到杭州时，他又放弃杭州，率领太平军星夜返还南京。李秀成和皖北的陈玉成又联手围攻江南大营，经过十天激战，全歼清军，天京再次解围。此后太平军东进攻击苏州，不久苏州为太平军控制，太平军再次重振，大清朝廷为之震动。

满族统治者与汉人也有“内疾”，当曾国藩领导的湘军初次克复武汉，有大臣说，曾国藩以匹夫崛起，从者万余，恐非国家之福，此时执政的咸丰皇帝为之心颤。曾国藩识趣，利用父丧，挂印回家。待苏州丢失，清廷环顾宇内，将帅之能，兵勇之众，以湖南为最，除仰仗湘军外，无别途可循，不得已任命曾国藩署理两江总督，不久又任命为钦差大臣，督办江南军务，所有长江南北水路各军，均归节制，曾国藩可以“破格请将，放胆添兵”，瞬间，湘军军威雄壮。

曾帅舞动洋洒的文章和悬河的口才，各地的地主豪绅振作起来，一些上写儒、释、道的旗帜迎风飘扬；财神爷、灶王爷、门神各就各位，其他神、仙、鬼、妖也纷纷出笼，他们都聚集在中华传统文化的旗帜下，为了自身生存，他们也都豁出去了。

此时洪秀全下令，将“太平天国”改为“上帝天国”，对应的称呼改为天朝、天军、天民、天官、天将、天兵。洪秀全继续用他的一神，要扫荡天下的众神，他要创造一个崭新的王朝，一个弱势群体，一个落榜生翻身做主人的王朝。

湘军占领武汉、九江后，安庆成了长江上游的主战场。曾国藩知道，欲复金陵，北岸则需先克安庆。同样保卫安庆的太平军英王陈玉成也明白，安庆有失，则蛇中断，其尾不久矣。

几万大军摆在安庆地区，声嘶力竭的大战，大地狼烟滚滚，最后粮尽城破，太平军 16000 人全部战死，陈玉成死时才 26 岁。

担当长江下游的李秀成，有个打算，就是打下上海，夺取上海银库中 2800 多公斤的库存银币，购买 20 艘西方现代汽船，组成一支舰队，溯江而上，解放长江上游。没料到的是，一向标榜中立的“洋人”此时以武力公开支持清廷，这样太平军就又增加了一个更强大的对手。

出于利益的目的，洋人们对太平天国做过考察，也探讨过和太平天国的合作。太平天国的回答则是：“太平天国是天朝上国，天王乃天下共主，万国皆要来降，有不来者，便是妖魔。”洋人们对太平天国的了解是，他们的大多数人，即使是官员也都是大老粗，军队也不过是乌合之众，而洪秀全则“神经”不正常。

这些洋人很快明白，大清已是他们的手下败将，并且他们还想从大清手里得到更多东西，而太平天国还不“了解”自己，更难驯服。为了自身利益，他们选择了大清。

曾国藩的门生，一个叫李鸿章的安徽进士率领 6500 名将士，在英国舰船的秘密护送下，进抵上海；另一个湖南进士左宗棠率领湘军一部攻进浙江；曾国藩的弟弟进士曾国荃率部攻打南京。

一群进士凌弱一个落榜生。

在南京雨花台，双方展开激战。太平军昼夜环攻雨花台，“洋枪洋炮，骤若飞蝗”。时秋疫大作，湘军病者几半。曾国荃拚死不退，屡濒于危。经过 40 多天搏击，太平军粮食不继，冬衣未备，不得已退去。经时，曾国藩“心已用烂，胆已惊破”，但是他坚持到了最后。

十四、天王之死

李秀成料到天京有可能再次被围，便将部队南下江西，取得那里的粮食补给，但他们将收集到的超过 13600 多公斤的粮食在运往天京时不慎被清军截住。

南京无粮，兵力仅万余，李秀成知大势已去，劝天王弃城他走。洪说：“朕奉上帝圣旨、天兄耶稣圣旨下凡，做万国真主，何惧之有？……朕即上天堂，向天父、天兄领天兵保固天京。”

面对饥饿，洪秀全没有惊慌，面对即倒的大厦，洪秀全也没恐惧，既然如此，他要将戏演下去，这是精神支柱。他这一生干了一番轰轰烈烈的事业，展现了他的才能，一个落榜生的才能，这就够了。

洪秀全想起东王杨秀清，让杨秀清升天也是不得已的事情，他佩服杨的才能，一个烧炭工能如此，天下能人不仅仅出自考场。

当然，洪秀全也知道前线的情况，他的部队已和举义时的情况大不一样了。用曾国藩的话说，前期百姓对太平军“甘心从逆，乐为贼用”，现在“今则民闻贼至，痛憾锥心”。太平军已没有战意，唯以烧杀破坏为事，洪秀全无奈。

……

天王和其他人一样，吃着结成块的野草，不久天王病了，但他不肯吃药，声称他去天国的时候到了。

1864 年 6 月 1 日，洪秀全安静地去世了，一位宫女用黄绸尸布将他的遗体裹起，埋在平地之下，就像其他太平军将士一样。这也是他的命令，他还命令禁止使用棺材，一则没有那么多棺材，另外洪秀全也敢于打破任何传统。

树倒猢狲散，他的部下，他的臣民都走了。洪秀全的灵魂从黄绸尸布里出来，游荡在南京城上空，不知该往那里去。

洪秀全死了，至死他都没说破他的宗教梦幻，他也不能说破，若说破了，他也就什么都不是了。

我们也不妨认为他编撰的那个宗教梦是真的，但是现在的情况是，没有什么天兵来解救天京，他的天父对于他的死默不做声，他的天兄对他的死默不作声，甚至那位在生他时疼痛号叫并奋力保护婴儿不被七头龙吞食的天妈，此时在天庭看着游荡的他也沉默不语——他们不再疼爱他了，他们抛弃了他。

这个梦不攻自破。

敌人找到了他，他的尸体被刀斧剁得粉碎后拌进火药，装入炮弹，然后接连发射出去，曾国藩要他灰飞烟灭。

“清妖狗!”洪秀全在空中怒骂，——狂风骤起，暴雨袭来，曾国藩急忙躲入房中。

曾国藩灭了洪秀全，一个汉人和另一个汉人的故事结束，曾国藩没有让所谓的上帝文化统治中国，但他也忠实地维护了“满洲鞑子”对中国的继续统治。

曾国藩知道，走狗死，狡兔烹，他拥兵自重，满族统治者开始警惕他，不久他也将招来杀身之祸，于是乎，曾国藩激流勇退，于凯歌声中将完成使命的湘军进行大刀阔斧的裁撤——老子曰“功成名遂身退，天之道”，又一章节中国史书被翻过。

多少六朝兴废事，尽入鱼樵闲话中。

十五、游荡的灵魂

在天庭，一群灵魂也在默默地看着洪秀全的灵魂在游荡，他们都是中国历史上著名的农民起义领袖。

根据天的安排，天堂神请了几位在中国历史上颇有名气的农民起义领袖来观摩太平天国的“演出”。他们是：秦末的陈胜、吴广；东汉末黄巾起义的张角；唐末黄巢；北宋末的方腊；明末的李自成也临时被从东方地狱放出来参加了这次活动。

演出结束，这些人仍然注视着游荡的洪秀全，没有一人说话。天堂神明白，他们看洪秀全也是在看当年的自己，内心的激动是免不了的。天堂神让他们谈谈他们的感受，他们还是不说话，静默了一会，天堂神的微笑还是让他们开口了。

陈胜、吴广你看看我，我看看你，陈胜首先说：“我们当时被秦二世拉去戍边，因天降大雨，不能按时到达，按照规定要被杀头，我们不得已揭竿而起，所以我们的的起义只是想活命，没想这么多。太平天国举起天国、天堂理想大旗，很哄人，以后农民起义要想成功，应该借鉴这一点。”

吴广说：“我们只是暴动，算不上是革命。”

东汉末黄巾起义的领袖张角是“太平道”的创始人，太平道信众达数十万人。此时张角又看了看游荡的洪秀全，说：“没有太平道也就没有以后的黄巾大起义，洪秀全的拜上帝教和太平道一样，都是团结广大群众的必要手段，以后的农民起义要想成功还要借鉴这个手段。”

唐末黄巢，世为盐商，年少时积财聚众，喜赌博，尤好收留亡命之徒。黄巢说：“我打下了长安，唐僖宗跑了，当了几天大齐皇帝，我也被人家赶跑了。我不懂治理天下，看来洪秀全治理天下也不行，不懂治理天下，打下天下也白搭。”黄巢摇摇头不说话了。

李自成说话了：“很受启发，以前历史上很多人都提出过‘耕者有其田’，我也说‘均田免粮’，但是如何实行，没有人认真试过，太平天国搞了个天朝王亩制度，是个进步，下一个农民起义如果认真考虑这个问题，起义有可能成功。”

方腊是穷苦出身，也曾聚众百万，轮到他发言了，他淡淡一笑，调侃了一句：“我们中国的弱势群体从今至后，也算是有了自己的《理想国》了。”

啥意思，品味去吧。

最后，天堂神请他们说说应该如何安排洪秀全的后世，这些腥风血雨中滚爬出来的人再也不说话了，因为除了李自成，其他人也还都在等待历史的审判。

洪秀全的灵魂至今还游荡在南京城上空。

第七章　第二次鸦片战争

>>

一、长江在流泪

太平天国被镇压下去了。

史书记载，人口稠密的长江流域为太平军与清军往复争夺烧杀的地区。战争中江、浙两省人口死亡两千万，安徽、江西人口死亡亦不少，江、浙和长江流域死亡人数共约五千万。

史书记载，兵灾时间，湖南四年，湖北五年，浙江五年，江西八年，安徽、苏南十二年。

史书记载，富庶的江南之地兵灾过后，往往二三十里不见居民，户口仅存原来人口的五分之一；号称天堂的杭州，居民由原来的八十万减少至数万；皖南“野无耕种，村无炊烟，市人肉以食”；皖北“但有黄蒿白骨，并无居民市镇，竟日不见一人”；江西数百里“不闻鸡犬声，惟见饿民僵毙于道”。

天书记载，长江流域的生态得到初步恢复。

五千万具尸体，对于食肉动物，这是多么大的盛宴啊。北方的虎、狼等动物开始南迁，他们放弃了彼此的敌视，只顾低头觅食。南方的鸟也一反常态往北飞，它们唧唧喳喳叫着，惊叹地上出现了那么多的美食。鸟啊、野兽啊开始回家了，这里原来就是他们的家。就是草啊、树啊也兴奋无比，他们呼喊着要重建原始森林。

天书记载，长江水被污染。

一条长江江豚缓慢地向前游着，它要经常抬起头来，它不想再喝长江水。在它的旁边一条小江豚已经死了，那是它的孩子，是喝了有血的长江水死的。长江水面上漂着尸体，这是太平军和清军双方水师战斗的结果。

长江水血浓度太高了，长江患上了高血压。昏沉沉的长江有时勉强抬起头来，它想向天诉求，但是它已失去了往日奔腾喧闹的劲头，它没力量了，只是在它碰到两岸石壁时才泛起一点浪花，那是它的眼泪。

二、战争再起

在太平天国风起云涌时，第二次鸦片战争又开始了。历史的安排是这样的：太平天国以农民起义的形式从内部、从陆地动摇古老的中国农业专制社会，而新兴的工业文明从外部、从海洋对这个“不顾时势，安于现状，人为地隔绝于世”的大帝国展开冲击。

中英《南京条约》的签署算是第一次鸦片战争结束，但是战争的双方对这样的结果都不满意。英方政府的观点，这次战争的收获太小了，很快在华的英方头头被免职。

当时的清政府对这样的结果更不满意，新任大清掌门人咸丰皇帝采取的对策是“自古要盟不信，本属权益”，就是不执行这些所谓的条约。大清不明白此时中国已被世界拖进了“契约”时代，而契约的本质是签约国双方平等，对“曾经”的天朝上国来说，这个弯太难拐了。

英人将有关照会交两广总督，两广总督曰，此事应交两江总督；到了两江总督，两江总督曰，皇上只让两广总督管理此事；照会再返回两广总督，两广总督曰，此事还得皇上批准。于是乎英人再奔天津，请直隶总督代为投书皇上。皇上让直隶总督回话，说夷务全归两广总督办理，请再南下广东吧。

西方人明白了，“与中国人打交道，难点不在于签订条约，而在于实施条约”。

几千年古国，会玩政治游戏，但他们不知道他们现在已经没有玩这种政治游戏的资本了，那就是打得过人的实力。打不过人，还要耍赖，再次挨打就是难免的了。

其实，《南京条约》签订后，就一直存放在两广总督衙门，清政府大多官员根本就不知道其内容，当然也就不存在执行问题了。

中英《南京条约》签署后，很快又派生出了《中英虎门条约》《中美望厦条约》《中法黄埔条约》。也就是说，这时来到中国大门外的客人已不止英夷，法国人、美国人，还有俄国人，为了一个共同的目的，他们都来到了中国门口。

英国公使额尔金伯爵，法国公使葛罗男爵，美国公使列卫廉教授（他原是大学历史学教授，现在丢掉书本亲自到中国创造历史来了），俄国公使普提雅廷（从中国回去后被封为伯爵，晋升海军上将，两年后就任教育部长），他们齐聚香港，向历史请示该怎么办？历史在他们的脑海里闪现出一个字——“打”。事情很简单，中国要尽快结束农业社会，走进工业文明，而能做到这个事情的唯一手段就是“打”，打开中国大门。

《南京条约》的签署仅仅意味休战，而不是中英两国宿怨的了结，下面将要发生的战争是上一次战争的继续，历史称这次战争为第二次鸦片战争。

在天上，机器统帅蒸汽机之神詹姆斯·瓦特坐在云彩里打盹，他的部下被他遣往世界的其他地方，寻找能更快发展工业的地方。

第二次鸦片战争的导火索是一个英国人挨了一巴掌。

事情是这样，一艘挂着英国国旗的叫的“亚罗”号的船上的人让大清抓走了，大清说他们是盗匪，英国人不干，争执中一个清兵给了厦门领事兼广州代办领事巴夏礼一个嘴巴子。这一巴掌打的太狠了，打响了第二次鸦片战争。

三、海哭的声音

上次被英国军舰撞昏过去的那条海豚，醒过来后逢人便说自己的遭遇；还有那群鲨鱼，它们也证明了太平洋来了可怕的怪物，一时间它们的奇遇在海洋里传得沸沸扬扬。

抹香鲸走南闯北，是海洋动物中公认知识最多的人，又由于憨厚的性格，很有人缘，海洋动物们都游到了它的身边。大黄鱼向它哭诉它的族类不少已死于非命，那条深海鱿鱼则喋喋不休地告诉大家，那个响声如何的巨大可怕。

不时一片巨大的黑影在海面上朝这边飞来，这是海蝙蝠，它们一会水中游，一会又在海面飞，速度极快，它们来自中国南海。这群海蝙蝠来到抹香鲸前，还气喘嘘嘘地就报告说，那些巨大的“鱼”叫军舰，它们不同于以前我们打过交道的小渔船，那些小渔船我们的鲨鱼就可对付，这些军舰是铁做的，我们对它无可奈何。

一条剑鱼也飞了过来了，这条鱼的剑像骑士的兵器一样锋利，它一剑也能刺穿一条渔船。它对抹香鲸报告说，那些军舰来自大西洋，说是在太平洋东岸也有了这样子的船。

大鱼小虾都围拢在了抹香鲸身旁，抹香鲸说，这些军舰是一种叫作智人物种的动物生下来的，这些智人驾驭着军舰来这里要打败另一种不会生育军舰的智人，抢一种叫金子的东西，大概金子是一种很好吃的东西吧。而军舰也是智人物种的寄生虫，一旦这些军舰太大或太多的时候，他们就吃掉智人，当智人不够吃的时候，他们也可能要吃我们，它们可能是将来海洋的统治者。

围拢在抹香鲸身旁的海洋动物们，虽然不能完全听懂抹香鲸的话，但是听说军舰将来还要吃自己时，它们就更害怕了，它们急切地询问该怎么办时，抹香鲸摇摇头喷出一朵浪花。这时一头大章鱼挥舞着它那八只有力的臂膀以及镶嵌在上面的数百个吸盘说，我打翻过很多渔船，也吞吃过智人，我们要和军舰较量较量。章鱼的大脑高度发达，比任何鱼都聪明，它的眼睛像人的眼睛那样明亮，又像狐狸的眼睛那么狡猾。被称为海上霸王的虎鲸更是不服气，它的小眼睛向上翻着，张开血盆大口，大呼着要打败可恶的军舰。

第二次鸦片战争开始了，一只舰队离开驻地，驰向战场。

那头大章鱼首先冲向前去，它死死抱住一条军舰的头部，想把它掀翻，但是它没有成功。那条海上霸王虎鲸游过来死死咬住军舰的尾部，虽然旋转的螺旋桨几乎打掉了它所有的牙齿，但是它还是没松口，紧急时刻，深海鱿鱼游过来，死命的帮虎鲸抱住那个转动的东西。其他的鱼儿也都扑过来，剑鱼刺，海蝙蝠撞，小虾剥去军舰的漆皮，抹香鲸的水柱扫射军舰的“眼睛”。不久这艘军舰停止前进了，又一艘军舰过来，将这艘军舰拖走。

海洋的鱼儿看着远走的军舰流泪了，但是它们不服，一起的呐喊掀起了巨大的海浪扑向军舰，军舰被打得摇摇晃晃。

海洋的鱼儿哭了，它们的哭声震天响，掀起了风暴，卷起了巨浪，那只舰队不得已掉转船头回航，驰回港口。

四、二打一的战争

英国舰队在一个晴朗的日子再次驰离港口，奔赴战场。

英国人这次并不孤独，法国人也来了。法国的借口比巴夏礼挨一巴掌严重的多，说是一个叫马赖的法国神父被广西西林知县处死，他们要报复，所以也派军舰和英国人并肩战斗。

但是，并不是所有英国人都认为应该有这样一个盟友，有议员叫唤，我们足以对付大清人，何必让法国人来分羹。但是浪漫的法国人的热情，让绅士风度的英国人很难拒绝。

英法联军向两广总督叶名琛发去通牒，限令广州驻军 48 小时内退去。未果，英法联军以战舰 20 艘，地面部队 5700 余人进攻广州。第二天英法联军攻入广州，第三天广州将军穆克德纳竖起白旗。

广州城陷后，叶名琛派人拿了 1 万两银子悬赏潮勇进行反击。和英法联军的炮火较量了一番，做了不少牺牲后，这些潮勇明白，这个奖金不好拿，于是就撤了。

广州官库现金 22 万两成了英法的战利品。

那位挨了一个嘴巴子的巴夏礼带领 100 名皇家海军前去寻找叶名琛，躲在都统署内的叶名琛让人假扮他像，他翻墙逃跑，但是被巴夏礼的士兵抓住小辫子从墙头上拉了下来，1858 年 1 月 5 日叶名琛成了战俘。

据说叶名琛被俘时，手下人给他使眼色，让他跳河做烈士，也算是死得其所。但是叶名琛装着没看见，他输的不服啊。

战争的过程无须多说，第一次鸦片战争后，清军的军事力量无改善，而此时英军的军事装备又有了更多的发明，什么米涅式、李恩飞式和兰开斯特式线膛步枪，射速、射程和命中率都提高了不少；火炮由滑膛炮改为线膛炮，炮弹也发展为榴散弹，射击精度得到提高，杀伤面增大，射程增加近千米，新近发明的更厉害的叫作亚姆斯特隆火炮，连法国人也是第一次见到，所以战争的结局在战争开始前就决定了。

史书记载，说叶名琛对付英法联军是“不战、不和、不守、不死、不降、不走，相臣度量，疆臣抱负，古之所无，今之罕有”。

什么办法？硬抗，林则徐的下场，软磨，琦善的结局，都不好。叶名琛选择

第三条道路，像鸵鸟一样，将头钻进沙子里，“不和蛮族一般见识”，这也算是一种精神胜利吧。

其实，这时的叶名琛是不知所措是真。

被俘后的叶名琛被押往印度，据说他认为他可能被押往英国，到时他可以与英国女王理论，说，我们没有向你们国家派一兵一卒，你们却兵发万里到我们那里找茬，就是你们赢了，你们也赢的不义。我不战、不和、不守、不死、不降、不走，就是君子动口不动手，输我也输的正义。

“陈腐世界的代表是基于道义。”马克思没说错。

还听说，被囚期间，他还让人找来一本《论语》，说是他要带到英国去，开导那位女王，后来那部书他没带去，开导女人，那不是对牛弹琴吗?

这位大清的封疆大吏后来客死在印度的加尔各答。

广州失陷和叶名琛被掳走的消息传到北京，咸丰皇帝大感诧异。因为在之前他接到的奏折都是大报平安，是英夷被叶名琛玩弄于掌股之中，广东形势一片大好，不是小好。突然的变故使这位皇帝感到自己也被玩弄了一把，恼怒的咸丰皇帝落井下石，下旨，再以“乖谬刚愎”之罪名剥夺了叶名琛的职务。

五、咸丰皇帝

接力棒从道光传到咸丰。

道光“生不逢时”，临终前写下遗诏，说自己不配有圣德神功碑，而等待咸丰的更是“生逢乱世”。

咸丰 20 岁就位，年轻气盛，首先他拿主和派头头穆彰阿、耆英开了刀，下了《朱笔罪穆彰阿　耆英》谕，说他们自有夷务以来，倾排异己，“伪言荧惑”，特别指明他们中伤林则徐，把两个主和派骂了个狗血喷头。穆彰阿被革职永不叙用，耆英降五品顶戴以六部员外郎回家候补，后来又令耆英自尽。

不知为什么，在对外夷冲突中，主和的大臣经常是满人，主战的往往是汉人。而且中国人的思维方式，主战就叫爱国，主和就叫卖国。一个研究中国历史的美国学者感到这是个奇怪的现象，他说，穆彰阿、琦善、伊里布和耆英这些满洲官员的代表人物“曾表现出政治家的品格和预测前途的能力，但是他们的汉人同僚却盲目地主战于当初，而又不知最后应该妥协”。

“偷来的或抢来的东西挥霍不心疼”，这大概是不少满族官员面对中华大好河山的心态吧。而满族皇帝的心态“普天之下，莫非王土”，而且自尊心也迫使他不能开疆拓土，也得看好家护好院。而大汉民族为什么那么忠实于原来异族满族的统治，而对新来的异族那么排斥呢？而且连个以新夷治老夷，夺回原来属于自己的皇权的想法都没有，实在不好理解。

那就让咸丰皇帝看好家护好院吧，不管他怎么努力，他都难抗世界发展潮流要中国打开大门的大势。

六、再捣龙门

英国原想直接打华北，剑指龙门，后来又想清朝又要说他们怕粤人，而且广州也是大清傲慢及排外的精神寄托，所以联军先打了广州。

两广总督叶名琛被押往印度，广州被打趴下了，下一步自然就是剑指龙门。

1858 年 3 月，英国公使额尔金，法国公使葛罗，美国公使列卫廉，俄国公使普提雅廷，这个新成立的“四人帮”齐往上海，走前他们相互参阅着写出对北京的照会，就是要求落实《南京条约》。快递送交江苏巡抚，由他转交北京，说是三月底以前，若得不到北京的答复，他们将北上天津。

咸丰皇帝办事利落，且不失风范，他“命令”俄使前往黑龙江，与那里的边疆大臣商议，“命令”英法美使再回广东，与新派出的大臣商议。

接到这样的答复，“四人帮”哄堂大笑，咸丰皇帝把他们当成大清的下属了。看来在上海是不可能办成什么事了，“四人帮”率队直抵天津。

一到天津，英法又接到咸丰大皇帝“命令”，让他们 6 月 11 日前交还广东，否则兴兵攻打，而且断绝五口通商，废除《南京条约》。

咸丰大皇帝看到美国国书，上写到“朕选拔贤能之士，姓列，名卫廉……”不觉大笑，提笔批曰：“阅所进国书内，该国王竟自称‘朕’，实属夜郎自大，不觉可笑。”

别废话，打吧。

英法军舰 26 艘，官兵 2600 名，进攻天津大沽口炮台。

天津大沽口可称为北京的龙门，大沽口炮台是北京的门卫，大沽口炮台几经反复修缮，坚如磐石，驻军精锐兵勇 9000 名，炮 30 尊。

战斗两个小时，大沽口炮台失陷。

战斗刚开始，直隶总督谭廷襄坐轿先逃，天津总兵闻炮亦走，他们都不想学叶名琛。

战后谭廷襄如此总结：夷炮劲捷，我兵勇不能立足，原有兵勇9000名，战后收拢2500名。

英方额尔金总结则是：24名勇敢的士兵，带上手枪和足够的炸药包，就能踏遍全中国。

敌对的双方在较量中都有很深的感触。

再说说俄、美这两个让咸丰不屑一顾的国家。

先说俄国。当英法美这些来自于海洋的国家进军中国沿海时，沙俄已经侵占了中国北方的黑龙江及库页岛的诸多战略要地，并开始了自己的黑龙江移民计划。忙活中俄国发现英法美正和中国干着呢，所以忙派普提雅廷前来掺和。

前不久，俄国在克里米亚战争中还与英法作战，现在共同对付中国，俄国有些谨慎。俄国政府对普提雅廷的指示是：伪装中立，保持行动自由。具体的行动打个比方，“手提篮子，站在树下，期待树上的同伴将果实摇落，当树上的人和园主发生纠纷时，出面调解，再收调解费”。这就是那个年代俄国的对华政策。

再说美国。此时的美国国内因黑奴解放问题而南北对立，闹的势如水火，没有精力和情绪对中国动武，但是这位“夜郎自大”的美国也是个图利国家，美国对他的公使列卫廉的指示四个字：“火中取栗”。

火中取栗是法国语言诗人拉·封丹的寓言《猴子与猫》中的故事，说从前有一只猴子和一只猫看到农家院中正在炒栗子，猴子馋得口水直流，就问猫喜不喜欢吃栗子，猫表示想吃，猴子叫猫趁主人不在场时去取烧着火的锅中的栗子，猫忍着烫把栗子一个个捡出来，猴子则在一旁乐呵呵地吃一个个栗子。

美国和俄国扮演的是同类角色。

大沽不守，龙门洞开，满朝惊动，咸丰急忙派京师大臣桂良等人前去谈判。

夷人船坚炮利，我们打不过人家，谈判属玩政治，大清不乏经验。

桂良去后的第一招就是分化瓦解四人帮，这叫“以夷制夷”。

他请美、俄两使向英、法疏通，美、俄两使痛快答应，条件是先和我们签约，桂良无奈答应。

与俄条约，最后有这样一句话：“日后清国若有对外通商等事，凡有利益之处，毋庸再议，即与俄国一律办事实行。”

与美条约，行文简约，“利益均沾”四字应有尽有。美国还曰：“若他国有何不公轻蔑之事，一经知照，必须相助，以示友谊关切。”真够哥们。

和英、法的条约在此无须多述，概括起来就是打开国门，历史书称之为“门户开放”，一个意思。

这一套条约合称《天津条约》。

在条约签订之前，那位桂良给咸丰上奏说：“此时英法两国和约，万万不可作为真凭实据，不过假此数纸暂且退却海口兵船。将来倘遇背盟弃好，只需将奴才等治以办理不善之罪，即可作为废纸。”

如此国际玩笑，大清想再次招打。

七、悔　约

君臣想到一起了，什么《天津条约》，“要盟不信”，仍属权益。

外国军队一撤离天津，咸丰开始悔约。他对在上海就有关税务等问题继续与外国人谈判的大臣指示，要修改《天津条约》，不能让外国公使驻京，这是首要，怕的是这些夷人尽窥京都虚实，牵制政令，包庇奸民，甚至发生肘腋之变。

这些曾让乾隆感到好奇的黄发、蓝眼、高鼻、白皮肤的夷人，由于在以后的多次冲突中让大清败北，已让年轻的咸丰皇帝在心理上产生了恐惧或烦躁，他打心里不想见这些另类动物。

还有不许外国人进入大清内地，不许在长江内通商等，要想全部开放中国，那是万万不行的。回报是对西方关税全免，而且要一见到英方啥也别说，就宣布关税全免，要一下子镇住他们。

真萌，皇帝悔约像哄孩子玩耍。

但是，皇上是认真的，是认真悔约的。皇帝不怕丢银子，他怕的是大清的社会秩序乱套。比如不给皇帝三叩九拜，君臣之礼就有可能被破坏；夷人的一夫一妻制也可能导致中国的后院起火等，想想，那真是太可怕了。

简言之，新皇帝咸丰比老皇帝道光更害怕洋人，更害怕“条约”。

大臣回奏：来咱这里贸易者叫夷商，总理各口贸易事者叫公使，若免其关税，夷商乐从，公使仍不知感恩，而且约是不能悔的，否则后果严重。

挨过打的大臣明白了，但是心怀天下的皇帝不能“明白”，否则他的天下就真的乱套了，咸丰是在“爱国”。

咸丰挠挠头皮，将目光投向广东。

咸丰曾下谕，如果夷人悔过，退出广州，那么就原谅他们，若不然，就把他们赶出广州。

那么大的口气，指望什么？团练！也就是乡勇。

由绅士组织的、打着地方自卫旗号的武装力量叫团练，团练也多掺和三教九流、无业游民，广州著名的三绅也就是三家团练。

官军打不过人家，那就看看民间的了。

中国儒家有个重要的思想，就是“以民为本”，“民”的力量是无限的，能拯救或者毁灭一切。既然官军打不过人家，那就指望“民”吧。于是咸丰下旨，“激励绅民申讨”。并指示广州的“三绅”，你们就放手干吧，先收复广州，然后做出进攻香港之势。

咸丰对这些民间力量给予厚望。

这些在皇上支持下的三绅都干了些什么？对夷人实行恐怖主义，暗杀、绑架，悬赏人头，杀人放火，勒令给外国人服务的人员离开。但是指望这些事不可能将夷人赶走，而且夷人焚村焚街的报复给普通的“民”带来了更大灾难；和外商的业务凋零，也使不少人断了生计；而且原来说的团练是捐款，后来也变成摊派了，因此老百姓并不拥护三绅，老百姓以他们的姓氏称他们为海龙王（龙）、阎罗王（罗）、苏城隍（苏）。

谁是他的民，皇上也搞不清楚。

英夷对大清这样的做法发火了，他们提出了抗议，说，《天津条约》签了，和平这么长时间了，你们的广东总督和三绅为什么还在以钦差的名义贴捐款招勇，剿灭夷人的告示？盖有总督印的告示说，有送巴夏礼首级者赏银三万两。

怎么办？咸丰给他的大臣出主意了，就说广州乡团人数众多，他们与尔国兵丁寻仇争斗，跟官方没有任何关系；至于那个什么告示，纯属假冒总督名义发布的，总督本人不知此事，云云。

为了配合这样的撒谎，皇帝本人还明发上谕，说：“今有伪造谕旨，说政府专让三绅与英国为难，以致英国人疑惑，今已着两广总督严拿伪造之人，使各国皆知我大清办事光明磊落。”

再后来，英国人在三绅处缴获了大清皇上“破坏和平”的上谕文本，面对真凭实据，大清无言以对。

不是玩笑啦，挨打吧！

八、大清胜了

英国有一个外相曾说过这样的话：“像中国、拉丁美洲这样半开化的政府，每隔八年至十年就需要揍他一顿，才能使他老老实实。”

这位霸道的外相后来下台了，新上台的外相曾批评他对华政策缺乏正义、人道和良心。

千万别认为新外相是个救苦救难的菩萨，他这样说只是想将前任轰下台而已，他们揍中国的主旋律是一致的。

原来的“四人帮”解体了，英国公使额尔金回国，由他的弟弟布鲁斯接班，布鲁斯以前是额尔金的副使。俄国换了个叫彼罗夫斯基的，法国新公使是布尔布隆，美国新公使是华若翰。随后的历史将证明，“新四人帮”与“老四人帮”相比略逊一筹。

按照《天津条约》要求，双方将《天津条约》的文本报本国政府批准后，然后互换条约批准书，这叫“换约”，换约地点在北京，而且四国公使为大国使臣，要求相应的礼节。但是大清悔约，要四国在上海换约。

布鲁斯到华后，二话不说，率领舰队再扑天津，法国、美国跟同北上。布鲁斯“扬言”，进京换约，亲递国书，面见中国皇帝只跪一腿，若大清再生是非，单腿也不跪。

口水中，英军先头部队到达天津。

一定要来北京，来就来吧，咸丰还是“要盟不信”，他在天津设套，要歼灭这些夷人。

咸丰不光要悔约，还以战争待之。

上一次的大沽之战后，英法联军刚撤走，咸丰就把他的爱将蒙古人科尔沁亲王僧格林沁招到北京，面授机宜，派往天津。

僧格林沁到天津，立即重修和新建炮台。天津到大沽之间，沿岸30余里设兵营9座，驻兵9000人；修建炮台13座，安放大小炮81门；在大沽旧址上重建炮台，6座炮台共安放60炮，每炮台守兵400人。为了阻止敌舰进入内河，他们还在内河口设置了4道障碍物。

直隶原有水师，后来考虑无大用，就裁撤了。僧格林沁到天津后，立即恢复。为了纵深防御，另组建了50000人的路、骑精兵，兵马到位后僧格林沁又亲自安排大练兵。

皇帝咸丰下令：“勿令片帆驶，谋定后战。”

大清做好了战斗准备。

“北京欢迎您！”咸丰向英法伸出橄榄枝。

英法联军真的又来了。英国舰队 21 艘，兵员 1200 人，法国舰船 2 艘，兵员约百人。

美国公使华若翰也来了，带来两只船，一只军舰，一只租来的蒸汽船。

开打了，英国军舰升起红旗，像球赛，鸣哨开始。

开打前，大清炮台静悄悄，炮眼都用席子盖住，也看不到一个士兵。大清在暗处，英法联军在明处。

炮声一响，很快英法联军发现自己处在清方炮火的中心，英方的海军司令也负伤了。狂傲的英法联军没有停止进攻，他们的海军陆战队，呼啸着向岸上冲去。但是滩头的泥淖地和随后的三道壕沟给他们带来了大麻烦。上千人的队伍，能冲过第一道壕沟的只有百把人，能来到第三道壕沟的也就是 50 人。这些平时把打仗当作旅游玩耍般的士兵，这回可是狼狈了。好歹后来他们明白了自己的处境，趴在地上，打算天黑后再撤退，清军借助燃烧弹瞄准他们，英法联军中又有不少人见上帝去了。

战后统计，英法军舰被击沉 4 艘，击伤 6 艘，伤亡 400 余人，而清军仅死 32 人。

大捷啊！从来没有过的大捷，大清帝国扬眉吐气。

经此惨败，布鲁斯率队返回上海。

清军大捷，报了上次大沽战败的一箭之仇，咸丰高兴的在紫禁城里大喊大叫，长出一口恶气。

有个叫郭嵩焘的，他是奉旨在僧格林沁军营帮办文案的人，他在日记里说：“苟欲击之，必先自循理，循理而胜，保无后患……”

曾国藩说：“咸丰九年，洋人来换约，僧忠亲王诱而击沉其船，天下称快；十年夷人复至……京师不守，几丧天下。”

九、天津的主人

一打大沽，外夷赢了，签订了个什么《天津条约》。

二打大沽，大清赢了，悔了约，道义之国违背道义。

外夷又来了，说是要三打大沽。

三打大沽前，海洋的土著居民，鱼儿先感到压力。

最早发现这批庞大英法联合舰队来到中国的是那头海上霸王虎鲸，上次进攻一条军舰，这条虎鲸几乎丧失了满口牙齿，现在它也只能靠吞咽些小鱼小虾过日子，它瘦多了。当它发现一群军舰黑压压地朝它扑来，它相信这些军舰是来报复它们的，报复它们咬掉那条军舰后面那个转动的东西。怎么办？再和它们打，不行了，没牙，虎鲸丧失了战斗力，而且它估计，它的那些同伙，也不是这些军舰的对手。这次的军舰来的比上次多多了，怎么办？跑吧！看虎鲸跑了，其他的鱼儿也都离开了中国沿海。

那头抹香鲸在远处悠然地喷出一朵朵浪花，不慌不忙地说，不要怕，这些军舰这次来是要吃掉那些不会生军舰的智人，我们只要看热闹就是了。

英法联合舰队来了，他们先是封锁了渤海湾，就这一点，咸丰听到后就很是吃惊，渤海很大很大啊，这怎么能封锁得住啊？他相信是底下的人在胡说。

底下人告诉他，兵临大沽口的军舰有40艘，各种运输船143艘，这次他们看清楚了，绝不是胡说。

最新情报，英方公使仍为额尔金，一个不好对付的家伙，副使仍为布鲁斯，上次布鲁斯失败了，现在这样安排可能是照顾他的自尊心。

法国这次来的公使叫葛罗，以前他作为全权代表也来过，和额尔金合作的不错，所以法国政府又派他来了。

美国依然是华若翰，但是美国人对他的评价不高："华若翰先生在中国像是一个不知身在何处的迷路人。"

俄国也换人了，新来的叫伊格那提耶夫，名字比和原来的那个叫起来更绕口，不过人很年轻，仅26岁，是个少壮派军官，当然那么年轻代表国家出使中国，肯定有一定的背景。

这是个强大的"四人帮"，这次他们是有备而来。

对于第三次大沽战役，咸丰没有一点思想准备。

两广总督的情报说，英国国王不想打，怕中国不给她讲和，所以才派兵。

两江总督的情报说，此次英夷来，重在讲和，带兵是自卫，也是以兵胁和。

这叫什么逻辑？不过咸丰相信了，相信和平时代马上就要到来了。其实咸丰打心里也不想打仗，二次大沽战役是没办法才打的，只要你们守规矩，我才不愿打你们，只是你们也太过分了，要进北京，还要开放全中国，太不像话了。

咸丰开口了，不和他们一般见识，进京吗，少来几个人，不许带军械，进京后不许坐轿摆队，也就是不能在帝都耀武扬威。希望他们像“战俘”一样，被押进城来，而且，换完约就得马上离开京城，不许逗留。

黑压压的英法联合舰队开到家门口了，咸丰这才感到这些外夷好像不是来讲和的，否则干嘛这样气势汹汹。

英法联军来了，这次他们没有直接炮击大沽口，而是选择了在一个叫北塘的地方登陆，以拊大沽之背。

登陆英军10000人，法军7000人，还有2500名中国人，他们被称为“中国志愿兵”。这些直接参与对自己祖国“侵略”的中国人，被大清称之为“汉奸”，这些被称为“汉奸”的中国人则理直气壮地说，请鞑虏从中国滚出去。

鱼龙混杂，“中国志愿兵”中间也有不少地痞流氓，他们是来发战争财的，有一则传闻说是清军在北塘埋设了地雷，可是当地老百姓告诉了联军，地雷没起作用，这种被老百姓抛弃的政府也难免挨打。

战争开始了，蒙古骑兵冲锋在前，一场厮杀，双方仅数人负伤，这是试探性进攻，但是清军感到自己赢了。于是给联军照会，说你们只善水战，陆战不行，你们腰腿绷直，跌倒了爬不起来（还是当年林则徐的认识），停战吧，否则我们真打了！

吓唬，也是一种战术。

第二天蒙古骑兵人马相依，4000兵马密集冲锋。在英法联军密集的枪弹中，他们“如墙之隤，纷纷由马上颠陨”。交战结果，清军几乎全军覆没。

清军统帅僧格林沁心里开始发毛，给联军照会：咱们别打了。

联军开始攻击大沽北岸炮台，炮台火药库爆炸，可是大清驻军继续开炮，最后双方进行了肉搏战，清军千余名全部殉国，北岸炮台失守。

此战中，联军死亡66名，伤399名。

联军夸赞对手，“蒙古兵勇敢！”

北岸炮台失守，南岸必不保，咋办吧？清军统帅僧格林沁还想以死报国。皇帝传旨：“退守天津。”几位亲王和军机大臣来信：“先打出白旗。”

直隶总督给联军照会：“我们服了，谈谈吧。”

英军海军司令带领几十人坐小船，从大沽直闯天津。英国要抢先，法国海军司令生气，也带少数随从坐船随后追赶，两船在去天津的河里进行了“龙舟赛”。到天津后，直隶总督表示热烈欢迎，“宾至如归”。两个海军司令直摇头，NO！我们不是客人，我们是天津的主人。

十、不斩来使

谈谈吧。

胜者“漫天”要价。咸丰一看英法提出要带卫队进京换约，火了，大骂谈判代表直隶总督，你“尚在梦中也”。

那些英法联军的将官士兵说：“漂洋过海六个月来到这里，战争就这么快的结束了，还只让卫队进京，不让我们也进北京逛逛?”他们当然也不满，

在天津没谈拢，英法联军得寸进尺，兵压离北京一步之遥的通州，谈判地点又改在通州。

又是那个英国的巴夏礼，关键时候又是他将历史故事推向高潮。

事情是这样，在谈判中，巴夏礼提出，除了在北京换约，公使还要向皇帝亲递国书，就是将英王致中国皇帝的国书当面递交给中国皇帝。大清方一听就愣住了，和皇帝面对面的站立，这是不可思议的事。巴夏礼回答的很轻松，“这是国际惯例”，并声明此要求不可更改，说完骑马扬长而去。巴夏礼傲慢的态度，荒唐至极的国际惯例，令大清官员火了，立即下令，逮捕巴夏礼。

比国际玩笑更酷，谈判代表一方将另一方当场抓捕，又一国际惯例被打破。

中国自古也有个惯例，双方交战，不斩来使。

没斩，一个没斩！历史书上这样记载：

僧格林沁让人摁住巴夏礼的头，在地上连续叩响头，你们不是不叩头吗？我让你一次叩个够。巴夏礼辩解，我是谈判人员，贵方明确承诺保证我们的安全，你们为什么还要这样做？僧格林沁大笑后，示个意，手下人摁住巴夏礼的头，又是一阵猛叩，至于抓住头发或耳朵在地上拖来拖去，那是常态。

大清刑部给巴夏礼定的罪名是“谋反”，大清内外分不清，把巴夏礼当成“自己”人了。

和巴夏礼一同被抓的共 39 人。额尔金的私人秘书洛奇和巴夏礼同被关在刑部大牢，和巴夏礼受着同样的“待遇”。其他人被关在圆明园，他们在那里所受到的待遇和圆明园的极其美丽形成反比。

他们双手被捆，捆在手上的绳子是用水湿过的皮绳，会越勒越紧，几天后手腕处开始腐烂生蛆。他们整日下跪，水米不进。《泰晤士报》记者鲍尔比第4天死去，尸体在牢房里放置了3天，后被扔到野地里，让野狗吃了；安德森中尉手脚被勒的生出了蛆虫，他看着手上的蛆虫满身蔓延，神经错乱，大叫3天死去；一位法国人，蛆虫进了他的嘴巴、耳朵、鼻子，也疯了……没斩，一个没斩！

十一、放 开 打

谈判代表被抓，这也将双方的脸面彻底抓破，军人们放开打吧！

英法联军不用动员，士气高涨，擦炮举枪，高喊要灭掉这个半野蛮的国家。

咸丰皇帝下令："沿海各口，一律关闭，断绝一切贸易。"他要形成关门打狗之势，消灭一切进入中国的文明势力。

僧格林沁集合起更庞大的骑兵集团，前期的挨打，他虽然有所醒悟，但是皇帝的决心就是他的决心，他要继续给天下人展示草原文明骄傲的蒙古铁骑。

华北平原千里原野正好适合蒙古战马的驰骋，但也适合工业文明制造出来的枪炮威力的发挥。

开始打吧！

35000名大清军队，形成扇形向5000名英法联军包抄过去，他们要一举歼灭这些蛮夷。

英法也毫无掩饰地摆开自己的炮兵阵地，而步兵们则三三两两地坐地休息，有的还躺在地上，仰观异国的彩云。

一声号令，弯刀铁骑向英法联军扑去。看看蒙古骑兵进入射程之内，英国的阿姆斯特朗重炮和法国的有膛线山炮一起轰鸣。瞬间，炮声里裹起战马的嘶鸣，拥挤的骑兵战队开始稀松。从炮火的硝烟中冲出来的勇士，挥舞着战刀继续前冲。英法步兵开始站队，形成跪和立两排，一声令下，子弹钻出枪管，像风一样刮向前方……像割韭菜，也像风扫落叶。

战场是产生英雄的地方，在一个桥头，一个高大的蒙古兵举着帅旗，不断地向各个方向示意，传达命令，周围的炮火不断响起，当桥头布满尸体时，他依然岿然不动。一个联军军官被感动，下令救下他，几个士兵冲过去，想俘虏他，但是远处传来机枪声，他倒下了。

大清统帅僧格林沁一看大势已去，率先跑了，并指示，赶紧通知北京，妥善安置巴夏礼。

战斗结局，草原文明败北，工业文明获胜。

胜利了，联军司令下令给予士兵24小时的抢劫时间。就是在战斗中都注意自己绅士风度的英国士兵们，此时摇身一变，成了凶残的野兽。附近村镇的老百姓苦了，烧杀抢劫强奸，目不忍睹。据说有个村镇里的女人，包括小孩和老人，集体上吊自杀。

有人在回忆录里披露，执行这道命令最坚决的是印度兵，其次是中国志愿兵。

史料里还有这样的记载，说好多女人在鸦片馆里吞食鸦片自杀，英国人发现后救治了她们，只有一个没救活。三个中国志愿兵强奸犯，两个挨打，一个被吊死。

抢劫好像有“野蛮”还有“仁义”？说不清楚，就是有史料也不敢相信。因为太平军和清军搏击时，都有过“抢劫”。

战斗前，咸丰曾有指示，让天津绅士去跟夷人说，让夷人退兵，如果不退，我们阖郡百姓就不乐意了，众怒难犯啊。

战后，直隶总督向咸丰汇报，说津郡人民，平日虽称好汉，但是此时用众怒难犯去禁喝该夷，力有不逮啊。

大清政府和夷人都伤害过他们，如何选边站，他们也难啊。

营地炊事，联军将大清的弓箭盾牌当柴烧，矛为烧火棍，一位文官上来诗兴，念叨：

人家用木造箭，我们把箭当柴；

人家发明火药，我们火药杀人；

……

十二、皇帝跑了

紧邻北京的这场大战将咸丰打蒙了，他原想关门打狗，彻底消灭夷人，没想到自己的军队这么快的败下阵来，而且败的是那么惨。

僧格林沁首先提醒皇帝，木兰秋围的时候到了，您老巡幸木兰吧。木兰是皇上打猎游玩的地方，僧格林沁用意提醒皇上，您先跑吧，而后又加了一句，一定要善待巴夏礼。实践出真知，僧格林沁醒悟了。

原来的主和派穆彰阿、耆英、琦善等早被咸丰清除了，现在剩下的都是主战派。面对这样的局面，这些主战大臣们目瞪口呆，不知如何是好。

无知者无畏，山西道御史朱潮上奏九条破敌妙计，其中说："听说南方有些人可在水上行走，在水下潜伏数日……令其携带锥子，钻到水下破夷船底，夷船立马下沉。""听说夷兵一到晚上两目不明，性格还像猪一样善睡。咱们两三更时擂鼓，他们从梦中吓醒，两目不辨，光剩下被我践踏的份儿……"

大臣"聪明"，皇帝更"有担当"，关键时刻，咸丰决定御驾亲征："朕今亲统六军，直抵通州，以申天讨，大张挞伐。"

这当然是万万使不得的，大臣们竭力劝阻，有人还引经据典说，大明英宗亲征瓦剌，成了俘虏。

咸丰不御驾亲征了，他决定撤退，当然他知道，历史会说他逃跑。但是天下是他的，他才恨不得身先士卒，杀尽那些捣乱的夷人，可是面对今天这个局面，难道还有比逃跑更好的办法吗？

皇帝跑了，京城一片混乱。

著名的北京"同仁堂"老板，经官方批准，邀请了部分有钱的民间人士，捐资购买了500只羊，50头牛及其他食品一大批，前去英法联军驻地犒军，但是那些夷人拒收，说是向来不收礼，不受贿。和中国传统观念不一样，无奈，他们只得原路返回。后来联军到市场上和中国老百姓做生意，并贴出告示："公平交易，现货现款。"老百姓发现，卖给夷人的食品，他们给的钱还特多，至于大清兵，他们只会抢。

在天津也曾发生过类似的事情，第一次大沽战役时，一个叫张锦文的盐商经政府批准，自掏腰包供给英法及俄美四国伙食，后来四国也都付钱了。

政府无能，老百姓自救是可以理解的。后来在老百姓的请求下，又经皇帝的批准，地方政府送张锦文匾额"尚义可风"。

十三、火烧圆明园

抓住巴夏礼后，大清官员纷纷上书咸丰皇帝，请皇上乾纲独断，处巴夏礼极刑。还说，斩夷之后，全国闭关，与夷决战，让夷人屈服输诚，上慰先帝之灵，下系臣民之望。

从战场上下来的人则不然，他们要求优待巴夏礼，赶紧议和。

皇帝仁慈，允许巴夏礼先写信，但要说明受优待。巴夏礼汉文道："亲王人不错。”洛奇在后面加了印度文“这信是被逼写的”，大清官员不懂印度文，这封信被送了出去。

额尔金回信：一、由于清方不释放你们，联军决定攻打北京城；二、你们中的任何人被害，北京就要被毁灭，清王朝就要被推翻。

英法联军向北京挺进，他们先是来到了圆明园。

圆明园被称为“万园之园”，有外国学者说，中国的圆明园等于法国的凡尔赛宫加卢浮宫再加国家图书馆。此时守卫圆明园的只是些太监，联军开了几枪，他们跑了。

外国人走进圆明园，平时无权看看圆明园的中国老百姓也悄悄溜进圆明园。

到处是珍宝啊，珍宝刹眼球啊，他们开始抢劫了。那么多东西，拿什么为好呢？他们尽情地拥抱这些财富。拿不了的，比如瓷器，他们就往地上摔个响，随后一阵笑声。

奇怪的是西方还有战争法律，比如《万国公法》《战争与和平法》，说是房屋物件及民间货物不得侵犯，但疆场上之夺来货物，或攻入城池而得其货者，皆不在保护之列。破入敌境，甚至可以令其民捐输军费。

抢劫了还有道理，而且不让你们捐就不错了。

中国的打仗没有那么多规矩，三十六计的使用，就是不接受任何规矩，就是两军交战不斩来使，也就是说说，为了表示势不两立，很多时候就是先斩来使。

打下圆明园，联军解放了他们的“战俘”，被俘39人，活着回来19人。死去的有些被大卸八块，有些尸体无法辨认，有些尸体都没有了。再听听这些活下来的人的讲述，更是令人毛骨悚然。

根据《万国公法》规定，凡使臣性命不保，城破之时，鸡犬不留。

北京城面临消失的境地。

英国公使额尔金提议：将圆明园夷为平地。

法国公使葛罗不同意，他提议：还是燃烧皇宫吧，这样更能够让大清政府印象深刻。

巴夏礼不干了，他拿出额尔金给他的回信说，一定要毁灭北京。

额尔金坚持，为我们死难的人报复，焚烧皇家园林，与人民无干。

圆明园大火烧了三天，北京城里的人仍过着他们的日子，见面还是那句老话，“吃了吗？”那场大火引起了他们的惊叹，但是他们还是没有选边站。

联军进城了，公使坐着八抬大轿，鼓乐前导，路两旁挤满了好奇的中国百姓，他们想看看，是谁将厉害的满清皇帝赶跑了。

中国历史上也有过焚烧皇宫的，比如项羽，事后没人记恨他，但是这次不同，英国公使额尔金等人至今被问责，而且问责他的不全是满清皇家人。

又打了一仗，又签订了个《北京条约》，中国的大门被打开了。

十四、阴影里的俄国

不说美国了，因为美国此时正处于南北战争时期，没有余暇关注中国。

说说俄国，在当事国中，他是我们唯一的邻居。

一个曾来中国考察的俄国人，随着考察的深入，感叹地说出这样一句话：对中国这样一个几百年都没有进步的民族，不侵略它实在是对不住自己。他评价，一支不大的欧洲军队就可以把大清制服。

但是，另一个俄国人用事实批驳了他，“不用侵略也能对得起自己”。他就是俄国新任驻华公使，那个叫伊格那提耶夫的年轻人。

当英法汇合在上海时，伊格那提耶夫也跑到上海，对英法说，北京内阁现在被狂热的主战派所控制，只要对大沽口狠狠一击，这个派别就会哑口无言。

当英法占领天津时，伊格那提耶夫又跑去，面交俄方偷绘出来的北京平面图以及天津至北京的路线图。雪中送炭，英法公使高兴地直拍巴掌，从此凡事都征询伊格那提耶夫的意见。

伊格那提耶夫曾提出，愿意在大清和英法联军之间调停，大清一开始谢绝了。看着英法联军要打到家门口来了，大清不得不请伊格那提耶夫来调停，伊格那提耶夫提条件，你们的军机处要行文书面请我帮忙，还有俄国方面的要求你们要全部答应。

圆明园被火烧了，大清写给英法联军的照会，按俄方要求，先拿给伊格那提耶夫圈阅。第二天大清将圈阅后的照会送交联军，而联军已在半夜得到了俄方送来的抄写稿。

北京的“事”办完了，可是联军要是不走咋办，今天联军烧了圆明园，明天不知又要惹出什么祸来，伊格那提耶夫及时提请大清。大清恭亲王奕䜣要亲自出面请伊格那提耶夫帮忙，当然报酬也不低。伊格那提耶夫出面做工作，联军“迅速”撤走了，大清深深喘了一口气。

伊格那提耶夫要回国了，恭亲王率领大清官员为之送行，并赠送锦旗一面，上写“和平使者，友好邻邦”。

事后恭亲王与某外国外交官闲聊时得知，英法联军当时更是急着要离开寒风袭来的北京，没有在北京驻军的意思。恭亲王听后惊得站了起来，问：“你是不是说我们被骗了?”

对方的回答很委婉：“是你们自愿!”

伊格那提耶夫提着他的篮子走了，篮子里装着大清送给他的礼物，在中国东北以北，一块和东北一样大小的土地；在中国西北，一块比东北还要大的土地。当然，还有“利益均沾”的政策。

来时他没带来一兵一卒，走时他也没放一枪一弹。

轻轻的他走了，像一片无声的云。

十五、那 片 云

圆明园起火了，火焰腾起直冲云霄，此时在天上那片镶着红边的云在游荡。冲天的火焰将云彩里的那条蛇扰醒，那条蛇眨巴眨巴眼睛，向下看了一会，然后晃晃脑袋，再向下看看，它突然跳起来，大叫道：“英国人傻瓜！傻瓜！为什么让法国人一起来，本来中国就是你的了，现在如何是好?”

蛇在云彩里又蹦又跳，狂躁不已，周围的云彩见状都悄悄远离而去。那条蛇继续嚷嚷：“你这位额尔金，本来你是中国皇帝的命，可是到手的皇位你丢了，你蠢啊!”

蛇在又在云彩里翻腾，看样子是血液冲头，它继续嚷嚷：“进了北京，坐上龙椅，你就是皇帝，然后派兵追剿逃跑的咸丰，将原来的皇室斩草除根，就像蒙古灭南宋，满清灭明朝一样，作为主体的中国汉族，就会跪倒在你的面前。他们能向蒙古下跪，能向满清下跪，他们也一定能向英吉利下跪!”

蛇折腾累了，它又盘腿坐了下来，但是嘴里仍控制不住嚷嚷：“你把中国从满族的统治下解放出来，把那条辫子剪掉，中国人肯定会感谢你。你没看出来吗，中国的老百姓并不拥护满清政府，如果你提出英、汉、满一家，再来几个亲民政策，中国就更是你的了，中国人不是说，得民心者得天下吗。”

蛇的狂躁劲小些了，仍是自言自语：“都怨我睡了一会，没想到中国会出现这么大的变故。本来太平天国从内部，你们英国从外部，里外结合，就要了大清的命，你额尔金堂而皇之地登上皇帝宝座。当上皇帝后，你也不再需要取消三拜九叩，他们愿意对你叩拜就叩拜呗，中国就是这样奴性，不让他们下跪，他们还不愿意。”

过了一会，看来蛇清醒过来了，不过它心里的话好像还没说完，它继续说：“天说要200年中国才能从农业文明过渡到工业文明，如果英国人坐上中国的龙椅，怎么会用200年哪？额尔金当了皇上，从英国引进制造蒸汽机的技术，再请英国人讲解牛顿的《自然哲学的数学原理》，再搞个议会什么的，中国不就工业文明了吗。”

蛇好像又要做梦，突然它一激灵，明白了什么似的，说：“不不，200年，不会提前的，因为这一切都是天意。”

蛇大喊道：“以后的中国一定会更热闹！”

蛇又亢奋起来。

远处又飘来一朵云，有人在哭泣，近前一看是罂粟姑娘。蛇问怎么回事，罂粟姑娘说，冥界鬼满为患，可是他那个哥哥还是不让她当女阎王，说那些死鬼大都不是因鸦片而亡，是战争和灾荒。

蛇想了想说，你的那位哥哥可能是权力欲过旺，“东方地狱”盖过了他的势头，他正想弥补内心的空虚，所以他不想接受你。蛇又想了想，说：“这里的鸦片战争结束了，鸦片早晚会退出中国历史舞台，你回去告诉他们以后别种罂粟了。另外你们那个国家可能也要出事了，也是英国人搞出来的问题，你回去看看吧。”

罂粟姑娘先是惊愕，随后一脸的失落，再以后，罂粟姑娘不见了。

第八章　洋务运动

>>

一、咸丰的迷茫

英法联军打到北京，咸丰本想御驾亲征，后来在大臣的苦苦劝阻下，不得已改为出走。年轻气盛的咸丰本想有一番作为，没想到落到逃跑的境地，心里压抑自然很大。

咸丰是“生逢乱世”，是内忧外患，内忧是太平天国，外患是第二次鸦片战争。

第一次的鸦片战争使道光帝“生不逢时”，而咸丰面临的内忧外患，是双重压力啊。此时咸丰也理解了父亲，明白了特别是外患史无前例，怎么解决，没有可借鉴的历史经验啊，谁都会在这个历史关节点上犯错。

太平天国农民起义的烽火燃烧了 14 个省，历时 14 年，时间之长，规模之大，耗银之多，都为清代之最，虽然咸丰皇帝为此筋疲力尽，但是他赢了；英法联军反复骚扰，最后竟然打到了北京，虽然咸丰皇帝也绞尽了脑汁，但是他输了。这也算是内战内行，外战外行吧。

咸丰不愿见的外国人走了，留京大臣们奏请大皇帝回銮。咸丰曰：“朕回銮，洋人又要来挟制。”还是暂不回去吧。经过这么一折腾，咸丰内心复杂，他想躲避。

离开京城，一路颠簸，惊魂未定的咸丰一到热河避暑山庄就病倒了。病情好转，咸丰便以声色调整自己的心理。咸丰爱看戏，对戏也内行，有次，一个老伶工陈金崔教太监唱《闻铃》的“武陵花”曲，唱到“萧条恁生”句，“恁”应作去声，陈伶却读作上声，咸丰立即指出他的错误。

咸丰寿宴，他勉强接受百官朝贺，宴会未完，咸丰已支持不住，被太监扶掖回宫，但就是这样他也尽力享受春色。

1861 年 7 月 16 日，咸丰抑郁而终。

咸丰在位 11 年，31 岁病逝，驾崩于承德避暑山庄烟波致爽殿。

咸丰从烟波迷雾走向了致爽，他解脱了。做人难，做名人难，做皇帝更难，走在黄泉路上的咸丰挥挥手，理解万岁吧。

在冥界，咸丰组织了自己的剧社，化妆演《定军山》，唱的有板有眼，只是唱腔略带哀愁。为什么会把天下搞成这样子？他迷茫，但他不服气，他唱道：“一不用战鼓咚咚打，二不用副将随后跟，只要黄忠一骑马，匹马单刀取定军。”

做鬼了，他雄起了，在人间见见洋人又能如何？在冥界，咸丰也后悔。

历史学者评价他，面对世界大势，面对国内强敌，就其政治经验、学问素养、聪明才智、意志品格和心理素质而言，咸丰都不足以应付这场社会的巨大变动。

历史学者的评价不能说不准确，但是，谁又能明白“工业文明来了，我们的农业文明将要被淘汰”这种世界大势呢？

二、打“醒”了

中国就像一个酣睡的巨人，被人打了一棍子，他醒了。他眨巴眨巴眼睛，发现打他的人手里拿着根棍子，他本能的起身也要寻找棍子，这就是洋务运动。

有个故事，说是与曾国藩、李鸿章、左宗棠并称为“中兴四大名臣”的胡林翼，在安庆江岸目睹两洋船“鼓轮西上，迅如奔马，疾如飘风”，为之色变呕血。这个故事是想说明，面对西洋的舰船，胡林翼突然意识到，和太平天国相比，大清更大的威胁是外患，是船坚炮利的洋人。现在的历史学家喜欢把这个故事作为洋务运动的“引子”，也有道理。

再说明一下，这里的洋务，原来叫夷务，“夷”是贬义字眼，挨打后的大清不敢再称外国人为夷，所以将夷务改为洋务。

天下什么东西最可怕，鬼！为什么？因为谁也没见过鬼，见过了，有了一定的了解，也就不怕了，起码不那么怕了。

一个小孩得了眼疾，医生说要对他动手术，也就是要开刀。小孩的意识里，刀就意味着腰刀，青龙偃月刀，起码是菜刀。当医生拿出的手术刀比他削铅笔的刀还要小很多时，他倒是不那么怕了，因为他曾经被铅笔刀伤过手。

咸丰怀着对“鬼”的恐惧走了，他的异母弟弟恭亲王奕䜣在咸丰离京后受命在京办理“抚局”，中外和议后，奕䜣声誉鹊起。在和洋人的打交道中，奕䜣认识了洋人，也就不怎么怕洋人了。

经过第一次鸦片战争、第二次鸦片战争，中国的统治阶层开始反省，为什么一向被我们看不起的蛮夷，居然一次一次地将我们击败了呢。他们很快发现，并一致认为，洋人有洋枪洋炮。如果我们也有洋枪洋炮，也就是我们也有那样的棍子，那么我们就会立于不败之地了。此时的大清还理解不了，那根棍子原来是个树干，而长出那棵树需要土壤、雨水和阳光。

在和洋人的打交道中，认识了洋人，并努力寻找棍子，也想拥有“疾如飘风”轮船的时代人物有曾国藩、李鸿章、左宗棠、胡林翼等边疆大吏，另外还涌现出了一批杰出的洋务人物如冯桂芬、郭嵩焘、文祥、盛宣怀等官僚。

三、总理衙门

大清的总理衙门是中国历史上的第一个外交部，而且比现在的外交部权力大得多。

过去中国没有“外交”问题，所谓外国不是藩属就是贡国，他们只有三叩九拜和听吆喝的份，现在不同了，经过两次挨打，洋枪洋炮打掉了天朝上国的范，我们的皇帝也不是什么天下共主了，几个不平等的条约迫使大清成了大小国家一律平等的“普通”国家。

此时涌到中国家门口要求签约的国家又增加了十个，他们是普鲁士、葡萄牙、丹麦、荷兰、西班牙、比利时、意大利、奥地利、日本、秘鲁。作为一个外交事务越来越多的国家，成立一个部门来专门管理这些事务就是十分必要的了，于是总理衙门应运而生。而随着洋务运动的开展，总理衙门也成为了洋务运动的总指挥部。

恭亲王奕䜣挂帅总理衙门。

中国应该如何和洋人打交道，中国的外交方针该如何制定，中国应该如何强大起来，中国的士大夫们开始议政。

郭嵩焘刚接触“夷务”时也是慷慨激昂，几次下来他悟到“洋务不战易了，一战便不能了”，他向僧格林沁建议：“洋人以通商为义，当讲究应付之方，不当称兵。”郭对外始终“谓应通洋人之情，审势循理，济之以诚，行之以礼”，所以他不谈练兵制器。

冯桂芬原是林则徐的幕僚，抬眼向外较早，他的一些观点主要是：“今即和议，宜一于和……理可从，从之，理不可从，据理以折之。”要和洋人讲道理。另外他还提出：“聘夷人数名，招内地善运思者，从受其法，以授众匠……不能造，不能修，不能用，则仍人之利器也……终以自造、自修、自用为无弊也。”也就是要自造利器。冯桂芬又提出“中学为主，西学为辅”的观点，后人又将此观点提升为“中学为体，西学为用”。

“中学为体，西学为用”的观点，对李鸿章影响甚巨，李鸿章以此观点劝说恭亲王。

“中学为体，西学为用”的观点影响中国久远，也是以后洋务运动的指导思想。

曾经的大清首席谈判代表，与外人周旋两年多的大学士桂良及精明干练的军机大臣文祥作为恭亲王辅弼，在外交的实际操作中，他们的主和思想也对当时的外交影响很大。

此时中国外交方针与政策已确定为“和”，而对内的基本国策则是办“洋务”，而内外政策的结合点就是“自强”。

总理衙门成立后办了一个开天辟地的事。事情是这样，《北京条约》签署后，各国在北京设立公使馆了，洋人建议大清也应该到他们的国家首都设立公使馆。大清回曰“中国并无赴外国应办之事”婉谢了。但是又考虑外国人已经涌进中国家门，而我们对外国却是一无所知，也不是办法，后来一英国要员回国，建议恭亲王、文祥派学生随行，以增加见识。恭亲王考虑这是非官方，不存在“礼节”问题，同意了派出了4人，一个63岁的县官，带着自己的儿子和另外两个学生“出国”。后来这4个人先后到了英国的巴黎、伦敦及瑞典、俄、德诸国，英国女王也给予接见。

人微言轻，后来这几个人的言行没有给当时的社会造成什么大的影响，但是中国人总算是开始走出国门了，这几个人的一小步，却是中国几千年历史变化的一大步。

接着总理衙门又办了个丑事，也被记入历史。

美国公使普安臣离职，恭亲王设宴践行。席间普安臣说，若以后中国用得着我，我将像中国使臣一样，为中国效力。几句客气话，大清当真了，后来大清居然让普安臣以中国使臣身份出使各国，还与美国签署了《中美续增条约》。并率领中国代表团访问了巴黎、瑞典、丹麦、荷兰、德国，后来他病卒于彼得堡。

大清无人，这也是事实。

还有个“小事’也值得在此一提，就是总理衙门办事效率不高，外国人到这里办事，大清不立刻给人家办事，而是先吃一顿，请人家品尝一下中国的山珍海味，然后再办事。宴席上，如果首席官员不说话，其他中国人也则不说话，首席官员说什么，其他中国人急忙跟着附和。当时的英国公使威妥玛嘲笑大清人办事效率极低。

请人吃饭，换来嘲笑，这不能不说是大清办的蠢事。

四、启蒙教育

洋务运动办了教育，这是功德无量的事。

在和外国的冲突中，不管是主和还是主战，首要的都是要了解对方的意图，也就是需要翻译。过去翻译都是外国传教士、买办，这些人参差不齐，往往词不达意，翻译错误，造成误解。更有甚的，有些翻译出于某些利益的需要，故意翻译错误，造成大清的吃亏。为此郭嵩焘首议创办教习英文的学校，校名“同文馆”，聘请英人担任教师。根据冯桂芬的提议，很快又在上海、广州等地成立了类似的学校。

事情还在进步中，恭亲王、文祥等有感于制造机器、火器以及行船、行军，无不与天文算学有关，若不从根本做起，还是前途有限，因此各学校内又添设了天文算学。

中国几千年来的私塾教育形式被打破了，中国几千年来学生只学儒家文化等文科知识的形式被打破了，自然科学走进了中国人的大脑，这也是中国人的一大进步。

北京同文馆1862年开学时10人，1871年，9年之后增加到500人。学习内容也增加了，前3年学习语文及西洋史地，第4年授予算学，代数，第5年为几何、三角、博物，第6年为实用重学、微积分、测量，第7年为化学、天文、地质，第8年为政治、经济、国际法，程度相当于西方文理专科学校。

中国初设驻外公使时，不少人员都是来自北京同文馆的学生。仅1879年，伦敦3人，巴黎2人，柏林3人，圣彼得堡4人，华盛顿2人，东京2人。

西方传教士也在中国开办了不少学校，上海的圣约翰大学，北京的燕京大学，山东的齐鲁大学等，后来这些学校都成了知名大学。

通过教会学校赴美，并毕业于美国耶鲁大学，也是中国第一位留学美国归来的容闳，曾立下“借西方文明之学术，以改良东方之文化，必可使此老大帝国一变而为少年新中国”的决心，毅然学成从美回国。他先是到太平天国的天京考察月余，感到洪秀全实无建设一个新中国的能力，又转向曾国藩建言：“复兴中国的根本途径在教育，要以西洋文化改造中国文化。”

后来在容闳的建议下，100多个幼童被派往美国留学，回国后他们大多为国家做出了贡献。其中铁路工程师詹天佑在中国铁路建设中做出了贡献，黄仲良先后担任沪宁、津浦铁路总经理，粤汉铁路副局长；黄耀昌、陈荣贵、唐国安、梁普照、邝荣光、邝景扬、陆锡贵等成了首批矿业工程师；朱宝奎、周万鹏、袁长坤、程大业、吴焕荣等均在电线电报方面做出重要贡献。

近百名回国人员中，在实业界铁路、电报等企业任工程师、经理等技术和管理者有44人，外交官和翻译官16人，海军、海关官员、学校教员、医生等方面工作者约20余人。

在这些幼童在美学习期间，一大清长官到美国接见这些学生，学生们竟无人给他下跪。他大怒，斥责：“适异忘本，目无师长，难期成材，即成亦不能为中国用。”

在这位官长的力陈下，这次留学被提前终止了。

洋务运动能开展起来，也非易事，那些不能放眼世界，仍坚持天朝上国思想的人自然是无法接受，他们指责说，师法西人是“用夷变夏”。

为此恭亲王辩解道：“天下之耻，莫耻于不如人……今不以不如人为耻，而犹以学人为耻，将安于不如而终不学，隧可雪其耻乎?”

那些人继续指责：“……根本之图，在人心不在技艺。今以夷人为师，将尽驱中国之众，咸归于夷。”

恭亲王驳斥道："如果有妙策可以制外国而不为外国所制。"他愿意追随，否则"仅以忠信为甲胄，礼仪为干橹等词，谓可折冲樽俎，足以制敌之命，实未敢信"。

从商鞅至今，任何时代都一样，总有人以保卫传统，保卫国家为旗号，反对社会的变革进步。

不管传统势力怎样阻挠，社会还是要进步，报纸杂志的出现更是让人耳目一新。原来在香港有英文的《遐迩贯珍》，宁波有《中外新报》，上海有《万国公报》等，后来出现了中文报纸，特别是后来成为中国第一大报的《申报》，影响巨大，对开民智、树新风，起到了难以估量的作用，极大的推动了当时社会的进步。

五、走向世界

郭嵩焘奉旨出任大清帝国驻英公使。

洋人用枪炮打开中国大门，逼着大清允许他们在北京设立公使馆，而大清犹抱琵琶，最终也向西洋派出了使者。

郭嵩焘率随员 30 余人启程赴英，在伦敦设立了使馆，4 年后兼任驻法公使。

在英国，绅士风度的英人对郭嵩焘的风采深致好评；到了法国，郭嵩焘的温文尔雅的风度和名望，亦深受浪漫的法人敬重。

郭嵩焘到达英国后，非常留意英国的政治体制、教育和科学状况，访问了学校、博物馆、图书馆、报社等，结识了众多专家学者，并以 60 岁高龄潜心学习外语，很好地例行了自己外交官的角色。

在外期间，郭嵩焘不亢不卑，镇定持重，进退合度，威仪适当；并遇事用心，见识宏远，对于西洋政事之宜，皆能明察，无愧国使。

郭离职之前，英朝野皆惜，返国之后，英人仍怀念不忘，并说郭若回国能予以大任，不仅为中国得人庆，外国亦将受益，并称郭为"所见东方最有教养者"。

但是在国内，郭嵩焘这位所谓的东方最有教养者却落得并不"光彩"。

首先，几千年的天朝意识，都是外藩进贡，所谓出国任驻外公使，那是奇耻大辱。亲朋好友都为他出洋"有辱名节"深感惋惜。

在外期间，包括他的副手刘锡鸿在内的一些人，接受一些王公大臣的指派，时时监视郭嵩焘言行，不断向清政府打出小报告，记录下他的罪状。比如，让小老婆学英语，与英人过度亲热；有次参观英国炮台，天气骤变，一个陪同英国人将自己的大衣披在了郭嵩焘身上，刘锡鸿报告说，冻死也不应该穿洋服。巴西国王访英，郭嵩焘应邀参加巴西使馆的茶会，巴西国王入场时，他和大家一起起立，这是一种起码的礼节。刘锡鸿认为这样做是有失国体之举，堂堂天朝，岂能向小国国主致敬。再如，参加英国女王在白金汉宫举行的音乐会，郭嵩焘翻阅节目单，也被认为学习洋人模样，连不用茶水，改用银盘盛糖酪款待英人，也是崇洋媚外。

根据大清规定，出国人员要写日记，将所见所闻汇报。郭嵩焘的日记，总理衙门以《使西纪程》为名刊印出来。书一问世，就引爆了舆论，大清臣民纷纷指责郭嵩焘“有心于英国”，就连他的至交好友王闿运也说他“已中洋毒”，一向钦佩他的何金寿责他“不知是何肺肝”。当《使西纪程》不得已诏令禁毁时，李鸿章却反复看了四遍，并在给友人的信中为郭嵩焘抱不平，说“筠仙（郭嵩焘）虽有呆气，而洋务确有见地”。

郭嵩焘黯然回国，称病回籍。郭嵩焘回归桑梓，长沙、善化两县以“轮船不宜至省河湘江”为由，迫使他改行陆路。在长沙，大骂他“勾通洋人”的标语贴在大街之上，尽管郭嵩焘钦差使臣的官衔暂时尚未解除，而自巡抚以下的地方官员对他都“傲不为礼”，一时郭嵩焘成为了“人民公敌”，在一片辱骂声中郭嵩焘黯然离开了中国政治舞台。

郭嵩焘对中国时局确实有着独特的见解，认为将西方强盛归结于船坚炮利是非常错误的，中国如果单纯学习西方兵学“末技”，“如是以求自强，恐适足以自敝”。只有学习西方的政治和经济，“先通商贾之气，以立循用西方之基”，即发展中国的工商业才是出路。

郭嵩焘说：“夫西人立国，自有本末，虽礼乐教化，远逊中华，然驯致富强，具有体用。育才于学堂，议政于议院，君民一体，上下同心，务实而戒虚，谋定而后动，此其体也。轮船、大炮、洋枪、水雷、铁路、电线此其用也。中国遗其体而求其用，无论竭蹶步趋，常不相及，就令铁舰成行，铁路四达，果足恃欤?”简言之，欲图富强，应革新政治、社会、经济、教育，发挥全民的智能，博得人民的充分拥护，始克有成。

中国自古以来都是重农抑商，特别是商鞅变法后，商人的地位更是低下，现在郭嵩焘提出学习西洋，发展中国的工商业，还要变革中国的政治，教育，社会制度，拉近和人民的距离，这都是和中国的传统意识相对抗，郭嵩焘碰个鼻青脸肿也在所难免。

这位孤独的先行者走了，走时他抛下了一句话：“流传万代千龄后，定识人间有此人。”

当时大清的基本国策是“中学为体，西学为用”“师夷长技以制夷”，纯粹肤浅的实用主义。实用主义者只看到了船坚炮利这些表面现象，而郭看到的则是产生这些硬件的社会基础，也就是产生“棍子”的土壤、雨水和阳光。

郭嵩焘的见解是深度超前的，现在的历史已经证明了郭嵩焘是对的，我们不能不承认他是大清时代的先知先觉者。

继英、法之后，大清又在美国设立了使馆，首任正副使为前留学生监督陈兰彬、容闳；第四个使馆设在日本东京，首任正副使为何如璋、张斯桂；第五个使馆设在德国柏林，首任使臣刘锡鸿；第六个使馆设在俄罗斯……

中国走向世界了。

六、总税务司

中国的大门被打开，要和外国通商了，这就存在着要对进出口的货物征收税款，也就是海关问题就被提到议事日程上来了。

原来广州一口对外，国家指定十三行专营对外贸易，然后国家再敲诈十三行。后来五口通商，海关由大清内务府把持，由于营私吞蚀和缺乏知识，以至于每年数百万两的正常数额都无法完成。

现在不行了，国门打开了，怎么管理海关问题，对大清来说，这是个棘手的问题。怎么办？洋人提出，这事交给他们来办吧。……这叫什么？这叫出卖国家主权！国家的土地都可以卖，主权为什么不能卖呢？香港不是由洋人来管理吗，还管理的可以，于是总税务司就由洋人负责了。

原来管理总税务司的是英国人李泰国，李泰国因医治旧伤，请假返回英国，后来换了一个叫赫德的，时年李泰国 29 岁，赫德 26 岁。

赫德上任后，向大清估算，每年可以实现税收 1000 万两，大清便将任免关员的全权交给赫德，并将总税务衙门从上海迁至北京。赫德的部下除极少数的法、美、德人外，大多为英国人，中国人在其中多做些书办、文吏、通事等低级工作。

赫德在华 54 年，任职海关 49 年，其中 46 年主持总税务司。赫德期间，税收逐年增加，10 余年后，每年达 2000 万两，当时清政府年收入在六七千万两，也就是说，海关的收入，占整个国家财政收入将近1/3。

我国历史上政府的财政来源主要靠征收田赋和盐税，太平天国期间，清政府国库里实在没钱了，有个叫钱江的知识分子出了个征收厘金的主意，也就是征收商税。厘金的征收帮助清政府渡过了难关，对于自古重农抑商的中国，征收商税也是对商人的认可，这也算是一个进步。

海关税对于大清来说更是个全新的课题，在那时大清不可能看到海关关税对国家财政的重要性，《南京条约》规定的税率低的可怜，值百抽五，就这样总税务司对大清财政的贡献仍是惊人。

后来赫德的权势极大，除恭亲王、文祥、李鸿章，其他无人可以比拟。恭亲王、文祥、李鸿章遇事征询他的意见，有时任用督抚也和他商量，外交问题更是尊重他的意见，新式教育、邮政业也由他监管。

赫德的权势保证了中国税收，同时也保证了英国人的利益，无形中英国人又左右了中国政府。对此明眼的中国人指出："天下事利之所在，即权之所在，不可轻易假人者也……他们家资之富，可以敌国。"

赫德的年收入自3000两至9000两白银，确实不低，但是把这个权力和这个高薪交给这位"明眼人"，他能把这个事办的更好吗？

将这种活"外包"给洋人，是大清的无奈之举，也是开明之处。

七、值得纪念的开端

学术界把洋务运动的开端定在1861年，这一年曾国藩在从太平军手里夺取的安庆城内建立了"安庆内军械所"。

曾国藩原想通过买船仿造的方法取得先进技术，他说："购成之后，访募覃思之士，智巧之匠，始而演习，继而试造。"他相信中国人"智者尽心，劳者尽力，无不能制之器，无不能演之技"。但是，当他听说中国已有智者能制造时，便改变了主意，曾国藩通过江苏巡抚，到无锡请来了徐寿、华蘅芳等中国本土科技人员。

安庆内军械所成立后的一个重大成就就是于第二年制成了中国第一台蒸汽机。它"以火蒸水气"运转自如，"火愈大则气愈盛，机之进退如飞，轮行亦如飞"。

曾国藩看了蒸汽机的试验运转颇为高兴，当天在日记中写道："窃喜洋人之智巧我中国人亦能为之，彼不能傲我以其所不知矣!”蒸汽机为源动力，蒸汽机制成，为以后火车、轮船等制造开辟了道路。

后来他们又制造了中国第一艘木壳轮船。历史记载，华蘅芳负责计算，徐寿负责制机，在其他技术人员吴嘉廉、龚云棠、徐建寅等配合下，他们制造的二丈八长的小火轮首航安庆江面。曾国藩坐在船头督看，他高兴地说：“约计一个时辰，可行二十五六里。试造此船，将依次放大，续造多矣。”

全靠自己的技术力量制造轮船机器，是安庆内军械所一个特点。

李鸿章在安庆内军械所创办一年之后，于上海创办了江南制造局，包括16个分厂：机器局、木工厂、轮船厂、锅炉厂、枪厂、炮厂、枪子厂、炮弹厂、炼钢厂、熟铁厂、栗药厂、铜引厂、无烟药厂、铸铜铁厂和两个黑药厂；两个学堂：工艺学堂、广方言馆（兼翻译馆）；一个药库；一个炮队营。并且一开始就聘请洋技术人员，提高了企业的发展速度。

特别值得纪念的是，江南制造局建立了中国第一座洋式炼钢炉，并于1891年炼出了中国第一炉钢。

三年后左宗棠也试制了一艘小火轮，行驶于西湖之上。两位法国人评价，与西船相比，大致不差，“惟轮机须从西洋购觅”。

西方人用枪炮打开了中国大门，掠去了在华利益，但是他们也给中国带来了科学技术，逼迫一个古老的农业国向一个强大的工业国进化，并为自己的将来培育了强大的对手。

八、洋务实业

煤

其实中国对煤的开采和利用，也有着悠久的历史，早在东汉末年，已知用煤作燃料，以供炊食。北宋汴京，一般家庭以煤代薪；明清时的北京城，更多的家庭用煤做饭和取暖，只是那时煤的用量很小。

洋人的船来了，洋船吃的是煤，而且饭量很大。但是从西方运煤到中国成本太高，洋人想在中国本地采购煤，中国人因而也知道了煤的更大价值，于是中国开始出现了大型煤矿。

1847年英国海军少校戈敦发现了台湾基隆煤矿，进行初步勘探后，认为煤矿丰富，煤质很好。戈敦写了一份较为详细的报告，在煤质和可能的产量、价格等方面作了说明，得到英国官商各方的注意，英美曾一度要买下台湾或占领台湾。后来由于中国门户开放，他们的眼光才被更广大的中国内地所吸引。

随着西方工业机器的东来，特别随着洋务运动的开展，中国自己也需要大量煤，煤的开采提到了国家的议事日程，煤矿业逐步成为了一个产业。

在这期间，中国拒绝了外国人要在中国开矿的要求，大清政府决定中国自购设备机器自行开采。

1887 年，“二三百年采之不竭”的开平矿务局成立，总办中国人唐廷枢，工程师为英国人。开办三年，日产 300 吨，除供给洋人外，还可自用。

开平煤产量上升很快，到 1894 年，开平煤矿的日产量已达到 2000 吨。自 1888 年第一次分配股息的 10 余年间，平均每年获利 36 万余两，股价常在 200 两上下，其经营成效是其他洋务企业难与匹敌的。

开平煤矿成功的消息传播开后，声誉大震，招股也顺手多了，到 1881 年底，仅从上海一地就集资达 100 万两。

镇压太平军有功，此时已能在中国政坛上呼风唤雨的李鸿章高兴地说：“从此中国兵商轮船及机器制造可免利源外泄，富强之基，此为开端。”

在同一时期，中国各省也都开始兴办煤矿，组织形式大都为官督商办。安徽池州、直隶门头沟和临城、江苏句容和徐州等较具规模。

铁

煤有了，下一个项目是铁，因为造枪、造炮、造军舰首先需要铁，“先煤后铁”是办洋务企业者常讲的一句话。

采煤相对容易，挖出来就可用，而且经济效益立竿见影，但是炼铁就不是那么容易了，大清开始吃了不少苦头。

当时在中国发现的铁矿主要有两处，一是贵州的青谿，二是湖北的汉阳。

贵州的矿产极多，如金、银、铜、铁、锡、硝、磺、水银、煤炭等，而以煤铁为最多。

1886 年贵州成立了矿务总局，并派人到国外购买了炼铁机器，选定青谿县之小江口盖造铁厂，是即为青谿铁厂。

那时的贵州省，交通极不方便，仅机器一项，从西方将买来的机器运到青谿就用了两年之久。青谿铁厂从 1885 年冬开始筹备到 1890 年夏完工投产，共用了 4

年多的时间。然而，就在开炉炼铁后一个多月，主要经理人潘露积劳病逝。

为办好青谿铁厂，潘露是贵州省政府专门从上海江南制造局请来的人员，潘露的离去对刚刚起步的青谿铁厂打击重大，青谿铁厂从此走向没落。

事后分析，真正使青谿铁厂走向没落的原因是交通不便。例如，炼铁所需焦炭要从几百里外运来，它的运费比之产价高出数倍，甚至十数倍，因此企业的倒闭就在所必然。

政府立项，不懂价值规律，一开始就为青谿铁厂走向没落埋下了伏笔。

再谈谈湖北的汉阳。

汉阳铁厂是两江总督张之洞的手笔。

在湖北发现大冶铁矿，且储量大、含铁量高，可供长期开采；后又在附近发现王三石煤矿和江夏马鞍山煤矿，可谓天赐良机，一个大型铁厂将成为大清洋务派的天功，但是好事多磨。

先是建厂选址问题，盛宣怀的意见是就地建厂，减少成本；张之洞决定将铁厂建在省城汉阳，这便于他控制。

资金的投入和管理，盛宣怀的意见是商本商办，按价值规律办事；张之洞的意见是官本官办，将企业牢牢控制在自己手里。

决定在汉阳建厂了，需要到英国购买机炉。英国厂方提出先要化验铁石、煤焦，然后配备相应设备。张之洞说："以中国之大，何所不有，岂必先觅煤、铁而后购机炉？但照英国所用者购办一分可耳。"结果是花巨资买来的设备不能用。

就这样一个采煤炭、采铁矿、炼钢铁的联合企业勉强建起来了。1894 年汉阳铁厂生火开炉炼铁，日产 50 多吨。张之洞高兴称它为"东亚第一"，他还说："闻日本确已筹备巨款，广造铁路，（铁轨）原拟购之西洋。若中国能造钢轨，彼未必舍近图远，是此后钢铁炼成，不患行销不旺。"张之洞要将产品打入国际市场。

但是一开始购置设备的思路就错了，结局自然不妙。后来汉阳铁厂不得不于 1896 年招商承办。

后来大清军机处传出的"抄片"上也说，办工业最好的办法是商本商办，官不过问。

不管怎么说，汉阳铁厂是亚洲首个铁厂，从此中国开始有了自己的钢铁企业，后来汉阳铁厂开始造枪造炮，希图一步步走向洋务派强国的梦想。

布

织布是中国农妇的基本技能，男耕女织是中国的传统，也是中国农业社会的基础。但是一种工业革命的产物“洋布”，乘风破浪地来了，并且以土布1/3的价格倾销中国，于是乎，一切都要改变了。

大清此时明白的是，洋布赚钱。

洋务派一开始搞洋务的目标是强国，后来他们的目标逐步改变，从以求强为主变为求富为主。为什么？直接的原因是军事饷需匮乏，李鸿章有一段代表性的言论，他说：“欲自强，必先裕饷；欲濬饷源，莫如振兴商务。”也就是说，要想强，必先富，必需有钱，因此大清的洋务思路由求强开始向求福转变，向振兴商务转变。

根据当时情况，突破那些不平等条约，给洋布加税是办不到的，于是只有设洋布厂以相竞争一条路可走了。

洋务派决定向西方购买机器设备，用先进的生产方法提高劳动生产率，以自产“洋布”与进口洋布角逐于市场，从而达到盈利的目的，这一指导思想是进步的。

生产是为了出卖，这是市场经济特征，从此中国开始走向了告别自给自足的自然经济的道路，“振兴商务”也算是和几千年的“重农抑商”作了正式告别。

建立纺织行业就是求富，大清思路明确。

第一个吃螃蟹的是将军左宗棠，左宗棠此时在西北任职，他认为兰州为羊毛、驼毛产地，原料充足，设厂利用可以致富，于是决定在内地兰州设立官办“兰州织呢局”，设备从德国进口，技术人员也从德国引进。

设备运入兰州用了一年多的时间，在陆地运输时，“逢山开路，遇水搭桥”是常有的事，可见创业之艰苦。

兰州织呢局于1880年11月建成投产。

按左宗棠原来的计算，羊毛每斤只值一钱几分，织成呢布一定很便宜，但实际上，由于原料粗而且杂，质量太差，而且在100斤羊毛中，只有10斤能织上等呢，20斤能织次等呢，50斤能织粗毡子，还有20斤完全无用。这样，织成的呢或毡子，成本就很昂贵了。结局，螃蟹扎嘴，左宗棠将军没有打赢这场商业战争。

左宗棠将沿海近代化事物带到大西北，使穷乡僻壤的人民呼吸到近代新鲜事物的空气，这也是这位将军创造的奇迹。

打开中国大门后，英国人想在上海设立纺织厂，中国没答应。但是李鸿章考虑洋布利润丰厚，建议国人自建纺织厂，他向朝廷陈述："各国通商以来，进口洋货日增月盛。洋布为日用所必需，其价又较土布为廉，民间争先购买，中国银钱耗入外洋者实已不少。"因此，应该设局仿造，以分洋人之利。

上海机器织布局于1889年12月24日试机，同月28日正式开工。织布局从弹花、纺纱到织布全用机器，是中国第一家机器棉纺织工厂。

公正而论，中国新开办的纺织厂所生产的纱和布，要一下子就做到"敌洋产"，与英、美老牌纺织品相等是困难的，但总算挤进了洋纱、洋布市场，后来的销售情况每年递增，这就是成功了。

然而，正当上海织布局建成投产并大力扩充之际，被大火焚毁，损失极为严重。洋务派在织布局遭此挫折没有后退，而是在织布局原址成立了华盛纺织总厂，并且不到一年，就又恢复了生产，后来又在宁波、镇江等地设立了10个分厂。同时华盛还规定"华盛总厂及其分厂，均商本商办，屏除一切官气……"

1888年，张之洞建立湖北织布局，规模仅次于上海纺织工业，但是仍采用官本官办。1892年11月工厂竣工，随即开机，但布机在开工一年多之后，即积压布5万余匹。

张之洞还筹建过一个武昌南纱局，张之洞订购上等精利机器，这些机器运抵湖北，发现湖北不能设厂只好又运回上海，作为扩充上海的大生纱厂用。上海方面在叙述这部分机器设备说："由于这批机器运来运去达5年之久，锈蚀甚为严重，剔出腐败者，堆积如阜。"问题还在于，这种严重的损失，谁都不负责任，也追查不到是谁的责任。

张之洞设想以民生企业的盈余补办军工，实际未做到。

此时中国也逐步开始明白了办企业的基本原则，那就是商本商办。

电报线

洋务实业中，以建设信息产业为高潮。前面我们说大清信息传递最快的方式为快马，这也是几千年来中国的传统，也是最权威的传递方式。响马一站接一站地快跑，日夜不停，风雨不阻，煞是好看，但是皇帝的圣旨从北京传到广州，和后来的电报相比，也只能用"猴年马月"来形容。

中国古代狼烟滚滚的烽火台是一种信号传递系统，后来英国海军发明了旗语，但是真正改变人类信息传递方式的是一个叫莫尔斯的美国人发明的电报技术。

电报技术就是可以通过电线，瞬间将信息传到遥远的地方。

说起这个技术，也很好玩，美国人莫尔斯利用电流在电线中通、断和通断的时间长短作为信号来告知电线的另一头接受人员，于是一种新的信息传输方式产生了，这就是电报。技术简单到好笑的地步，但是它的使用价值让整个人类吃惊得目瞪口呆。

当这种技术传到中国后，老百姓无法明白这种抽象思维的东西，于是他们猜想这是摄小孩魂的，小孩的魂被电线收走，送到外国去了。不过随着电报技术的普及，在令国人惊叹的同时，也毫不犹豫地改变了中国人的信息观念和对科学技术的崇拜。从那以后，中国人很难再蔑视西方的科学技术为“奇技淫巧，雕虫小技”了。

李鸿章高兴地大声叫到：“兵以神速为贵，电报实为防务必需之物。”

在“西学为用”这一基点上，对清朝作出了杰出贡献的洋务实干家盛宣怀还有着更明确的认识，他说：“中国人众，自必信多，将来电信四通八达，所取信资，当可日增月盛。”也就是这个事能赚大钱。

丹麦的大北电报公司跨进了中国，1871 年他们铺设了自香港到上海的“海线”。1879 年，李鸿章于大沽、天津试用运行，用以“号令各营，顷刻响应”。1880 年筹办津沪线，并设立天津电报学堂。1881 年津沪通报，并在上海设立电报总局。1883～1884 年，上海至汉口，天津至北京、山海关、旅顺，广州至广西龙州各线，一一竣工。其后电报线越扯越长，电报线网越织越大，各省及西北、西南边区也被罩在这个巨大的电报线网中。

在天空，一片巨大的云彩飘过，在云彩里，机器统帅瓦特将他的部下召集了过来，看着电报神莫尔斯将电报线像蜘蛛网似的将中国捆绑起来，高兴地喊起来：“成功了！祝贺莫尔斯！中国是我们的了！”其他的机器神也都鼓掌，庆贺中国开始进入伟大的机器时代。

瓦特问，下一个进入中国的是谁？大嗓门的火车神斯蒂芬森喊道：“我！”

九、铁　路

铁路是个重头戏。

英国人对在中国修铁路很是热心，他们先是提出修建从广东至江西的铁路，修建上海至苏州的铁路。后来他们的国家来了一伙铁路权威，给中国拟定了一个铁路规划：自汉口西经川滇，到缅甸、印度，东至上海，南至广州；再自上海到宁波、福州；另一线自镇江至天津、北京。对这个大胆到破天荒的计划，大清无人敢应，总理衙门将此计划束之高阁。

对修铁路，一开始中国是反对的，理由“很多”，且很“充分”，但是和不许打开国门，洋人不许进京一样，都属蒙昧且含有惧怕心理。

他们认为如果在中国修铁路，铁路就像一条吸血管那样吸吮着小民之鲜血，它“譬人一身，膏血既尽，则躯命随之，尚可待异日补救乎?”

李鸿章说，“铁路费烦事巨，变易山川”，中国“断不能允”；

曾国藩对此讲得也干脆，他说：“若……听其创办铁路，则车驴任辇旅店脚夫之生路穷矣……皆不可行。”

对于修铁路，总理衙门还是很慎重，他们招开多次讨论会，最后一次与议者多达 18 人，除总理衙门外，有陕甘总督左宗棠、盛京将军都兴阿、山东巡抚丁宝桢、总理船政沈葆桢、两江总督曾国藩、江西巡抚刘坤一、三口通商大臣崇厚、湖广总督李鸿章、两广总督瑞麟、江苏巡抚署鄂督李瀚章、粤抚蒋益澧、福州将军英桂、闽浙总督吴棠、浙江巡抚马新贻、福建巡抚李福泰、湖北巡抚郭柏荫、署直隶总督官文等，这可是集中了大清的精英。

经过认真的讨论，绝大数仍持反对意见，但是少数人开始松动。

总理船政沈葆桢以秦筑长城的“当时以为殃后世赖之”为比喻说：“铁路，如其有成，亦中国将来之利也。”他能认识到铁路将为“中国将来之利”，却是难能可贵的了。

李鸿章的态度也在转变，他借着“或谓”的口吻且加以论证说：“或谓用洋法雇洋人，自我兴办，彼所得之利，我先得之。但公家无此财力，华商无此巨资。官与商情易隔阂，势尤涣散，一时断难成议，或待数十年以后。然与其任洋人在内地开设铁路，又不若中国自行仿办，权自我操，彼亦无可置喙耳。”

李鸿章看出来了，铁路赚钱，他的意思就是铁路不让洋人办，由中国自己来办，利不与人而“我先得之”。后来的历史表明，电报电线也好，铁路也好，基本上是按李鸿章的思路发展的。这实际上就是引进先进的科学技术为我所用，以利国家和人民。

洋人说“中国各省开设铁道飞线……各国闻之无不欣悦”。要在过去，只是在中国挨了打被迫接受后各国才“欣悦”，但是中国这次聪明起来，没有挨打就慢慢明白了。

此次这么快的“慢慢明白了”也有一定原因，1840 年林则徐主持编译成的《四洲志》中说：美国“其不通河道者，即用火烟车陆运货物，一点钟可行二三十里，其车路皆穿凿山岭，砌成坦途……究省人力”。但当时距火车发明仅 10 多年，在那时中国已有人知道了火车。那时的思想家魏源在初刊的《海国图志》中有比较近乎实际的记述：美国“火轮车可住千人，一时能行百八十里，故国内应多造铁路”。书中第一次附有铁路火车图。同时代的徐继畬、梁廷枏等思想家，在其《瀛环志略》《海国四说》等书中也都提到了铁路火车。

1867 年容闳在提出派学生出洋留学的条陈中，即有在矿区至通商口岸修筑铁路的建议。常住上海并与传教士多有接触的王韬 1870 年游欧回国后又曾上书劝办铁路，俾夺西洋之利。

这些都为大清官僚后来“慢慢明白了”作了铺垫。

大清官僚后来“慢慢明白了”，轮船、电报电线和铁路等都将成为社会发展不可缺少之物，所以以李鸿章等为代表的洋务派从反对洋人修铁路转变为主张自己兴办铁路，就成为时代之必然了。

同时李鸿章也明白了，铁路的修通主要是对我更有利，他说：“有事之际，军情瞬息变更，倘如西国办法：有电报线通报径达各处海边，可以一刻千里；有内地火车铁路，屯兵于旁，闻警驰援，可以一日千数百里，则统帅尚不至于误事。”

从乾隆的“天朝德威远被，万国来王，种种贵重之物，梯航毕集，无所不有……从不贵奇巧”，到李鸿章发现奇巧的火车居然有这么大的作用，这种认识上的转变，不能不说是历史的巨变。同时大清的识时务者们也明白了，现实的他们正处在中国历史上“数千年之大变局中”。

此时大清也从惧怕洋人打开我国门、深入我内地的心理，而变成积极引进新技术为我所用的行动上了。

中国的第一条铁路是英国人修的上海至吴淞约 30 里的铁路，1876 年于 6 月 30 日全线通车，7 月 3 日正式营业。但是出师不利，当营业的第 11 天即 7 月 14 日那天，火车辗毙华人一名。但当时民智未开，结果由中国以白银 28. 5 万两将铁路买回，继则决定拆除，铁轨设备运台湾。

大约就在英人修筑淞沪铁路的同时，台湾基隆矿区于 1876 年秋建筑了一条轻便铁道，利用海岸坡度由矿井滑行至海岸边。虽未用机车牵引，却是中国自己的

第一条铁轨道，应该被认为是一个良好的开端。1876 年初被授为福建巡抚的丁日昌，利用上海铁轨设备运至台湾之际，乘机拟订了一个发展台湾铁路的宏伟计划。

英国人因淞沪路被拆毁而寻求新的对策，他们打算像电报电线那样，由中国人出资兴办，他们提供技术设备，以后的情况大多如此。

开平矿务局开始是用马来拉火车的，说火车头的响声会惊动皇陵。后来李鸿章在皇宫到镜清斋修了条小铁路，请慈禧太后坐着玩玩，慈禧感觉不错，于是开平矿务局才开始用火车头来拉火车了。

1886 年修建的胥各庄至阎庄 65 里铁道，主要是运煤，后来延长至大沽就将军事元素添加上去了。为减少人为阻力，奕䜣让总理衙门强调这是“试办”和“徐为扩充”，后来又由大沽延长至天津。

由于是平原，津沽路工程进展迅速，1888 年 10 月 3 日即全线竣工，李鸿章亲往查验，并第一次乘坐火车直抵唐山，甚为满意。

万事开头难，铁路建设的蒙昧阶段总算过去了，以后中国铁路建设主要碰到的将是资金、技术、战乱等问题。

十、北洋水师的成立

洋务运动最耀眼的成就就是创建了“北洋水师”。

北洋水师更是大清起身要寻找的那根棍子，然而，当大清拿到这根棍子后，他并不是要用来打人，而是要用来吓唬人：“别再打搅我的美梦，我还要睡觉。”

北洋水师的假想敌为日本。

日本是一海洋国家，历史上也曾是一个闭关自守的国家，但是地缘政治还是决定了他们的视野开阔，反应灵敏，处事灵活。当他们看到西方列强一路东来，打败印度，继而打败中国，他们警觉了。当美国的军舰开到他们家门口，他们把门打开了，并且派出了大量人员去西方一探究竟。很快他们就做出决定——“脱亚入欧”，也就是加入用鸦片打开中国大门的西方“文明社会”。并且为此还搞了个“明治维新”，而明治维新的一个重要成就，就是丢掉了原来来自中国的“道德原则”，学来了“文明人”“自私自利的原则”，并且将日本政府和日本人民形成一个利益共同体，青出于蓝而胜于蓝地使自己成为了一条嗜血的狼。

1874 年 4 月，日本出兵台湾，结局是中国赔款 50 万两，并默认日本吞食琉球。

初战即胜，这只狼抬头向天发出嚎叫：“拜中国为师几千年，原来这个老师徒有其表。”

李鸿章自我安慰：“水师炼成，日人嚣张之气，自可稍平。”

1876年，朝鲜与日本签订《江华条约》，否认了自13世纪以来与中国的藩属关系。

中日关系，中国憋屈，叫一个以往被中国看不起的蕞尔小国欺负，面子也挂不住，所以，大清要建立自己强大的海军。

大清设立海军衙门，“统一”海军权。

购买大炮巨舰，不久产自德国的“定远”“镇远”和“济远”三舰到大沽。

1886年三月，英人琅威理被大清聘为北洋水师总教习；五月，醇亲王、李鸿章检阅北洋水师。

北洋水师建成，大小兵船22艘，其中12艘购自英国，5艘购自德国，其余为自造。“定远”和“镇远”为巨舰，各7000吨，其次“经远”“来远”等5舰，各2000多吨。

后来旅顺、威海船坞建成，北洋水师有了自己的窝。如果把北洋水师比喻成大清看家狗，则在大清的家门口的两边各修了个狗窝。有狗看门，大清王朝只是想图睡个没有打扰的好觉。

然而大清这条狗很快就又瘦了下来，原因是慈禧太后要给自己修家园，资金就从狗食里挪用。

大清官员丁汝昌被任命北洋水师提督。

北洋水师统帅丁汝昌原是淮军骑兵出身，不懂海军，下属官兵多有轻视。

1886年八月，心态开始膨胀的北洋水师到朝鲜游弋，后又转到日本长崎，向日本人秀肌肉。

到达日本长崎的是北洋水师的王牌军舰“定远”“镇远”“济远”“威远”4艘军舰。8月9日，当北洋舰队到达长崎时，码头上挤满了看热闹的人群，对于中国拥有如此的巨舰大炮，日本人看的直咋舌。

8月13日大清的一些水兵登岸购物消费，几个醉酒的水兵与妓院老板发生争执，大清水兵和日本警察发生冲突。8月15日，北洋水师放假，450名水兵上岸观光，遭到了长崎市民“有预谋、有组织”的袭击，双方大打出手，同时日本警察参与，中国水兵吃了大亏，死伤数十人。事后，“定远”“镇远”“济远”“威远”4舰迅速进入临战状态，褪去炮衣，将炮口对准了长崎市区。日本人没脾气了，面对“外国”的坚船利炮，只能乖乖地放人，还要道歉赔偿，大清难得一次“扬眉吐气”。

大清武力威慑并没有真正起到震慑日本的作用，北洋水师走后，日本国内很快就掀起了一个“海防献金”的高潮，就连日本天皇也掏出自己的私房钱捐献海军。不久北洋水师开始有了自己的对手——逐步强大起来的日本海军。

日本海军中购自英国的“吉野”号军舰时速23节，是当时世界上航速最快的巡洋舰，这原本是中国的购买意向，因资金不足而被日本买走。

在北洋水师在日本长崎和日本人发生冲突时，作为军人的琅威理看到了一个极好的战争机会，他立即要求对日开战！这时北洋水师对付日本还是可以的，如果击败日本，一则“水师炼成，日人嚣张之气，自可稍平”；二则可“收复”琉球、朝鲜半岛；三则利用战争赔款，中国可以短期内更强大。然而，大清看不到这些，他们拒绝了琅威理的建议。

历史的机遇，大清给错过了。

琅威理，英国海军上校。琅威理来到北洋水师后，治军严明，勤于职守。官兵们忌惮他的严厉，舰队中流传着“不怕丁军门，就怕琅军门”的说法。后来，醇亲王奕譞巡阅北洋，对琅威理治军颇为满意，赏给提督衔。

有次北洋水师提督丁汝昌外出，旗舰“定远”号突然降下五色提督旗，升起三色总兵旗。“丁提督离职，我仍在舰队，为什么升起总兵旗？”琅威理厉声责问，然“提督衔”是虚职，并非实职提督，琅威理感到受到羞辱，愤而辞职。

琅威理辞职后，英籍人员也全部辞职，后来英国政府也拒绝了李鸿章另聘英国人担任海军顾问的请求，并宣布不再接纳中国海军留学生。

琅威理主政北洋水师时，军纪尚可，后来琅威理离职，北洋水师军纪愈坏，官多携眷居住陆地，兵亦去船以嬉。就连提督丁汝昌也带头违纪，在岸上建房出租，赚取租金，自蓄家伶，夜夜笙歌。

日本海军也曾聘请了不少英国人当顾问。其中有皇家海军上校英格斯。日本政府封他为贵族，位高权重。到日本海军日趋成熟之际，日本政府才请英国顾问体面地告退，英格斯的治军方略得到了全盘继承，并日趋完善。

北洋水师前景不妙。

第九章 甲午风云

>>

一、牛与狼

一头牛很是壮实，它翘起一条前腿，晃晃前腿，前腿的大肌隆起，很是酷；它又翘起另一条前腿，照前动作再来一次，另一条前腿的大肌照样漂亮。不过瘾，它又提起后腿，然后向后猛地一蹬，它的后方正好有棵小树，这一蹄子来的迅猛，小树没来得及反应就被踹断了。当它又要提起另外一条后腿时，不远处的一只狼站了起来，先是鼓掌，然后伸出大拇子，说到："你是霸王，天下无敌!"

那头牛抬眼看看那只狼，灰不溜秋，骨瘦如材，不觉鼻子哼了一声，说："就你这样还出来混?"

那头狼趴了下来，羞于见人。

那头牛也卧了下来。

狼见状，急忙站了起来。

那头牛卧下来后，在原地打了个滚，又站立了起来。

狼见状，又趴了下来。

牛开始吃草。"多鲜嫩的草啊!"牛心里说，并抬头看看那条可怜的狼，"看它瘦成那样，就是因为没有食草的福气。"

牛低下头去，专心吃草了。

狼开始匍匐前进，向着那头牛。

牛专心吃草，享受着美食。

狼慢慢接近那头牛，口水滴了下来，突然狼起身向着那头牛扑过去。听到响声，牛本能的要抬起头来，但是就在这一刹那，狼朝着牛的喉咙，张开了血盆大口。

牛嘴里还含着美食，眼睛里露出惊恐。

牛被狼扑倒了，牛在地上拼命地打滚，想甩开那条骨瘦如柴的狼，但是不管牛怎样折腾，狼就是不松口。

时间长了，牛和狼都不动了，牛死了，狼昏了过去。

不知过了多少时间，狼醒来，它对着那头牛，说了一句话："你就是我的美食。"

二、不宣而战

洋务运动使大清"中兴"，强大的北洋水师也给"天朝"带来了招魂的虚幻。但是好容易才从两次鸦片战争中挣扎过来的大清，又要面临新的难题，就是一向视中国为老师的邻居小国日本，此时竟向大清叫板。

说到日本，就有必要先说说朝鲜，因为中日之间隔着个朝鲜，中日之间如有冲突，自然也要从朝鲜开始。

话说朝鲜的国名，"朝鲜"是明朝朱元璋钦定："东夷之号，惟朝鲜之美称。"明朝万历年间，日本侵略朝鲜，中国政府派兵抗日援朝，一打就是 7 年，史书上记载中国士兵死伤数十万，花去白银 2600 万两，朝鲜最终被保住了。但是，通过这场战争日本也看到中国不是那么可怕，从此日本摆脱了中国精神控制的枷锁，日本历史上也骄傲把这段历史称之为"对权威的挑战""一次勇敢的尝试"，从此日本看轻了中国。

明朝灭亡后，朝鲜政府对大清不服，认为明朝才是大中华，满清只是夷狄之邦，所以私下称清朝皇帝为"胡皇"，称清使为"虏使"，除对清朝的公文贺表之外，一切内部公文仍用崇祯年号，直到清末，甚至还有私人笔记书有"崇祯二百六十五年"的纪年。当然，朝鲜人对大汉子民臣服于夷狄也多有鄙视。后来朝鲜从另一个角度，"清朝虽然夷狄之身，但也成为儒家文化的继承者"，才算是承认了大清为自己的宗主国。

时间发展到近代，中日要起冲突了，当时的日本外务大臣陆奥宗光曾说过：“将来如有人编写中日两国间的外交史（冲突史），当必以东学党之乱为开宗明义第一章。”

那就先说说朝鲜的东学党之乱吧。

东学就是东方之学，主要还是儒家那一套，是相对于西学而言，西学在朝鲜主要表现为“洋教”，东学党也称“东学道”。

洋教刚登陆朝鲜时，加入洋教的有些是不法之徒，他们加入洋教的目的主要是寻求洋教的庇护。在洋教的庇护下，这些人往往横行霸道，欺压良民，于是相对抗的东学道相应而生。

东学道的创始人叫崔济愚，经多年研习，崔济愚对儒释道三教教义进行了反复的忖量和比较。1860 年 5 月 25 日，崔济愚忽有所悟，感到“儒教拘于名节，未臻玄妙；佛教入于寂灭，断绝伦常；道教悠游自然，缺乏治平之术”。崔济愚决定取三教之长，舍其所短，以“诚”“敬”“信”为要义以教人。并制成 21 字咒语曰：“至气今至，愿为大降侍，天主教化定，永世不忘万事知。”自称代天主布教济民，所创之道为天道，学为东学。

此时朝鲜国内矛盾突出，有一首诗反应了朝鲜当时的社会状况：“金樽美酒千人血，玉盘佳肴万姓膏。烛泪落时民泪落，歌声高处怨声高。”农民起义发生了，而领导这次农民起义的是东学党人。

起义军兵势浩大，朝鲜政府决定向中国借兵。朝鲜是中国的属国，按惯例，中国也应该派兵。大清从国内分三批从海上向朝鲜运兵 3000 名，并有北洋水师军舰护卫。

朝鲜邻国日本自明治维新以来，国力日盛，由于受限国土狭小，资源匮乏，急于扩大“生存空间”“开拓万里波涛，布威于四方”，并将侵略朝鲜、中国的东三省和台湾作为自己的初期目标。

当日本得知大清出兵朝鲜，内阁首相伊藤博文便以保护日商的名义也下令日本出兵，并且在日本国内设立了战时“大本营”，成立了 7000 多人的混成旅团，充分做好了对华作战的准备，日本天皇也批准了以上的行动，在朝鲜出现了中日两国军队并存的局面。

自明代以来，倭寇对中国沿海多有骚扰，已使中国人反感，但是面对磨刀霍霍的日本，大清朝廷还是多有轻视，认为其“不成气候的夜郎自大而已”。鸦片战争以来，中西矛盾反应激烈，大清也天真地对日本抱有“同文同种，共同抵御西洋外侮”的想法。

此时大清的李鸿章还相信“我不先与开仗，彼谅不动手。此万国公例，谁先开战，谁即理拙”。李鸿章没有明白日本已决心发动战争，并将中国作为战争目标的野心，因此没做战争准备。

英国人赫德则说：“我不信单靠正义可以办成事，正像我相信单靠一根筷子不能吃饭一样，我们必须要有第二只筷子，那就是实力。但是，中国人以为自己有了正义，就可制服日本的铁拳，这种想法也太天真了。”

李鸿章之所以“天真”，主要是因为他还知道，在这些年和日本的军备竞赛中，大清的实力已不如人。此时北洋沿海的新式陆军不过三四万人，而日本新式陆军已有24万，大清海军亚洲第一的位置也被日军海军挤了下去，如果中日开战，大清“玄”，所以李鸿章不积极与中日开战。

此时大清决策层受“清流党”人影响较大，这是一批“空谈误国”的迂腐官宦文人，他们对“洋务”持排斥态度，对外部世界，对中日间的实际情况并不了解，对近代军事更是一窍不通，他们抱着轻敌的态度。年轻的光绪皇帝受他们的影响，“严饬李进兵，断不可畏葸”。

清兵决定再向朝鲜增兵2000人，并且租用英国商船输送。

日本海军在中国舰队要通过的路线设伏，中日两国的军舰在大海上见面了。

大清海军本着人不犯我、我不犯人的原则，不敢先下手为强，错失战争主动权。

日本海军派来的是包括旗舰“吉野”号在内的精锐舰队，他们从容地排列好有利队形，军舰上升起了血红的战斗旗，先声夺人，他们开炮了。

中国两艘护卫舰，“济远”号被击伤，“广乙”号被击沉。两艘运兵船“操江”号被俘，船上20万饷银被日军所得，“高升”号被击沉，船上所载驰援朝鲜的中国陆军绝不投降，最后随船沉没。

中日甲午战争拉开了帷幕，日本不宣而战，取得了预期的胜利。

（花絮：第一次实战，日本海军官兵也紧张，当日军军舰打出信号下令开炮时，炮长竟然茫然，忙让副炮长再到舰长处请示：“真的要开炮啊？”）

三、外　交

大英帝国的商船被日本击沉，消息传到英国后，立时在全英国引起轩然大波，英国军方强烈要求对日本报复，全世界的目光立时转向英、日。

日本外相陆奥宗光感觉事态严重，立时亲自会见英国驻日公使，告知日本政府马上着手调查，如果错在日本，日本将赔偿全部损失，此话一出即稳定了英国。随后日方炮制出一份假报告，诬称中国军舰先向日舰开炮，日舰事后才知道击沉的是一艘英国商船。同时日本外务省通知日本驻英国公使馆，要立时展开"活动"，并告知，内阁决定可以向英国媒体行贿1600英镑。

日本驻英公使青木周藏，24岁留学德国学习法律，精通英语、德语，并能直接为当地媒体写作，还娶了一位德国妻子。当接到指示后，立即对英国政府低三下四地诅咒发誓，表态会追究肇事军官的责任，向英国赔礼道歉。暗地里青木周藏立即贿买英国媒体和一些权威人士为日本说话。《泰晤士报》先后发表了英国著名国际法权威、剑桥大学教授韦斯特莱克和牛津大学教授胡兰德的文章，说日本军舰击沉运兵的商船完全正确，把发动战争的责任推给中国，要中国赔偿。

青木周藏长袖善舞，成功地消弭了因英国商船被击沉事件而被激发的英国民众的反日情绪。事后青木周藏又跑到英国外交部，义正词严地抗议英国商船不严守中立，同时还破坏了中国在欧洲的军火采购计划，成功地为日本争取到了军火供应。

青木周藏的对手，大清驻英公使龚照瑗是李鸿章的姻亲，出任外交官前，担任四川布政使，不懂外语，无任何外交经验。因兼任法国、比利时等国公使，常驻法国，英国事务主要依赖英籍雇员探报后判断，对运兵商船被击沉事件无作为，也不知该如何作为。

中国的外交官大多出身士大夫，信奉儒家的忠、信、笃、敬。日本外交官奉行的是实力主义和实用主义的商人"根性"，他们不认为有绝对的正义。然而小人作风的日本外交官却打败了君子作风的大清外交官。

也不能怪大清的外交官素质差，因为根据规定，大清的外交官并非实职，而是临时差使而已，而且在制度上也没有明确"销差"后的政治待遇，他们往往被人看作是低人一等的"鬼使'。

和中国不同，日本明治维新后，外务省就为日本政府的六部之首，他们的外交官往往趾高气扬，被人看作是"神差"。

四、宣 战

日本不宣而战，大清不得不战。

在这之前，大清还梦想西方列强会"管管"日本，见西方态度不积极，才不得不宣战。

在这同期，日本陆军在朝鲜牙山战役中将大清陆军击溃。日本外相陆奥宗光说：“牙山战捷，汉城附近已无中国军队的踪影，朝鲜政府完全在我帝国掌握之中等喜信，立时传遍全国。欧美列强在中日之间已经交战的情势下，已无干涉的余地，唯有暂时立于旁观地位。从前那些应否以强硬手段迫使朝鲜改革以及高谈我军先攻中国军队的得失等议论，已被全国城乡到处飘扬的太阳旗和庆祝帝国胜利的沸腾的欢呼声所淹没。”

打吧，大清皇帝不得已下宣战谕旨。

打吧，日本天皇早有准备，也下宣战诏书。

西方列强皆声明置身局外。

五、平壤之战

平壤之战，是甲午战争期间中日陆军的第一次大战。

在之前，日军强势介入朝鲜的局面，大清很是没面子，牙山战役大清又吃亏，所以为了面子，大清也得和日本认真较量一番。

1894 年 8 月 9 日，大清军队 10000 多人在四大头领带领下先期到达平壤，只是乱军无统帅，各部队都由后方遥控指挥。四大统领卫汝贵、马玉崑、左宝贵、丰升阿，“平日彼此拜会，专尚虚文”，大清军队“弥庸懦，无布防，识者忧之”。

后来从朝鲜牙山战败的叶志超军赶到平壤与他们会合，叶志超担任清军统帅。

李鸿章遥控指挥，要叶军“预备进击”，叶回电：“若我军前进，恐敌袭击我后路，断我转运。”

在牙山，叶志超在和日军的较量中，对于日军的战斗力之强已有了感性认识，因此打心里已怯阵，或者说已有了自知之明。

李鸿章再电：“应与诸统将密筹，挑选精锐，间道出奇，拦头痛击，使其畏威不敢深入。”

叶志超的真正意图是不战而退出平壤，他的理由是：“日军乘胜大至，锋芒正锐，我军弹药不齐，地势不熟……以图后举。”

但是反对的声音也坚定：“敌人悬军长驱，正宜出奇痛击……”

考虑到朝廷也不会答应他们放弃平壤，于是平壤战场上大清的将军们又“精诚团结”对敌了。

半夜三更，不知谁疑神疑鬼，说日军来了，于是大清军枪炮乱响，只是不见日军在何方，后来发现是内部误会，这场误会使“两阵死者二十，伤者有百”。

大战在即，清军有些紧张，如此军情，清军也只能龟缩平壤，此时平壤城内大清兵力 13000 人。

日军分进合击，兵临平壤城下。日本大本营训令：务将清军驱逐于朝鲜境外，不使在朝鲜留有一兵一卒。

1894 年 9 月 15 日凌晨，日军开始向平壤发起总攻击，日军兵力 16000 人。

凌晨 4 时，日军炮兵进入阵地。5 时，日步兵开始向清军前沿阵地移动，清军哨兵发现，开枪鸣警，平壤大战首先在一个叫船桥里的地方开始。

对于战斗场面，日本军方有这样的记载：“大小炮弹连发如雨，炮声隆隆震天动地，硝烟如云涌起，遮于面前。”“在如此激烈的炮击下，原以为清兵会立即溃散。然而，我军前进一步，清兵也前进一步，彼此步步相互接近。此时除使炮击更加猛烈外，别无他法。战争愈来愈激烈，乾坤似将为之崩裂。”

与日军对阵的是清军马玉崑部，日军将领早闻马玉崑“剽悍”，今日战场一见，果然名不虚传。

马玉崑，安徽人士，曾在新疆作战 10 余年，“收复名城以十数”。后被李鸿章奏调北洋，补授太原镇总兵，旋奉调平壤战场。

对于战斗场面，清军也有记载：“分守江东之毅军（清）与盛军（清）三营，合力奋威，舍命进击，日军掘沟三条，持枪伏击，我军迎弹而上，夺沟两条，彼此相距十余步，舍死不退，击毙者不计其数，中伤者络绎不绝。血战终日，日军大败而逃。”

此为当天下午之事，日军全天未进食，弹药已打光，于是仓皇撤离战场。

英国派来观战军官，那位军官评论说：“日军急于见功，俞益奋迅，徒兵力不足，死亡渐伙，战之下午，无奈退守原营。”

天也显灵，下午 4 时骤降大雨，士兵浑身淋透，日军营地血水和雨水一起流淌，满地皆红。日本诗人感慨道：

此役不克旗下死，呜呼苦战船桥里。

平壤北战场是平壤之战的主战场，此处集中了进攻日军一半的人数，总兵力达 7800 人。而防守此处的清军将领是左宝贵，兵力 2900 人，日本兵力是大清兵力的 2. 7 倍。

当叶志超最早提出退出平壤时，就是这个左宝贵竭力反对，并怒斥道“若怕死，可自去，平壤就是我的坟墓”表达誓死的决心。

左宝贵出身贫苦回族农民家庭，有着回族尚武精神，“性勇敢，多大略”。平时与士兵同甘共苦，深受部署爱戴。

日军集中绝对主力对左宝贵军展开猛攻。史书这样的记载：“日军接近清军，突击之，清军小部队坚守不动，日军中尉以下20余人死亡，大尉麾众而进，清军小队被围，虽奋勇博战，终因寡不敌众，全部壮烈牺牲……堡垒内清军坚决抵抗，枪炮齐鸣，弹丸雨注，勇不可挡。日军依仗人多势众，向堡垒发起冲锋，清军将士誓死以战，跳出堡垒，与敌人展开肉搏。50余人决心与堡垒共存亡，宁死不退，最后全部战死在阵地。”

“时左宝贵在玄武门督战，见牡丹台陷落，知势不可挽，志在必死。于是他换上御赐衣冠，登上城垛督战，部下建议他换下翎顶和黄马褂，以免敌人注目。左宝贵说：‘吾服朝服，欲士卒知我先，庶竟为之死也。敌人注目，吾何惧乎。’一个炮手倒下了，左宝贵亲自操炮。部下见状感奋，无不英勇搏敌。在激烈的战斗中，左宝贵先中两枪，仍在指挥，复被炮中胸前，登时阵亡。”

左宝贵牺牲后，光绪皇帝亲作《御制祭文》：“方当转战无前，大军云集；何意出师未捷，上将星沉？喑呜之状气不消，仓猝而雄躯遽殉。”表示极度的痛悼。

此时日军伤亡大于清军，所带口粮弹药已所剩无几，且雨天野外露宿，也是疲惫至极，如果坚持下去，日军无力发起进攻，必然不战而退。

中日两国军人开始了精神与意志的较量。

清军统帅叶志超精神先期崩溃，他一边高挂白旗，向日军送去降书，一边组织雨夜突围。日军判断准确，在必由之路伏击。

丧失了战斗意志的清军，兵败如山倒。“阴云密布，大雨倾盆，兵勇冒雨西行，恍似惊弓之鸟，不问路径，结队直冲……日军各施枪炮，拦路截杀。清军遇阻，回头向后，而后兵夺命向前，双方不知敌我，放枪持刀，混乱相杀。当此之时，寻父觅子，呼兄唤弟，鬼哭神嚎，震动田野……死尸遍地，血水成渠。”

大清败了，有很多原因，精神与意志不坚是其中之一。

六、海战序曲

平壤之战，大清的陆军败了，再看看大清的海军又是如何。

在平壤之战时，叶志超就强调兵不如人，后来又强调日军有断其平壤后路的危险，李鸿章不能不重视。于是又调4000名精锐乘船开赴朝鲜战场，同时命令北洋水师护航。

北洋水师提督丁汝昌不敢怠慢，立率包括“定远”“镇远”“经远”“来远”在内的18艘战舰起锚。五艘运兵船分别是：“新欲”号、“图南”号、“镇东”号、“利运”号、“海定”号，这些都是中国船。大舰队浩浩荡荡向朝鲜方向的大东沟进发。

五艘运兵船到达目的地，丁汝昌命令连夜工作，陆军和辎重被卸载到岸，北洋水师完成护航任务。

中午，午饭时刻，北洋水师正准备返航，突然发现了日本舰队，同时日本舰队也发现了北洋水师。

两舰队不期而遇，一场大战在即。

有鉴于上次海战大清吃亏，北洋水师报仇心切，各舰皆将舢板解除，仅留六浆小艇一只，意在表示与舰共存亡，同时军舰上多余之物，索具、玻璃等统统丢到海中，以求船的快速。

有鉴于上次海战日本沾光，日本海军气势正旺，发现北洋水师后，日本海军也磨拳擦掌。日本司令官命令：吃饭，并准许随意抽烟，以安定心神。

这次不是偷袭，是“邂逅”，两军在大海上摆开了阵势。

关键时刻那条蛇来了，如此热闹的事，它是不愿放过的。这场大海战比当年洞庭湖里朱元璋和陈友谅的“海战”肯定要大得多，有趣的多。蛇在那片镶有红边的云里高兴的手舞足蹈，突然它感觉上方有一对眼睛在看着它，蛇一抬头，倒抽一口冷气，太极鸟正在冷冷地盯着它。

将要进行的这场大海战，必将改变中日两个民族的命运，天不许蛇捣乱，影响人间社会发展的自然进程，所以派太极鸟来保护现场。

看见太极鸟，蛇渐渐冷静下来。它知道不是太极鸟的对手，但是这场中日间的大海战也太诱惑了，它决定求求太极鸟。

蛇将自己盘起来，这样显得谦虚。那片云慢慢地向上飘去，当离太极鸟还有些距离时，蛇站立起来，向太极鸟深深鞠了个躬，慢慢说道：“我只是来看看，并没想做什么。我也知道‘天’给中国200年的时间，让中国从农业社会过度到工业社会，我不会干扰天的安排。”

蛇见太极鸟没动静，不自觉地又向上看了看，这一看，蛇又吃了一惊，只见天河的两岸站满了神和升天的魂。如此庄重的场合，蛇的身份是有些格格不入，它也明白了太极鸟要它自觉离开、不要声张的意思。

蛇留恋地向大海看了一眼，然后消失了。

天堂神也出现在天河的岸边，和气地向大家招招手，又学着中国人双手抱拳向大家致敬，大家也向他报以热烈的掌声。

天堂神摆摆手将战场上方的云彩驱走，这使大家看的更清楚。

中日双方的舰队摆好了决战的阵势。

在中国一方旗舰铁甲“定远”号上飘着的旗帜上写着“三千年传统农业国”；在日本一方旗舰巡洋舰“吉野”号飘着的旗帜上写着“三十年新兴工业国”。

在中国一方铁甲“镇远”号上飘着的旗帜上写着“改器，不改制，洋务运动，洋为中用”；在日本一方巡洋舰“高千穗”号飘着的旗帜上写着“改器，改制，明治维新，脱亚入欧”；

在中国一方铁甲“经远”号上飘着的旗帜上写着“保卫祖国，固我长城”；在日本一方巡洋舰“秋津洲”号飘着的旗帜上写着“保卫生命线，歼灭北洋”。

天堂神说话了：“解释一句，日本的主要物资来自中东和欧洲，日本所说的生命线，是指从马六甲海峡、中国南海、台湾海峡到日本的海路。”

天堂神的话还没说完，就听下面大海传来叫阵声。首先是中方统帅丁汝昌喊话：“倭寇，为何屡犯我海疆？今天让你碰到我，你就别想回去了。”丁汝昌是骑兵出身，所以他还是喜欢骑兵叫阵那一套。

日方主帅伊东祐亨冲着丁汝昌一抱拳，说：“丁总督，今天我是来受降你们北洋舰队来了，因为你们的存在威胁到了我们日本的生命线，所以我们无法容忍你们的存在。”

丁汝昌大声说道：“你们日本是在我们中国教育下成长起来的，你们这样做是欺师灭祖。”

没听到日本人答话，只见从日本船上向大清船上扔出很多书简，丁汝昌拾起一本一看，是《论语》，接着日方传出话音：“你们的儒家文化只能为皇帝平天下，不能强国富民，儒家文化是误人子弟，现在我们决定还给你们。”

丁汝昌气的大骂：“你们这是离经叛道，没良心的小儿，拿命来。”丁汝昌举起右手，这是他想命令开炮。

没等他的右手挥下，日本的伊东祐亨又大叫道：“我们现在信奉的是西方的数学、物理、化学，学会数理化，走遍天下都不怕。”

稍停，这位日本人又叫到：“满族统治中国已到期了，现在该我们大和民族统治中国了。”

丁汝昌又举起他的右手，可是没等他的右手挥下，日本人先开炮了，丁汝昌气的大骂：“小日本孬！”

七、大海战

中日大海战开始了，双方的炮火“迅雷轰空，白烟蔽海”。

双方实力情况，中方参战军舰 10 艘，日方 12 艘；总吨位，中方 31336 吨，日方 40849 吨；平均航速，中方 15.6 海里，日方 16.4 海里；速射炮，中方一门没有，日方 96 门；此时日本参战海军实力明显强于中方参战海军。

大战开始，中方统帅下令将舰队组成箭头形，丁汝昌的旗舰“定远”号像一个骑兵战士，一马当先。日方见状，变化队形，其中 4 艘日舰对中方舰队后面较弱的“超勇”“扬威”二舰展开攻击。“超勇”“扬威”二舰舰龄已过 13 年，速度迟缓，火力较弱，虽竭力反抗，中弹也甚多。一颗敌弹击穿“超勇”舱内，引起大火，霎那间，黑烟将全舰遮蔽，几乎同时，“扬威”舰也起火。落水的“超勇”舰管带黄建勋拒绝别人的搭救，不久沉于海。“扬威”舰管带在弃船后，奋身蹈海，随波而没。

此时，天庭爱乐乐团的天籁家们，开始演奏贝多芬的《英雄交响曲》。

大海里传来的炮声伴奏的《英雄交响曲》更让人热血沸腾。但是看着舰船的起火沉没和海军将士落海后徒劳地挣扎，这种激昂的声音和惨烈的画面，使天上有些观战的神、魂不自觉地转过身去。

日舰松岛号驶近中方旗舰“定远”号开炮，一发炮弹击中“定远”，剧烈的颠簸将统帅丁汝昌从指挥台抛到舱面，身负重伤。总兵刘步蟾代理指挥，“定远”曲线前进，摆脱日舰“松岛”的纠缠。北洋其他舰船猛击“松岛”，“松岛”32 公分大口径炮塔被击中，失去作用，伤痕累累的“松岛”急忙逃走。此时北洋箭头似的队形将日舰队拦腰冲断，北洋抓住这有利战机，向日舰猛烈开炮。

日舰“比睿”号被北洋围攻，北洋“靖远”号靠近“比睿”，北洋将士携带步枪，意欲登敌舰，将其生俘。“比睿”舰上的速射炮连续地射击，迫使“靖远”难以靠近。“定远”一重炮打来，“比睿”舰顿时浓烟滚滚，“比睿”舰挂出“本舰火灾退出战列”的信号，匆忙逃窜。

日舰“赤城”号此时又被北洋锁定为打击目标，很快“赤城”伤痕累累。北洋“定远”用舰尾重炮狠狠击中“赤城”速射炮，弹片将日舰长当场击毙，其他该舰军官非死即伤。一看不行，“赤城”也急忙退出战区。

正在此时，北洋舰队停泊在大东沟港口的“平远”号、“广丙”号两军舰和“福龙”号、“左一”号两艘鱼雷艇也赶来参战。他们首先碰到的是日舰“松岛”，于是双方立时展开炮战。“平远”26 公分炮弹击中“松岛”号中央水雷室，“松岛”还击击中“平远”26 公分主炮，并引起大火，“平远”不得不驶离战场，以灭火灾。

日舰“西京丸”号随日舰队向右转时，其右舷正暴露在北洋舰队前方，“定远”“镇远”趁机开炮。一颗炮弹在“西京丸”号机械室爆炸，室内气压表、航海表、测量表等全部被击毁，由于舵机也击坏，“西京丸”号只能靠人力舵勉强航行，不久又一颗炮弹打来，船体出现裂缝，开始挤进海水。此时北洋舰队的“福龙”号鱼雷艇赶到，随即向“西京丸”号发射一颗鱼雷，打偏，第二颗又发出，丝丝的鱼雷向“西京丸”号钻去，日舰舰长见状惊呼：“我事毕矣。”日舰其他将士也都傻傻地看着这颗鱼雷离自己越来越近。但是日舰吃水很浅，鱼雷从其下部钻过，“西京丸”死里逃生，急忙挂起“我舰故障”，逃之夭夭。

战场上北洋 8 艘战舰与日本 9 艘战舰战成胶着状态。

北洋提督丁汝昌身负重伤，拒绝进入舰中医室，裹伤后坐在甲板上以督士气。每有人经过，他都会投以亲切微笑，鼓励士气，“惟坐处可见人来往，见辄望之微笑并作鼓振之语”。

战斗中，旗舰“定远”信号装置被击坏，除“定远”“镇远”相依为战外，其他各舰也只能各自为战。

日本人在海军战术方面有所调整，他们三只左右的军舰组成一个游击队，形成一个小团体，对北洋舰队他们多采用分队夹击战术，从战术上，北洋舰队多有被动。

日旗舰“吉野”号利用速度快的优势，多绕行战场外围，这样既避免北洋铁甲巨炮的打击，又可迅速打击北洋的弱船。

混战中，旗舰“定远”中炮起火，舰上人员急于扑火，攻势稍弱，日本其他各舰见状，围攻上来。北洋“镇远”“致远”急忙驶援，“定远”转危为安，而“致远”舰因此而负重伤。

“致远”舰管带邓世昌，广东人，随父寓居上海，年轻有志，参军报国，李鸿章闻其是个人才，随调入北洋水师。

“致远”舰负重伤后，见日旗舰“吉野”在其前方，便开足马力向前撞去，同时舰炮一起开火，意欲和“吉野”同归于尽。日本其他各舰见状急忙向“致远”开炮，致使“致远”舰上一枚鱼雷被引爆。

“致远”沉没了，邓世昌拒绝搭救，随船涌入巨浪波涛之中。远处的“北洋”济远舰见状转舵向西，逃回旅顺港。北洋另一战舰“广甲”也随之而逃，但因慌不择路被礁石搁浅，官兵上岸逃走，其舰后被日军击毁。“济远”舰管带方伯谦后被军法从事砍头，“广甲”管带也受到处分。

方伯谦，家资丰厚，平时在北洋中以聪明著称，颇受器重，福建船政学堂一期、英国格林威治海校的高材生，在血与火的洗礼中，好学生未必是个合格的军人。

“济远”“广甲”逃走，日本四只军舰在“吉野”号率领下围住北洋的“经远”舰猛攻。“经远”虽然多有受伤，船也起火，但是经远以一抵四，毫不畏惧，发炮击敌，依然井井有序。激烈的炮战中，“经远”管带突中敌弹，脑裂而死。“经远”在烈焰中徐徐沉没，炮手调整角度一直没有停止开炮。

此时北洋还剩下四只战舰在战斗，他们是“定远”“镇远”“靖远”“来远”，而日本现在还有九只战舰。

大清的“定远”“镇远”“靖远”“来远”四舰临危不乱，镇静进击，倒是和日舰打的难分难解。

中国人讲究“权力”，李鸿章起用丁汝昌就是考虑他是自己的人。而丁汝昌对北洋舰队的战术的布置，也夹杂着自己对权力的理解，就是决不分权，统一指挥。

不知日本人对权力理解如何，此时的日本舰队将北洋的四只舰船切割成为两个为一组，同时日本也分为两个战斗群，分别包围北洋的舰船。

中日大海战进行了三个多小时，西斜的太阳有些倦怠了，吝啬地收敛了光芒，天空一副无精打采的样子，但是发生在中国黄海海面上的这场大海战的演出却又掀起高潮。

天庭爱乐乐团的天籁家们也都提起了精神，铿锵的音符不断地从天空向下飘洒，呼应着大海战“最后”激动的时刻。

日本海军的主战斗群包围了北洋的“靖远”和“来远”舰，他们意欲先将这两艘相对较弱的军舰击沉，然后全力对付北洋的主力“定远”和“镇远”舰。

“靖远”和“来远”舰毫无畏惧，他们也打出了技巧，就是组成“姊妹”舰，相互依托，共同对敌。“来远”中弹起火，后炮被毁，“靖远”虽然也伤痕累累，但是打出信号让“来远”先行冲出包围，自己掩护。后来他们撤至浅滩，面海而战。日舰无法形成包围，又怕搁浅，只能远处放炮。“靖远”和“来远”舰赢得灭火和补救时间。

这时北洋“定远”和“镇远”舰受到日方五艘战舰围攻，在这场搏击中，北洋提督丁汝昌负伤后，代理指挥刘步蟾指挥若定。

“镇远”舰在和“定远”的配合上，做得天衣无缝，就连日本人后来回忆也说“‘镇远’始终不变离‘定远’的配合位置，用巧妙的航行和射击，时时掩护‘定远’。”“镇远”和“定远”的默契配合，顶住日方五舰的围攻。

关键时刻，“定远”舰右侧主炮台腾起一团白色的烟雾，上面一门大炮发出了天崩地裂般的巨响，发射出一颗292千克的钢铁弹头。弹头沿着72道来复线，以每秒500米的初速度，旋转着飞出炮膛，杀向日方“松岛”号，并引起“松岛”号自身弹药的爆炸。霎那间“松岛”舰体碎片和海军将士被抛入大海，接着大火笼罩吞没全舰。为了避免“定远”和“镇远”的再次打击，“松岛”号在另几艘舰船的护卫下急忙逃走。

“靖远”和“来远”舰修补完成后，这时又赶来参战。其他受伤后回港修补的舰船也都赶过来，大清北洋舰队声威又起，“定远”“镇远”两铁甲战舰稳固不动摇之气概，傲立大海。

此时中日大海战已进入了精神与意志的较量阶段，因为“定远”“镇远”所剩弹药无几，其他各舰也受损严重，而日军这时弹药仍很充足，如果日军来攻，无弹药的北洋水师很可能被敌制于死命，庞大迟缓的北洋军舰冲撞日本的快船也不可能，但是最后时刻，北洋没有退却，坚持下来了，日军先期撤退。

有一个“细节”，在整个海战中，北洋一直将日军往中国陆军登陆的大东沟相反的方向引导，他们始终没有忘记他们此次出征的任务，输送陆军登陆朝鲜。如果日军能明白过来，撇开北洋，快速扑向大东沟，战争的结局更难设想。

还有一个“细节”，在整个海战中，在战场的周围还有不少军舰在旁观，他们是中立国的军舰，是正在进行的这场大海战军舰的制造“厂商”。在这些旁观军舰上，制造厂商的工程师们举着望远镜，专注地盯着战场，他们要详细地了解他们产品的实际应用情况，以便以后改进，战场是武器最好的检验场。当然在这些人群中还有他们政府的官员和海战专家，他们也将根据战场的情况来调整他们自己的海军建设和以后的海战战术以及他们的对外政策。中日双方在海战中也都小心翼翼地避免招惹他们，他们还是这场海战的评委。

北洋在这次海战中吃亏不小，从纯军事角度来说，北洋以横队队形、大口径火炮的战法已经落伍，而后起的日本采用的是纵队队形、快速的中小口径火炮是新式战法。也由此战开始，世界海战进入了纵队队形、快速中小口径火炮时代。

八、大海的歌

中日大海战结束时，天上的看客们三三两两地离席散去。

在中日大海战激战正酣时，在战区的水下黑压压地形成了一个巨大包围圈，组成这个包围圈的是海洋里的各种鱼类。

在中日两只巨大的舰队相向而弛时，它们形成的巨响传遍了整个海洋。当它们的巨炮发出震耳欲聋的响声时，海洋的鱼儿不约而同地都赶过来了，它们也来围观这场大海战。

这时大海中的鱼儿懂得了很多事情，首先它们知道了军舰是不能吃的，而可以吃的是装在里面的两条腿的智人，智人肉鲜美，有骨头，没刺儿；它们还知道，这些智人原先也是生活在海洋中的一个物种，后来他们爬上了陆地，而且生活在陆地上的这些智人不光和陆地上其他动物不和睦，而且这个物种彼此之间也打仗，和低等动物没什么两样，这不，他们打仗都打回到海洋里来了。

一开始这些鱼儿主要是想尝尝人肉的滋味，可是当炮弹在大海里爆炸，它们才知道这里还有危险，所以不得不躲得远远的。当它们看到这里的战争结束，又不约而同地扑向刚才的战场，寻找它们的梦寐以求的美食。

掉在海里的不管是哪国人，不管是官，还是兵；不管是英勇就义者，还是懦弱死亡者；不管是侵略者，还是正义者，在这些鱼儿眼里，他们都是它们家园的入侵者，都是该吃掉的食物。

还是那头抹香鲸，它不慌不忙地告诉它的同类，要吃完，吃干净，否则尸体会污染海洋；那头海上霸王虎鲸则吼道：“都吃完，叫智人知道现在海洋的恐怖，叫他们知道我们不欢迎他们再回来。”

鱼儿们也不团结，为争食，它们彼此也时有战争。

抢夺海洋盛宴的战争要开始了，这时，战场上空一轮弯月，似明似暗地坐在云彩里，三个白色衣着的仙女自天而降，她们一个洞箫竖吹，一个怀抱琵琶，另一个则手持木鱼。她们在白色云朵的簇拥下也来到战场的上空。洞箫吹出的是哀怨忧郁的叹息，琵琶声则给人带来一丝欢愉，清脆的木鱼声又能使人们忘却一切。天上传来歌声：

海儿嘻，月儿羞，
生灵世界，雄性相赳。
瓢海水，泼洒星空，
轻弹清风，叹惜命休。

扯起白云，有烟处，淡留恋，
沾满万里碧涛慢写争雄。
随人不归吟啸，带着思念漂游，
渔村更声夜夜伴寡休。

海儿嘻，月儿羞
男儿轻来，男儿慢走
历史戏人，难知谁讴，
一方为正义，一方大势走。

歌声里更多的白衣仙女们自天而降，她们从大海挽起亡灵，直升天堂。

悠扬的歌，白色的雨。

九、北方战区

清军统帅叶志超精神先期崩溃，率军从朝鲜溃退回国内，叶志超被免职。

大清在鸭绿江边组织防线，防止刚刚吞食了朝鲜之后的小日本再犯大清帝国。可是令人不解的是，在对日防线上，大清设置了两个指挥官，75 岁的宋庆和满族将官依克唐阿，大概还是上级不愿放权吧。

日本大本营的“务将清军驱逐于朝鲜境外，不使在朝鲜留有一兵一卒”训令实现了，现在日本开始进攻中国。

日军在鸭绿江对岸组织进攻，双方隔江相望。自负的日本将领山县有朋提笔在一个叫作“统军亭”的亭柱上挥毫七绝一首：

对峙两军今若何，战声恰似迅雷过。

奉天城外三更雪，百万精兵渡大河。

山县有朋的汉诗还有待提高，但所表现出来的气概，却犹如古代北击匈奴的汉将。

鸭绿江防线太长，大清军队顾此失彼，难于全线防守。日军在水口镇涉水渡鸭绿江，攻占了一个叫安平河口的地方，此地的大清军在日军还离600海里时便弃炮而逃。日军另一路架浮桥通过鸭绿江，进攻虎山清军。围绕着虎山，清军与日军展开了一场恶战，清军战死500人，日军战死35人，最后虎山被日军攻占，这是日军在中国境内的第一场胜利。

夜晚日军点燃篝火，烘烤白日渡江时弄湿的衣服，其驻地被火光暴露，本来清军可以夜袭夺回白日丢弃的阵地，但是清军只是胡乱打炮而已。

日军进逼“九连城”，城内清军夜间已逃离，日军不战而获大清第一座城。

日军进逼“安东县城”，本来城内有6000名大清守兵，只是他们夜间悄悄撤离，使日军一个大队不战而占领，日军获得大清第二座城。

日军在中国国内的先期胜利，在日本国内引起一阵战争狂热。日本天皇赐手书嘉勉：“卿等忠勇，能排万难而进击，退敌于朝鲜境外，遂入敌国……期将来成功。”日军在安东县还设立“民政厅”，“安抚”本地百姓，又使他们在舆论上占领了道德高地。

在日本天皇的“期将来成功”的号召下，日军又出“告十八行省豪杰书”，开宗明义地说：“满清氏原塞外之一蛮族，既有非命之德，又无功于中国，乘朱明之衰，暴力劫夺……”最后号召中国人：“逐满清氏于境外。”

日本的宣传，使大清更加军心不固，大清的鸭绿江防线莫名其妙地就没了。

日军收获颇丰，大炮74门，步枪4401支，粮草无数。

此时的大清陆军还没有近代化军队所需的参谋、后勤补给和医疗保障等单位，只能认为是一支持洋枪的古代军队，而新募的军队不仅没有经过训练，甚至没见过更不会使用洋枪。

此时的日本幻想的是吃掉朝鲜后再吃掉中国，为此日本组织山县有朋的第一军攻取满洲，组织第二军直取大清首都北京。这时的日军模仿西方，已是一支完全近代化的军队，日本大本营任命陆军大臣大山岩大将为第二军司令。

如何攻取北京，日本人明白，在大清的家门口还有旅顺和威海卫的北洋水师，只有消灭了北洋水师，日军才能进攻北京，而要消灭北洋，首要是端掉北洋的两个狗窝旅顺港和威海卫。日本决定先打旅顺，并且是从旅顺的背后打旅顺。

日本陆军第二军集合，并表示决心：宁可马革裹尸还，不攻克北京不返回日本。

日本天皇赐酒，并赐大山岩骏马名刀。日本人杀气腾腾。

日本陆军第二军在中国旅顺附近的花园口没受抵抗全部登陆，历时半月，登陆将士 25000 人。登陆后的一个重要事情是向大清派出 6 名有经验的间谍。临行前，大山岩骏激励他们要为“君国效劳”。

若说旅顺为渤海的咽喉，金州则为旅顺的门户，日军登陆中国后即向金州进发。虽说日军未遇清军的阻击，但是中国老百姓却表现出了爱国激情，两个铁匠袭击日本哨兵；一农民趁夜晚冲进日军营地刺死日本翻译官；44 名农民设伏，袭击日军；猎户在日军行军路上挖陷阱，坑杀日军。

日军来到金州城下，集中几十门大炮轰击金州。城内清兵竭力还击，连城内居民和地方官员也都登上城墙参加战斗。但是在日军强烈的打击下，金州在坚持了半天后还是城破。

由于受到坚决的抵抗，日军破城后大肆烧杀。有一家男人战死，一家中剩下五个女人和五个孩童，她们拿起菜刀和剪刀与闯入日军拼命，后都被日军填入院里的井中。

日军占领金州后的第二天便扑向大连湾。

史书记载：我海疆炮台，大连湾式最新，炮亦最利……但是不知大清是否考虑过，从鸦片战争中的广州虎门炮台，到天津大沽口炮台，这种死座炮台给大清带来过胜利吗？

日军分三路向大连湾进犯。

李鸿章一开始就对防守大连湾信心不足，他曾设想紧急时放弃大连湾而专守旅顺，电嘱他人：“吾意，宁失湾，断不失旅。”

因此，日军向大连湾进攻时，一路竟未遇抵抗，行进极为迅速。当日军兵临大连湾炮台群时发现，雄伟的炮台内竟上演了空城计。更为离奇的是，日军还在大清原兵营里搜寻到了大连湾水雷布置图，日军按图索骥，很快将这些水雷排除。

大连“宁失湾”了。

大连湾陷落的日子正是慈禧太后寿诞，北京城内吹吹打打，文武百官三跪九叩，给老寿星送上寿礼祝老佛爷健康长寿。

大连湾除饷银被运走外，其余军械、弹药、粮草等全部落入日军。“式最新，亦最利”炮 120 余尊，炮弹 246 万余颗，尚未启封的快炮，自制的和德国造枪支

600 多杆，堆积如山的粮草等。大清在大连湾给日军建造了一个继续侵略自己的基地。

拿下大连湾后，日军放心大胆地休息了 10 天。

湾失了，日军剑指旅顺。

旅顺被称为大清第一堡垒，有诗曰：“海水一泓烟九点，壮哉此地实天险。炮台屹立如虎阚，红衣大将威望俨。”

但是海防建设是在设定陆地有保障的前提下，海防大炮指向大海，若从背后攻击它，它就没办法了。

旅顺清军驻军为 14700 人，不算少，如果各将同心，指挥有方，加之地利之便，旅顺是不会轻易被攻破的。日军也想到了这一点，为此他们组织 500 人的敢死队，后来增加到 1000 人，再后来又增加到 1500 人，看来一场大血战在所难免。

在旅顺的清军将领有：姜桂题、张光前、黄仕林、程允和、卫汝成、赵怀业、徐邦道，号称七大统领，但是奇怪的是，又是有将无帅。

金州、大连湾的迅速丢失，使大清上层一片慌乱，现在又要选帅，“临时抱佛脚”，大清也会开战争玩笑。

一开始他们选广东提督唐仁廉，后因没有去旅顺之船作罢。李鸿章再抱佛脚，请洋人汉纳根商议，寄希望洋人创造奇迹，但是洋人无法知道战场上大清军队已经不振的士气，洋人的纸上谈兵也无法给李鸿章带来好主意。

旅顺之战开始了，其过程出乎日军预料，也就是他们准备的敢死队基本没用着，日军仅用死亡 66 人、下落不明 7 人便将旅顺拿下。

铁打的旅顺，乃不能一日守！

日军占领旅顺后，兽性大发，连续 4 天屠城，2 万多无辜的百姓死于非命。

回首往事，第一个倒下的是平壤之战，第二个倒下的是鸭绿江畔，第三个倒下的是门户金州，第四个倒下的是不守的大连，第五个倒下的是天险旅顺，第六个呢？多米诺骨牌在继续……

鸭绿江溃退下来的清军退守凤凰城，老将宋庆主动承担了战争失利的责任。此时已长大成人的光绪皇帝，亲自发来电报：“择要扼防。”换一种说法，皇帝要他们换地挨打。若不是那样，电报应该是“见机出击”。

执行命令！宋庆将部队拉到一个叫岫岩的地方，真是“云无心以出岫，鸟倦飞而知还”，好地方！

日本第一军在山县有朋的率领下循迹而至，而首先打击日军的不是大清军队，而是地方武装，团练。

因为团练地形熟悉，人皆乡亲，因此士气高昂，战术灵活。团练连续对日袭击，日军竟不知如何招架，因此日军不得不另加人马对付团练。

老将宋庆指挥有度，有进有退，而不是死命地“扼防”，因此日军也没占到什么便宜。日军随军记者写道：“敌军拟不使用其惯用的防御手段，而以攻势的姿态前进，真是奇中又奇！敌军一反常态，奋勇直前，攀岩石，冒弹雨，向我军冲锋。”

在草河岭一带的这次战役，日军死伤40余人，清军死伤仅10人，虽是小胜，却大大鼓舞了军心。此后大清在东北的部队多采用运动战。他们总结这种战法：①在运动中能避众击寡；②在运动中能完全的主动；③神出鬼没，进退灵活。不幸的是，这种运动战是自发的，大清军队并没把它提高到战略高度来认识，也就是没把这种战法坚持下去，也因为这种战法需要“自主权”，后来清军战将聂士成还提出过深入敌后开战游击战的想法，也被否决。

日军被清军和团练打的龟缩到九连、凤凰等几个城市，一时无力再发动进攻。

但是日军第一军司令山县有朋不服，他想发动更大的战役，以实现“奉天度岁”，后被日军大本营否决，日天皇又以请他回国治病为由调他回日本。临行前，山县有朋留诗一首：

马革裹尸原有期，出师未半岂空归？

如何天子召还急，临别阵头泪满衣。

日方新任第一军司令为野津道贯。

日军整备向清军展开新的进攻。日军的目标是海城，日军认为：“若能占领海城，则拔辽阳、奉天，逼山海关，亦非难也。”

在海城，中日双方展开一场激战，“双方的炮火越来越激烈，黑烟笼罩了乾坤”。最后还是大清败北，日军占领海城。

日军的进攻往往靠坚强的意志完成的，有次日军进攻离目标还有400海里时，队形大乱，已无法前进。日本指挥官认为，与其这样白白浪费时间，造成士气沮丧，不如一拥而上，便在400米处发起冲锋，大喊大叫的日军以气势压倒了清军。

后来清军对海城实施4次反攻，想夺回海城，但都告失败。

也有花絮，新任第一军司令野津道贯中将和第三师团长桂太郎中将，二人正手持报告交谈，突然一发炮弹从二人中间通过，但是这颗炮弹着地后竟未爆炸。

巩固了海城，日军开始进犯营口。

日军离营口还很远，大清守军就频频开炮，“颇有震天动地之势”。日军大感奇怪，不知清军故意暴漏目标为何？恰逢与三个大清骑兵相遇，清兵未开一枪先逃，日军一个小队尾追竟然进入了营口市里，营口大清守军看日军进来，竟一哄而散。

日军没费一枪一弹便占领了营口，营口附近的炮台见状也趁夜走人，待日军来人，“四处搜索，不见一人踪影”。炮台内45门大炮，步枪150余支和堆积如山的弹药，静等日军来取，营口港内的船只也同归日军所有。

大清北方战区战事结束。

十、山东战区

无奈中，大清想向日本“讲和”，并请西方列强调停。

美国人传话，说日本外相陆奥宗光点名要中国先提出讲和。

大清无人，大清请德国人德璀琳代表大清赴日本谈判，并携带李鸿章至日本首相伊藤博文的信件。但是日本人不接待德璀琳和李鸿章的信件，日本有更大的打算。

前面说了，旅顺、威海是大清家门口的两个狗窝，旅顺丢了，日本还要端掉大清另外一个狗窝，并要彻底消灭大清的看家狗北洋水师。

威海与旅顺遥相对应，刘公岛又似一颗明珠置于威海港中央，有诗赞曰：“巨镇天开海国雄，屹然海际跨瀛东。”

威海港周围有德国人帮助设计建造的炮台25座，威海炮台工程之宏大，构造之雄伟，曾引起许多人的赞叹：“一台尽聚九州铁，熔铸几费炉中烟。”

李鸿章夸口道：“但就渤海门户而论，已有深固不摇之势。”

怕被人在旅顺瓮中捉鳖的北洋水师，在日本人占领旅顺前返回威海。不幸的是，“镇远”在自己门口触礁，北洋第二号人物林泰曾自杀身亡。林泰曾生性懦弱内向，遇事犹豫不决，但是福建大臣沈葆桢是他的姑丈，在沈葆桢的支持下，林泰曾获得高位。本来这次事故不是他的直接责任，他的轻生直接影响了北洋的军心。

日本要进攻山东了，日军首先组建了“山东作战军”，第二军司令大山岩兼任山东作战军司令官。

在之前日军已对山东沿海做过详细侦察，日本海军更是将计划写成详细报告：《护送陆军至荣成湾计划》《联合舰队作战大方略》《鱼雷舰队运动计划》《诱出和击毁敌舰计划》等，上报日军大本营。

1894 年 12 月 16 日，日军大本营下令：登陆山东，歼灭北洋水师。

令大清感到羞辱的是，日军对北洋水师“歼灭”的含义是：“务不损我舰，不使敌舰沉没。”日军要“生俘”北洋。

令日本感到惊奇地是，李鸿章对北洋水师的指示，要对坚船“担保必无他虞”，否则“致有意外疏失，定惟水师是问”。

两个思路吻合。

中日海军经过两次海战后，日本海军也受损厉害，“旧制渐朽废不中用者十之七”，如果中日海军再次较量，不说是胜负难料，起码不至于让人在威海瓮中捉鳖。但是话又说回，日军是有备而来，已在威海湾外布下了包围网，并多次引诱北洋水师离开威海港，如果北洋水师真的驰向大海，结局也不会太好。

李鸿章坚定地认定“我枪炮不能敌倭，诡计狠劲又不及彼”。因此，李鸿章要求北洋水师不要轻易出击，“专守防御，保船制敌”，这样虽然束缚了北洋的手脚，可能也是“两害相权取其轻”吧。

更有甚的是，大清朝中的清流党人欲剥夺李鸿章的权力，利用战事不顺之际，想拿北洋水师开刀，将旅顺丢失等大清前期战败的责任推给丁汝昌，要将丁汝昌拿交刑部治罪。北洋海军将领及威海陆军将领联名上奏，支持丁汝昌，这些军人们知道大敌当前团结的重要性。

丁汝昌面临极不利的局面，日军要杀他，自己的政府也要杀他，丁汝昌很快就面露老态。

日军杀来了，他们决定先登陆荣成湾。

登陆荣成前，日军对另一地点登州先进行了炮击，以达到声东击西的目的。同时他们还派出轻型舰只到威海港附近侦察，得知“北洋”都在港内时，他们高兴地似乎觉得已取得了胜利。

为掩护“山东作战军”在山东的登陆，日本海军倾巢而出，调动了 25 艘军舰。

日军开始在荣成湾登陆前，日军 8 艘军舰横成一排同时开炮，见岸上无动静，日军仍不敢贸然上岸，又对着陆地继续放炮两个小时，才开始上岸。

日军先是派一只舢板登上陆地，从舢板上下来的日本兵惊诧地发现，大清兵已无踪影，一条长约两三公里的堑壕，深仅 3 尺，草率至极，兵营里还有丢弃的文件和还没吃完的饭菜。

日军大队人马开始登陆，5 天时间里，日军登陆 34600 人，军马 3800 匹，在这期间大清军队没有前来“打扰’。

日军向荣成县城挺进。荣成县城原无驻军，县太爷组建了“海防团”，每人一根长矛。

县太爷听说日军登陆，下令紧闭城门，此时从日军登陆处溃逃的清兵，见城门紧闭，便向西而奔。城内海防团见状，打开城门，也向西奔去，县太爷见状，没有慌乱，从容地化了妆，也向西奔去。

日军占领荣成县城后，听说附近有一营清兵，便派一少佐带人前去进攻，经过短暂交火，那一营清军也都向西溃去。这次短暂交火，清军战死 5 人，被俘 12 人，遗弃步枪 40 余支，弹药 72500 余发，日军无一人伤亡。

日军占领荣成电信局，收到一封电报，内容为：近日见倭船在近海游弋，多达数十艘，是否有倭兵登陆之举?

1895 年 1 月 25 日，日本“山东作战军”进军威海。

日军分析，清军的传统战术是“恃坚垒雄堡，欲防日军”，这次威海的清军也不外如此。

由荣成到威海有南北两路，日军兵分两路向威海挺进。

北路日军的任务是进逼威海南帮炮台，担任主攻；南路日军的任务是绕至威海南帮炮台西侧，切断其退路，与北路日军形成夹击之势。日军原先估计，大清必调动各路人马援助威海，但是侦察得知，只有三营新兵来到威海，还有两营在路上。

威海南帮炮台被日军包围，大清陆军守军头领戴宗骞，此人擅长文才，而治军非所长，曾被人批评“无将略”，更与北洋丁汝昌和不来，势同水火。

日军两路向南帮炮台进逼，与此同时，日本联合舰队也向南帮炮台轰击。拂晓时，一部日军向南帮炮台中的摩天岭进发，山上的清军大炮向山下轰击，大清北洋水师也开炮向日军还击，日军死伤累累。

冒着炮火，部分日军仍向摩天岭炮台围来，他们踏进了清军布置的雷区，连环的爆炸又使不少日军丧命。有些日军冲进炮台，清军与之展开肉搏，全歼了爬上炮台的日军。后日军增援，清军寡不敌众，全部牺牲后，日军才占领了摩天岭炮台。一位日本将军看摩天岭炮台被夺取，高兴地爬了上去，这时北洋海军的大炮打来，炮弹直穿这位日本将军的胸膛，这是甲午风云中第一个被击毙的日本将军。

占领了摩天岭后，日军又向大清的另一个炮台杨枫岭冲过来。此时威海卫各炮台，都调转炮口，从指向大海转向陆地，朝日军猛烈轰击。北洋军舰上的火炮也尽力向日军轰击，一时天崩地裂，给日军造成不小伤亡。后来不幸的是清军杨枫岭炮台弹药库中弹爆炸，日军趁机攻下炮台。

在日军进攻杨枫岭炮台时，另一路日军开始进攻龙庙嘴炮台。统领刘超佩左腿中弹，即丢下部队乘小火轮逃往刘公岛。刘超佩逃走后，水雷营管带李荣光等人也逃之夭夭。几十名守炮台的大清士兵坚持不退，与冲上来的日军展开肉搏，后来全部壮烈牺牲。

夺取龙庙嘴炮台后，日军看到庞大的克虏伯要塞大炮，啧啧惊叹后，便命令被俘的大清士兵用这种大炮轰击大清的北洋舰队。

后来大清的鹿角嘴炮台也丢了，鹿角嘴炮台装备的是比龙庙嘴炮台火力更猛的4门240毫米口径的克虏伯要塞大炮，现在这些大炮的炮口都指向了北洋舰队。

大炮开火了，北洋水师的官兵们看到的是，射向他们的巨型炮弹来自于本来是保护自己的陆地炮台，而操作这些火炮的又是原本手足襄助的陆军兄弟。

一个值得总结的教训：人家的海军打到你的家门口，这就意味着人家的海军强于你的海军，同时对方的陆军也必然做好了击败你的陆军的准备，所以，海岸炮台一开始建设就值得商榷。

对于这一幕，丁汝昌原来想到了，也向李鸿章提出了，但是陆军将领信誓旦旦，他也无奈，这也是他和威海陆军主将戴宗骞“水火不容”的根本原因，后来，面临败局戴宗骞也自杀了。

不得已北洋海军的大炮也指向了陆地的炮台。

这时，在清军手里只有两座炮台了。为攻陷这两座炮台日军必需通过百尺崖所，清军在百尺崖所展开了激烈的战斗。守卫百尺崖所的清军是新近招募的新兵，营官何大勋见日军来攻，亲自登城指挥，新兵士气大振，打退了日军的多次冲锋。后日军改用大炮轰击，何大勋和大部分新兵战死，百尺崖所为日军所得。

日军进攻前岭炮台，大清军队在指挥官徐帮带的指挥下打的很勇敢。徐帮带后被几个日本兵用刺刀捅死，随军的妻子也被日军刺刀挑死，周岁婴儿被摔死在岩石上。

危机关头，李鸿章致电山东巡抚李秉衡，哀求他出兵救救威海。李秉承不是李鸿章的淮系，和李鸿章还有过节，他之所以被调到山东，也是上面权力平衡的需要。他坐镇烟台，宣称编成“大支游击之师”，给威海提供坚实的后路保障，但是在“议论精辟，言辞精美”之后，他又说没钱。后来他还是拨出五营军队前往威海，而这五营军队是河防军，其实就是修河的民夫，没有经过任何的军事训练，每个营300人只配备有一支鸟铳或抬枪。

北洋水师的林泰曾自杀后，清流党人兴奋不已，认为又是打击北洋的时候。身为两江总督的张之洞命令李秉衡物色人员，潜伏到北洋海军内部，报告可以参奏的把柄，并提出经费由他担负，李秉衡回复：遵办。

1895年1月30日凌晨2时，日本联合舰队乘夜起锚，沿海岸缓慢地从荣成港向威海悄悄弛来，妄图偷袭。突然“风雪大作，海浪高起，寒威亦甚，炮门往往结冰不能使用”。不得已，日舰队退回到荣成港。

2月3日，风雪停止，天气转晴，日舰队又来到威海港外游弋，挑衅北洋。

北洋水师陷入了日本海军和陆军的围困之中。

置于绝地而后生，北洋水师气势旺盛。

中日双方展开炮战，一时天崩地裂，炮战一天，日本海军仍是无法接近威海港口，不得已退走。

强攻不行，第二天，日本海军改为偷袭。午夜时分，日鱼雷艇趁黑夜摸进威海港，日本水兵用斧头将百余尺的一段拦坝拆毁，使威海港南口拦坝出现缺口。此时“夜气沉沉，星斗满天，暝色蔽海”，日军一面炮打刘公岛，一面派十几艘鱼雷艇进港偷袭。其中两艘鱼雷艇找到北洋旗舰定远并释放鱼雷，只是由于慌张才使定远尾部受些轻伤。另一艘日本鱼雷艇赶到，向定远再发鱼雷，定远被击中，只是由于搁浅，才没沉没。

第二夜，日鱼雷艇再次摸进威海港内偷袭，仅一个小时，北洋来远号等三舰沉没。

在这期间，威海与李鸿章的电报联系中断，李鸿章感到形势严峻，便将电报发往烟台，再命人员冒死到威海传达命令，要“北洋突围去上海”，命令无法送达，就是丁汝昌接到命令，一切也太晚了，就算他能逃出威海，他也难逃海上被歼的命运。

大清海军的神经有些撑不住了：

北洋的15艘鱼雷舰首先起锚逃窜，日军追击，北洋鱼雷艇慌乱中，不是触礁搁浅，就是被日军俘获；

为了不使受伤的军舰落入敌手，丁汝昌几次下令炸毁“定远”“镇远”舰，但“无人动手”。

总兵刘步蟾在极度悲愤中自杀了；

日军送来了劝降书，丁汝昌读后，无奈地摇摇头，也自杀了。

丁汝昌死时手握他心爱的楠木笔筒，笔筒上面刻着这样的文字：“……大雪三日，湖中人鸟声俱绝。是日，更定矣，余挐一小舟，拥毳衣炉火，独往湖心亭看雪。”

丁汝昌回到了当年，父母饿死了，他独自行走在雪地里。

北洋水师打出白旗。

日本海军统帅率领他的战将雄赳赳地走进北洋水师衙门大厅的时候，他们首先看到的是并排摆着的五口棺材，中间是丁汝昌的。

“镇远”舰后被日军拖到日本，在当年“镇远”舰秀肌肉的地方，被当作战利品向日本人炫耀，再以后“镇远”加入了日本舰队。

令人不可思议的是，大清广东方面致信日军，说被日军俘获的“广丙”舰原属大清广东水师，请日军将“广丙”归还广东，并保证不再干涉此次战事。

威海，雪还在下。

十一、谁之过

朝鲜战场大清败了，北方战区大清败了，山东战区大清败了，洋务运动的杰作、大清的国之利器北洋水师没了，谁之过？

丁汝昌死后，大清朝廷下令“褫职籍，没收家产，将其棺椁加三道铜箍捆锁，涂黑漆，以示戴罪，并不准下葬”。

李鸿章被追责，李鸿章反驳说：“以北洋一隅之力，搏倭人全国之师。”

不管怎么说，崇尚武器，认为洋务强兵、即可固本的李鸿章是失败了，而且败得很惨，“败军之将不言勇”。

总理海军事务衙门的为醇亲王奕譞，当今光绪皇帝的父亲，他绝对“无责”！

谁之过？作为敌人，日本联合舰队司令伊东祐亨曾给丁汝昌写过一封劝降书，但是这份劝降书不是一份劝说敌人放弃抵抗立即投降的文件，而是从中华帝国的科举制度开始说起，比照日本曾经经历过的辛酸历史，解剖中华帝国衰败的原因。这封劝降书值得夜深人静之时灯下细读，以明国耻，以志其恸。

劝降书

大日本海军总司令官中将伊东佑亨致书与大清国北洋水师提督丁军门汝昌麾下：

时局之变，仆与阁下从事于疆场，抑何其不幸之甚耶？然今日之事，国事也，非私仇也，则仆与阁下友谊之温，今犹如昨。仆之此书，岂徒为劝降清国提督而作者哉？大凡天下事，当局者迷，旁观者审。今有人焉，于其进退之间，虽有国计身家两全之策，而目前公私诸务所蔽，惑于所见，则友人安得不以忠言直告，以发其三思乎？仆之渎告阁下者，亦惟出于友谊，一片至诚，冀阁下三思！

清国海陆二军，连战连北之因，苟使虚心平气以查之，不难立睹其致败之由，以阁下之英明，固已知之审矣。至清国而有今日之败者，固非君相一己之罪，盖其墨守常经，不通变之所由致也。夫取士必以考试，考试必由文艺，于是乎执政之大臣，当道之达宪，必由文艺以相升擢。文艺乃为显荣之梯阶耳，岂足济夫实效？当今之时，犹如古昔，虽亦非不美，然使清国果能独立孤往，无复能行于今日乎？

前三十载，我日本之国事，遭若何等之辛酸，厥能免于垂危者，度阁下之所深悉也。当此之时，我国实以急去旧治，因时制宜，更张新政，以为国可存立之一大要图。今贵国亦不可不以去旧谋新为当务之急，亟从更张，苟其遵之，则国可相安；不然，岂能免于败亡之数乎？

与我日本相战，其必至于败之局，殆不待龟卜而已定之久矣。既际此国运穷迫之时，臣子之为家邦致诚者，岂可徒向滔滔颓波委以一身，而即足云报国也耶？以上下数千年，纵横几万里，史册疆域，炳然庞然，宇内最旧之国，使其中兴隆治，皇图永安，抑亦何难？

夫大厦之将倾，固非一木所能支。苟见势不可为，时不云利，即以全军船舰权降与敌，而以国家兴废之端观之，诚以些些小节，何足挂怀？仆于是乎指誓天日，敢请阁下暂游日本。切愿阁下蓄余力，以待他日贵国中兴之候，宣劳政绩，以报国恩。阁下幸垂听纳焉！

贵国史册所载，雪会稽之耻以成大志之例甚多，固不待言。法国前总统末古末哑恒（帕特里斯·麦克马洪）曾降敌国，以待时机；厥后归助本国政府，更革前政，而法国未尝加以丑辱，且仍推为总统。土耳其之哑司末恒拔香（奥斯曼·努里帕夏），夫加那利一败，城陷而身为囚虏。一朝归国，即跻大司马之高位，以成改革军制之伟勋，迄未闻有挠其大谋者也。阁下苟来日本，仆能保我天皇陛下大度优容。盖我陛下于其臣民之谋逆者，岂仅赦免其罪而已哉？如榎本海军中将（榎本武扬）、大鸟枢密顾问（大鸟圭介）等，量其才艺，授职封官，类例殊众。今者，非其本国之臣民，而显有威名赫赫之人，其优待之隆，自必更胜数倍耳。第今日阁下之所宜决者，厥有二端：任夫贵国依然不悟，墨守常经，以跻于至否之极，而同归于尽乎？亦或蓄留余力，以为他日之计乎？

从来贵国军人与敌军往返书翰，大都以壮语豪言，互相酬答，或炫其强或蔽其弱，以为能事。仆之斯书，洵发于友谊之至诚，决非草草，请阁下垂察焉。倘幸容纳鄙衷，则待复书赉临。于实行方法，再为详陈。

谨布上文。

明治二十八年一月二十日

伯爵大山岩　顿首

伊东佑亨　顿首

“清国海陆二军，连战连北之因，盖其墨守常经，不通变之所由致也。”掩卷沉思，还能说什么呢？

大清宣统二年（1910 年），经一些官员的力争，大清朝廷为丁汝昌平反昭雪。

丁汝昌死后 17 年才得以入土为安。

丁汝昌死后 17 年大清也“行将就木”。

十二、马关条约

大清认输了，谈判吧。

自古以来也是国际惯例，谈判前先停战。日方说，不行，是否停战也是双方谈判的内容。

谈判吧，大清建议谈判地点在上海，日方说，不行，谈判地点在日本广岛。

谈判吧，大清派出代表尚书衔总理各国事务大臣户部左侍郎张荫桓，头品顶戴署湖南巡抚邵友濂为全权大臣。日方说，日方代表名单，等清方代表到达广岛之后再说。

在威海之战还在如火如荼时，1895 年 1 月 26 日（春节），大清请降代表团离开上海，乘坐英国轮船“王后”号赴日。

在大清派出请降代表团赴日前，大清聘请美国前国务卿科士达为大清代表团的“议和”顾问，但是科士达对日本的看法和对日方的关系更好。

在大清派出请降代表团赴日前，大清皇帝光绪和慈禧接见并安排：“凡日本所请，均著随时电奏，候旨尊行。其与国体有碍，及中国力有不逮之事，该大臣不得擅自允许。”

大清的请降代表团到达日本后，中国使节的书信，日人“先拆阅而后送”，中国使节要往国内发密电，日方不许。中方交涉，日方要求中方先交出“密码本”。

中日双方代表会晤，日方出示国书：“受命为全权办理大臣……朕亲加检阅，果真妥善，即便批准。”

中方出示国书：“著前赴日本，与日本所派议和全权大臣妥商一切事件，电达总理衙门，转奏裁决。”

日方抓住“转奏裁决”几字，说中国大臣无全权，日方不承认大清的这个代表团。

中日第一次“谈判”破裂。

会议散会，日本首相将中国头等参赞伍廷芳留下，“托起代向李鸿章致意”。日方认为这是他们外交的得意之作，为下一步逼迫李鸿章出马埋下伏笔。

接着日方将中方代表团驱逐回国。

中国国内致电日方，可以修改国书，希望继续“议和”下去。此时日方正期待大清的北洋水师覆灭，谈议和自然是不可能的事。

1895 年 2 月 17 日，大清的北洋水师覆灭，威海战役日本取胜。第二天日本政府给大清打个招呼，可以来谈了。

李鸿章被逼赴日乞和。

李鸿章带领 135 人的队伍，乘德国商轮“公义”号抵达日本马关，日本人从礼节上对他还是挺尊重，他所住的宾馆装饰一新。

双方第一次会谈，李鸿章煞有介事地打开黄绸包袱，从绘有黄龙的筒中取出国书，交与日方，日方也打开锦袋，取出国书，交与中方。

李鸿章说：“请停战!”

日方首相伊藤博文说：“明天答复你。”

伊藤博文接着指责说，你们的国书上只有御玺，没有皇帝的签名，是一大缺憾。

李鸿章答曰：“盖章是中国的自古传统，签名是西人的做法，看来你们学习西方比我们学的彻底。”中体西用的李鸿章在讥讽伊藤博文。

伊藤博文说：“你们从天朝上国到屈尊向人学习，已经是进步了。”伊藤博文反唇相讥。伊藤博文又说：“你们是‘中学为体，西学为用’，我们是‘崇洋媚外’‘全盘西化’，我们日本一所海军学校教学楼的每一块砖都来自英国，表示我们要彻底向人学习，这也是我们能在短时间内强大和能够战胜你们的主要原因。”

以后双方都是斗嘴，大多是废话了。不过李鸿章还是说出了一句耐人寻味的话：“贵国上有圣明之君，下有辅弼之能臣，故国运昌隆。而我国尾大不掉，徇私舞弊，积重难返，兴利除弊至难也。”

李鸿章开始高谈阔论，尽量掩饰战败者的尴尬地位，也不能不说他聪明。

战胜者也表示出了“宽宏大量”，允许李鸿章往国内通“密电”。

第二天再谈，中方提出立即停战，日方提出停战条件，并将文本递给李鸿章，李鸿章没接，用眼盯住伊藤博文，用命令的口气说：“念!”

伊藤博文了解李鸿章，知道李鸿章此时在使用威震三军的杀气。伊藤博文将文本收回，淡然一笑对李鸿章说：“也不需要念，我们的停战条件很简单，日军占领山海关、天津、大沽，该地清军一律缴械；天津至山海关铁路归日方管理；大清负担停战期间日军军费。”

李鸿章一时傻眼，这叫什么停战谈判？欺人太甚！

就是欺负你！日方一步不让，说限三天内答复。

李鸿章无奈，急忙电告国内。光绪为之动容，急忙去找慈禧，各位大臣则去列强公使馆——都去找“妈”。

大清朝廷无奈，回电，“议和”条款中，日方还有什么要求？

电报至日本马关，日方先破译审阅，然后再送李鸿章。

第三次会谈，李鸿章将停战之议搁置，要日方出示“和款”，日方答应第二天出示。

日方给大清出难题，达到了不停战谈判的目的，这也是中外历史上少有。

在“议和”谈判中，日方出兵台湾的澎湖列岛，为下一步逼迫大清割让台湾做准备。

1895 年 3 月 21 日日本下达了第二天进攻的命令，并声明：“凡抵抗者格杀勿论!”“战略上有必要时可以火焚之。”

第二天，大海起狂风，海浪涛天，日方不得不将进攻的时间推迟一天。

澎湖列岛被日军占领了，一边政治和议，一边军事进攻，日本对大清猫戏老鼠般的玩弄。

意外事件发生了，阻止了这个游戏的继续。第三次谈判后，李鸿章默默地坐轿返回居所，忽然一日本暴徒向李鸿章开枪，击中李鸿章左眼下，李鸿章“登时晕厥”。

在与中方和议时，日本国内的主战气焰继续高涨，特别是日本军内，力主非占领北京不可，在日本国内“以和为非”舆论甚嚣尘上，所以才出现了这次看似“偶然”的事件。

日本外交官们马上意思到，如不处理好这件事，本来主动的日本就有可能在国际上被动，如果西方列强要干涉，李鸿章的负伤是最好的借口。

实际上日方要进行更大规模的侵略，自然还要做些准备，于是利用这一事件宣布“停战三周”。

“停战”了，自然该和议谈判了。日方外相陆奥宗光邀请李鸿章之子李经方谈如何商谈和约，日方的意思是要逐条亮相，逐条商谈，也是逐步施压，得寸进尺。李经方反驳说：“欧几里得云，凡事务均由部分组成，若不就整体而思，亦无从决定部分。”

陆奥宗光一时语塞，同时也感到太轻看大清的后一代了，便同意了将全部条款同时出台。

日方的和议条款主要是：1. 朝鲜独立；2. 割让台湾、辽东半岛；3. 赔款3万万两白银；4. 扩大通商口岸等。

李鸿章也想到日本的胃口很大，但是看到日方提出的条款，还是为之愕然。

日方提出的条款被电告大清朝廷。

李鸿章提笔，就日方提出的苛刻条款逐条驳斥，如指出日方在开战时说：“我与中国打仗，所争者朝鲜自主而已，非贪中国之土地也。”

日本外相陆奥宗光看了李鸿章的“驳文”后说，是篇好文章，不过日本下一步的谈判伎俩是不跟大清讲道理，只跟大清讲事实，迫使中方屈服。

李鸿章伤未好，便走向谈判场，反驳日方的无理要求。伊藤博文说：“驳只管驳，但我主意不改。我大军已在广岛集结完毕，谈判破裂，60只运输船即解缆出征，开赴天津。”

伊藤博文要求李鸿章不要废话，回答是“允”，还是“不允”。这次该伊藤博文使用威震三军的杀气。

李鸿章不敢做主，便又“密电”北京。

日方破解李鸿章与北京的往复电报，知道大清仍在犹豫，便继续施压。

伊藤博文找机会与李鸿章单独交谈。伊藤博文请李鸿章上座，然后按中方礼节，向李鸿章抱拳行礼，口称“李老师”。

李鸿章在天津当直隶总督，10年前，伊藤博文和大名鼎鼎的李鸿章打过交道，按年龄伊藤博文是晚辈，所以伊藤博文称李鸿章为老师也不为过。

伊藤博文说话了：“我们大和民族的这次行动就是要打到北京去，推翻满族人对你们中国的统治，老师是汉人，请老师能和我们一起行动。”

这样的话对李鸿章不是什么新鲜话题，但是李鸿章也知道，这样的问题无法回答。李鸿章有伤在身，声音本来就小，李鸿章借机将声音压得更小，说：“老夫是代表大清来的，你们少要点，给老夫留点面子好不好？”

李鸿章近似哀求。

伊藤博文也压低了声音，并凑到李鸿章的耳边调侃道：“和我们打仗的都是淮军，是你一个人在和我们大日本帝国作战，佩服！”接着伊藤博文又戏弄道：“在上海，你们的南洋舰队是否也在逛妓院，没时间来救你的北洋？还有你们的福建水师、广东水师，他们为什么都见死不救？”

李鸿章扭过头去，没理他。

伊藤博文瞟了李鸿章一眼，又蔑视道：“你知道你败在什么地方吗？你们的中体西用，并未改变你们国家的实质，你们现在还是一个落后的农业专制社会，而我们已经是一个新兴的工业文明国家，先进必然要战胜落后，懂吗？”

李鸿章看了伊藤博文一眼，似有所思。

伊藤博文接着提高声音说：“少要是大清的，多要是我们大和的，你们中国人何必偏向大清。”这里伊藤博文将大清和中国分开了。

李鸿章无语，这是从林则徐开始，大清的汉族官员都尽力回避的问题。

伊藤博文再提高声音：“李鸿章你是汉奸，你投降了占领和压迫你们的满清，你认贼作父。”

李鸿章挺了挺腰，说话了：“和你们大和合作就不是认贼作父了？”

伊藤博文：“就算你和我们合作也是认贼作父，难道我们大和民族这个父亲不比满清那个父亲好么？”

见李鸿章不说话，伊藤博文继续大声说：“蒙古兵扫荡你们南宋，满族铁骑践踏你们整个国土，你们汉族不都是接受了吗。你现在还和我讲什么道理，当我们大和民族的枪炮响遍中国大地时，你们就该对我们大和民族三拜九叩了。满清的气数已尽，希望你们中国也能尽快接受我们。”

慷慨激昂之中，一个很久以前的日本人名字闪现在伊藤博文的脑海，谁？丰臣秀吉！

在16世纪末，以武力统一了日本的丰臣秀吉曾提出过扩张计划，先期占领朝鲜，1593年占领北京，1594年迁都北京，然后进军印度。

日本历史上曾盛行的“神道史观”认为，世界是由八条绳子紧密连在一起的，最终归结到一个点，这就是日本，地球将被日本统一，这也被称之为“八肱一宇”。

伊藤博文直了直身子，回到现实中来。

伊藤博文接着说：“你不是急着签署投降书吗？签署了你就是中国的卖国贼，不管你在投降书里卖多少。”

李鸿章又是无语，这一切李鸿章心里都明白，但是这是无解的题，李鸿章心里压力也很大。

最后伊藤博文再压一把，说：“这是最后通牒，签署保你北京，不签你的北京就没了。”

李鸿章去电北京：“事关重大，若照允，则京师可保，否则，不堪设想。”

1895年4月17日，李鸿章代表大清在日本一个叫马关的地方，与日本签署条约，这个条约被历史称之为《中日马关条约》。

《中日马关条约》的主要内容：1. 朝鲜独立；2. 割让台湾、辽东半岛；3. 赔款2万万两白银；4. 扩大通商口岸等。和日本一开始的要价相比，只是战争赔款少要了点而已。

1895年5月8日，《中日马关条约》经双方政府批准，并在中国山东烟台换约生效。

日本天皇大悦，降诏嘉勉，称此举：“洵足显扬帝国之光荣。”

清廷也明发朱谕，宣布不得已批准和约，实乃之罪已诏。

从1840年第一次鸦片战争，到《马关条约》的签署，历经半个世纪，中国的大门终于被彻底打开了，而且连同围墙也被推倒了。

老牌的工业国家英法等国费尽心血，得到的主要是商业利益，一个新兴的工业国家在中国得到的东西要比他们多得多，他们不干了。俄国、德国和法国走在了一起，他们声言，日本必须放弃对中国辽东半岛的占领。若日本不同意，俄国说，考虑在海上采取对日行动，切断日本与中国大陆的来往，孤立日本。德国扬言，将装甲舰一艘、巡洋舰一艘派往东洋。后来法国也加入进来，形成了三国“逼宫”。

日本明白了，他们对辽东半岛的占领影响了以上三个强国的利益，掂量自己的份量，感到自己尚嫩，日本决定对上述三国实行让步，但对中国一步不让。

最后日本放弃对辽东半岛的占领，大清又多付了3000万两白银。

十三、谢　幕

大型历史剧《甲午风云》演出结束，双方主要演员来到台前谢幕。

中方主要演员：

大清皇帝光绪，23岁。

醇亲王奕譞，光绪帝父亲，军机处首长，总理海军衙门，54岁。

李鸿章，直隶总督兼北洋通商大臣，71岁。

丁汝昌，北洋水师提督，58岁。

林泰曾，北洋左翼总兵（留学西洋），43岁。

刘步蟾，北洋右翼总兵（留学西洋），42岁。

日方主要演员：

明治天皇睦仁，42岁。

伊藤博文（留学西洋），内阁首相，53岁。

陆奥宗光（留学西洋），日本外相，50岁。

山县有朋（赴欧考察），日军第一军司令，56岁。

大山岩（留学西洋），日军第二军司令，52岁。

伊东祐亨，日本联合舰队司令，51岁。

李鸿章与伊藤博文按照西方礼节握手。

李鸿章意味深长地说：“落后就意味着挨打。”

伊藤博文嬉笑一声说：“当美国的军舰开到我们家门口，我们把门打开了，我们没有挨打。日本的经验，落后就意味着学习。”

第十章 瓜分中国

>>

一、共享美食

狼战胜了牛，它要享受它的“美食”。

站在北方的一头熊看见了，惊讶地感叹一个这么小的动物居然击败了那么大的动物，它后悔自己胆量不足。

站在其他方向的动物们也都惊讶于这场战争，他们也都感叹自然界发生的以小博大的事情。但是这么大的美食怎么也不应该让那么小的动物一人独得，它们也都慢慢围拢过来，它们要共享美食。

甲午风云中，日本居然战胜了中国，中国如此之弱，这让置身局外的西方列强很是惊讶，同时日本通过战争所获得的巨额利益也让他们眼馋。除了俄国、德国和法国逼迫日本让出占领的中国辽东半岛，西方列强下一步考虑的自然是“共享美食”，也就是瓜分中国。

1897 年 11 月，德国强占山东胶州湾，开始引发列强瓜分中国的狂潮。

二、德　国

在吃中国这道菜的宴席上，相对于英、法、美等国，德国是个迟到者。

大清对德国的认识是从克虏伯大炮开始。大清的海岸炮台，大清的军舰上面装备的大炮，最让大清军队认可的就是克虏伯大炮，后来来自德国的一等铁甲舰定远号、镇远号也让大清对德国有了深刻印象。

在中国的鸦片战争之前，德国还是个由 314 个大大小小的邦国形成的“群体”，名义上他们属于“德意志神圣罗马帝国”，但是各邦国各自为政，度量衡五花八门，货币形形色色，德国中央政权实际并不存在。当拿破仑的军队在 1806 年悍然入侵时，这个四分五裂、诸侯林立的所谓帝国根本无力抵挡。

拿破仑的打击使德国人醒悟，他们认识到，一个强大的德国是德国人生存下去的必要保证。后来英国的工业革命席卷全球，德国的生产力也得到了迅猛发展，19 世纪 50 年代德国实现了从农业国向工业国的转变，60 年代德国的工业实力接近法国，70 年代德国的制造业超过英国，位居欧洲之冠。这都为德国的统一提供了条件，甚至连一些邦的诸侯贵族也感到国家的统一是大势所趋。

德国如何才能统一，德国各邦，社会各个阶层因利益不同而争论不休，这时还是普鲁士亲王的威廉一世指出：“谁要统一德国，就必须先征服德国。”

威廉一世以爱护军队著称，他也是在公开场合一直身着制服的第一位普鲁士国王，同时威廉一世极具慧眼，任命了一名也对后世产生了巨大影响的宰相，他叫俾斯麦。

俾斯麦当上宰相的第一周，就在下议院一次会议上表明自己的治国理念：“德国所指望的不是普鲁士的自由主义，而是他的武力！当代的重大政治问题不是用说空话和多数派决议所能决定的，而必须用铁和血来解决。”从此俾斯麦被称为铁血宰相，他的政策也被称为铁血政策。

俾斯麦之所以敢这样赤裸裸用铁和血标榜自己的政策，是因为普鲁士本身就是一个军国主义国家。普鲁士全国人口 200 万，军队就有 20 多万，军费占全国费用的 4/5。普鲁士土地贫瘠，到处是一片片的沙碛、荒原和沼泽，全部经济是原始落后的农业。但是历代普鲁士国王都把军队作为本钱，谁愿意出钱，他们就把军队租给谁，为谁在疆场上赴汤蹈火。仅从西班牙的王位继承战争中，他们就赚取了 1300 万塔勒。

把军队作为产业，全世界少有。

1815 年，拿破仑战争结束，名义上的“德意志神圣罗马帝国”已不存在了，战胜国组织“德意志邦联”用来代替原来的“德意志神圣罗马帝国（德意志第一帝国)”，新的邦联包括力量较强的奥地利、普鲁士和其他小邦共 34 个国家和 4

个自由城市。

新的邦联也不是一个统一的国家，各小国仍然具有完全独立的主权，有各自独立的政府和军队，有各自不受侵犯的疆域和不同的关税政策，实际上新的邦联仍是一盘散沙。

奥地利想以自己为中心来统一德国（所谓“大德意志”），这自然是要吃掉普鲁士与别的小国，自己一统天下。

奥地利在历史上和德国就不是一家，普鲁士决定先对奥地利进行切割。

为了对付奥地利，俾斯麦采用了“远交近攻”的策略，也就是先和东方俄国“亲善”，签订和平友好条约，消除了东方的后顾之忧，并将条约“内幕泄露”出来，给人“普俄勾结”的印象，用意恐吓各方。

解决了东方后，俾斯麦又将目光投向北方。因为北方的丹麦此时也很强大，雄踞北欧，并且兼并着原属德国的施列斯维希和霍尔施泰因地区。俾斯麦“铁血政策”的第二步，就是解决丹麦问题。

俾斯麦非常巧妙地联络自己将来的敌人奥地利，共同出兵丹麦，丹麦抗拒不了，节节败退。此时一个叫凯蒂·奥洛夫的极美丽的金发女郎出现在历史的舞台上，她活泼、聪明、和蔼、年轻，她告诉俾斯麦，丹麦出来个童话作家，他叫安徒生，可以和你们德国的歌德媲美。她为他献上了一首歌，歌词是安徒生的诗《茅屋》：

在浪花冲打的海岸上，
有间孤寂的小茅屋，
一望辽阔无边无际，
没有一棵树木，
只有峭壁和悬崖。
……
茅屋里没有金和银，
却有一对亲爱的人。
他们相互凝视，
他们多么情深。

英雄难过美人关，美女打动了铁血俾斯麦，俾斯麦沉默良久，说：“我们的军队不在西兰岛登陆，不攻占你们的首都哥本哈根。”

战后，普鲁士得到了施勒斯维希，奥地利也得到了霍尔施泰因。

俾斯麦“铁血政策”的第三步，就是挑起对奥地利的战争。打败丹麦后，俾斯麦调转枪口，对准了奥地利。

奥地利占领着意大利的威尼斯地区，意大利自然想收回，俾斯麦又对意大利许诺经济援助，拉拢意大利组成了反奥联盟。

在这之后，俾斯麦三次亲往法国，假意许诺法国，打败奥地利后，让法国得到一份领土报酬，这样，稳住了法国。

向奥地利开战，普鲁士若战败，俾斯麦的下场将是很可悲的，因为在民众的眼里他是个赌徒，这次俾斯麦确实也将自己赌进去了。

晚上，俾斯麦邀请英国大使陪他到花园散步，他告诉大使，午夜将有要事相告。

这是个夏夜，花园树影婆娑，木兰科和蔷薇科的花朵散发出香味，昼伏夜出的虫儿低声呼唤情侣，午夜，不远处传来一个男中音在低唱舒伯特的《菩提树》：

门前有棵菩提树，
站立在古井边，
我做过无数美梦，
在它的绿荫间，
也曾在那树干上，
刻下甜蜜诗句。
无论快乐和痛苦，
常在树下留恋。
今天像往日一样，
我流浪到深夜，
我在黑暗中行走，
闭上我的双眼。
好像听见那树叶对我轻声呼唤：
“同伴，回到我这里，来寻找平安！”

忧郁悲凉中包孕着坚韧的歌声环绕着俾斯麦，俾斯麦对身边的英国大使说：“大使先生，我国军队已对奥地利开战，胜败在此一举。若我国失败，我将在此服毒自尽，刚才听到的《菩提树》就是我的挽歌。”

俾斯麦从口袋里掏出毒药，在手里颠了颠，那位大使吃惊地看着他，不知如何开口。

但是战事出乎预料的顺利，普鲁士的军队胜利了。

胜利的捷报让普鲁士举国欢腾，民众在俾斯麦的家外高唱《英雄凯旋》，这时忽然天上一声霹雳，俾斯麦乘势高呼："上天鸣炮向我们祝贺啦!"

很快，普鲁士的军队兵临奥地利首都维也纳城下，包括国王在内的绝大多数人都要一举夺取维也纳。这时极具远见的俾斯麦此时却坚决要求国王停止进军，他估计法国和俄国要出面干预了。果然，法国出面调停，后来普鲁士又和奥地利签署了宽松的条约。俾斯麦计划，未来还需要奥地利成为普鲁士的盟友。

经过普奥战争，奥地利被迫宣布退出德意志，普鲁士要回了霍尔施泰因，统一了德国整个北部和中部地区。

俾斯麦"铁血政策"下一个打击目标是法国。

在德意志南部紧邻法国有4个邦国仍旧保持着独立，俾斯麦想兼并这4个邦国，法国一定会干预，普法战争在所难免。

普鲁士对奥地利如此轻松的胜利，出乎法国的意料，在懊恼一番后，法国加大对普鲁士的索取。俾斯麦发了一封带有侮辱性的电报给法国并发表在报纸上，激怒了法国人，法国在没有做好战争准备的情况下先行向普鲁士发动进攻。当然这一切都是普鲁士提前谋划好的，法军的失败也在所难免。不过值得欣赏的是战败与战胜双方的结束语。

法皇致信普皇。

我的兄弟：

命运没有使我殁于军旅，我只有将我的佩剑缴纳于陛下手中。

你的善良的兄弟波拿巴

不言投降，只说缴剑，法国人浪漫，名不虚传。

俾斯麦代表国王口授了一封回信。

我的兄弟：

我很遗憾，我将接受陛下的佩剑，望你委派一名全权之责的军官，特来洽谈你麾下如此忠勇军队的投降事宜。我方将委托毛奇将军参与接洽。

陛下的兄弟威廉

夸投降的军队忠勇，这也是令文学家们感慨的奇文，归档战争艺术吧。

普鲁士军队开进巴黎附近的凡尔赛，并在凡尔赛宫宣布以普鲁士为首的德意志帝国成立，普鲁士国王威廉一世为德意志帝国皇帝，俾斯麦为帝国宰相。

普法战争不光给德国带来了最终的统一，同时也使德国收获颇丰。法国的阿尔萨斯和洛林的大部分被迫割让给了德国，成为了德国最重要的工业中心，法国还向德国支付了50亿法郎的战争赔款。另外，普丹战争、普奥战争也都使德国收入不菲，德国很快成为欧洲头号工业强国。

统一并强大起来的德国何去何从？俾斯麦试图见好就收，保持德国仅仅作为一个欧洲的强国，开始过自己的好日子。但是此时的威廉二世狂傲、自负，膨胀起来的野心要使德国走向世界，他免去了俾斯麦的职务，将枪口伸向远方，这就给东方的中国带来了灾难。

德国参加了三国对日干涉，迫使日本放弃了对中国辽东半岛的占领。作为报酬，德国在中国的汉口、天津获得了租界。但是德国并不满足，他们很想在中国获得一个军事基地。在华的德国人建议山东胶州湾最为适宜。德国驻华公使海靖两次向大清总理衙门要求租借，未能如愿。后来海靖又提出，德国军舰要求在胶州湾过冬，又被婉拒。

恰在此时，山东巨野发生了德国传教士被杀事件，德国以此为借口出兵占领了胶州湾，还要求大清总理衙门谢罪、抚恤、赔款，革山东巡抚李秉衡的职，给德国以山东修路、开矿权。德国皇帝对他们东来的海军说："如中国阻扰我事，以老拳挥之。"

德国驻华公使海靖告知同他谈判的大清翁同稣、张荫恒，若再拖延，即扩大武力。第二天大清总理衙门接受了他们提出的全部条件。但是海靖又借口，说是惩罚山东地方官不够严厉，铁路建筑权须再扩大，总理衙门一一照办。

后来李鸿章、翁同稣与海靖签订了中德胶州湾租借条约，租期99年，周围100里内德军可以自由通过，准德国修造两条铁路，一自胶州湾通过济南至山东西部，一自胶州湾经鲁南再至济南。铁路附近30里内煤矿由德国开挖，山东境内如开办其他事务，德国有优先权。

德国的此举在这个时期开了个先例，垂涎的其他列强立即展开了在中国"商赁租借"热潮，将中国推向了被瓜分的境地。

三、俄　国

前面提到俄国那个年仅26岁的驻华公使伊格那提耶夫，离职后提着装有大清礼物的篮子返回了俄国。后来当他得知日本战胜中国，取得了更辉煌的战利品后，他就后悔了，因为他记起了那个曾来中国考察的俄国人说过的话：“一支不大的欧洲军队就可以把大清制服。”

伊格那提耶夫盘算着，如果他当时能率领一支不大的军队战胜并统治中国，那该是多么大的荣耀啊！

不能光想，伊格那提耶夫从沙发上跃起，他要向新的俄国大帝提出申请，他要重返中国，为俄罗斯帝国谋取更大的利益，他要将大清帝国纳入到俄罗斯的版图，哪怕是一半。

伊格那提耶夫的野心太大了，这是大清官员不可思议的。如果问，伊格那提耶夫的野心怎么会这么大，这是因为他生活的那个年代，俄罗斯正在走向强盛和对外扩张之中。

俄国的野心应该说是从彼得大帝时被培养出来的，彼得是大清康熙同时代的俄国帝王，他被称为俄罗斯的“秦始皇”。

和日本一样，俄罗斯也是靠学习发家。在彼得执政初期，俄罗斯还是个落后的农奴制国家，非常贫穷和愚昧，95% 以上的人是农奴，多数人活不过 40 岁，就是在首都莫斯科，识字的人也不过 3%。而此时英国已完成了君主立宪的政治改革，荷兰也辉煌了近百年，巴黎已成为了欧陆强都，和这些国家相比，俄罗斯还生存在“中世纪”。彼得明白，要想使俄罗斯摆脱贫穷落后和愚昧，迅速进入近代文明社会，只有一种办法，就是向先进国家学习。这时的俄国开始成为了更典型的“崇洋媚外”和“全盘西化”的国家，在他们的上流社会，讲法语已成为了时尚。

向人学习，彼得以身作则。

彼得来到荷兰的赞丹，那时的赞丹是欧洲最大的造船中心。彼得自称是个下士，他和工匠们一起吃粗茶淡饭，汗流满面地造军舰，学驾驶，他还指挥快艇参加荷兰海军的演习，还利用余暇观看舞剧……在俄罗斯看戏被认为是罪恶。

在瑞典，他扮作游客，爬上制高点，学习测量绘制要塞地图。

在英国，他冒充学者，上门拜访牛顿，还和著名数学家弗哈森攀上了交情，津津有味地和他们讨论科学方面的问题。

面对西欧的先进，彼得说：“我是一个寻师问道的学生。”

彼得所做的一切，俄罗斯人认为他疯了。因为这时俄罗斯人的观念已封闭到了让人不可思议的程度：若一个外国人走进一个俄罗斯的家里，这位俄罗斯家里的主人会在他走后，脱下自己的衣服烧掉，打开房间通风。按照当时俄罗斯的传统，任何人都不许走出国门，否则就是对国家的背叛，可是现在他们的皇上所做的一切让他们不可理解。

做好了表率，彼得挥舞着鞭子将他的俄罗斯驱赶向近代化。

他按照西欧的模式兴办学校，开设海洋学校，炮兵学校，工程学校等。并命令军官守在课堂，鞭打不认真学习的学生。他还规定，贵族子弟必需学会数学和一门外语，否则就不许结婚，也不得保留贵族身份，对于不认真学习的学生，有的甚至判处流放。

在彼得的支持下，莫斯科出现了歌舞团、博物馆、图书馆，彼得亲自到博物馆给参观的人当讲解员。

彼得创办了俄罗斯第一份报纸《新闻报》，并亲任主编。

俄国科学院成立了，彼得亲自为科学院制定预算。优厚的待遇吸引了德国、荷兰等国的科学家，极大地促进了俄罗斯科学的进步。

令人不可思议的是，一位帝王，有时去工厂，有时下船坞，无论刮风下雪，伴随他的是一辆普通马车。他和工匠师傅们挥锤弄斧，有时驶船出海实验性能。

更让人不可思议地是，他竟然下令在位于俄罗斯西北部、波罗的海沿岸的一片荒岛沼泽上，在处于多年宿敌瑞典人的步枪射程之内的地方，大张旗鼓地建造了一个新城，并将首都迁到这里，市名圣彼得堡源自耶稣的弟子圣徒彼得。

从此俄罗斯有了自己的出海口，并创办了自己的海军。

圣彼得堡“集欧洲所有城市的精妙于一身”，成了彼得向西欧学习的纪念碑，是彼得的“洋务运动”和“明治维新”的结晶。

然而彼得向西欧学习的运动也付出了很多。为了修建圣彼得堡，死于饥饿、疾病的人不计其数，苦役们没有工具，就用自己的衣服一兜一兜地搬运泥沙。历史不能不说“圣彼得堡坐落在眼泪和尸骨山上”。

彼得的改革阻力也很大，包括他的儿子阿列克谢在内的很多人反对他的改革。彼得将阿列克谢抓来，并参加了拷打儿子至死的全过程。

马克思说：“彼得大帝用野蛮制服了俄国的野蛮。”

没人能阻挡彼得的改革。彼得一生主持颁布了3000多条法令，改革了政府、军队，建立了军事工业，派出大批年轻人出国学习。在彼得的高压政策下，俄国终于紧跟世界先进潮流的步伐迎头赶了上来。

普希金评价彼得：“用铁索激起俄罗斯腾跃向上。”

令人称奇的是，喜欢冒险的彼得，从19岁开始，就曾以下士身份在军中服役。他在行军途中和士兵一起挨饿受冻，在肮脏的泥地里摸爬滚打，冲锋在枪林弹雨中，有一次子弹打中了他的帽子，差一点要了他的命，他因战功晋升为将军。

在有生之年，彼得皇帝的个人用度从没超出一个将军的薪俸。他甚至像普通工人那样到工厂干活，用挣来的钱为自己买了一双新鞋子。他接见海归学生，伸出双手说："你看，老弟，我是沙皇，但是我手上有老茧，这些都是向你们示范。"

彼得将他的身心都献给了俄罗斯，彼得曾骄傲地说："我不能亲手建成和看到一个强大的俄罗斯，但我的继承者一定会沿着这条道路走下去，直到目标的实现。"

彼得大帝完成了俄罗斯初期最困难的学习阶段，开创了俄罗斯的强大。他的事业继任者是叶卡捷琳娜二世，叶卡捷琳娜二世使俄罗斯走向了更大的辉煌。

叶卡捷琳娜二世，德国人，14 岁随母亲约翰娜·伊丽莎白来到俄国，在一场政治婚姻中嫁给了俄国彼得三世，并皈依俄国东正教。

叶卡捷琳娜二世被称为俄国的武则天。

彼得三世是个身体羸弱、意志薄弱而又怪戾的人，他上台后对内、对外的政策损害了俄国利益，引起了贵族的不满。叶卡捷琳娜二世抓住时机，在宫廷政变中废黜彼得三世，自己登上了皇位。

叶卡捷琳娜二世登上俄国女沙皇的宝座，自此大刀阔斧，力行革新，掌控与操纵这个以男性为主的世界达 30 多年之久。她对外两次同土耳其作战，三次参加瓜分波兰，把克里木汗国并入俄国，打通黑海出海口，她统治期间俄罗斯的领土面积扩大了 1/3，使北极熊的利爪一个逼近了欧洲心脏地带，另一个伸向远东，伸向中国。

望着大大扩张了的俄国版图，叶卡捷琳娜二世豪情万丈地说："假如我能够活到 200 岁，全欧洲都将匍匐在我的脚下！"

因治国有方、功绩显赫，其才干与名气闻名海内外，叶卡捷琳娜二世成为俄国人心目中一代英主，后来叶卡捷琳娜二世也被尊称为"大帝"，在俄国历史中与彼得大帝齐名，

前驻华公使伊格那提耶夫野心膨胀，也变成了一头凶狠的熊，毫无怜悯地要再次扑向中国。但伊格那提耶夫后来没有再被派到中国来，因为此时俄国不缺乏野心家。

《马关条约》时，由于以俄国为首的干涉，日本没有将辽东半岛割让走，俄

国以为有德于中国，趁此机会布置向中国的渗透。

俄国先是提出向中国出借 1 亿两白银，用以向日赔款，年限为 36 年，以关税担保。中国两湖总督张之洞认为俄国举动“阔达磊落”，建议与俄订立同盟密约，共同对付日本，将中国的新疆之地“酬俄”。两江总督刘坤一认为俄国“信义素敦”“为德于我更大”，主张让利结交。当时的清廷，在被日本打懵后，见到有人给自己说“好话”，便感激涕零。他们决定不惜任何代价，“以结强援”“以结俄欢”。等到俄方提出“借地筑路”，大清方才明白，俄国并非“阔达磊落”。

所说“借地筑路”，就是俄国的铁路穿过中国的东北，直达太平洋岸边已经被俄国占据的海参威。这就意味着，俄国要控制中国的东北，下一步自然是吞并东北，觊觎华北。

这胃口也太大了吧？大清朝廷目瞪口呆。

这就是大俄帝国的作风。

俄皇尼古拉二世举行加冕典礼，大清派湖北布政使王之春为致贺专使，俄国不允，点名要李鸿章前往。

李鸿章在《马关条约》后，所任 25 年直隶总督、北洋大臣职务被免去。但是大清不敢违抗俄命，便命李鸿章前去。为冲淡他的使命，朝廷还要求他顺便访问英、德、法、美等国。

到俄国后，李鸿章被盛情接待，俄国老练的威特与之会晤，再提中国东北铁路之事。次日李鸿章晋见俄国沙皇尼古拉二世，俄国沙皇当面又提铁路之事，又表态可以建立中俄同盟，共荣共辱，李鸿章被打动。

李鸿章电告北京，说是“俄方动机，纯与我成立友好关系，我若拒绝，彼必深憾，将为我之害”。

后来大清与俄帝国签署了《中俄同盟条约》，要点是共同对付日本，当然俄国也实现了“借地筑路”。

又是没出一兵一卒，没费一枪一弹，俄国人达到他们的目的。

四、法　国

在西方打开中国大门的努力中，法国一直扮演着配角角色，但是由于在英法联军打到北京火烧圆明园，法国也为中国人所熟知。

18 世纪有一段时间，英国和法国不是那么团结，当时法国在印度有一定势力，但是让英国人给摧毁了，无奈法国人将注意力迁到越南。

以前越南为中国的属邦，到明朝时又一度成为中国的郡县，与中国的渊源很深。

1777年，越南内部产生斗争，其中称为“旧阮”的一方求助于法国。法国答应提供帮助，开出条件以割地和居住通商等为条件。但是不知是法国实力有限，还是法国另有打算，在“旧阮”统一越南的战争中，法国并未提供实质性的援助。

法国大革命后，法国开始积极参与越南事务，此时越南不干了，于是双方关系恶化。1858年，法国的拿破仑三世在没败给普鲁士以前，还有一定实力，他一面追随英国与中国开战，一面向越南压迫，先后占领越南的西贡等地。越南打不过他，不得已乞和，允割地赔款，北圻开港，湄公河通航。后来越南又想从法国人那里收复失地，但还是实力不及，南圻反全为法人所有。

一个叫安邺的法国人率探险队由西贡溯湄公河北上，深入到我国西南的云南、四川，探知湄公河不适于航行，滇、越交通孔道实为红江（富良江），法国的注意力遂移至北圻，北圻指旧时越南北部16省，意为“北部国土”，

法国商人涂普义自上海至云南贩卖军火，原来走的是远道，后来在法国西贡总督的支持下，强行通过河内，取道红江，直弛中国云南，除贩卖军火外，还想再贩卖食盐。食盐是越南政府的一大收入，自然不许。于是法国西贡总督派安邺率法军北来，攻取了河内等城。越南无奈请中国地方军“黑旗军”介入战事，刘永福统帅黑旗军大败法军，击毙安邺。

在这次战斗中法军士兵巴斯格尔·格鲁赛受了伤，躺在病床上，巴斯格尔轻声唱起了一首歌：

起来　饥寒交迫的奴隶
起来　全世界受苦的人
满腔的热血已经沸腾
要为真理而斗争
旧世界打个落花流水
奴隶们起来　起来
……

临床的另一位叫霍尔斯坦伤兵听见了，悄悄地问他：“你唱的是《国际歌》，你是巴黎公社的？”

巴斯格尔转头看看他，说："是的。"

霍尔斯坦说："你就不怕出事?"

此时军医查房，他们终止了谈话。

这时普法战争刚过三年，法军元气不及，不再与黑旗军较量。法军用退出河内，以承认越南为独立国家为条件，与越南签署了《西贡条约》(《法越和平同盟条约》)，从而否认了越南与中国的属邦关系。

法国国内政局发生变动，法军又强势，黑旗军失利。

法国人认为中国抵抗力脆弱，滇、桂军不堪一击，决定向中国诉诸武力，战争在越南的山西、北宁两地展开。

在山西战场，法军伤亡300人，滇、桂军伤亡千余，黑旗军损失尤其严重。

北宁为大清主力所在，清军军纪不整，官兵半数吸食鸦片，半数携有家室，或纳越妾。法军12000人进攻北宁，清军溃败。

在堑壕里，法军士兵巴斯格尔和霍尔斯坦继续他们的私聊。

巴斯格尔告诉霍尔斯坦，自己原来是政府军的士兵，只是因为自己枪杀了自己的长官，才参加了巴黎公社。巴斯格尔向霍尔斯坦讲述了一个有关于自己的故事。

冬天的巴黎，寒风刺骨，黑夜里，闪烁的星空关注着巴黎的一举一动。在巴黎马特尔和梭蒙两个高地上，晃动的人影踏着坑坑洼洼的冰凌路面在偷运火炮。这些火炮是巴黎市民自己出钱铸造的，共有250门，这是巴黎市民自己的财产。普法战争，法国战败了，投降了，但是巴黎人没投降，他们自己武装起来了，成立了自卫军。投降的法国政府决定没收这些火炮，派士兵在黑夜要偷偷运走这些火炮。

偷运火炮的响声警醒了附近的妇女，她们叫喊着围了上来，两个自卫军战士擂鼓报警，顿时整个巴黎警声雷动，自卫军和市民都出来了。一些经历了千辛万苦的女人们先于男人们围住了一门大炮，他们像痛斥儿子一样痛斥偷炮的士兵，一个满头黑色长卷发漂亮但又十分憔悴的女人，愤怒地绕着火炮转了一圈，掰开一双双抓住大炮的士兵的手。一个军官命令一个士兵向这位女人开枪，这位士兵没动，这位军官咆哮着再次命令士兵开枪，这位士兵说："我不能杀她，去年我受了伤，又冷又饿，晕倒在野外，是这位太太救了我……"那位军官开枪了，打中了那位士兵的腿，那位士兵跪倒在地。这时一位孩子挡在了那位士兵面前说："你不能杀他，这些日子，他用他的面包和他逮的老鼠救了我和我母亲。"枪响了，孩子倒在那位士兵的怀里，士兵倒在那位母亲的腿上。又一枪，母亲死了，母亲临死还用双手抓住大炮。又一声枪响，是那位军官倒了下来，士兵的战友开了枪。

故事讲到这里，巴斯格尔淡淡地对霍尔斯坦说："我就是那位枪杀长官的士兵战友。后来我和很多士兵都参加了巴黎公社，巴黎公社失败，我又混入了部队，再后来就被派到这儿来了。"

霍尔斯坦吃惊地看着巴斯格尔。

虽然法军认为中国抵抗力脆弱，但是他们在和中国军队的交战中，虽然胜利，但也感到吃力。这时德国人德璀琳调解，李鸿章与法方代表舰长福禄诺谈判，签订了停战的《天津简约》。

前线清军未接到撤退命令，法军擅自进军，双方再起冲突，这次法军惨败，死伤近百。法方要求中国赔款 1250 万两白银。这时朝鲜政局动荡，大清注意力倾注在朝鲜，无暇顾及越南，大清答应为 50 万两白银，法国不接受。

法国此时眼光又开始在中国的沿海扫描，兵临福建。后来，法舰 9 艘突袭福建的马尾船厂。大清福建舰队兵舰 11 艘，其中 9 艘为木壳，但是大清海军不畏强敌，奋勇抗战。战斗仅持续 30 分钟，大清沉没兵船 7 艘，官兵死伤近千人，负责福建的大清官员张佩纶狼狈而逃。法军损失鱼雷艇一艘，死伤 20 人。

大清福建舰队覆灭，船厂炮台被炸毁。

大清舆论鼎沸，力主与法开战。福建、广东沿海、越南和南洋华人共起抵抗法国人。广州、佛山、潮州等地法国人逃亡香港，香港华工拒绝为法国修船和搬运货物。

法国海军袭击大清福建海军得手后，又进攻台湾，夺取了基隆。台湾刘铭传兵力不多，现在制海权又落入法军手里，处境困难，但是他调动民众之力，军民一心抗战，士气高昂，后来他们进击法军，还打了胜仗。法国军队感到攻取台湾不易，改变策略，变进攻为封锁。

双方的注意力又回到越南战场。法军东路军进攻凉山，凉山陷落，继而镇南关失守，提督杨玉科战死，广西振动。大清从广东派来援军，援军在 70 岁高龄的老将冯子材的率领下，大破法军于镇南关，继而克服凉山，击毙法军数百人，是为凉山大捷。

在这次战斗中，巴斯格尔和霍尔斯坦又都负伤，在共同养伤的日子里，巴斯格尔说，法军战斗力不行，打不过普鲁士，打中国也这么吃力，如果派巴黎女人来，一定能打胜仗。说着巴斯格尔又讲起了这样一个场面：一位身着自卫军军服身材高挑、金发垂肩的年轻女郎，在一队俘虏中昂首而行。她的冷峻使很多男人无地自容，倘若我们的法兰西由女人构成，我们将是最可怕的民族。”

霍尔斯坦听后哈哈大笑，说那样我们回国抱孩子好了。

法军在中国战场上进展不顺，法国与其他列强也大多不合。法国与德国刚打完普法战争，自然少言寡语，英军也不愿看到法军在中国与他争利，宣布中立的英国认为中法正式开战，便不准法军在香港停泊、添煤、修理。法军进入长江，宣布不许中国南粮北运，因为往中国北方运粮多为英国船只，英国立即表示，若英国船只被扣，将诉诸武力，法军进退维谷。

至于中国，自知不如法国，更主要的是，此时朝鲜政局跌荡，中国大有陷入日、法在中国的南北夹击之势，权衡利弊，大清也不愿与法国纠缠下去。英人赫德介入调停，中法战事停止。

巴斯格尔和霍尔斯坦从堑壕里走出来，巴斯格尔直了直身体说：“就像我们不该屠杀巴黎公社一样，我们就不该到这里和越南、中国打仗。”

巴斯格尔扭过头来，吃惊地发现一支乌黑的枪口正对着他的脑袋。

霍尔斯坦说话了：“总督要我以杀害长官罪，参加巴黎公社罪，还有蛊惑军心罪枪毙你，”

枪响了，巴斯格尔·格鲁赛倒在血泊里。

一年来的中法战争结局，法军退出台湾，中方不做赔款，承认法国对越南的兼并。法国势力趁势取得了云南、广西、广东的开矿优先权及越南至中国境内修筑铁路和架设电线权。后又挤进贵州、四川，并取得了在这些地方的一些优先权。

沿海方面，法国租借了广州湾，租期99年。

法国此时国力虽弱，但也在中国的西南版图涂上了一块法兰西的三色旗。

五、英　国

从马嘎尔尼访华，到第一次鸦片战争、第二次鸦片战争，英法联军进攻北京等，英国可谓是中国的老对手了。不打不成交，经过多次的磨合，中国与英国也可称得起是“老朋友”了。从《南京条约》到《天津条约》《北京条约》，这位老朋友在中国东部沿海，长江流域，一直到西藏，可谓获益非浅。

以大英帝国为首的西方社会来到了中国，他们的到来和原来游牧民族进入中

人是猴子变的，好像我们大脑中就有着空白领域等着这些稀奇的理论来占领。

海卿父子3人天天在这些稀奇的理论中转悠。有时他们无比亢奋，比如，地球围着太阳转的问题，因为海卿很早就发现了大地不是平的，所以他找到了知音，也因此对整个西方的理论不持排斥态度，他的态度自然感染了两个儿子，使3个人都能客观看待西方的这些“稀奇”。

更让他们搞不懂的是，英国人为什么不当中国的皇帝？中国动乱，不管是农民起义，还是外族入侵，最终目标都是要改朝换代，都是要当皇帝，而英国人却不要，而把大清朝廷当作儿子般保护。“学而优则仕”，可是英国人太下品了，一切为了钱，作为士大夫出身的海卿从内心还是有点瞧不起英国人。

《马关条约》后，日本、俄国、德国在中国的北方圈地，虽然英国握有大长江，但还是不满足，它还要插手中国的北方。英国看中了中国北方的威海，这是通往中国北方，通往北京的必由之海路。这时的威海还在日本的占领之下，而且德国视山东为自己的地盘，要想取得威海，必须征得这两个伙伴的同意。

大英与日本谈判，保证不干涉日本以后对华的进一步侵略。

大英对德国谈判，保证不干涉德国在山东和在华的其他利益。

大英对大清谈判，英、日交换威海，不许大清反对。大英猫脸变狗脸，龇牙咧嘴，凶横异常。

后来大清将福建补偿给日本，德国也趁机将自己的势力范围上溯到黄河流域，英国如愿以偿得到了威海。

不过瘾，英国的经济触角继续向外伸展。英国的公司与山西商务局签订山西采矿敷设铁路合同；一个月后，又与河南豫丰公司签订河南采矿章程；两年后，与法国合作进军四川煤矿；后来又与大清签订了沪宁铁路借款合同。

面对各列强国家在中国的竞争，英国殖民大臣张伯伦呼吁，中国市场必须开放，不许任何国家独占中国，自由通商，保证既得的条约权利。

面对各列强国家在中国的竞争，中国帝师翁同龢曾设想，由中国开放各港口，许各国以屯船处所，然后定一大和约，不占中国土地，不侵中国政权，不坏各国商务，共保东方大局。但是大清其他大臣多不谓然，认为各国难取一致，更怕他们合以谋我，所以不了了之。

对于这一切，海卿倒是看的开，他说，历史上，哪个外族入侵不是这样，他们再野蛮也难超过吃人肉的五胡乱华吧，关键是如何自强。

汉农很少说话，他在消化汉书带来的大量信息，也很认真地听着父亲有理有据的点评。汉农想的更远：地球很大很大，我们和日本、英国不过是地球上的一部分，地球上的其他地方会是什么样子？那里的人也是猴子变的吗？

和汉农一起思索的是那头牛：我们那里有人，有神，这里没有神，这里所说的神都是想象出来的，他们没有见过真正的神。我们的宙斯，我们的赫拉，那才是真正的神，万般变化，力大无比，掌控着天空，掌控着海洋，还要掌控人的微笑，那才是神。不过“机器”是另类，它们不是人，也不是神，它们会变化吗？它们会微笑吗？牛想入非非，它是盼着自己能早日恢复原形，早日再成为一个神。

汉书有事作了，他要把那些最新的书翻译出来，以便与父亲和哥哥继续研究。有时汉书也想念远方的本杰明·富诺、本杰明·穷诺，他们现在怎么样了，发财了吗？现在中国也有工厂了，汉书见过车床了，挺有意思的。中国在变，会变成什么样子呢？会变成另一个英国吗？若是那样，以后见到本杰明·富诺、本杰明·穷诺奚落自己，自己可是无言以对。虽然汉书和本杰明·富诺、本杰明·穷诺的见面不是很愉快，不过，汉书现在很是想念他们。

海卿和汉农、汉书还有那头牛经常静静地坐着，看似平静的他们，他们的脑海里却是翻江倒海似地在涌动着。

六、师夷制夷

北方的大海又开始涌动起来，这次搅动大海的是日本和俄国。

俄日都属于向人学习而崛起的国家，但是俄在先，日在后。

俄国已是西方列强之一，也曾是日本“脱亚入欧”学习的对象。但是俄国在《马关条约》之后，拉着德国、法国逼迫日本退回中国的辽东半岛，这就惹火了日本。甲午之年日本将中国这个老师击溃，前任老师可打，现任老师自然也可打。

师夷制夷原是大清提出来的，但是日本师夷做得比大清好，制夷也比大清做得绝。

甲午战败，大清向日本战争赔款 2.315 亿两白银，约合 3.4725 亿日元，这笔赔款约为 1842 ~ 1860 年大清对英法赔款的 7 倍，战争期间日军掠夺大清各种物资 1.2 亿日元，当时日本年财政收入 8000 万日元。

日本瞬间壮大起来。

日本公布，将中方的战争赔款，用于陆军 5700 万日元，海军 1.39 亿日元，临时军费 7900 万日元，发展军舰、鱼雷艇补充基金 3000 万日元，共 3.05 亿日元，占战争赔款的85%。

骨瘦如材的狼饱餐了牛肉，壮大起来。狼学着牛的样子，翘起前腿，想炫耀一番，可是它又觉着不自然，它又往后蹬蹬后腿，也没感到什么雄壮。狼张开嘴，露出尖利的牙齿，昂起头，冲天长啸，瘆人的声音，让人听后夏天都会感到寒冷——牙齿才是狼的利器。

狼用眼角看了那头熊一眼，然后低下头来，这是准备进攻的姿态。

熊也看到了狼的这个表情，它不以为然地举起一只熊掌，它在告诉狼："我一巴掌就能拍死你。"

俄、德、法三国"逼宫"，侵吞了那只狼用鲜血换来的"战利品"——辽东半岛，包括那个重要的军港旅顺。

旅顺的俄国海军提督阿莱克息夫挟持毫无权力、无异俘虏的大清盛天将军曾祺私签订一个《暂时协定》，置奉天于俄军控制之下。大清政府不同意，谴责曾祺私无权签订此协定，并命令大清驻俄公使杨儒据理交涉，可以以大清政府名义另立正约。俄国让步，同意废除和曾祺私刚签订的《暂时协定》，但是俄国提出了更为苛刻的条件，不仅夺取了大清在东三省的主权，而且进而涉及华北、蒙古、新疆。

消息传出，英、日大为振动，他们警告大清，一切应与各国公商，否则，他国必将效尤。俄国则说，如不立约，即不相助，还要永据东北。

俄国公使雷萨尔威胁说："愿与俄好，则画押，若愿决裂，听便。"

英日联合奉劝大清："俄约万不可允，当全力相助。"

而大清内部意见不一，李鸿章的意见是画押"以保危局"；刘坤一、张之洞则说，不画押不过缓交东北，一画押即成瓜分之局。俄、英、日各出动外交干将，威胁恐吓，百般诱迫，大清官员惶恐万状，不知如何为好。

俄、德、法三国干涉还辽以来，俄国的势焰在东亚不可一世，老牌的工业国英国早就认为自己是在中国的老大，对于俄国在华的扩张自然不能忍受。而日本更是将与之抢食的俄国定为自己下一个的假想敌。为了共同的利益，英、日组成了同盟。同盟条约规定，英日两国中有一国与他国开战，另一国则必须保持中立。如另有他国协助敌国，英日即共同对付。

有了这个条约，日本在俄国面前腰杆挺直了。

打击俄国在日本的计划之内，只是要将大清的战争赔款转化成日本的战争利器，也就是购买和制造武器还需要一定时间，所以日本在这段时间里也只能韬光养晦。

现在日本准备好了，而俄国现在正在修他的西伯利亚大铁路。这是条具有战略意义的铁路，如果这条铁路修好，用俄国财政大臣谢尔盖·维特的说法，“俄国能在任何时间内并在最短的路上，把自己的军事力量运至海参崴并集中于满洲、黄海海岸及离中国首都的近距离处”。所以趁俄军西伯利亚大铁路没有修好前，日军向俄国开战了。

俄国在之前也有“准备”，俄国陆军大臣阿列克塞·库罗帕特金大将亲自访问过日本，不过他在访问过日本后的结论是：“一个俄国兵可以对付3个日本兵，而我们只需要14天的时间就能够在满洲集结40万大军，这已经是击败日本陆军所需数量的3倍了，所以说将来要发生的与其说是战争，不如说是一场军事散步更为合适。”

其他大臣同意他的看法，“扔帽子就可以把日本压倒”。

不能等了，“每拖延一天，甚至一小时，都会增强俄国取胜的机会”，日本不宣而战，开始“制夷”。

偷袭旅顺，这也是日本的老战术。3支日本海军小舰队偷偷摸进旅顺港，近距离发射了16枚鱼雷，其中3枚重创俄军最好的3艘战舰。当时俄国舰队军官正在城里举行晚宴，庆祝舰队司令施塔克将军夫人的生日。

日本海军初战告捷，日军陆军主力开始出动。

日军陆军第一军在朝鲜镇南浦登陆北进，未遇抵抗就抵达鸭绿江左岸。对岸防守的俄军有近2万人、62门炮，但是很快俄军陷入优势日军的包围圈。俄军虽然突围，但是伤亡惨重。

日军陆军第二军在辽东半岛东南貔子窝登陆，并迅速兵围俄军一个团，以兵力10倍，火力5倍优势将其迅速吃掉。

辽东半岛俄军放弃大连，径向旅顺撤退，日军陆军第三军随即将旅顺包围。日军对旅顺发动3次强攻，都没有取得很大进展。日军前线司令官乃木希典交出指挥权，由长于炮战的儿玉源太郎指挥。儿玉源太郎经过调整部署后，一天就攻克了旅顺外的制高点，并在上面建立观察所，校正炮兵射击，以海岸防护用的大口径榴弹炮袭击旅顺港内的俄国舰队。俄军见大势已去，便投降了。此时俄军尚有官兵3.24万名，火炮610门，炮弹20.3万发。

对日军来说，在这一带打仗，可谓“轻车熟路”。

夺取了旅顺就是夺取了制海权，更重要的是日军可将第三军从旅顺解放出来，投入到和俄军陆军更大规模的会战中。

日俄在中国的奉天展开了一场大会战。

日本将国内能调动的日军统统调来参加大会战，日军为此建立“满洲总司令部”，以大山岩元帅为总司令，统一指挥各部日军。

参加奉天会战的日军有25万人，1082门炮，200挺机枪；俄军有37万人，炮1266门，机枪56挺。

这一仗打的很经典，25万日军要吃掉37万俄军。

首先，俄军的军事思想是强调刺刀白刃战，崇尚约100年前库图佐夫和拿破仑的作战方法。主帅库罗帕特金是一个缺乏实践经验的典型的军事官僚，做事优柔寡断，决而不行。

反观日军，主导的军事思想是强调进攻，进攻的主要样式是翼侧迂回，主要是发挥空前猛烈的速射火力，特别是交叉火力。日军不少军官曾到德国留学，普法战争期间，日军统帅大山岩元帅曾在普军中亲自观察普军统帅毛奇军事思想的运用。

这一仗打的很“入欧”，从战争艺术上讲，也可以说这是场“普”俄战争。

虽然日军在总兵力对比上是劣势，但在大山岩指挥下，他的部队在俄军两翼却造成了兵力优势，并且日军不设预备队，部队全力投入进攻。

当日军在俄军的左翼发动进攻时，俄军紧急将他的预备队调往左翼；当日军在俄军的右翼进攻时，俄军又将他的预备队调往右翼；当日军从左右两翼进攻时，他的预备队只能休息。

俄军在战场上也有机会向日军展开进攻，并包围日军。俄军中的一个骑兵军（72个骑兵连）挥舞着战刀向日军扑去，被包围的日军秋山好古部队率先在战场上大规模使用了机枪，疯狂的子弹把冲锋上来的哥萨克骑兵打的尸横遍野。

库图佐夫的后代们有些招架不住了，他们担心他们的37万大军会被日本的25万人马“围歼”，俄远东陆军总司令库罗帕特金下令撤退。

撤退的场面也很狼狈，骑兵先于步兵、炮兵逃跑，辎重堵塞了道路，混乱的部队失去指挥，日军借机多放“礼炮”，迫使他们丢掉辎重逃脱包围圈，因为，此时日军也精疲力尽了。

此战俄军损失近12万人，日军损失约7万余人。

“一场军事散步”结束了，俄军的惨败使得俄军统帅库罗帕特金被撤职，降为“满洲”第1集团军司令。

日俄陆战结束了，日俄海战接着演出。

在中国旅顺的俄国海军和在中国东北的俄国陆军，在和日本交战之前，俄方已决定从波罗的海舰队（后来加上黑海舰队）抽调舰船，编组“太平洋第2分舰队”，开往远东增援。这支仓促拼凑的舰队，某些舰只尚未完全建成就出海，边航行边安装。指挥官为罗日杰斯特温斯基海军中将。

这支舰队可是从地球的另一面来的，它通过非洲的好望角，再进入印度洋，通过中国南海才能赶到远东的日俄战场。

全程3万里，而且中途不能靠港停留休息，因为按照国际法，交战国不得在中立国停留，而俄国舰队航行的中途多为中立国。就这一条，俄国太平洋第2分舰队就很“辛苦”。

舰队行进时，无线电里给他们传来日军节节胜利的消息，这对那些整天看大海的人是个让人思来想去的事情。想多了，精神就紧张，看到大海上有船就惊呼是日本军舰，俄军曾经击沉击伤过过路的英国渔船，引起国际纠纷。假如他们不想这，就会想那，否则他们就打架，或者军舰之间相互开炮，无论如何，在这茫茫的大海上他们得有点事做。

时间长了，更多的意外接连发生，这不，总司令罗日杰斯特温斯基重病刚初愈（请求辞职未准），副总司令福克萨姆病死。

日本的舰队以逸待劳，不慌不忙地等待来自远方的俄国“太平洋第2分舰队”。

俄国舰队经过220天的远航，终于来到了战场。双方的实力是：各有装甲主力舰12艘，但日舰航速快（日18~20节：俄15.5~18节），火力也占优势（每分钟日舰可发射炮弹360发、总重量2.1949万公斤，俄舰发射134发、总重量8190公斤）。除此以外，日俄巡洋舰数量之比为16:8，鱼雷艇数量之比为69:9，日方均占绝对优势。

日军最大的优势是头脑清醒，反观俄军，头脑长期闲置，有些生锈。

在朝鲜与日本之间的对马海峡，日俄两国海军展开了大战。

最先发现俄国舰队的到来的是海中的鱼儿，它们一路尾随着这些军舰就是想再尝尝人肉味，特别是那些鲨鱼，还有那头虎鲸。

开战了，这时在俄军各舰长的头脑里，“只知道集中火力打敌旗舰，并向海参崴方向逃跑”。

日本海军统帅是曾经击沉过大清运兵船“高升”号的东乡平八郎，此时他升任为日本海军主帅。

在俄国舰队到来之前，日军的侦察舰（有些是化妆成渔船），在俄国舰队必经的航道上，一直用无线电不断地将这支俄国舰队的情况报告给东乡平八郎，因此东乡平八郎对这只俄国舰队的航向、航速、队形、炮火等了如指掌。

进入战区，俄舰队罗日杰斯特温斯基可能是神经紧张，也可能是为了扰乱日本舰队，俄舰队不断地变换队形，致使俄国舰队未战先乱。

日本舰队在俄军前方出现了，横成一排，就像一排路障，这是形体语言："不许通过!"

东乡平八郎向他的将士发出信号："皇国兴废，在此一战，诸位尤需奋发努力。"

开炮了，双方都知道要先打对方的旗舰，但是俄方还在调整队形，射击盲目。日本舰队抓住时机开火，海战开始半小时后，罗日杰斯特温斯基的旗舰"苏沃洛夫"号被重创退出战斗，罗日杰斯特温斯基本人负重伤（后被俘投降）。

失去指挥的俄国舰队一片混乱。

混乱中俄国舰队力图摆脱日舰的截击，但因航速慢没有成功。

当天夜间，日本舰队又出动37艘鱼雷艇和21艘驱逐舰，对俄国舰队继续进行打击，最后俄军只有3艘军舰逃亡到海参威外，其余覆没。

这次海战，俄方损失军舰50多艘，人员阵亡4830人，被俘5917人；日方损失鱼雷艇3艘，人员阵亡117人。

海中的鱼儿评价："俄国舰队还不如大清的北洋水师。"

日俄战争还证明，黄种人能打败白种人!

七、反 思

千万别忘了，除对马海峡海战外，日俄战争是发生在中国的地面，这一切也都是为的是争夺中国的地盘。

历史记载："自旅顺迤北，直至边墙内外，凡属俄日大军经过处，大都因粮于民。菽黍高粱，均被芟割，以作马料。纵横千里，几同赤地。""烽燧所至，村舍为墟，小民转徙流离哭号于路者，以数十万计。"甚至连日本人办的《盛京时报》也说东北人民"陷于枪烟弹雨之中，死于炮林雷阵之上者数万生灵，血飞肉溅，产破家倾，父子兄弟哭于途，夫妇亲朋呼于路，痛心疾首，惨不忍闻。"

日俄战争之后不久，日、俄化敌为友，订立协定及密约，划分南满北满为两国势力范围，日承认俄在外蒙古的特殊权益，俄承认日与朝鲜的“政治”关系。从此日、俄联手摈绝第三者于东北之外。

原来中国被蒙古人占领，后又被满清占领，现在中国又要被多国瓜分，至于多国之间谁分多分少，对中国来说，已无多大意义。

更多的中国人开始反思，他们在自身找原因，为什么中国会落到今天这样的境地？这就产生了被历史称之为“戊戌变法”的运动。

第十一章 戊戌变法

>>

一、商鞅思想的没落

中国有个规律，什么时候中央政府强大了，就有可能出现文字狱，甚至是万马齐喑的局面；什么时候，中央政府权威下降了，人民才可以说话。中央政府权威最低的时候，也是中国思想最活跃、知识产生最多的时候。比如，东周时期（春秋战国）中央政府形同虚设，诸侯各自为政，结果中国产生了诸子百家。

诸子百家，百家争鸣，百花齐放，产生了各种新学说，诞生了道教、儒家等，一直影响到现在。反之中央政府强大了，比如秦，结果就出了个焚书坑儒。凡是出现文字狱时，就意味着中央政府在犯错误，走到焚书坑儒的极致时，就意味着这个政府就要垮台了。

大清强大时，乾隆玩过文字狱，比如翰林胡中藻一句“一把心肠论浊清”，就被治罪。小吏徐述夔一句“且把壶儿搁半边”，乾隆说他是借壶指胡，胡就是满族，因此也治了罪。

乾隆在文字狱方面集大成，130 余件，比秦以后历史上其他皇帝搞的文字狱总和还多！结果大清开始走向衰落。

国家的发展最终取决于科学技术的进步和生产力的发展，但是文字狱也是个有意思的晴雨表。

甲午风云，大清中央政府的权威走向新低，这时候人民就要说话了。

一个幽灵抢在人民说话前首先发言，谁？商鞅。

商鞅坐在云彩里，看着下面乱糟糟的人世间，他一边伤心垂泪，一边自言自语。

他说："说是自西汉'罢黜百家，独尊儒术'以来，儒家是'支撑中国君主社会的思想体系'，其实不对。儒家不过是包裹专制政权的一袭华衮，就连制定'独尊儒术'政策的汉武帝本人也不是儒家的信徒，因为他最得力的帮手，不是为他规范策划的大儒董仲舒，而是'以峻文决理'的酷吏张汤之辈。"

商鞅像个娘们似的盘起腿，拧着鼻涕继续说："'独尊儒术'是说给老百姓听的，放在帝王枕边的仍是我的《商君书》。我是无名英雄，我不计较，我见过孔子，我对他说，我不和你计较……但是真正支撑中国君主社会的思想体系还是我商鞅的思想。"

商鞅继续说："现在西洋人来了，否认了'霸道'，说什么'民主'，否认了我的'一民'理论；否认了我的'胜民'理论；否认了我的'一教'理论，对我全盘否定。"

商鞅站起来，大声喊道："农，天下之本也，黄金珠玉，饥不可食，寒不可衣……这是我的理论根基啊，可是他们说这是重农主义，也要否定，还说劳动才是最重要。真是胡扯，没有土地，哪来的劳动？"

商鞅从一片云彩跳到另一片云彩，大喊大叫，商鞅躁狂起来。

商鞅曾说过："治世不一道，便国不法古。"

商鞅还说过："聪明的人创造法度，而愚昧的人受法度的制裁；贤德的人因时而变，无能的人才死守成法，抱残守阙，不知变通。"

商鞅行为的核心是"变"，可是现在商鞅却保守起来，反对社会的新变化，是不是原来的成功成为包袱，把商鞅压趴了下来呢？

社会在变，在进步，"便国不法古"，商鞅思想没落了。

二、惯性与改良

以自强为目的的洋务运动结束了。

洋务运动有个奇怪现象，就是当太平天国被镇压下去后，西方列强对大清也都采取了协和政策，洋务运动没有了后劲，一时海不扬波。后来日本侵犯台湾，洋务运动再起。这只能说明，洋务运动只是官方实用主义的心血来潮，而不是按价值规律运作的社会经济发展。

旧势力排斥新观念、新事物，古今中外皆然。

中国几千年来的道统、治统思想与种种根深蒂固的积习，如欲使其顿然改易，彻底破除，谈何容易，借用物理学的一个概念，质量大惯性大。

“惯性”大的中国文化难免还要在原来的轨迹上滑行的更远。确切地说，中国的农业文明还要延续下去，工业文明的到来还需要一个较长的时期。为使两个文明尽早交接，也需要中国的开明人士为此付出更大的努力。

日本的明治维新“成功”了，一个原因是日本的“质量”小，惯性小，也就是文化底蕴不厚，而且不少文化还是从中国过去的，也就是说，日本有过当学生的经验和心态，因此改弦易辙要容易得多。

日本脱亚入欧了，中国不可能，中国的惯性太大了。

日本国小资源少，不招列强垂涎；中国地大物博，“象有齿而焚其身”，因此中国外侮也多。

中国在动荡之年还有个致命弱点，“儿皇帝”无权，举国“无”君。

甲午战败，人民要说话，中国新的百家争鸣、百花齐放时代形成，而这个时代伟大的历史使命就是反思几千年的农业文明，将中国引领到工业文明发展的路上，而引领这个时代的人物所采用的方法是改良，改良的意思是改变你，不推翻你。

改良运动的口号是维新，日本明治维新成功了，我们也来个维新吧！

有人统计：维新派与惯性派人数之比是1∶1000，而维新党中“实能见西法所以然”者不过数人。至于广大群众，“知时事之危急者万无一焉，知其危急而欲思所以图维之者，亿兆无一焉”，一句话，民智未开。

维新派要求几千年形成的专制文化要来个华丽转身，立即成为西方或日本那样的社会——“轻易猖狂”，脱离实际，大器难成。

三、康有为

被蕞尔小国打败了，而且败得那么惨，天朝上国历来要求人家给自己三跪九叩，现在是自己跪倒在人家的刺刀面前，大清可算是丢尽了人。

事情从一个极端走向另一个极端，人们的思想也就从一个极端走向另一个极端，一个近似疯疯癫癫的人物走向历史的前台，他大声疾呼："中日合邦。"

他是谁？康有为！广东南海人士，也称"康南海"。康有为喊叫的"中日合邦"是什么意思？简单地说，就是中日两国合并，请刚刚卸任的前日本首相伊藤博文来领导中国。

大清无人，引进人才吧。

康有为异想天开，他还曾设想"移民巴西再造儒教新中国""中英美日大合邦"。

白天挨了一顿暴打，晚上净做噩梦。

康有为自以为对儒家文化多有了解，提出要把儒学变成"儒教"或"孔教"，并要把"儒教"立为国教。为什么？康有为认为，西方的强大是因为有了基督教，于是乎，他也要给中国加一个"国教"，还试图将孔家后人立为当代教主。但是他不知道，欧洲近代的强大，关键原因之一，就是摆脱了中世纪基督教的愚昧约束。

胡思乱想，康有为恣意妄为。

当然也不能完全这么说，鸦片战争以来，西方传教士给中国带来了不少麻烦，但是上至朝廷，下至百姓，对他们的恣意妄为也都束手无策。康有为提出以孔教代替基督教，进而将基督教驱赶出中国，也不能不说是个计策。

知识分子爱想象，天马行空，什么都敢想，但也不要因为他们想的太离谱而谴责他们，他们对朝廷当局也是恨铁不成钢啊。

通过两次鸦片战争，中国被打醒了一批官僚，他们搞了一次洋务运动，试图在牛或羊嘴里装上钢牙，让它成为一头捍卫自己的猛兽，结果失败了。

通过甲午战争，中国再一次被打醒，不过这次醒悟的是一些读书人，康有为就是他们中的早觉醒者、启蒙者和领头羊。

康有为出生在南海县苏村，此地清幽宁静，"风水"不错。

康有为出生在一个书香世家，家祖多人为官，重视习文修礼，家教不错。

康有为5岁便能诵唐诗数百首，6岁大人们出对"柳成絮"，他脱口而出"鱼化龙"，表现天资聪颖。不过到了36岁他才拿到"举人文凭"，也只能说是大器晚成。但是他说"但不好为之，不工也"，意思说他并不喜欢应试八股，没去下功夫。

康有为个性鲜明，敢做敢为。当时中国盛行女人裹足，那是个"命可不要，足不可不裹"的时代。如果女孩不裹足，必然会被人看不起，更有嫁不出去的危险。但是康有为顶住来自社会和整个家族的压力，硬是没让自己的女儿裹足。后来两个女儿都走出了国门，其中一个毕业于美国哈佛大学，这也开启了中国女子出洋留学的先声。

康有为才华横溢，他的雄辩激情、满腹经纶，与他打过交道的人大都退避三舍。他博闻强记，见识深广，他的学生梁启超评价他："先生脑子最敏，读一书，过目成诵，一事片言而决，凡事物之达于前者，立剖析之。"

南海县近距香港，在那里，康有为接触到了西学，洋人宫室之瑰丽，道路之整洁，巡捕之严密，使他叹为观止。他对西方的科学更是着迷，并对哥白尼和牛顿的学说产生了极大的兴趣，写出了天文学专著《诸天讲》，书里描写了太阳系的起源、月亮的阴晴圆缺等。融贯中西，文理皆通，也是康有为的一个特点。

康有为桀骜不驯，天马行空，"仰望攀南斗，翻身倚北辰；举头天外望，无我这般人"。

还有人开玩笑，说若是维新变法成功，光绪皇帝在康有为面前也会手足无措。

西方文化为康有为开辟了一个全新的世界，康有为也以全新的眼光重新审视泱泱中华几千年的文明，他先后写出了《新学伪经考》和《孔子改制考》两部学术著作，向传统思想开战。

《新学伪经考》论证长期流传并被统治者作为治国修身指导的儒家经典，相当多的部分不是孔子及其弟子的原说，而是西汉末年刘歆为配合王莽改制篡汉而伪造的。这就等于说，一千多年我们所遵从的"教导"很多是错的，是受人的愚弄的。康有为的论述在当时的中国引起极大的轰动，人们都为他新颖又大胆的观点所震慑，更是增强了大众的怀疑精神，动摇了泥古的保守观念。

如果说，《新学伪经考》是为了破除迷信，他的《孔子改制考》则是为他的政治改革开通道路。

在这之前，康有为去过北京、上海等地方，对中国山河破碎、人民苦难的现状以及鸦片战争以来的历史有过深刻地了解，并提出了改变中国现状的维新变法主张。在《新学伪经考》这部书里，他论述孔子的学说主要就是关于改革国家制度的理论，孔子的学说就是托古改制。他论证民权、民主、自由、平等等所谓的新学说都是孔子的发明，而康有为提出的维新变法的主张也是继承孔子遗志，是与两千多年前孔子所为一脉相承的圣业。

康有为的言论在当时犹如划破长夜的一道闪电惊雷，振聋发聩，使人猛醒。同时康有为把自己摆在孔子继承人的地位，他的学说自然也有了一层神圣的灵光，康有为也被人称为“康圣人”，他也自我标榜“康子”。

康有为自称：“日日以救世为心，刻刻以救世为事。”

以天下为己任，康有为也把自己摆在救世主的位置。

有了理论基础，康有为开始办学，他要将他的学说更广阔地传播出去，并希望在他的周围集合起一个精英团队。在广州康有为的学校挂出“万木草堂”的匾额，学校虽为“茅屋”，但能成长起万棵栋梁。

一开始学生有40多人，一年后达到100余人，五年后达到1000余人。在这个学校就读的学生有陈千秋、梁启超、麦孟华、徐勤等，他们后来都成了戊戌变法运动的重要人物。

这当口，中日甲午战争爆发，中国惨败，李鸿章签订了丧权辱国的《马关条约》。这个消息传回国内，引起全国的震惊。在北京，当时正值科举大考前夕，全国“举人”集中在北京，这些尚未踏入仕途的举子们知道《马关条约》的具体内容后，更是群情激愤，他们公推因倡言变法图强而名满天下的康有为起草上奏书，反对向日投降，反对批准《马关条约》。

康有为用一天两夜的时间写出了《上今上皇帝书》（也称“上清帝万言书”），在京的全国18省举人响应，1200多人连署，这些上书的举人当时可上公车，所以这个事件被称为“公车上书”。

《上今上皇帝书》指出若割让台湾后，其他列强必接踵而至，提出领土要求，从此中国将要进入被瓜分状态。为此中国应该“下诏鼓天下之气，迁都定天下之本，练兵强天下之势，变法成天下之治”。

“下诏鼓天下之气”，就是建议皇帝下三道诏书：其一，罪己诏，感动忠臣义士；其二，明罚诏，严惩主和大臣和败军之将；其三，求才诏，破格选拔人才。

“迁都定天下之本”，就是根据当时京师屏障全失的情况，迅速迁都西安。

“练兵强天下之势”，就是练新兵，选良将，重新建立一支强大的军队。

“变法成天下之治”，用康有为的说法，前三项还只是权宜应敌之策，第四项才是立国自强的根本大计。

大清当局也知《马关条约》是不光彩的事，所以尽快批准盖印，匆忙翻过历史上这耻辱的一页，没有接受公车们的意见。

虽然如此，自此，康有为也由一位启蒙思想家，变成了一位杰出的社会活动家。

《上今上皇帝书》被传抄，后来上海出版发行了它的文本，这一文献在社会上广泛流传，产生了巨大影响。

康有为后来又接连两次给皇帝上书。

康有为在一边期望上层明智的同时，一边决定创办一份报纸，启蒙大众。于是一份完全由中国人主办的报纸《万国公报》诞生了。

《万国公报》主要由康有为的学生梁启超、麦孟华撰文，介绍西方各国的政治、经济、文化、风土人情、新闻趣事等。关键是《万国公报》每期刊登一篇论说，宣传康有为等人的维新变法思想。

《万国公报》在京城产生了很大的影响，上层社会逐渐增加了对世界大势的了解，对维新变法也有了一定的理解。后来《万国公报》因与英、美传教士创办的报纸同名，便改为《中外纪闻》。同时维新派成立了自己的组织“强学会”，《中外纪闻》成为强学会的机关报。

康有为在北京的活动引起惯性势力的不安，他们千方百计给维新人士制造麻烦，甚至策划对康有为实施迫害。为避祸，康有为离开北京，南下上海。

在上海，康有为又成立了上海强学会，并且创办了上海强学会的机关报《强学报》，后来他的学生梁启超等人在康有为的支持下，又创办《时务报》，加大了维新思潮的宣传。

维新派一系列的活动和维新思维的迅速传播，挑战了大清统治的权威，他们意识到，如果再让维新派肆意活动，就有可能危及他们的统治。大清朝廷果断地查封了北京和上海的强学会，停刊了他们的机关报。

维新事业受到了沉重打击，但是维新思潮在中国已形成蔓延之势，办报组会形成潮流，维新思潮逐步演变成了全国性的社会活动。

康有为等维新派的爱国热忱和顽强奋斗精神，使部分大清官员深受感动，皇帝的老师翁同龢请求皇帝召见康有为。

但是首席军机大臣恭亲王奕䜣搬出“非四品以上官员不能召见”的陈规加以阻拦。奕䜣同情且支持光绪，并非反对光绪召见康有为，他的办法是先由总理衙门找康问话，这样不会给反对派留下把柄。自己和李鸿章、翁同龢、张荫桓、廖寿恒都是光绪一伙的，剩下奕劻和荣禄势单力孤，不会让康有为过不去。

光绪皇帝命总理衙门大臣召见康有为，询问变法事宜。大清高级官员和康有为进行了热烈地“讨论”。

荣禄问道：“为何要变祖宗之法？”

康有为：“祖宗之法是要治理祖宗之地，现在祖宗之地都守不住，何谈祖宗之法？就说这个办外交的总理衙门，也不是祖宗留下的，现在不也是因时制宜?”

荣禄语塞。

康有为侃侃而谈，举凡法律、财政、学校、农商、工矿、铁路、邮电、海军、陆军等无所不知，听得满座皆惊。康有为这个一介布衣，被视为“悖谬”“狂人”“疯子”者，竟是学贯东西之士。

这次“讨论”持续到天黑，只是荣禄先走了，而且是直奔颐和园（慈禧住处）而去。

次日，紫禁城养心殿，翁同龢向光绪汇报，转述了康有为的观点，光绪说道：“正合朕意。”

翁同龢又说：“不独康有为，还有梁启超，均是经世之才。”

光绪感慨“新政之行，看来势在必然”。

事后，根据光绪要求，康有为连夜起草奏章，这就是《应召统筹全局折》(上清帝第六书)，连同所著《日本变政考》《俄大帝彼得变政记》，一同呈献光绪皇帝。

《应召统筹全局折》对维新变法提出了纲领性的指导思想：一、取万国之良法；二、设立“制度局”，纳维新志士，商讨改法；三、广开言路，纳言开智。

康有为在奏章中还论证了变法的必要性和急迫性，以波兰、缅甸等国历史说明，不变则亡。并建议学习日本成功经验，加快实施中国的维新变法。

四、梁启超

梁启超和康有为并称为“康梁”。

梁启超的特点是文笔好，他的“文章奇诡”，可以搅动时局，被称为“从古至今，文字之力之大，无过于此者矣”。

梁启超是广东新会人，正当西江入海处。

新会冬日无雪，夏有台风，梁启超生就台风之中。

8 岁，梁启超爬山，登凌云塔，回家手书对联：

凌云塔下凌云想，海阔天空，迢迢路长。

天竺国里天竺望，云蒸霞蔚，须臾妙相。

父亲要奖励他一吊钱，他不要，他要一套《古文观止》。

11 岁梁启超考中秀才，被称之童子秀。16 岁梁启超中举人，考官大人李瑞棻激动地把自己的妹妹许给这位少年才子，两年后梁启超到北京完婚。

当梁启超第一次听康有为讲课时，康有为高谈阔论、咄咄逼人的劲头，令梁启超感觉“冷水浇背，当头一棒”。和康有为相比，梁启超深愧自己才疏学浅。从那以后，梁启超就决心“走新进之路，跟康有为学”。

梁启超走进万木草堂，以进士身份拜比他大 15 岁还是秀才身份的康有为为师。

中国开启了“康梁时代”。

万木草堂不仅仅是做学问的地方，在这里，康有为将求知与救国救民联系在了一起。人们谈历史时，总喜欢侃疾风暴雨，而忽略润物无声，然而就是在这幽静的学堂里，梁启超之辈眼光被放大，思路被开阔，这里形成的思潮，不久将改造传统的中国天下。

正值甲午中日开战时，梁启超进京，刑部侍郎李瑞棻用杭州“旗枪茶”招待内弟。梁启超询问朝政，李瑞棻介绍茶说：“一杯之中，若旗若枪，旗也猎猎，枪也凌凌，帝、后若旗枪。”

梁启超恍然大悟：“帝后相争，国在有君无君之间。”

李瑞棻再曰：“慈禧寿辰，政于将亡未亡之际。”

甲午风云，云起风涌，大清节节败北；万寿庆典，贡品堆积，老女姗姗歌舞。

在京期间，爱酒的梁启超经常走进小酒馆，借酒浇愁，心中的话和酒燃烧：“李鸿章所学洋务船坚炮利是皮毛，康有为维新变法革弊兴利乃是根本。大清的中学为体，西学为用，岂不知，器物与思想两难分也。”

梁启超要来笔墨，大笔一挥：

……

江山似旧时，风月惨无色。

帝远呼不应，高谭复何益。

落款，康南海门下新会梁启超。

酒馆里一片喊好声。

以后梁启超又和康有为一起进京参加会试，参与了公车上书。在康有为之后，社会上也知道了梁启超。

京城会试结束，台湾的举子们泪别祖国。来时台湾为中国一岛，走时台湾赔割给日本。康梁为台湾的举子们送行，心中充满同情与惆怅。

天下兴亡，匹夫有责，梁启超和康有为决定办报，启迪民智。后来他们创办的《万国公报》发行，报纸上每期一篇论说文章均出自梁启超之手。

后来梁启超到了上海，主笔《时务报》。并以60篇大作在《时务报》上陆续发表，一时四海之内无不说《时务报》，“一纸风行海内”，无人不知梁启超，文人们也在感叹梁启超酣畅淋漓的新文体。

梁启超在《论报刊有益于国事》一文，摒弃陈旧文章的做法，开门见山说：觇国之强弱，则于其通塞而已。血脉不通则病；学术不通则陋，故秦越之视肥瘠，漠不相关；言语不通，故闽粤与中原，邈若异域。惟国亦然，上下不通，故无宣德达情之效，而舞文之吏，因缘为奸；内外不通，故无知己之能，而守旧之儒，乃鼓其舌。中国受侮数十年，坐此焉耳。

……

其实从历史学的角度，梁启超这段话的第一句“觇国之强弱，则于其通塞而已”，就令人发醒。现代历史学家已形成共识，国家的强盛就基于一个原因，那就是“交流”或曰“学习”。博彩众长，国家就进步，反之，闭关自守就落后。俄、日强大的原因就在于此，中国的弱也在于此。

梁启超《变法通议》中又说：法何以必变？凡在天地之间者，莫不变。昼夜变而成日，寒暑变而成岁；大地肇起，流质炎炎，热熔冰迁，累变而成地球；海草螺蛤，大木大鸟，飞鱼飞鼍，袋兽脊兽，彼生此灭，更代迭变而成世界；紫血红血，流注体内，呼炭吸氧，刻刻相续，一日千变而成生人。藉日不变，则天地人类，并时而息矣。故夫变者，古今之公理也。

……

一个“变”字，被梁启超解析得淋漓尽致。梁启超在发问：中国，你为什么不变？中国，你怎么能不变？中国，你到底该如何变？

为宣传维新变法，梁启超深入浅出向人们娓娓道来，读者不思考都难，不接受这些道理都难，不去关心自己的祖国都难。

对于梁启超的文笔，后来的中国报人给予极高的评价，说梁启超独具魅力的文笔令人倾倒，他新颖而深刻的新闻思想影响了一代人，评价他为“中国近代新闻业的开山之祖”。

梁启超用一支笔，搅动着人们的思想，搅动着社会，惊诧着各色人物。其中湖广总督张之洞亲笔给梁启超写信：“甚盼卓老中秋前后来鄂一游，有要事奉商。”

卓如，梁启超的号。以湖广总督之尊，称梁启超为卓老，现在掂之，也是惊诧。

梁启超往武昌拜见张之洞。

张之洞破例开武昌中门迎接。张之洞问下属："可否鸣炮?"

下属答曰："钦差来时方可，梁启超仅是一举人。"

张之洞再问："主笔尔知几品官?"

下属先是尴尬，后耳语："恐西边怪罪。"

西边指慈禧太后，张之洞这才作罢。

梁启超拜见张之洞时，适逢张之洞侄儿结婚，人来客往，应接不暇。但是张之洞只顾与梁启超交谈，是夕劝酒。

张之洞挽留梁启超在湖北，出任"湖北时务院"院长，并在总督署办公，月薪"千二百金"。

梁启超考虑上海《时务报》，那里更能施展能量，于是再三"固辞"回到上海。

随着思想的深入，梁启超的文章开始切中时弊，在《知耻学会叙》中，抨击晚清的腐败：官惟无耻，故不学军旅而敢于掌兵。不请会计而敢于理财。不习法律而敢以司理。瞽聋跛疾，老而不死；年逾耋颐，犹恋栈豆。接见西官，栗栗变色；听言若闻雷，睹颜若谈虎！其下焉者，饱食无事，趋衙听鼓；旅进旅退，德濡若驱群豕，曾不为怪……

慈禧早在洋务运动初起时就定下了"四不变"：三纲五常不能变；祖宗之法不能变；大清朝的统治不能变；自己的最高权力不能变。

梁启超的文章触碰底线了，在之前，康有为的行为已亮起了红灯，当局要求梁启超在文章中不要援引"康学"，梁启超当即拒绝，梁启超回答："启超之学，实无一字不出于南海。"

梁启超被迫离开上海，离开了《时务报》，出走湖南。

梁启超感到安慰的是，他在《时务报》大体上完成了《变法通义》的写作。

在湖南，梁启超出任"湖南时务学堂"总教习，一时间仁人志士云集湘楚，又有一番热闹。时务学堂成了维新变法的政治学堂，不久湖南被称为"全国最富朝气的一省"。

如果说梁启超在《时务报》笔下风雷，是启蒙中国的话，那么梁启超在湖南时务学堂则是在训练一支生力军，其中得意门生蔡锷后来成了中国的风云人物。

为师的梁启超更像康有为，不过多了些随和、亲近。

时年，梁启超 24 岁。

五、戊戌变法

梁启超接到康有为的命令："即刻赴京。"

这一年是 1898 年。

梁启超更记得，这一年是"公车上书"后的第 3 年。此时又赶上"会试"，全国举人再次云集北京。

德国的军舰开进了中国的胶州湾，各列强加紧了对中国的瓜分，中国知识界的切肤之疼到了难以忍受的地步，康有为、梁启超决定成立"保国会"。成立会上，康有为发表了慷慨激昂的演说，他的极富蛊惑性的语言使本已热血沸腾的举人们，更是按捺不住，大家一致呐喊支持保国会的成立。

康有为起草《保国会章程》，宣布保国会以保国、救民为目的，以变法为活动内容。《保国会章程》在报纸上刊载，在全国引起很大反响。

《保国会章程》主旨：1. 本会以国地日割，国权日削，国民日困，思维持振救之，故开斯会以冀保全，名为保国会。2. 卧薪尝胆，惩前毖后，以图保全国地、国民、国教。3. 为保国家之政权土地。4. 为保人民种类之自立。5. 为保圣教之不失。6. 为讲内治变法之宜。7. 为讲外交之故。8. 为仰体朝旨，讲求经济之学，以助有司之治。9. 本会同志讲求保国、保种、保教之事，以为议论宗旨。10. 凡来会者，激励奋发，刻念国耻，无失本会宗旨。……

面对变法的汹涌浪潮，惯性势力呈现出恐慌，他们不想改变现在的一切，他们仍想生存在过去。一位叫洪嘉与的吏部主事跳出来，撰写了一篇《驳保国会章程》的文章，对保国会的 30 条章程逐一批驳，并对康有为大肆进行人身攻击。另一位叫潘清澜的御史上奏，污蔑康有为成立保国会别有用心，图谋不轨。一时反对变法的惯性众士随声附和，一哄而上，一时黑云翻滚，疾风强雷。

军队在握、有权有势的荣禄公开咆哮："王公大臣都还没有死，即使亡国也不用康梁去保。"

李鸿章问道："以公之见，当如何处置？"

荣禄答曰："康梁僭越妄为，非杀不可。"

知识分子中不少人动摇，特别是那些举人们，他们为当官而来，见朝中大员反对，也就猥琐不前，保国会刚成立，便也在无形中解散了。

关键时候，保国会得到光绪皇帝的赞许，他向大臣们公开表态："保国是好事。”为防止慈禧太后的追问，光绪皇帝将所有参劾保国会的奏折都封存起来。当又一位御史跳出来弹劾康有为，指责其“任意妄为，遍结言官，把持国是”时，光绪皇帝怒斥道：“会能保国，岂不大善？尔等有何保国之策，朕未曾闻之。”

光绪帝一怒之下，痛斥这位大臣自己不思保国，且不让别人保国，下令革去官职。

关键时候，首席军机大臣奕䜣突然病逝。这位大清的中流砥柱离去，使各派都有些茫然。

慈禧太后见人心思变，难以违拗，也就对光绪的变法请求采取了模棱两可的态度。

康有为上书《请定国是而明赏罚折》，再次请光绪皇帝下决心变法，这道奏折促使光绪帝下了变法的最后决心。1898 年 6 月 11 日，光绪帝召见群臣，举行仪式，颁布“明定国是”诏书，宣布变法。

“明定国是”诏书，出自翁同龢手笔，其中说：“数年以来，中外臣工，讲求时务，多主变自强。迩者诏书数下，如开特科、裁冗兵、改武科制度、立大小学堂，皆经再三审定，筹之至熟，甫议施行。惟是风尚未大开，议论莫衷一是，或托于老成忧国，认为旧章必应墨守，新法必当摒除，众喙哓哓，空言无补。试问今日时局如此，国势如此，若仍以不练之兵，有限之饷，士无实学，工无良师，强弱相形，贫富悬绝，岂真能制廷以挞坚甲利兵乎？……”

诏书一下，全国为之振奋。

康有为读罢诏书，甚为高兴，梁启超读毕欣喜若狂：“一切维新，基于此诏，一切新政，开于此日！”

变法总算有了个开头。

因为这一年为农历戊戌年，因此人们也称这一变法为“戊戌变法”。

康有为又上奏折，请求启用变法派人士，其中还包括康有为、黄遵宪、谭嗣同、张元济、梁启超，这也算是毛遂自荐了。

光绪帝很快召见了康有为和张元济，并安排时间再召见其他变法人士。

康有为见到了梦寐以求的皇帝，俯伏在地，感激涕零。

光绪皇帝见到康有为，也是相见恨晚，他直了直身子，感觉自己也可以成为彼得大帝，也可以成为明治天皇，或者说要超过他们。

光绪：“朕知尔等屡屡上书用苦良心，今日诚非变法不可。”

康有为：“今数十年言变法者，率皆略变一端，而未尝筹及全体。又所谓变法者，须自制度、法律先为改定，乃谓之变法。今所言变着、变事耳，非变法也。臣请皇上变法，须先统筹全局而全变之，又请先开制度局而变法律，乃有益也。”

光绪皇帝根据康有为等维新人士的建议，颁布了一系列的变法诏书和谕令。经济上，设立农工商局、路矿总局，提倡开办实业，修筑铁路，开采矿藏，组织商会，改革财政；政治上，广开言路，允许士民上书言事，裁汰绿营，编练新军；文化上，废八股，兴西学，创办京师大学堂，设译书局，派留学生，奖励科学著作和发明等。

一时维新变法沸沸扬扬。

虽然这些“新法”由于各级官僚的阻挡很难得到具体落实，但是，继洋务运动之后，这在中国又掀起了学习西方的热潮。如果和洋务运动多是引进西方的武器相比，这次的变法要深刻得多。

面对变法的浪潮，“惯性派”人物要扮演成砂石，增加摩擦力，无论如何要制止历史的车轮向前滚动，因为变法影响他们的利益。

慈禧太后排兵布阵，任命荣禄管理户部，刚毅掌管兵部，崇礼接任刑部，从而将几个要害部门控制在自己手中。接着又强迫皇帝连发谕旨：革去翁同龢职务，驱逐出京；后又任命荣禄为直隶总督，统帅北洋三军。慈禧紧紧握住大清的江山。

虽然有“惯性派”的干扰，康有为还是被下诏在总理衙门上行走，并且特许他专折奏事，不必由总理衙门代递，这样光绪皇帝就和康有为等维新派建立了“热线”。

在这段时间里，康有为集中精力编写进呈了《法国变政考》《突厥守旧削弱记》《波兰分灭记》《英国变政记》《德国变政记》《列国政要比较表》等，为光绪皇帝的变法提供参考。并起草各种奏折50余件，数次提出办新式教育、定宪法、开国会、兴办工商业等具体意见和措施。

康有为成为维新变法的指导者，他的这些思想和观点对维新变法起到了重要作用，而且对中国以后的变化都产生了深远的影响。

光绪皇帝也召见过梁启超，不过召见详情始终不得而知，朋友问起，梁启超也只是说：“上命进呈《变法通议》，大加奖励。”

《变法通议》是梁启超发表在上海《时务报》上，蜚声中国的大作。光绪读后，对他人说：“梁启超文章写得好，可是他的广东官话却至为难听。”

这也算是历史笑谈吧。

以后光绪还召见过严复、谭嗣同、林旭、刘光第、杨悦等人，与康梁结盟的维新志士，都走上了历史的前台。

六、暗流汹涌

对于变法的难度，光绪和康有为也有一定的思想准备，因此康有为提出：“杀几个一品大员，法即变矣。”

康有为还提出，要光绪皇帝多以自己名义发布诏书，提高皇帝的威信。

维新派多是年轻的知识分子，激情有余，政治经验不足。少年的光绪皇帝也是“智力尚未成熟，知识也很浅陋”。事情处理的比较“表面”化。

一位叫王亮的维新派官员上奏，抨击惯性派，请光绪皇帝东游日本。这是个荒唐的建议，他请礼部两位有关官员代递，这两位官员拒绝，王亮便弹劾他们。他们也上奏说王亮图谋不轨。光绪弄清真相，便免去了他们和礼部相关 6 位主要官员的职务，表彰并提拔了王亮。同时光绪任命了一批具有一定维新思想的官员进入礼部。并破格提拔杨锐、刘光第、谭嗣同、林旭 4 位维新派官员进入军机处。

进入军机处的 4 人虽仅四品官衔，却有实权。皇帝要求，凡臣下奏章皆经 4 人阅览，上谕也由他们拟稿，实际上皇帝是想用他们架空那些军机老臣。

光绪可能也有自己的想法，“如果一步一步推行改革，反对者们将有足够的时间去巩固他们的势力”。所以不如快刀斩乱麻，胜败在此一举。

光绪的这些“表面”措施引起惯性势力的恐慌，他们聚集在慈禧的周围，哭诉光绪皇帝的“无道”，恳请慈禧太后出来“训政”。

老练的慈禧不露声色，暗地指使人到天津，与手握重兵的荣禄加强联络，慈禧蓄势待发。

康有为也感到来自惯性势力的压力，认识到形式的严峻，同时他也意识到兵权的重要，建议光绪皇帝成立参谋本部，直接隶属皇帝。

康有为还建议迁都，以摆脱慈禧太后的控制和惯性势力的影响。

康有为还建议光绪皇帝改革服饰，剪掉辫子。这条建议在京城引起波澜，因为辫子是大清的象征，剪掉辫子意味着满清统治的结束。

光绪听取了康有为的建议，开懋勤殿（懋学勤政）共议制度。懋勤殿由康有为、梁启超、康广仁、麦孟华、黄遵宪等维新派人物组成。

如果说惯性势力仅仅是思想观念上的惯性也是不对，惯性势力也看出了懋勤殿将是国家新的权力中心，什么军机处、总理衙门等都有可能逐步被淘汰。这是“清君侧”啊，生存的本能使惯性势力人物团结得更紧，他们在京津地区频繁往来，策划对策，此时慈禧也感到了光绪的“离经叛道”，也下决心推倒光绪皇帝。

光绪皇帝感到了慈禧态度的强硬，担心自己的皇位不保。

京津地区驻有三支军队，分别由董福祥、袁世凯、聂士成统领，都归荣禄节制。袁世凯参加过国强学会，又长期派驻朝鲜，对世界形势有一定的了解，康有为等人也曾向皇帝推荐过袁世凯。

光绪皇帝召见袁世凯，袁世凯伏地跪拜，不敢与皇上对视，但听出了光绪皇帝沉重的气息。

光绪皇帝明确告诉袁世凯：“尔与荣禄，互不掣肘。”这就是说，袁世凯可不接受荣禄的指挥。光绪皇帝又说：“如遇紧急军情，随时到京陛见。”

袁世凯明白自己卷入了帝后相争之中，这是掉脑袋的事，袁世凯不禁冒出冷汗。

光绪一面召见袁世凯并升袁世凯正二品，意欲拉拢，一面密旨康有为、谭嗣同等人出谋划策。

光绪皇帝召见袁世凯引起荣禄警觉，他马上调聂士成守天津，调董福祥入京，预防政变。同时派人到颐和园，再次恳请慈禧太后训政。

康有为、梁启超、谭嗣同等人商量，由袁世凯率兵进京包围颐和园，将慈禧太后软禁。

谭嗣同夜访袁世凯，和盘托出软禁慈禧的“政变计划”。

谭嗣同抱拳向袁世凯道：“报君恩，救君难，立奇功大业，在公此举。”说着，他用手拍了拍脖子：“若贪图富贵，告变封侯，害及天子，也在于公。”

一介书生此时倒像一个血性军人。

袁世凯也抱拳向谭嗣同道：“你当我是什么人！袁家三代深受君恩，断不至忘恩负义，贻误大局。但能有益于君上，必当生死以之。”

社会评价，袁世凯确有滴水之恩必涌泉相报的做人原则。

袁世凯明白谭嗣同的来头，慈禧他得罪不起，皇帝也是万万不能得罪啊！但实际上他也没应诺什么。一个血性军人，说的话也是花花文章。

谭嗣同相信了，起立作揖，连称袁世凯为“奇男子”。

事后，谭嗣同也说：“袁没有答应，但也没有坚决推辞。”

光绪再次召见袁世凯，只是光绪一言不发，召见本身已说明了一切，所以也不需要再说什么。

事情到了这种地步，袁世凯猜想皇帝可能被监控了。袁世凯说道："古今各国的变法都不是轻而易举之事，若非有内忧，便是有外患。请皇上忍耐待时，一步步经营料理。如果操之过急，必会产生流弊。而且变法尤其要得人心，必须有真正明达时务、老成持重如张之洞这样的人赞襄主持，方可上承圣意。新进诸臣，固然不乏勇猛之士，但阅历太浅，办事不密。倘有失误，累及皇上，关系就重大了。总求十分留意，则天下幸甚！臣受恩深重，不敢不冒死直陈。"

袁世凯一面为皇帝"着想"，一面以太后宠臣张之洞为例，显然也讨好了慈禧。

光绪没有回答，袁世凯只好请安退下。一侍卫大臣趁机拍了下他的后背，小声赞道："好小子。"

这显然是慈禧派来的耳目，袁世凯又惊出一身冷汗，也庆幸自己没说错话。

袁世凯也是维新派，这一点康有为并没看错。袁世凯也有过上书，只是当时由于级别不够，他没资格给皇帝上书，他曾两次给翁同龢上书，这就是《上翁同龢变法说帖》。读了袁世凯的说贴，让人感到，袁对西方的了解并不亚于康有为，只是和康有为自上而下的变法不同，袁世凯主张循序渐进。

和袁世凯实实在在的变法主张不同，康有为的文章更具煽动力，所以同是文人的翁同龢将康有为推荐给了皇帝。如果当时翁同龢看中的不是康有为而是袁世凯，戊戌变法的结果必然就会另写。

袁世凯和他的心腹徐世昌商议谭嗣同带来的"政变计划"。徐世昌微笑着说："他们是在找死，他们要把皇上当赌注，还要我们当垫背的。"说完徐世昌轻声朗诵出一首诗：

眼前龙虎斗不了，杀气直上干云霄；

万欲向天张巨口，一口吞尽胡天骄。

少数民族的酋长又称"天骄"，"胡天骄"就是"胡皇"，也就是满清皇帝，这是袁世凯写过的一首诗，袁世凯原本就不是大清的忠臣。

袁世凯是个明白人，知道大清气数已尽。"惟大局直无法挽救，只好以极坏处设想也。"这是他曾经给徐世昌说过的一句话。

康有为是一布衣举人，对政治舞台一窍不通，而袁世凯是一个成熟稳重的政治家。光绪帝和康有为、谭嗣同等人敌友不分，还想利用袁世凯，确实是一败命险招。

徐世昌建议袁世凯向“后党”告密，说即使康党侥幸成功，光绪重树权威，也无非是加强中央集权，结束地方政府各自为政的局面，如此一来，离亡清的目标更加遥远。听到亡清二字，袁世凯点点头。

康党是大清的维护者，而袁世凯的目标是亡清，起码袁世凯是在看着大清自行消亡，维新对他来说只是顺势而行罢了。

此时大清的形势，表面看来是惯性和维新在激烈争斗，而势在亡清者却在暗流汹涌。

七、百日维新

日本前首相伊藤博文离职后以私人身份来华访问，他拜会了李鸿章，李鸿章此时也被免职在家。

伊藤博文想知道李鸿章对光绪的“明定国是”的态度，诚恳询问：“据我所知，大人熟谙洋务，对康梁新政如废八股、兴学堂等理应视为同道，未知对否?”

伊藤博文在这里一言中的，变法维新是洋务运动的延续，是郭嵩焘思想的展现。

李鸿章：“仆老夷，康、梁新进才学高深，未敢与闻。约略想来，维新之事却是以贵国、贵相为楷模的，不知贵相以为如何?”

李鸿章指出变法维新思想受日本影响，并又将球踢回给伊藤博文。

伊藤博文：“俄国的彼得大帝和我们日本的明治天皇都是领导变法的，中国的情况则不同。中堂大人明察秋毫，外人不敢班门弄斧。”

伊藤博文回答了问题，又用黑板擦将其擦掉，高手下棋，不漏声色。

其实“明定国是”以来，李鸿章私下里曾表示“取仕之道，亟应变通”，对维新变法之事表示理解。

但是久经官场的李鸿章毕竟和那些书生们有别，他知道，慈禧和光绪二者只能有其一。光绪倘若愚庸或者假装愚庸，日子就要好过一些，光绪一旦有所作为，那就大祸临头了，李鸿章早已看出维新变法必败无疑，所以他出言谨慎。

虽然光绪皇帝下决心维新变法，但是他也知道慈禧的能量，知道自己这样做是在冒风险。但是皇位的责任和男儿的自尊又使他难耐寂寞，因此他选择了铤而走险的道路。

这时北京谣言四起，荣禄调军队进京更引起人心惶惶，光绪皇帝也感到危险的来临。为了保护维新人士，一边明诏立即让康有为离京去上海办报，一面密旨，告知不得已的苦衷，让康有为多保重，意图将来共建大业。

伊藤博文的到来使慈禧揪起了心，慈禧知道，倘若光绪和康梁的新政得到日本或别的西方强国的支持，那将是不可想象的。因此慈禧对伊藤博文在中国的一举一动都十分留心，她更是藏在光绪的身后，监听光绪和伊藤谈话。

伊藤博文走了，慈禧松了口气，随后一个更具爆炸性的信息使慈禧坚定了推翻光绪皇帝的决心，那就是袁世凯的告密。

紫禁城养心殿，一夜没睡好的光绪愁绪满怀，他走出养心殿，秋高气爽，他不禁轻轻吐出一口气。就在此时，光绪看到一队士兵和几个太监朝他走来，他感到事情不好。士兵们向他行礼并将他包围起来。

光绪知道有变，喝到："尔等私闯禁宫，意欲为何?"

士兵头目："遵懿旨，请皇上挪个地儿。"

一群昔日奴才把光绪带到中南海的瀛台。

稍顷，慈禧怒气冲冲地赶来，冲光绪吼道："你做的好事，神人共愤!"

光绪不语。

从1898年6月11日，光绪帝颁布"明定国是"诏书，宣布变法始，到该年9月21日慈禧政变，光绪被软禁到中南海的瀛台止，共103天，因此这100天也被称为"百日维新"。

百日维新后，所有新政措施，除7月开办的京师大学堂（今北京大学）外，全部都被废止。

事后，有人向荣禄说"袁世凯先前同康党走得很近，后来又检举康党，首鼠两端"时，荣禄只是摆手道："袁世凯是我的人，无所谓首鼠两端。"

袁世凯望着他新近扩建的一万人马，雄姿英发的武卫右军，脸上露出一丝不易察觉的冷笑。

八、刀光剑影

软禁了光绪，慈禧立即下令捉拿康有为和他的康党。

康有为常住的南海会馆被包围，康广仁、杨深秀、康有为的学生程大章和钱维骥等人被捕，康有为"潜逃"。

其实康有为是奉上命，已在天津搭乘英商太古公司的轮船“重庆”号赴上海的途中，他还不知道北京所发生的一切。荣禄在天津旅馆查到了康的行踪，立即派一快艇“飞鹰”号追赶“重庆”号。因燃料不足，快艇“飞鹰”号只追到半路，也算是给康有为送行了。北京的逮捕电报发到烟台，可巧掌管译电密码的官员不在烟台。康圣人像裹了一层护法光环，竟然有恃无恐地在烟台下船活动筋骨，还去闹市区购物。等电报译出，康圣人又扬长而去。

在行船的终点上海，大清的官员布置了天罗地网，只等康有为“自投罗网”。这时英国驻上海领事白利南收到知名英国传教士李提摩太援救康有为的电报，在征得英国政府的同意后，白利南派船在吴淞口外拦住了“重庆”号，并用通缉使用的照片找到了康有为。这时康有为才得知北京变法失败的消息。当听说光绪已死，他顿感万念俱灰，欲投海自尽。在人们的劝慰下，康有为登上另一艘英国船只，在英国炮舰的护送下，逃难香港。

梁启超和谭嗣同枯坐着，他们忐忑不安地在等着袁世凯的消息。这一步棋太险了，若袁世凯有变，那必将是一场巨大的灾难。

坏消息传来了，南海会馆被抄，康广仁等人被捕，紧接着火车停开，北京街头流传着捉拿康党的新闻。

梁启超劝谭嗣同一起逃跑，谭嗣同拒绝了。谭嗣同要梁启超立即离开这里，去日本使馆躲一躲，求见伊藤博文，看他能否提供点什么帮助。

梁启超脸色苍白，满目悲壮之气来到日本使馆。他对日本驻华代理公使林权助正说：“仆三日之内即需赴市曹就死……”

林权助正是梁启超的老朋友，已经知道了北京刚发生的事情，他打断梁启超的话说：“为什么一定去死呢？如果你改变主意，我救你！”

后来谭嗣同也来到了日本使馆，梁启超劝他一起东渡日本，但是谭嗣同仍拒绝。谭嗣同说：“弟赴难，只因改革需要流血，但愿从吾起，从吾终，死得其所也。”

慈禧已有严令，待梁启超一走出日本使馆，便格杀勿论。林权助正拿来一把剪刀，要梁启超剪掉辫子，梁启超一咬牙：“剪！”

大清的辫子掉了，梁启超西服革履，他惊讶地发现，他自己都认不出了自己了。梁启超化妆离开了北京。

在天津，气氛和北京一样紧张，车站码头布满了军警，这是荣禄的地盘。

这时梁启超反而泰然了，一旦被发现，他绝不掩饰，“是的，我是梁启超。”

他甚至有点想被抓走，他太想念谭翩同、康广仁他们了，甚至他觉得，他们死了，而自己活着就是不应该。

梁启超登上日本军舰东渡了。命运在开玩笑，日本打败了大清，梁启超帮助大清振兴，大清要治梁启超于死地，而日本却救了他。

25 岁的年华，匡时济世的文章，就这样付诸东流了吗？梁启超站在日本军舰的甲板上，看着辽阔无垠的大海，心中感到迷茫。

一阵海风吹来，梁启超打了个寒颤。一股子悲怆的灵感袭来，梁启超以《去国行》向大海倾诉，向天下呼唤：

呜呼济艰乏才兮，儒冠容容。

佞头不斩兮，侠剑无功。

君恩友仇两未报，死于贼手毋乃非英雄。

割慈忍泪出国门，掉头不顾吾其东。

东方古称君子国，种族文教咸我同。

尔来封狼逐逐磨齿瞰西北，唇齿患难尤相通。

大陆山河若破碎，巢覆完卵难为功。

我来欲作秦廷七日哭，大邦犹幸非宋聋。

却读东史说东故，卅年前事将毋同。

城狐社鼠积威福，王室蠢蠢如赘瘫。

浮云蔽日不可扫，坐令蝼蚁食应龙。

可怜志士死社稷，前仆后继形影从。

一夫敢射百决拾，水户萨长之间流血成川红。

尔来明治新政耀大地，驾欧凌美气葱茏。

旁人闻歌岂闻哭，此乃百千志士头颅血泪回苍穹。

吁嗟乎！

男儿三十无奇功，誓把区区七尺还天公。

不幸则为僧月照，幸则为南洲翁。

不然高山蒲生象山松荫之间占一席，守此松筠涉严冬，坐待春回终当有东风。

吁嗟乎！

古人往矣不可见，山高水深闻古踪。

潇潇风雨满天地，飘然一身如转蓬，披发长啸览太空。

前路蓬山一万重，掉头不顾吾其东。

虽然“飘然一身如转蓬”，但仍要“披发长啸览太空”，在一艘日本的军舰上，傲立着一位中国巨人。

岁月改变了梁启超，他的目光开始带点忧郁，让被扫过的人心有悸动。

谭嗣同没有和梁启超一起东渡日本，选择了流血，在内心深处，他仍在思量，这一切若是因袁世凯告密而为，那么自己轻信袁世凯就是败笔，谭嗣同选择了负责任的命运。

谭嗣同、杨锐、林旭同被捕，刘光弟闻讯自投入狱，加上康广仁、杨深秀，“戊戌六君子”聚集在奔赴天堂的路口。

谭嗣同在狱中留壁一首诗，表达自己的心迹：

望门投止思张俭，忍死须臾待杜根；

我自横刀向天笑，去留肝胆两昆仑。

1898年9月28日，北京宣武门外菜市口，风雨如晦，杀气阴森，刽子手的屠刀寒光雪亮。行刑时刻到了，六君子被推到刑场，谭嗣同大叫：“有心杀贼，无力回天，死得其所，快哉，快哉！”

监刑官宣布获刑人员罪行是“康党进红丸，妄图毒死皇上”。在当时老百姓的眼里，康党是一群瞎折腾的“白脸奸臣”，当他们得知康党要毒死他们的皇帝，便高喊，该杀！该杀！

梁启超“跑了”，梁启超的家被抄了。梁启超的太太李惠仙居然面对兵丁临危不惧，直斥其暴力，并责问道：“夫君乃一介书生，上书言事无非为了报国，何以获罪？又何以株连家人？”兵丁无言以对。

还有一批政府官员被祸及，其中李惠仙的哥哥刑部侍郎李瑞棻，百日维新“二品以上言新政者”被流放新疆。当他听说“戊戌六君子”殉国时，有诗云：“怕闻中秋月有声，要从菜市哭忠贞。”

三品卿衔张荫桓曾被任命为特使大臣出使美国、秘鲁、西班牙3国，侨居华盛顿3年之久，张荫桓代表中国赴伦敦参加英国维多利亚女王在位60年庆典，之后又去了法国、德国、俄国、美国。他长期从事外交与洋务活动，对世界大势多有了解，理解和支持康有为的维新变法，并将比他小20岁的广东同乡康有为较早地介绍给翁同龢，举荐给光绪帝，被称为“幕后的康有为”。最让慈禧痛恨的是张荫桓引领日本前首相伊藤博文会见光绪帝，因此慈禧必杀之。后因列强出面干涉，张荫桓才被流放新疆，但到新疆后还是被杀了。

陈宝箴，清末著名维新派骨干，任湖南巡抚时，以“变法开新”为己任推新政，使湖南维新风气大开。湖南成为“全国最富朝气的一省”，不能不说得益于陈宝箴的领导和铺垫，陈宝箴也是地方督抚中唯一倾向维新变法的实权派风云人物。这位被光绪帝称为“新政重臣”的改革者，最终也未能逃脱慈禧的魔掌，百日维新后被“着即行革职，永不叙用”。

还有那位两代帝师翁同龢，早被慈禧免冠逐出京城。对翁同龢众说纷纭，褒贬不一。说李鸿章曾弹劾过翁同龢的哥哥翁同书，甲午战时，李鸿章言不可轻开衅端，翁同龢主战。结果大清战败，李鸿章垮台，翁同龢借日本人之手报了一己家仇。也可能翁同龢没有私心，和许多人一样轻敌，认为经过洋务强大起来的大清对蕞尔小国日本不过是教训而已。或许因为经过甲午战争的失败，心有愧疚，同时也认识到西人治国有法度，翁同龢才接受康有为、梁启超等人的变法思想，协助光绪实施改革。翁同龢接到离京“通知”时，时逢小雨，古稀老人在雨中面向紫禁城长跪不起，也让人长吁短叹时势无情。

九、世人评说

李鸿章宴请伊藤博文，“政变”自然成为席间议论的主题。伊藤的随员大冈育造坐在李鸿章旁边问他，康有为所犯何罪，李鸿章：“无非煽动人心，犯了众怒。”

大冈育造说：“依在下愚见，与其搜拿惩办康党，不如加以培植，为振兴中国留些余地。毕竟康所行之事，无非是在扩充中堂大人未竟的功业。”

也有一些西方人士持有另外一些观点。

英国观察家贝思福：“我很遗憾，只能得出这样的结论，这些维新者办事没有章法，过分的急于求成，因而造成了他们救国事业的失败。”

英国公使窦纳乐：“我认为中国正当的变法，已大大被康有为和他的朋友们的不智行为搞坏了。”

英国人在上海办的《字林西报》载文：“维新党的计划是不切实际的。光绪可能把中国弄得不成样子，太后是宫廷中唯一头脑清晰的人，而她之及时干涉是有裨于时局的。”

赫德私人信件：“皇帝的方向是正确的，但是他的顾问康有为和其他党羽等缺乏工作经验，他们简直是好心肠扼杀了进步——他们把足够9年吃的东西，不顾它的胃量和消化能力，在3个月之内都填塞给它吃了。”

对康梁来说，应了那句话：“秀才造反，三年不成。”

又一个百家争鸣、百花齐放时代结束了，虽然它从哪个角度来说，都不可能和先秦诸子百家相比，但是，在当时除了“官腔”，也算是有了“民音”了。

十、大同书

刀光剑影中，康圣人来到香港。苍天没有招去他的性命，是因为他的使命还没完成，历史要他奉献出《大同书》。

历史赋予康有为两个使命：一是发动了戊戌维新运动；再就是撰写《大同书》。

康有为的《大同书》，酝酿较早，而正式成书较晚。据说是在康有为死后8年，《大同书》才由他的弟子钱定安将全书交出版社出版。

康有为在广州万木草堂讲学时曾向他的弟子讲过大同书的内容，但原稿秘不示人。梁启超多次想将之付梓传播，都被康有为拒绝了。据他的学生讲，康有为之所以不愿此书过早面世，是因为“大同”不是社会短时间内能接受的思想，他害怕过早公布可能会引起社会混乱。

康有为何时酝酿《大同书》的呢？一次康有为的启蒙老师朱次琦给康有为讲陶渊明的《桃花源记》，可能老师讲得太生动了，日有所思，夜有所梦，康有为在他的梦里开始构思他的“桃花源”，只是这时的康有为并没意识到这是他酝酿《大同书》的开始。

《大同书》伴随了康有为一生，他死后才出版，说明到他死，他都在思考、修改这本书，“完美”他的理想世界。

《大同书》全书共30卷，约20万字，分为10部，甲部《入世界观众苦》，乙部《去国界合大地》，丙部《去级界平民族》，丁部《去种界同人类》，戊部《去形界保独立》，己部《去家界为天民》，庚部《去产界公生业》，辛部《去乱界治太平》，壬部《去类界爱众生》，癸部《去苦界至极乐》。

康有为在他的《大同书》里表述了人类历史的三个阶段，即由“据乱”进为“升平”（小康），由“升平”进为“太平”（大同），太平时人们就成了快活无比的“神圣”。就像儒家的重要经典《礼记·礼远》所描述的那样：“大道之行也，天下为公，选贤与能，讲信修睦。故人不独亲其亲，不独子其子，使老有所终，壮有所用，幼有所长，矜寡孤独废疾者皆有所养。男有分，女有归。货恶其弃于地也，不必藏于己；力恶其不出于身也，不必为己。是故谋闭而不兴，盗窃乱贼不作。故外户不闭，是谓大同。”

梁启超将《大同书》的内容曾概括为如下几个方面：

1. 无国家，全世界置一总政府，分若干区域。

2. 总政府及区政府皆由民选。

3. 无家族，男女同栖不得逾一年，届期须易人。

4. 妇女有身者入胎教院，儿童出胎者入育婴院。

5. 儿童按年入蒙养院及各级学校。

6. 成年后由政府指派分任农工等生产事业。

7. 病则入养病院，老则入养老院。

8. 胎教、育婴、蒙养、养病、养老诸院，为各区最高之设备，入者得最高之享乐。

9. 成年男女，例须以若干年服役于此诸院，若今世之兵役然。

10. 设公共宿舍、公共食堂，有等差，各以其劳作所人自由享用。

11. 警惰为最严之刑罚。

12. 学术上有新发明者及在胎教等五院有特别劳绩者，得殊奖。

13. 死则火葬，火葬场比邻为肥料工厂。

康有为一生走过很多地方，中国、外国，接触过形形色色的人，更是博览群书。《大同书》是有份量的，细细思量，从中可以看到当时欧洲著名思想家的影子，所以《大同书》也是当时世界的新思潮的集大成者。

以前我们中国的皇帝朝代一个个的轮换，这叫做“五德终始”，可是不管怎样轮换，社会形态不变。我们曾埋怨，我们的先人为什么不考虑变革我们中国的社会形态呢？现在终于有人考虑这个问题了。令人可惜的是，如果康有为提出打倒皇帝，彻底改变社会形态，那么他就是中国第一个要终结“五德终始”的人，是中国第一个解决造反原因的社会变革者，但是他却是一个保皇党人。可能他认为，大同世界是理想，是将来的事，现在可不为，就像他宣传一夫一妻制，而他自己却妻妾成群。

也有人指出：“康有为写了《大同书》，他没有也不可能找到一条到达大同的路。”

十一、康梁之死

《大同书》写出来了，康有为完成了他的历史使命，他该走了。

历史的车轮向前滚动，大清也该退出历史舞台了，但是康有为坚持保皇，不能与时俱进，他是该退出历史舞台了。

1927 年，康有为的 70 岁大寿过的很是风光，末代皇帝溥仪给他送来了亲手书写的“岳峙渊清”匾额和一柄玉如意作为贺礼。

康有为的得意门生梁启超送来寿联：

述先圣之玄意，整百家之不齐，入此岁来年七十矣！

奉觞豆于国叟，至欢忻于春酒，亲受业者盖三千焉！

寿联中把康有为比喻为孔圣人，这让一直以“康圣人”自居的康有为煞是喜欢。

此时北伐军正浩浩荡荡进军上海，康有为想把全家转移到青岛。冥冥之中他好像感到了什么，他自言自语：我与上海尽矣！然后把他的相片分赠给工友们，以作纪念。

来到青岛，康有为对家人絮叨“吾事毕矣！吾事毕矣！”好像预知自己大限将至。

康有为的直接死因说是在宴会上喝了一杯橙汁后突感腹痛难忍，请来医生，医生诊断为食物中毒。经过治疗，呕吐了一夜的康有为感觉毒已清除，非常健谈，晚上照例夜观天象。可是观看了没多会儿，康有为突然独自大呼：“完了，完了！”第二日凌晨 2 时，他忽然对身边的人说：“中国我无立锥之地了，但我是不能死在外国的。”5 时许，康有为“七窍出血而死”。

有人说是康有为是被人下毒致死的，也有人说海鲜加橙汁不当引起食物中毒。

如何死的不太重要，能够预知大限，使得康有为之死非同寻常，充满了神圣意味，这更增加后人对他的敬仰。

据史料记载：康有为的殡葬场面非常宏大，原本准备用两匹马的马车将棺木拉到枣儿山上，但因山势陡峭，马车根本上不去，最后只能由人抬上去。康有为的子女每人都穿了一身孝服，脚穿草鞋，下葬后子女们就把草鞋扔掉，赤脚回家，以表孝意。

梁启超在北京闻知噩耗后，失声痛哭，祝寿的欢乐余音尚在，23 天后老师竟然驾鹤西去。

浪迹天涯的康南海，最后长眠于青岛，由涛声拥着。

吾师累了，睡了，梁启超说。

北京各界公祭康有为。从 1888 年康有为《上清帝第一书》至今，39 年矣！

不久刚写过寿联的梁启超，现在提笔为老师写挽联：

祝宗祈死，老眼久枯，翻幸生也有涯，卒免睹全国陆沉鱼烂之惨；

西狩获麟，微言遽绝，正恐天之将丧，不仅动吾党山颓木坏之悲。

公祭完康有为，梁启超身心格外疲惫，他知道自己便血的病又要复发了。1924 年，梁夫人李惠仙的病拖了半年，她还是走了。不过夫人走时是面对着他走的，飘然而去的李惠仙的眼神始终没离开她的夫君。梁启超笔下叹道：“风雪蔽天，生人道尽，决然独坐，几不知人间何世。哎，哀乐之感，凡在有情，其谁能免?”

梁启超去小便，发现尿是红的？而梁启超却出奇的平静，他感到夫人临别时的眼神是在告诉他：“照顾好自己的身体。”

1927 年 3 月 8 日，康有为 70 岁大寿，梁启超恭敬地献上寿联，那是恩师啊，而且亦师亦友，梁启超恭而敬之，心之系之。无法料到的是，康有为大寿后的 23 天竟然离去，这对梁启超打击不小，便血又是必然。不过他对自己的病已经漠然了，对看医生，不管是西医，还是中医，也都没有兴趣。

梁启超从没想过自己会得什么大病，他一向以健康自豪，但是这次尿血，他认为起因是夫人长别，心里还有过念想，我何不随之乘风而去！

到后来 1926 年 1 月，病情无法掩饰了，梁启超气色苍白，梁启超明白讳疾忌医不妥，在亲友和孩子们催促下，他住进了北京协和医院。

协和医院着实忙活了一阵子，最后确诊为右肾长了一个肿瘤。手术成功，但仍有血尿。出院后，延请京城名医唐天如按脉，服中药调理后，便血停止。

秋天到了，四妹病逝，梁启超感叹岁月倥偬，竟然又开始便血，急请另一位名医伍连德用药，伍连德叮咛，务求内心平静。

又一位好友曾习经病故，为曾送葬，梁启超又便血三天，待心情平静，随即好转。

梁启超的又一位朋友，清华四大名教授之一，国学大师王国维投昆明湖自尽，这又使梁启超陷入万念俱灰之中。

梁启超又住进了协和医院，名医柏格兰教授亲自听诊检查，发现痰中有一种罕见的病毒。梁启超自知病将不起，他对家人说：“以其尸身剖验，务求病原之所在，以供医学界之参考。”

梁启超将思想、情操、才学，连同身体都奉献给了社会。

1929 年 1 月 19 日，梁启超的心脏停止了跳动，时年 56 岁。

梁启超仙逝，梁启超和他的夫人李惠仙手牵手走了。

北京、上海都进行了公祭，看着人世间的热闹，在天的梁启超只是淡然一笑。

康、梁启蒙了中国，完成了他们的历史使命。

十二、天朝思想的终结

伊藤博文在北京时，康有为也曾拜访过他，讨要变法良策，伊藤曰：“贵国欲变法，要先除掉自尊自大陋习。世界不论何种人，皆生长在天地之间，岂彼贱我贵。可以自称中华，而称他人夷狄乎。”

康有为回答说：“此种议论，敝邦四五年前人多持之，甲午以后，大梦为贵国惊醒，已无复如此者矣。”

第十二章 义和团

>>

一、贪权的慈禧

这是个罕见的权力欲极强、统治力极强的极品女人，她统治中国近半个世纪，在数亿人口的大国里纵横捭阖，操权柄于股掌之中，让那些男人中的精英人物也不得不低眉顺眼地拜倒在她的脚下。

慈禧年 17 岁时，“天生丽质难自弃，一朝选在君王侧”，成了咸丰皇帝的媳妇。

慈禧给咸丰生了一个儿子，这是咸丰皇帝唯一的儿子，母以子贵，慈禧得到了仅次于皇后的地位。

咸丰在迷茫中走了，他除了留下一个儿子，他还给中国留下了一个不亚于吕后或武则天似的强势女人。

没有争议，唯一的儿子继承皇位，这就为日后慈禧统治中国做了最好的铺垫。

咸丰临死前指定肃顺等八位大臣为“顾命大臣”，辅佐年幼的儿子。

肃顺是满人，是咸丰皇帝信赖的一号大臣。

肃顺当权时，铁腕吏治整肃官场政风，数百大小官员人头落地，使得清王朝此后几十年间官场风气为之一变，特别是自乾隆后期越演越烈的贪腐风气有了很大改观。

肃顺是一能臣。

咸丰皇帝死后，皇后慈安被尊称为母后皇太后，又称东太后，慈禧被尊称为圣母皇太后，又称西太后。咸丰帝同父异母兄弟，大清恭亲王奕䜣被排斥在“顾命大臣”之外，心中自然不满，慈禧不失时机地与恭亲王建立了“维权”的统一阵线。

咸丰皇帝的灵柩从热河避暑山庄返京，慈禧利用“典制”先期回京，布置口袋，待肃顺一行到京，便将其捉拿。肃顺被抄家、斩首，其他几位所谓顾命大臣也都下场悲惨。

这次政变被称之为“辛丑政变”，先帝咸丰遗诏被否决。

慈禧时年27岁。

政变成功，有功之臣恭亲王奕䜣被加封为议政王、军机大臣，实际主持了国家政务，这就又形成了与慈禧的权力相争之势。此时有官员参劾奕䜣“贪墨骄盈，揽权徇私”，慈禧立即下旨免去了恭亲王奕䜣的一切职务。后来多数大臣求情，列强公使们也多有干预，慈禧又以“恭亲王谢恩召见，伏地痛哭，无以自容。当经面加训诫，该王深自引咎，颇知愧悔”为由，下令让他“仍在军机大臣上行走”。但议政王的头衔就被革去了。

一褒一贬，慈禧“训服”了恭亲王。

东太后慈安性情温顺，对权力无兴趣，这样慈禧“垂帘听政”，名副其实地成了大清的实际统治者。

对一个孩子来说，做皇帝绝对不是什么好事。慈禧的儿子同治皇帝，从6岁到14岁期间，要摆出真龙天子的“威仪”，坐在那里接受百官的朝拜，听他们说些不明不白的话，日复一日，年复一年，难受啊！

同治14岁，按惯例该亲政了，但是慈禧玩权正上瘾，不提这事。到同治17岁，慈禧又提出，先办婚事后归正。

同治皇帝找到了一个好皇后，阿鲁特氏皇后知书达理，同治也变得好读书起来，大多数时间里，二人形影不离。慈禧感到了一种莫名的烦恼，她感到同治在阿鲁特氏皇后辅佐下，将要把自己挤出政坛。

后来慈禧不让皇后与他同居，同治反而枯坐到天亮，也不理慈禧安排的其他嫔妃。同治帝性格倔强，很像其母慈禧。

慈禧被迫卷帘归政，但是遇有军国大事仍着内监密行查探，并传同治帝训叱。同治讨厌归政的慈禧再来干涉，慈禧越是让他禀报，同治越是隐瞒。蹊跷的是，年仅19岁，执政才两年的同治皇帝就死了。

同治皇帝死后，阿鲁特氏皇后万分悲痛，慈禧冷冷地说道："既然皇后对皇帝的死这么悲痛，那就让她同皇帝一道去吧。"

同治死后不到100天，阿鲁特氏皇后也死了。如果阿鲁特氏皇后不死，"垂帘听政"的应是阿鲁特氏，阿鲁特氏死了，慈禧又"顺理成章"地听政于垂帘之后。

本来同治死后，有大臣哭诉，请慈禧遴选一个青壮年挂帅中国，与世界列强对抗，但是慈禧不听，仍决定选一儿皇帝摆设，自己继续统治中国。

下一个被剥夺了童年欢愉并被迫当上皇帝的是光绪，光绪4岁就要打童工，枯坐龙椅，听那些不明不白的话。

慈禧选择4岁的孩童登基，是"幼者乃可教育"。就是将来"即行归政"后，"我二人同一心，汝等敬听"。

二、苦命的光绪

"光绪"二字很有意思，一则延续道光血脉，二则"光大未竟之功业"，把振兴大清的希望寄托在光绪皇帝身上。但是慈禧把这个"希望"截留了，使大清"无望"，这也是历史戏剧性的编排吧。

光绪是慈禧妹妹的孩子，为了让光绪从心里认可自己是他的母亲，慈禧吩咐为光绪服务的人，让他们反复向光绪灌输，使光绪明了自己已经不是原来父母的儿子，他应该永远承认慈禧是他的母亲。慈禧还不伦不类地让光绪称呼她"亲爸爸"。

光绪4岁就接受慈禧的调教，就是猫儿、狗儿也被驯熟了。更主要的是光绪不是慈禧的亲生子，不像同治那样有底气敢于反抗，而且光绪一家还要感谢慈禧的"再造"恩德，这个心里压力也是巨大的。

慈禧面孔冷若冰霜，从光绪进宫到被囚禁，几乎没有一天不向慈禧长跪。因此光绪变得抑郁多病，优柔寡断，更失去了作为至高无上帝王独断乾坤的魄力和君临天下的霸气。

光绪喜欢学习，是个优秀的学子。每逢宫中节日庆典，慈禧看戏，光绪则躲在书房读书写字，连慈禧也承认"皇上实在好学，坐、立、卧皆诵书及诗"。

光绪若生在"和平"年代，这个学者型的皇帝也许能将巨轮驾驶的更加平稳，但是光绪也是生不逢时，他驾驶的是一艘要行驶在惊涛骇浪中的破舟。

光绪成年亲政之后，看到大清江山“日之将西，悲风骤至”，也想有所作为，尤其甲午战败，这对一个皇帝可以说是奇耻大辱。

据慈禧的贴身女官德龄公主回忆说：“光绪为想挽救他的国家，使他在国际上得到一个较好的地位，至少是他心里所向往的那种地位，几乎连饮食睡眠都忘了，他恨不能立刻就使他的国家一跃而成为世界上的一等强国。”应该说，历史也给光绪提供了施展才华的契机，那就是维新变法，但是他没能抓住这次机会。

梁启超在他的《变法通议》中说：“西太后待皇上无不疾声厉色，少年时每日呵斥之声不断，稍不如意，常加鞭挞，或罚令长跪，皇上见西太后如对狮虎，战战兢兢，因此胆为之破。”

令人不解的是，既然康梁看出了光绪如此软弱，为什么还竭力拥护，并将变法成功的希望寄托在他的身上呢？

日本的明治天皇原来也“天性胆小”，倒幕和幕府的军队激战时，炮轰宫廷，竟把12岁的明治吓昏了。后来明治登大位，带领日本强盛起来，因此，中国的康梁等人可能也认为，杀死慈禧，光绪也能雄起。

但是康梁等人弄错了一点，后来明治天皇是生活在一群日本武士中间，他的老师西乡隆盛将宫廷变成了演武场。明治天皇在军事化的训练中，“强健其体魄，野蛮其精神”，成了日本的铁血统帅。

反观中国的光绪，以前的老师是一儒家翁同龢，就是康梁等人维新成功，围在光绪皇帝身边的也是一群书生，光绪不可能成为带领中国与各国较量的铁血统帅。

有传说如果袁世凯能将慈禧软禁在颐和园，谭嗣同等人将会趁机杀死慈禧，这就解放了光绪。

同样，慈禧也“听说”了这一消息。如果说原来慈禧只是想再次出山“训政”，当听说“围园弑母”一事后，慈禧就想杀死光绪。慈禧先是说光绪皇帝有病，这就给光绪的死亡埋下了伏笔。但是外国列强干涉内政，英国公使通知大清总理衙门：“假如光绪皇帝在这政局变化之际死去，将在西洋各国之间产生非常不利于中国的后果。”他们派西医给光绪查体，并宣布光绪病无大碍，这就迫使太后收手。

后来慈禧又选了一个皇家小孩来接皇帝的位，给光绪个头衔谓“昏德公”，让其退位。没想到大家还是不同意。两江总督刘坤一公开发电反对，说：“君臣之分久定。”李鸿章传话，若如此“危险万状!”朝中一些大臣更是说，若废帝，“南省耗接之下，必有造反之意”。慈禧反复权衡，最后让那个小孩为“皇储”，保留光绪的皇帝头衔，专职阶下囚，以后待杀。

三、野 蛮

光绪和康梁的维新变法失败了。

美国《纽约时报》有一篇述评《“四书五经”维系着清国灵魂》，其中说，在“四书五经”的禁锢压制之下，中国人思想日益狭隘，抵制创新，丧失了开拓进取精神。

其实巨大的“惯性”导致封闭落后的并不只是中国，世界上几个著名的“文明古国”，哪个不是生存在“自我为中心”之中，直到今天也没有哪个成为工业文明强国。

对于中国传统惯性势力来说，变革的新生力量是一种叛逆。洋务运动引进洋枪洋炮，“西学为用”保卫大清还可以，而维新变法，动农业文明专制统治的根基，动“中学为体”的根本，那是万万不行的。

随外交官父亲在国外生活多年，其母为法国人，在紫禁城内也生活过的德龄公主，对紫禁城这个“人杰”之地的评价是，这里“永远不会有聪明人，即使有，只要进去三五年，也会变得愚蠢起来”，因为这是个更封闭的地方。

由这样一批对世界大势无甚了解的愚蠢人领导大清，大清不荒唐才怪。

建设硬件的洋务运动没能救中国，改变软件的维新变法行不通，大清的“人杰”又愚蠢，那用什么法子才能救中国，才能使中国从列强的欺压下解放起来呢？有办法，这也是农业文明所剩下的唯一法宝，虽难登大雅之堂，但现在也不得不拿出来救急。

这个办法不像洋务运动来自官员，也不像维新变法来自知识分子，更不是来自封闭的皇宫中的愚蠢人，这个办法来自民间，那就是建立在愚昧基础上的“野蛮”。

日本明治天皇不是被“强健其体魄，野蛮其精神”吗？“野蛮!”不稀罕，中国也有。

“野蛮!”农业文明拿出自己最后的法宝，以“义和团”运动的形式，对飘洋过海而来的工业文明进行绝地反击。

四、人祸天灾

鸦片战争一声炮响，给中国送来了近代科学技术，但是这可不是白送，这个送的背后是市场经济的价值规律，接受西方的科学技术要付出代价，而且对中国来说，这个代价又是高昂的。

鸦片战争之后，除了鸦片，西方大量的纱布又涌进中国，虽然洋务运动中国自己也开始生产，但是仍难以抵制大量洋货的入侵，所以现金的外流自然难免。茶、丝原为中国出口的强项，但是，由于印度和日本也开始种植和生产，所以中国的出口量也开始下跌。

西方各国开始在中国口岸设立工厂，包括船舶修造、纺纱、自来水、电气、制茶、缫丝、制糖、榨油、卷烟、造纸、制药等，以船舶修造为大。最大轮船公司为怡和与太古，往来于沿海和长江。海运取代了河运，运河两岸城镇随之萧条，依河运为生者大都失业。铁路的开通也使旧的交通运输也蒙受打击。电报、邮政的开办也使不少人的生计发生问题。工业文明给中国带来了很多方便与好处，但在初期，他的副作用也是显而易见。

洋务运动，大清忙活了一阵子，后来军工系统破败，民生系统成效甚微，无法影响国计民生。

甲午战争之前，中国对西方的各种赔款，大清尚能应付，甲午战争之后，巨额的战争赔款和各种支出，迫使大清扣廉俸、增厘金、折漕米；土药（国产鸦片）、茶叶、盐、糖、烟、酒加税；整顿田房契税，勒令典当各商捐输，后发行“昭信股票”，命官民领票缴银，官民皆苦不堪言。

大清命运不济，此时苍天也和他们过不去。史书记载：黄河在豫东决口，由苏北改道山东。郑州决口三百余丈，死者百余万人，黄河在山东境内几乎年年决口，田舍漂没，人畜死亡。后直、鲁、晋及苏北又久旱不雨，粮价猛涨，贫者多贱价出卖子女。

人祸天灾给本土的农业文明反击外来的工业文明提供了新的激素。

五、灭 洋 教

当老百姓的日子穷得确实没法过下去的时候，起义造反就成为必然。但是这次老百姓的造反和中国历次的农民起义不同，他们做了分析：天灾不可免，人祸原因何在？那就是洋人，是洋人的到来给中国带来了不安宁，认定洋人是一切灾难的祸源，扫除洋人，中国即可太平。

随着外部势力的入侵，西方传教士侵入中国城乡。入教的教民认为，只要他们纳了税，他们不管犯了什么法，教会都会保护他们，而传教士保护教民，介入教民和教外民众的纠纷，这就必然要给自己带来麻烦。

传教士到来之前，中国乡村多为德高望重的乡绅治理，传教士到来后，他们不仅要成为人们的精神导师，还要成为当地的统治者。他们挑战地方乡绅的权威，自然会引起地方乡绅的抵制。原先，只要是老百姓，在官老爷面前就得下跪，官老爷是父母官，老百姓是子民。那些原先的子民入了洋教后，跟在传教士屁股后面，不但不跪，有时还敢跟官老爷论理论法，咆哮公堂，这也招惹官府对他们的反感。

在中国历史上，政府始终是社会的唯一主宰，现在出现了另一种政治势力分庭抗礼，政府自然不会答应。在政府的默许和地方乡绅的鼓动下，民众灭洋教也是必定要发生的事。

中国有自己的本土教，如道教，也有外来教，如佛教，伊斯兰教，他们彼此相容，也都能很好地和政府合作，并能融合到中国大众中去，而唯独“洋教”受到抵制，这也说明“洋教”本身有问题。

就连西方人士后来也承认，罗马天主教之所以成为攻击目标，并不是中国人偏好其他教派，只是因为罗马天主教把自己弄得最不受欢迎，他们过分地保护他们的信徒，而这些人并非是优秀的中国人。

洋教还不让教民崇拜孔子和自己的祖宗，这显然也行不通。他们动了中国文化的根基“孝”，也使中国人有充分的理由反对他们。

加入洋教的教民和广大的民众相比，仍为极少数，就山东来说，民教比例为500:1，洋教沉浸在汪洋大海般的中国老百姓中，是“弱势”群体。

当时的山东巡抚李秉衡在给朝廷的奏折中说：“自从洋教传入中国，加入教会的人都不是安善良民，传教士与教民互相勾结，包揽词讼，欺凌乡里。遇到民教纷争的控案，教士必为教民说话，甚至多方恐吓对方。而地方官害怕引发中外战争，常常迁就教民一方，草草结案，无法主持公道。民众被压制过久，无法忍受，认为官府是不能依靠的，只好私下里进行械斗，以发泄愤怒，于是有了聚众寻衅、烧毁教堂这样的事件。民众之敢于作乱，实在是教民逼迫所致啊！”

重庆教民向考生寻衅，考生死伤30余人，人民愤而捣毁教堂，历数30年来洋人如何欺侮中华，传教士的种种不法。

是年，成都教堂被毁，继有福建古田英国传教士遇害，德国在山东兖州的教堂被毁，鄂、赣、皖、苏也不断有教案发生。

热河金丹教（白莲教一支），众至数万，攻陷朝阳、平泉、赤峰等地，焚烧教堂，波及吉林。

打教者宣称："但诛洋人，非叛国家。"

洋教是和洋人直接相连，对洋教的不满，自然会发展到对整个洋人的不满，"诛灭全部洋人"发展成为全国性的运动，也是事情发展的更高阶段。

他们发檄文，指陈洋人的罪行："今洋人者，海舶通商，耶稣传教，夺小民农桑之生计，废大圣君臣父子之伦，以洋烟毒中土，以淫巧荡人心。自道光以迄于今，其焰愈张，其势愈暴。由是奸淫我妇女，煽惑我人民，侮辱我朝廷，把持我官府，占据我都会，巧取我银钱，小儿视若瓜果，国债重若邱山。焚我皇宫，灭我属国，既占上海，又割台湾，胶州强立埠，国土欲瓜分。自古夷狄之横，未有甚于今日者……"

六、义和团

德国人看中了山东的胶州湾，迫使大清"租借"了胶州湾，将中国推向了被瓜分的境地。然而他们当时不知道他们是在捅马蜂窝，他们将在中国引起一个更大的事端。

山东民风强悍，素有山东好汉之称，特别是山东的西部，练武结团是特色，仗义打架是常事。

德国人看中了胶州湾，但是他们不了解山东人，铁血德国人与"说出手就出手"的山东人的撞击在所难免。

德国人掠取胶州湾，取得了山东的保教权，天主教渐入山东内地，以运河两岸为多。洋教持强傲慢，与强悍的山东人发生冲突。鲁南发生教案及德人被殴，德兵焚掠村庄，滥行屠杀，复为修铁路而侵夺良田，后又发生鲁西冠县反教，鲁西南巨野教案等，一个新的炽热历史的到来就成为必然。

山东义和团（义和拳）的主体主要由鲁西南的大刀会、直鲁边界的梅花拳和鲁西北的神拳三大部分等构成。义和团好勇斗狠，具有很强的攻击性和一定的社会危害性。山东人以“习武”的群团组织名义与远来的洋人展开较量，他们反教、排外，他们宣言：“不穿洋布，不用洋火……兴大清，灭洋教。”

练拳的大都是年轻的穷苦农民，也有市井无赖，谈不上什么理想、正义、国家，糊口谋生是他们的第一要求。当他们“饥寒交迫”时，教会往往也是这些组织杀人、放火、抢劫的首当其冲。山东茌平的一位老人说，“神拳闹天主教，哪里有天主教就到哪里去抢。”这和历次农民起义“吃大户”“打富济贫”无二。而且为了财富，他们也越轨伤害普通百姓。山东的一伙大刀会成员进入安徽砀山，灭了侯家庄教堂，在随后几天，接着又袭击附近13个村庄的教堂和洋学校。后来他们又突入徐州地区，攻打了丰县戴套楼教堂，返回山东后，单县境内的薛孔楼等多处教堂受到他们的攻击。1000多人的队伍忙完了一阵子，收获不多，为了粮食、钱财，接着他们又进入砀山马良集，面向普通群众开始抢劫，遭到了当地群众集体抵抗，此时的大刀会已转化为土匪。

有个民间传说，饥饿的民众聚集在义和拳的旗帜下准备造反，突然天下雨了，民众瞬间掉头回家种地去了。民谣：安陵崮堆拉大旗，淋散了。

大规模民众造反的根本原因还是生计问题，只要有饭吃，多数人不会“动乱”。李秉衡所说“民众之敢于作乱，实在是教民逼迫所致啊！”也有偏颇。

义和拳在练拳时还有一套仪式：叩头、念咒（求助孙膑、刘备、关羽或孙悟空、二郎神等）、吞符（把画有符号的纸烧成灰，再拌入水中喝掉）等。义和拳宣称，只要心底虔诚，用心练功，就可降神附体“刀枪不入”。他们还有“战歌”：

砍天，天门开，
砍地，地门裂！
大家必练义和拳，
领头人物将出现。

义和团还有自己的标志色，那就是红色和黄色。义和团按级别穿戴，腰带、绑腿、头巾、帽子等，或红或黄，只是不像军队那样严整。

关键时候，山东新上任的巡抚毓贤，竟然也相信拳脚的“刀枪不入”神话，认为拳众的神力可御洋人。官方还默认义和拳为义和团，增加了义和拳的合法色彩。在他的影响下，“拳众”气焰大涨，到处毁教堂，杀教民，一时形成运动。

后来袁世凯主政山东，军人出身的袁世凯不相信那套神话。袁世凯将一些义和拳的首领请来，让他们表演降神附体“刀枪不入”。在对方同意的情况下，袁令人开枪，结果自然是神话不“神”。

袁世凯对付义和团的态度是“压”，是综合治理，而不是一味滥杀。袁世凯认为义和团根植于广大民众之中，单纯依靠有限的兵力难以解决问题，所以他非常重视各级地方官府、各地乡绅、团练的作用，通过行政命令将他们的能量调动起来。具体措施，一是广泛宣传，二是“查禁拳场”，三是“严缉首要”。广泛宣传，让老百姓知道官府反对义和团的态度；查禁拳场（演练集合之地），相当于对义和团釜底抽薪；严缉首要则是凡聚众40人以上的首犯，处于“绞立决”。袁世凯在只拿获了30余人后，山东的义和团运动便受到了很大遏制。后来清政府向列强宣战，山东境内义和团重新纷起，袁世凯才对义和团又下了狠手。

山东的义和团运动波及直隶，直隶总督裕禄也认为义和团不是什么好东西，他说：“义和拳实系邪匪，并非义民……借闹教为名，煽惑倡乱。若再由州县敷衍姑息，必致养痈为患。”

但是裕禄和袁世凯对待义和团的做法不同。裕禄轻视义和团，他认为义和团乌合之众，只需派兵镇压，惩首解从即可。所以哪里有义和团滋事，他就往哪里派兵，兵不够用，就再向朝廷要兵。结果直隶的义和团活动不但没镇压下去，反而呈燎原之势。

当然还有另外一个原因，袁世凯掌握的是战斗力极强的新建陆军，而除此之外大清兵的战斗力，比义和团的“乌合之众”也强不了多少。

李鸿章评价山东直隶两省的义和团形势，“幽蓟云扰，而齐鲁风澄”。

袁世凯、裕禄等镇压义和团，一则列强已向大清提出了强烈抗议，并有出兵的动向，二则清廷这时也不希望民众“动乱”。

义和团适时地提出了“扶清灭洋”的口号，燎原之势的义和团继续漫向京津。北京驻有外国公使，天津是洋人的集中地，义和团意欲攻击这两处目标，根绝洋祸祸源。

和义和团由南向北蔓延的同时，一场来势凶猛的沙尘暴则是由北向南横卷。三年的干旱已经使京津冀大地处于龟裂状态，沙尘暴的到来更是雪上加霜，义和团趁机将天灾原因归咎于洋人，宣传道：

神助拳，义和团，只因鬼子闹中原。劝奉教，乃霸天，不敬神佛忘祖先。
男无伦，女鲜节，鬼子不是人所生。如不信，仔细看，鬼子眼睛都发蓝。
不下雨，地发干，全是教堂止住天。神爷怒，仙爷烦，伊等下山把道传。
挑铁路，把线砍，旋再毁坏大轮船。大法国，心胆寒，英吉俄罗势萧然。

义和团煽动大众，形成声威。驻天津的直隶总督裕禄办法穷尽，驻保定的按察使廷雍有意庇护，于是义和团在京津大地愈燃愈烈。

在这种情况下，与其说义和团排外，不如说他们更担心旱灾。或说，他们杀洋人的目的是祈求苍天降雨。

旱区的农民受到饥饿的威胁，又一时无事可做，便加入义和团起哄发泄。少数人喊要烧教堂，多数人便高声响应。大火猛烈，更激起他们的兴奋，又有人喊杀洋人，多数人又举起刀枪棍棒。个别曾做过恶的教民被打死，四溅的鲜血激起亢奋，于是凡是教民都难逃厄运，一时人们进入癫狂状态。

七、战端又起

义和团向更广阔的区域蔓延，河南、山西、蒙古、满洲等地接连出现杀害外国人和中国教民的事件。

在山西太原，一座天主教堂附近，一群人投掷石块攻击洋人，后来焚烧教堂，外国人和中国教民纷纷逃走，而一名外国女教师为抢救她的两名女学生落在后面，被义和团扔进火堆里烧死。

调任山西的巡抚毓贤给清廷的奏折中说："我带领兵勇，不动声色，前往洋人聚集之处，亲自兜拿。抓洋人大小44名，同恶相济教民17名，立即绑缚市曹，同时正法……当晚北门教堂也被拳民焚烧，省城洋人、教堂已无遗漏。"

毓贤"勇敢"地承认，这44名被杀的洋人中包括眼睛发蓝的小孩。

毓贤在太原的开端，很快在整个山西引起反应。当天晚上在大同的300名步兵、骑兵包围了传教士家人的住处，杀死11名外国人。同日7名外国人在河津被一队骑兵杀死……整个山西，"洋人、教堂已无遗漏"。

在内蒙，一个教堂被焚毁，3000多中国教民、洋人被杀害。

在保定，教堂某姑娘将要被义和团杀害，姑娘呼吁大众："我虽然是外国人，我在此传教施医十余年，作了对中国人有益的事，平日里为大家称颂，今日我有难，你们能忍心不救我吗?""我有银行数万金，谁救我，当以奉赠，我且嫁之。"观者如堵，没人敢应，最后她被拳匪肢解。

中国传统的刑罚有砍头、腰斩，这是让人一死了之。而肢解、剥皮、下油锅，千刀万剐（凌迟处死）等，则是折磨而死。

义和团发出揭帖，号召："各省爱国志士，睹西人无法无天之行为，已决于四月十五日集合，屠戮西人，焚毁其居，其不与我同心一致者，男盗女娼。阅此告示，而不为传播者，亦如此。完了。”

英国公使窦纳乐到总理衙门了解情况，窦纳乐试探性地问：“你们是否要将所有外国人赶出北京，赶出中国。”

令这位公使感到吃惊的是，中国的官员并没有给予坚决的否认。恐慌的公使来不及和其他国家的公使们商量，便发急电给天津大沽口外的英国海军中将西摩，说是北京形势紧张，让他立即兵发北京。

窦纳乐是军人出身，有人说他性情暴躁，也有人说他的矜持寡言常被误解为冷漠傲慢。但他是英国租借威海的推手；他与李鸿章谈判，得到了香港新界；中日甲午战争之后，他还让大清认可了英国在中国长江流域的势力范围。现在他又将目光转向了天津，因为在天津大沽口外水域停泊着30余艘外国军舰。

天津实际已经进入了战争状态。大批义和团进入天津城内，到处设坛口（集合和举行仪式的地方），两日内义和团在天津城内外设坛三四十处，在三义庙设总坛口。当天晚上，三义庙总坛口率众烧毁天津西门内、镇署前和仓门口三处教堂，大火蔓延周围数十家。第二天，天津城外及三岔河各教堂被义和团焚毁。深夜义和团闯入电报局将之捣毁，将马家口一带电线杆全部砍断，招乞丐将电线杆扛走。凌晨，海关道署衙因办理洋务被义和团洗劫，义和团还哄抢了军械所内的军械弹药。英国驻天津领事贾礼士在给英国政府的电文中说：“天津城已实际掌握在义和拳和暴徒手中，他们焚毁了礼拜堂，并且在街上强迫中国官员下轿。”

此时又传来义和团在北京有攻击各国公使馆的动向和英国公使求援的电报，以及大清军队在河口布雷以阻止大沽口外各国海军有可能的登陆行动。洋人们认为这就是战争的开端，他们决定反击。

当时在天津大沽口外水域停泊的30余艘外国军舰，分属8个国家。他们向守卫大沽炮台的清军发出通牒，要清军3个小时内撤离，连给清军请示的时间都没有，明显这也是挑衅。清军果断地先下手为强，双方展开了炮战。后由于清军弹药库被击中，“固若金汤”的大沽口炮台仅仅坚守了5个多小时便被八国联军占领。日本兵抢功在先，爬上旗杆想悬挂日本太阳旗，结果被大清兵一枪打了下来。

在八国联军攻取大沽口炮台中，他们先夺取了其中的北炮台，然后在用北炮台的炮轰击还在大清军队手中的南炮台，而一直得心应手的南炮台，在“自己”北炮台的打击下，很快失去了斗志。

在天津城内，清军与联军也展开激战，联军袭击了天津武备学堂，抢走了8

门克虏伯野战炮，打死80多名学员。清军对天津租界实施炮击，并且公开招抚义和团，向义和团发放武器，鼓动义和团和清军一起进攻联军。

清军和义和团进攻天津租界，给租界内的联军很大压力，但是在武器和人员素质方面，清军和义和团与联军存在很大差异，故而他们难以攻入租界。后来来自大沽口的联军援军的到来，才改变了双方战争的态势。

八国联军从大沽口向天津进军，一路上对中国民众造成严重伤害。联军统帅瓦德西从大沽前往天津，沿途所见景象是："从大沽到天津之间，以及天津重要部分，已成一种不可描写之荒芜破碎。据余在津沽路上所见，所有沿途村社，皆成颓垣废址——塘沽系五万居民之地——已无华人足迹。"

天津在经过了一场厮杀后，很快被八国联军占领了。在这场战斗中，美军指挥官里斯肯上校被打死。

清军溃退了，天津城的老百姓四处逃散。在混乱中，一个场面让联军停止了追击，他们怔怔地看着眼前的一个景象。一个中国人，肩挑一副箩筐，前面箩筐里坐着他瘫痪的母亲，后面箩筐里，放着砖头和一些白菜、黄瓜，用以平衡。他昂然地朝城门走去，对离他不远处站立的外国兵，视而不见，对不时从他头上飞过的子弹，全然不知。

战斗结束了，接下来就是"打扫战场"。

对战场上的失败者来说，此时财物真是"身外之物"。但对胜利一方来说，财物就是战利品。八国联军的头头们明智地放假一天，让士兵们"收集"战利品。

疯狂的抢劫开始了，各国士兵根据自己的爱好，各取所需。西方士兵喜欢中国的丝绸之类，他们浪漫地要把这些东西带回去，送给他们的"女神"，"天哪，她会是多么地高兴啊。"

对一些日本大兵来说，一副年代久远的画或一卷毛笔手书，比一匹昂贵的丝绸对他们更具吸引力，如果回去送给老父亲，"天哪，他老人家一定能长寿。"

而对于他们都具有吸引力的瓷器，因为不好带，他们又都很惋惜地打碎它。

相比之下，那些在天津的外国居民，则有着得天独厚熟悉地理的优势，他们冲进造币厂、盐运公署、总督衙门，拿走他们更喜爱的银锭和金条。

夜晚，当洋兵们喝的酩酊大醉时候，中国的游民们四处出击，他们对本地情况更熟悉，"浑水摸鱼"中，他们也能逮住大鱼。

八、慈禧的绝地反击

戊戌变法被镇压下去后，慈禧又垂帘听政，主政大清，但是大清这条破船又要遇到狂风暴雨了。

当义和团如潮水般涌来时，慈禧首先考虑的是洋人对她的态度。康有为、梁启超是在西洋，现在又加了个东洋人的庇护下逃跑的，显然，洋人是在和她作对。现在德国军队在山东惹是生非，俄国军队围困辽东的金州，英国军队驱逐九龙城中的中国官员，法军强据广州湾两岛，意大利人趁热闹索要浙江三门湾，而没有一个洋人国家提出要帮助她修建颐和园，这些洋人啊、鬼子啊，太叫慈禧心烦了。

义和团已遭到洋人的反击，洋人们除电告本国增加兵源外，并要求大清停止排外态度和迅速剿灭义和团，否则将代为执行。

慈禧举棋不定，她从心里烦这些洋人，在这点上她和义和团一气相通。关键时候，慈禧又听到了谣言，说是洋人借机增兵北京是要推翻她的权位，恢复光绪的帝位，慈禧心头产生了恐慌，她无法排除这种可能。

慈禧对义和团的态度，是想利用民间声势使洋人有所顾忌，不再动辄相欺。但是她也怕义和团坐大，太平天国前车之鉴不得不防啊！慈禧现在明白，洋人们是在千方百计地抢大清的钱，而这些贱民一旦得势是要推翻大清的江山。但是现在的主要问题是洋人霸道，欺人太甚，慈禧对义和团采用了庇护的态度。

义和团涌进北京了，他们发现了有轨电车，这东西不需要人力或牲畜的拖拉，居然能行走，毫无疑问这一定是魔鬼在驱使，他们果断地"处置"了它。

义和团到处设立神坛，高悬"奉旨义和团练""义和神拳"或"扶清灭洋，替天行道"旗帜，上至王、公、卿、相，下及娼、优、隶、卒，纷纷祈拜，如颠如狂。

在政府的佑护下，义和团有持无恐，教堂、教民住宅以及经营洋货的店铺被焚，沿途喊杀，哭声震天。又传言杀尽教民后，将读洋书的学生一并除去，吓得学生们急忙将洋书付之一炬。北京前门外繁华之区，火势尤猛，越城而入，延至各国使馆所在的东交民巷邻近。北京北城财帛精华之地，焚掠一空，烟雾弥漫，大清首都成了义和团的天地，此时就是慈禧有心转圜，已是很难。

在北京西部，义和团焚烧了英国公使馆夏季办公处、跑马场看台、伦敦传道会、英国圣公会营地以及美国传教士在西山的住所。

城东，漂亮的海关大楼和赫德的宅第被烧，一个中国教民被烧成灰烬，紧接着一群英国公使馆翻译实习生遭到义和团袭击。

城南，位于宣武门的南教堂被燃烧，这是一座有着278年历史的优美建筑。所幸修道院里的教士与修女在千钧一发之际逃了出来，然而修道院院长伤心欲绝。

北京城火光冲天。

慈禧举行御前会议，满清王爷、六部、九卿100余人论政，反对和袒护义和团的两派进行激烈地争辩。反对派之一的大臣袁昶发言："拳实乱民，万不可恃。就令有邪术，自古至今，断无仗此成事者。"

此时慈禧已心有偏向，她控制不住自己的情绪，出口反驳道："法术无足恃，岂人心亦不足恃乎？今日中国积弱已极，所仗者人心耳。若并人心而失之，何以立国？"

此时洋人已在天津动手，攻取了大沽炮台，向北京增兵。并向慈禧下了通牒："太后归政；戊戌政变后的措施作废；皇帝的变法继续……"

慈禧阅后大火，让她交出权力，让光绪光复，那是万万不能。宁可亡国，也不让光绪复出，这是慈禧的底线。

慈禧举行御前紧急会议，对大臣们宣布说，接到洋人照会：一、指明一地，令中国皇帝居住；二、代收钱粮；三、代掌国家兵权……她没提四，让她归政交权。这就是所谓的洋人照会四条。

这个"照会"是个闹剧，是铁杆支持义和团的端郡王，也就是想取代光绪为皇帝的那个孩子的爹载漪，根据"可靠消息"编撰所炮制的假照会。载漪在他儿子被太后"提拔"要当皇帝时，在家设宴，本想各国公使会前来祝贺，结果一个没来，从此端郡王铁杆反洋。

端郡王炮制出假照会通过第三者送到荣禄手上。按说照会需要正规渠道，由各国公使送交大清的总理衙门，不知荣禄是一时糊涂，还是别有用心，未加思索就上报给慈禧。慈禧也缺乏国际游戏常识，未问照会的来源，便信以为真，由此坚定了支持义和团，反对洋人的决心。

慈禧说道："今日衅开自彼，国亡在即，若竟拱手让之，我死无面目见列圣。"

慈禧最后说到："从鸦片战争到如今，洋人步步进逼，现在大清帝国到了最危险的时候，到了亡国的边沿，大清必须进行绝地反击，以求一线生机。”

“礼”尚往来，慈禧下令大清也给各国公使递交照会，照会中说：“现在京城拳会纷起，局势混乱，你们这些使臣和眷属在各国使馆中难保安全，请24小时内离京，前往天津。”

慈禧也对洋人下了驱逐令。

24小时离开北京，这当然是做不到的事情，而且一旦离开使馆，他们随时都有可能落入义和团的包围，各国公使决议，留在使馆，等待外援。

战争难免了，慈禧下宣战诏：“……彼尚诈谋，我恃天理，彼凭悍力，我恃人心。无论我国忠信甲胄，礼仪干橹，人人敢死，即土地广有二十二余省，人民多至四百余兆，何难剪彼凶焰，张国之威。”

宣战诏使用的是离骚体，文采很好，激昂悲壮，颇可同情，但是文中未提洋人照会四条，也没说向谁开战。看文中意思，慈禧是向所有洋人开战，更让人费解的是，该宣战诏未送至各国公使馆，更谈不上通过我驻外使馆，送交各国外交部。宣战诏干嘛用？只能认为这是大清内部的动员令。

晚上慈禧回到卧室，退去仆从，关闭房门，从橱内取出一柄宝剑。此剑5尺，剑柄特别长，上雕9条金龙，象征九九归一，剑鞘用名贵的鲨鱼皮制成，嵌满红蓝宝石和金刚钻。慈禧走到屋中舞弄一番，然后收回厨中上床睡觉。这是她多年的习惯，凡有大事决定，她都要舞剑，以壮神气。

九、攻击使馆区

开战了，大清庄亲王载勋贴出告示：“募能杀洋人者，杀一男夷银五十两，女夷四十两，雅夷二十两。”

慈禧剑指北京的东交民巷，那是世界各国使馆的集聚区，她要让那些嚣张的洋鬼子尝尝中国娘们的厉害。

也有“明白人”，他们指出：“固逆计异时之必归于和，使馆朝易，皇位夕易矣，大事即成，盲风怪雨不转瞬而月星明概，虽割地以赎前愆，亦所不恤。”意思是，将来不就是割地赔款吗？为了换皇帝，一切都舍得。因此他们纵容慈禧早打、大打，打它个天翻地覆。

面对来势汹汹的大清军民，洋人们也打怵，他们明白这一切的背后是慈禧，他们说："地狱有怒鬼，但是比不上一位妇人受到藐视的时候怒气之盛。"

这种怒气使大清走向了"挑衅国际法""藐视全世界"的疯狂之中，后果当然是"全世界"打大清。

使馆区的洋人开始做着抗战的准备。

英国公使馆的东侧是大清肃王府，大乱将至，大批教民涌进东交民巷无处安身，英国人秀耀春求见肃亲王，肃亲王将房子借出。秀耀春又急匆匆找到英国公使窦纳乐，说肃亲王对已经发生的的冲突感到苦恼，但他深信，如果有一份关于各国无意瓜分中国的保证，那么清廷就会下令停止攻击。窦纳乐马上写了一封信："所有各国驻北京使节的任务是要维护同中国政府的友好关系，英国以及我所知道的其他国家对中华帝国的完整都不怀有任何图谋。"

秀耀春将这封信交给了肃亲王，亲王接到信后立即上马向紫禁城跑去。不幸的是秀耀春跑回时，被清军砍死。

那么多国家的公使，竟没有一人看明白，这场冲突的症结，是要洋人们保证不推翻慈禧太后个人的统治。

晚了，这只能让更大的事件丰富历史了。

日本使馆书记官杉山彬外出打探援军消息，路上被清军从车上拽下来，被乱刀砍死。

德国大使克林德前往总理衙门交涉，结果被打死在行进的路上。

义和团攻破崇文门，对公使馆区冲过来，随着爆炸声，北京使馆区开始被围攻。

使馆区最东面的奥匈帝国公使馆首先遭到猛烈攻击，大火接着熊熊燃起，奥国使馆里的外国人被迫撤到法国使馆中。此时美以美主教堂也被袭击，营地之外的一个小教堂已经着火。

清军纵火，奥国、荷兰公使馆和大部分海关房屋被焚。

清军纵火，意大利公使馆被烧毁。

英国使馆开始遭到攻击。清军点燃了英国公使馆北侧的翰林院，试图引燃英国公使馆。大火烧毁了翰林院3/4的建筑物，无数宝贵的藏书被焚毁。

清军纵火俄国使馆。

清军纵火美国使馆。

紧邻美国使馆的华俄道胜银行部分建筑被焚毁。

使馆区的外国卫队开始联合起来保卫使馆区，意大利和法国的士兵守卫崇文门方向的街口，美国和俄国士兵守在哈德门方向的公使馆街口，日本和德国士兵守在前两个位置的中间，英国士兵守在公使馆运河上的北桥，负责对付由西北方向攻过来的义和团，而奥地利士兵则负责抵御由东面攻过来的敌人。

使馆区的外国卫队以沙袋、马车以及能用来挡住对方进攻的桌椅板凳组成防线，士兵躲在后面，利用缝隙向外开枪。

义和团勇士右手挥舞着大刀，左手持香，口中念念有词，以坚定的步伐向使馆区“走去”，他们坚信“刀枪不入”。但是越来越多的尸体堆积，很快也能使他们明白，此去他们将是上西天了，只不过“荣誉”使他们没法后退。

在这场战争中，奇怪的是居然还有“第三方”。

使馆区派出一支队伍到一个教堂执行救援，当这个队伍到达那个教堂时，吃惊地发现，教堂附近的胡同里驻满了清兵。此时外国人已经知道，大清军队已和义和团站在了一起。但是这些清兵宣称他们受命于庆亲王，不制止义和团对教徒的攻击，对赶来的外国人救援队也不持敌意。当救援队与义和团打起来之后，他们赶紧躲得远远的。

更让人吃惊的是，在清军和义和团在使馆区的东北角发起猛烈地进攻时，在使馆区的南面，隔着街垒，外国人竟和对面的清军快乐地交谈。那些清军说他们是庆亲王的部队，奉命保护使馆，他们将在他们的防区内，打死攻击使馆的义和团（后来他们还真的向聚拢过来的义和团开了火）。他们还友好地建议，外国军队可以驻扎在内城墙，甚至还可以将阵地挪到较远的角楼去。

还有令人诧异的是，那些被称为教民的中国人，为了免遭屠戮，不少避难于使馆区，也有被外国人解救来的教民，他们和使馆区的外国人战斗在一起，共同抗击那些想置他们于死地的自己的同袍。其中的一些还成了使馆区保卫战中的“英雄”。有3000多个中国教民，全身心地投入到防御工事的修筑中，也为使馆区的保卫做出了贡献。

站在洋人一方的中国人说：“吴三桂可以引清兵入关推翻汉人的统治，我们为什么不能和洋人一起反对满清呢？”

十、以战促和

对使馆区进行了几天猛烈的进攻后，有两名清朝官员在几名士兵的护卫下出现在大使馆区的北御河桥上，手持一块木板，上面写着：“奉上谕保护使馆，即可停止进攻。将有照会，自玉带桥递来。”少顷，一阵枪响，他们中的一人被打死，其余人一哄而散。过了不长时间，皇城内响起一阵号角，攻打使馆区的炮火停止了。到了半夜，清军又在使馆区的北面和西面发动了猛烈的进攻。

这仗打得让人莫名其妙。

第二天相对冷清，只是在傍晚时分，法国使馆遭到攻击，只是清军射出了猛烈的排枪，但没造成任何人伤亡。

对使馆区的进攻到了第10天，进攻在继续，不过不少炮弹越过使馆区，飞到了很远的地方。一排猛烈的射击，只是打落了一些树叶。

清军的敌人发现了这种离奇的现象，常常是上百发炮弹越房而过，其中一天“受炮弹三百六十发，而无人被伤”。一发炮弹越窗而入，砸在一个刚起床的洋人的床上，奇怪的是炮弹没有爆炸。一发炮弹穿过厚墙，落在两个女人之间，而两个女人都毫发无损。后来他们发现很多炮弹被做了手脚，是实心弹。

这场战争是有点诡异。

俗话说，枪弹不长眼，使馆区的洋人还是遭到很大损失，奥匈帝国托曼舰长被炸死，各使馆人员都伤痕累累。但是一个缺少重武器，只有43名水兵守卫的北京西什库教堂，怎么会坚守整整两个月，而始终没被攻破呢?

总税务司的赫德说：“包围我们的军队如果真下决心全力进攻，我们坚持不了一个星期，甚至连一天也坚持不了。”

后来慈禧也说：“我若是真正由他们尽意地闹，难道一个使馆有打不下来的道理?”

这是一场半真半假的战争。

慈禧操纵这场战争的真正目的是“以战求和”，也就是通过攻击使馆区，让事态出现僵局，逼迫对方妥协。

慈禧对使馆区“攻而不取”，是想让对方主动求和，只要答应不推翻她慈禧太后的统治，一切都好商量。然而以英国公使窦纳乐为首的外交官们还是不明其理，仍然盲目地以矜持寡言表示着冷漠与傲慢。窦纳乐焦急地盼着天津方面的援军，他有绝对把握大清不是洋人们的对手，只要援军一到，他仍可任意凌辱大清。

在此情况下，慈禧也并非知己知彼。慈禧设想，只要天津方面能阻挡住洋人向北京的增援，她的以战促和的方针就能成功，但是天津方面的战事并不如人意。

在天津，慈禧命令她的军队与八国联军开战，这也确实难为了这些大清的军人们。因为他们知道，李鸿章领导的“强大”的北洋军队尚不是蕞尔小国日本的对手，现在要他们与包括日本在内的八国联军开战，岂不是让他们去送死吗？

直隶提督聂士成战死。

聂士成是淮军后起名将，曾入朝作战，以战功提升为直隶提督。

慈禧对天津的战事心态急切，曾命聂士成部夺回大沽口炮台，因此命令无法完成，聂士成被革职留任。

在天津战役，直隶提督聂士成奋不顾身，指挥清军浴血作战，在聂士成被革职的当天，聂战死。

直隶总督裕禄在奏折中称：聂士成“两腿均受枪伤，犹督兵不许少退。营官宋占标劝令退后将息，该提督奋不可遏，仍复持刀督战。又被敌枪洞穿左右两腮、项侧、脑门等处，脐下寸许被炮弹炸穿，肠出数寸，登时阵亡，其营官宋占标亦随同殉难”。

后来，清廷下达上谕，聂“著开处分，照提督的规格赐恤”。

聂士成的死让慈禧也感到，天津战事远比她想象的糟糕，她的以战促和的目标前景黯淡。

发生在北京的战争半真半假，发生在天津的战争惨烈无比。日本人佐原笃介所著《拳乱纪闻》上说：“此次天津华军与西兵苦战月余，西人咸谓如此死战，实为从来所未见。华人此次临战极为勇敢，虽然死者山积，气尤不馁，枪炮又极有准头，与从前迥异，唯其短处尚多，否则西人取胜更难。”

糟糕的消息传来：天津陷落。

以战促和的计划彻底失败，慈禧不得不调整战略，那就是“停战求和”。

大清分别致法国、德国、美国元首国书，称：“今中国为时势所迫，几致干犯众怒。排难解纷，不得不惟贵国是赖”。

慈禧服软了。

此时在北京东交民巷的使馆区出现了一个奇怪的现象，大清朝廷向交战的各使馆输送给养，什么西瓜、蔬菜、面粉等，双方的军官、士兵还可以走到一起交谈，好像什么事情都不曾发生过。

大清向各国使馆致信，说是以前的冲突都是义和团的不是，大清是尊重外国友人的，最后劝说请各国使馆人员到天津去，说是义和团状况不稳定，在北京还是有风险的。

这又是慈禧玩的把戏，将使馆人员赶到天津，已经占领天津的八国联军就没有再到北京来的理由了。

当年，慈禧的丈夫咸丰皇帝就是千方百计地不让外国人进京，现在她的媳妇又是千方百计地从北京驱赶外国人，真是夫唱妇随。

以英国公使窦纳乐为首的各国外交人员，此时也都听说八国联军已占领天津，不久就会兵发北京，所以他们更是不离开北京，理由也很简单，“坚守工作岗位”。

怎么办？慈禧下令，再打。接着枪炮响起，双方又都进入战争状态，“以战促和”计划继续执行。

慈禧同时给直隶总督裕禄下指示，竭尽全力，阻止八国联军进京。

不久从天津前线传来消息，裕禄兵败自杀。

慈禧再派前山东巡抚，有着强烈的排外意识的老臣李秉衡率兵前去。很快，消息又传来，清军继续溃败，李秉衡愤而自杀。

十一、管理天津

八国联军占领了天津，占领军必然要管理天津。

经协商，由出兵最多的俄、英、日各派一名军官组成“天津临时政府委员会”，临时政府的中文名字为“都统衙门”，天津被划分为几个区，分属几个主要国家占领。

“都统衙门”下设卫生局、库务局、军事部、司法部、公共粮食供应署和总秘书处。

“都统衙门”设立了法庭，任命了法官。

“都统衙门”下令拆除城墙，天津成为第一个被拆除城墙的城市。

“都统衙门”在天津建立了警察制度，天津警察不仅负责治安、司法，而且还负责交通、公共卫生等公共事务，天津是除了租界以外第一个实行警察制度的中国城市。

“都统衙门”在天津建立了税收制度，主要开征入市税、码头税、所得税等，除保证政府的日常开销外，还能投入到城市基础设施和公共工程建设。

“都统衙门”在原来城墙的基址上修筑了四条马路，同时修筑了城北门到运河边的道路、英租界到海光寺的道路，极大地改变了城市交通状况和城市面貌，为天津的城市发展奠定了基础。

1901 年 11 月，天津开通公交汽车和电车线路，并在马路两旁安装了路灯，电话、电报业务也开始运营。

“都统衙门”成立后，天津出现“公共厕所”，自来水和近代城市排水系统。

“都统衙门”存在期间，还成立了消防队，制定了交通法规，建设了公共墓地。

……

1902年8月15日，大清袁世凯接管天津，“天津都统衙门”撤销。

鸦片战争，西方“强迫”中国接受科学技术。这一次，是在中国付出了巨大代价后，列强们给大清留下了近代城市建设和管理知识。

十二、东南互保

说完天津，还得说说中国的南方。

广东是第一、第二次鸦片战争的发源地。在中国的北方，当大清和八国联军战火熊熊的时候，在中国南方的广东等省，现在却是令人惊奇的风平浪静，中外贸易一切照旧。

造成这一切的原因是东南几位封疆大吏提出的东南互保政策。

当北方义和团轰轰烈烈地闹事，并得到朝廷几位核心大员保护的时候，东南几位封疆大吏对义和团的看法则是：“拳匪！”并一致主张镇压义和团，维持和列强的友好。

在慈禧发布宣战诏书的前一天，东南几位封疆大吏同时接到了朝廷“召集义和团抵外侮”的上谕。这些封疆大吏该怎么办？是继续和洋人合作，还是和洋人动武？不执行命令，则是对朝廷的背叛；如果和洋人动武，则意味着后果“不堪设想”。

关键时候，两江总督刘坤一、湖广总督张之洞，两广总督李鸿章接到了督办铁路事务大臣盛宣怀的电报，电报中说：“对朝廷的上谕万勿声张……北方局势不久必将糜烂……责成地方文武官员弹压地方，不准滋事，若是拘泥于朝廷谕旨，将来要想挽回全局也十分困难。”

盛宣怀是洋务运动的主角，对中国的铁路、矿藏、工厂、电报等一系列的建设起着举足轻重的作用。在国家又面临巨大变化时，头脑冷静的盛宣怀以“枢纽之人”，向李鸿章、张之洞、刘坤一等提出了“东南互保”的整体构想。

李鸿章、张之洞、刘坤一很快明白了“东南互保”的重大意义，并和驻上海等地的外国使节进行了沟通。英国驻上海总领事致电本国外交大臣："我深信，如果有同北京政府终于断交的任何可能，我们应当立即与汉口及南京的总督达成一项谅解。我完全相信：如果他们（刘坤一、张之洞）可以指望得到女王陛下政府的有效支持，他们将在所辖地区尽力维持和平。"

接到朝廷与列强决裂的诏书，这些大臣们更是大胆地说宣战诏书为矫诏，所谓矫诏就是伪诏，这也是他们不执行诏书的理由。

后来浙江布政使恽崧耘致电盛宣怀，对东南互保一事大加赞赏，代表浙江积极参与了进来。

山东的袁世凯得知后，回电："鄙见与各督所见相同。"

英国驻福州领事给本国的报告中称："闽浙总督遇到具有某些困难时，他采取了极为友好的、令人满意的和通情达理的态度。"

自此福建也加入了东南互保。

在东南互保出台前，已有洋人策划李鸿章与革命党联手，搞两广自立，还策划张之洞自立，幸亏一个东南互保，让大清维持了国家统一的颜面。随着时势的变化，慈禧也意识到东南互保的意义和几位封疆大吏的良苦用心，于是称他们"老成谋国"，并且也称宣战等诏书为矫诏，恢复了与几位大臣的和谐。

十三、北京失陷

继续回到北方。

什么叫玩火自焚，慈禧的"怂恿义和团"和"以战促和"就是范例。

什么叫蹩脚外交，到头来这些西方的外交官们都不知慈禧要的是什么，他们也都失职。

八国联军兵临北京城下，慈禧黔驴技穷，换上汉族下人服饰，穿蓝布夏褂，落荒而逃，重演了当年她丈夫咸丰帝从北京逃走的一幕，不过比咸丰狼狈得多。

一开始，一些义和团还坚信自己的身体能"刀枪不入"。他们毁坏了铁路，慢慢逼向一辆被迫停驶的联军火车，大约还有200码处，他们突然呐喊着冲向火车。联军开火了，这些人还是以惊人的勇气奋不顾身地挥舞着原始的刀剑向前冲，到了只有60~70码的地方，联军的一架马克沁机枪向他们开火，当前排的义和团勇士被打倒，后排的义和团在稍露惊愕后，立即丢掉草叉、刀剑，掉头逃命，不过在子弹的速度面前，他们也只是做了个掉头，便扑倒在地上。

在八国联军的列车开到离北京不远的廊坊时，又受到义和团的袭击。这次义和团装备了显然是清廷提供的精良步枪。不幸的是，他们不知道如何使用，步枪的准星都是调高了，而接近目标又都没有调低，打得实在太高，无法对他们的敌人造成伤害。在丢掉了大量尸体后，这些义和团不得不撤退。这场战斗八国联军死亡6人，而义和团战死500多人。

那些曾经气壮如牛的义和团，在联军进攻北京前便一哄而散了，“一日一夜之间，数十万民团踪迹全无，比来时犹觉迅速也”。

大清军队也要撤退了，临走前当官的纵兵抢掠，“连日三五为群，持刀直入官绅宅第，抢夺骡马车辆，声称借用”“满载出城向西”。游兵、散勇在城内大肆抢劫，米铺、当铺、钱铺均招抢劫。

最后留守下来保卫京城的清军表现出的忠勇，仍给联军的攻城带来了麻烦。

北京巍峨的城墙使联军感到压抑，而城墙前还有一道护城河。清军的疏忽，没有在八国联军到来前毁掉护城河上的小桥。此时天降大雨，又是夜晚，联军乘黑摸到了城门下。清军发觉了，但是天黑，他们密集的射击没有给联军造成太大的伤害。联军推来一门炮，试图轰开城门，但是城门是用铁皮加固了的，联军打了20多炮，才轰开一个小裂口。当他们从裂口挤进去，才发现，里面还有一道城门，他们在惊叹这种设计的同时，也只能待在门洞里，等待后援。

联军的另一支部队，从北京的另外一个方向进攻北京。在夜晚的大雨中，清军提前向他们发起了进攻，打了联军个措手不及，给联军造成了不小损失。第二天，这路联军对着城门炮轰了一整天，城门却岿然不动。这些见过世面的八国联军哀叹，这大概是世界上最结实的门了。

联军中的英军进展最顺利，他们提前得到了英国使馆送出来去的一张地图，依据地图的指引，他们悄悄来到崇文门西边城墙下面的御河水门。在他们到来时，大使馆已派人在此等候，令他们感到吃惊的是，还有不少中国人在此欢迎他们。他们只是用铁棍砸开了腐朽的门，英军便钻进了北京城里，并且毫无损伤的到了使馆区。英军的意外进城，加速了清军北京城防系统的崩溃。

八国联军进城了，北京城在经历了义和团、清军的烧杀抢劫后，轮到洋人发泄淫威了。

“各城门楼均为洋兵屯占，在城墙上燃放枪炮，以施其威。其炮声甚烈，每炮响三声，炮子空中飞舞，三四里外始落，震摇房舍，晃动墙壁倾颓，沿城施放，接连不断。”

京城内的老百姓蜂拥出城，四处逃难，“大街小巷逃走之人，男女老幼，拥塞道路。无分仕宦商民，俱拖泥带水而行，嚎哭之声，惨不忍言”。

八国联军统帅瓦德西下令：“作战期间，只要碰到中国人，无论男女老幼，一律格杀勿论。”

八国联军进入北京后，与教民一起焚烧了端王府、庄王府，“其烧庄府，毙拳匪1700余名于府内”。

“皇城之内，联军逢人即发枪毙之，常有十数人一户者，拉出来连环枪杀之。一致横尸满地，人皆踏尸而行。”

一具年轻的尸体躺在狭窄的街道上，他的母亲斜伏在他的身上，呆滞的眼睛看着路过的外国兵，一只手抚摸着爱子的脸庞，另一只手比划着，示意：“连我一起杀了吧!”

在战场的另一端，很多中国人推着小车在两个洋兵的带领下，帮助八国联军运送辎重，那两个洋兵的挎包里，叮当响的是银元。联军进攻皇宫，很多中国人帮助联军填平壕沟，绑梯子、扶梯子，还有群众坐在城头上帮助联军往里瞭望。也有不少中国人，抄着两手，麻木地看着这一切。

英国公使窦纳乐口含雪茄，满意地看着这一切，站在他旁边的英国人赫德指着紫禁城说：“那是大清。”他又用手指着支援八国联军的民众说：“那是中国。”稍停，他又说：“中国早晚会从大清的统治下解放出来。”

窦纳乐朝天吐出一口烟雾，说：“我是英国外交官，我只对大英帝国的利益负责。”

又一场战争结束了，大清又一次失败，不知这次失败是大清野蛮不够呢，还是什么其他原因?

又一段历史故事结束了，因为这一年是庚子年，这段故事也被历史学家们称之为“庚子国变”。

十四、启示录

在人间，北京城烽火连天，血流成河，在中国即将面临解体的时候，在天上，突然有人大呼：“楚国啊，我的楚国啊，你的命运将会如何?”

这是屈原在呼喊，刚才还安静的天上，一时也像爆炸一样，惊呼声此起彼伏。原来天上的神、魂们都在俯瞰人间的这一幕，当他们看到八国联军占领了北京城，马上意识到中国将要被肢解，所以他们也都按耐不住激动心情，大声喊叫：“中国不能解体啊！几千年的古国不能解体啊！求求天吧，中国不能解体啊！”

光亮一闪，天堂神来到他们中间，天堂神手一挥，一群星星闪烁着组成文字显示在所有人的面前：

“诞生在非洲的智人迁徙到地球上的各个地方，现在他们又要融合在一起，融合中摩擦冲突是难免的事。

发源于英伦三岛上的新兴工业文明，在地球上整个智人社会的融合中，荡涤全球传统的区域文明，用工业文明统一全球，是整个智人社会的进步，是地球演化史上翻开的新一页。”

大家你看我，我看看你，好像都没明白这是什么意思。天堂神说话了：“这是天的启示录，请你们认真领会。”

孔子首先说话了：“对于天的启示，我们会认真领会。我们也反对大清对中国的统治，不过没有西方文明，中国人也能过日子，八国联军肢解中国也不好。”孔门弟子多，一时响应的人也不少。

天堂神将眼睛转向西方的哲人们，柏拉图说：“不勉强中国人为好。”其他哲人们也都点头，赞同柏拉图的意见。

天堂神微笑着说：“我向天请示。”

天堂神消失了，很快空中传来声音：“中国的历史将倒行。”

第十三章　倒行的历史

>>

一、另一部历史

在天上，天堂神向观天下的神、魂出示了天的启示录，说智人要融合在一起，融合中摩擦冲突是难免的事，还说这是地球演化史上翻开的新一页。但是观天下的神、魂可能太激动了，只是担心中国会被解体，没有理解天的启示。无奈天将中国的历史倒行，重新演绎了一个没有西方工业文明“干扰”的中国历史，以启迪智人社会对地球演化史的理解。

二、回到乾隆

避暑山庄的帝宴厅，乾隆爷八十四万寿，文武大臣在给乾隆祝寿。

皇帝的祝寿宴会至始至终秩序井然、气氛严肃，执事官按序上酒进菜，恭谨谦卑，出席宴会的大臣们也都沉默不喧。偌大一个宴会厅，除非皇帝说话和相应官员的对答，其余时间竟然寂静无声，大臣们对乾隆表现出十分的敬畏。

八十四岁的乾隆牙口不好，在慢慢地琢咽口中的美食时，突然停住，他用眼睛向大厅里扫了一圈，问道："往年都是万国来朝，今年怎么一个没来？"

全场官员精神紧张，中堂大人和珅站起来微笑着对老皇上说："回万岁爷的话，大臣们商量了，今年是我们一家人给您老人家过寿，儿女们想多表现点孝敬，就不让外人掺合了。再说，您老人家也说过，天朝地大物博，无所不有，我们也不稀罕他们那点贡品，只要您长寿，比什么都好。"

说着和珅端起酒杯带领大臣们给乾隆敬酒，乾隆也端起酒杯。

过来一会，乾隆又问："澳门的洋人怎么也没来？"乾隆不好忽悠。

和珅急忙又说："刚才说了，今年是我们一家人给您老人家过寿，所以也没让澳门的洋人过来。"

乾隆将信将疑，不过此时他有些困倦，眼睛不自觉地闭上了，全场一片寂静。

三、嘉庆皇帝

老年的乾隆皇帝提前交班了，他当太上皇，让儿子嘉庆当皇帝。因为那时的领导干部是终身制，乾隆这样做，应该说是很开明了。

嘉庆也很明白，他知道唐朝的李世民提前上岗，对老父亲冷淡，而受到历史的非议，所以嘉庆当上皇帝，仍然像当太子时一样，一切仍然由老爷子说了算。"侍坐太上皇，上喜则亦喜，笑则亦笑。"

当然，和李世民时期的情况不同，因为乾隆此时已是高寿，他能活几年？所以嘉庆韬光养晦是明智的。

涉及这一段历史，有一个人物应该多说说，那就是和珅。和珅是乾隆的左膀右臂，说他聪明过人也好，说他才学渊博也好，但是历史书上说他犯了一个小错误，就是忽略了乾隆的年龄。乾隆一死，你的命运不就攥在了嘉庆手里了吗？

说和珅完全没考虑到这一点也不对，他在伺候好乾隆的同时，他也千方百计地讨好嘉庆。最近出了一系列的大事，他没给乾隆说，而是先向嘉庆做了汇报。

事情是这样，说是在南方做生意的洋人莫名其妙地都走了，就连在他们的大本营澳门的洋人也都匆匆离开了。下级官员感到蹊跷，急忙汇报到朝廷。和珅考虑将要给乾隆爷庆八十四岁大寿，以往是万国来朝，贡品如山，而到现在，不光没有一个到来，而且澳门洋人们的势头也不对。和珅没敢给乾隆说，他怕打了乾隆的兴头，所以和珅先向嘉庆汇报。嘉庆反应很快，立即表态："先向老爷子汇报。”嘉庆将皮球踢了回去，所以才有了后来寿宴中乾隆和和珅的对答。

和珅自认为寿宴中他表现的聪明，而且对发生在南方的事，他的判断是原来洋人在广东做生意，广东的税收高，洋人又跑到相对税收要低的浙江一带。朝廷知道后，提高了浙江的税收，洋人们又被逼回广东。后再提高广东的税收，洋人们对付不了高税收，赚不到钱，这样他们不得不滚蛋了。这也是乾隆政策的初衷。“走就走了，省心。”和珅这样想。

但是不久来自北方黑龙江一带的信息反应，说是原来在那里很是猖狂的俄国人也不见了，更有甚的是，对大清海疆多有骚扰的倭寇也不见了。这真是蹊跷啊，和珅挠挠头皮，无法解释。

闭关自守，关起门来朝天过，这是乾隆爷一贯的指导思想，现在出现了这样的局面，是好事啊，所以和珅以后也就把这些事丢到脑后了。

嘉庆也没闲着，他在听了和珅的汇报后，也立即从他的眼线那里了解到了这一切，当然，他也感到蹊跷。

后来发生的事情让嘉庆更感震惊，就是天象官向他报告，天象出现了异常现象，而且是历史记载上从没出现过的天象，就是天上出现的太阳粗看是一个，当有云彩遮挡，光线不是太强时发现，在太阳的旁边影影绰绰的还有一个太阳。嘉庆听后一开始大喜，天象反应人间，这不是明摆着，这是说自己和老爷子吗。但是天象官还说，到晚上，月亮也是两个，而且所有的星星也都是成双成对。

两个天？稀奇了，天象官无法作出任何解释。听了汇报，嘉庆亲自跑到天象台，但是嘉庆能做的也只是呆呆地望着天。

四、干练的嘉庆

乾隆归西了，嘉庆走向前台。

嘉庆掌权后办的第一件事就是拿下和珅。

对于和珅，嘉庆早有了解，只是和珅是乾隆的爱臣，他不便触动。乾隆死后的第二天，嘉庆命和珅昼夜守灵，不得擅离，这实际上剥夺了和珅军机大臣、步军统领、九门提督的大权。

大臣们原来顾虑“皇考圣寿日高，不敢烦劳圣心”，实际则是“畏惧和珅，钳口结舌，不敢参奏”。见嘉庆对和珅是这个态度，立即“举朝痛恨”，参奏和珅的折子堆积如山。

乾隆死后的第 5 天，和珅被拿获下狱。

乾隆死后的第 15 天，嘉庆宣布了和珅的二十大罪状。最后，嘉庆以康熙诛鳌拜，雍正诛年羹尧为例，赐和珅在狱中自尽。

和珅死后，清查和珅家产，白银竟高达 2000 万两，相当大清全年赋银的一半以上，时人为之曰：和珅跌倒，嘉庆吃饱。

嘉庆的高明还在于，在赐和珅自尽第二天，嘉庆就发出安民告示，在谕旨中说："朕之所以重治和珅之罪者，实为其贻误军国重务……凡大小臣工，无庸心存疑惧。若能迁善改过，皆可为国家出力之人。即有从前热中躁进，一时失足，但能洗心涤虑，痛改前非，仍可为端士。"

当有关官员要继续清查和珅的财产时，嘉庆立即下令停止，并斥责他们"无知妄渎"，并再次声明"朕所以办和珅，原以其蠹国病民，专擅狂悖，和珅一日不除，则纲纪一日不振，岂是为了和珅财产！"

此后没人再纠缠和珅的财产问题，也就说，嘉庆抹平了"行贿"之人。

经过这两手，在和珅得势时的众多附庸一时倒戈，又都成了嘉庆的"忠臣"。

嘉庆完成了这一杰作，认为他的天下已建立，嘉庆传天象官，他想天象应该一片明媚，但是天象官启奏，"二重天"天象依旧。

五、苦难的嘉庆

嘉庆杀了和珅，"收编"了和珅原来的部下，自认为大权归一，天下太平，但是真正的天下，也就是老百姓开始造反了。

乾隆中期，大清已开始走下坡路。如果说那时社会上还有所谓的"盛世"假象，到嘉庆统治时期，"盛世"假象所存无几，而大规模的农民起义此起彼伏，给嘉庆的统治带来了难度。

湖北荆州白莲教造反，嘉庆命巡抚惠龄镇压，白莲教领袖刘松被捕，被发配到甘肃。刘松的徒弟刘之协、宋之清等人分别去四川、陕西、湖北等地传教，宣传将要有大灾大难，煽动群众造反，官兵镇压，杀了很多人，刘之协逃脱。

枝江聂人杰、宜都张正谟起来造反，宜昌府的长乐县和长杨县也爆发了大动乱，全都以官逼民反为口号，动乱蔓延五省。

贵州石柳邓领导苗民动乱，大清不得不分兵镇压。

荆州总兵赶到枝江捉住聂人杰，襄阳的姚志富又闹起事来。

姚志富、李全、王延诏率领三股反民由白马石强度汉江，大清官员惠龄因截击不力被罢官。

匪首王氏逃过长江，大清将军明亮被捕入狱，理由也是截击不力。

匪首王三槐投降，清军说是被活捉。王三槐被押送京城，嘉庆亲自审问，王三槐对嘉庆说，官逼民反！嘉庆一时无语。

还有更糟糕的事，这时又出了个天理教，他们竟然打到了京城，打到了紫禁城，要焚烧皇宫，真是合乎“天理”了！后来在皇子绵宁的领导下，利用优良的武器反击，原准备派往外地镇压起义军的1000多名火器营官兵赶到，才避免了皇宫的毁灭，后来天理教徒被大清兵全歼擒杀。

还有最糟糕的事，就是皇帝嘉庆差一点被人刺杀。

事情是这样，一个叫陈德的人，带着年仅15岁的长子陈禄儿进入东华门，绕到神武门，潜伏在顺贞门外西厢房山墙后。嘉庆谒东陵，回来乘轿路过时，陈德突然跃出，手持小刀冲来。对这突如其来的袭击，嘉庆反应还算快，急忙逃入顺贞门内，躲过一劫。当时多达百人的卫队竟然神情惊愕，呆若木鸡。只是随队的几个皇亲救了驾，当然陈德寡不敌众被捕，其子后来也被捕。

原来生活在底层的陈德看到贵族腐朽生活，而自己“实在穷苦难过”，激起以死抗议的行动。

陈德和他的儿子被处死了，他们的死，唤起更多的人反抗大清。

皇帝的自身安全都不能保障，嘉庆的日子不好过啊！

六、反清复明

话说当年李自成的起义军打入北京后，明朝的末代皇帝崇祯在绝望中走向皇宫后面的煤山。行走中他碰到了自己的女儿梅花：“啊，不能让她落入那些贱民手中。”崇祯抽出宝剑向梅花砍去，

对于父皇突然的举动，小梅花惊呆了，她不明白父皇为什么要杀她，她只是本能的举起一只手阻挡，在那只手被砍掉的同时，崇祯的小儿子宁儿赶到，他惊讶地看到父皇举起宝剑砍向他的姐姐，他大声惊呼，叫了一声“父皇”。崇祯看到小儿子跑来，似乎也醒了一下，他随即丢掉手中宝剑转过身去，走向煤山，最后吊死在一棵树上。

在这一幕上演时，被一位大明的将军看到了，本来他也正准备逃命，见眼前

的景象，他动了心。那位将军很快给小梅花做了包扎，并抱起两个孩子离开皇宫。也是大明命不该绝，他们成功地从北京逃了出来。

这位将军带着两个孩子，先是逃到了山东，隐姓埋名住了下来。山东是个尚武的省份，这位将军认为中国的皇帝都太书生气，缺少尚武精神，而朱元璋的后代要想东山再起，必须要有尚武精神。

朱家的血脉延续了下来。在他们向下延续时，他们口传自己的身世，而且那位将军在他们临走时，明智地带走的那把崇祯剑，成了他们历史的证物。

大清的历史走到嘉庆时期，朱家的血脉也慢慢走回到了他们的原籍，朱元璋的老家安徽凤阳。

凤阳的那座叫做皇觉寺的寺庙还在，虽然在大明时期，这座庙辉煌了一个时期，但是到了清朝，没人敢到这里来了。只是这些年，随着大清的衰落，这座破旧的寺庙又开始有了一些香火，此时这座寺庙里的主持叫佛明大师。

一天狂风暴雨，电闪雷鸣，残破的皇觉寺在狂风暴雨中飘摇，暴雨将皇觉寺冲洗得干干净净。主持佛明大师在持珠诵经中突然停住，一句：“阿弥陀佛!”后，立即起身命令身边的和尚：“赶快开门，皇上驾到。”

身边的和尚们你看看我，我看看你，好象说，今天长老怎么了，看样长老真的是老了，在说胡话。

佛性大师看和尚们没动，急忙又催促，有个和尚才极不情愿地走向大门。

大门打开了，门檐下站着一个精瘦大男孩，一道闪电将大地照得通亮，大家看清楚了，认识，是一个经常在附近村里讨饭的乞丐。不过令和尚们惊奇的是，今天这个孩子手里提着一把剑，而且孩子的眼里还有一股杀气。

这位孩子走进寺庙，走到佛性大师跟前下跪，并举起那把宝剑，说：“请师父替我保管这把剑。”

佛性大师接过那把剑，当他将剑从剑鞘里微微抽出一段时，看到了剑身刻着几个字，佛性大师浑身一抖，并迅速将剑插回剑鞘。

这位孩子在他的太祖朱元璋曾经待过的寺庙住了下来，也成为一位和尚，法号明觉。

嘉庆时期，天下大乱，一天，佛性大师将明觉请进自己的房间，并取出了那把宝剑，说：“你的凡心未脱，你还是还俗吧。”

朱明觉造反了，他把那把宝剑向众人显示，立即得到众人的拥戴。

朱明觉沿着当年明太祖朱元璋的进军路线，先是打下了定远，然后一举攻克了滁州。大清慌了手脚，他们明白朱明觉的造反不同于其他人仅仅为了吃饭而造反，朱明觉是在索要他们朱家的天下，要复辟大明王朝。

满族空前的团结，八旗子弟重新振作，大清军队铺天盖地地向朱家军队压来，朱明觉大有扛不住之势。关键时候，安徽家乡的父老乡亲们激动起来，他们明白，如果朱明觉失败了，他们这些朱家的家乡人将会受到灭族的清洗。

安徽大地颤动起来，男人喊杀，女人喊抓，刀枪剑戟，锄头铁锹，菜刀斧头齐动员，大清的军队被围困在安徽人的汪洋大海里。

大清军队后退了，朱明觉胜利了。胜利了的朱明觉挥师扑向王气之地南京。

大清皇帝嘉庆急了，他明白，如果不能消灭朱明觉，大清王朝将要毁在他的手中，而且，一旦明朝恢复，他们也会像当年对付蒙古人一样，将他们赶到冰天漠北，而且还要斩草除根。

嘉庆披上盔甲，他要亲征朱明觉。

在徐州附近，在广阔的淮海战场，明清两军摆开架势，一决雌雄。

淮海战役开始了，大清这边嘉庆亲擂战鼓，大明那边朱明觉赤膊上阵。战场上，喊杀声浪滚滚，兵器相撞，火星闪闪。上天助阵，电闪雷鸣，狂风怒吼；大地喝彩，飞沙走石，地摇山动。南方明军进退有方，战斗队形变化有序，而不知如何指挥打仗的嘉庆慢慢的处于下风。时间长了，尚文的嘉庆自我感觉不是尚武的朱明觉的对手。怎么办？嘉庆想起，满族本是游牧民族，更具有尚武野性，嘉庆脱去盔甲，换上原始的游牧服装。见自己的统帅如此变装，来自北方游牧民族的血性似乎被唤醒，北方阵营唿哨声、野叫声响成一片，他们如狼一般不按章法地横冲直撞，立即使南军慌了手脚。

关键时刻，在大清军队的后方响起了新的呐喊，原来北京城里的汉人造反了，北方的汉人造反了，他们剪掉发辫，嘶喊着从清军后方攻来。

汉人毕竟人多，清军不支开始后退，开始溃退。

大明王朝复辟了，在南京，大明皇帝朱明觉端坐龙椅，接受文武百官的朝贺。下朝后，大明的天象官向他汇报，说天象不好，大清的二重天在延续。

又不知过了多少年，朱明觉作古。

大明新帝接到来自南方的报告，说是有奇形怪状的大船向大明陆地开炮，但是炮弹在空中好像被什么东西阻挡着，爆炸后纷纷又都滚落在海里。

又过了些年，说是在中国的沿海到处都有大船向大明大陆开炮，同样炮弹又都被什么东西阻挡着，爆炸后纷纷又都滚落在海里。

天象官报告，清朝的二重天像照旧。

北方快马来报，说是蒙古骑兵歼灭了败退的满族军队，统一了长城以北的天下，大有举兵跨过长城进攻大明的势头，镇守北方的将领请示如何对策。

七、元朝的复辟

南京大明王朝有些慌乱，君臣们商讨对策，一时拿不出主意。会场逐步安静下来，大家不约而同的将目光转向一个人，谁？当朝宰相甄似道。

甄似道不慌不忙地说："中国自古以长城为界，只要他们不越过长城就不需慌张，送些银两、锦缎、美女，与他们签订友好条约，我想他们现在刚击败满族，鞍马劳顿，需要休整，不会再起战端。"

当朝皇帝昏庸，他还急着和新进来的妃子玩耍，听甄似道这么一说，也就放下心来，急忙安慰大家莫急，然后宣布下朝。

新皇帝命运不佳，在和妃子尽情玩耍时，纵欲过度，竟然一命呜呼。

新皇帝登基，不过这个皇帝是个娃娃，按传统，太后垂帘听政。垂帘听政的太后姓贾，官称贾太后。

北方蒙古族蠢蠢欲动，他们利用大明朝廷脑梗塞的时候，不失时机地举兵南下，不日攻克北京。

大明朝廷又开紧急会议，不过会议没人发言，大家的目光又都转向甄似道，这回甄似道把头低下，默不作声。

贾太后说话了："那就烦劳宰相挂帅出征，抵抗顽敌。"

甄似道挂帅出征了，走到半路，听说前面有一队蒙古兵，吓得急忙叫喊："怎么办?"后来听说蒙古兵走了，才松了一口气。

带兵南下的蒙古兵统帅叫忽必烈，是一位战功赫赫的统帅，甄似道听到这个名字就倒抽一口冷气，不战先怯。

怎么办？甄似道也胆大！他竟然瞒着朝廷，偷偷派个亲信到蒙古军营求和，说是只要蒙古退兵，明朝愿意称臣进贡。

恰在此时忽必烈的妻子从北方让人快马送来密信，说是蒙古一些贵族正在准备让忽必烈的弟弟做大汗，忽必烈接信后，要立即赶回北方争夺汗位。

甄似道答应把秦岭到淮河以北的土地都割让给蒙古，南北分治，并且每年向蒙古进贡银 20 万两、绢 20 万匹。忽必烈得到甄似道的许诺，就借机撤兵回北方了。

甄似道回到南京，把私自和蒙古订立协定的事隐瞒下来，并且将一些“蒙古兵”俘虏展出，吹嘘明军大捷。

忽必烈稳定了内部后，再率大军南下。

南京大明朝廷大惊，于是再派甄似道挂帅出征。甄似道无心打仗，悄悄地又派人到元军大营求和。蒙古人要的是大明天下，他们要的是投降，而不是求和。蒙古兵进攻，明军全线崩溃，甄似道逃回南京。

甄似道被免职，后被赐死。

眼看南京不保，大明朝廷迁都临安。

蒙古兵乘胜进军，进逼临安。

如何是好？明朝的兵马叫甄似道折腾得所剩无几，那些在甄似道时期提拔的文官也多是贪生怕死之徒，一见形势不妙便纷纷逃离。

贾太后一面安抚文官，一面下哀痛诏，号召各路军民起兵勤王，不过各地武将也都坐地观望。

大厦将倾人自散，难为了老太太贾太后。

一个女人，她实在感到无力回天，无奈之下，她派一个大臣带着国玺和降书到蒙古兵大营乞降。

蒙古兵占领临安，儿皇帝出宫投降，贾太后身卧病榻。

八、草原文明

蒙古人再次统治中国，为了能够长远地统治中国，他们接受以前的教训，决定从根本上改造中国，也就是将中国的农耕文明，改造为草原文明。

蒙古朝廷宣布：

一、全部耕地不许种庄稼，一律改种牧草。

二、不许盖房子，一律住蒙古包。

三、取消村庄，放牧人员一律逐水草而居。

……

九、天上的事

天上很寂静，所有观天下的神、魂虽然都没说话，但他们在不时地摇头。

中国和世界分手了，大地上世界其他国家进入21世纪，天上飞机，地上火车，还有电灯、电话、电视、手机……闭关自守的中国又回到“五德终始”。没人侵略他了，他在内斗，他在倒退，或者他在徘徊。

不知谁嘟囔了一句：“没有鸦片战争，中国人到现在未必知道自行车为何物。”

屈原又出声了，他说：“我明白了，楚国不可能再成为一个国家了，虽然秦国侵略了我们，占领了我们，但是中国统一是大势，我的失败在于我违背了大势。”

孔子和他的学生面面相觑。

老子说话了：“我现在明白天的启示了，国家间的交流是社会进步的保证，哪怕这种交流是要付出血的代价。”

大多数的神、魂还是没说话，他们仍然紧盯着下界，看看中国是否会被解体。

天堂神微笑着看着大家，他知道，要让大家彻底领会天的旨意，还需要一些时日。

罩住中国，使中国与外界隔离的天罩被拿开了。

十、慈禧的朋友

历史又回到原来的轨道。

在八国联军兵临北京城下时，慈禧化妆落荒而逃，咸丰当年北逃热河，慈禧现在是西逃山西（后来到了西安）。

慈禧沿途“即冷且饿，命太监取水，有井矣而无汲器，或井内浮有死尸”。“昨夜我与皇帝仅得一板凳，相与贴背共坐，仰望达旦。”

慈禧以光绪皇帝的名誉下罪己诏，声称：“没想到近日因为义和团与教民不和而导致战争，变生仓猝，竟导致社稷震动，太后跟着奔波流离，皇上我实在有很大罪责。”

老娘们让光绪背黑锅。

此时，慈禧最担心的是八国联军追究她的战争责任，其实她多虑了。

八国联军占领了北京，下一步该怎么办？他们有三个选择：一、肢解中国；二、扶持一个新王朝；三、让现在的清王朝继续统治下去。

肢解中国，将面临中国民众普遍的反抗，列强即使付出巨大牺牲也难以维持中国的稳定。

扶持一个新王朝，绝对不会得到中国民众的认可，中国将会出现无政府或多政府状态，这对列强是更麻烦的事情。

如果和现在的皇朝继续合作，服软的人好对付，软柿子更容易吸取汁水。列强决定和慈禧继续合作，因此他们没有向西安继续追击，而是请慈禧尽快“回銮”。

慈禧确实也服软了，她对大臣的上谕中说：“量中华之物力，结与国之欢心。”

慈禧明白镇压义和团，是和列强修好的前提。清廷明发上谕，声称要痛剿义和团：“此案初起，义和团实为肇祸之由，今欲拔本塞源，非痛加铲除不可。”

和列强修好的另一个前提，就是惩办支持义和团的包括庄亲王在内的一大批大清官员。慈禧考虑再三，不得不丢车保帅，庄亲王无奈自尽。

慈禧任命庆亲王和李鸿章为与八国联军谈判的全权代表。当庆亲王和李鸿章来到北京时，几乎让所有的北京人感到高兴，因为身处乱世，确实日子难熬，他们急切地想过安稳日子。

大清和列强谈判，最后得出两条重要结果，一是赔款 4.5 亿两白银（相当大清 5 年的收入）；二是承认慈禧的统治，不解体中国。

在这场战争中，大清败了，但是胜利方也心虚，英人赫德说：“今后各国对待中国，应尊重而不可卑视，协和而不可强制，同情而不可冷淡。中国终将要成为强国，处理中国问题必须谨慎，使中国将来感激而不致报复。”

有人听懂了他的劝告，美国将部分赔款返回中国，用于教育事业，这就是后来的清华大学。

慈禧从西安返回了，她在河北正定改乘火车进京。以前，李鸿章也让她坐过小火车，那是专给她做的样品，是哄她批准修铁路，虽然她批准了，但对火车并没有太入心。现在经过“西行难记”，她感到火车太神奇了，这是会跑的房子，而且房内家具一应俱全，她坐在车内，透过车窗看着原野，甚是惬意，这比坐轿舒服多了。而且火车的速度也令她吃惊，就是快马也赶不上。慈禧对洋玩意感到了喜爱，这也引起了她内心的激荡：“现在闹到如此，总是我的错，上对不起祖宗，下对不起百姓。”

慈禧的观念在转变，下决心变法维新，举办新政。在西安她就发布上谕，实施政治、社会变革。在回京的路上，她还致书各国公使，“致谢保护宫掖”。

慈禧回到北京了，这个给国家带来灾难的人，在北京反而受到了隆重的欢迎，有记载："沿途俱有马军门、姜军门大兵并八旗满、蒙、汉各营旗兵及五营步兵、五城练勇排班保护。文武大小衙门满汉官员暨候补、候选各官绅士等，俱自天桥，直至大清门前，按班跪迎接驾。一路并不静街拦人，任人瞻仰。家家门前焚香挂彩，并不闭门。正阳门前后城楼被焚烧，修盖不及，高搭彩绸牌楼三座，及其壮丽。各处看热闹的人，男女老幼挤满街道，拥挤难行。真前古未有之奇观也，至此可谓大劫过矣。"

慈禧回到她原来的住处，在她逃出北京后发生的一个小故事增加了她的底气。八国联军总司令、德国人瓦德西抵达北京城内，为了显示身份尊贵，他入住西苑，以慈禧太后的寝宫仪鸾殿作为住处，这无疑是在羞辱大清。大清全权谈判代表，庆亲王和李鸿章不愿到仪鸾殿拜会瓦德西，商议在德国驻华公使馆拜会瓦德西，遭到瓦德西蛮横地拒绝。庆亲王和李鸿章不得已只能到仪鸾殿拜会瓦德西。也是天意，仪鸾殿发生火灾，旁边的厨房着火，引燃凉棚，仪鸾殿六间正房随即陷入大火之中，瓦德西仓皇逃出，而他的参谋长被大火烧死了。

慈禧好像不那么怕洋人了，她和皇帝一起接见了驻北京各国外交使团的女士们、公使的夫人们和孩子们。慈禧太后对她们说："这是个沉痛的教训，大清国从此以后会成为外国人的朋友，同样的事情将来不会再发生。大清国会保护外国人，我希望将来我们能成为朋友。"

此时慈禧也明白了，从鸦片战争起，大清一再挨打的根本原因就是闭关自守、排外。

慈禧从思想上接受洋人了，甚至她觉得洋人可爱了。慈禧的权位保住了，而且不打不相识嘛。

更主要的是，包括慈禧在内的原来的惯性势力，经过这一次挨打，他们被打服了，醒悟了："确实原来那一套不行了，得变法，另寻出路了。"

天上的神、魂们散去了，他们担心中国会被解体的事情终究没有发生。

十一、慈禧的变法

慈禧决定变法了，拥护慈禧的张之洞上奏折，说："变法则事事开通，各国商务必然日加旺盛。""非变西法不能化中国仇视外国之见，不能化各国仇视朝廷之见。"

慈禧下发了变法诏书："著军机大臣、大学士、六部、九卿、出使各国大臣、各省督抚，各就现在情形，参酌中西政要，举凡朝章国故、吏治民生、学校科举、兵政财政，当因当革，当省当并，或取诸人，或求著己，如何而国势始兴，如何而人才始出，如何度支始裕，如何而武备始修，各举所知，各抒己见，通限两个月，详悉条议以闻。”

其实慈禧的变法几乎是戊戌变法的翻版，那么怎样解释慈禧对戊戌变法的镇压呢？很简单，“变法自变法，康有为谋逆自谋逆”。“康逆之谈新法，乃乱法也，非变法也。”

慈禧的变法不是集中颁布，而是逐步推广。

慈禧的变法仍以光绪皇帝的名誉颁布，即名正言顺。

慈禧力主戒烟，在美国总统的支持下，在上海举行了万国禁烟会议，进口鸦片每年递减10%，国内严禁种植。

慈禧改革刑罚，宣布废除凌迟、枭首、戮尸等，死刑至斩决止。

另，宣布废除妇女缠足恶习。

历史评价，慈禧的变法比戊戌变法走的更远。

戊戌变法的梦实现了，慈禧窃取了康有为的专利。

如果说光绪皇帝依靠康有为造成的维新运动，在社会上引起强烈反响，那么到了这个时候，以举国的耻辱为代价的慈禧变法也不让人感到新奇了。变法吧，上下都没异议了。

直说，变法的实质则是和国际接轨，接受近代工业文明。

十二、慈禧之死

仪鸾殿的太监宫女们个个神情紧张，因为这几天太后身体实在不好，常易发怒。慈禧在床上躺了几天了，可是病情仍不见好转。当然最为着急的是太医们，因为这是他们的责任。

在之前太医们委婉地向太后提出过忠告，要她注意休息。当然他们不敢使用“交权”含义的字眼，比如，让皇帝多操点心，让大臣多劳累等。

慈禧自己也感到自己不行了，因为大多数人到年老后，都会有“一年不如一年的感觉”，更重要的是，当新的疾病打击他们时，他们也能品出自己身体对抗疾病的能力。比如同样的感冒，上一次身体是什么样的感觉，而这一次又是什么样的感觉。如果这一次感冒身体更痛苦，那就意味着身体在走下坡路。

人总是要死的，慈禧明白这个道理，而且是从容地、按部就班地安排自己的后事。

她先是安排溥仪入承大统，其父载沣任监国摄政王，逐步将权力移交给他们。然后她又令军机大臣们草拟遗诏，拟成后，慈禧改定数处，又增加数语。

遗诏中她说："反观一生无悔恨之事也。""谓余垂帘数次，不知者或以为贪权，实则迫于时势，不得不然也。"

慈禧躺在床上，轻轻摇摇头，至死，慈禧都坚定不移地否定说她贪权。

慈禧病重，那些有资格的大臣要来探望她，都被慈禧拒绝了，她的回话是："天下太平了，不需要再来看我。"

慈禧的回话让那些大臣们感到莫名，同时他们也感到"大事不好"。

慈禧此时有一件更重要的事要做。

慈禧躺在床上，哆嗦着手，从枕头下拿出一个纸包，那是砒霜。慈禧看了看，然后又把它塞回去，她在犹豫。

一会儿，一个小太监走进门来，跪在慈禧的床前，头也没抬，低声说："他听说您身体没见好转，微露喜色。"说完，小太监躬身而退。

这是慈禧安排在光绪身边的眼线，"他"指的是光绪，这是慈禧特意安排的用语，光绪的一举一动都在慈禧的监视之内。

当年，康有为、谭嗣同策划袁世凯兵围颐和园，而且谭嗣同还要带人入内刺杀自己，这一切难道和光绪没关系？

如果说原来慈禧还有点犹豫，现在光绪见她"身体没见好转，微露喜色"，就没有再犹豫的必要了。

慈禧挣扎着坐起来，将那包砒霜倒在一碗银耳莲子汤里，慢慢搅动。"不能让你看笑话！你要死在我前头。"慈禧心里发狠。

慈禧令太监将砒霜银耳莲子汤给光绪送去，慈禧眼漏凶光，着急地等待结果。

这个时间太长了，慈禧什么也没想，此时她的大脑凝固了，她的凶狠眼光凝固了。

不知过了多少时间，送砒霜银耳莲子汤的太监回来了，带回了那只空碗，说了一句："皇上喝了，并说谢太后恩赐。"

这也是慈禧多年培养的习惯，光绪不会多想，谁也不会多想。

慈禧呆坐在床上，嘴里嘟囔着："他不是我的外甥，不是，不是……"

看到慈禧太后这个样子，伺候她的太监宫女们头也不敢抬，他们更是害怕，都远远躲着。后来太监宫女们还是扶她躺下，她顺从了，而且很乖，只是那双眼睛仍然寒光四射，这就又让那些太监宫女们迅速后撤。

又不知过了多久，突然一个小太监跑进来，扑倒在慈禧的床前，急切地说："他驾崩了！"

慈禧猛地从床上坐起，微露喜色，只是片刻，她又轰然倒下。

在光绪皇帝驾崩后的20小时，慈禧离开人世。

十三、汉族姑娘

慈禧的灵魂从身体内飘起，慢慢升上天空，在天空一个美女在迎候她，谁？西施！

西施微笑着迎上去，慈禧见一个美女迎候自己，先是一愣，然后反应过来，说："你一定是西施吧，你长的太漂亮了。"

西施微笑着答应，并说我们是同类，所以我来接你。慈禧不解，西施说："一会就明白了，走吧。"

在西施的陪伴下，不一会她们来到天门，此时历史端坐门口。西施做了介绍，便立于旁边。

慈禧给历史下跪，并自我介绍："大清国圣母皇太后，徽号慈禧，满族人，叶赫那拉氏。"

历史威严的摆摆手说："从实招来，任何人都不能隐瞒历史。"

慈禧有点犹豫，在一旁的西施说话了："需要历史记录在案，不要隐瞒历史，任何人都无法隐瞒历史。"

慈禧明白了，再给历史叩首后说："汉族姑娘小慊，恭请历史将我的真实身份记录在案。"

下面是慈禧向历史的口述：

"我原名叫小慊，山西长治县西坡村人，父亲姓名王增昌，穷苦人家。我出生时，奶奶看我双脚心各长一个瘊子，奶奶高兴地说："脚心瘊，住高楼，俺孙女长大一定有大福气。"因为我长得好看，奶奶给我起名"小慊"，就是美丽聪明的意思。我3岁时，母亲病故。因家庭贫穷，父亲无法养活我，和奶奶商量后，决定将我带到本县高河村卖掉。高河村附近的上秦村宋四元家比较富裕，膝下有一个儿子，本想再要一个女儿，只是妻子有病不能再生育，所以就把我买了下来。

我被卖到宋家后，改姓‘宋’，更名为‘龄娥’。在宋家，我深受养父养母的疼爱和哥哥的喜爱，并接受了良好的教育。但是到我13岁时，家里出现了变故，哥哥被狼吃掉，母亲被狼咬死；后来是大旱年，接着发洪水。宋家骤然破败，无奈我又被买到潞安府满人知府作使女。

到了满族知府家，我是下人，日子就不好过了。后来我伺候知府夫人洗脚，发现她的脚心有一个瘊子，我随口说我有两个，他们就对我好了。说是一个瘊子可以作知府夫人，两个脚各有一个瘊子，将来一定大富大贵，他们认了我为女儿。他们这样做还有一个目的，就是让我顶替他们的女儿入宫选秀。后来没想到我真的被选上了，又被选在君王侧，生了一个儿子也成了满族帝王。”

以上是慈禧的身世，在人间这是忌谈的事情，否则有杀头之祸。但是在慈禧的山西老家，乡亲们还是念想着她。

历史冷冷地看着她说：“给自己的人生做个评价吧。”

慈禧不明白其意，向西施行了个礼说：“请西施姑娘指点。”

西施微笑着说：“你现在还是个有争议的人物，说的好，可以上天堂，说不好，也有可能下去。”聪明的西施没说下哪儿去。

慈禧马上明白了西施的指点，立即昂首挺胸说：“我对的起娘家，也对的起婆家。”慈禧知道西施忠于母国越国，也就是娘家，帮助越国打败了吴国，因此升上了天堂。但是慈禧还是实事求是地评价了自己。

“在宋家我接受了汉族的传统教育，在被卖到满族知府家前，宋家也给我讲了满汉有别，满族夺取了原本是汉族的天下，杀了很多汉人，强迫汉人剃发。临离宋家门，宋家送了我一把宝剑，说那是他们的祖传，他们要求我到了满族家不要作危害汉族的事。后来我当政后，一直将那把宝剑带在身边。曾国藩、左宗棠、李鸿章、刘坤一、张之洞、盛宣怀等一大批汉族官员也都是在我的庇护下得到了重用。曾经十五省巡抚，只有一个安徽巡抚英翰是满族人，十个总督只有湖广总督官文和两广总督瑞麟是满族人，我对得起娘家。我为满族生了个帝王，我将大清的江山延续了几十年，我也对得起大清，对得起婆家。”

慈禧停下了，她看了看西施，西施摇了摇头，她知道，她还得“交代”。慈禧继续说：“我是镇压了戊戌变法，但是光绪在康有为的鼓动下，‘上谕日或数颁’，要在百日之内完成几千年的变化，他们还要迁都，这不是儿戏吗？用我的大臣刘坤一的话说：‘时事之变幻，议论之新奇，恍兮惚兮，是耶非耶，年老懵乱，不知其然，不暇究其所以然。’几个书呆子不懂治国，他们只凭一腔热血盲动，我不镇压他们，他们就会把天下搞乱。”

稍停，慈禧又说：“我也知道应该变法，我不是也变法了吗？我的变法是有序的治国变法，虽然和戊戌变法内容相近，但是不同的操作方法，就会有不同的结果。”

慈禧又停了下来了，她看了看西施，西施还是摇头，她知道，她得继续“交代”。

慈禧看了看历史，历史铁青着脸，慈禧知道，她什么也隐瞒不住。

慈禧手里这时出现了那把宝剑，她看了看宝剑，又用手抚摸了下，好像自言自语似的说：“临来之前我杀了光绪。不杀他，我死后他必重新启用康、梁，那时国家又要混乱，我坚持认为书呆子不可治国，我镇压戊戌变法是对，我杀光绪是对的。”停了停，慈禧继续说：“我在满族知府家当下人时，受到过他们的侮辱，至今我无法释怀。”又停了停，慈禧仰起头说：“满族夺取汉族的天下，光是扬州十日就杀了几十万汉人，他们杀我们那么多汉人，我们为什么要忘记呢？西施可以为自己的母国报仇，我为什么就不可以为自己的汉族出口气而杀他们的一个皇帝呢？”

慈禧说话时底气十足。

历史表态了：“回去吧，人间还在争论你，等有了结论再说吧。”

慈禧还没反应过来，自己已经跌坐在紫禁城上空的云彩上。慈禧明白了，历史要她在这儿听听人间对她的争论。

紫禁城上空有朵孤独的云，人们叫它慈禧云。

第十四章　大清日落

>>

一、革　命

《易经》，四十九卦，革卦。

革卦卦象：

-- 上六　君子豹变。小人革面。征凶。居贞吉。

— 九五　大人虎变。未占有孚。

— 九四　悔亡有孚。改命吉。

— 九三　征凶贞厉。革言三就有孚。

-- 六二　己日乃革之。征吉无咎。

— 初九　巩用黄牛之革。

（下离上兑，下火上泽）

《彖》曰：革，水火相息，二女同居，其志不相得，曰革。“己日乃孚”，革而信之。文明以说，大亨以正。革而当，其悔乃亡。天地革而四时成。汤武革命，顺乎天而应乎人。革之时大矣哉！

“革”的时势意义太重大了！

二、文明革命

大清王朝本该寿终正寝了，但是一个汉族姑娘的搅局使大清得以延寿数十年，否则，在西方列强的冲击下，大清早就不存在了。不信，你把慈禧从历史上拿掉，把曾国藩、左宗棠、李鸿章、刘坤一、张之洞、盛宣怀等一大批汉族官员拿掉，大清起码很难过去太平天国这一关。

天之所以没让诸如太平天国之类的运动改朝换代，因为这样的改朝换代无非还是"五德终始"，还是专制体制的延续，还是农业文明的延续。天的安排是，中国几千年的农业文明该结束了，中国应该顺应世界历史的发展大势，加入工业文明的潮流。

天在等待，等待一位人物的出现，天要他担当这一文明革命的重任，即要结束大清王朝，又要将中国从农业文明推向新兴的工业文明。

天降大任于谁？孙中山！

三、他向历史走来

孙中山出生在广东香山县翠亨村。村名优美，村子美丽，按照风水先生的说法，这里就是个出伟人的地方。

孙中山的族谱名德明，幼名帝象，读书时名为文，也叫逸仙。后来在日本，一位掩护他的日本友人在旅馆登记时给他取化名"中山樵"。后来"中山"这个名字在中国被叫火了，在日本，日本人还是叫他孙文，而在欧美各国，人们则称呼他为孙逸仙。不完全统计，孙中山一生所用的名字有30多个，由此可看出孙中山一生的斑斓多彩和奋斗历程的艰苦辛劳。

孙文说："文之先人躬耕数代。"

孙中山往上数代都是普通农民，孙的曾祖父有40余亩，小康人家；祖父由于笃信堪兴学，醉心术士们的风水说，家道中落，成为没有土地的佃农。父亲被迫到澳门打工，先是学裁缝，后作鞋匠，薄有积蓄回家，佃耕二亩半田地，兼做村中更夫。

孙中山幼年时，全家七口挤在村边一间简陋的泥砖房里。

孙家，贫农也！

家穷，孙中山10岁才开始“上学”，在私塾里他被要求背诵那些作为孩子无法理解的儒家学说。他请求老师讲解“大学之道，在明明德”。老师不给他满意的回答，而且训斥他，“自古以来都是这种教法”。

在翠亨村，有位太平天国的老将士在大树下乘凉，经常给孩子们讲当年太平天国的故事，孩子们听得眉色飞舞。有次孙中山脱口而出：“洪秀全灭了满清就好了。”那位老将士摸着孙中山的小脑袋，笑着说：“你真是洪秀全第二啊！”

从此，孙中山在儿童游戏和长大后也以洪秀全第二自居，一句戏言在孙中山的脑子种下了根。

家乡翠亨村虽然贫穷落后，但是它东与香港隔海相望，南与澳门紧相邻，距村不远又是外国轮船经常停泊的金星港，这就意味着，孙中山很小就接触了近代工业文明。孙中山的哥哥孙眉闯荡海外，在太平洋的檀香山小有成就，成了拥有1000多雇员的华侨资本家，这也让孙中山的视野也扩展到了海外。

有次在他的强烈要求下，他伴随母亲去了檀香山。他伫立在船头，展望在他面前一望无际的太平洋和巨轮劈波斩浪向前奔驰的壮观景象，让这位出身穷苦农村的少年惊叹不已。后来他在写给友人的信中说：“始见轮舟之奇，沧海之阔，自是有慕西学之心，穷天地之思。”孙中山这次长达20多天的昼夜远航，使他大开眼界，成为他早年生活经历中的一个重要转折点，这也是环境对他的启蒙。

在檀香山，孙中山接受了西方近代正规教育。刚入校时连ABC都不认识的孙中山，3年后以优异成绩（英语文法考试第二名）毕业于意奥兰尼学校，后又转到香港的中央书院学习，这为他日后闯荡天下奠定了知识基础，同时也避开了儒家文化对他思想的束缚。

在香港期间，发生中法战争。当时清政府的昏庸、无能，让孙中山产生了推翻这个政府的念头。孙中山后来曾多次强调自己革命思想的起点，就是在这个中法战争。

有了基础知识，孙中山本着“医亦救人苦难术”，且“行医最能为功于社会”的理念，进入了广州博济医院附属医校，后又进入了香港西医书院，并在那里苦读西医整整5年，应该说，孙中山的医学底子十分雄厚。在学医的同时，孙中山博览群书，也为了他日后的“从政”积累了更多的文化资本。

大学毕业后，孙中山从事了很短一段时间的行医，便转行，从医人转到了医国。

孙中山出道办的第一件事是游说李鸿章，希望李鸿章担起拯救国家的责任，当然李鸿章不会理睬这个名不见经传的毛头小子。

游说李鸿章没有成功，孙中山回到檀香山，组织了第一个革命团体“兴中会”，兴中会提出的宗旨是“振兴中华，挽救危局”，显然这时的兴中会还是个早期的不成熟的组织。

后来孙中山到了香港，又在香港成立“兴中会”。为避清廷耳目，地址处称“乾亨行”，乾亨一语取自《易经》，“乾元奉行天命，其道乃亨之义”。

香港兴中会比檀香山兴中会又前进了一步，提出了“驱逐鞑虏，恢复中华”的口号，明确了反清的目标，将中国与大清区分开来。

四、驱逐鞑虏

“野蛮”以“义和团”运动的形式，对飘洋过海而来的工业文明进行绝地反击，但是又失败了。

洋务运动没能救大清，维新变法行不通，大清的“人杰”愚蠢，最后的野蛮又失败，此时“驱逐鞑虏，恢复中华”就是历史发展的必然。

孙中山顺势而行。

如何“驱逐鞑虏，恢复中华”，孙中山制定了一字方略，那就是“打”。

一个打字，看是简单，做起来可不简单。第一次计划在广东发动的起义，由于筹划不到位，起义部队没能按时在广州集合，“届期而不能举，事必外泄”，孙中山不得不撤销了这次行动。

大清的官员事后反应过来，一批兴中会的仁人志士被搜捕、牺牲。

孙中山被通缉，香港也禁令他入内，不得已，孙中山亡命日本，很快孙中山又在日本的横滨组织了兴中会横滨分会。

此时在日本也不安全，孙中山决定再返檀香山。走时，孙中山剪掉发辫，脱去长袍，以示和大清决裂。

来到檀香山，见到哥哥孙眉，孙中山将广州起义失败的情况告知哥哥，孙眉轻轻地说了句：“这不算一回事，还应该继续干下去。”

离开檀香山，孙中山到了美国，在华侨集聚地，他向他们宣传：“祖国危亡，清政腐败，非从民族根本改革，无以救亡。”

离开美国，孙中山又横跨大西洋来到英国。在英国，有次孙中山在路上行走，过来三个中国人，说自己是广东老乡，搭讪中将孙中山推进一所房子，原来这里是大清驻英国的使馆。孙中山被抓捕，并被安排秘密押送回国处死。

“坐牢”中，孙中山说服英国仆人帮他向外传信，并将身上仅有的20英镑作为酬劳。那位英国仆人将信和那20英镑一起交给了孙中山原来的老师。他在老师英国人康德黎博士和孟生博士的营救下才得以脱险。而这次遇险，反而使孙中山在国外小有名气，一些外国人开始知道了中国有革命党。

离开英国，途经加拿大，孙中山回到日本，再次组织了惠州起义。起义初期获得了成功，80人的敢死队攻击200人的清军，击毙清军40人，俘虏30人，取得胜利。起义军很快发展到数千人，在以后的几场战斗中，起义军都获胜，其中1000多人的起义军，再次以少胜多，击败五六千人的清军，后来起义军发展到20000人。由此也看出，大清帝国实在是腐朽了。不过这次起义后来也没有取得成功，原因是通过一个日本人购置的军火全是些废铜烂铁，军火不继，起义不得不半途而废。

孙中山领导的这两次起义虽然都失败了，但是民间对这两次起义的反应区别很大。第一次起义，他们被指责为乱臣贼子，大逆不道，诅咒漫骂之声，不绝于耳；第二次起义，不少人表示同情，为他们的失败表示扼腕叹息，恨其事不成矣。这说明民众在觉醒，孙中山为此感到欣慰。同时也有让孙中山悲痛的事，他的两员大将，杨衢云被清廷刺客刺死，郑士良中风而亡。这时的孙中山，同志凋零，组织涣散，举目四顾，前途茫然，革命走向低谷。

五、同盟会

到日本留学的知识青年越来越多，全国除甘肃外，各省都有才俊到日本学习。眼见日本的快速发展，对比大清的愚昧落后，这些青年人逐步对大清产生厌恶情绪，革命的要求越来越迫切，他们希望有一个组织将他们团结起来，希望有领导人带领他们，他们需要改变中国的现状。这时他们想到了孙中山，想到了这位革命的先行者，如果说原来他们对孙中山的“驱逐鞑虏，建立民国”的道理虽不表示反对，但思想上多有顾虑，觉得清朝虽然腐败，但是推翻清朝总是“造反”，如果清朝打不到，他们必然就会有生命之忧。现在他们对大清彻底失望，感到孙中山做对了。

在日本的中国革命团体，或说是反清团体，有华兴会、光复会、日知会和孙中山原来的兴中会等，现在他们决定联合起来，并公推孙中山为总理，也就是认可孙中山为他们的领袖，带领他们对大清实行革命。孙中山告诉他们，革命不专在对满清，革命的最终目标是废除专制，创建共和。

新的组织名称为“中国同盟会”，中国同盟会的宗旨也采用孙中山提出的“驱逐鞑虏，恢复中华，创立民国、平均地产”。

同盟会成立时，会场人多，会场后面的坐席不负重压，轰然倒塌，孙中山笑着对大家说：“此乃颠覆满清，革命成功之预兆！”会场响起热烈的掌声，革命情绪高涨。同盟会成立不到一年，会员已达万人，“从此革命风潮一日千丈，其进步之速，有出人意表者”。

孙中山指出，同盟会的成立，标志着革命“新纪元”的开始。不久同盟会的机关报《民报》出版发行，孙中山在发刊词中又响亮地提出了“民族、民权、民生”，举起了“三民主义”的旗帜。

从实践执行到升华理论指导，孙中山都已具备了领袖资质。

六、无私的总理

虽然孙中山成为了革命领袖，但是要想获得威信还需要迈过金钱一关。

同盟会成立不久就面临分裂，原因是两个字“金钱”。事情是这样：大清政府追查国内革命起义的根源，是在英国没抓住现在流亡在日本的孙中山。清廷与日本交涉，要求日本政府逮捕和引渡孙中山。日本政府对此采用了两面政策，一面答应大清的要求，一面力争不得罪中国革命党。日本政府给了孙中山 5000 元钱，让孙中山离开日本，另外一个日本商人也资助了 1 万元。当时孙中山策划在中国南方发动武装起义，也急需资金，所以就接受了这两笔资金。

孙中山临离开日本，从 1 万元中提取 2000 元作为办《民报》的经费交给章太炎，章太炎要将 1 万元都留下，孙中山没答应。后来他们得知日本政府还给孙中山 5000 元，便认为孙中山“受贿”“被收买”“有损同盟会的威信”，便闹了起来，还撕毁了孙中山的画像，并给孙中山寄去，以示羞辱。这时又传来孙中山领导的黄冈、七女湖起义失败的消息。同盟会内部的矛盾如火添油，反对孙中山的越来越多。

作为同盟会中仅次于孙中山的人物黄兴，呼吁大家相信孙中山，但是大家都是刚走到一起，彼此了解不深，也拿不出更多的理由为孙中山辩护。

孙中山后来到了南洋，创办了新加坡同盟会新加坡分会，后又将南洋的各分会组织成南洋支部，并又创办了《中兴日报》。

同盟会中的一些人还是信不过孙中山，陶成章等人起草了一份《孙文罪状》，声称孙中山将有关捐款攫为己有。章太炎主持的《民报》也趁机煽风点火，并提出要免去孙中山的同盟会总理职务。又是关键时候，黄兴让汪精卫主持《民报》，并在《民报》登一启事，言章太炎为“神经症之人”，他要孙中山“海量涵之”，“陶等虽悍，弟当以身力拒”，请孙中山“毋以为念”。为维护同盟会的团结，维护孙中山的威信，黄兴做出了贡献。

同盟会的同志这时来到孙中山在香港九龙的家，看到除了几间简陋的房子外，别无他有。孙中山的哥哥孙眉已将家资全部资助孙中山的革命事业，此时已由富豪变为赤贫，住在自己盖的草房里，而且孙眉此时也加入革命，支持和亲自组织过多次反清起义。

百闻不如一见，大家增加了对孙中山的了解，一些同志将自己亲眼见到的事实公布于众，同盟会又获得了空前的团结。

七、前赴后继

同盟会成立后，孙中山主要做的事情仍然是武装起义，他先后发动和领导了10次武装起义：1895年10月广州起义，1900年10月惠州三洲田起义，1907年5月潮州黄冈起义，1907年6月惠州七女湖起义，1907年9月钦廉防城起义，1907年12月镇南关起义，1908年3月钦廉上思起义，1908年4月河口起义，1910年2月广州新军起义，1911年4月广州黄花岗起义。

可以说，武装起义，愈挫愈奋。

这些起义都打得很是惨烈。1911年4月广州黄花岗起义，有史记载：“4月27日（宣统三年三月廿九）下午5时30分，黄兴率200名敢死队员分四路攻打两广总督衙门、小北门、巡警教练所和守南大门。黄兴首先发难，连发三弹，率队攻入总督衙门，决心生擒两广总督张鸣岐，不料张越墙逃遁。由于清朝部队人数众多，起义队伍虽与清军展开激烈巷战，彻夜相攻，但都先后失败，黄兴侥幸脱险。赵声、胡汉民29日率200先锋队员接应，30日凌晨抵达广州城外，但是大势已去，遂返回。”

这次起义集中了同盟会的精英，他们的起义虽然失败，但是他们留下了许多可歌可泣的事迹。林觉民被俘，清水师提督李准亲自审问，两广总督张鸣岐坐堂。林觉民侃侃而谈，大讲世界形势，宣传革命道理。起初林觉民坐在地上讲，后来敌人打开手铐脚镣，请他坐在椅子上讲。张鸣岐、李准听了也“为之心折”，便送过笔墨纸张让林觉民书写，林觉民一口气写了几千言。林觉民写完后又当堂演讲，告诫清朝官员洗心革面，革除清朝暴政，建立共和民国，后来24岁的林觉民还是牺牲了。另一个23岁的喻培伦烈士，临死时怒斥敌人，慷慨激昂地宣布：“学说是杀不了的，革命尤其杀不了！”

他们牺牲了，但是他的死唤醒的是更多人反抗大清的统治。

“事后，同盟会会员潘达微冒着危险，多方设法收殓烈士遗骸72具，合葬于城东红花岗，后改名黄花岗七十二烈士墓。1932年，查得此次死难烈士陈文友等姓名共86人。由于习惯，人们仍称黄花岗七十二烈士。”

孙中山后来在《黄花岗烈士事略》序文中高度评价了黄花岗之役：“是役也，碧血横飞，浩气四塞，草木为之含悲，风云因而变色，全国久蛰之人心，乃大兴奋。怨愤所积，如怒涛排壑，不可遏抑，不半载而武昌之大革命以成。则斯役之价值，直可惊天地、泣鬼神，与武昌革命之役并寿。”

大清朝廷对孙中山羞恼成怒，他们通过外交干涉，不让孙中山进入日本、越南等周边国家，这样孙中山只能远走欧美。

孙中山的老师，康德黎博士在追述他的高足奔走革命的处境时说：“他曾是一个被抛弃者，远离家园，时而避开甲国，时而避开乙国，全世界似乎没有他的立足之地……因为在任何国旗下，他都得不到安定。将20年间，他无时不感到残酷、死亡迫在眉睫。他曾是个书生，无钱无势，多年如一日，在海外饱尝千辛万苦，历尽艰险而百折不回，用生命作赌注，奋不顾身，勇往直前。”

八、立　宪

在革命党人奋力要推翻大清时，大清内部也在激烈动荡。

甲午战争日本打败了大清，引起了中国的戊戌变法，继而引起义和团运动和八国联军对北京的占领，在这中间还有一件大事引起了国人的反思，那就是日俄战争。小小的日本继战胜大清后，居然也把强大的俄国打败了，中国人震惊了。是什么原因使日本如此强大起来的？也是戊戌变法思路的引导，有些人认定，是立宪强大了日本。

什么叫立宪，简单说就是日本或英国那一套，上面有个女王或天皇，下面有政府、议会什么的。

中国在戊戌变法后，大清朝廷中的部分大臣和社会中的“有识之士”，在全面修改中国社会制度的思路基础上，逐步将注意力集中到立宪上，认为只要一实行立宪，中国所有的问题瞬间就可解决了，因此孙中山在南方轰轰烈烈地进行革命时，在大清的首都北京同时也在轰轰烈烈地进行着立宪活动。

先不说立宪符合不符合中国的国情，在中国能不能行的通，就是大清朝廷“拖”的工作作风，也把什么事也给拖没了。大清朝廷先是派五大臣到国外考察。历时半年，周游14国。他们回来后，五大臣会衔上奏《请改定官制以为立宪预备折》，意思应该立宪，立宪可以使皇位永固，外患渐轻，内乱可弥。要求朝廷立颁明昭，以定立宪国事。大清朝廷的回应是《宣示预备立宪谕》，说是准备期需要10年或10年以上，后来又颁布了《钦定宪法大纲》和《逐年筹备事宜清单》，将原来计划10年立宪，提前至9年。

在设定的宪法里，对皇帝的权限，也就是君权做了规定：大清皇帝统治大清帝国，万世一系，永永尊敬；君上神圣尊严不可侵犯；凡法律虽经议院议决而未经君上诏令批准者不能施行；君上有召集开闭停展及解散议院之权；君上有高官制禄及黜陟百司之权，议院不得干预；君上有统帅海陆军、调遣常备军、制定常备军兵额及一切军事权，议院不得干预；君上有宣战、讲和、订立条约、派遣使臣、认受使臣等所有外事之权，议院不得干预；君上有宣布戒严之权；君上有赏爵及恩赦之权；君上总揽司法权，委任审判衙门，以钦定法律行之，不以诏令随时更改之；君上有命令权，惟已定之法律，不得以命令更改或废止；议院闭会时，遇紧急事，得以诏令代行之，至次年会期，再交国会妥议；皇室经费，由君上制定常额，由国库提支，议会不得置议；皇室大典，由君上督率皇族大臣与特派大臣议定，议院不得干预。

在设定的宪法里，对民权也做了规定：臣民中有合于法律命令所定资格者，得为文武官吏及议员；臣民于法律范围内，所有言论、著作、出版及集会、结社等事均准自由；臣民非按法律所定，不加以逮捕监禁处罚；臣民可以请法官审判其呈诉之案件；臣民应专受法律所定审判衙门之审判；臣民之财产及居所，无故不加侵害；臣民按照法律规定，有纳税当兵之义务；臣民规定之赋税，非经新定法律更改，悉仍照旧输纳；臣民皆有遵守国家法律之义务。

对人民大众来说，有了“权”，可以用法律保护自身，这是盘古开天地以来的根本性变化。就是对文武百官来说，不被皇帝任意宰杀，也是巨大进步。因此，如果真能实现“民权”，除紫禁城外，人们应该彻夜狂欢，以示庆祝。但是对皇帝来说，自古“普天之下，莫非王土”的现状将被打破，难过啊！皇帝和皇室成员得有个心理适应过程。过程就是时间，然而历史留给他们的时间太有限了。

对革命党人来说，立宪是多此一举，对皇帝就要扫地出门，“普天之下，人民做主——民主”。

此时革命派风起浪急，已先后举行了七次起义，如果革命成功，现在的一切权贵们就有可能丢掉既得利益，所以立宪派也想加快进度，16 省联合派代表进京请愿，希望只争朝夕。大清朝廷回绝，说是国情特殊，勿急勿躁。后来他们再组织第二次请愿，清廷再此回绝，说是灾情严重，赈灾优先。再后来他们组织了第三次请愿，而且 17 省督抚联衔电奏，要求立即组织责任内阁，明年开国会。清廷做了让步，宣布当下立即组织内阁，召开国会。

责任内阁终于成立了，立宪党人一看内阁成员名单傻眼了。13 位内阁成员，汉四满八蒙一，满八中，皇族又占五席。这是“皇族内阁”啊！舆论大哗，这样的责任内阁，和军机处无二。现在不是满清“留头不留发”的蛮横时代，大汉臣民已经不再接受满清皇族的霸道，而且这也不符合量才适用的原则，所以立宪党人要求另行组阁。立宪派人士急于立宪的一个原因是让革命党人失去革命的理由，但是大清朝廷轻视了这一点。

九、保　路

大革命来了。

大革命的导火索是四川的“保路”运动，保路就是保铁路。鸦片战争后，英国人向中国人推销铁路时，中国人很是不情愿接受，若不是英国人用洋枪洋炮逼着，中国人实在不愿意让这些铁玩意破坏我们的美好的风水。不知从何年何月起，我们中国人突然发现玩铁路能赚钱，也就不管什么风水不风水了。要自修铁路，一时一哄而上，成立了 17 家铁路公司。可是铁路这玩意不好玩，一是高技术，二是高投入，三是需要科学的管理。中国缺技术，这是明摆着的；资金方面，缺口高达 60% 以上；管理更是混乱，比如四川的川汉铁路公司，经理竟挪用资金炒股，亏空 300 万元。

面对一团糟的铁路，政府决定限期无法竣工的铁路一律由政府接管。这本来也不是什么不好的事，那些焦头烂额的铁路公司巴不得早些解脱，云南、贵州、广西这些边远省份，不但支持铁路国有，而且希望政府尽快执行。

问题是，将这些半拉子工程如何交给国家，国家给多少钱？按政府拟定的办法，湖北、湖南补偿最优，云南、贵州、广西无异议，广东次之，四川最下。清政府之所以区别对待，是因为各省亏损情况不同，实际价值不同。四川挪用资金炒股亏空300万元等问题，中央政府概不负责。

对于四川来说，如此大的一笔款项没了，所有股东都亏大了，实在是不甘心啊！于是他们采用“吃国家”的策略，也就是，死缠烂打也要国家给补贴上。

当时的负责人，邮传部尚书盛宣怀指出：政府的钱来自全国的老百姓，政府没有权力慷老百姓之慨，来弥补四川商办铁路公司由于管理不善所造成的亏损，这在当时应该是极为超前的意识。

铁路国有，自然还是要向外国贷款，盛宣怀与英美法德四国银行团正式签订了《湖北湖南两省境内粤汉铁路、湖北省境内川汉铁路借款合同》。这是个没有任何政治附加条件的商业合同，这种做法按现在叫做“招商引资”，是好事。盛宣怀估计，铁路三年内接通，十年之内大清还本。在晚清与民国，这个合同，是中国签署的最优惠的合同；

新颁布的铁路国有政策，不会与民争利，只要商民愿意，可以附股，与国家同受利益。后人评论，这种政策又最大程度地保证了国家和老百姓的利益，是一个利国利民的政策。后来也有人称盛宣怀为中国现代商业之父。

但是不管怎么说，铁路国有就是大清政府与洋人“勾结”，只要勾结就是谋我国民利益，就有卖国嫌疑，所以那些吃定国家的四川铁路股民“以反对国有为手段，以索还用款为归宿”，迅速占领道德高地，打出“爱国保路”的口号，逼迫中央政府“给钱”。

四川保路同志会成立了，推举立宪派人物蒲殿俊、罗伦分任正副会长，在爱国旗号下，半月余，会员达到10万余众。

大清朝廷也上劲了，不能出尔反尔，政策下来就得执行，政府不让步。

四川保路同志会下令全川罢市罢课，并宣布不交税不纳粮，这就等于造反了。

大清朝廷下令派兵入川镇压，原来摇摆不定的四川本地政府，立即响应中央，诱捕了蒲殿俊、罗伦。保路会的群众潮水般涌向总督府，要求放人，总督下令开枪，“成都血案”产生。

此时“驱逐鞑虏，恢复中华”的革命党人正在组织各地武装起义，四川的保路运动正好给革命党人提供了一次绝好的机会。四川的革命党人立即制定了他们的策略："外以保路之名，内行革命之实。"具体方案：一、以保路为推翻满清的工具，组织革命军同盟会；二、领导群众，暴动于成都之中；三、同盟会会员分赴各地，组织革命，割据州县；四、搞好统战，吸引哥老会等民间组织参加。

在"成都血案"产生的第二天，革命党人不失时机地打响了起义的枪声，很快不少四川州县相继独立建立了军政府。

在四川形势的烘托下，4 个月后，武昌起义爆发了。

十、又是娃娃统帅

在大清暮气沉沉时，慈禧和光绪退出了历史舞台。慈禧临走时，又安排了个娃娃来接光绪的班。

年仅 3 岁的溥仪做了皇帝，其父，20 多岁的载沣为监国摄政王，。

溥仪的年号为宣统，尊光绪皇后为隆裕皇太后，隆裕皇太后垂帘听政。

继同治、光绪之后，中国由第三个娃娃挂帅，肩负国难，博弈包括日本天皇、俄国沙皇在内的世界各国国家元首。

缺乏一个强有力的领导人，应该说是大清的第一败笔，但这又"符合"中国国内的国情。

更令人费解的是，让女人垂帘听政掌权，更不符合"三纲五常"男尊女卑的伦理道德，为什么中国历史上会一再出现这种反常的现象呢?

十一、武昌起义

武昌起义之前，湖北有三个革命组织，共进会、科学补习所和文学社（原"振武"学社)，他们决定联合起来举行起义，推举蒋翔武任总司令，孙葆仁任参谋长。有人出注意，让孙葆仁改名叫孙武，假称是孙文，孙中山的弟弟。并对外宣扬："革命成功，选孙中山为总统""孙中山已在国外购妥许多军舰枪炮等"。当时社会上青年学生和青年军官非常信奉孙中山，这一招很有效，加入革命组织的人马上多了起来。尤其在军界，湖北新军 1.5 万人，就有 1/3 加入革命组织。此时又流传"八月十五杀鞑子"，舆论对起义军有利。

孙武在汉口俄租界制造炸弹，不慎爆炸受伤，被火速送往医院救治，爆炸声引来了俄国巡铺，暴露了起义的准备。

蒋翔武闻讯后召开紧急会议，决定当晚12时起义。会议还没散，清兵包围会场，仅蒋翔武一人翻墙逃走，其余被捕，并实行了全城戒严，当晚12时的起义流产。

第二天，参加起义会议的彭楚藩、刘复基、杨宏胜三人，在湖北总督衙门前被杀害。

孙武受伤，蒋翔武不知去向，准备起义的武昌革命军一时群龙无首。

湖北总督下令搜捕革命党人。军中各部的革命党人，不得不死中求生，自发起义。晚上，一个副班长金兆龙正向枪膛里装子弹（当时子弹统一管理），排长陶启胜正好前来查夜，见状汹问："干什么？想造反吗？"

金兆龙不甘示弱："老子要造反，你能怎么样？"

陶启胜揪住金兆龙大叫："老子把你抓起来！"

一个士兵程正瀛赶过来，举起枪托砸向陶启胜，陶启胜猝不及防，被砸在地，仓促间爬起来就跑，程正瀛举枪射击，击中陶启胜腰部，陶启胜负伤而逃。

程正瀛打响了武昌起义的第一枪。

程正瀛的第一枪犹如点着了导火索，营房里炸开了锅，不知谁喊了一声："起义了！抄家伙！"

共进会驻营代表、班长熊秉坤立即集合队伍准备开始行动。

"谁敢动？"代理营长和两个军官拔刀挡住去路，程正瀛又连开两枪，击毙两个军官，那位营长也死于乱枪之中。

平时训练，大家的枪弹很少，班长熊秉坤带领300多人的队伍冲向枪械库。枪械库的守官吴兆麟问清情况，立时打开枪械库。枪械库里枪被拖出来，炮被拉出来，很快一支装备精良，气势高昂的队伍建立起来。

程正瀛大喊要让吴兆麟做起义军的头，一人提议，大家附和，吴兆麟被大家推举为起义军的临时总指挥。吴兆麟整理好队伍，大吼："目标，总督衙门！"

大家跟着齐吼，杀向总督衙门。

就这样武昌起义爆发了。

还有传说，说是一个鞭炮厂鞭炮燃爆，军队中的革命党人误认为是起义开始，所以群起响应，产生了武昌起义。

不管哪种说法，一堆干柴，星星之火即可燃成巨焰。

这是戏剧性的一天，也是开启中国新时代的一天，这一天后来被定为中华民国的国庆日，这一天是1911年10月10日。

起义军进攻湖北总督衙门，湖广总督、提督仓皇跑到长江上的军舰逃走。

11日，12日，汉口、汉阳的军队也都纷纷起义，武汉三镇很快被革命党人占领。

十二、都督们

武昌起义军把已经藏起来的21混成协协统（相当于旅长）黎元洪搜出来，带到湖北谘议局。11日湖北宣布独立，并成立了军政府，改国号为中华民国，任黎元洪为都督，又推谘议局议长汤化龙为民政总长，想借用他的名望号召民众。

起义军之所以请黎元洪出任都督，是因为他是当时名将，军阶高，平日又较得军心，爱护军中的革命党人，而他本人并不是革命党人。

随着革命形势在全国的迅速发展，起初不愿背叛大清的黎元洪，看到大清已属昨日黄花，革命政权已经确立，也就“积极”起来。后来他利用扩军的机会，大量启用旧军官，将湖北军政府的大权集中到他的手里。而此时的革命党人也幼稚地认为，只要反清，赞成中华民国，都是自己人。

武昌的起义得到不少省份的响应，很快起义浪潮在全国掀起。

湖北、湖南相连，策动武汉起义的革命党人不少是湖南人，武汉起义刚获成功，湖南长沙立即起义，宣布独立，成立军政府，举焦达峰为都督；

除湖北、湖南外，较短时期内宣布独立并建立起军政府的省份有：

10月22日，陕西宣布独立，成立军政府，举张凤翙为都督；

10月24日，江西宣布独立，成立军政府，举李烈均为都督；

10月29日，山西宣布独立，成立军政府，举阎锡山为都督；

11月1日，云南宣布独立，成立军政府，举蔡锷为都督；

11月2日，江西宣布独立，成立军政府，举吴介璋为都督；

11月4日，贵州宣布独立，成立军政府，举唐继尧为都督；

11月5日，浙江宣布独立，成立军政府，举汤寿潜为都督；

11月5日，江苏宣布独立，举原巡抚程德全为都督；

11月7日，上海宣布独立，成立军政府，举陈其美为都督。

……

上海的起义有点戏剧性，11月3日上海革命党在陈其美等领导下起义，上午占领巡警总局，下午进攻清军兵工厂江南制造局。上海的演员们也参加了起义，当时著名京剧演员夏珊、夏月润、潘月樵等也参加了作战。清军开炮顽抗，潘月樵跑到阵地前向清军晓以大义，宣讲“汉人不打汉人”的道理，清军被感化，停止抵抗，江南制造局于是被革命党人占领。11 月4 日革命党占领上海，11 月7 日上海军政府成立，陈其美被推举为都督。

浙江的起义也值得关注，因为中国历史上的一个重要人物开始登上舞台，谁？蒋介石!

武昌起义时，蒋介石刚从日本一所军校毕业，正任实习炮兵。听到国内起义的消息，他决定立即回国。他将自己的二等兵军装、军刀邮寄回军校，以示不再归队。

蒋介石和陈其美都是浙江人，陈是浙江吴兴人，蒋是浙江奉化人。蒋毕业于保定军官学校，后获公费留学日本，并在陈其美介绍下加入了同盟会。陈交给蒋3600 元军费，并组织了100 名“先锋敢死队”，由蒋率领奔赴浙江参加起义。

在杭州，蒋介石率队进城攻打浙江巡抚衙门，敢死队队员个个奋勇作战，清军节节败退。又是戏剧性的一幕，敢死队中的尹锐志、尹维俊两姐妹，手持土炸弹率先冲入巡抚大堂，浙江巡抚曾韫被起义军活捉。

革命党于当天成立军政府，推举汤寿潜为都督。

革命形势大势所趋，清朝朝廷内部也开始分化瓦解，当时在上海的清政府驻美国公使、大清名臣伍廷芳也宣布赞成共和，并致电北京的大清朝廷，劝告清帝退位。

大清退出历史舞台进入倒计时，在海外流亡16 年的孙中山返回祖国，走向历史前台。

十三、临时大总统

王者归来，孙中山在上海受到了隆重的欢迎，同盟会主要成员黄兴、陈其美、黄宗仰、汪精卫等以及各界人士、各国领事、国内外记者都来到上海码头迎接。孙中山乘坐的轮船抵达码头时，同盟会上海机关鸣礼炮21 响致敬。孙中山出现在轮船上层，他身着黑色西服，脱帽高举右手，面含微笑频频点头，向欢迎人群答礼。

全国已独立的省份纷纷来电表示欢迎，有的省还专门派代表专程来沪欢迎。

人民身体非依法不得逮捕、拘禁、审问、处罚；

人民之家宅非依法不得入侵；

人民有言论、著作、出版、集会、结社之自由；

人民享有请愿、陈述、诉讼、考试、选举、被选举的民主权力。

有关法律、法令中还规定：法官独立审判，不受上级官长的干涉；政权机构实行三权分立，即参议院行使立法权，总统行使行政权，法院行使司法权；参议院有弹劾总统的权力，人民享有参政权等。

中华民国用法律、法令形式否定了几千年的独裁专制的君权，自古以来神圣不可侵犯的天子被打倒了。

这场轰轰烈烈的革命，因为发生在中国辛亥年，所以被称之为“辛亥革命”，中华民国也是亚洲第一个民主共和国。

十四、袁世凯

武昌起义了，在这当口，大清的几根顶梁柱，李鸿章、张之洞、刘坤一等先后谢世，大清的权贵们被革命党的声威震慑，一对孤儿寡母难以撑住这风雨飘摇的江山。美国公使嘉乐恒在公使团会议上发言，当下的中国，只有袁世凯才能评定乱局，除日本外，各国一致同意嘉乐恒的意见。在这种背景下，在一些大臣的劝说下，载沣、隆裕太后诸亲贵们不得不请被勒令“开缺回籍养疴”的袁世凯出山来对抗武昌革命军。

手握北洋重兵的袁世凯对大清朝廷也是个威胁，据说，光绪临死前的遗嘱就四个字“杀袁世凯”。摄政王载沣上任两周后，袁世凯被开缺，踉跄出京，返回河南彰德。载沣原打算置袁于死地，只是张之洞反复开陈，始或幸免，怕的是北洋新军不稳。

此时的摄政王载沣在皇族内部私下表态，待袁世凯重新收拾旧山河，不管他成功与失败，到时我们再设法诛杀“出卖光绪”“首鼠两端”的他。

大清朝廷先是任命袁世凯为湖广总督，袁世凯以“疴”未好谢绝。此时湖南、陕西又要革命了，载沣一看大势不妙，又任命袁世凯为“钦差大臣”，袁仍没动心，最后清廷请袁世凯出任内阁总理。袁世凯提出各种条件，在讨价还价后答应出山了。

大清“立宪”了，或说大清“君主立宪了”，折腾了那么多年的立宪，竟是这般儿戏地实现了。当时大清不搞那个皇族内阁，让袁世凯或其他人一步到位，晚清的历史可能另写，在时代面前，大清的政治家们总是晚半拍。或者说，大清这些当官的，都是被历史推着走的“领袖”。

袁世凯出山了，袁世凯挥兵武汉，夺取汉口，汉阳，在大清朝廷还未来得及欢呼时，袁家军在完全能够再占领武昌时，却停兵不前，见好就收了。

袁世凯派人与革命军谈判和平。武昌革命军在战场上不是袁世凯的对手，但是，袁世凯也认识到，民心思动，已非一朝，现在全国各地都在起义和酝酿起义，对于这股时代浪潮，即使能以武力收复武昌，也不可能扑灭全国越烧越旺的革命烈火。换一种说法，只有让革命军闹下去，袁世凯才有存在的价值。“按兵不动”也是“养寇自重”。

大清朝廷不满了，质问：“汉口收复，前途一片光明，乘胜渡江作战，武昌尽在囊中，为何要停战言和呢?”

袁世凯答道：“汉口收复了，南京不是又丢了吗？革命党人风头正劲，议和也是权宜之计，不出三年，我一定会消灭乱党。”

袁世凯一吓一哄，对方不再作声了。当然袁世凯不怕说他说话不算数，到时他自有办法对付。他更知道大清此时启用他是迫于无奈，到时大清对他一定会卸磨杀驴，因此他也无须对大清忠诚。

议和中，革命军提出了和平的条件：一、推翻满清；二、建立共和。

前面提到，袁世凯早有颠覆满清的思想，但是此时的他，在总结了戊戌变法失败的教训，并且登上了责任内阁总理宝座后，他反而认为：民智未开，将来国民渐渐开通，懂得共和真谛，再慢慢改为共和政体为好。

应该说，国家采用什么样的政权形式，并不是对错问题，而是当时的气势问题，谁的气势大，谁就能得势。武昌起义已经成功，革命浪潮在全国风起云涌，革命气势大，袁世凯不接受“共和”也难。

但是，作为清廷大臣，袁世凯知道他要推翻清室，可能要留下骂名，袁世凯公开表态“若欲使余欺负孤儿寡母，为万世唾骂，余不为也!”

虽然袁世凯认为在中国实行共和太早，但是要他顺应大势接受共和也不是不可以，主要障碍是要解决“骂名”问题。

做婊子，也要立牌坊。

关键时候，有幕僚出主意，召开国民大会，公决“君主”与“民主”，到时自然而然地登上总统宝座为好，若不然，起码也是维护了总理宝座。

又是关键时候，孙中山回国了，共和形式的中华民国政府成立了，孙中山就任临时大总统，袁世凯的算盘被打乱。

十五、改造同盟会

从武昌起义，到中华民国的成立，以及孙中山就任中华民国临时大总统，革命形势一片大好，不是小好，但与此同时，同盟会内部又开始分裂。

在为推翻满清各地举行的起义中，同盟会成员很多时候都是各自为政，这在当时的条件下是自然的事。但是当革命取得一定成功，需要“中央集权”，指挥全国统一行动的时候，这种各自为政就不行了，所以孙中山在南京主持中华民国临时政府的时候，又在上海召开了同盟会临时大会，使同盟会很快又恢复成了一个统一的组织。

临时大会在组织统一的同时，也力主思想上的统一。

第一，重申三民主义纲领。对武昌起义后不少人以为革命已成功，或居功自傲，或萌退志，或脱化变质，进行了批判。重申：所标三大主义，由民族而民权民生者，进行之时有先后，而欲造成圆满纯固之国家，以副其始志者，则必完全贯彻此三大主义而无遗。

第二，整顿组织，扩大革命队伍。由于革命形势发展迅速，革命队伍难免掺进杂质，会议提出“剔弃败类”，并“广益其结纳，罗致硕人，以闳其力”。

第三，驳斥谬论。一是“革命军起，革命党消”，会议指出，无论从哪一方面来说，革命党都没有“消”的理由；二是革命党以“天下为己有”，会议指出，这种谣言，不过是“嫉妒之言”。

第四，第一次提出了“北伐”，用革命武力统一中国。

会议并声明服从同盟会总理孙中山的领导。同盟会临时大会的召开，对稳定同盟会，稳定新政权都起到了一定的作用。

后来在南京，召开了中国同盟会改组大会，到会者四五千人，可谓声势浩大。会议选举孙中山为总理，黄兴、黎元洪为协理，汪精卫为总务部主任干事，张继为交际部主任干事等。选举了各省支部长。大会宣布改组后的中国同盟会宗旨，通过总章及政纲九条，会议文件随即公布，并通电全国。

革命党人表面轰轰烈烈，内在财政却是苦不堪言。

孙中山先是批准发行中华民国军需公债，发行定额 1 亿元，以国家所收钱粮为抵押品，年息 8 厘，6 年还清。然而政府根基未固，难获民间信任，更是中国民穷，故而失败。

孙中山通过日本友人提出向日本借款，日本出于获取在华利益，原对中国国内事情很是关心（寿西中佐监视北军；羽昌大尉跟随黎元洪；井户川中佐加入革命军；黄兴有大原武庆跟随等），因此，也曾考虑有条件地借款给民国政府，但是英国出于自身考虑，逼迫日本放弃了对华借款。

民国政府财政困难到了极点，军队无饷哗变，黄兴急得吐血。

其实，在组建中华民国政府时，孙中山“提拔”了那么多的“党外人士”，也包含着让他们肩负政府的财政责任，然而，这个目的也没达到。

十六、无　奈

在南京、上海轰轰烈烈的大会中，有一种思想并不是太显形，但又扎扎实实地贯彻其中，这就是推翻大清是现实目的。

在武昌起义时，黄兴就曾信函袁世凯：

“满清朝廷，衣冠禽兽，事事与人道背驰，二百六十年来，有加毋已，是以满奴主权所及之地，即生灵涂炭之地。如但念及汉口之生灵而即休战，毋乃范围过狭，无以对四亿生灵。

尊嘱开党禁等四条，乃枝叶问题，而非根本问题。兴等之意，原不在此。

难解者，我公之自为计也。兴思人才原有高下之分，起义断无先后之别，明公之才能，高出兴等万万。以拿破仑、华盛顿之资格，而出建拿破仑、华盛顿之事功，直捣黄龙，灭此虏而朝食，非但湘鄂人民戴明公为拿破仑、华盛顿，即南北各省当亦有不拱手听命者。苍生霖雨，群仰明公，千载一时，祈毋坐失。”

这是一封用意明显的策反信，希望袁世凯也起义反清。因为袁世凯的军力、财力等都是革命党无法比拟的。

黄兴策反袁世凯还有个原因，就是早在袁世凯下野被驱赶出北京时，曾派人到日本与革命党人联络，以图日后合作。当时黄兴对袁世凯不太相信，此事不了了之。现在有了和袁世凯直接打交道的机会，黄兴自然也想试试。

黄兴策反袁世凯早日推翻满清的思想，当时代表着大多数革命党人的思想。

汪精卫曾经谋杀过摄政王载沣，事后被捕，后来大清对革命党采用怀柔政策，释放了汪精卫。被释放的汪精卫说：“中国非共和不可，共和非袁世凯促成不可，且非袁世凯担任不可。”

袁世凯到北京组阁，第二天便接见了汪精卫，后来传出汪精卫与袁世凯的儿子袁克定义结金兰，袁为兄，汪为弟。

黄兴、宋教仁等一批同盟会元老，此时醉心于策反袁世凯。他们认为，推翻清廷，大功告成，“吾辈十余年兢兢业业以求者，真正之和平，圆满之幸福，今日目的已达”。大有“大风歌罢不如归”之感慨。

在上海，革命党人创办的《民立报》和《神州日报》，最早最多的地刊登推举袁世凯为大总统。《民立报》发表短评，以《敬告袁项城》为题，公开表示袁世凯如反正，就可以被推举为总统；《神州日报》连发三篇外国留学生和华侨来电，推举袁世凯为大总统，同时又发表两篇社论，鼓吹袁世凯“为中国共和国初开幕之第一任大总统”。

面对如此形势，刚当上临时大总统的孙中山乃通电宣布：“袁世凯若表示赞成共和，当以总统相让。”即表示了天下为公的胸怀，也表示了对形势的无奈。将多少烈士撒热血抛头颅得到的天下拱手相让于一个旧官僚，一个不明白的人，能行吗？孙中山内心深处不能不有所担忧。

在和袁世凯多次来往电报中，以及更广泛地了解袁世凯后，有着多年斗争经验的孙中山认识到，袁靠不住！所以决定北伐，用革命军统一中国，用三民主义统一中国。但是汪精卫等人又说话了，说是孙中山舍不得总统宝座。

西方列强此时不但不承认中华民国，而且对孙中山的北伐也反应强烈，不得已，北伐胎死腹中。但是，历史以后也证明，孙中山被迫让位，顺应形势，客观上也促使大清王朝的早日垮台。

十七、最后的搏击

孙中山就任临时大总统，袁世凯手足无措，当接到孙中山当以“总统相让”的电报后，袁世凯将信将疑。

西方列强在袁、孙之间也在做着权衡。

对于袁世凯，他们认为“中国当代……找不出一个比袁更能干的人”。袁世凯“是能使中国避免出现一个混乱时期的唯一力量”。“在袁世凯的领导下，一个假的共和国政府将出现。它能以高压手段在表面上维护宪政方式下……维持治安”。

对于孙中山，他们认为“任命孙为总统……决不能指望会得到列强的承认”。特别是孙中山想在中国建成共和，使中国繁荣、富强、昌盛，更是列强们不愿看到的。日本公使在跟英国公使谈话时说，若坐视其狂妄恣肆，甚至坐视其实现共和制度……其结果，必然是排外思潮更加泛滥，以至掀起收回权利之狂潮。法国公使谈到辛亥革命时说，我们认为，从这场革命来说，我们绝对得不到任何好处。

列强的天平倒向袁世凯。

袁世凯当上总理大臣后，宣布停止各衙门的事权，一切均由内阁办理。

接着袁世凯又请英国公使朱尔典出面，与清廷商议。说是革命之所以发生，是由于政治不良，政治不良是由于监国摄政王载沣措施不力；另外，以摄政王载沣监国，也与“君主立宪”“责任内阁”不合。最后，朱尔典强调，清廷要想得到外国援助，载沣必须辞职。

在朱尔典的压迫下，最后大清朝廷不得已让载沣引退，归邸休息。

摄政王载沣没能诛杀“出卖光绪”“首鼠两端”的袁世凯，反而被袁世凯“开缺”了。

接着袁世凯以内阁总理大臣的名义，取得北京周围各路军队的指挥权，同时改编和掌握了京师禁卫军。

此时的大清已被袁世凯攥在手中。

民国政府的实业总长张謇，早在袁世凯复出之前就曾经拜访过袁，双方配合默契，当得知袁世凯出山并组阁后，立即电告袁世凯：“旬日以来，采听东西南十余省之舆论，大数趋于共和……潮流所趋莫可如何”，希望袁世凯“趋时乘势，采众说以定政体”。

其实袁世凯对“南方”的情况已是非常了解，袁世凯的心腹赵凤昌坐镇上海，对革命党及南方各派政治力量以及著名人物都有秘密谍报。在袁世凯当上总统后，袁每年还都继续给赵拨付巨额谍报经费。

袁世凯明白，我们的国情，立宪就是给满清保留个面子，而共和则是彻底驱逐鞑虏。袁世凯决定顺应潮流，实行共和，不给满清留面子了。但是他还担心，询问孙中山举他为总统的事“有无把握”。孙中山回电：如清帝实行退位，宣布共和，则临时政府绝不食言。文即可正式宣布解职，以功以能，首推袁氏。

袁世凯还是不放心，又指派专人到南方摸底，并得到孙中山、黄兴的再次保证，并得到民国政府其他成员的支持，袁世凯认为时机成熟了，他要开始颠覆大清王朝了。

袁世凯原本想采用国民大会公决，“请”清政府自觉下台，这样自己就避免了“曹孟德欺君之名”。但是革命党建立中华民国，并提出要袁反正才能当大总统的条件，这样就逼使袁世凯与大清翻脸。但是袁世凯仍然不愿自己直接出面，避免给外界造成“逼宫”的印象。于是他使出令人眼花缭乱的政治组合拳，既要推翻满清，还要力保自己“忠臣”的形象。

袁世凯先是让心腹梁士诒唆使驻俄公使陆征祥倡导一些驻外公使，联名电请清廷让位，而他则佯装反对，奏称“臣窃痛之”“留中毋议”。

袁世凯再以“军饷无着，军心动乱”上奏，逼迫王公大臣“毁家纾难”，捐输近千万，逼隆裕太后尽出内帑黄金八万两，同时暗示不退位，军费就是无底洞。

袁世凯暗组大臣们联衔上奏，奏请清廷退位，“俯鉴大势，以顺民心”，这样可以享受优惠待遇，保持皇室尊荣。

收买满族大臣奕劻、那桐，从贵族内部搅乱大清思想上的防御阵线，说革命军势不可当，而我军将士不少也加入革命党，共和是大势所趋。

收买隆裕太后宠信太监小德张，向隆裕太后散布“倘不退位，生命难保”。

后来，袁世凯亲自跑到养心殿，跪在隆裕太后面前，声泪俱下地说：“太后，如今海军尽叛，天险已无，北洋六镇之兵难守京津之危，天下之大，已无皇室容身之地啊！政治改革，民心所归，犹豫不决，今后下场恐怕会更惨啊！”

宣统皇帝溥仪在他的回忆里有这样的记载：“我不明白两个大人为什么哭……后来我才知道，那个胖老头就是袁世凯……正是在这次，袁世凯向隆裕太后直接提出了退位的问题。”

袁世凯很是“动情”，隆裕太后的眼泪也跟着流了出来。

回来的路上，革命党人向袁世凯乘坐的马车投弹，炸弹将袁世凯的卫队领班袁金标等八人炸死，袁世凯骑马逃走。

此事件反而加深了大清朝廷对袁世凯的“理解”，后来隆裕太后还派人前往慰问，袁世凯借机从此也不再上朝了，这次事件也算是革命党人意外帮了袁世凯的忙。

满清也有人看出袁世凯又是“首鼠两端”，认定袁世凯不保皇了，大清大臣良弼组织人员要灭袁，并声言要将中国：“宁赠友邦，不予汉人。”

又是戏剧性的一幕，革命党人要促使大清早日完蛋，又刺杀了良弼。袁世凯立即散布舆论，说革命党散布京城，不同意共和的满清大臣都在刺杀之列。肃亲王善耆、恭亲王溥伟分别逃往大连和青岛，没逃走的大臣吓得也不敢再出面了。

当袁世凯接到孙中山“接到清帝退位诏书后，孙中山即行辞职”“由参议院举袁世凯为临时大总统”的来电后，便不再犹豫了，他立即动用军队对大清朝廷进行了最后一击。

段祺瑞为首的北洋军首领在袁世凯的授意下，以联名通电形式向大清朝廷进行武力威胁。通电称：“共和国体，原以致君于尧舜，拯民于水火。乃因二三王公迭次阻挠，以至恩旨不颁，万民受困”“瑞等不忍宇内有此败类也”，将“率全体将士入京，与王公剖陈利害”，并将其司令部由湖北孝感回迁至河北保定，兵临北京城下。

十八、满清的结束

1912 年 2 月 12 日，隆裕太后颁布宣统皇帝退位诏书，统治中国长达 267 年的清王朝寿终正寝。

中国君主制社会结束。

孙中山“驱逐鞑虏，恢复中华”的理想得以实现。

第十五章　共和的故事

>>

一、定都北京

南方革命党人拥护袁世凯做大总统，孙中山也慷慨地把大总统让给了袁，但是这拥护和让都是有条件的，其中条件之一就是“定都南京”。

为什么孙中山要把定都南京作为一个条件提出来的呢？因为地处长江流域的南京，在政治、经济、文化诸方面均比北京地区要发达。在意识形态上，民主、自由的观念开始深入人心。邻近南京的江苏、浙江、上海、江西、安徽等省区，均处于革命武装力量的直接控制之下。迫使袁世凯离开北洋军和旧的官僚体系，到南京就任临时大总统，有利于临时约法的实施，国家也就不易偏离民主共和轨道。孙中山强调“惟临时政府地点，仍须设立南京。南京是民国开基，长此建都，好作永久纪念，不似北京地方，受历代君主的压力，害得毫无生气，此后革故鼎新，当有一番佳境”。

定都南京的含义是要新政府生活在新的文明范围之内，摆脱北京传统文明的腐朽之气，应该说这是孙中山的高瞻远瞩。

袁世凯并不拒绝到南京就任大总统，但是他表态“北方秩序不易维持，军旅如林，须加部署”而不能立即启程。

为促使袁世凯南下，也为了全国早日实现共和，孙中山委派蔡元培、汪精卫、宋教仁、魏宸组、钮永建、刘冠雄、曾绍文、黄元8人作为专使北上迎袁。

在北京，袁世凯对专使团的到来也进行了热烈的欢迎。主要路口均搭起了彩牌楼，并大开中华门，请专使由中门而入。中华门是清代的“大清门”，平时关闭着中门，只有皇帝出入时才大开中门。袁世凯“开中门迎客”，可谓给专使以极高的礼遇。

公使团团长蔡元培没有被袁的热情搞得昏头，一见面便对袁世凯强调：“袁公当莅南京就临时大总统职，为法理上不可破之条件。”此时的袁世凯一脸诚恳之色，表示甚愿即时南行。

袁世凯举行茶话会为专使团接风，蔡元培即席讲话，再次强调说：“大总统必须南行，以联络南北感情，藉巡视军民近状，以资融洽。”袁满口答应，表示“俟军事、民政及新政府布置妥定后，即行南来”。他还与专使团讨论了南下路线，先到武汉，再去南京。

可是就在当晚，北京发生兵变，兵变部队一开始劫取的只是蔬果摊贩，后来发展到抢窃金银器店、绸缎庄、洋货店，再后来京奉、京汉铁路局，大清、交通、直隶三银行以及制币厂亦遭劫掠，北京城里枪声不断。

后来叛乱部队打到专使团的住所，蔡元培等人在表明身份后，仍无法阻止哗变军人的攻击，后来专使住所被洗劫，蔡元培他们被迫逃到东交民巷外国使馆区内的六国饭店。

因“义和团”事件而心有余悸的驻京各国使团极为紧张，纷纷调集军队进入北京保护使馆的安全，日本大使更是从山海关和南满的驻屯军急调1000多人来京。俄国也要从哈尔滨调1000人到天津。

在这种情况下，北京各界人士吁请袁世凯“万勿南下”。袁世凯也致电孙中山，正式表态拒绝南下，理由为“北方军民，尚多分歧，隐患实繁，皇族受外人愚弄，根株潜长，北京外交团向以凯离此为虑，屡经言及。奉、江两省，时有动摇，外蒙各盟，迭来警告，内讧外患，递引互牵，若因凯一走，一切变端立见，殊非爱国救世之素志，若举人自代，实无措置各方面合宜之人，然长此不能统一，外人无可承认，险象环集，大局益危”。

蔡元培领导的专使团见此形势，也发电报给南京政府参议院：“北京兵变，外人极为激昂，日本已派多兵入京，设使再有此等事发生，外人自由行动，恐不可免。培等睹此情形，急议以为速建统一政府，为今日最重要问题，余尽可迁就，以定大局。”

处于被动的孙中山只得作出让步。3 月 6 日，南京临时参议院决议，允袁世凯在北京就职。

有人说北京兵变是袁世凯的政治算计，亦即否决南下，但是百年来实据不足，蔡元培所说也可能是真情。

按袁的能力，如若袁真的去南京就职，以后南方革命党的行动也可能受到制约。

南京，行云流水之城，留不住“皇帝”。

二、共和学步

北京变了，辫子剪掉了，不喊大人了，不裹脚了，不叩头了，人们彼此行握手礼了，一切都很新鲜。

不明白什么叫“共和”的人向人请教，明白人给他人解释：总统，皇帝；内阁，军机处。明白了？明白了！对应式思维，很容易让人“明白”。

自武昌起义，到实行共和，短短数月，两三千年的中国君主政体，摇身一变成为了民主政体，人们一时还很难明白，更难适应。

孙中山当临时大总统时，有个《临时政府组织大纲》，意思是，一切总统说了算；总统交给袁世凯了，《临时政府组织大纲》变成了《临时约法》，意思是，总统仅是个不负责任的国家元首，内阁总理说了算。而且《临时约法》也是在袁世凯宣誓当大总统的第二天才公布，这也算是专为袁世凯量身定做，强迫袁世凯接受“革命的原则”。

制约总统的目的，是为将来革命党人掌握实权做铺垫，这也为以后的“府院”之争埋下了隐患。

袁世凯痛快地接受了《临时约法》，这是秀才文章，约束不了他。

有人推荐要孙中山当总理，还有人推荐要黄兴当总理，当然袁大总统不会同意，若那样，袁世凯就真的被“约法”了。

后来有人推荐唐绍仪当总理。唐绍仪与袁世凯在朝鲜战场上共过患难，私交甚厚，有着 20 余年的私情公谊，后来唐又是袁世凯与南方革命党人谈判的首席代表。同时唐绍仪又和孙中山同为广东人，而且是留美海归，思想上多与革命党接近。政治派别交涉结果，再让唐绍仪加入同盟会，以兼顾双方的利益，最后，南北双方同意唐绍仪出任内阁总理。

唐绍仪崇尚美国式的民主，不甘心做阿谀奉承、百依百顺的专制奴才。一方面，他很想施展自己的政治抱负，干一番事业。而袁世凯力挺唐绍仪，就是要唐永远作为自己的私人代表，掌控内阁。另一方面，唐为了表示自己的“总理尊严”，平日言行飘飘然有所欠缺，以至外界流出总理欺负总统的笑谈，这样袁对唐就很难相容了。

有次总理向总统汇报工作，袁世凯突然冒出一句：“我老了，你做总统吧。”

唐绍仪听出了袁世凯话语后面的不满，这才意识到袁世凯对自己已心存芥蒂。

直隶省任命一位总督，唐绍仪总理同意，袁世凯让一些军人通电反对，然后这个人被袁世凯直接安排到另外一个地方任职去了。按照《临时约法》，人事的安排也需要制约机制。袁世凯不给内阁的任命书盖章，总理不给总统的任命书上副署，也是笑谈，但是嬉笑中《临时约法》被扔到一边了。

更重要的是内阁中几个袁世凯的部长，要么在内阁会议上刁难总理，要么有事直接向袁世凯汇报，根本没把唐当回事。

唐绍仪看自己的内阁形同虚设，便留下一道辞呈，跑到天津去了。

唐绍仪不干了，同盟会国务委员全体辞职，唐绍仪内阁仅生存了82天。

唐绍仪被袁世凯逼走后，袁世凯还派人到天津做了一番形势上的挽留，算是做足了情面上的文章。

袁世凯将原外交部部长陆徵祥扶上总理位置，这是位无党派人士，精通几国外语，是位声誉较好的外交家。

当陆徵祥来到参议院发表演说时，台下的掌声、鞭炮声经久不息。可能陆徵祥说惯了外语，中文表达的却是支支吾吾，口齿不清，让大家不知所云。当宣读阁员时，陆徵祥突然提高声音，大声说：“鄙人自愧不才，全仗国务委员抬举，比如……比如一个人过生日、请客的时候，要将好吃的菜列出一个菜单，再选可口的菜端上来……何况是选国务委员这样的大事呢!”

听众一头雾水，谁也没想到新总理施政演说竟然不着边际，将国务委员名单比作菜单。原来的掌声变成了起哄，陆徵祥面红耳赤，没讲完就溜了，当然陆徵祥的内阁补充名单全部给予否决。不过这里面还有另一个因素，同盟会控制着参院。“我们不给你们做阁员，我们也不通过你们提名的阁员。”

这些熊孩子，也是斗气!

总统急了，使出流氓手段，动用军队、警察通电，痛骂参议院儿戏，不顾国家安危。同时一些“小广告”，直发个别议员家中威胁、恐吓。

一位老革命章炳麟看不下去了，公开讲话：国家危难，原来是政府无能，政府无能原来是参议院的议员们玩权，你们名曰参议员，实为汉奸。

被骂了一通，参议员们老实了，当陆徵祥再次提出内阁名单时，他们通过了。

陆徵祥还没开始工作，参议院的弹劾又出来了，说是陆徵祥失职。陆徵祥一看烦了，称病不上班了，陆徵祥内阁计划胎死娘腹。

总统袁世凯有些坐不住了，哀叹：“……方今民国初兴，尚未巩固，倘有动摇，则国之不存，党将附焉？无论何种政党，均亦蠲除成见，专趋于国利民福之一途……凡我国民，勿念阋墙御侮之忠言，怀同室操戈之犬戒，折衷真理，互相提携，忍此小嫌，同扶大局。”

再后来，赵秉钧出任国务总理。赵“忍此小嫌”，大事小事皆请示袁，双方合作愉快。当然袁世凯身在其位，想把国家治理好，也是应该承认的。

孙中山评价袁世凯：“余信袁之为人，很有肩膀，其头脑亦甚清楚，见天下事均能明澈，而思想亦很新。不过做事手腕稍涉于旧，盖办事总不能全采新法。是以北方如一本旧历，南方如一本新历，必新旧并用，全新全旧，皆不合宜。故欲治民国，非具新思想、旧经验旧手段者不可，而袁总统适足当之。故余之荐项城，亦不谬误。”

黄兴对袁世凯的评价更高：“今日北有袁大总统，南有黎副总统，犹之屋有栋梁，而吾辈方能住居寝室，歌哭于其下，故我辈一面监督现今之政府，同时复当尊重此两大伟人。”

孙、黄二人此时这样说，另外一层的意思是也在鞭策和感化袁，期望袁世凯能按照共和的原则，将中国治理好。但是，君主思想远比民主思想对袁世凯的影响大，民主要想在中国立足，中国还要付出更沉重的代价。

三、权术家

权术也称政治手段、政治手腕。

民国初期的一个权术故事可谓精彩。

武昌起义涌现出三位杰出人物，被称为“辛亥三武”，蒋翔武、孙武和张振武。

张振武原是湖北共进会（一部分同盟会员组成的更激进的组织）会员，武昌起义前张振武变卖祖产，以充革命经费。武昌起义后张振武参与组建湖北军政府，任军务部副部长，因孙武部长伤未愈，张代行部长职务。

当时张振武看黎元洪不太情愿当总督，曾提议杀黎元洪示众。武昌起义成功，张当上副部长后更不把黎看在眼里，飞扬跋扈的他动不动就和黎拍桌叫骂。黎元洪曾派张携巨款40万元购军火，张购买废枪，款不平账。有人说张有小妾二三十之多，还多为女学生。更重要的是，还有人告发，张要组织推翻湖北军政府的“再次革命”，黎元洪也到了忍无可忍的地步，他要杀张。

张振武是武昌起义功臣，不好杀，黎元洪要借刀杀人。

黎元洪先是给张振武一笔巨资要他去北京，袁大总统有重用。张上路后，黎元洪立即给袁世凯发了一封电报，历数张的罪状，最后说：“元洪爱即不能，忍又不敢，回肠荡气，仁者俱穷。伏乞将张振武，立予正法，其随行方维，系属同恶相济，一律处决，以昭炯戒。”

袁世凯看到这样的电报，先是一惊。随后回电，落实来电的真假。黎元洪又来一电：“张不死，大局必乱！”

在和黎元洪电来电往时，袁先是不露声色地款待张，然后安排军界举行欢迎会，以表达对这位武昌起义功臣的敬意，后来北洋段祺瑞、冯国璋又轮流宴请张。

在确知是黎元洪要置张振武于死地，并要求尽快处置时，袁世凯下了密令。

张振武率武昌来京人员回请北洋将领，在座的总统府拱卫军总司令段芝贵在接到处决张振武、方维的密令后，中途离席。

张振武、方维在回来的路上被抓捕，处决。

袁世凯知道杀害张振武的后果，在张振武被处决之后，袁世凯便将黎元洪的电报公布于众。

黎元洪原打算借刀杀人，可是袁世凯不是个替人背黑锅的人。袁世凯这样做，既是摆脱了自己的干系，同时将黎元洪推到革命党的对立面。另外黎元洪给人的印象是和蔼谦虚，有长者之风，袁世凯这样做也是撕下了他的“伪装”。

张振武被杀立即引起社会的强烈反响。黄兴拍案而起，通电谴责政府擅杀辛亥革命的大功臣，“人权国法，破坏俱尽”。蔡元培、张人杰等在上海成立维法维持会，发电通告：“大总统和副总统没有直接杀人之权，未经审判，即行枪决，如此践踏《约法》，玩弄国民，如不追究，法律何在，生命何以得到保障。”

袁世凯很快又出台对策，以大将军的待遇厚葬张振武，发给张振武、方维两人家属3000元抚恤金，并将被捕的其他人员全部释放，每人发给1000元路费，让他们回家。

舆论慢慢转移，对袁世凯多为谅解，黎元洪才是真凶。

黎元洪被推到风口浪尖，面对舆论，他不得不咬紧牙关，说是张振武有罪，同时将张的灵柩运回湖北，召开隆重的追悼会。

黎元洪猫哭耗子的演戏并没有使舆论降温，不得已他宣布辞职，同时他又安排湖北各界发电挽留自己。

看看黎元洪狼狈的够呛了，袁世凯也不想让革命党太“猖狂”，袁世凯使出了更毒辣的一招。

袁世凯让人伪造了一封没发出去的张振武写给黄兴的信，信中说：“承嘱杀元洪事，已布置周密。”

袁世凯安排，将此信透漏给记者。一时社会上开始传言，黄兴曾安排张振武要杀黎元洪。舆论开始动荡，大家一头雾水，如果革命党再在张振武事件上追究下去，黄兴就有可能被绕进去。

袁世凯将水搅浑，大家都在自保，张振武案不了了之。

四、国民党

总统有了，总理有了，人们把下一步的目标锁定在争夺议会席位上，于是各个政党如雨后春笋般地冒出来。有些投机分子，拉几个有点名望的政治人物做领袖，随便找个办公的地方，挂个牌子，发表一篇宣言，就算一个政党成立了。有些政党建立在同乡、同学等关系上，没有党纲，没有一定的政治主张，一个利益团伙就挂牌为政党，以至于陌生人见面，问过尊姓大名后，还要问身为何贵党？在这种情况下，还是出现了几个有影响力的政党，主要是共和党（首领黎元洪）；统一党（首领章炳麟、张謇）；民主党（首领汤化龙等）。

面对这样的形势，同盟会也不甘落后，迅速与谷中秀和吴景濂为首的统一共和党，与伍廷芳为会长的国民共进会，与岑春煊为首的国民公党，与董之云为首的共和实进会取得联系，很快达成共识，同意五党合并，成立一个大政党，取名国民党。

在这场政党的分化与合并中，在同盟会转化为国民党的过程中，一个叫宋教仁的年轻人起了重要作用。宋教仁曾是黄兴任会长的湖南华兴会的副会长，是同盟会的负责人之一。宋才华横溢，《中华民国临时约法》就是他一夜草书而成；宋志气逼人，他曾设想，孙中山做总统，他做总理。

宋教仁组织能力极强，在得到孙中山同意后，是他直接策划了五党合并，建立了国民党并在北京将建党的基础工作做好，只等孙中山一到，就可以举行隆重的成立仪式。

孙中山决定去北京，为国民党的建立隆重剪彩。

孙中山去北京也是应袁世凯的邀请。因为张振武刚被杀害，很多革命党人认为袁世凯手段毒辣，孙中山去北京也是孤身涉险，不过孙中山还是毅然决然地北上。

听说孙中山来到北京，北京的各界人士从四面八方赶到火车站迎接孙中山。孙中山下车后，见欢迎的人群人山人海，锣鼓喧天，非常感动，不停地向大家挥手致意。

1912 年 8 月 25 日，中国国民党在北京湖广会馆正式成立。

大会宣传，取名国民党："共和之制，国民为国主体，吾党欲使人不忘斯义也，故颜其名曰国民党。"

孙中山致词："国家之有政党，原以促政治之进行，故世界文明各国，无不有政党以维持之。今日五大政党为一国民党，势力甚为伟大，以之促进民国政治之进行，当有莫大之效果。但望诸君振刷精神，力求本党之发展，以冀有裨于国家，并须化除畛域，毋歧视异党，毋各持党见。"

大会通过《国民党政见宣言》，宣言主张："天相中国，帝制殄灭，既改国体为共和，变政体为立宪，然而共和立宪之国，其政治之中心势力，则不可不汇之于政党……且一国政党之兴，只宜两大对峙，不宜小群分立。"宣言最后慷慨激昂道："嗟乎！时难方殷，前途正远，继自今，吾党循序以进，悬的以赴，不务虚高，不涉旁歧，孜孜以吾党之信条为期，其于所谓巩固庞大之结合力，与有系统有条理真确不破之政见，庶几可以计程跻之乎！由是而之焉，则将来运用政治之中心势力，亦庶几可以归于政党之一途，而有以副乎共和立宪国之实质。世之君子，其亦乐与从事者乎！是尤吾党之人所愿为执鞭者耳。"

国民党政纲共五项：（1）促成政治统一；（2）发展地方自治；（3）实行种族同化；（4）注重民生政策；（5）维持国际和平。

国民党成立后，推举9人为理事，他们是：孙中山、黄兴、宋教仁、王宠惠、王人才、王芝祥、吴景濂、张凤翔、贡桑诺尔布，孙中山为理事长。国民党设参议30人，包括胡汉民、阎锡山、柏文蔚、陈锦涛、李烈钧、张继、蒋翔武、孙毓筠、谭延闿、尹昌衡、于右任、马君武、田桐等。

在历经了兴中会、同盟会、国民党，孙中山将中国引导到了近代工业文明社会的边沿。

五、捧杀计

在天庭，孙子和孙膑两位军事家，倚栏凭望下界发生的一幕。

北京，孙中山与袁世凯在交谈，孙中山说："如果你当10年总统，练百万雄狮，我搞实业，修20万里铁路，那时我们中华民国，能不强大起来吗?"

袁世凯捋须大笑说："孙先生的愿望确实很好，可练百万雄兵，并非易事，修20万里铁路，更是太难。练兵需要兵饷，修铁路需要钱，现在国家财政捉襟见肘，靠借债度日，像这样的穷政府、穷百姓，能实现你我的愿望吗?"

"天下无难事，只要我们有这个志向，就一定能办成。"孙中山说。

"好!"袁世凯站起来大呼："孙中山万岁!"

"袁世凯万岁!"孙中山站起来也回应了一声。

在天庭，孙子与孙膑笑的前仰后合，孙膑指着袁世凯对孙子大笑说："这叫'捧杀计'！他在麻痹孙中山，很快他就会对南方的革命党下手。"孙膑又对孙子说："怎么样，'捧杀计'，你的三十六计里没有吧?"

孙子说："没有，没有，老袁计多一筹，不过这好像不属于军事范畴吧？"

孙膑停下笑，习惯性地弯下腰，挠挠他的膝盖，点点头说："对！这应该属于政治范畴，看来政治家的计谋比军事家还要多。"

孙子说："政治家们也应该出一本书，叫《政治三十六计》。"

六、司法的确立

宋教仁被暗杀了。

宋教仁北上，上海都督陈其美在送行宴会上给宋教仁开玩笑也是提醒："你不要快活，他们会用暗杀的手段来对付你。"

宋教仁听后哈哈大笑："只有我们革命党人会暗杀人，哪里还怕他们来暗杀我们。"

但是，此时暗杀宋教仁的人已将枪口对准了他。在上海火车站检票口，刺客开枪了，宋教仁倒在血泊中。同来送行的黄兴、于右任、廖仲恺等迅速将宋教仁送往沪宁铁路医院急救，但是经抢救无效，两天后宋死在医院里，时年31岁。

宋教仁被暗杀事件发生后，孙中山立即返回上海，与黄兴、陈其美商讨应对措施，最后商讨的结果是"司法解决"。

经过交涉，英法租界当局将抓捕的案犯和涉案证据交给了上海地方监察厅。

经过对案犯的审讯和对涉案证据的验证，初步结论：凶手为失业军人武士英，主使人为拥有中华国民共进会会长和江苏驻沪巡查长头衔的青帮大佬应桂馨。而随着线索越挖越深，案件直接牵连出了内务府秘书洪述祖，内阁总理赵秉钧等人。

因宋教仁案涉及中国当权的高层，当时有人要求向袁世凯请示，请求以大总统名义组织特别法庭审理此案，但是司法总长许世英坚决不同意，理由是：从法律上讲，约法和法院编制法中都没有规定存在什么"特别法庭"，这样做，是以总统令改变法律。此先例一开，各级行政长官照此办理，就会造成以命令代替法律问题，这样做既不合法，后果又不堪设想。从行为上讲，被告律师若不出庭，即使强行开庭审做出判决，被告不服，判决终归无效。最后决定，还是按正常的法律程序审理宋教仁案。

这个案件的大体情况是：国民党成立后，孙中山决定脱离政治，专心实业，特别是铁路建设。黄兴主持的南京留守处曾拥兵30万，权力极大，黄兴也曾被称之为"第二总统"。但是为了维护国家的统一，他也辞职了。在这种情况下，宋教仁代理了国民党的理事长。

袁世凯面对孙中山的让位、黄兴的辞职，领教了两位革命领袖只知有国、不知有家、胸怀坦荡、不为己谋的大家风范，赞叹他们"志气高尚"，同时也对这位国民党新的领导人宋教仁给予高度关注。

1913年中华民国国会大选，国民党大获全胜，宋教仁时任国民党代理理事长，如不出意外，将北上组阁，成为新的政府总理，而且还有可能以责任内阁来架空袁世凯，当年袁世凯就是以责任内阁形式架空了大清朝廷。更有传言，宋教仁策划要让"老实"的黎元洪代替奸诈的袁世凯，所以袁世凯不得不关注这个宋教仁。

此前，国会选举期间，袁世凯曾试图拉拢宋教仁，并赠送宋教仁50万元的支票，但被宋教仁退回。

宋教仁被暗杀了，“凶手”涉及现任内阁总理赵秉钧，进一步追查，又涉及大总统袁世凯，举国震动。“霹雳一声，阴霾尽揭，至此袁世凯、赵秉钧授意杀宋已成铁案。”这句话是国民党喉舌、上海《民立报》1913年4月25日的通栏标题。

事件发展的很快，凶手武士英又在法庭翻供，否认见过应桂馨。武士英后来暴死狱中，应桂馨出狱后北上向袁世凯索酬，被人追杀，在逃往天津的火车上被刺身亡。洪述祖后被抓获，被判绞刑。赵秉钧被迫辞去总理职务，不久也在天津的家中“突然”死亡，以致于案情很难再追查下去。

宋教仁走了，孙中山痛做挽联：“作公民保障，谁非后死者；为宪法流血，公真第一人。”

宋教仁案虽然没能全案告破，但在当时的情况下，在执行法律的程序中，上海地方监察厅两次向当时的国家总理发出传票，这已经是中国历史上开天辟地的事了，还是应该给予特别的纪念。

七、“共和”落难

宋教仁不碍事了，袁世凯施展权术，使民国的政坛继续五彩纷呈。

大借款

袁世凯要稳定他的大总统地位，首先要解决钱的问题。政府最大的开支是军费，减少军费的开支是裁军，而裁军就需要发清欠饷，发给遣散费。无钱就无法裁军，不裁军就需要更多的军费，这就形成了恶性循环。问题是如果军费不能及时到位，还容易激起兵变，引起社会动荡。晚晴遗留下的一个大问题是军队过剩，光是南京留守处就需裁军30万，军饷安置费就需250万，就别说诸如修铁路搞建设其他的事了。家常话，不当家不知柴米贵，总统也不是个好当的差事。

甲午战争，中国的家底被打了个底朝天。搜刮民财吧，老百姓穷的难有油水，怎么办？传统办法，向列强借款。但是借款也非易事，这还要看看债主的脸色。袁世凯决定向六国银行团借款，但是六国银行团要价太高，没借成。后来六国中的美国退出六国银行团，其余五国条件稍有松动，袁世凯趁机借到了一笔二亿五千万元（二千五百万英镑）的巨款。

这是豪赌啊！对于袁的借款，国内响起激烈的反对声。首先反对者指出，这是一个从垄断到指定用途，又从指定用途到监督政府财政的亡国条约，这是“饮鸩止渴”。但是此时世界各国还没有承认中华民国，如此巨额借款达成，这就等于西方列强们承认了中华民国，袁世凯也进行了有力的反驳。

按照中华民国《临时约法》的规定，如此大的借款必须经过国会同意，而袁世凯做完此事后，仅是派人提请国会“备案”，国会当然不会答应。此时总理赵秉钧因宋教仁案递上辞呈，跑到天津去了，袁世凯让陆军部部长段祺瑞代理总理职务。段祺瑞带领全副武装的士兵开进国会，这气势使一些议员“哑口无言”。一些胆大的议员仍指责借款不合法，段祺瑞大声说道：“借款为了国家，反对借款就是反对国家，反对革命。”最后他指责议员们：“不顾大体，无理取闹。”说完便扬长而去，议员们面面相觑。

不管这次大借款是对是错，通过这次大借款，袁世凯把《临时约法》连同国会一起扔到一边是真。

二次革命

宋教仁被杀，《临时约法》和国会被扔到一边，国民党人坐不住了，他们要反抗，但是还没有等他们行动，袁世凯就先动手了。

袁世凯取代清廷，控制中央，但是势力范围仅为直隶、山东、河南等地，现在袁世凯认为时机成熟，他要统一中国了。

首先袁世凯拨款给黎元洪100万元，意在拉拢黎元洪。当时中国有三大势力，袁世凯、国民党和黎元洪。黎元洪坐镇武汉，有一定军事实力，黎元洪倒向哪一方，哪一方的实力就大增。

黎元洪本来就不是革命者，而且因张振武被杀案，已和国民党产生裂隙。黎元洪也知道，袁世凯的实力大于国民党，见袁世凯给他一笔巨资，他便迅速地倒向了袁世凯。

“安顿”好了黎元洪，袁世凯以地方服从中央为借口，以总统名义免去了国民党籍的江西都督李烈钧、广东都督胡汉民、安徽都督柏文蔚等。当然，国民党不会等着被屠戮，孙中山、黄兴迅速打出了反袁和二次革命的口号，战争爆发了。

李烈钧最先在江西湖口誓师讨袁，接着江苏、安徽、上海、广东、福建、湖南、重庆纷纷响应。由于黎元洪的配合，袁世凯的北洋军挥师抵达汉口长江，另一路北洋军，顺着津浦线杀向南京。经过一番厮杀，国民党部队逐步败北，孙中山、黄兴等人逃亡日本，其他一些国民党人士不少也逃亡国外。

黎元洪的下场“不错”，袁世凯派段祺瑞到武昌，以“磋商要政”为词，逼迫黎元洪赴京，并被安置在瀛台，后来袁与黎又结为儿女亲家，但是黎元洪也就没有兵权了。换一个角度，一个副总统割据一方，不到首都上班，也非正确。不管怎么说，袁世凯一统了天下。

正式总统

国民党的二次革命失败了，但是袁世凯表现出了“宽宏大量”，对国民党未作追究，国民党的议员照常出席国会，而且仍然占据着多数。

袁世凯现在还是临时总统，袁世凯想成为正式总统。但是根据《临时约法》，需要国家制定出正式宪法后，然后根据宪法中的总统选举法才能选举出正式总统。自认诡计能解决一切问题的袁世凯有的是办法。国内一时谣言，说是到目前为止，世界各国还没有正式承认中华民国，主要原因是中国没有正式总统。世界各国不承认中华民国，中国还有被肢解的危险，解决这一危险的办法就是尽快选举出总统。

国会开会，要提前选举出正式总统，然后再制定宪法。在这之前，众议院议员国民党员伍汉因受到攻击，愤然出京，走到天津被军警抓住，说是乱党，被枪毙了；众议院议员国民党员徐秀钧已经回到江西原籍，也被军警捉拿，以乱党罪被枪杀；前参议院院长国民党元老张继，也被下令通缉，幸亏他跑到国外，才没丢掉性命。杀鸡给猴看，其他国民党籍的议员们大都不敢再反抗袁世凯了。

国会开会，要选举总统了。国会被“民众”团团包围，他们大呼小叫地要袁世凯当选总统。那些民众是袁世凯安排前来的便衣警察、兵痞、流氓和信徒，这又是袁世凯策划的闹剧。

国会被包围，议员们只许进，不许出，包围国会的匪徒们公开叫嚣：“今天选不出袁总统，你们谁也别想走。”

经过两轮投票，袁世凯仍没有当选，外边匪徒们起哄，当第三轮投票，袁世凯当选时，门外匪徒狂呼：“袁大总统万岁！”

议员们可是辛苦了，他们从上午 8 点进场投票，一直到晚上 10 点才恢复自由。

袁世凯就职的当天，英、法、俄、美、德等西方列强发出照会，承认“中华民国”。西方列强一直奉行希望中国安定的政策，安定的中国有利于西方收取他们的在华利益。他们认为袁世凯是最有能力掌控中国的人物，所以他们一直支持着袁世凯。

解散国民党

袁世凯当上大总统了，窃取了国民党创立的“中华民国”，国民党就是多余的了，袁世凯下令在全国解散“乱党”国民党。

国会“休会”

袁世凯下令收缴国民党议员的证书、徽章。当天半夜，军警们闯进国民党议员们的家，强迫议员交出证书、徽章。第一次共缴获300多名。袁世凯一算，“剩余”的议员们还够半数，于是又下令，将对曾加入过国民党的议员们的证书、徽章再次收缴。这样“剩余”的议员们便不够半数了，也就是“国会”什么事也干不出来了——国会“休会”。

辛亥革命的成果“共和”，只留下表面二字，内容没了。

八、“二十一条”

第一次世界大战爆发，中国发表声明，持中立立场，日本宣布参战，作战目标是曾做过他老师的德国，这也是师夷制夷。

日本的对德宣战并没有跑到欧洲德国的本土去，而是向中国的青岛展开了进攻。青岛是中国的领土，德国只有租借权，蛮横的日本不管那一套，它就是要青岛。袁世凯无奈，又像日俄战争那样，在中国的大地上划出一块地，你们打去吧，我旁观。结果老师没打过学生，日本占领了青岛。

日本人并没有就此罢休了，日本驻华公使递给袁世凯一份公函，这就是日本谋求更大在华利益的“二十一条”。

“二十一条”共分五项：

一、关于日本在山东的特殊权利（四条）；

二、关于日本在满蒙的特殊权利（七条）；

三、关于日本在汉冶萍（中国规模最大的煤钢铁联合企业）的特殊权利（两条）；

四、关于中国全国领土问题（一条）；

五、关于中日合办之事（七条）。

主要内容有：

1. 要求享有德国原在山东的一切权利；

2. 将旅顺、大连租借期延展至 97 年；

3. 要求将汉冶萍公司中日合办；

4. 中国以后不得将沿海港口、海湾、岛屿出租给他国；

5. 中国的政治、财政、军事等要聘请日本人做顾问；

……

消息传出，全国一片哗然，19 省军事长官联名通电“请缨为国御侮”，段祺瑞、刘冠雄等军人发出强音：“宁愿玉碎，不为瓦全，拼了！”

“实力不如人，说狠话又有何用？”袁世凯心情沉重地说：“与其战败求和，不如现在忍疼，甲午之败，教训难道不深刻吗？”

中日进行谈判，日方不让步，似乎已经吃定了中国。

为了压迫中国，日本在山东、奉天一带增兵，日本海军在渤海游弋，摆出一副要开战的架势。

对于“二十一条”，袁世凯也动了脑筋，安排人逐条与日本人磨，又派人去英、美等使馆，将日本人的“二十一条”透漏给各国，争取国际舆论，后又派人潜入日本，探求日本人的底线及真正意图。

后来，经过努力，“二十一条”还是做了不少的改动，但是大家已经习惯于称其为“二十一条”，这个称呼也就延续下来。

有人说，袁世凯签署“二十一条”属于卖国。国家已经“是”袁世凯的了，他又何尝卖呢？袁世凯声泪俱下，要求他的下属，勿忘国耻，卧薪尝胆，埋头十年，或可再与日本抬头相见！否则，十年后中国还会比今天更危险！

袁世凯此言不虚，因为袁世凯得知，《马关条约》赔款，除了军事用途，其余资金都投入到教育上了。日本的就学率已超过 95%，“邑无不学之户，家无不学之人”。为了推行教育，甚至强迫儿童上学，如在街上发现闲逛的学龄儿童，立即捉拿到学校。还有内部人士透漏，日本实际投入到教育上的资金比公开的数字要大的多。《马关条约》赔款，在充分留足了教育资金后，才被用于军事，这就意味着，从人才角度，日本已做好了扩张的准备。另外，即使投入到军事用途的资金，很大部分也投入到了军工企业，这就为日本以后整个国家的工业崛起奠定了基础。

条约签订后，袁世凯曾对人说，我早已想好了破坏的法子：第一，购地租地，我能叫他一寸土地都买不到；第二，杂居，我叫他一走出附属地，即遇危险，……袁世凯能轻易将《临时约法》扔掉，扔掉“二十一条”对于诡异奸诈的袁世凯来说，他认为他也能做到，但是他忘了，这取决国家的实力，实力不济，就有可能成为空想。

也有人指出，为了获得日本支持袁的皇帝梦，袁世凯才签署了“二十一条”。

和西方列强希望中国安定不同，日本曾支持过孙中山的革命党，后来支持袁世凯称帝，同时也支持革命党反对袁世凯。日本希望中国内乱、分裂，这样有利于日本插足中国，出兵中国。占领中国是日本长期的战略目标，所以不能以日本人的态度来评价中国的历史人物。

中日协定（“二十一条”）签署后，日本举国狂欢，日本在北京的侨民也饮酒舞蹈，高呼“大日本帝国万岁!”

十年后中国还会比今天更危险！——也算是被袁世凯言中，十年后，受过良好教育的日本新生代介入了全面的侵华战争。而且，支持战争的日本工业已能和西方列强相媲美，武器生产已能满足发动战争的需要。

九、第一次复辟

美国有个开国总统华盛顿，他在当了两届总统后功成身退，为以后国家权力平稳的交接树立了榜样而流芳百世。

在满清退出历史舞台，袁世凯当上总统后，很多人期望袁世凯也能成为中国的华盛顿。华盛顿是在美国土壤上产生的，在中国这样刚结束了两千年君主专制的国度里，也能产生华盛顿式的人物吗？袁世凯用他的实际行动给予否定的回答。

袁世凯在经过一系列眼花缭乱的的权术玩弄后，他获得了几乎和皇帝一样的权力。这时他又用“国务卿”的名号代替总理称号，因为这个名称更符合中国“国情”，“卿”之上不就是皇帝吗！袁世凯还有了颁给爵位的权力，一位识趣人士道破天机：“这样的总统太像皇帝了。”

太像皇帝了？袁世凯模仿明清两朝皇帝，到“天坛祀天”，这就是在排演由总统到皇帝的序幕。

面对如此场面，袁世凯说："我绝对无皇帝思想，袁家没有过60岁的人，我今年58岁，就算做皇帝能做几年？况且皇帝传子，我的大儿子克定残废，二儿子克文假名士，三儿子克良土匪，哪一个能承继大业？"

这些话咋听起来有道理，袁世凯不想做皇帝，袁世凯要做中国的华盛顿。但是换一种角度，袁世凯做皇帝的原因，就是要用"大喜"来冲击"袁家没有过60岁的人"的霉运。

生命的诱惑力是极大的，袁世凯认为有必要赌一把。

有想坐轿的，就有抬轿的，一个叫"筹安会"的牌子挂起。"筹安会"为国家的安定筹谋划策之意。一时，民主不适合中国国情，中国适合君主的舆论甚嚣尘上。14省将军联名，电奏变更国体，请袁总统速正大位。形形色色的各种请愿团也应运而生，什么"各省公民请愿团""军警请愿团""商会请愿团""人力车夫请愿团""孔社请愿团""女子请愿团""乞丐请愿团""妓女请愿团"……铺天盖地的舆论：袁世凯应当做皇帝。

也不尽然，有人在报上发表文章，指出："自国体问题发生以来，所谓讨论者，皆袁自讨自论；所谓赞成者，皆袁自赞自成；所谓请愿者，皆袁自请自愿；所谓表决者，皆袁自表自决；所谓推戴者，皆袁自推自戴。"

如果说这一切都是权术的结果也有点过。一个商人说，共和太乱，商民受不了，上书"请缓图共和，暂改立宪帝国"。支持袁世凯做皇帝，这也不能说没一点民意。老百姓才不管什么立宪、共和，也不管紫禁城里坐的是什么人，只要不打仗，叫我们安稳过日子就行，不是有这样一句话吗？"宁做太平犬，不做乱世人。"

袁世凯决心顺应"民意"，他表示："如果全国老百姓一定要我做皇帝，我就做。"

袁世凯做皇帝了，他将总统府改名新华宫，国名为中华帝国，又定来年1月1日为洪宪纪年。

袁世凯在怀仁堂接受了百官的朝贺，文官在东，武官在西，向袁世凯行三鞠躬礼。袁世凯发表演说："大位在身，永无息肩之日。故皇帝为忧勤惕厉之地位，决不可以安富尊荣视之。且历代皇帝子孙鲜有善果，平时一切学问职业皆不得自由，故皇室难期发达，予为救国救民计，牺牲子孙，亦不敢避。"

当皇帝了，还叫屈，这就叫着"得了便宜还卖乖"。

中国没能出个华盛顿，有人说中国出了个拿破仑也行。拿破仑在法国打下了他的天下，由第一执政转化为皇帝，法国人接受了。而中国则不同，共和的天下是革命党打下的，袁世凯贪天功为已有，废除共和，复辟帝制，他不够资质。

什么样的树结什么的果，什么样的母体下什么样的蛋，中国产生不了华盛顿，也产生不了拿破仑，中国只能土生土长出个“洪宪皇帝”。

云南“揭竿而起”，宣布反对袁世凯称帝，并宣称袁世凯为窃国大盗。接着贵州、广西响应，造反的军队称护国军，新的讨袁战争称为护国战争。

袁世凯急忙调集军队前去镇压，但是军队已经很难听从他的指挥，一个身居徐州的张勋将军说：“袁世凯世代受清室之恩，前时投入革命党，赞成共和，硬逼清帝让位，已是铸成大错，现在又重行帝制，想必他是后悔了，但现在的宣统皇帝还在宫里，复辟帝制，何不把宣统请出来，再坐龙廷？袁世凯自己要做皇帝，这件事恐怕有点难。”

袁世凯原来的心腹大将，现在南京拥兵自重的冯国璋将军直言不违地说：“我去年进京与总统谈及帝制之事，总统信誓旦旦地说，国人要是相逼，他就挂冠航海，到伦敦去。现在欧洲战事虽然火爆，但是伦敦还是安全的，总统为何不去？”

护国军造反，袁世凯有意让冯国璋出兵评定，冯国璋反而联合其他五位著名将领，通电反对袁世凯复辟帝制。

袁的亲信陈宧宣布四川独立，还顺便揭露袁世凯在英国汇存3000万，袁世凯得知，当时便气晕过去。

原来袁世凯代表的是北洋集团的利益，而袁世凯做皇帝，谋的是他个人的利益，是他在为他的儿子、为他的后代谋利益，所以原来的利益集团集体背叛他，也是情理中的事。

与此同时，革命党在日本人的支持下，以青岛为基地，举兵胶东，连占胶济铁路沿线，攻击省城济南。陕西反袁军起事，攻入西安。

辛亥革命党人原上海都督陈其美，策动上海、江浙等地武装讨袁，袁世凯私下出巨资收买陈其美，让陈放弃作对，否则将派刺客索命。陈其美听后哈哈大笑，斩钉截铁拒绝。袁世凯命人行刺两次失败，后来袁世凯派他的贴身卫士袁继良来到上海，借“谈生意”之机，将陈其美杀害。

为了自己当皇帝，为了自己的延年益寿，袁世凯向他人索命，此时袁世凯已失去理智，变成了心胸狭隘之人。祸不单行，在袁世凯焦头烂额时，外国人也开始给他添乱了。首先是日本人送来意见书，说是护国军维持共和，不能视为乱党，并且宣布日本承认这些交战团体。很快英、法、美、俄等国翻脸，也要袁世凯取消帝制。

四面楚歌，袁世凯不得不取消帝制。洪宪皇帝总共“万岁”了 83 天，而且没有举行正式的登基大典，没有发布一道“圣旨”，袁世凯就这样稀里糊涂地下台了。

袁世凯是想用“大喜”来冲击“袁家没有过 60 岁的人”的霉运，结果袁世凯赌输了。

袁世凯的儿子袁克定反对袁世凯的“退位”，他战战兢兢地说：“皇位不保，总统也将不保。”

确实如此，护国军声明，袁世凯退位，可免一死，但须驱逐至国外。这条件比当年优待清室差远了。听说袁世凯的皇帝梦破灭，前清的遗老遗少兴高采烈，他们骂袁世凯是王莽、董卓、曹操。

北京流传着着这样一个说法，说北京西山有 10 个妖怪，熊、獾、鸮、狼、驴、猪、蟒蛇、猴子、玉面狐、癞蛤蟆，它们修炼成精后投胎入世，分别化身为：多尔衮、洪成畴、吴三桂、和坤、海兰察、年羹尧、曾国藩、张之洞、西太后、袁世凯。

这个神话对人物的映射很是精彩，例如：鸮鸟象征残忍悖逆，因而它托生吴三桂；狼代表贪“馋”狠毒，因而它托生和珅；蟒蛇蜕皮且又是冷血动物，因而它托生患皮肤病的曾国藩；张之洞形态瘦小，活像猴子，张之洞睡眠很少，经常坐着以待天亮，也像猴子；把袁世凯比作癞蛤蟆，是说他想吃天鹅肉。

袁世凯下体有病，中西医无奈，袁世凯死了。

袁世凯临死前，望着窗外，埋怨道：“天啊！你就不能让我活过 60 岁?”

民间俗话，“癞蛤蟆难过端午节”，袁世凯死的那一天，正是端午节，袁世凯“高寿”59 岁!

“他没能活过 60 岁，天不喜欢他，可能是他德行不好吧。”在天上，孙膑向孙武这样说。孙武又说：“政治家们可能没人敢写《政治三十六计》，因为那将是道德沦丧的三十六计。”

袁世凯落葬了。原来的衣服因为身体浮肿穿不下，当局批准生前还没来得及穿的龙袍，下葬时给袁世凯穿上了，没人反对，到阴间袁世凯能否做得了皇帝，也很难说。

袁世凯之死，天命！

春天到了，春天里有倒春寒，复辟也是历史发展中的规律之一。

十、未完的故事

原来因为不支持袁世凯复辟帝制，而被罢黜的段祺瑞，在倒袁的喧嚣中不得已被袁世凯重新启用。

袁世凯死了，一个小时后，段祺瑞以国务院总理的身份拜访黎元洪，迎接黎元洪接任中华民国总统。

袁世凯的葬礼很是隆重，“国葬”待遇：全国下半旗致哀；学校停课一天；全国停止娱乐一天；文武官员停止宴会27天。

在正式下葬之前，袁世凯的遗体在中南海停灵。停灵期间，段祺瑞亲率各部总长轮流守灵，接着又在公祭典礼上代表总统主祭。

送灵这一天，使用了抬运棺木的最高仪规，即“六十四抬大杠”，这在民国以前，只有皇帝才配受用。

袁克定没想到段祺瑞能把亡父的丧事考虑和操持得如此周全，为此再三向段祺瑞致谢，说此次国葬“得亏总理！”

那些在护国战争中明里暗里背叛他的袍泽故旧也纷纷“冰释前嫌”，或亲自或派随员赶到北京沉痛悼念老上司。

段祺瑞有自己的想法，首先没有袁世凯就没有他段祺瑞的今天，作为袁世凯的老部下，他要人知道他是感恩之人。另外作为北洋新的领袖，他要利用给袁世凯治丧的机会，将“北洋系”重新团结起来，“显摆”出来，因为“共和”不意味着“和”，共和的复活，意味新的战斗要开始了。

袁世凯死了，共和复活了。

末代皇帝溥仪的老师、英国人庄士敦，从外人的角度对发生在中国的这段故事谈了自己的看法：“当北京和南京发生这些重大事件的时候，我在威海卫……我们发现，很难使当地18万中国居民相信皇帝已经退位的事实，一连几个星期他们都默默地对此抱着怀疑态度。在那个离孔子家乡不远的地方，人们对革命的反应十分冷淡，居民们真正理解共和概念的也许还不到50人，他们也不想理解这种概念。

威海卫人的愚昧（或称之为冷漠，如果这个词更合适的话）和他们大部分中国同袍是一样的。

大部分中国人根本不知道共和意味着什么，也不知道他们的生活和前途将随着共和制的建立而发生什么样的变化，因此他们对共和制的优劣毫不关心。”

鲁迅先生在民国十四年时说：

“我觉得仿佛就没有所谓中华民国。

我觉得革命以前，我是做奴隶；革命以后不多久，就受了奴隶的骗，变成他们的奴隶了。

我觉得有许多民国国民是民国的敌人。

我觉得有许多民国国民很像住在德法等国里的犹太人，他们的意中别有一个国度。

我觉得许多烈士的血都被人们踏灭了，然而又不是故意的。

我觉得什么都要重新做过。”

梁启超在晚年时曾说：“凡因习惯而得共和政体者长安，因革命而得共和政体者常危。”

……

共和的故事还没完。

第十六章 五四运动

>>

一、智慧的开发

天看火车在东方大地上奔驰，轮船在东方大海中畅游，各种各样的机器逐步涌向东方，极大地改变着东方人的生活方式，心中很是高兴。

天又将目光投向西方。

在机器的发明地，原来的英伦三岛，那里的人们依旧勤劳。遍地的工厂使他们价廉物美的工业产品行销全球，极大地宣传了机器带给人类的好处。原来说那里的人们是“居住在那个遥远的海岛上，象鲸鱼似的在冰海中谋生的人们”。现在富裕起来了，更没有人说“他们非常愚蠢，完全没有接受教育的能力”了，他们的语言也成为了世界性的语言。

更为重要的是，天要求牛顿“启蒙人类吧!”地球上智人社会大都得到了启蒙，牛顿定律为下一步智人社会的发展奠定了基础。

天将目光转向青藏高原，看着冬虫夏草仍在微风中摇动，天对围拢过来的机器众神意味深长地说：“战争是智人社会内斗的表现形式，战争可以加快对智人智慧的开发。”

二、剑拔弩张的欧洲

太阳出来了，睡醒的老虎站起来，伸伸懒腰，吼叫一声，然后开始在它的地盘巡山。老虎一边走，一边撒尿。老虎撒尿是有讲究的，它不会随地大小便，它在遵循祖传的传统，将它的排泄物撒在它的“国界”上。它在告诉其他动物，这是它的领土，如若谁胆敢侵犯，它将誓死捍卫它的祖国。

一只老虎——德国，它在不久的搏击中夺取了原属于法国的阿尔萨斯和洛林的大部分地区，这可是富庶之地啊，它现在已成为了德国最重要的工业中心。德国老虎在这个地方，大大方方地方便了一下，并得意地向法国方向瞧去。法国老虎也在巡山，但是它的国土面积比以前缩小了，它朝德国虎吼了一声，表示不服气。普法战争使得法德两国结了怨。

德国虎抬头向更远处望去，几个老牌的殖民帝国几乎将世界瓜分完毕，但是他现在已挤进了这个行列，并且已经向东方的中国发难，德国要得到和它现在强大的国力相匹配的空间。

远处，一只更大的老虎昂首挺立在更高的山头上，它是英国虎。英国是老牌的殖民帝国，它在带给世界先进科学技术的同时，也殖民着全球 1/4 的人口，和占领着全球 1/4 的土地。从冰封荒芜的加拿大海岸，到炎热富饶的印度次大陆，从广袤无垠的澳大利亚大陆，到大西洋中只有几块礁岩的弹丸小岛，英国的米字旗无不高高飘扬。这位日不落帝国，在将整个智人社会推进工业文明的同时，也在疯狂地殖民为它自身国土面积 100 多倍的天下。

英国虎慢慢将它的头转向德国。德国最近在欧洲表现不俗，打败了它周边的好几个国家，气焰嚣张。

随着德国的强大，德国要走向世界，要重新分配世界殖民地，德国皇帝威廉二世明确提出了“世界政策”，这给老牌的殖民帝国英、法等国敲响了警钟。

要想走向世界，要想获得更大的殖民地，德国就要有强大的海军，德国皇帝威廉二世踌躇满志，公然宣称：“我不把我的海军建立到和我的陆军同等水平，我绝不停息。”

考虑到德国强大的陆军，已在欧洲的大陆无人能敌的现实，而德国又要建立起一支同样可怕的海军，英国人不能不重视，军备竞赛开始了：

德国建造了四艘“勃兰登”级战列舰，接着宣布建造两倍于当时数量的舰艇。

数百年来独霸海洋的英国受到不可回避的挑战，作为回应，英国首次建成全新的“无畏”级战列舰。

强大的英国海军有效地控制着世界贸易的航道，这些航道给英国运来了遍布于全世界各殖民地的丰富物产。德国提出，德国海军也要走向深蓝，只要切断英国的海上交通线就可以赢得一半的胜利。

德国咄咄逼人的气势，迫使他的对手联合起来对付他。英国和法国达成协议，后英国又与俄国达成协议，这样德国就处在被夹击之中。

其实，德国的海上扩张战略一开始就“先天不足”，因为德国未意识到，英国的许多小岛正好位于德国进入大西洋的航路上，在英吉利海峡和北海出口，英国很容易封锁德国海军。相对于德国，英国的地理位置先天占优。

德国凭借强大的军事实力要重新瓜分世界；英国想要消灭德国这个竞争者，同时消弱法国和俄国；法国则打算收复阿尔萨斯和洛林；俄国更不希望强大的德国影响它在东方的利益。经过反复对比，最后，这些工业革命的先驱，西方列强，组合成了两个集团：英、法、俄为协约国，德、奥、意为同盟国。

非常值得一提的是，智人智慧的结晶潜艇在这之前开始出现，这种船只可以在水面下航行，通常是躲在水下利用鱼雷偷袭对方的船只。这样智人社会的搏击，就从水上，打到水下，这比其他“低级”动物之间的战争，显得更加聪明，更加残酷，更不“君子”。只是水中的鱼儿不高兴，一些潜艇被击沉，躺在海底，鱼儿围着潜艇转悠，很难进到里面去吃丰美的智人肉。

三、混乱的中国

由于积劳成疾，黄兴病逝，黎元洪总统下令举行国葬，黄兴享年43岁。

袁世凯死了，黄兴死了。对手死了，战友死了，孙中山感到孤独。

黎元洪捡了个总统，猴子般的成了大王；段祺瑞收拢袁的人马，以实力要左右中国；冯国璋控制江南富庶之地，有资格当上了副总统，其他不俗人物也都各有山头。

四川

陈宧宣布取消四川独立，投靠北京政府，但是，段祺瑞对他别有看法：陈宧反对帝制是对的，但原是北洋系的他出卖袁世凯，是忘恩负义，是背叛，是北洋的叛徒，所以陈的投靠并没有得到北京政府的接纳。

段祺瑞授意北洋驻川统帅曹锟暗中支持周骏进兵成都，干掉陈宧。陈宧被迫向周骏求和，约定一个星期内献出成都，周骏却限他三天之内缴械投降。陈宧无力作战，主动撤离成都。周骏占领成都也只是两天，一个叫刘存厚的带兵进攻成都，周俊自知不敌，也逃之夭夭。

后来蔡锷被任命四川督军兼省长，但是蔡锷此时已患疾病，请假后蔡锷离开四川顺江东去上海治病。船到武汉后，湖北督军王占元设宴招待，同时搜查蔡锷的船，试图在蔡锷的船上搜出鸦片，那样全国称道的反袁首义的蔡锷将军就成了毒贩子，只是他们在蔡锷的船上什么也没查到。

蔡锷将军后来病逝于日本，得到黎元洪总统下令国葬的待遇，蔡锷享年35岁。

湖南

统治湖南的人叫汤芗铭，因杀人如麻而被称为汤屠夫。袁世凯死后，湖南人掀起了驱逐汤屠夫的运动。先是各路“民军”声称要围攻省城，一些人要报仇雪恨，也开始组织人力要暗杀他，在这种形式下，汤芗铭不得不黑夜仓皇出逃。

汤芗铭被从湖南驱逐后，由于与总统黎元洪是老乡又是同学关系，很快又被安排到广东任职。

被从四川赶出来的陈宧因手中还有一些兵力，被任命湖南督军。但是湖南人坚决反对。刚赶走了一个北洋系，又来了个北洋系，湖南不容陈宧，陈宧也感到自己不适合到湖南任职，所以也没到任。关键时刻陈宧听信了黎元洪总统谋士的一个电报，说陈宧把从四川带出来的兵解散，为各省裁兵做出了榜样，总统将会嘉奖。陈宧在没得到北洋领袖段祺瑞的允许下，擅自解散了自己带的北洋军队，也就惹火了北洋的将领们，同时陈宧手中无兵，也就没有了利用价值。后来陈宧躲进汉口租界，再也不敢出门。

广东

广东的两支军队杀的天昏地暗，一支军队的领导人是李烈钧，国民党健将，反对帝制的人物；另一支军队的领导人叫龙济光，曾因效忠洪宪皇帝而被封为“王爵”。北京政府支持龙济光，反对国民党人。

为了国家的“统一”，政府的稳定，段祺瑞认为不宜明着得罪国民党，所以他暗中唆使临近的江西、福建等省出兵帮助龙济光。但是江西、福建等省的头头们也都成了“兵油子”，干咋呼，不出兵。

李烈钧联系桂军莫荣新从另一个方向攻击龙济光，经过一番搏斗，龙济光败下阵来。在向北京索要了一笔军费后，龙济光带了若干亲兵，去了海南。

浙江

浙江的局面是戏中有戏。

新上任的浙江都督吕公望不能控制全局，段祺瑞帮助他将地头蛇、杭州公安厅长夏超上调全省警务处长，当然这是明升暗降。吕公望的人傅其永上任时，遭到一伙人的毒打，同一天，杭州全城警察罢工，军队占领电讯机关，并用吕公望名义发出辞职通电。

段祺瑞得知杭州有变，立即电令江苏都督冯国璋就近查办。冯国璋没有查办，也知道吕公望的辞职电报是假的，但是冯国璋假戏真做，立即推荐自己的人，驻沪北洋系 4 师师长扬善德为浙江都督，要带兵占领浙江。

夏超等人发现赶走了吕公望，来了北洋系，更是糟糕，于是再以吕公望的名义通电，说是，身体康佳了，恢复任职。同时浙江的名流达人集会请愿拥护吕公望，浙江军队也联名通电支持吕公望，要以此堵住北洋系进驻浙江。

但是这一切都晚了，扬善德挤进浙江，随后大批军队涌进浙江，浙江成了北洋系冯国璋的地盘。

驻沪北洋系 4 师离开上海，段祺瑞立即将自己的北洋 10 师开进上海，从此段祺瑞牢牢地控制了上海。

……

四、塞壬的歌

在欧洲巴尔干半岛顶端附近的一个海岛上，有一个美丽的会唱歌的妖女，她叫塞壬。有次塞壬与艺术之神缪斯比赛唱歌落败，而且塞壬唱的是蛊惑人心的歌，作为惩罚被缪斯拔去双翅，使之无法飞行。

失去翅膀后的塞壬在海岛上继续唱着蛊惑人心的歌，甜美的歌声把过往的船只引向该岛，然后撞上礁石船毁人亡。过往的船只都受到迷惑走向毁灭，无一幸免，也正是如此，那一带海域堆满了受害者的白骨。

有次，一位王子要路过那个小岛，缪斯教给他防范措施：在离那个岛很远的地方，王子让船员们将他捆在桅杆上，并要求他们，在接近那个岛子时，不要听从他的命令，而且要求除他以外的其他所有人都要用蜡把自己的耳朵堵上。

王子的船接近那个海岛，海岛上果然传来了美妙的歌声，歌声使王子着迷，他命令将船驰向那个海岛，但是船员们不听他的命令，王子的船安全地通过了那个海域。从此以后，所有路过那个海岛的船都采用这个办法，塞壬蛊惑人心的歌失效了。

不能在海岛上害人了，塞壬很是失落，于是塞壬哀求乌云帮助她，一片乌云被她说动，驮着她飞上了天空。

这时欧洲正发生一件事情，说是奥匈帝国的皇储斐迪南大公在萨拉热窝被刺身亡，行刺者是巴尔干半岛上塞尔维亚的一位17岁的中学生，行刺动机是反对奥匈帝国的压迫。本来这个事没有引起太大的激动，但是德国皇帝为了表示对奥匈帝国的友谊，声言支持把塞尔维亚干掉，说完德国皇帝陛下也就玩他的游艇去了。自诩为塞尔维亚保护国的俄国发布了总动员令，但是俄国也只是想吓唬德、奥，不要发动战争。至少，战争对俄国来说，还需要几年准备。

飘在乌云上的塞壬对于这一切，看的真切，她知道，该她逞能了。塞壬站起来，放开歌喉，送给欧洲一首美妙的歌曲，《国家之歌》：

啊！财富，利益。
啊！利益，财富。
国家啊！氏族的放大，家庭的放大，个人的放大。
国家啊！战争的象征，竞争的象征，生命的象征。
啊！为国亡吧。
啊！利益，财富。
啊！财富，利益。
国家啊！个人的放大，家庭的放大，氏族的放大。
国家啊！生命的象征，竞争的象征，战争的象征。
啊！为国亡吧。
啊！为国亡吧。
亡吧！亡吧！亡吧！……

歌声太美妙了，欧洲人，从皇帝到平民都听得如痴如醉。那片乌云也听醉了，它招来了它的伙伴，更多的乌云伴随着歌声，肆意狂舞。

天空电闪雷鸣，大雨如注，大地炮声隆隆，杀声震天，欧洲血头血脸地打起来了。

德国的潜艇击沉了美国的商船，美国报复德国，美国也被吸引进了欧洲战场，于是乎，全球性智人社会的大内战——第一次世界大战开始了。

五、第二次复辟

袁世凯复辟失败了，但是还有人想再复辟，这次复辟的背景是“府院之争”。

黎元洪总统和段祺瑞总理代表着中国最高的山，不过这座山一个山头两个峰，一个是总统府，一个是国务院。

黎元洪当上了总统，段祺瑞却没把他看在眼里。论资历，前清时期，段曾为湖广总督，而黎不过是个职务低得多的协统，段拥护黎，只是想让黎成为一个傀儡。黎原为副总统，袁世凯死后接正，名正言顺，他想维护总统的自尊，不想成为谁的傀儡。

世界大战开始了，美国要求中国参加，共同对付包括德国在内的敌人。段祺瑞同意对德断交，但是黎元洪担心段祺瑞以此争取外援，扩大自己的实力，以后更难相处，所以在对德宣战问题上，表现的“优柔寡断”，迟迟不肯签字盖章，段祺瑞负气出走天津。后来黎元洪让步，中国与德国断交。但是此时段祺瑞要的是对德宣战，应该说，作为军人，段祺瑞还是有点眼光，对德宣战后，一是中国并不出兵作战，只是出一些劳工；二是欧洲战场上，德国已由攻转守，没有取得胜利的可能，此时中国加入世界大战，对中国而言，合算！然而，鸦片战争以来，一直受欺负的中国人可能被打怕了，多数的中国人希望中国“中立”，而黎元洪站在了中立一方。段祺瑞的失误是他学袁世凯，组织督军团，流氓团体，围攻总统和国会，要他们批准对德宣战。但是在这方面他的能力不足，经常弄巧成拙。

府院相争白热化了，黎元洪免去了段祺瑞的总理职务，但是黎元洪担心手握重兵的段祺瑞反扑。同样，段祺瑞不会就此罢休，但是颠覆总统也绝非小事，因此段祺瑞也想多拉一个帮手。这时两人同时都莫名其妙地想起一个人物来，谁？张勋！他们都想借重张勋加大自己的力量。

张勋外号称为辫帅，他率领的部队被称为辫军，因为他们至今保留着大清朝的象征，辫子。

张勋有一定能量，他坐镇徐州，结交八方，号称十三省大盟主。

张勋对黎元洪的密使郭同说：“大总统是一位忠厚长者，如果有用得着张某的地方，张勋愿为总统效犬马之劳。”

张勋对段祺瑞的代表徐树铮说："支持段总理，解散国会，驱逐总统这两件事我包了。"

黎元洪免去了段祺瑞的总理职务，很快招来了北洋系军队的反对，安徽、河南、浙江、山东、山西、福建、陕西、奉天等省宣布独立，黎元洪很是无奈，黎元洪请既不是北洋系又有一定实力的张勋出面调解。

关键时刻，那条蛇出现了。这些年，也不知道它跑到那里去了，现在它又出现在中国的上空。

那条蛇，伸伸懒腰，打个哈哈，揉揉眼睛，开始观看天下，很快它兴奋起来。秦始皇留下的传国玉玺，那块和氏璧，靓丽地展现在天空，诏示着皇权的"受命于天，既寿永昌"熠熠生辉八字，聚成光束，从天空打下来。

聚成的光束在搅动，张勋带领5000名辫子兵，浩浩荡荡向北京进发，他要向总统"效犬马之劳"。

张勋走到半路，便以命令的口气，要求总统3天内解散国会，没等黎元洪答应，张勋的辫子军已兵临北京城下。

张勋进京了。张勋全身大清官服，谒见13岁的宣统皇帝。

张勋行跪拜大礼，自称"奴才""恭叩圣安""万岁！万岁！万万岁！"

那条蛇在天空摇头摆尾，洋洋得意，"受命于天，既寿永昌"八个大字使紫禁城光芒万丈。

张勋在清宫宣布复辟后，立即遣人到总统府，逼迫黎元洪退位，并在已经拟好的"奉还大政"奏折上签名盖章。

黎元洪如梦初醒，本来他是邀请张勋来做乱局的调解人，没想到会出现这样更糟糕的局面。黎元洪在这历史关键时候没有犯错，他的总统府共和国旗继续飘扬，并电令全国讨伐逆贼。为了国家，黎元洪冰释前嫌，宣布恢复段祺瑞的总理职务，让南京的冯国璋副总统代行总统职权。不得已，黎元洪化妆成普通员工的样子逃离总统府，后来躲进日本使馆。

该段祺瑞出手了。

其实，在张勋准备进京复辟时，段祺瑞就有所察觉，并做出了相应对策：暂时不反对复辟，必要时伪装同意复辟，鼓励复辟，借张勋的力量驱逐黎元洪。黎元洪垮台，立即举起拥护共和旗号，起兵讨逆张勋。这就叫，螳螂扑蝉，黄雀在后。

现实和预想的一样，张勋复辟"成功"，黎元洪垮台，段祺瑞出手，北洋军启动，北京城立时被围困。

张勋的5000名辫子兵不是北洋军队的对手，辫子兵们剪掉辫子，四下逃散，张勋也被外国使团软禁到荷兰使馆。

孙中山对张勋有个挺有趣的评价：“张勋强求复逆，亦属愚忠，叛国之罪当诛，恋主之情可怜，文对于真复辟者，虽以为敌，未尝不敬也。”

复辟闹剧结束了，紫禁城一片昏暗。

那条蛇将“受命于天，既寿永昌”的光束再向紫禁城打去，毫无反应，传国玉玺失灵了，这是从来没有过的事情。

蛇在云头摇头叹息：“看来中国的皇帝是到头了。”过了一会，蛇又嘟囔了一句：“中国的帝王意识还存在，中国还会再起风波。”

六、再看欧洲

欧洲战场打的如火如荼，在血与火中，智人智慧诞生出了一个又一个的新玩意，影响着智人社会内部的相互厮杀。

飞机

飞机从一棵树上飞过，树上有个鸟巢，鸟巢里的小鸟问老鸟：“妈妈，它这么大，它把虫虫吃完，我们吃什么？”妈妈抬头看看那只大鸟，无言回答。一只鹰，振翅高飞，高喊着：“不许侵犯我的领空！”冲向那只大鸟，当它的嘴猛击那只大鸟时，鹰的嘴被折断了。鹰疼的从天空跌落，一片云急忙飘过去接住它。鹰呆呆地看着远去的那只大鸟，它还不明白，以后它不再是天空之王了。

那架法国飞机正在飞向离巴黎不远的马恩河上空。很快飞行员发现，德军第一集团军将自己的进攻方向正折向东南的贡比涅，而不是继续向巴黎进攻，在桑利斯至巴黎一线之西没有了德军。飞行员将眼睛看到的拍下照片，飞机着陆后，照片立即被送到巴黎前线指挥官，老将加利埃尼立刻判断出，由于德军第一集团军的单独冒进，已经造成了德军战线出现了一个很大的漏洞。加利埃尼立即将这一情况报告给法军总司令霞飞。

在这之前，都是德军在进攻，法军在挨打中步步后退，霞飞苦恼找不到反击的机会。加利埃尼的报告立即使霞飞明白，反攻的时机到了。霞飞向他的军队高呼：“先生们，让我们在马恩河战斗吧！”

从凡尔登到巴黎，正在撤退中的百万法军一齐向后转，百万把刺刀、一千门大炮指向德军。德军此时已经能望见埃菲尔铁塔了，刚才还在败退的法军突然转身进攻，德军反应不及，法军很快把他们打的只有招架之功。

刚才的飞行员兴奋异常，在得到批准后，将炸弹和机枪装上飞机了，又飞到战场的上空。在天上往下看，清清楚楚，哪里德军多，就往哪里仍炸弹，哪里军官多，就开枪往哪里扫射。以前，他曾从飞机上往下扔过砖头，现在……真过瘾啊！飞行员在天上狂呼乱叫。一排枪向这架飞机打来，飞行员急忙调转机头，跑了。

坦克

欧洲战争的双方进入了堑壕战，形成胶着状态，谁都很难突破对方。这时又一种影响巨大的武器出现了，它叫坦克。

坦克是英国人研制出来的，坦克的英文名字原意是“水柜”。这个名字倒也贴切，行走的水柜，只是水柜里面伸出枪口就是武器了。

当坦克这个像钢铁堡垒似的东西出现在战场上，向德军阵地冲去时，德国士兵向它射击，向它开炮，可是这个怪物刀枪不入，还用机枪大炮向外射击。坦克勇往直前，泥里水里行走不误，轻而易举地碾压过对方的堑壕，向德军阵地纵深攻击。

早已被堑壕战折磨得苦不堪言的战场双方，终于找到了能突破堑壕战的方法了。

这是一种将防护能力，攻击能力，机动能力成功结合在一起的新式武器。

“神了！”战场的双方都对这种武器的能力感到震惊，很快战争的双方都投入了大量的人力物力生产出了更多更先进的坦克。

坦克成为了战争的主角，智人社会相互倾轧得更有力量了。

无线电

还有更“神”的利器，那就是无线电。

在这之前，智人社会已经发明了电报、电话，用一根金属丝就可以实现远距离的通信，这相对于用信鸽传递信息方式已经是离奇了。现在又发明了无线电，金属丝也不用了，信息在空中就可以悄无声息地传递，这更是让人不可思议。用在战场上，无线电也是杀人的利器。

英国宣布参战后 13 个小时，英国的“长矛”号驱逐舰，就击沉了德国的辅助布雷艇“柯尼金·路易斯”号，算是给德国一个下马威。接着英国海军又袭击了赫尔格兰湾，击沉了德国的两艘巡洋舰、两艘驱逐舰，击伤了五艘轻型舰只，给德国海军予以了沉重打击。

为了报复，德国决定袭击英国正在海洋渔场作业的渔船和护鱼军舰。但是德国舰队的行踪已经被英国人掌握。因为在此前的海战中，英国人在德国的沉船中寻得到了德国的无线电密码本，并且这时英国也研制出了定向无线电接收机，这样整个德国海军的行踪便被英国人掌握。结局是可以想象的，更庞大的英国舰队以逸待劳等着德国人，德国海军又遭到了更沉重的打击，更多的德国海军将士沉睡在了海洋渔场的下方。

无线电，看不见、摸不着的东西，像幽灵般的进入了智人世界，影响着他们的生生死死。

航母

一艘敌方的战列巡洋舰搁浅，英国海军发现了这个瓮中之鳖，想派飞机把它炸沉，但是距离太远，飞机携弹量有限，英国人只得作罢。但是由此提醒人们，能不能制造出能起降飞机的船，这样对敌人更具突然的攻击性。

一个法国人，著名发明家克雷曼·阿德在他的《军事飞行》一书中第一次提出了这种将飞机与船结合在一起的概念：航空母舰。

美国人率先实践，在一艘巡洋舰上搭载了一架飞机，并在军舰上成功地起飞了这架飞机。

英国人后来居上，他们将正在建造中的一艘客轮进行改装，设计出从主甲板下方通向船尾的水平排烟道，代替舰上原有的烟囱。在他们的努力下，世界第一艘具有全通飞行甲板的航空母舰诞生了，它被命名“百眼巨人”号。

航母还没来得及施展威风，第一次世界大战结束了，但是航母微翘的甲板已表示出了王者的霸气，它自信，在将来的战场上，它将会杀死对方更多的智人。

七、回看中国

张勋复辟失败，黎元洪垮台，段祺瑞以“再造共和”的身份返回北京。

因为还要经国会选举，所以副总统冯国璋算是代理了总统。

段祺瑞现在是兵强马壮，因段是安徽人，段祺瑞的人马被称为皖系。冯国璋也有兵有将，因冯国璋是直隶人，冯国璋的人马被称为直系。袁世凯的北洋系现在“统治”了北京政府，但是原来的北洋系又分裂成了直皖两系。

为了表示北洋的团结，冯段很快在一个问题上达成一致意见，那就是对德宣战。也就是出些粮食，出些劳工而已。

接下来的问题就不那么简单了，分权！冯国璋当上总统，就不可能兼任江苏总督，段祺瑞要派人去，而冯国璋先提出人选。这样，江苏、江西、湖北连成一气，成为直系的地盘，三省总督也被称为“长江三都”，控制着中国最富裕的地区。冯国璋另在北京设立总统拱卫军，这样冯国璋在北京也不是光杆司令了。

作为交换，段祺瑞安排自己的人出任湖南总督和长江上游警备司令。

经过几轮交涉，“府院”权力也重新界定，所有军国大事，内阁必须定期向总统府汇报，总统不干预内阁用人和日常事务，但有权随时对内阁提出质问，内阁任何人都不得回避。

内部矛盾“解决”了，外部矛盾又开始了。

段祺瑞重掌内阁，拒绝恢复民国初年的《临时约法》和被张勋解散的国会。《临时约法》和国会是民国的象征，孙中山从上海跑到广州，振臂一呼，以护法之名成立了“军政府”，云南、贵州、广西、广东一夜之间脱离北京政府。随后湖南、四川、陕西、湖北、河南等省的军队和地方政府也纷纷响应，段祺瑞顷刻之间失掉半个中国。

段祺瑞办事果断，起兵统一中国。但是大军还没组织好，前方传来不好的消息，他派往湖南的督军在湖南行事不力，有些地方政府不听号令，督军调军队镇压，不料，湖南人不打湖南人，军队反水。段祺瑞又调北洋系军队前往，但是冯国璋幕后遥控，前去的军队驻扎不前，同时长江三督通电主和。

其实，冯国璋的总统也不好当，仅 3 个月他就明白了黎元洪的滋味，总统就是个盖章的机器。后来他反正不管不问了，叫盖什么章，他就盖什么章。以至于被任命的官员上任前谢恩时，他忘记了是自己盖章委任书的结果。不过冯国璋还是有点实力，由于他的背后作用，迫使段祺瑞不得不“马上”辞职。

矛盾激化了，段祺瑞跑到天津，就像颠覆黎元洪一样，这次段祺瑞要颠覆的是冯国璋。

段祺瑞组织直隶、山东、奉天、山西、黑龙江、福建、安徽、浙江、陕西等众多军阀，齐聚天津，叫嚣要对南方的军政府讨伐，并联合致电冯国璋总统，要冯国璋下达讨伐令。

本来冯国璋是主和，但是段祺瑞利用主战逼迫冯国璋。北方是段祺瑞的势力范围，冯国璋一看不好，便想跑回他的地盘南京。但是火车开到安徽蚌埠就被段祺瑞的部下给截住了，冯国璋不得不又返回北京。

南北开战了，北军张敬尧部一路抢、杀、奸淫无恶不做，对沿途青壮农民格杀勿论，沿途妇女逃到山洞。事后，在一个山洞，发现了 300 多名奄奄一息的妇女。

为了自保，冯国璋的长江三督也附合主战派。无奈，冯国璋恢复了段祺瑞的总理职务。

北军在一鼓而战后不久，便撤兵休息了。这些军阀支持段祺瑞“主战”，也是想捞点军费，扩大一下自己的实力，目的达到，他们也就不再卖命了。

南军的情况也不好，南军的军阀们也是出于自己利益的考虑，响应孙中山的“护法”号召，北军的攻势一弱，南军的内部矛盾上升，他们排挤出孙中山的领导，也各守各的地盘了。

蔡锷死在了日本，蔡锷临死前伏在病房的窗口看日本飞机演习，他对蒋百里沉痛地说：“中国的陆军还没整理好，而别人的战争已经打到天上了，我们不知道又落后多少年啊！”

蔡锷转过身来说：“他们在备战，我们在内战。”

继续内战！

段祺瑞操纵新国会选举，冯国璋下野，北洋元老、文人徐世昌当选总统。此时给历史添彩的是，战场的双方，几十名南北著名将领一致通电呼吁和平。

段祺瑞又操纵国会，想选另一位北洋军阀曹锟为副总统，目的是利用和激励曹锟出兵，完成段祺瑞武力统一中国的愿望。

徐世昌当上总统，徐想把副总统的位置留给南方人士，以达到全国和平的目的。徐世昌也“操纵”国会，使曹锟的当选失败。

段祺瑞小看了这位文人总统。

徐世昌当上总统，美国总统威尔逊发来贺电，并提出和平呼吁。徐世昌急忙大肆宣传，使国内的和平气势进一步高涨。同时徐又把段祺瑞的得力干将徐树铮授予上将军衔，同时派往日本考察。

徐世昌召集北方军界要人开会，这是一次空前的军界大会，北方军界重要人物几乎都来了，徐世昌要听听大家对和平的意见。

徐世昌先是“表扬”段祺瑞对德宣战的英明决策，使会议气氛趋向和平。最后大家一致表示“服从总统，赞成和平”。

八、三体世界

智人物种的第一世界大战结束了。

欧洲战场，由轰轰烈烈转为沉寂。千万具尸体布满了大地，血已干枯，不弃不离地簇拥着他原来的主人；树木过火，燃烧过的树木，还被缕缕烟丝缠绕着。

在战场的周围，低等动物慢慢聚拢过来，它们呆呆地看着躺在地上的这些高级动物。此时它们心里还有些恐惧，它们太害怕这些高级动物了。这些高级动物占领了它们的家园，杀死了它们无数的兄弟姐妹，可是，除了逃跑，它们对这些高级动物无可奈何。那只曾经见过飞机的小鸟儿长大了，它知道了飞机是怎么回事，知道了是枪弹要了它母亲的命。它飞的高高的，看着眼前的景象，它还有些胆怯地向这些尸体说了句："你们欺鸟太甚!"

不知过了多少时间，当它们确认这些倒在地上的高级动物不会再站立起来的时候，不知哪个动物先嘶叫了一声，一时低级动物们呐喊着扑向那些躺在地上，不能还手的高级动物，撕其皮，食其肉，大块朵颐，它们才是这些高级动物第一次世界大战的胜利者。

在天空，飘散的云彩慢慢聚集起来，在它们的上方站立着以瓦特为首的机器神。现在他们的队伍扩大了，新来的飞机之神莱特兄弟、坦克之神斯文顿、无线电之神马可尼、潜艇之神德雷尔等围绕在瓦特周围。

机器世界，也称无机生命世界，这个世界已初具规模。

这些机器神面无表情地看着欧洲战场。

冬虫夏草，草长出来了，虫就得死，对机器人来说，那些躺在地上的人，就是他们的用过的培养基。

地球上，低级动物，高级动物，无机动物已形成三体世界。

九、巴黎和会

和欧洲的原野景象相反，世界级大都市巴黎灯火辉煌。那些策划或指挥让千万人死亡的人在这里面带笑容，彬彬有礼，觥筹交错，这些智人中的上等人在重新安排战后的世界。

普法战争，法国战败，就在巴黎的凡尔赛宫，德意志帝国宣布成立。今日德国战败，法国也要在这里让德国签署屈辱的投降条约。

法国总理坐上了大会主席的位置，一时巴黎成为世界的首都。

除了法国，其他战胜国也都兴高采烈。中国大总统徐世昌带着国务总理、陆军部长等政府要员，在紫禁城太和殿举行了盛大的阅兵式，并宣布全国学校放假三天。

北京城，人们提灯游行，满街旌旗，鼓乐喧天，总之，中国人很久没这样风光过了。

但是在巴黎，中国的代表们坐在一个角落里，个个一脸的不高兴。

作为战胜国，中国曾支援协约国大量粮食，派出了18万劳工，牺牲了2000多人。作为战胜国，索回德国强占山东半岛的主权，这是顺理成章的事，但是，日本代表牧野强词夺理，说："日本占领胶州湾后，时至今日，事实上已为领属，然而中日两国间，已有胶州湾之约，关于铁路也有成约。"

美国总统听说中日有密约，便要求将密约公布于众。中国代表顾维钧看日本代表牧野犹豫，便不失时机地表态："中国代表愿意提交这些文件。"

为配合巴黎，日本驻华公使小幡跑到中国外交部恐吓，说日本陆军百万，海军战舰如林，正无用武之地。中国外交部副部长陈箓低声下气乞求日本人谅解，并表示电令中国代表，不得采用过激言论。

政府的态度遭到国内民众愤慨，就连美英法三国也谴责北京政府软弱无能。

在巴黎的中国代表团致电国内，郑重告诫："日本在会相形见绌，因而向我国内设法恐吓……此事关系我国存亡，千钧一发，如在会稍有退让，则必将鄙我，即使幸安数月，恐不可思议之问题，不久即将发生。务请持以决心，是所祈祷。"

中国代表在和会上公布中日密约。

美国总统威尔逊说："我们参加世界战争，主要目的就是要维持条约的神圣，中日两国既有一九一五年五月的中日协定于前，又有一九一八年九月二十四日换文于后……这种情形下山东问题似无法变更!"

一九一五年五月的中日协定就是"二十一条"，袁世凯执政时期的事，签字人，时任交通部长的曹汝霖。

顾维钧反驳："一九一五年五月的中日协定，中国政府是在日本提出最后通牒后被迫接受的不平等条约，一九一八年九月二十四日换文是以一九一五年五月的不平等条约为依据的。"

"顾代表的话并不全符事实，一九一五年中、日之间，中国可以说是被迫。"威尔逊说："但是一九一八年九月间，协约国已经处于绝对优势，日本当时绝对不能再以武力恐吓中国，为什么中国在换文中却有‘欣然同意’的字样呢？”

一九一八年九月间，段祺瑞执政时期的事，签字人，时任驻日公使陆宗兴。

在密约问题上，中国有些被动，顾维钧果断地抛开中日密约，阐述了中国对山东的主权：“三千六百万之山东人民，有史以来为中国民族，用中国语言，信奉中国宗教”；感谢日本驱逐德国在山东的势力，但中国不能以“割让中国人民天赋之权利为报酬”，德国也没有将山东“转交他国之权”。

顾维钧慷慨激昂。

一个低沉的声音传来，似乎耳熟：“驳只管驳，但我主意不改。我大军已在广岛集结完毕，我不光要你的山东，我还要你的整个中国。”

那只狼将头低下，嘴里发出渗人的呜呜声。

十、“五四”运动

签署了“二十一条”，中国在巴黎和会上有些被动，巴黎和会准备把战前德国在山东的特权让与日本，而北京政府准备屈服接受的消息传到国内，全国民众开始暴怒了。

5 月 3 日，北京大学率先召集在京院校紧急会议，商讨对策。

5 月 4 日，北京 12 所学校 3000 多名学生，从四面八方汇集天安门广场。他们高呼。“取消二十一条”“还我青岛”“外争主权，内除国贼”“拒绝在巴黎和约上签字”等口号。学生们在天安门广场集会，宣读了《北京学生界宣言》。

学生游行队伍向东交民巷使馆区前进，中国军警驱赶游行队伍。因为“二十一条”是曹汝霖签的字，曹汝霖被指认为“卖国贼”，学生游行队伍转向赵家胡同曹汝霖住宅。曹汝霖躲藏起来，正在曹宅的章宗祥被愤怒的学生痛打一顿。

章宗祥，毕业于日本东京帝国大学，曾任司法总长，驻日公使，与当时的交通总长曹汝霖、前驻日公使陆宗舆勾结，在段祺瑞指使下，出卖国家主权，向日大量借款，签订众多损害了中国的权益和民族尊严的卖国条约而被视为汉奸，在“五四”运动中成为广大学生要求严惩的三大卖国贼之一。

找不到曹汝霖，愤怒的学生们将曹家厅内的名贵家具抛出室外，将墙上悬挂的日本天皇像扯到地下，后来又点燃了曹宅。大批军警赶到，逮捕了未及走脱的 32 名学生。

本来北京政府要在巴黎和约上签字，面对汹涌而来的学潮，不得不电令中国

代表团，暂缓签字。

5 月 9 日，在北大校长蔡元培的积极交涉下，被捕学生被释放，但当局逼迫蔡元培辞职。

蔡元培辞职，震动北京教育界，北大全体教师职工要求总辞职，北京各大学校校长要求总辞职。

徐世昌无奈以大总统名义慰留蔡元培。

5 月 19 日，因为北京政府迟迟不表态拒签巴黎和约，北京学生开始总罢课。此后，天津、济南、南京、上海等地学生也纷纷宣布罢课，罢课风潮席卷全国。

6 月 1 日，总统徐世昌颁布命令，训诫学生勿凌蔑法纪，责令学校严格约束学生，即日起一律上课，学生组织一律取缔。

6 月 3 日，政府的高压政策激起学生们的进一步反抗，学生们再次走向街头。当天军警逮捕 178 名学生。

“六三”大逮捕的消息传到上海，激起了上海的罢课、罢工、罢市，爱国运动的中心转移到上海，上海人还声言要推倒北京政府，赶走徐世昌、段祺瑞，不仅要收回青岛，还要废除一切有损国权的条约。

紧接着，唐山、长辛店铁路工人，长江轮船的码头工人也介入了罢工浪潮，江苏、浙江两省以及天津、安庆、芜湖、厦门、武汉、九江、济南等城市的商人也纷纷关闭店门，实行罢市，形成了全国性的爱国运动。

6 月 4 日，北京学生四处出击，到处发表爱国演说，军警马队冲击人群，一时北京“大乱”，这一天有 700 多人被捕。

6 月 5 日，更多学生走向街头，但是北京当局不敢再逮捕学生，并将逮捕的学生释放，并批准曹汝霖、陆宗兴、章宗祥的辞职。

6 月 16 日，全国学生联合会在上海成立。

7 月 22 日，在确知中国代表团没有在巴黎和约上签字后，全国学生联合会宣告停止罢课。

……

学生们获得了最后的胜利，这场运动被历史称之为“五四”运动。

在知识分子的先导下，中国民众开始觉醒，一个代表着底层民众的政党即将登上中国政治舞台。

后 记

东方诗人杜甫先生在感慨人生短暂无常、自身渺小无依时，有句名诗“日月笼中鸟，乾坤水上萍”。意思是说日月为笼，苍生无非是笼中小鸟；乾坤为水，万物不过是水上浮萍。在这里杜甫隐喻指出，有一个更伟大的本体在主宰着我们，主宰着世上万物——有神论者说，这个本体就是上帝；无神论者说，这个本体就是“自然”；中国人则认为这个本体就是“天”。

中国不是“国”，是天下。

地球进化出了恐龙，后来恐龙灭绝了，地球又进化出了新的物种——智人，我们人类。

在地球的东方，有着千万平方公里的地方，被北沙、南瘴、西山、东海包围着，这里居住着由非洲迁徙来的部分智人。这部分智人在这里繁衍生息了庞大的人群，这个人群被称为华人。

华人的天下是个独立的世界，华人在这个世界里，创造出了独立的生产方式、独立的生活方式和独立的文化体系。

华人在天下里产生了四大发明，四大发明从丝绸之路传播出去，影响了地球上整个人类发展进程。

华人在自己的天下里也有内斗，他们用改朝换代来解决自己的内部矛盾。

华人也有自己的邻居，生活在偏远地带弱势人群构成的区域，他们称那里为国（属国、贡国），而自称为天朝。

这就是中国古代史。

在地球的西方，在一个叫英伦三岛的地方，从非洲迁徙到那里的人群无意

中点燃了工业革命，工业革命是场巨大的风暴，迅速刮向全球，改变了整个人类。

当工业革命的风暴刮到东方时，天朝进行了拼命抵抗，但是还处在农业社会的天朝，抗拒不了工业革命冲击，在经过几次搏击后，独立的世界被打破，天下也成为了一个国。

天下成了中国。中国在和来自西方的力量屡败屡战的较量中，也在完成自己的蜕变，由一个落后的农业国，逐步转变成了一个强大的工业国。

这就是中国的近代史、现代史。

根据生物学家的观点，我们智人物种的生命期为400万年，而我们智人现在的年龄是10万年，有记载的人类史是1万年。

我们是新物种，我们以后的故事还有很多……

王武侃

2018年3月20日